Eine so helle Freude

fein&sinn

Impressum

© 2023 Christa Eckert
Alle Rechte vorbehalten
ISBN 978-3-00-072597-5

Auflage 1, 5/2023
Imprint: Unabhängig veröffentlicht unter dem Label

fein&sinn

Covergestaltung © 2023 Christa Eckert
Lektorat: Simone Philipp, Graz, Österreich
Co-Lektorat: Ursula Strohecker

Mehr zu Büchern und Autorin unter www.Christa-Eckert.org

Christa Eckert

Eine so helle Freude

*Der Abend des Lebens bringt seine eigenen
Sterne mit*

Roman

Teil I

Nur wenn die Welle vergisst, was sie ist,
kann sie ein eigenes Wesen sein
mit einer eigenen Geschichte.
Aber wenn sie am Strand vergeht,
wenn der Sog sie zurückzieht,
wird sie sich erinnern:
Ich bin Meer.

Wenn die Seele etwas erfahren möchte,
dann wirft sie ein Bild der Erfahrung vor sich nach außen
und tritt in ihr eigenes Bild ein.
(Meister Eckhart)

I Wiedersehen

Im Aufwachen schon das Meer: Schäumend sich überschlagende Wogen, spülendes Knistern mitgerissenen Sands. Und dies ferne Grollen, das von weit draußen zu kommen schien, von dort, wo alle Wellen geboren werden.

Den Atem des Meeres im Zimmer, so will ich sterben! Jeden Morgen hatte Siri diesen gleichen Gedanken, um dann fröhlich wie ein Kind aufzustehen: Wieder ein neuer Tag! Sie schlug die Decke zurück und wollte im selben Schwung aus dem Bett. Manchmal vergaß sie ihr Alter. Mit leisem Stöhnen drückte sie sich hoch und setzte sich sacht in Bewegung.

In der offenen Terrassentür blieb sie stehen. Schauen: ihre stille Liebeserklärung an das Meer und den Himmel, der noch im farbenprächtigen Erwachen war, an die schief gewachsene Föhre – an das Leben.

Siri trat auf den Balkon hinaus und ging bis vorn zur weißen Steinbalustrade mit den kegelförmigen Säulen. Die Unterarme darauf gestützt, ließ sie ihren Blick hinausschwimmen zum Horizont, der sich hinter dem Leuchtturm aufstülpte wie eine riesige Blase. Die Sonne gebar sich selbst.

Und das Sommerferiengefühl tanzte im Bauch und flatterte in der Kehle wie lauter aufgeregte Falter. Jeder Augenblick konnte sich dehnen, solang er wollte, oder auch mit einem einzigen Wimpernschlag vorüberhuschen. Aber am Ende dieser letzten großen Ferien ging es nicht ins wirkliche Leben zurück. Es ging heim, und Siri freute sich darauf.

Die Sonne hatte sich vom Wasser gelöst und zeigte sich nun in warmem Orange, und je heller sie leuchtete, desto blasser wurden die violetten und gelben Schleier am Himmel. In ihren letzten Momenten nahmen sie einen beinahe sakralen Goldton an.

Was wäre das Meer ohne die Sonne? Siri lachte. Ein naiver Gedanke! Fast wie: Was wäre das Leben ohne die Liebe? Gar nichts wäre.

Sie drückte sich von der Brüstung hoch, schickte dem Leuchtturm dort auf der Landzunge einen letzte Blick und ging zurück in ihr Zimmer, um sich für den Tag fertig zu machen.

*

»Siri! Setzt du dich zu mir?«, rief Hakan ihr entgegen, als sie hinaus auf die Terrasse und an die lange Tafel trat. Sie stellte ihr Frühstückstablett neben seinem ab, beugte sich zu ihm hinunter und küsste ihn federleicht auf den Mund.

»Kann es sein, dass ich dich vorhin sehr knapp bekleidet an der Brüstung gesehen habe?«, griente er.

Sie lachte. »Das muss jemand anderes gewesen sein. Ich jedenfalls war gar nicht bekleidet.«

»Stimmt! Wenn ich das Tuch wegziehe, das mein Anstand dir schnell übergeworfen hat, dann warst du gar nicht bekleidet.«

»Hat es dich gestört? Ich hab nicht damit gerechnet, dass so früh schon jemand auf ist. Bin gar nicht drauf gekommen, zu deinem Fenster hochzuschauen.«

»War gar kein so schlechter Anblick: du vor der aufgehenden Sonne.«

»Hm …«

»Doch. Auch ein alter Körper hat seine Schönheit. In solch einem Setting allemal! Ich hab Lust, das zu malen.«

»Du malst doch gar nicht gegenständlich.«

»Nein? Ist das ein Gesetz?«

»Das musst *du* wissen.«

»Na ja, stimmt, ich hatte nie viel Interesse am naturalistischen Malen, auch nicht an Interpretationen des Gesehenen. Das haben so viele und so Große schon in Abertausenden von Werken getan. Aber vielleicht kommt jetzt die Umkehr? Vorhin hat es mich tatsächlich gepackt. Ich hätte jedenfalls eine Skizze gemacht, wärst du nicht so schnell verschwunden gewesen. Nicht mal für 'n Foto hat's gereicht!«

Siri sah ihn an, und Hakan wich nicht aus, schaute zurück in ihre Augen, neugierig, wach und suchend, als forschte er in ihnen. Sie griff nach seiner altersfleckigen, faltig-sehnigen Hand, hob sie ein wenig an, beugte zugleich den Kopf und streichelte mit ihrer Wange über seinen Handrücken. Als sie wieder aufschaute, sah sie sein Erstaunen, und plötzlich war ihr, als könnte sie hindurchsehen durch all das, was zu ihm gehörte wie seine Kleidung, als könnte sie den wahren Hakan hinter allen Hakans sehen, und ihr war, als spürte sie ihn auch wie die Schwingung eines vor Tiefe vibrierenden Tons, die sie in ihrem Körper wahrnahm.

»Hakan!«, flüsterte sie.

»Weinst du?« Die Steilfalten seiner Stirn vertieften sich.

»Ich freu mich so, dass du da bist.«

Sie spürte, wie die Tränen ihr in die Augen stiegen. Es war ein Wunder, dass er lebte, dass es ihm gut ging, dass er hier war. Sie war so dankbar, so voller Freude darüber, dass vielleicht auch für ihn das Alter von nun an eine schöne und reiche Zeit werden könnte. Es lag natürlich bei ihm, ob er heimisch werden konnte und blieb …

Er schien ihre Gefühle in ihren Zügen zu lesen, sein Blick wurde weicher, wandte sich dann abrupt ab und flog hinaus zu den Großen, wie er sie nannte, die Wogen, die brausend angerollt kamen und sich erst ganz zuletzt überschlugen und mit erleichtertem Stöhnen auf den Strand warfen. Hier von der unteren Terrasse aus war das Meer näher und die langsame Dünung wirkte höher. Ein mit Steinen und Kies, mit Palmen, Aloe und Kakteen gestalteter Garten schloss sich an die Terrasse mit dem großen Esstisch an, Strandgarten nannte Siri ihn, um ihn von dem Rosengarten auf der Straßenseite des Hauses zu unterscheiden, und die langen, bizarr gebogenen Arme der großen Aloen gaben dem Meeresblick seinen südländischen Charakter. Noch schöner fand sie das hohe Strandgras jenseits der Mauer, das sich bewegte, immer bewegte wie im Tanz, ockerfarben im frühen Licht, golden am Abend.

Nah beisammen saßen sie an der großen Tafel, die bald auch von den anderen belebt werden würde, aßen und schwiegen, und etwas schien sich um sie gelegt zu haben wie ein hauchfeines Gespinst, das nur durch sie beide entstand und nur durch sie beide am Leben blieb.

»Wollen wir ein Stück gehen?« Hakans tiefe Stimme schlingerte ein wenig.

»Ja, gerne!« Siri lächelte. Freute sich, mit ihm vielleicht wieder mehr in die alte Nähe zu finden, freute sich auf die unbeschwerte Leichtigkeit, die immer in ihr aufkam, wenn sie unten im Wind die Kleidung um ihre Beine wehen spürte und den Sand unter den nackten Füßen. Und hier beieinander zu sitzen, in lauer Luft unter dem großen Schirm – zeitlos, wenn auch nicht alterslos – und die letzten Schlucke Cappuccino, die immer die allerbesten waren, zu genießen – wie schön!

»Wirst du hier malen?«, fragte sie.

»Mit Miró in einem Atelier? Ich glaube kaum.«

»Aber du hast vorhin ein Bild gesehen, das nach dir gerufen hat. Ich wette, dein Künstler-Ich probiert schon im Geist den richtigen Pinselstrich und versucht, die richtigen Farben vor sich zu sehen.«

»Wenn, dann male ich in meinem Zimmer. Aber ob das hier überhaupt geht? Ich war meistens allein. Und jetzt soll ich dauernd mit euch zusammenkommen? Wie hältst du es aus mit diesem Haufen altgewordener Querköpfe hier?«

»Ich staune manchmal selbst, aber ja — es ist leicht für mich.«

»Wie machst du das?«

»Vielleicht mach ich gar nichts. Wenn überhaupt jemand etwas macht, dann wohl am ehesten das Alter.«

Hakan sah sie an, halb spöttisch, halb zweifelnd. Er schüttelte leicht den Kopf und machte eine Handbewegung, mit der er einen Gedanken wegzuwischen schien. »Gehen wir?«

»Möchtest du weg sein, bevor die anderen kommen?«

»Ja.«

»Okay. Ich ziehe mir ein Kleid an und Sandalen. Bin in zehn Minuten wieder unten. Wir können hier durch den Garten starten.«

»Siri, so neu bin ich auch nicht, das weiß ich längst.«

»Du bist vorgestern angekommen, oder?«

Hakan nickte.

»Und deine Sachen sind schon alle ausgepackt und verstaut, hast du gestern gesagt. Ich wär da nicht noch dazu gekommen, mir die Umgebung anzusehen.«

»Ich bin sieben Jahre jünger als du!«

»Also achtzig ...«, sagte sie versonnen, während sie sich schon zum Gehen drehte. Damals, als sie fünfundsechzig gewesen war und seine Geliebte, hätte sie nie geglaubt, dass er noch so viel Lebenszeit haben würde — aus gutem Grund. Auch deshalb konnte sie immer noch nicht fassen, dass er jetzt hier bei ihnen in der Villa war.

Sie ging durch den Saal, in dem das Frühstücksbuffet auf die anderen wartete, überquerte den Flur mit dem schönen, uralten Terrazzoboden und nahm die großzügige Treppe, auch wenn sie sich am eisernen Geländer festhalten und ein wenig hochziehen musste. Solange wie möglich wollte sie den Fahrstuhl meiden.

Wie viele Jahre hatten Hakan und sie sich nicht mehr gesehen? Zweiundzwanzig? Alles ging so schnell ... Als ob die Zeit mit jedem Lebensjahr noch mehr beschleunigte. Damals hatte Hakan es ihr erklärt: »Sieh es mal so, Siri: für ein zweijähriges Kind ist ein Jahr die Hälfte seines Lebens. Für eine Fünfundsechzigjährige ist ein Jahr nur ein Fünfundsechzigstel. Das ist verschwindend wenig, wenn du es dir als Tortenstück vorstellst.«

Sie wählte ein weißes Kleid, das fast bis zu den Knöcheln reichte, schlang ein geblümtes Seidentuch als breites Stirnband um, damit sie nachher im Wind nicht immerzu die Haare im Gesicht hatte, setzte sich aufs Bett und zog feste Sandalen an, für das erste Stück Weg, das teilweise steil war. Wie jedes Mal fiel ihr dabei auf, dass ihre Füße nicht mehr so schlank und schmal wie früher waren – und die Beine sah sie sich lieber gar nicht so genau an. Noch bevor das »Alte-Schachtel-Gefühl«, wie sie es nannte, hochkommen, und ihr in die Brust stechen konnte, legte sie ein wenig Puder auf, einen Hauch Lippenstift, betrachtete das Gesamtergebnis, nickte sich im Spiegel zu und murmelte: »Ist doch noch ganz okay – für siebenundachtzig!«

*

Hakan wartete am Ende des Gartens, wo eine Mauer aus Findlingen vor was auch immer schützen sollte, hoffentlich nicht davor, dass das Meer bis hier heraufkam. Eine solche Flut wäre sicher der Weltuntergang. Die Pforte war ein Schiebetor aus Stahl. Hakan hielt sich daran fest, während er mit einer Hand seine Leinenhose hochgekrempelte.

Noch immer war er sehr schlank, sein Rücken erstaunlich gerade, nur in den Schultern gebeugt. Das Gesicht war damals vor zweiundzwanzig Jahren schon zerfurcht gewesen, die Zähne braungelb und weit auseinander stehend. Nun waren sie durch ein Standardgebiss ersetzt, was ihn Siri zuerst fremd gemacht hatte. Auch, dass er jetzt einen Stock aus rötlichem Holz mit rund gebogenem Griff beim Gehen nutzte, den er allerdings gerne ab und an dandyhaft in der Luft schwang, als ob er ihn nicht wirklich brauchte. Doch hatte er anders als ein Dandystock einen dicken Gummifuß, um mehr Halt zu geben.

Sie traten durch die Pforte und hielten inne. Der Anblick des weiten, völlig leeren Strands verlangte ihnen diese kleine Geste der Ehrfurcht und ein tiefes Atemholen ab; dann erst stiegen sie hintereinander abwärts, hielten sich dabei am Geländer, das zu beiden Seiten angebracht war. Teilweise gab es Stufen, ansonsten führte ein nicht allzu steiler Felsenpfad hinab. Unten zogen sie die Sandalen aus, ließen sie dort und gingen Hand in Hand durch den weichen Sand. Es war mühsam und Siri hätte es nicht allzu lange durchgehalten, doch in der Nähe des Wellensaums wurde der Boden härter und das Gehen leichter.

Sie blieben stehen, vom Wind durchweht, dass ihre Kleidung wie Fahnen flatterten, schauten hinaus und hätten beide nicht zugeben mögen, dass sie die Pause brauchten. Warum nicht, dachte Siri. Will ich wieder fünfundsechzig sein? Es war anders: Sie war es wieder, nur ihre Beine nicht.

Sie spürte, dass Hakan sie von der Seite her ansah. »Siri, was soll dein vieles Gerede vom Sterben? Hast du Krebs oder irgend so einen Mist?«

»Nein. Ich weiß, dass ich bald sterbe.«

»Klar, genau wie ich auch. Irgendwann.«

»Ich sag mir diesen Satz jeden Tag, Hakan. Nicht als Drohung. Im Gegenteil! Er beschützt mich.«

»Bist du sicher, dass nicht der Alterswahnsinn aus dir spricht?«

Sie zog die Schultern hoch. »Mir hat mal ein Inder, so ein richtig wilder Typ mit Turban und Dolch, in einer schrägen Gegend von Delhi vorhergesagt, dass ich siebenundachtzig werde. ›So alt will ich gar nicht werden‹, hab ich damals gerufen. Ich gehörte noch nie zu denen, für die der Satz: ›Alle wollen alt werden, aber keiner will alt sein‹ gilt. Ich hab das auch nicht ernst genommen, er verdiente sich mit Handlesen Geld und wollte mir natürlich was Gutes sagen. Komischerweise hat diese Vorhersage sich trotzdem in mir festgesetzt. Ich sterbe also mit siebenundachtzig. Und so alt bin ich jetzt.«

Hakan schüttelte den Kopf. »Du glaubst doch nicht im Ernst an Vorbestimmung!«

»Nein, ich glaube an die Macht des Glaubens.«

»Also stellst du selbst die Regel auf, dass du mit siebenundachtzig hinübergehen wirst? Und weil du daran glaubst, wird es auch genauso passieren? Meinst du *das*?« Seine Miene war spöttisch, sein Ton ungläubig. »Und warum stellst du die Regel nicht wieder ab?«

Siri lachte. »Okay, kein Problem, mach ich.« Sie nickte in Richtung Osten. »Dort lang?«

Man konnte in beiden Richtungen lange auf dem festen Sand am Wellensaum laufen, das Brausen und tosende Aufschlagen der Wellen im Ohr, die jetzt am Morgen etwas sanfter waren als sonst. Siri mochte es, auf den Leuchtturm zuzugehen, der am Ende der mondsichelförmigen Bucht weit draußen auf einem einzelnen Felsen stand. Gehen und schweigen und lauschen und schauen. Ihre ganze Kindheit lang hatte sie im Lied der Brandung Geborgenheit gefunden, waren die Schreie der Möwen ihr Schlaflied und ihr Wecklied gewesen. Und nun durfte sie ihre letzten Tage an einem viel größeren, viel wilderen Meer verbringen. Das stand ihr auch zu, oder? Sie selbst war ja auch größer geworden – und wilder. Sie lachte lautlos in sich hinein. Und fragte sich unwillkürlich: Nahm Hakan wirklich so ernst, was sie eigentlich halb spaßig und eher als Denkanstoß denn als letzte Wahrheit meinte?

»Dich hat ein Guru in die Finger gekriegt!«, rief er neben ihr. »Wer ist der Typ? Hast du dem etwa auch noch dein Vermögen vermacht? Damit er dich in die Erleuchtung führt? Hast du ihn mal gefragt, ob er selbst erleuchtet ist? Und wie vielen er dazu verholfen hat? Ob überhaupt irgendeiner von seinen Jüngern …«

»Hakan!«, prustete Siri. »Soweit kennst du mich: Es gibt keinen und es gab nie einen.«

Er nickte vor sich hin, dieses Hakan-Nicken, das nichts Zustimmendes an sich hatte, und sein Blick war immer einige Meter vor seinen Füßen auf dem Sand. Dieser stets gesenkte Kopf hatte sie früher gestört. Sein Blick hätte mit dem ihrigen an der Rinde der Bäume hochklettern sollen, auf den Ästen der Wipfeln schwingen, im Himmel auf Wolken segeln oder weit draußen auf dem Meer, das hatte sie sich gewünscht. Die Unendlichkeit von Eindrücken teilen wollte sie und hatte sich allein gefühlt, weil sie auch bei ihm zu merken meinte, dass sie anders war als andere, dass sie mehr sah und fühlte und erlebte und niemand ihr dabei folgen konnte, selbst er nicht, der doch so wach war und bewusst, der auch viel sah und auch viel spürte, aber eben doch anders, ganz anders als sie. Und jetzt? Jetzt betrachtete er den Sand, vielleicht in all seinen feinsten Formen, vielleicht auch nicht, während sie die Wellen und deren nie endende Vielfalt genoss, und sie fühlte sich kein bisschen allein. Das Betrachten war es doch, was sie verband, nicht das Betrachtete.

»Und du hast wirklich keine Krankheit, die so schlimm wird, dass du froh sein wirst, wenn der Tod dich erlöst?«

»Nein. Ich genieße meine Tage mehr denn je. Und weil es die letzten sind, ist jeder wie ein Fest!«

»Aber wenn du achtundachtzig wirst oder neunundachtzig oder neunzig, sind alle Tage auch noch deine letzten!« Hakan sprach laut. Es klang wie Möwenkreischen.

»Ja, es kommt nicht darauf an, wie viele es sind, da gebe ich dir Recht. Es kommt darauf an, dass sie gezählt sind.«

Sie näherten sich der Felsengruppe, die schon von weitem immer wieder ihre Blicke angezogen hatte: schwarze Brocken wie hingestreut aus der Hand eines Riesen. Einer von ihnen war nur so groß und auch so flach wie ein Couchtisch. Er lag weiter vorn, wo ihn die schäumend auslaufenden Wellen umspülten. Siri hob ihr Kleid an, watete ins flache Wasser hinein und setzte sich auf jenen Stein. Es war notwendig. Ihr rechtes Bein gab ihr zu verstehen, dass es genug war. Es knickte schon weg bei jedem Schritt. Eigentlich könnte sie wohl auch einen

Stock gebrauchen, vor allem bei so langen Strecken, überlegte sie. Es war wie mit dem Fahrstuhl, den sie fast nie nahm. Sie wollte nicht lahm und bequem werden.

Hakan stöhnte, als er sich neben ihr niederließ.

»Was ist?«

»Ach, zur Abwechslung ist es mal die Hüfte. Wundert mich. Sonst sind's eher die Knie und die Füße. Übel, das mit den Füßen! Aber die haben sich jetzt beim Waten durchs Wasser ganz wohl gefühlt.«

»Bei mir fing das rechte Bein an zu ziehen. Wenn ich nicht genug ausruhe, kann es schlimm werden. Aber ich sitze nicht im Rollstuhl wie Miró, ich bin nicht kurzatmig wie Fred, hab keine Diabetes wie Gregor – ich bin sehr froh darüber.«

Hakan nickte. Schaute den flachen Wellen beim Auslaufen auf dem Sand zu, wo sie ein Gitternetz von zitternden Schaumblasen hinterließen, die sich lange hielten, bevor sie zerplatzten. Siri war weit draußen mit ihrem Blick, dort, wo hinter all dem Glitzern und Auf und Ab die Wogen geboren zu werden schienen, zuerst nur als eine geriffelte Linie zwischen Wasser und Himmel. Schon als Kind hatte sie das gedacht. Ein bisschen spleenig, die alte Dame …

Sie schaute zu Hakan hinüber. Alt waren sie geworden, der andere zeigte einem das meist deutlicher als der Spiegel. Aber der Eros von damals war immer noch da. Er war so mächtig gewesen, so gewaltig. Vielleicht war sie damals auch davor geflüchtet. Zu viel Sehnsucht, zu wenig Erfüllung. Er war ja gebunden gewesen.

Hakans Schweigen zog ihren Blick erneut zu ihm hinüber. Er schien fasziniert vom Schaum zu seinen Füßen und völlig ins Schauen versunken. Oder verlor er sich in Erinnerungen?

Ihr kamen lang zurückliegende Sequenzen von früher hoch: Ihr erster Besuch damals bei ihm in seiner winzigen Wohnung. Sie sah ihn auf und ab gehen, hörte seine Stimme, sein aufgeregtes Sprechen, das immer wieder ins Staccato gefallen war, als er von seiner Kindheit in Köln erzählt hatte, wenige Worte, nichts Konkretes, Wendungen wie »ein echter Kölscher Jung«, »aufgewachsen auf der Straße und unter dem Gesetz der Straße«, solche und ähnliche Andeutungen erinnerte sie noch. Auch die besondere Betonung seiner Worte dabei, die einen wissen ließ, dass es hart gewesen war, dass er sich durchgeschlagen hatte, oft genug wahrscheinlich im wahrsten Sinn des Wortes, er hatte ihr Fotos von sich gezeigt, eins davon sah sie noch genau vor sich: Hakan als junger Mann in schwarzer langer Lederhose, die an den Seiten mit Lederbändern geschnürt war, darüber ein Shirt, das seine kräftigen Muskeln noch betonte, er stand in halb geduckter Haltung, die Arme weit auseinander und nach vorn gestreckt, lauernd, angriffsbereit, und gegenüber ein Gegner in Rockerkleidung mit strähnigem langen Haar und Augenklappe.

Wie warst du zu diesen Muskelpaketen gekommen, hatte sie ihn erstaunt gefragt, denn er war zwar sehnig-muskulös, aber extrem schlank gewesen. »Schwimmen.« Nur diese kurze Antwort. Seltsam, wie genau sie sich erinnerte, auch an seinen indifferenten Gesichtsausdruck in dem Moment, er schien mit den Gedanken woanders. Erst später im selben Gespräch hatte er erzählt, dass er es für Disziplin gehalten hatte, während es in Wahrheit zur Sucht geworden war, das Schwimmen im Baggersee in der Nähe seiner damaligen Wohnung, jeden Morgen seine Bahnen, Kraulen, Schmetterling, Rücken. »Mein Fitnessprogramm. Du musst fit sein in dem Job. Sehr fit.«

»Was für ein Job war das?«

Statt zu antworten, hatte er vor sich hin geschaut, als sei er auf einen blinden Fleck in seiner Gedankenwelt gestoßen, den er erfolglos zu durchdringen versuchte, und erst viel später, bei einem anderen ihrer wenigen Treffen, hatte er ihr von seiner Ausbildung erzählt, zunächst der Tanz, der ihm lag, so sehr lag, dass er schon nach dem berühmten Tanzensemble von Pina Bausch geschielt hatte, aber Ausdruck nur mit dem Körper, ohne Worte, das wäre doch nicht wirklich seins gewesen. Schauspiel, das war es. Er hatte ihr wortgewandt und mit viel Mimik und Gestik seine Zeit damals an der Schauspielschule und seine ersten Engagements vor Augen geholt und versucht, ihr deutlich zu machen, was Schauspieler sein bedeutete.

»Volleinsatz, verstehst du? Immer. Alles gibst du von dir, die Stimme, die Mimik, den ganzen Körper, sogar deine Gefühle.«

Die Leidenschaft, die es für diesen Beruf brauchte, war in ihn zurückgekehrt, er hatte vehement gesprochen, während er in dem winzigen Wohnzimmer gestikulierend auf und ab gegangen war und von einem berühmten Regisseur an der Berliner Sowieso-Bühne gesprochen hatte. Namen vergaß sie stets. »Einer unserer Größten, das weißt du ja wohl«, war alles, was sie erinnerte. »Alle wollten zu ihm in sein Ensemble. Einen nach dem anderen hat er vorspielen lassen, tagelang, und nie gab er Anweisungen, immer nur stereotyp dasselbe: ›Zeig mir, wie *du* die Szene spielst! Die Bühne gehört dir!‹

Jeden hat er spätestens nach zwei Minuten von den Brettern gewunken. Bei mir – na ja, ich hab gespielt, da bin ich woanders, und irgendwann hab ich gemerkt, dass ich immer noch oben stehe und die

Szene zu Ende und – nichts. Tiefes Schweigen. Dann: ›Habt ihr *das* gesehen? *So* muss dieses Stück gespielt werden! *So.*‹ Und dann hat er uns anhand meines Spiels etwas Wesentliches über Schauspiel erklärt, etwas, das auch ich bis dahin nicht gewusst hatte, das ich nur intuitiv genauso gemacht haben muss. Er sagte, dass man einen anderen Menschen erst dann wirklich begreifen könne, wenn man ihn nachahme. Erst in der Rolle des anderen begegne man ihm wirklich, aber man begegne auch sich selbst. ›Du erfährst, dass du der andere *bist*, richtig?‹, rief er in die Runde, und alle nickten und waren von sich beeindruckt, dass sie dazu fähig waren und dass das auch noch ihr Beruf war, ich jedenfalls war es.

Und dann sagte er: ›Aber du merkst auch, dass der andere nicht wirklich anders ist. Und je tiefer du reingehst, desto mehr weißt du, dass er niemand anderes ist als du. Richtig?‹ Wir nickten wieder, die meisten aber nicht mehr so vehement, auch ich kam ins Denken: was meinte er? Aber denken darfst du da nicht, hoch spirituell war das ja schon, und es machte viel mit mir – es machte mich fast sowas wie zufrieden. Das ist ein Zustand, den ich bis dahin vielleicht drei Mal in meinem Leben hatte, wenn überhaupt.

Aber die Rede an uns war noch nicht zu Ende. ›Das ist alles Gold wert,‹ sagte er, ›aber Gold ist nicht alles! Es kann immer noch etwas fehlen, und bei dem, was ich euch beschrieben habe, fehlt das Entscheidende. Das ist es, was Hakans Spiel vollkommen gemacht hat.‹

Er wartete ab, als müssten wir seinen Satz vollenden, wir waren auf der Schauspielschule gewesen, wir hätten es wissen müssen. Er schien enttäuscht von uns, das schwang in seiner Stimme mit, als er es dann selbst sagte: ›Ein wirklicher Schauspieler weiß, er *ist* der andere, und er geht ganz hinein, er *ist* die Rolle – und trotzdem ist er immer *er selbst.*‹

Siri, du kannst dir denken, damit hatte ich lange zu tun. Der andere ist mein anderes Ich, das ist ja schon 'ne Nummer, und ich dachte bis dahin, ich muss mich vergessen im Spiel, aber das jetzt …«

Er hatte sie mit gekrauster Stirn angesehen, die Hände auseinandergestreckt, als wollte er sagen: ›Da gibt's keine Worte mehr.‹

Sie hatte genickt und einen Moment lang geglaubt, dass einer, mit dem sie auf einer solchen Ebene sprechen konnte, ihr Mann fürs Leben sein musste. Aber er war in einer Beziehung, er suchte nur eine Affäre, und sie eigentlich auch.

Während Hakan ihr damals all das erzählt hatte und dabei auf und ab gegangen war in dem winzigen Raum, hatte sie auf seinem roten

14

Ledersofa halb gesessen, halb gelegen. Er hatte ihr zuletzt einen Blick zugeworfen, in dem das Funkeln langsam verlosch, hatte über sie weg aus dem Fenster geschaut und mit tonloser Stimme gesagt: »Ich hätte da bleiben können, am Deutschen Theater. Zehn Tage lang hab ich geglaubt, dass das so ist. Angenommen! Dann hab ich erfahren, dass meine Nieren kaputt sind. Unwiderruflich. Und auf der Bühne geht nur ganz oder gar nicht, verstehst du? Wenn dem Regisseur einfällt, dass du in einer Szene vom Tisch springen sollst, dann springst du – sonst kannst du gehen.«

Er hatte eine Weile erstarrt dagestanden, den erloschenen Blick irgendwo über ihr. Sie war erleichtert gewesen, als plötzlich wieder Leben in seine Züge und Glanz in seine Augen gekommen war und er sie mit hochgezogenen Brauen angesehen hatte, als gäbe es ein Geheimnis. Er hatte ihr die Hand hingehalten und sie hoch und mit sich gezogen hatte. Sie waren im Treppenhaus des schmalen Mittelalterhauses knarrende Stufen in einen hohen Raum unterm Dach gestiegen, wo schräge Lichtstrahlen durch sehr hohe Dachfenster das Gebälk sichtbar machten, darunter zwei Staffeleien mit je einem Bild und mehrere Tische, auf denen Stapel von großformatigen Blättern lagen, dick und pastos bemalt in Dschungeltönen, man hätte ein ganzes Lexikon voller Namen für all die Grüns gebraucht, und zwischen dem pflanzenhaften Wuchern geheimnisvoll Hindurchschimmerndes in Gelb, Rot und immer wieder in einem seltsam magischen, lichten Ultramarinblau. Der Schauspieler war Maler geworden, und mit einem kaum merklichen Lächeln erzählte er ihr, dass das Malen einmal seine große Leidenschaft gewesen sei, gleich nach der Schule hätte er eigentlich an die Kunstschule gewollt, war aber nicht angenommen worden. Danach erst war er zum Tanz und dann zum Schauspiel gekommen.

Siris Blick kehrte aus der Vergangenheit zurück und wandte sich Hakan zu. Wie vertraut ihr seine Züge waren, obwohl sie sich damals nur wenige Male getroffen hatten. Doch die waren intensiv gewesen.

Hakan spürte offenbar ihren Blick, hob aber nur leicht den Kopf, ohne sich ihr voll zuzuwenden, und fragte: »Wie hast du gelebt, nachdem wir auseinander gegangen waren? Bist du in diesem einsamen Haus im Wald geblieben?«

»Ja. Das ist überhaupt der Anfang der Geschichte gewesen, die mich letztendlich hierher gebracht hat.«

»Erzähl!«

»Damals hat ein Freund zu mir gesagt: ›Bist du irre? Allein da oben im Wald? Du musst doch hier ins Dorf ziehen!‹ Ich dachte, er lacht gleich und sagt: ›Dann wärst du näher bei mir!‹ Aber er schimpfte weiter: ›Was willst du da? Hier im Dorf kannst du später mit dem Rollator zum Supermarkt. Aber da oben! Siri, bist du verrückt?‹

›Ich fass es nicht‹, hab ich geantwortet. ›Haben wir nie darüber geredet, nein? Ist aus deinem Bewusstsein verschwunden, was wir uns wieder und wieder klar gemacht haben? Das, woran wir glauben, bestimmt unser Leben! Willst du mir jetzt im Ernst einreden, ich soll daran glauben, dass ich eines Tages einen Rollator brauchen werde? Wir *wissen*, dass es sich selbst erfüllende Voraussagen gibt, das ist sogar erforscht und bestätigt! Aber wir erwarten unsere Altersgebrechen, als hätten wir keine Wahl, und dann wundern wir uns, wenn sie auch kommen. Als mein Vater alt geworden ist, hat er noch einsamer gewohnt als ich: Alleinlage. Und weißt du, was er mit achtzig gemacht hat? Bäume gefällt! In *seinem* Wald, den er mit eigener Hand angepflanzt hatte. Ihm war immer klar gewesen, dass nach seiner Pensionierung noch ein ganzes Leben vor ihm liegt. ›Zwanzig Jahre vielleicht, das ist viel! Und damit mach ich was!‹ Solch eine Vision hatte er sich erschaffen, und als er pensioniert wurde, hat er ein winziges altes Bauernhaus gekauft, ist dorthin gezogen und hat zwei Hektar Ackerland mit kleinen Baumsetzlingen bepflanzt. Zwanzig Jahre später stand dort ein Wald!«

Siri schloss die Augen, legte den Kopf in den Nacken sah ihn vor sich: Den alten Mann, vom Arbeiten krumm geworden, und die Freude in seinen Augen, in seinen Ausrufen, wenn er ihr Neues aus seinem Landleben berichtet hatte.

Als sie wieder zurück war bei Hakan und ihrem Gespräch, die Augen öffnete und ihn ansah, musste sie laut lachen. »Du glaubst nicht, wie wütend ich auf diesen Freund war! Und wie gut war meine Wut! Als sie sich abgekühlt hatte, hab ich mich nämlich gefragt: Und wie soll mein Alter werden? Rundum schön natürlich. Und wie stelle ich mir ein rundum schönes Alter vor? Ich hatte noch kaum einen Gedanken darauf verwendet. Also hab ich all mein Denken, all meine Fantasie auf das gelenkt, was ich will – statt auf das, was ich nicht will. Weißt du noch, was wir immer gesagt haben?«

»Die Energie geht dahin, wo die Aufmerksamkeit ist«, antwortete Hakan prompt.

»Hey, Klasse! Ich hab mir also mein wunderbares Alter ausgemalt. In allen Details. Das hat so viel Freude gemacht, dass ich gar nicht mehr aufhören konnte. Plötzlich war alles haarklein da, ich hatte sogar Bilder vor Augen.« Siri hielt inne. Es war sicher besser, nicht noch mehr zu erzählen. Nicht, dass ihr damals in den Sinn gekommen war, ihr vieles Tun könnte ihr auch mal unwichtig, sogar lästig werden und dass sie dann gern rundum versorgt wäre, ob notwendig oder nicht, damit sie Muße zum Innehalten und Betrachten und Ordnen hätte, und sie wollte an einem wunderschönen Ort leben, einer Art Seniorenresidenz am Meer mit interessanten Menschen. All das hatte sie sich ausgemalt – und es war wahr geworden, zwar auf tausend Umwegen, aber nun lebte sie genauso. Manchmal konnte sie es selbst nicht glauben. Aber wenn sie das Hakan erzählte, würde er es für eine Geschichte halten, die sie sich bloß ausgedacht hatte, um ihn von ihrem Glauben an die Macht der Gedanken, an die Macht des Glaubens überzeugen.

Sie folgte seinem Blick, der wieder nach unten gerichtet war wie so oft. Das Wasser schien sich zurückzuziehen. Nur der Schaum leckte noch bis zu ihnen her, und die Schaumblasen dockten an Hakans Füße an, als hofften sie, dadurch ihr kurzes Leben zu verlängern.

Siri holte tief Luft. »Damals habe ich etwas begriffen: Das Alter ist die beste Zeit des Lebens – wenn man es lässt!«

»Die beste Zeit des Lebens?«, wiederholte Hakan, ohne sie anzusehen, hob seinen Stock in die Höhe, dass er wie ein Ausrufungszeichen über ihm stand, und schüttelte den Kopf. »Wir sind jetzt zwanzig Minuten im Sand gelaufen, Siri. Ich bin geschafft. Und jede Wette, du auch.«

»Klar, wenn man das Abnehmen der Kräfte als *das* Merkmal des Alters ansieht, muss man es natürlich als Tief empfinden. Aber was war es mit fünfundsechzig für ein Geschenk, endlich raus aus dem Joch, nichts mehr müssen! Endlich machen können, was ich schon immer machen wollte!«

»Damals waren wir auch noch jung!«

»Stimmt. Und irgendwie bin ich scheinbar immer jünger geworden, jedenfalls von innen.« Siri lachte ihn mit einem Augenzwinkern an. »Ich genieße es so, all meine Zeit für mich zu haben. Ich genieße es, endlich Ruhe zu haben – auch vor mir selbst! Irgendwie scheint mein Leben rund werden zu wollen. Und das kann es nur, wenn ich es nachkoste, und ehrlich gesagt, erst die Einschränkungen haben mich dazu gebracht, mich hinzusetzen, in den Himmel zu gucken und ab und zu in Gedanken ein paar lose Enden aus der Vergangenheit neu zu verknoten.

Ich war immer sehr kreativ, mein Tun hat mich erfüllt. Aber es gibt auch noch etwas anderes. Es liegt bei uns, ob wir in unserem Alter

Rückschau halten und dieses magische Leben bestaunen wollen, oder ob wir mit Fernsehen oder sonst was die Zeit zuschütten und entsprechend frustriert sind. Die Schöpfung hat uns zusammen mit unserem Leben ja auch die Freiheit der Wahl geschenkt.«

Hakan fuhr herum zu ihr. »Die Freiheit der Wahl, ah, ja?«

Seine Brauen waren zu Gewitterwolken geworden. Siri begriff, dass sie schon zu viel gesagt hatte. Zu viel für den Moment jedenfalls, der doch dafür da war, wieder im alten Miteinander heimisch zu werden. »Wir hatten damals wunderschöne Begegnungen, weißt du noch?«, sagte sie sanft. »Ich erinnere mich oft daran.«

»Leider nur wenige.« Hakan wandte sich ihr zu und sah sie mit schmalen Augen an, als wollte er in sie hinein schauen. Ihr war unwohl unter diesem Blick. »Du meinst also, die Gebrechen und all das hab ich mir selbst zuzuschreiben«, fuhr er sie an, »weil ich mir eine miese Vision gemacht habe?«

»Das hab ich nicht gesagt!«

»Das ist nur der Umkehrschluss.«

»Nein, das ist die Verballhornung dessen, was ich gesagt habe.«

Er kniff die Augen noch mehr zusammen. Sie spürte eine Senkrechtfalte auf ihrer Stirn, hob den Kopf und ließ ihren Blick auf dem Auf und Ab des Horizonts tanzen. Eine Weile sprach nur das Meer, streichelte und belebte ihre Füße, brauste in der Brandungszone, grollte in der Ferne.

›Er ist weicher geworden‹, dachte Siri. ›Früher hätte er wer weiß wie gegen das an gestritten, was ich gesagt habe. Gut, dass er gebunden war. Ich hätte ihn nicht ertragen. Geliebt, aber nicht ertragen.‹

»Und wie ist es dir ergangen?«, fragte sie schließlich.

»Ich hab weiter Kunst gemacht. Was sonst? Irgendwann hab ich Strandgut als Malgrund entdeckt, ein angespültes Stück von einem Strandkorb, ein aufblasbarer Gummidelfin, weiß gewaschene Holzstücke, Frisbee-Scheiben, sowas. Lief sogar ganz gut...« Er hielt inne und starrte vor sich hin. Als er weitersprach, klang seine Stimme hohl. »Dann kam ich nicht mehr die Treppen hoch ins Atelier. Meine Wohnung, so klein, du weißt ja – da ging nichts. Und meine Freundin ist gestorben.«

»Iris?«

»Ja.«

»Oh ...« Von da an gab es wohl nur noch fernsehen, dachte Siri, und schlechte Laune. Sie klemmte die Hände unter die Schenkel und schwang die Füße im Schaum vor und zurück. Hakan tat es ihr nach.

»Und du hast wirklich keine fiese Krankheit?« Er sah herüber zu ihr, sein Blick schien aufgewühlt – und war plötzlich voller Zärtlichkeit. Sie legte die Hand auf seine. »Nein, wirklich nicht.«

*

Nach einer kurzen Ruhepause auf dem Bett war Siri diesmal doch mit dem Fahrstuhl nach unten zum Mittagessen gefahren. Die ungewöhnliche Wärme tat zwar ihren Muskeln und Gelenken gut, aber die Lahmheit in den Knochen verstärkte sie eher. Auf der Terrasse aber strich der Wind unter den beiden großen Schirmen entlang, so dass sie wie meistens draußen essen konnten. An der langen Tafel fehlte ein Stuhl, damit Platz war für Mirós Rollstuhl. Er hatte sich ausbedungen, dass es immer dieselbe Stelle wäre, während die anderen stets neue Plätze wählten. Das gehörte zum Rostschutz, wie sie es nannten. Nicht einrosten. Beweglich bleiben.

Hakan hatte Miró geholfen, zum Fahrstuhl und herunterzukommen und schob ihn über den Rahmen der großen Terrassentür nach draußen. Über Mirós Schoß lag quer Hakans Gehstock, und er trug noch seinen Kittel, bekleckst mit Blautönen von Ultramarinblau bis ins Türkis und viel sonnigem Gelb.

»Du malst das Meer, oder?«, fragte Siri.

»Ein Seestück, genau. Einen richtigen Schinken!«, stieß Miró hervor, heiser und als spräche er ausschließlich durch seine große Nase.

»Sei doch nicht gleich beleidigt!« Michelles durchdringende, fast quäkende Stimme war mit ihrer äußerst feingliedrigen Gestalt schwer zusammen zu bringen. Miró wischte ihre Bemerkung mit einer Handbewegung fort. Blöde Kuh, schien sein Gesicht zu sagen.

»Ja, mit einem schiefliegenden Dreimaster, der gegen die wilden Seen kämpft, die Segel hängen schon in Fetzen«, lachte Siri.

Mirós Bilder waren genau das Gegenteil von solchen Schinken: meist ohne klar erkennbaren Gegenstand gaben sie weit mehr her als das gekonnte Spiel der Farben mit den Formen. Siri sah sich gerne tief in sie hinein, wenn sie manchmal zu Miró ins Atelier ging, sich in den einzigen Sessel dort schräg hinter ihn setzte und ihm beim Malen zusah. Wenn er zu versunken war, antwortete er nicht auf ihr Klopfen, und ihr war es nicht so wichtig, ob sie Miró beim Malen zusah oder dem großen Maler, der vor ihrem Balkon in jedem Augenblick immer wieder neue Bilder aus Sonne und Meer und Himmel und Wolken erschuf.

»Wo sind die anderen?« Miró schaute mit einem Blick um sich, der wild erscheinen konnte. Er trug einen gelblich grauen Nietzsche-Schnurrbart und hatte ebenso tief liegende Augen unter ebenso dichten, dunklen Brauen wie jener. Es sah deshalb meist aus, als blickte er wild oder war im Groll, und Siri hatte den Verdacht, dass er das wusste und auch so wollte. Immerhin ein gewisses Gegengewicht dazu, dass er im Rollstuhl saß und, wenn sie gingen oder standen, so sehr viel kleiner war als alle anderen.

»Du bist einfach zu früh, Miró. Wir sind alle zu früh. Ist doch auch noch gar kein Essen da«, krähte Michelle.

»Konnte ja nicht wissen, dass der da mich fährt.« Miró nickte zu Hakan hin. »Alleine hätt ich natürlich länger gebraucht. Weißt du eigentlich endlich, ob du dich in meinem Atelier breit machen willst?« Er stierte Hakan mit vorgerecktem Hals an. Nietzsche, eindeutig.

»*Dein* Atelier?« Michelle zog die Stirn in noch mehr Falten, als eh schon da waren. Sehr feine Falten, so wie alles an ihr fein und dezent war. Nur ihre Stimme war nicht nur quäkend, sie konnte auch sehr laut werden. Ihr glattes Haar, etwas mehr als schulterlang und mit einem Pony bis auf die Augenbrauen, ließ sie mädchenhaft aussehen, auch wenn es weiß war.

Wieder machte Miró diese wegwerfende Handbewegung. Siri, die neben ihm saß, berührte ihn am Arm und sah ihm eindringlich in die Augen, was er sogar zuließ. Mehr konnte sie nicht erwarten. Es war nicht so, dass Michelle seine Art von Humor nicht verstand – sie lief ihm nur jedes Mal zunächst auf den Leim und brauchte ein bisschen, um zu kapieren. Und das wusste er.

In diesem Moment trat Gregor aus der Terrassentür zu ihnen nach draußen, groß, von kräftiger Statur, ein alt gewordener Hüne. Und wie ein Hüne kleidete er sich: Ein golden und blau gestreiftes Stirnband zähmte sein mehr als fülliges, schulterlanges, leicht gelocktes Grauhaar; er trug ein kurzärmeliges, weißes Hemd, lange hellbraune Leinenhosen und war barfuß. Auch er ein Künstler, der noch immer arbeitete. Er hatte sich irgendwann entscheiden müssen, ob er Bildhauer sein wollte oder Sänger. Darum vielleicht war er einfach selbst zur Statue geworden, dachte Siri und schmunzelte in sich hinein, nämlich der eines Sängers, dem man die tiefsten Bass-Tonlagen zutraute, nicht aber, dass er auch im zartesten Tenor sang. Doch genau das tat er, wenn er sich ein Stück Holz nahm und es erst mit gröberem Werkzeug, dann mit seinen Schnitzmessern zu filigranen, anrührenden Figuren formte, die meist zu zweit, manchmal auch zu mehreren waren, miteinander verbunden zu einer einzigen Form und stets in Bewegung. Es schien ein Tanz zu sein, aber ab und an war es auch das, was die Erotik an erstaunlicher Choreographie aus Menschen heraus zaubern kann.

Gregor blieb halb neben, halb hinter Michelle stehen, legte ihr die Hand auf die Schulter und sagte mit leicht heiserer Stimme: »Darf ich neben dir sitzen, mien Deern?«

Sie nickte. »Wo ist Fred?«, fragte sie ungewöhnlich leise, als seien ihre Worte nur für ihn.

Gregor zog die Schultern hoch. »Keine Ahnung.« Er schaute rundum, nickte jedem zu, blieb zuletzt mit dem Blick bei Siri und rief mit tief aus der Brust posaunendem Bass zu ihr herüber: »Hey Engel, wo warst du heute Morgen? Wir haben dich vermisst.«

»Ach ja?« Sie sagte das ohne Arg, es erstaunte sie tatsächlich.

»Na ja – ich jedenfalls. Außerdem wollte ich nicht wirklich, dass der da dich ganz für sich alleine hat!« Er schaute grinsend zu Hakan hinüber.

Siri lächelte, wollte eben antworten, da öffnete jemand mit Schwung die beiden Flügel der zweiten Terrassentür. Fred. Sehr gerade stand er da, mit tiefschwarzem Haar, tiefschwarzen Augenbrauen, tiefschwarzem Moustache und tiefschwarzen Augen. Deren Farbe als einziges war echt. Er trug ein schwarzes, innen rotes, seidig glänzendes Dracula-Cape, dessen untere Ecken er mit je einem Daumen festhielt, während er zugleich die Türgriffe in der Hand hatte, so dass das Cape sich weit ausbreitete und gleich von einer Brise gebauscht wurde. Es schien, als wollte er irgendetwas singen oder rezitieren, er atmete kraftvoll ein, hob den Kopf und den rechten Arm zu einer typischen Bühnengeste, die andeutete, dass nun etwas Wichtiges kam und höchste Aufmerksamkeit erwünscht war. Alle wandten sich ihm zu.

Durch die andere, offenstehende Glastür kam Sabine mit einem Tablett voller Schüsseln und rief: »Macht mal bitte Platz auf dem Tisch!«, und alle Blicke schwenkten von ihm zu ihr und dann zu den Dingen auf dem Tisch, die dort nicht hingehörten, und Michelle stand auf und fing an, ihre Mappe und etliche lose hingestreute, großformatige Fotos zusammen zu räumen. Fred sackte in sich zusammen, kam leicht hinkend zum letzten freien Platz am Tisch und ließ sich stöhnend neben Siri nieder. Sie beugte sich zu ihm hinüber und gab ihm einen schmatzenden Kuss auf die Wange.

»Wofür?« Er sah sie mit gespielt zerknirschtem Ausdruck an.

»Für den Auftritt«, grinste Miró.

»Aber der hat doch gar nicht stattgefunden!«

»Eben drum!«

»Nein, das stimmt nicht«, rief Siri. »Weil du wunderbar bist!«

»Oho!«, machte Miró.

Siri drehte sich zu ihm hin. »Und du auch.«

»Ach, ich dachte, du liebst Hakan – wieder«, rief Gregor mit übertriebenem Augenzwinkern.

»Ja, sicher.« Siri warf ihm einen Luftkuss zu.

Vielleicht lag es am Geschehen um das Essen, dass alle verstummten. Oder weil Sabines Gesicht so deutlich zeigte, was sie: Manchmal sind sie wie Kinder, diese Alten …

Villa Massimo Senior nannten sie unter sich das Haus, das über dem Strand auf einer Felsformation saß wie eine Burg und erst vor wenigen Jahren von einer Stiftung zur Seniorenresidenz für mittellose Künstler gemacht worden war.

Zum Glück lag es nicht an der Ostsee, dachte Siri, wo sie aufgewachsen und wo es oft grau und rau war und die langen, düsteren Wintern alle Farbe aus dem Meer und dem Strand laugten. Ihre Villa lag direkt am Atlantik, Tag für Tag verwöhnt von der Sonne des Südens und der Milde eines südlichen Meeres. Eine leise Sehnsucht nach zu Hause kam sie dennoch an, ein feiner, kurzer Stich. Aber muss man mit allem, was man liebt, sein Leben teilen, fragte sie sich schnell. Manches ließ sich aus einem gewissen Abstand doch viel besser lieben. Und vielleicht war es auch mehr die Sehnsucht nach den jungen Jahren, nach dem unschuldig frischen Sein, das voller Staunen, voller versunkener Augenblicke gewesen war. Allerdings schien ihr, dass sie seit einiger Zeit unaufhörlich zurückkehrte in dieses Sein, jedoch ohne sich aus dem Jetzt zu entfernen, im Gegenteil. Sie musste schmunzeln und war froh, dass niemand es sah und Fragen stellte.

Einige hatten es hier allerdings nicht ertragen. Schuld war die ständige Brandung, die meist nur laut schäumte, manchmal aber auch tagelang donnerte. Dabei wehte der Wind hier so viel freundlicher, so viel barmherziger als in Deutschlands Norden, und durch die erhöhte Lage war die Villa bei Sturm vor dem umherfegenden Sand geschützt.

Vorhin auf dem Rückweg hatte Hakan sie gefragt, was das für Leute waren, die die Massimo Senior-Stiftung ins Leben gerufen hatten. Sie hatte nur die Schultern hochgezogen: die oder der Stifter wollten anonym bleiben. Es gab einen Verwalter, der sich mit Stiftungsrecht und Finanzen auskannte, ein wenig auch mit Altersheimen, aber überhaupt nicht mit Künstlern.

Also hatten sie selbst einiges nachgebessert. So war das Abendessen anfangs schon um siebzehnuhrdreißig serviert worden, manchmal noch früher. Langsam, freundlich, aber unnachgiebig hatten sie ihre eigenen Vorstellungen durchgesetzt: Sie erschienen alle erst frühestens um neunzehn Uhr, und wenn es Suppe oder sonst etwas Warmes gab, ließen sie es sich erneut warm machen.

»Und eine Flasche Rotwein gehört auch dazu«, hatte Miró jeden Abend angemerkt, wenn Sabine an den Tisch kam und den Teil der Speisen auftrug, die nicht auf dem Buffet angeboten wurden. Und Gregor jedes Mal: »Einen Merlot, bitte!« Und Miró darauf: »Oder einen Rioja! Lasst euch was einfallen, ein bisschen Abwechslung, und für die Damen vielleicht einen leichten Beaujolais?«

»Und zwei Krüge Leitungswasser«, fiel Michelle mit ein, ihre Nervensägenstimme zur vollen Lautstärke aufgedreht.

Seit einer Weile standen nun wirklich mittags und auch abends eine Flasche Merlot, eine Flasche Rioja und eine halbe Flasche Beaujolais auf der Tafel, dazu zwei Tonkrüge mit Wasser, und das Essen wurde nicht vor neunzehn Uhr gebracht.

Auf diese Weise hatten sie nach und nach so einiges umgestaltet, auch das, was untereinander zu regeln war. Zwar waren manche von ihnen starrköpfig, aber alle immer noch kreativ, und so ging auch das zwar mitunter knirschend, aber dennoch stetig voran. Ob das aber auch ohne Gregors »sechs Sätze« so geworden wäre?

Er hatte sich an seinem ersten Tag in der Villa an die Stirnseite des Esstisches gestellt und in sehr aufrechter Haltung gesagt: »Ich bleibe nur, wenn wir hier bestimmte Dinge beachten. Und die sind:

Wir lachen niemanden aus.

Wir reden über niemanden hinter dessen Rücken und verurteilen niemanden.

Wir sagen es offen, wenn uns etwas stört.

Wir hören einander zu. Wenn einer spricht, wird ihm zugehört.

Wir bemühen uns, mitfühlend zu sein.

Wir helfen einander, aber Hilfe wird nicht aufgedrängt. Es ist gut, um Hilfe zu bitten, wenn einer welche braucht.

Und als letztes: Wir sagen und zeigen es einander, wenn wir uns gern haben.

So, das war's, und wenn das auch für euch wichtige Sätze sind, nach denen man leben sollte, dann lasst es mich wissen!«

Sie hatten alle Ja dazu gesagt, und auch Hakan hatte sich, als sie ihm gleich an seinem ersten Tag ihre sechs Sätze vorgestellt hatten, die inzwischen gedruckt und eingeschweißt immer auf dem Büfett lagen, mit einem knappen Nicken dazu bekannt.

»Wenn da nicht jeder zustimmt, dann weiß ich auch nicht mehr, ob ich hier richtig bin«, hatte Siri Hakan anvertraut.

»Ist ja auch nicht deine Art, etwas hinzunehmen, was nicht haargenau für dich stimmt«, hatte er gegrinst. »Jedes Hotelzimmer, selbst wenn du nur für eine Nacht darin geschlafen hast, sah während dieser Zeit anders aus.«

»Das weißt du noch?«, hatte sie gestaunt und nach einer Weile gefragt: »Hast du eigentlich auch gedacht, dass ich eine Macke hab?«

»Auch?«

»Die meisten haben das gedacht.«

»Ich nicht, sonst hätte ich es dir gesagt. Ich fand dich besonders, darum hast du ja zu mir gepasst. Allerdings ziemlich empfindlich.«

»Ja, stimmt, aber ich nenne es empfindsam, das hat nicht diesen Beigeschmack von überspannt. Und das bin ich nun wirklich nicht. Ich hab es erst spät herausgefunden: Ich bin hochsensibel. Sogar hochhochsensibel, wenn ich den Tests glauben kann. Zu laut, zu viele Eindrücke, schon kommt mein Gemüt ins Schwanken. Mir fehlen etliche von den Filtern, die andere haben. Und wenn du alles völlig ungefiltert wahrnimmst, ist es so viel und so intensiv, dass es dich sehr schnell überflutet. Das erschöpft und ist manchmal kaum zu ertragen.«

»Und dann hältst du das aus hier? Schon allein der Lärm des Ozeans muss dich doch umbringen!«

»Nein! Die See ist meine große Liebe, ich mag es, wenn ich sie immerzu hören kann. Tief und intensiv zu erleben, kann ja auch heißen, tief und intensiv zu genießen. Ich brauche nur das Meer oder eine Wolkenformation zu betrachten oder einen Hauch von Tang im Wind zu riechen oder ein erhabener Gedanke macht mir eine Gänsehaut, und ich bin glücklich.«

Hakan hatte sie erstaunt angesehen, und dann hatte sein Blick sich gewandelt, war suchend geworden, als argwöhnte er, sie würde ihm etwas vorenthalten.

Die Anderen waren schon mit ihrer Aufmerksamkeit bei der samtig-safrangelben Kürbissuppe. Nur wenige Worte wie »gut!« und »ah!« drangen durch das leise Brausen des Winds in der großen Kiefer über ihnen. Siri schloss die Augen und atmete alles in sich hinein. Es war genauso, wie sie es sich einst ausgemalt hatte – nein, noch viel schöner, schon weil es wirklich war. Und weil es etwas gab, für das sie mehr als dankbar war: Zwischen diesen Menschen hier, die manchmal nicht einfach, aber alle ähnlich feinfühlig waren wie sie, fühlte sie sich zum ersten Mal in ihrem Leben nicht wie eine Fremde. Früher war das oft anders gewesen, und das hatte sie einsam gemacht.

Hier war sie einfach Siri, heute fröhlich, morgen vielleicht eher nachdenklich, eigentlich jede Minute von dieser oder jener Stimmung durchzogen und doch immer sie selbst – und hier passierte es kaum einmal, dass sie sich zurückziehen und eine Weile mit sich allein sein musste, um sich nicht selbst abhandenzukommen.

***

2 Die Unvergleichlichen

Im Nachmittagslicht war das tiefe Himmelsblau betörend, der dunkelblaue Ozean schien zu schnurren und das Grün der schiefen Föhre leuchtete fast gelb. Föhre, ein anderes Wort für Kiefer, hatte mit Feuer zu tun: Feuerbaum war ein uralter Name der Kiefer, und nicht nur, weil die Rinde je nach Licht feurig orange bis rot aussehen konnte, auch weil das Holz, die Nadeln, die Zapfen und das Harz hervorragend brannten. So viel hatte Siri inzwischen herausgefunden, und jetzt sah sie Szenen vor sich, Menschen in Fellen mit Speeren und glühendem Blick, die vor dem Feuer eines Waldbrands davonliefen, Menschen, die mit Steinäxten eine Kiefer fällten, um daraus das Gebälk für ein Hünengrab zu bauen, Menschen, die rund um ein großes Feuer saßen und sich wiegten zu ihrem rauen Gesang.

Ein tiefes, seufzendes Einatmen ging durch Siri hindurch. Ihr großer Balkon war nahe der Hauswand schon beschattet. Dorthin hatte sie sich die eine der beiden Saunaliegen geschoben. Halb saß sie, halb lag sie darin, den Laptop auf dem Schoß, die Unterarme auf den Armlehnen. In so entspannter Haltung las, dachte oder schrieb sie am liebsten, und zwischendrin, zog ihr Blick hinaus zu den Großen, wie Hakan sie nannte, auf denen heute ein paar Surfer auf- und niedersausten, winzige Menschenfiguren, leicht und elegant.

Es klopfte. Eine zweite Glastür führte vom Flur aus auf ihren Balkon, und die öffnete sich und Michelle streckte den Kopf um den Türflügel herum. Sie entdeckte Siri, die ihr zunickte, und kam ein paar Schritte näher, wobei sie das Buch, zwischen dessen Seiten ihr Mittelfinger steckte, leicht anhob, wohl, um zu zeigen, dass sie vorhatte zu lesen. »Möchtest du Gesellschaft?«

Siri nickte.

»Aber du schreibst, oder?«

»Ich lese meinen Roman, und wenn mir mal ein besseres Wort oder ein besserer Satz einfällt, kritzele ich das einfach noch rein.«

»Den, aus dem du heut' Abend vorliest?«

»Ja.«

»Kommt Hakan auch?«

»Ja, er will aber erst mal nur schauen, ob er sich in unserer Runde wohlfühlt. Gut, dass wir jetzt erst mit den Künstlertreffs anfangen. Da kann er von Anfang an dabei sein.«

»Erfunden und geplant haben wir sie aber ohne ihn.«

»Mehr, als dass sie frei gestaltet werden können, was immer jemand vortragen oder zeigen möchte, haben wir aber ja nicht beschlossen.«

Michelle nickte, zog sich die zweite Liege auch halb in den Schatten und setzte sich darauf. »Hakan war dein Geliebter?«

»Ja.«

»Wusstest du, dass *er* der Neue ist?«

»Ja. Sein Name ist ungewöhnlich – es hat sofort bei mir geklingelt.«

»Und er? Hat er dich gleich erkannt?«

»Nein, nicht gleich. Es ist über zwanzig Jahre her. Und wir hatten ja auch nur eine Affäre.«

»Olala! Siri!«

»Er war er ein wunderbarer Liebhaber – und zum Glück gebunden. Für uns beide war es genau richtig so. Der Alltag hätte alles kaputt gemacht ... Und jetzt lass mich noch ein bisschen hier weitermachen, ja? Ich erzähl dir später mehr, wenn du willst.«

»Klar!«

Michelle schlug ihr Buch auf, aber statt zu lesen, legte sie es umgedreht auf ihren Oberschenkel und schaute hinaus, wie sie es immer zuerst für eine Weile tat – und meistens schlief sie darüber ein. Die seitliche Mauer der Terrasse nahm dem Wind den Ungestüm. Er liebkoste ihr feines Haar, Wangen und Stirn.

Siri wandte sich wieder ihrem Buch zu. Aber plötzlich war dieser Satz aus dem Gespräch vorhin mit Hakan wieder da.

»Das Alter ist das Hoch des Lebens.«

Während sie mehr von ihrem Austausch zu erinnern versuchte, folgte ihr Blick dem Flug einer Möwe, und sie verlor sich in der Vorstellung, dass sie auch eine Möwe wäre und dort oben schwebte und spürte, wie ein Aufwind ihr unter die Flügel griff und im Gefieder kitzelte und wie sie sich mit kleinen Bewegungen der Flügel und des Schwanzes immer wieder in die Waage brachte – das Fliegen ein müheloses Gleiten. Lieber Gott, sagte sie im Stillen, bitte lass mich vor meinem letzten Atemzug einmal, ein einziges Mal spüren, wie Möwenflug ist. Sie musste über sich selbst lächeln, über ihre Kindlichkeit.

»Was ist?«, fragte Michelle.

»Ach – ich hatte gerade eine schöne Idee fürs Sterben.«

»Uhh – das hört sich merkwürdig an!«

»Ja?«

»Schön und sterben – sowas kannst nur du sagen. Wie machst du das, dass du so locker mit dem Tod umgehst?«

»Ich stelle mir vor, dass es ein guter Tod sein wird. Ein leichter Tod. Schon, weil ich keinen Widerstand leisten werde.«

Michelle wanderte mit dem Blick hinaus ins Weite, schien eine Weile nicht wirklich da zu sein, bis sie schließlich sagte: »Ich hätte tausend Fragen dazu, aber ich will nicht vorgreifen. Du hast ja gesagt, durch dein Buch oder durch das, was du davon vorliest, wird dein Verhältnis zum Tod besser klar werden.«

»Ja. Was ich dazu sagen könnte, würde euch plausibel erscheinen – aber ihr wüsstet nichts. Wenn ich mir Zeit lassen und euch die ganze Geschichte erzählen darf, ist es vielleicht anders.«

Michelle, die Siri angeschaut hatte, nickte und wandte den Blick wieder dem Meer zu. Eine Weile noch saß sie still da. Irgendwann schüttelte sie sich ein wenig, als sei sie in Gedanken weit weg gewesen und müsste sich erst zurückholen. »Ich war immer wie ein Kind, was das Sterben angeht. Kinder leben, als ob das Leben unendlich wäre«, rief sie zu Siri hinüber, als sei Siris Liegestuhl plötzlich weiter weg. »Ich hab mir bisher wenig Gedanken darüber gemacht. Aber seit wir hier beschlossen haben, uns mit dem Sterben zu befassen, ist bei mir etwas anders geworden.« Sie schwieg, doch ihre Lippen bewegten sich weiter, pressten sich zusammen und ließen wieder los, taten das ein paar Mal.

»Was ist anders geworden?«

»Neuerdings sag ich mir manchmal, dass ich schon im nächsten Moment tot sein könnte. Aber es ist nicht wichtig. Viel wichtiger ist, dass mir das Essen hier schmeckt wie noch nie, dass es schön ist, mit euch zusammen zu sein, dass jeden Tag die Sonne scheint und ich schon deshalb gute Laune hab und dass ich mich endlich wieder mit Fotografie befasse.«

»Sag ich doch: Altsein ist Klasse!«

»Na, ich weiß nicht – das sind doch sehr besondere Umstände hier. Das ist pures Glück. Aber was ist besser als an anderen Lebensaltern?«

»Wenn ich das alles aufzählen sollte, könnte ich gar nicht mehr aufhören!«, rief Siri lachend. »Das Schönste ist, dass ich so milde geworden bin. Früher hat mich so viel aufgeregt, ich hab schnell über andere geurteilt, schnell auch war ich wütend oder genervt und sehr oft verletzt. Heute gibt es zwar noch Momente, da geht mir Milde ab, aber die werden immer weniger. Das Beste ist diese angenehme Gelassenheit – und das ist alles andere als Gleichgültigkeit. Und du?«

»Na ja . . . Seit ich hier bin, erlebe ich die beste Zeit, die ich je hatte. Weißt du, ich hatte viele Bekannte in Hamburg, auch einige Freunde, und ich war immer da, wo was los war. Jetzt bin ich fast nur mit euch zusammen und ab und zu ist es auch mal nicht einfach – aber ich nehme das meiste gar nicht so ernst. Sogar mich selbst nehme ich nicht mehr so ernst. Aber ich nehme mich wichtig! Viel wichtiger als früher.« Ein schalkhaftes Lächeln huschte über ihre Züge. »Kann man für Egoismus halten, aber ist es nicht. Es fühlt sich endlich mal richtig an.«

»Ich finde, sich selbst wichtig zu nehmen hat nichts mit Egoismus zu tun. Ganz im Gegenteil: Man muss nicht von anderen Aufmerksamkeit einfordern, weil einem keine fehlt. Einer Gemeinschaft wie unserer tut es nur gut, wenn alle sich selbst wichtig nehmen. Man merkt doch genau, wie die Verfassung jedes Einzelnen etwas mit allen anderen macht. Aber deshalb muss man nicht immer gut drauf sein, finde ich. Worauf es ankommt, ist, ehrlich zu sein. Sich zu zeigen mit dem, was ist. Ich empfinde zum Beispiel Mirós manchmal aggressive Art einfach als Statusmeldungen von seiner inneren Gestimmtheit. Er zeigt sie uns, mehr nicht.«

»Ja? Mir macht das zu schaffen. Dann werd' ich auch nörgelig oder aggressiv, aber das segelt schnell vorbei. Früher hätte ich ihn angemacht, jetzt kommt mir das gar nicht in den Sinn.«

Siri lächelte. »Gelassenheit ist sehr entlastend, nicht?«

»Na ja, man stumpft eben ab mit den Jahren.«

»Keine Spur! Ich werde immer empfindsamer! Gelassen sein heißt für mich, dass ich endlich frei bin von diesem ewigen Bewerten und Urteilen. Ich kann die Menschen und Dinge einfach lassen. Umso mehr kann ich mir bewusst sein, dass ein Urteil nicht viel aussagt, weil alles sehr verschiedene Aspekte hat. Etwas, das am Abend wunderbar ist, kann am Morgen schrecklich sein. Wein trinken zum Beispiel!« Ein helles Kichern begleitete Siris letzte Worte.

»Hmhm«, nickte Michelle. »Da sind wir uns ziemlich ähnlich. Bloß dass du ständig auf den Tod schaust, das könnte ich nicht.«

Siri lehnte sich zurück und schloss die Augen. »Nicht ständig. Er ist nur im Moment etwas mehr präsent, weil wir uns damit befassen. Normalerweise nicken wir uns nur manchmal zu, der Tod und ich. Schließlich sind wir Freunde.«

✳

Ein Stockwerk höher stand Hakan in seiner doppelflügeligen Glastür, vor der ein halbhohes geschmiedetes Gitter einen Sturz in die Tiefe verhindern sollte. Leider kein Balkon, aber immerhin. Was hätte er zu erwarten gehabt für die letzten Tage? Etwas wie das hier? Niemals.

Und er war ja glücklich mit seiner winzigen Bude gewesen, die Ostsee nicht weit, die schöne Altstadt direkt um ihn herum. Aber die Treppen, als seine Knie nicht mehr wollten ... Und die Sehnsucht, raus und ans Meer zu kommen, als das Autofahren nicht mehr ging ... Und das viele Alleinsein, als die Liebste gestorben war ... Und der Gedanke, ob das noch ein Leben sei ... Und jetzt das hier: First-Class! Ein Blick, eine Luft – und da unten, nicht zu fassen: Siri.

Plötzlich Schwindel. Er musste sich hinlegen. Die Beine hoch. Tief atmen. Gleich, wenn's wieder geht, aufstehen und viel Wasser trinken. Das ist das Wichtigste. Trinken. Das brauchen nicht nur die Nieren, aber die ganz besonders. Erst recht, wenn nur noch eine heil ist.

Und das Zweitwichtigste: Hier gibt es diese Klingel. Hier *kommt* jemand.

*

Siri war mit dem Blick auf ihren geschriebenen Worten, aber sie merkte gar nicht, dass das Lesegerät blass wurde, als es in den Sparmodus umschaltete. ›... der Tod und ich – schließlich sind wir Freunde‹ – diese Worte hingen wie ein stehengebliebenes Echo in ihr, ein Dauernachhall, der sie erst zum Lächeln brachte und dann die alte Angst in ihr aufsteigen ließ: Werden die anderen wirklich verstehen können, was ich meine, wenn ich so vom Tod rede – auch wenn ich die ganze Geschichte erzählen kann?

Eigentlich lässt es sich doch ganz einfach zusammenfassen: Ich brauche dem Tod nicht mehr auszublenden. Ich weiß wie alle, dass er kommt – aber ich weiß es anders, als die meisten. Ich kenne ihn ...

Siri atmete tief ein, es hörte sich wie ein leises Stöhnen an, und legte das Lesegerät beiseite. »Genug für heute«, murmelte sie.

Michelle rappelte sich im Liegestuhl hoch. »Stört es dich doch, wenn ich da bin?«

»Nein! Es ist schön. Ich bin bloß müde, dann seh' ich eh nichts mehr, der Text würde mir fern bleiben. Weißt du, was ich meine?«

»Das geht mir beim Fotografieren so ähnlich, ja. Sobald es mich anstrengt, weiß ich nicht mehr, aus welchem Blickwinkel ein Motiv aufgenommen werden muss, weiß auch nicht, ob das Licht gerade das Beste ist – das kann man nicht mit Nachdenken rausfinden. Dann weiß ich nur eins: mein Künstler-Ich muss sich erholen.«

30

»Wie lange hast du noch gearbeitet?«

»Das Atelier habe ich vor drei Jahren aufgegeben, die Arbeit nicht. Ich hab früher viele Porträts gemacht, Auftragsarbeiten meistens. Gesichter begeistern mich. Sie sind immer noch mein liebstes Motiv. Aber jetzt ist es natürlich anders. Jetzt muss ich aufpassen, dass ich mich nicht wie eine Hobbyfotografin fühle. Ist dumm, ich weiß, aber es ist so.«

»Vermisst du das Arbeiten im Atelier?«

Michelle schien zu überlegen, begann leise zu lächeln und sagte: »Zuerst hab ich es vermisst, ja. Aber dann hab ich mich auf die Suche nach neuen Möglichkeiten gemacht, und da fing meine Kunst erst an, Kunst zu sein.«

Siri legte den Kopf fragend auf die Seite, und Michelle erklärte: »Früher hab ich das Bild erschaffen, bevor ich es fotografiert habe. Die Beleuchtung, eventuelle Requisiten, den Hintergrund – das hatte ich alles schon im Kasten, bevor ich überhaupt auf den Auslöser gedrückt habe. Ich habe die Leute zum Porträtieren in eine fertige Umgebung gesetzt oder gestellt, die ich sorgfältig gestaltet hatte. Trotzdem darfst du dir nichts Gestelltes oder Gemachtes vorstellen, bei den Vorbereitungen war ich voll auf den jeweiligen Menschen eingestimmt, es kam mir darauf an, sein ganz besonderes Wesen zu unterstreichen. Die Portraits hatten große Ausstrahlung. Sie waren gut, richtig gut, hat man mir gesagt.

Aber stell dir vor, ich würde Miró portraitieren wollen. Wenn er überhaupt dazu bereit wäre, wie sollte das gehen? Und wo? Hier? Das Meer als Hintergrund? Sein Blick nachdenklich in die Ferne gerichtet? Geht nicht. Geht mit niemandem hier, am allerwenigsten mit ihm. Vielleicht dürfte ich ihn in seinem Atelier beim Malen porträtieren. Aber ich könnte nichts gestalten, ich könnte wahrscheinlich nicht mal meine Position groß ändern, weil es ihn stören würde. Ich müsste mich irgendwo unsichtbar machen und auf Momente lauern. Das ist vollkommen anders als Atelierarbeit. Ich hab zwar früher auch ab und zu so gearbeitet, aber nicht genug, um wirklich gut zu sein. Es braucht Übung. Sich selbst zurücknehmen. Nichts wollen. Einfach gucken. Und wenn der Moment kommt: klick.« Michelle machte eine Geste, als hielte sie zwischen Daumen und Mittelfinger eine Kamera und würde mit dem Zeigefinger den Auslöser drücken.

»Wow! Das ist ja eine Revolution gewesen! Und jetzt kannst du locker sein und dich vom Zufall führen lassen. Den handwerklichen Teil beherrscht du ja bestimmt vollkommen.«

»Das ist es ja gerade …« Michelle lachte und zog dabei die Brauen hoch. »Sehr gut sein, das kann das Künstlerische ausheben, und dann sind die Werke – tot.«

Siri nickte. »Sehr gut sein *wollen* jedenfalls. Vielleicht sind deshalb so viele große Maler in ihrem Alterswerk so einfach, manche ja sogar kindlich naiv geworden.«

Michelle zog die Schultern hoch. »Das kam erst mit der Moderne auf, und ich glaube eher, es waren Befreiungsbewegungen.«

»Ja, das kann auch sein – es war sicher absolut unfassbar damals. Ich sehe gerade gewisse Bilder von Paul Klee vor mir, traumverloren und witzig und so herzergreifend kindlich, ein bisschen auch ethnisch anmutend.«

»Stammt nicht von ihm der berühmte Satz ›Kunst gibt nicht das Sichtbare wieder, sie macht sichtbar‹?«

Siri nickte. »War das so eine Art Leitsatz in deiner Arbeit?«

»Klar. Ich hab ja für meine Kunden nicht irgendein hohles Setting aufgebaut, damit sie gut rüberkamen. Ich hab versucht, sie aufzuspüren. Manchmal ging das am besten ohne Worte. Sie mussten nur da sitzen, mich bei all meinem Gewusel allmählich vergessen, langsam in sich einsinken, während sie warteten, dass es überhaupt losging. Aber mit manchen musste ich reden, sie sogar auch mal provozieren, um überhaupt ihr Gesicht zu sehen, nicht nur ihre Maske. Das sind die Momente. Die musst du fischen. Das ist Fotografie für mich: Momente fischen.«

»Und jetzt? Fotografierst du noch?«

»Nur sehr selten. Aber seit neuestem bin ich manchmal Stunden am Sortieren, am Nacharbeiten, am Experimentieren. Kannst dir ja vorstellen, ich hab Massen von Bildern auf dem Rechner.«

»Und Papierbilder? Manchmal seh' ich dich damit.«

»Ja, das sind meine kleinen Orgien, wenn ich ein paar davon auspacke, anfasse … Der Glanz, die glatte Oberfläche, die Veränderung durch einen anderen Lichteinfall – damit kann ich mich Ewigkeiten befassen. Gucken und gucken und gucken. Bildbearbeitung mach ich natürlich am Computer. Meine Software ist von Vorgestern, aber mir reicht sie. Außerdem kann ich mir keine neue leisten.«

»Wo hast du eigentlich gewohnt in Hamburg? Außerhalb?«

»Mittendrin: Eppendorf.«

»Und du warst ganz allein?«

»Ja. Mein Mann ist schon mit Mitte Sechzig gestorben. Und irgendwann war ich nicht nur in der Wohnung allein, auch sonst. Die

Freunde wurden weniger, aber als dann die Corona-Pandemie kam, habe ich alle verloren, wirklich alle. Auch meine Tochter.«

»Oh! Das tut mir sehr leid.«

Michelle hatte das Letzte mit zurückgelegtem Kopf zum Himmel hin gesprochen, zu den hohen, feinen Faserwolken, die schnell dahintrieben. Jetzt wandte sie sich Siri erneut zu und sah sie mit großem, halb fragendem, halb verlorenen Blick an. Wie vorhin schon ging ein unwillkürliches, kaum wahrnehmbares Schütteln durch sie hindurch. Ihre Stimme blieb unverändert sachlich. »Die Leute, die ich von Ausstellungen und sonstigem kulturellen Geschehen her kannte, hatte ich für meine Freunde gehalten. Aber das war bloß eingebildet. Freundschaft ist was anderes. Ich hab keine Ahnung, wie ich so bedürfnislos werden konnte. So ganz auf menschliche Nähe verzichten – wie hat man das hingekriegt? Wenn ich sehe, wie es jetzt ist, hier ...« Sie presste die Lippen aufeinander und warf Siri einen Blick zu, der sich schnell aufs Meer hinaus flüchtete.

»Und keine Kinder sonst? Oder Verwandte?«

Michelle schüttelte den Kopf.

»Aber dann hast du von uns hier gehört und bist gekommen?«

»Ha, so einfach war das nicht!« Michelle hob den rechten Zeigefinger. Schalk huschte durch ihre Züge. »Ich hab durch eine E-Mail davon erfahren. Das muss ein Versehen gewesen sein, jedenfalls wüsste ich nicht, wie die auf mich gekommen sein sollen – und erst dachte ich, das ist irgendeine Betrugsmasche. Das hat alles so sehr auch auf mich gepasst ... Es hat keine Sekunde gedauert, da hab ich gedacht: Keine Internetseite, also auch keine Fallen, in die du nur durch ein paar Klicks geraten kannst. Antworten bitte per Mail oder Brief, stand drunter und dann ein paar Bilder von dem Zimmer, das ich haben könnte. Na ja, alles ziemlich merkwürdig. Ich glaub, gerade darum hab ich geantwortet und mich beworben. Und weißt du, was passiert ist? Die haben mich abgelehnt! Tut uns leid, sie sind für dieses Projekt nicht *arm* genug!«

»Und dann?«

»Na ja – es ist nicht so schwer, arm zu werden, oder?« Michelle lachte ein trockenes Lachen, war wieder mit dem Blick draußen auf der rollenden Dünung und versank in träumendem Schweigen. »Und du?«, fragte sie schließlich. »Wie bist du hergekommen? Irgendwie passt das nicht zu der Siri, die ich hier vor mir sehe. Jedenfalls nicht, dass es ein Heim ist. Du könntest doch auch noch allein leben, und du hast mal gesagt, du willst bis zuletzt selbständig bleiben.«

»Ich war auch bis ins hohe Alter beweglich und tätig und selbstbestimmt. Ich bin noch mit vierundachtzig Jahren auf die Leiter gestiegen und hab die Dachrinne vom Laub befreit, hab meine Rosen gepflegt, mein Ofenholz mit der Schubkarre bergauf von der Straße vors Haus gekarrt und aufgestapelt … Ich hab richtig ländlich gelebt in meinem Wald.«

Michelle riss die Augen auf. »Ohne Heizung?«

»Nein, mit Heizung, aber die Öfen waren mir viel lieber. Und ich brauchte das alles irgendwie: Garten, Bewegung, mit den Händen etwas schaffen … Aber irgendwann hatte ich das Verlangen, nichts mehr zu müssen, gar nichts, einfach dazusitzen und hinauszuschauen in den Himmel, wenn mir danach ist – und das Essen steht trotzdem mittags auf dem Tisch. Dieses Privileg des Alters wollte ich endlich auch genießen. Es muss ja nicht zum Programm werden, ich kann doch jederzeit schreiben oder mich vorne im Rosengarten um die Rosen kümmern.

Weißt du – ich glaube, das Leben ist erst rund, wenn es von allen Seiten gekostet worden ist. Und für dieses Letzte, was noch aussteht, passt doch auch eine stille, besinnliche, entspannte Zeit und ein Ort, wo ich es richtig toll finde und wo man nach mir sieht, falls ich mal nicht aus dem Bett aufstehen kann oder will, wo ich Pflege bekäme, falls ich welche bräuchte, und vor allem: wo Menschen sind, mit denen ich gern zusammen bin.«

»Aber eigentlich, Siri – sag mal ehrlich: Eigentlich gibt's doch so was wie hier gar nicht! Wie kannst du dann darauf aus gewesen sein?«

»Ich hatte jedenfalls nicht die leiseste Aussicht auf sowas hier«, gab Siri ihr halb Recht. »Dachte ich.« Sie lachte leise. »Na ja, man sollte nicht alles glauben, was man so denkt! Oder lieber an das denken, was man möchte. Ich hab kein einziges Mal gedacht: Das wird ja doch nichts. Naiv wie ein Kind hab ich eine wunderbare Zeit an einem tollen Ort mit lieben Menschen vor mir liegen sehen.«

»Genauso kommst du mir vor!«, rief Michelle. »Wie ein Kind. Und ausgerechnet du schlägst vor, dass wir uns hier mit Tod und Sterben befassen. Dass passt überhaupt nicht zu dir, dass du dauernd ans Ende denkst!«

Siri lächelte. »Ich denke nicht ans Ende. Es gibt keins.«

*

Hakan kam als fast letzter zum Abendessen herunter. Hochgereckt stand er an der Tür, beide Hände auf den Gehstock gelegt, und

34

schaute nach einem freien Platz. Es gab einen am Ende des Tisches und den rechts neben Siri. Dorthin setzte er sich, beugte sich zu ihr und flüsterte: »Was ist mit dir? Du warst schon damals besonders, aber jetzt ist es, als ob du irgendwie – leuchtest.« Siri näherte sich ihm, wollte ihn statt einer Antwort einfach auf die Wange küssen, aber er wich zurück. »Also – wenn's kein Guru ist, dann bist du eine Braut Jesu geworden!«, grinste er. Sie zog nur die Schultern hoch, sah ihn kurz an, dachte bei sich: ›Hakan, lass gut sein‹, und wandte sich Miró zu, der an ihrer anderen Seite saß.

»Was hast du gemacht heut Nachmittag?«, fragte sie ihn.

»Ich bin am Strand spazieren gegangen!«, dröhnte er.

Michelle prustete los, Siri griente. Gregor rief vom Tischende her: »Ich wette, er hat hier gesessen und den Wein ausgepichelt, und jetzt ist nur noch rot gefärbtes Wasser drin!«

Sabine trat mit einem großen Tablett zu ihnen auf die Terrasse heraus. Sechs kleine Teller mit schön angerichteten Basilikum-Mozzarella-Tomaten waren darauf gestapelt.

»Na, Sabine, du denkst, wir sind wie kleine Kinder, stimmt's?«, rief Miró ihr entgegen. Sabine hob erstaunt die Brauen. Miró schob den Unterkiefer vor und kämmte mit den unteren Zähnen einmal über seinen Schnurrbart. »Hast ja Recht, bloß die da draußen, die die große Politik machen oder die Fäden in der Wirtschaft ziehen, sind auch nicht viel älter als zehn oder elf. Der Unterschied ist: Die wissen es nicht, aber wir, und darum können wir auch anders. Wir sind nämlich nicht mitgeschwommen im Strom. Wir haben darauf bestanden, das zu sein, was eines Menschen Würde ausmacht: Wir selbst. Dafür haben wir ne Menge Dreck eingesteckt, das kannst du mir glauben, aber jetzt können wir uns leisten, wie Kinder zu sein. Mit der Reife wird man immer jünger, das hat jedenfalls Hermann Hesse gesagt.«

»... wie das Alterswerk vieler großer Maler zeigt«, ergänzte Siri. »Manchmal wirkt es naiv, aber dahinter steht eine Kunstfertigkeit und Tiefe, dass man erschauert! So geht's mir übrigens auch mit deinen Bildern.«

Sabine hatte mit gehobenen Brauen und vielsagendem Blick Michelle das Tablett hingehalten, die die Teller heruntergenommen und weitergereicht hatte.

»Meinetwegen kannst du deine Haare ruhig offen tragen«, säuselte Miró ihr zu. »Dann wärst du noch hübscher!«

Sabine drückte den Rücken durch, nahm das Tablett vor den Körper, dass es sie wie ein Schild abschirmte, warf Miró nur einen kurzen

Blick zu, der eher wie ein Blinzeln war, sah sich dann in der Runde um und fragte: »Weiß jemand, was mit Fred ist?«

»Schon wieder vermasselt die mir den Auftritt!« Der Aufschrei kam von der Terrassentür her. Da stand er. Weiße Handschuhe, weißes Jackett, giftgrüne Hosen, dazu ein heller Strohhut und eine verspiegelte Sonnenbrille, in der Hand ein roter Spazierstock. Fred war offenbar gerade dabei gewesen, als divenhafter Varieté-Künstler herangerauscht zu kommen. Diesmal ließ er sich seine Darbietung nicht ganz nehmen. Forsch trat er noch zwei Schritte weiter vor, neigte sich leicht über Siri, die sich zu ihm umgedreht hatte, griff unter ihr Halstuch und zog eine große Kröte hervor, die er ihr auf der flachen Hand präsentierte. Siri schrie leise auf, fing an zu lachen und zu klatschen, und während Michelle und dann alle anderen es ihr nachtaten, schaffte Fred es nach einer kurzen Verbeugung noch einigermaßen leichtfüßig, die paar Schritte zum letzten freien Platz zu gehen, wo er die Kröte aus lässiger Hand auf seinen Teller fallen ließ. Sie zuckte noch einmal, dann wurde deutlich, dass es eine gut gemachte Attrappe war.

»Schöne Rede, Miró«, sagte Fred, als er saß. »Aber wie kommst du darauf, dass wir reif wären.«

»Habe ich wir gesagt?« Miró zog die Brauen noch tiefer über die Augen und fixierte Fred.

Siri sah ihn von der Seite an. Nietzsche, durch und durch. Das wäre ein weit besserer Spitzname für ihn, zumal seine Kunst nichts mit der von Miró gemeinsam hatte. Er hatte den Namen bloß an sich hängen wie einen Umhang vom Kostümverleih. »So heiß ich schon seit der Kunstschule; ich hab mal so ähnlich gemalt wie Miró, ist lange her. Aber das ist mein Name, den anderen hab ich vergessen«, waren seine Worte dazu gewesen, als er sich ihnen vorgestellt hatte.

»Weil hier keiner nach Anerkennung, nach Macht, nach Geld strebt!«, ließ Miró sich nun doch auf Freds Frage ein. »Weil hier niemand andere übertrumpfen muss. Weil alle hier, soweit ich das mitgekriegt habe, Bescheidenheit gelernt haben, vielleicht sogar Demut. Beides kleidet einen Menschen nun mal weit besser als Dünkel und Überheblichkeit. Und vor allem sind wir ehrlich. Genügt das oder willst du mehr hören? Ich kann noch stundenlang weiter aufzählen.«

Siri nickte Miró zu und wandte sich dann an Fred. »Willst du nicht heute Abend noch mehr für uns zaubern?«

»He! Heute Abend liest du!«, gellte Michelle, und Fred sagte leise: »Brauchst mich nicht zu trösten, Siri. Zwei verpatzte Auftritte, das steckt ein gereifter Künstler mühelos weg!«

»Ich meinte ja nicht, dass du den ganzen Abend schmeißt, ich meinte ein gemeinsames Programm: Ich lese, du zauberst.«

»Ich als Nebenprogramm? Nee, danke. Ich bin Profi! Ich werde schon noch mit was rauskommen, da mach dir mal keine Sorge!«

»Sorry.«

»Keine Ursache.«

»Seht ihr, dass wir reife Menschen sind? Die Sachen kommen auf den Tisch, statt dass sie drunter gekehrt werden!« Miró streckte den Hals vor, so dass sein Ausdruck noch ungestümer wirkte.

»Und keiner ist sich zu schade, sich auch mal zu entschuldigen, statt Recht haben zu müssen«, ergänzte Gregor vom Tischende her. Es klang weniger wie eine Feststellung, eher wie eine Erinnerung an das, was sie sich auf die Fahne geschrieben hatten.

»Und wir sind unvergleichlich!«, rief Fred. »Jeder ein absolutes Unikat! Dieser abgekupferte Name ›Villa Massimo Senior‹ ist unserer nicht würdig! ›Die Unvergleichlichen‹, das sind wir!« Fred legte eine Menge Pathos in seine Stimme, doch der Ozean schnappte ihm mit einer plötzlich aufbrausenden Brandung die Worte von den Lippen.

*

Sie saßen im großen Kreis auf Siris Balustradenbalkon, Siri unter einer Stehlampe, deren tulpenförmiger Schirm sich anmutig zu ihr hin neigte. In der Umarmung der Nacht war das Meer sehr viel ruhiger und hörte dennoch nicht auf, Welle um Welle auf den Strand zu rollen – angenehme Hintergrundmusik, die man mit etwas erhobener Stimme gut übertönen konnte.

Siri schaute von einem zum anderen. Sie spürte ihr Herz. In plötzlichem Aufruhr schien es sich überschlagen zu wollen. ›Ruhig‹, sprach sie ihm in Gedanken zu. ›Nichts Schlimmes kann passieren.‹ Mit dem langen Atemzug, den sie nahm, steigerte sich ihre Aufregung nur.

Miró nickte unwirsch, als wollte er sagen: Worauf wartest du? Sie nahm noch einen tiefen Atemzug, spürte ihr Herz weiterhin, und als sie zu lesen begann, erstaunte sie ihre eigene Stimme: Sie klang hell, fast kindlich.

***

Siri.
Dieser Name steht nicht in meiner Geburtsurkunde.
Mein Bruder hat ihn mir gegeben.
Als er mich zum ersten Mal anschaute, wusste er:
Ich bin es.
Siri.
Die, auf die er gewartet hatte.

Winter 1954

Sturm schüttelt das winzige Holzhaus. Der Ofen glüht. Als die We-hen kräftiger werden, sollen Johann und Johanna sich anziehen, die Jacken, die Mützen, Schals, Handschuhe und Stiefel. Johann hilft Johanna, aber ihren rechten Stiefel bekommt nur Vati zu.

Johanns orangerotes Kraushaar reckt sich wie unzählige Fühler empor. Es scheint, als ob er damit unablässig abtastet und erforscht, was um ihn ist. Alles, was in sein Blickfeld kommt, muss er betrachten, beriechen, belecken, jedes Quäntchen Welt ordnet er blitzschnell ein in seinen stürmisch sich ausbreitenden Verstand und erklärt es sofort Johanna.

Johanna, weißblond, immer einen Trotz im runden Gesicht, hat ihre Wissbegier gut versteckt. Sie hat schon herausgehört, dass man sie für ein Dummchen hält. Weil sie andere Fragen stellt als ihr großer Bruder? Also stellt sie gar keine mehr. Tief im Verborgenen pflegt sie ihren Groll darüber, überlässt Johann das Reden, und während er ihr alles zeigt und beibringt, versteht und begreift sie auch das, was hinter dem ist, was er erklärt. Darüber flüstert sie abends mit ihm, wenn sie unter ihm im Etagenbett liegt.

Johann ist fünf, Johanna drei. Es gibt keine anderen Kinder dort oben auf der Küste, nur im Sommer, wenn die Sommergäste kommen. Die beiden sind wie siamesische Zwillinge. Bis zu jenem Tag.

Schaumwogen rennen gegen den Strand und türmen sich draußen auf der See, über der es schon dunkel wird an diesem eisigen Februar-nachmittag. Vati nimmt Johann an die Hand, und Johann hat wie immer Johanna an der Hand. In kürzester Zeit sind ihre Gesichter blaurot. Sie müssen ins Dorf zu Frau Bruchhagen.

»Da riecht es nach Hexe!«, hat Johanna geflüstert, aber Johann hat ihr nicht wie sonst beigestanden. Vati guckt so ernst. Und Mutti hat sich auf dem Tisch abgestützt, als ob sie den riesigen Bauch nicht mehr tragen könnte, und sie hat gestöhnt.

Hoffentlich müssen sie nicht in der guten Stube sitzen. Es ist muffig in Frau Bruchhagens Wohnzimmer und den ganzen Tag düster, und man darf nichts anfassen.

Auf dem Steilküstenweg gehen sie so schnell sie können gegen den eisigen Sturm an, und Johanna läuft schneller, damit sie hinter Johann hervor Vati ansehen kann, und ruft gegen das Brausen an: »Wann holst du uns wieder ab?«

»Sobald das Baby da ist.«

Wann ist es da, will sie fragen. Aber Johann hat sich jetzt auch etwas vorgebeugt und zu Vati hin gewandt, denn er muss dringend wissen, ob der »Herr Hebamme« die »Frau Hebamme« mit einem Auto bringen wird. In ihrem Dorf gibt es höchstens ein, zwei Mal in der Woche ein Auto zu sehen. Vati weiß es nicht.

Wieder beugt Johanna sich im Voranstürmen vor, aber jetzt nur so weit, dass sie Johanns Blick einfangen kann. Mit einem Ausdruck von Verschwörung um den Mund gibt sie ihm das Stichwort: »Aber wenn es ein Mädchen wird ...«

Und Johann verkündet: »Vati, wenn es ein Mädchen wird, dann werfen wir es auf den Misthaufen!«

Vati hat zu Hause den Kanonenofen noch ordentlich nachgeheizt. Jetzt sieht er das Ofenrohr rot und fast flüssig vor sich. Schon einmal hat es geglüht, und das Haus ist aus Holz. Er zieht die beiden schneller voran. Sie kichern und sehen sich im Laufen an und besiegeln damit ihre Abmachung.

Als Vati bei Kaufmann Blunck telefoniert, sagt Johanna: »Wenn es ein Junge wird, schenken wir ihm so einen!« Und sie zeigt auf die winzigen roten Lollis in dem großen Glas. Jeder ist wie eine zu Zucker gewordene Kirsche. Johann nickt.

Später, als Vati sie endlich abholt und Johanna gleich aufgeschnappt hat, dass aus Muttis riesigem Bauch ein Mädchen gekommen ist, läuft sie noch schneller als Johann und Vati, beugt sich im Laufen weit vor und flötet:

»Wir werfen es auf den Misthaufen!«

»Ja!«, pflichtet Johann bei, abgemacht ist abgemacht, aber so wichtig ist es ihm nicht. Rot vor Eifer fragt er: »Vati, hat Herr Hebamme die Frau schon abgeholt?«

»Als ich losgegangen bin, war sie noch da.«

Zu Hause zeigt sich, dass Frau Hebamme weg ist, und niemand hat gesehen, ob mit einem Auto und mit was für einem. Dafür steht jetzt neben Muttis Bett ein Hocker und auf dem Hocker ein Wäschekorb. Er ist mit weißem Blümchenstoff ausgeschlagen. Darin liegt das neue Kind. Johanna schaut übers Fußende in den Korb hinein. Dann krabbelt sie zu Mutti aufs Bett, schmiegt ihr Eisgesicht an Muttis heiße Wange, will sie ganz viel fragen: Wie ist es, ein Baby zu bekommen, wie kommt es hinein in den Bauch und wie wieder heraus? Aber Mutti sieht nur zu dem Wäschekorb hin, und ihre Augen sehen aus, als ob sie schwimmen würden.

Johann hat länger gebraucht, Schal und Mütze und Schnürstiefel auszuziehen. Er ist groß genug, Vati hilft ihm nicht mehr dabei. Kaum ist er im Zimmer, glüht er mit dem Ofen um die Wette. Sein rotes Lockenhaar, das sich immer noch gegen die Form der Mütze sträubt, steht wie ein Leuchtkranz um seinen Kopf.

Langsam und leise, als sei er in einer Kirche, tritt Johann in die Nische mit dem Bett und dem Wäschekorb. Er sieht Mutti an. Dann den Korb. Er beugt sich darüber, schaut in ein Gesichtchen mit weit offenen Augen. Der Blick, der seinen empfängt, kommt noch aus dem Unendlichen. Doch plötzlich bewegt sich der winzige Mund. Schickt Johann ein Lächeln, ein Erkennen, als hätte dieses neue Wesen nur darauf gewartet, dass er kommt.

»Siri!«, raunt er, ohne es wirklich zu merken und ohne zu wissen, warum. Er dreht sich halb zu den anderen um und kann es nur flüstern: »Siri lacht!«

Sie lacht, verstehen die Eltern.

»Neugeborene können noch nicht lachen«, sagt Vati. Er reckt sich trotzdem und späht von da, wo er steht, in den Korb. Das neue Kind schaut seinen Bruder unverwandt an. Und es lächelt.

Mutti hebt auch den Kopf, und ihr Gesicht leuchtet wie das von dem Engel auf dem Bild über Johanns Bett. Johann steigt es im Hals hoch. Er ist doch gar nicht traurig. Aber wie ein Bach laufen ihm plötzlich die Tränen. Leise sagt er:

»Danke für das schöne Kind!«

***

Zwischen 1962 und 1968

Johann mit dem Leuchthaar, den vollen Lippen, dem hellen Blick. Zehn ist er, elf, dreizehn, fünfzehn. Geht neben mir, mehr als einen Kopf größer als ich. Und er sagt unseren Satz:

»Gehen wir ein Boot klauen, Siri?«

Ich nicke. Immer nicke ich, wenn er das fragt. Dann tun wir etwas, das niemand wissen darf. Manchmal wandern wir zu dem See hinterm Deich. Wir schleichen durchs Schilf zum Bootshaus. Wenn es verschlossen ist und niemand zu sehen, auch niemand zu hören und keins von den Fischerbooten fehlt, binden wir das vorderste los und rudern am Schilfrand entlang. Johann rudert. Ich sitze hinten, sehe an Johann

41

vorbei nach vorn, sage ihm, ob er mehr nach Backbord oder mehr nach Steuerbord muss. Auf links oder rechts hört er nicht. Und ich würde es sowieso durcheinanderbringen. Backbord und Steuerbord bringe ich nie durcheinander. Du bist ja auch in einer Schiffskoje geboren, sagt Johann. Und in einem Haus, das Beiboot heißt. Er sagt es, als wenn er stolz darauf wäre.

Der See ist still. Ganz anders als das Meer. Es knistert im Schilf, als ob jemand darin hockt und uns belauscht. Ich sehe Johann an.

»Ein Vogel«, sagt er leise.

Ich nicke. Ich will kein Angsthase sein. Ich will, dass Johann mich wieder fragt: Gehen wir ein Boot klauen? Mich fragt er, nicht Johanna. Sie ist vernünftig. Sie hilft Mutti und macht stundenlang Schularbeiten. Abends im Etagenbett reden sie und Johann über Sachen, die sie mir nicht verraten will. »Dafür bist du noch zu klein!«, sagt sie. Aber das hier, dafür bin ich nicht zu klein!

»Gehen wir ein Boot klauen?«, fragt Johann auch dann, wenn er mich mitnimmt an den Hafen und Fischer Madsen auf seinem großen Kutter besucht. Wir stehen da nur rum, aber wir sind auf dem Deck vom größten Kutter im Hafen. Wenn Madsen von unten aus dem Maschinenraum ruft »Bring mir mal den 17er Schraubschlüssel runter, Jung, der liegt da oben auf dem Kajütdeck!«, klettert Johann mit dem Schlüssel in das Loch zu Madsen runter, und ich beuge mich über den Rand und sehe ihm nach, bis er im Dunkel verschwindet. Ein heißer öliger Geruch ist in dem Loch. Mir wird übel davon. Ich sehe Madsens ölschwarze Hände an irgendetwas schrauben. »Verdammich noch mal!«, flucht er, als er abrutscht, und Johann fragt: »Abgebrochen?«, und Madsen sagt: »Das woll'n wir doch nicht hoffen, was?« Ich setz mich auf den Rand der Luke und baumele mit den Beinen und schaue den Möwen drüben auf der Mole beim Zanken und Kreischen und Landen und Starten zu. Unten reden Johann und Madsen. »Kannst morgen mit«, sagt Madsen, als sie wieder hoch gestiegen kommen. »Musst aber früh aus den Federn.« Johanns Gesicht taucht in der Luke auf. Es glüht, als er mich angrinst. Ich trau mich nicht zu fragen, ob ich auch mit darf. Ich hab Angst, dass ich seekrank werde. Mir wird schon im Hafen schlecht von dem Motorgeruch.

Hier auf dem See ist das Wasser glatt, da werde ich nicht seekrank, auch wenn es mich bei jedem Ruderschlag vor und zurück wiegt. Ich sitze auf der hinteren Bank und schaue nach vorn, und ich muss gut aufpassen, weil Johann auf der Mittelbank sitzt, wo rechts und links die Ruderdolden sind, aber mit dem Blick nach hinten. So rudert man, weil es so am besten geht, hat er mir erklärt. Wir haben Glück gehabt, oft nehmen die Angler die Dolden ab und schließen sie in die Hütte ein. Die Ruder stehen meistens unter dem Dachüberstand hinter der Hütte. Ohne Dolden kann man nicht rudern, denken die Angler, aber Johann kann wriggen. Dann steht er hinten am Heck und dreht das eine Ruder so komisch im Wasser hin und her, dass es lauter Strudel gibt. So kommt das Boot auch vorwärts, nur langsamer.

Jetzt beugt er sich weit nach vorn, den Kopf ganz unten, wenn er die Ruder eintaucht. Dann legt er sich lang nach hinten und zieht sie durch. Es sieht aus, als wenn es schwer ist. Johann schaut an mir vorbei. Ich weiß, dass er den Steg im Blick hat, wo die anderen Boote liegen. Wenn einer von den Anglern auftauchen würde, könnte ich es sofort in Johanns Gesicht erkennen. Ich sehe nach vorn. Im Schilf beginnt sich eine Bucht zu öffnen. Ich beuge mich vor. Steht da ein Angler? Nein. Alles nur Fantasie!

Aber da ist ein zweiter Ruderschlag! Ein anderes Boot! Schon will ich mich umdrehen. Quatsch! Dann hätte Johann es doch gesehen.

Für einen Moment schaue ich hinunter ins grüngraue Wasser. Es riecht genauso dunkel, wie es aussieht. So ähnlich riecht es in der Regentonne zu Hause. Ganz anders als das Meer. Dort kann man vom kleinen Badesteg bis auf den Grund sehen, wo Seegras auf den Steinen wächst, und die Wellen wedeln es hin und her. »Aber weiter draußen, wo es tief ist, ist es auch dunkel«, hat Johann gesagt. Dann muss der See sehr tief sein, hab ich überlegt. Aber Johann meint, im See ist unten kein weißer Sand, darum ist er so dunkel. Was da wohl stattdessen ist? Irgendetwas Schwarzes, wo man drin versinkt wie im Moor? Bevor es mich noch mehr gruselt, gucke ich lieber wieder nach vorn und höre dem gleichmäßigen Platschen der Ruder zu, wenn sie ins Wasser tauchen und wieder hochkommen. Bei jedem Ruderschlag ruckt das Boot und schießt ein Stück voran. Man wird schläfrig davon. Bis irgendwann wieder eine Bucht im Schilf kommt. Wir können erst ganz hineinsehen, wenn wir neben ihr sind. Bitte, lieber Gott, lass auch die nächste Bucht leer sein! Bitte! Ich mache die Augen fest zu und lasse mich von Johanns Rudern wiegen, als ob nichts wäre.

Es raschelt im Schilf.

»Johann!«

Ich muss leiser als leise flüstern. Die glatte Wasserfläche trägt die Töne weit, hat Johann gesagt. »Zurück!« So leise ich flüstere, so eindringlich. Ich nicke nach dahin, wo wir hergekommen sind.

»Nö!« Johann grinst komisch.

Ob es ihm erst richtig Spaß macht, wenn ich Angst bekomme? Ich weiß, dass das Rascheln Enten sind. Sie sind vor uns geflüchtet und haben sich im Schilf versteckt. Keine Ente ist mehr auf dem See, und sie versuchen, ganz still zu sein. Aber manchmal raschelt doch eine.

Platsch! Als hätte jemand einen Stein ins Wasser geworfen.

»Ein Fisch!«, ruft Johann im Flüsterton. »Da!« Er streckt das Kinn in die Richtung rechts hinter mir. »Riesig! Ich wette, ein Hecht!«

Ich drehe mich um und sehe die vielen Ringe auf dem Wasser auseinanderlaufen. Johann hat aufgehört zu rudern. Wir treiben. Am Bug plitscht leise das Wasser. Wir versuchen, in alle Richtungen gleichzeitig zu spähen. Wer den Fisch sieht, wenn er noch einmal springt, ist Sieger. Das machen wir immer so bei solchen Sachen.

Wieder raschelt es im Schilf. Ganz anders als vorhin. Die Spitzen der Halme bewegen sich, als bahnte sich jemand einen Weg.

»Das ist nur eine Ente oder so«, raunt Johann.

»Lass uns zurück, bitte!«, piepse ich und sehe ihn flehend an.

Das Abenteuer-Grinsen verschwindet aus seinem Gesicht. Er guckt mich an wie manchmal, wenn ich mir wehgetan habe und versuche, mir das Weinen zu verkneifen. Er rudert wieder, aber nur noch mit einem Ruder. Das Boot dreht langsam einen Halbkreis. Dann legt er sich in beide Riemen und fährt uns zurück. Als wir das Boot festgemacht haben und uns anschicken, über die Felder nach Hause zu stromern, legt er seine Hand auf meine Schulter.

»Nächstes Mal zeig ich dir, wie man rudert. Dann nehmen wir jeder ein Ruder. Mit einem schaffst du es.«

Ich nicke wie wild.

✳

Wenn ich nicht mit Johann bin, mach ich manchmal Sachen, die erzähl ich niemandem. Ich spiel allein unten am Strand und rede mit Steinen. Es gibt welche, die haben Gesichter, und die, die im flachen Wasser liegen, haben auch Haare. Ich erzähl ihnen alles und sie antworten mir. Manchmal bin ich auch im Weidengebüsch. Das wächst da, wo die Steilküste und der Strand zusammenkommen. Es ist ganz verzweigt innen drin, es ist schwer, reinzuklettern, aber wenn ich meine Stelle gefunden habe, dann kann ich auf dem quer gewachsenen Ast sitzen und mit ihm schaukeln, und ich summe vor mich hin und denk mir schöne Sachen aus, dass ich auf einem Schiff bin und weit weg fahre oder dass ich selbst ein Schiff habe, eine Jolle, oder dass Mutti und Vati so glücklich sind wie zu Weihnachten und sich gar *nicht streiten und mit uns Schiff fahren. Ich hab das auch schon mal zu Hause gemacht auf einem Sessel, geschaukelt, gesummt und geträumt, und das hat Mutti gesehen. Sie hat ganz doll geschimpft. Und als mein Onkel das mal gesehen hat, da hat er zu Vati und Mutti gesagt: >Die hat doch einen weg!<*

Ich spiel auch mit anderen Kindern. Aber meistens meine Spiele. Ich kann mir ganz leicht welche ausdenken, und das mögen sie. Und manchmal klettere ich auf den Überhang von der Steilküste. Ich lass die Beine runterbaumeln und summ mir selbst was vor und sehe auf die Ostsee raus und träume, dass ich ein ganz anderes Mädchen bin, manchmal auch ein Junge, und Vati und Mutti sind auch ganz anders. Sie sind reich und haben keine Sorgen und nie streiten sie sich und nie schimpft Mutti mit uns und nie schlägt sie Johann.

*

Hinter der Schule ist die Au über die Ufer getreten, sagt Johann, alles wie ein großer See, und zugefroren! Er muss unbedingt dahin. »Kommst du mit Boote klauen, Siri?« Er hat dieses Abenteuergrinsen und ich nicke und ziehe zwei Paar Handschuhe an. Ich traue mich nur aufs Eis, weil er geht. Es knackt so komisch, aber Johann sagt, das macht nichts, und vielleicht sagt er das nur, weil die anderen Großen draußen auf dem Eis schon johlen, als sie Johann zögern sehen, aber ich glaube ihm. Bis Johann plötzlich nicht mehr neben mir geht. Nur seine Arme, der Brustkorb sind noch da und sein erschrockenes Gesicht, aber unten bei meinen Füßen. Seine Sommersprossen sind viel dunkler als sonst. »Komm nicht näher, Siri!«, ruft er und versucht, sich rauszuarbeiten aus dem Eis, vorsichtig ist er und trotzdem bricht es, und er guckt ganz wild. Ich komme doch näher. Ich schiebe die Füße vor, als hätte ich Skier an, ganz langsam. Dann bin ich so nah, dass ich ihm die Hand geben kann. Ich ziehe aus Leibeskräften. Er stützt sich mit dem anderen Arm aufs Eis, das auch bricht, und ich springe ein paar Schritte zurück. Aber er bekommt ein Bein raus, und dann kriecht er flach wie eine Robbe aufs Eis, und ich ziehe und zerre ihn an der Jacke, und es geht, irgendwie kommt er aus dem Loch und sogar wieder auf die Beine.

Wir müssen nach Hause. Johann ist vollkommen nass. Seine Hände sind dunkelblau. Ich halte im Laufen die eine, dann die andere. Immer abwechselnd. Als wir da sind, schleichen wir uns unten in die Waschküche. Da zieht er sich aus und trocknet sich mit Sachen aus dem Wäschehaufen ab. Ich gehe hoch und schmuggele andere Sachen aus seinem Schrank nach unten. Wir hängen das nasse Zeug auf die Leine. Aber dann fällt uns ein, dass er die Jacke morgen für die Schule braucht. Er hat nur die eine. Wir müssen sie auswringen. Müssen sie im Wohnzimmer vor den Ofen hängen.

Mutti schreit. Sie schlägt ihn.

Ich verstecke mich in Johanns und Johannas Zimmer unter der Wolldecke. Und ich bete die ganze Zeit: Lieber Gott, mach mich so mutig, dass ich hingehe und sie anschreie: ›Das DARF man nicht!‹

Er schnieft, als er endlich kommt. Mehr nicht. So ist Johann. Er nimmt sie sogar noch in Schutz, unsere Mutter. Ich nie. Ich nehme Johann in Schutz.

*

Johann hat mir gezeigt, wie man Krebse angelt. Wie man einem Modellsegelboot die Segel so stellt, dass es immer längs der Küste segelt und nicht auf und davon. Als ich genug Kraft in den Armen hatte, hat er mir beigebracht, wie man rudert und wie man an der Tarzanschaukel auf der Steilküste im großen Halbkreis über den Abgrund schwingt. Und stundenlang haben wir mit unseren Modellautos auf dem Boden in seinem Zimmer gespielt.

Ich kann nicht einschlafen. Die dritte schlechte Mathearbeit, sauschlecht, den Brief an die Eltern hab ich nicht abgegeben, schon wieder die Turnsachen im Bus vergessen, weg sind sie. Es ist der zweite Tadel im Klassenbuch von der Turnlehrerein, beim dritten werden die Eltern vorgeladen … Vielleicht ist es das, wovon mir das Herz wie verrückt rast. Und dann kommen die Kugeln. Ich will weglaufen, aber es gibt kein weg. Ich will wieder aufwachen, aber da kommen immer noch mehr Kugeln. Sie fliegen auf mich zu wie Schneeflocken, aber sie sind riesig, größer noch als die Medizinbälle in der Schule und ganz schwarz. Endlich bin ich wach. Ich weiß, dass sie nicht wirklich da gewesen sind, aber dieses Grauen im Bauch ist nicht weg und dieses Schwindelgefühl wird immer schlimmer. Ich taste mich über den dunklen Flur zu Johanns Zimmertür und mach sie auf. Es ist kein Licht mehr an. Bestimmt liegt er schon im Bett. Zuerst rieche ich ihn, es ist ein säuerlich muffiger Geruch. Ich weiß, das ist sein Magen. Wir haben uns gestern gestritten, fällt mir ein, und eigentlich bin ich auch noch böse auf ihn, aber das ist jetzt nicht wichtig. »Bist du noch wach?« »Ja.« Ich setze mich zu ihm aufs Bett und erzähl ihm von der

Mathearbeit und von den nagelneuen Turnschuhen, die weg sind.
»Mist!«, sagt er und hält die Bettdecke für mich auf, und ich lege mich
neben ihn, und als ich die Augen zumache, kommen keine Kugeln
mehr auf mich zu und auch mein Herz wird langsamer.

✻

Johann hat mir erzählt, wie Mann und Frau Kinder zustande bringen.
Zum ersten Mal glaube ich ihm etwas nicht. »Sowas machen Vati und
Mutti nicht!«, rufe ich. »Lies doch selbst«, sagt er und erzählt mir,
dass auf dem Schlafzimmerschrank zwei Aufklärungsbücher liegen.
Warum verstecken Mutti und Vati Bücher? »Was Jungen wissen wol-
len« heißt das eine, »Was Mädchen wissen sollen« das andere. Ich
studiere das für Jungen.

✻

Keifen kommt aus Johanns Zimmer. Ich renne hin. Johann sitzt in
seinem kleinen Sessel, hinter seinen Arm geduckt. Mutti steht vor ihm
mit Wäsche in der Hand. Brüllt. Hält ihm die Wäsche entgegen. Ich
stehe in der Tür, ganz lässig an den Rahmen gelehnt. »Lies deine Auf-
klärungsbücher erst mal selbst«, sage ich. »Dann weißt du, dass ein
Junge nichts dafür kann, wenn er nachts Erektionen bekommt!« Mutti
streicht die vom Wäschewaschen wirren Locken aus dem Gesicht.
»Du wirst das auch gerade wissen!«, faucht sie. »Ja!«, sage ich. Sie
geht. Johann sieht mich groß an.

✻

Johann hat ein neues Lieblingsspiel: Wir begucken unsere Unter-
schiede. Ich finde es nicht so spannend, auch ein bisschen eklig, da
kommt doch Pipi raus, aber Johann ist ganz wild darauf. Wir können
uns nackt in sein Bett legen, nur probeweise, sagt er. Mitten am Tag?
Wir sind ganz allein zu Haus, also kriechen wir unter seine Decke,
ganz und gar, auch mit dem Kopf, wir kichern und lauschen, ob wir
wirklich noch allein sind im Haus, und Johann fasst mich an. Erst am
Rücken. Das ist schön. Dann am Po. Da bekomme ich Herzklopfen.
Aber er streichelt mich bloß, und es ist schön. Dann fasst er zwischen
meine Beine. Ich erschrecke mich und mache mich los von Johann, der
mich festhalten will. Ich soll bleiben, sagt er, und er ist so anders auf

einmal, irgendwas will er und das so doll, dass ich raus muss aus dem Bett. Mit aller Kraft mach ich mich los.

*

Wir sind bei den Großeltern in der DDR und Johann zeigt mir Dampfloks. Die gibt es bei uns gar nicht mehr, sagt er und grinst merkwürdig, weil er hier alles rückständig findet. Schon gestern hab ich das kapiert, gleich nachdem wir über die Grenze waren und Johann sich totlachte über die komischen Trecker auf den Feldern. Trotzdem will er alles wissen über die Motoren, über die PS, alles. Wir stehen auf der Brücke, unter uns sind viele Gleise und nicht weit der Bahnhof, und die Dampfwolken nebeln uns ein, und wir hören das Stampfen, das Pfeifen, das Rattern der Eisenräder auf den Gleisen. Wir laufen runter zum Bahnhof und gucken auf dem Bahnsteig das große, schwarze Eisenungetüm an. Es sieht aus wie unsere Spielzeuglokomotive, die noch von Vati ist, und es steht da, als ob es sich verpustet nach der Fahrt, schnauft und stößt Fähnchen von Rauch aus, aus dem Schornstein und an ein paar Stellen an der Seite. Wir sitzen auf einem Betonklotz und wippen mit den Füßen, und Johann erzählt mir alles, was er von Loks und von Zügen weiß, auch, dass die große Dampflock gerade mit Wasser aufgetankt wird und dass der Mann, der oben aus der Tür turnt und noch schwärzer als die Lok aussieht, der Heizer ist. Von den Kohlen ist er so schwarz. Die muss er immerzu in den großen Heizkessel schaufeln. Der ist so wie Muttis Waschkessel, nur viel größer, und das Wasser, das er anheizt, wird zu Dampf, und mit diesem Dampf fährt die Lok. »Wirklich?«, frage ich und Johann lacht. Da frage ich nachher lieber Großvater, ob es stimmt, denke ich. Aber Johann erzählt von dem Dampfdrucktopf, den Mutti neu bekommen hat, und davon, dass einmal der Deckel hochgeflogen ist, als sie ihn aufmachen wollte. »Da hast du gesehen, was für eine Kraft Wasser hat!« Er sagt, dass Wasser sich ausdehnt, wenn es heiß wird, und dass es sich immer mehr ausdehnt und dabei zu Dampf wird, und dass da so viel Kraft ist, dass der Dampf sogar ganz schwere Sachen anheben kann, und mit dieser Kraft wird die Stange angetrieben, die die Räder dreht. Da sind wirklich Stangen an den Rädern, und ich hab auch schon gesehen, dass sie sich auf und ab bewegen, wenn die Räder sich drehen, aber ich hab gedacht, dass die Räder die Stangen bewegen und nicht umgekehrt. »Woher weißt du das alles«, frage ich, und er sagt »Von Großvater, der ist doch Ingenieur.«

Wir gehen durch den Stadtpark zurück zu den Großeltern, weil Johann mir den Spielplatz zeigen will. Er war schon einmal hier, aber ich habe noch nie einen gesehen. Bei uns gibt es den Strand und die Steilküste, die Ostsee, den Hafen, den See und die Felder, da spielen wir, wenn wir nicht zu Hause oder im Garten sind. Ich dachte, ein Spielplatz ist was ganz Tolles, viel toller als das, was wir zum Spielen haben, aber es ist bloß ein kleines Stück mit dreckigem Sand zum Spielen, der Sand ist fast schwarz, ich ekele mich davor, und dann ist da noch ein flaches rundes Becken aus Beton mit braunem Wasser drin, das einem noch nicht mal bis an die Knöchel kommt, und Klettergeräte, an denen die Farbe abblättert und rostiges Eisen darunter vorschaut, und ganz verrostet ist das Ding, mit dem man sich drehen kann, aber das mag ich nicht anfassen. Ich hab Johann noch mal gefragt, ob das wirklich so ist, und es stimmt: Die Kinder in der Stadt haben keine Steilküste zum Klettern und keinen Sand und keine Muscheln und kein blaues Meer und keinen dunkelgrünen See. Sie tun mir leid, und ich bin so traurig, dass ich weg will von hier.

Ich laufe auf den Rasen und unter einen von den großen Bäumen. Er hat lang herunterhängende Zweige, wenn man hineingeht, ist es wie in einem Haus. Johann kommt hinterher. »Im Park darf man nur auf den Wegen gehen!«, sagt er und macht ein ernstes Gesicht und zieht mich unterm Hängezweigbaum vor. »Nicht mal Kinder dürfen auf den Rasen?« Johann nickt. Da werde ich noch trauriger.

Auf den Wegen stehen an den Seiten Bänke, und darauf sitzen Leute, die sehen alle dunkel oder grau aus, keine bunten Sommersachen wie bei uns auf der Promenade. Der Park ist bald zu Ende, gar nicht so weit weg sieht man schon wieder hohe Häuser, und ich frage Johann lieber nicht, ich kann mir auch so denken, dass es nirgends Felder gibt und Wiesen und auch keinen Wald. Wir sind schon fast an der Straße, da zieht Johann mich in den Schatten von einem Busch und auf die Bank dort, und er zeigt auf eine Frau mit roten Haaren, die auf der anderen Straßenseite auf hohen Schuhen umherstakst und mit ihrer Handtasche schaukelt.

»Das ist bestimmt eine Nutte«, sagt er. Ich sehe ihn nur an, hab keine Ahnung, was er meint. Das ist auch nicht so wichtig, viel wichtiger ist, dass Johann auf einmal so anders ist. Ein komisches Grinsen, das nicht wirklich eins ist. Manchmal lügt Johann. Dann sieht er auch so komisch aus wie jetzt. Ich mag das nicht.

»Großvater hat mir erzählt, was Nutten sind«, flüstert Johann. »Ich soll mich vor denen in Acht nehmen, und vielleicht ist das da eine.«

Er sieht mich an, als ob er mir ins Gewissen reden muss, und bevor ich fragen kann, erklärt er mir: »Das sind schlechte Frauen, die gehen mit Männern mit für Geld.«

Ich verstehe nicht, warum sie schlecht sind, wenn das, was sie tun, doch das ist, was Männer so gern wollen, dass sie ihnen sogar Geld dafür geben. Johann versteht das auch nicht. Auf dem Bürgersteig duftet es. »Das sind die Linden«, sagt Johann, und dass er den Lindenblütenduft liebt. Wenigstens gibt es hier Bäume.

*

Immer habe ich Zöpfe gehabt, aber bei den Großeltern hab ich sie abschneiden lassen. Als wir zurückgekommen sind, hat Mutti ganz schlimm geschimpft. Vati hat nur gegrinst und gesagt, ich sehe wie ein frecher Junge aus. Ja, ich hab wirklich ganz kurze Haare. Sie sind nicht so kraus und nicht so hellrot wie Johanns. Meine sind dunkler. Ich trage nur Hosen, und nur mit mir geht Johann Boote klauen.

*

Es war Sonntag und es waren Eisblumen an den Fenstern und in dicken Flocken fiel Schnee, musste ich mitten am Tag ins Bett. Ich war stundenlang draußen, aber davon wird man doch nicht krank. Ich weiß nur noch, dass ich nachts aufgewacht bin, aber ich konnte nicht richtig wach werden, und es kamen wieder diese schwarzen Kugeln auf mich zu gerast, groß wie Medizinbälle. Mir war schwindelig und schlecht und im Bauch ein solches Grauen, und ich konnte nicht wach werden, damit es aufhört. Alles hat sich gedreht, so gruselig gedreht, und immerzu die riesigen Kugeln. Ich hab geschrien. Da sind Mutti und Vati gekommen und wollten mich wach machen, aber ich hab die Arme vor mein Gesicht gehalten, niemand bekam sie da weg, haben sie später gesagt, damit die großen Kugeln mich nicht treffen.

Ich war lange krank, und schlimm, haben sie gesagt. Ich weiß das nicht mehr. Das Einzige, woran ich mich erinnern kann, ist Johanns Stimme. Sie ist von Tränen nass und flüstert immerzu: »Siri, bleib bei mir, geh nicht weg, bitte, Siri, bitte!«

Ich wollte ja gar nicht weggehen. Ich wollte da bleiben, genau da, wo ich war. Als das mit den Kugeln und dem Schwindel vorbei war, da war alles sehr schön. Ich war bei den Engeln. Ich hab sie nicht gesehen, weil es so hell war. So ein Licht gibt es bei uns nicht, nur da, *wo ich war. Ich glaube, das war der Himmel. Weil es so hell war und weil dieses Licht so lieb zu mir. Manchmal hab ich geweint, so glücklich war ich. Für immer wollte ich da bleiben.*

Aber von irgendwo her hat Johann gerufen. »Siri! Siri! Bleib hier!« Und er hat an meiner Hand gezogen und so geschluchzt, dass er mir sehr leid tat. »Ich bleib doch«, hab ich geflüstert, aber ich glaube, das konnte niemand hören. Auf einmal hat er gerufen: »Komm zurück! Komm zurück!« Wie komisch, ich war doch da. Oder war ich weg, weil ich in dem Licht war? Ich wollte nirgends sonst sein. Es hat mich so lieb gehabt, und ich hab es auch lieb gehabt.

Aber die Stimmen sind zu mir in das Licht gekommen. Erst nur die von Johann, dann auch die von Johanna und von Mutti und Vati. Sie haben mit mir gesprochen. Ich hab sie nicht verstanden, nur Johann konnte ich verstehen. Aber ich hab sie auf einmal so lieb gehabt wie noch nie vorher.

Und Johann hat sehr geweint. Da saß er und weinte und ich lag im Bett, und als er sah, dass ich ihn anschaute, hat er noch mehr geweint und ich hab auch angefangen. Ich war so traurig, dass ich plötzlich in meinem Bett und nicht mehr in dem hellen Licht war.

Aber Johann war froh. Das hat er gesagt und er sagt es immer noch.

Ich vermisse das Licht. Manchmal, wenn ich allein bin und in der Sonne, dann sehe ich ins Sonnenlicht und mache erst die Augen zu, wenn es wehtut. Aber es ist nicht wie das andere Licht, nicht mal so ähnlich. Manchmal, wenn ich traurig bin, möchte ich nur eins: zurück.

***

Siri hielt inne und hob den Blick. Die anderen waren für sie kaum zu erkennen, so dunkel war es jetzt, und obendrein saß sie im Lichtkegel der Tulpenlampe. Sie streckte den Arm aus und langte nach dem Lichtschalter für das Außenlicht an der Hauswand, um es zusätzlich anzuschalten, reckte sich noch ein wenig und bekam ihn tatsächlich niedergedrückt. Im sanften, leicht gelblichen Licht der beiden Laternenlampen erschienen ihr die anderen wie in einen Zauberschlaf versetzt: Miró vornübergebeugt mit aufgestützten Ellenbogen, den Kopf in den Händen, Michelle mit geschlossenen Augen, wie wenn sie in einem Konzert säße und lauschte, Gregor auf einer der Liegen wirkte wie eingeschlafen, Fred zum Meer hin gewandt – nur Hakan schaute sie unverwandt an und schien das schon die ganze Zeit zu tun.

Fred drehte sich zu ihr um, mit einem Ausdruck, als sei er aufgestört worden. »Mach das Licht bitte wieder aus!« Schon während er sprach, wandte er den Blick wieder zum Meer hin.

»Ja, mach aus«, kam jetzt von Gregor. »Du liest doch noch weiter, oder?«

»Wenn ihr wollt …«

»Ja«, murrte Miró.

Siri hangelte erneut nach dem Schalter und ließ die anderen wieder ins Dunkel sinken.

2003

Eine andere Zeit – eine andere Siri: Sie hat sich einen Rock und ein Kleid gekauft und dreht sich mal mit dem einen, mal mit dem anderen vorm Spiegel. Sie gefällt sich in beidem und kann damit doch nicht unter Leute gehen. Mit etwas anderem als Hosen fühlt sie sich im eigenen Körper fremd. Am liebsten trägt sie Matrosenschnitt: weite Hosenbeine und schräg angesetzte Taschen, und nur schwarz. Sie ist langbeinig und schlank, muss nichts mit der dunklen Farbe kaschieren. Auch die ärmellose Leinenbluse ist schwarz, aber mit weißen Punkten, die sich auf ihren Armen fortsetzen. Die sind von Sommersprossen übersät bis auf die Finger hinunter. Mittelblondes Haar, leicht rötlich. Kurzhaarschnitt. Jetzt im Sommer ist die oberste Deckschicht hellblond.

Ihre Augen sind irritierend intensiv im schmalen Gesicht. Ist es das Blau? Hellblau. Eisblau fast, mit einem feinen schwarzen Streifen um die Iris. Oder weil sie weit offen sind? Als wollten sie alles erfassen, was irgend zu erfassen ist. Die Oberlippe exakt gezeichnet, ein wenig aufgeworfen, spitzt sich beim Lächeln. Die schmale Nase macht am Ende eine leichte Aufwärtsbewegung. Das Haar fällt ihr bis auf die Augenbrauen. Helle Haare, brünette Augenbrauen, brünette Wimpern, ungewöhnlich bei so heller Haut. Dünne Haut. Kompromittierende Haut. Jede innere Regung gibt sie preis. Im Nu schießt Röte am Hals hoch und legt sich auf die Wangen. Ebenso schnell kann Blässe von der Stirn bis ins Dekolleté fließen. Dazwischen unzählige Nuancen von Farbig- oder Farblosigkeit.

Siri weiß, dass sie oft steif wirkt, sachlich, kühl, aber die Farbwechsel ihrer Haut zeigen wenigstens, was sie selbst nicht ausdrücken kann: ihre Unsicherheit, ihre Berührbarkeit, ihre Verletzlichkeit. Ein geschulter Blick sieht, dass sie im Leben stehen will wie ein Fels im Brandungsschaum, während das Leben ihr zeigt, dass sie besser wie ein Schilfhalm wäre.

Sie ist zutiefst ermüdet an ihrer stumpf gewordenen Ehe. Er ist ein gutmütiger, freundlicher und kluger Mann. Sie könnten es weiter gut miteinander haben, findet er, wie all die Jahre. Hättest du bloß nicht diesen Selbsterfahrungsmist angefangen. Für sie ist die Ehe längst ein Gefängnis. Darin steht zwar ein Prinzessinnen-Himmelbett und die Gitterstäbe vorm Fenster sind aus purem Gold. Aber sie teilen den Himmel in viele Rechtecke. Und Siri weiß, dass der Blick frei sein und sich verlieren können muss, um sich zu finden.

Sie sehnt sich seit vielen Jahren, dass Männerhände sie berühren, liebkosen, dass sie spürt, wie sie diesen Händen gefällt. Sie cremt ihre Haut jeden Morgen, während Peter noch schnarcht nebenan in seinem Zimmer. Sie cremt sich, als würde sie nie den Glauben verlieren, eines Tages wieder gestreichelt zu werden, zwischen den Zehen beginnend, und sie auf den Laken räkelnd, staunend Küsse entgegennimmt. Die Schenkel hinauf, die Lenden hinab. Aber das darf sie sich nicht vorstellen, dann zerreißt sie die Sehnsucht.

Es ist Wahnsinn, sie zerstört sein Leben– und sie liebt ihn doch.

Sie muss sich trennen. Vor Jahren schon hat sie begonnen, langsam zu ersticken. Doch ein Leben zu zweit löst sich nicht einfach auf. Es muss durch alle Phasen hindurch, die man Sterben nennt. Die Beiden sind gerade in einer Art Betäubung und versuchen, ihren eigenen Beschluss zu begreifen: Er wird ausziehen. Bald. Sie wird bleiben. Allein. Bis das Haus verkauft ist. So steht sie da – auf schwankender Planke – als es passiert.

***

6. Oktober 2003

Ich muss wieder Tagebuch schreiben, ich weiß sonst nicht, wohin mit alldem. Schon mal hat mich das Schreiben gerettet, vielleicht tut es das jetzt auch.

Immerzu frage ich mich: Dieses schöne Haus aufgeben? Und diesen lieben Mann? Bin ich verrückt? Es fühlt sich an, als würde ich aus allem Vertrauten hinaus ins Bodenlose gestoßen. Ich fange schon an zu trudeln. Aber es ist mein Bedürfnis nach Nähe, das schreit: Trenne dich! Dann bist du wenigstens dir selber nah.

Dass wir das Haus verkaufen müssen, tut Peter weh. Mir auch. Es ist ein so schöner, so wohltuender Ort. Aber selbst, wenn es ihm das Herz bricht: Ich muss mich trennen. Herzen heilen wieder. Auch meins wird irgendwann heilen. Es sei denn, ich lebe noch länger als eine, die ich nicht bin.

12. Oktober 2003

»Du willst doch bloß Sex«, sagt Peter. Weil wir den nicht mehr haben, schon lange nicht mehr, denkt er, will ich mich befreien, und ja, ich stelle mir Ehe oder Beziehung anders vor.

»Und? Lässt du dich durch so was klein halten?«, hat Martin in der Selbsterfahrungs-Gruppe gefragt. Das saß wie ein Stich. Ich hatte es wirklich vorher nicht gemerkt, hatte wirklich Schuldgefühle.

Durch ihn habe ich die Tarot-Karten kennengelernt. »Ein Therapeut, der mit sowas arbeitet? Den kannst du doch nicht ernst nehmen!«, sagt Peter.

Zufällig eine Karte ziehen aus einem Haufen, und dann auch noch glauben, dass diese Karte eine ganz persönliche Bedeutung hat: Das mutet ja tatsächlich merkwürdig an. Aber es hat mich jedes Mal umgeworfen, wie passend das ist, was die Karten mir sagen. Und wie es mich beruhigt und mir guttut. Irgendwann hab ich mir selbst solche Karten gekauft. Gerade habe ich sie verdeckt ausgelegt und meine Fragen laut gesagt: »Ist mir das schöne Haus am See nicht mehr gut genug? Vor kurzem habe ich noch geglaubt, woanders könnte ich nicht leben. Zerstöre ich Peters Leben und meins, nur weil ich unzufrieden bin?« Mit geschlossenen Augen lasse ich meine linke Hand über den Karten kreisen. Als ich ein leises Ziehen in der Handmuschel spüre, halte ich an, lasse den Zeigefinger sinken und nehme die Karte heraus, die er berührt. Ich öffne die Augen, drehe sie um, damit ich ihre Kennzeichnung sehen und ihre Bedeutung im zugehörigen Buch nachschlagen kann. »Sechs Stäbe, Sieg« steht darauf und die sechs abgebildeten

Stäbe sind alle miteinander gekreuzt und tragen verschiedene Symbole an ihren oberen Enden.

Viel Text, zu viel für den Moment. Ein Ausschnitt genügt:

»Zögere nicht länger, das zu tun, was du tief in dir als richtig empfindest. Befreie dich von selbstauferlegten Verboten und sei dir kompromisslos treu.«

Meine Lippen beginnen zu zittern, meine Augen füllen sich mit Tränen. Wie kann das sein? Wer oder was spricht da zu mir?

14. Oktober 2003
Ich mache mich nicht auf den Weg in eine neue Beziehung. Die mag kommen oder nicht. Ich mache mich auf den Weg zu mir.

19. Oktober 2003
Ein Teil von mir möchte auf die Bremse treten und alles hinauszögern. Weil ich merke, was dieser Schritt wirklich heißt? Nämlich, sich hineinstürzen in den Fluss, sich mitreißen, sich tragen und treiben lassen. Nicht mehr irgendwo am Ufer festgeklammert hocken und zugucken, wie das Leben vorbeiströmt. Auch nicht gegen den Strom an rudern. Es heißt, im Boot zu sitzen und nur so viel zu steuern, dass es dem Fließen folgt. Und woher soll ich das plötzlich können?

26. Oktober 2003
Als ich Peter vorhin gesagt hab, dass ich fast pleite bin, meinte er, dann müsse ich eben irgendwas verkaufen. Was? Ich habe nichts. Oder deinen Kredit aufstocken, meinte er. Wir haben einen Ehevertrag, für meinen Unterhalt ist er nicht zuständig und ich nicht für seinen, das war uns mal wichtig. Wir wollten freiwillig füreinander da sein, nicht aus Pflicht. Aber heißt trennen das Gegenteil? Nicht mehr füreinander da zu sein, heißt es das? Für mich nicht!

28. Oktober 2003
Ich erzähle Maike von meinen Geldsorgen. »Aber Peter ist alles andere als arm. Ob ihr euch nun trennt oder nicht: ihr seid verheiratet. Er muss dich unterstützen!«

Ich schüttele mit dem Kopf. »Muss er nicht. Und ich will es auch nicht. Ich hab noch keinen einzigen Tag meines Lebens von dem Geld eines Mannes gelebt, nur als Kind vom Geld meines Vaters und später* *in der Ausbildung. Aber selbst da hab ich gejobbt und den Hauptteil selbst verdient.«*

»Dann ändert sich das jetzt eben.«

»Nein!« Ich feuere das Wort heraus – und zucke zusammen.

Und in dem Schreck, der durch mich fährt wie ein eiskalter Windstoß, sehe ich es, weiß ich es, beginne zu reden, ein schneller Fluss von Worten voller Stromschnellen, voller Wasserfälle. Ich muss es aussprechen, alles. Als ich Kind war, hat mein Vater mir gesagt, dass die meisten Frauen Parasiten sind. Nur einige lernen einen Beruf und ernähren sich selbst, manche studieren sogar und werden Akademikerinnen. Vor denen verneigte er sich ehrfürchtig. Aber die anderen, die nichts gelernt haben und obendrein zu faul sind, sich dem Kampf des Lebens zu stellen, die hängen sich an einen Mann, drehen ihm ein Kind an, damit sie versorgt sind ...

»So eine war meine Mutter – nach Ansicht meines Vaters. Lieber sterbe ich, als dass ich werde wie sie, habe ich mir immer gesagt.« Mein Mund bleibt offenstehen. Ja. So habe ich gedacht. Und warum? Damit mein Vater mich nicht verachtet wie meine Mutter? Mein Blick verlässt Maikes konzentriertes Gesicht, weht durch die Glastür und hinaus auf den See. Lieber sterbe ich, als dass ich werde wie sie ...

Da draußen, da, wo es nur die leise Bewegung der Wellen gibt, die sich gegenseitig anstoßen und zum Rollen bringen, die glucksen und schnalzen und schmatzen, da, wo der Wind sich von ihnen wiegen lässt und zugleich die Wiege in Schwung hält, ihnen vorpfeift, vorsingt, vorsäuselt, da draußen, wo die Blässhühner schaukeln, da breitet dieser Satz sich aus wie Öl, breiter und breiter, irgendwann wird er bis zum anderen Ufer reichen, zu allen Ufern ringsum.

»Was für eine Scheiße!«, sagt Maike.

Ich nicke heftig. Auf dem Wasser ist jetzt ein riesiger Ölfilm, nicht in allen Farben schillernd wie manchmal im Hafen, wenn ein Fischer unvorsichtig war, sondern schwarz und zäh. Maike, wie soll ich das jemals sauber bekommen? Den ganzen riesigen See! Ich dachte, ich hab es längst geschafft, und nun ...

Sie weiß ja nicht, was alles schon geschehen ist, damit es zwischen meinem Vater und mir traut und warm und gut geworden ist. Und was, damit ich meine Mutter nicht mehr verachten muss. Was ich alles nachgefragt, angehört, was alles ich verstanden habe. Sie hatten ihre Geschichte, beide, voll von Ungeheuerlichkeiten, ich wusste das und wusste nichts. Sie hatten ihre Wunden tief vergraben in ihrem Inneren. Aber daraus ist ein ständiger Schwelbrand geworden. Daher kamen der Jähzorn, die Wut, die Gehässigkeit, die Härte. Dennoch sind sie Liebende. Verwundete Menschen sind keine schlechten Menschen.

Maike hätte all das verstanden, aber ich nicht mehr reden. Ich möchte nur hinausschauen. Weil ich etwas begreifen muss. Etwas, das plötzlich ganz offensichtlich ist und doch nicht zu fassen, es hat mit mir zu tun, mit mir und meinem Leben und wird doch im Spiegel der Leben meiner Eltern erst sichtbar. Es hat mit Peter und mir zu tun und damit, dass ich nichts von ihm haben will.

Ich muss gut zuhören, die innere Stimme ist leise und fein: Trotz all der Jahre, sagt sie, trotz all des Zusammenhaltens haben Peter und ich nie Ja zueinander gesagt. ›Ich-gebe-dir-nichts‹ und ›Ich-will-nichts-von-dir‹ haben sich zusammengetan und wundern sich tatsächlich, dass sie nichts zusammenhält!

»Maike – ich muss jetzt mit mir allein sein«, flüstere ich.

Sie versteht, drückt mich und geht.

29. Oktober 2003

Siri ... Nicht einmal Johann selbst weiß, wie er auf diesen Namen gekommen ist und was er bedeutet. Er spricht ihn auf zwei verschiedene Weisen aus. Mal betont er das zweite »i«, mal beide etwa gleich stark. Dass ich eigentlich Karina Elisabeth Kukate heiße, haben alle längst vergessen. Manchmal erschrecke ich, wenn ich den Namen aussprechen muss. Alle sprechen unseren Nachnamen mit Betonung auf dem »a«. Fremdländisch klingt das, vornehm sogar. Dass es einfach Kuh-Kate heißt – dass unsere Vorfahren in einer Kate mit den Kühen gelebt haben, ist Gottseidank in der Schule und anderswo unerkannt geblieben. Die Hänseleien hätte ich niemals weggesteckt wie Johann seine. Irgendwie sind wir vorhin beim Telefonieren darauf gekommen. »Weißt du noch, wie sie ›Oma‹ hinter mir her gerufen haben«, hat er gesagt, und ich habe sofort diesen bodenlangen, dunkelgrauen Gummi-Regenmantel vor mir gesehen, den er tragen musste, sobald der Himmel bewölkt aussah. »Ja«, hab ich gesagt, »und du hast diesen Omamantel getragen wie alles, was Mutti dir aufgebürdet hat. Nicht ohne Groll. Aber wie etwas vom Schicksal Gegebenes. Als ob du Muttis Schicksal mittragen wolltest.«

Er hat nur gelacht und gerufen: »Siri! Du holst dir einen Schnupfen da oben auf deiner Psycho-Wolke. Komm runter!«

***

Siri hielt inne und hob den Blick. Der helle Mond half ihr, die Gesichter der anderen erkennen zu können. Sie schienen alle noch versunken und weit weg, und so schloss sie selbst auch die Augen, lehnte sich nach hinten und versuchte, wieder zurückzufinden in die Ruhe, in die stille Heiterkeit, die ihr sonst zu eigen und jetzt abhandengekommen waren.

Erst nach einer Weile rührte sich jemand. Es war Fred. Er richtete sich auf und räusperte sich. »Schön, Siri! Wann gibt es mehr?«

»Morgen Abend um dieselbe Zeit, wenn ihr wollt. Es sei denn, *du* willst den morgigen Abend gestalten.«

»Das will *ich* aber nicht!«, rief Michelle. »Ich will das jetzt weiterhören. Diese beiden Kinder sind mir nah gekommen. Ich hab zwar Angst, dass was Schlimmes passiert – eigentlich weiß ich es sogar, aber ich muss unbedingt wissen, wie es weitergeht.«

»D'accord, Michelle.« Wieder räusperte Fred sich. Seine Stimme war trotzdem noch belegt, als er fortfuhr: »Ich möchte aber doch gern noch etwas beitragen. Wir haben ja mal gesagt, dass wir uns in unseren Massimo-Runden gegenseitig beschenken wollen. Ich habe ein Gedicht für euch, das hier sehr passen würde. Wollt ihr es hören?«

Rundum wurde genickt. Er stand auf, schloss die Augen, atmete tief ein. Er sprach nicht wie sonst, sondern schien zu singen, ein sanfter, schlichter Sprechgesang, manchmal sehr leise, fast wie ein zart gezupfter Lautenton, und als Hintergrund die sacht gewordene Brandung aus dem Dunkel.

Weißt du noch

Als wir warmer Tage
nach der Schule unter
alten Linden träumten
Nektar aus den zarten
Schuhen der Lupinen
schlürften Salamander
überraschten kleine
grüne Segeltücher auf
die schrillsten Töne
spannten staunten

über Froschposaunen
schweifende Libellen
Augen die uns frei sein
ließen glatte Steine die
aufs Wasser flitzten
als wir hinter Brettern
taube Nesseln kochten
Milchreis mit Äpfeln
Und Zucker und Zimt
aus hohen Schaukeln
fassungslos ins Blaue
sprangen sonntags
Hochzeit spielten
als du mich fragtest
wer der Harlekin sei
und die kleine Katze
deine Wade strich
weißt du noch
sie war blind

Die Stille war warmer Applaus, die Töne der Brandung für einen Moment wie ein Schnurren.

Fred verneigte sich. »Gute Nacht, und danke, dass ihr einem alten Schauspieler zugehört habt. Ihr wisst ja: Ich trag sehr gerne vor, was sonst in Büchern eingesperrt bliebe.«

Steif in den Knien und vornübergebeugt ging er zu Siri hinüber. Sie stand auf und nahm ihn in die Arme. Sie hielten sich eine Weile, dann küsste er sie schnell und ein wenig spitz, um sie mit seinem Moustache nicht zu piksen, machte sich los und ging.

»Von wem war das Gedicht?«, rief Michelle hinter ihm her. Fred hatte die Glastür zum Flur schon geöffnet, drehte sich noch einmal um und sagte: »Wirst ihn vielleicht nicht kennen, aber ja, dass ich seinen Namen zu sagen vergessen habe, beschämt mich. Gerhard Holst heißt er und hat manch tiefes Gedicht geschrieben. Und er ist einer von uns: Wenig, eigentlich gar nicht bekannt wie so viele große Dichter und Künstler.« Mit leichter Verbeugung ging er.

»Zum Glück sind Bekanntheit und Qualität nicht Dasselbe!« Gregor lachte bei diesen Worten, wurde aber zunehmend ernster. »Wo für mich Kunst erst richtig anfängt, ist für die Kritiker und andere Meinungsmacher die Toleranz schon längst zu Ende — oder besser:

Sie wissen einfach nicht, was sie dazu sagen oder schreiben sollen. Im besten Fall machen sie einen Verriss. Meistens schweigen sie tot, was ihnen zu schwierig ist. Schließlich müssen sie dem Bildungsbürgertum ja irgendeine Meinung vorkauen, und wie sollen sie, wenn sie keine haben?« Grinsend trat Gregor zu Siri hin, neigte sich zu ihr herunter, und während er sie in seiner breiten Wärme geborgen hielt, flüsterte sie ihm ins Ohr: »Du hast Hakans Erscheinen mit Humor zu nehmen versucht. Das sagt mir etwas. Drum möchte ich dir sagen: für mich ist dadurch nichts anders zwischen dir und mir.«

Er antwortete mit einem wohligen Brummton. Sie lächelten einander in die Augen, bevor Siri zu Miró ging und sich zu ihm hinabbeugte. Sie küsste ihn schmatzend auf beide Wangen, und er lachte und sah dann ganz schnell wieder düster aus, als sei dies nun mal seine Rolle. Gregor stand schon hinter Mirós Rollstuhl, und als der mit der gehobenen Hand das Zeichen gab, schob Gregor ihn hinaus.

Michelle kam mit weit geöffneten Armen auf Siri zu und sie schenkten einander eine sanfte Umarmung. »Gute Nacht, du Liebe!«, sang sie Siri ins Ohr. »Ich habe es genossen. Vorlesen ist schön! Und genauso schön war es, die versunkenen, konzentrierten Gesichter um mich herum anzusehen. Schade, dass ich keine Kamera dabeihatte! Darf ich beim nächsten Mal fotografieren?«

»Natürlich darfst du! Von mir aus jedenfalls.«

»Schön! Es hat mir richtig in den Fingern gekribbelt, weißt du, dieses Gefühl, dass etwas Wunderbares entstehen könnte. Bilder, die einem nur ganz selten gelingen – nur in besonderen Augenblicken.«

Siri nickte. »Gute Nacht, schlaf schön.«

Sie ließ Michelle los und schaute nach Hakan aus. Erst als sie allein waren, kam er aus dem Dunkel zu ihr her. Siri hatte indes die Kissen von den Stühlen eingesammelt und verstaute sie in der dafür vorgesehenen Kiste.

»Stehst du morgen früh wieder an der Balustrade, wenn die Sonne aufgeht?« Er schaute sie mit einem jungenhaften Blick an, sie meinte, sogar Schalk zu erkennen. Sie täuschte sich. »Ich will ein paar Skizzen machen. Etwas sehr Einfaches schwebt mir vor. Eine helle Frauengestalt, die weiße Balustrade, die Sonne, das Meer – großflächig, Form und Farbe Hand in Hand, Schlichtheit, Stärke des Ausdrucks, malen, als ob es angeboren wäre! Es geschehen lassen wie Atmen, kein Tun, sondern ein Zustand, eine besondere Art zu sein.« Er hielt inne, lauschte vielleicht demselben Gedanken nach, der Siri wie in weiter Ferne durch den Sinn strich: Vielleicht war ihm ja doch noch die

Gnade eines Alterswerks gegeben. Wenn er es schaffte, wenn er nicht vorher …

»Vielleicht hast du ja Recht, vielleicht ist alles eine Sache des Glaubens«, murmelte er. »Jedenfalls hat es mich eindeutig gepackt: Ich bekomme das, was ich heut Morgen auf dem Balkon gesehen hab, nicht mehr aus dem Sinn.«

Siri hatte auf seine Frage nur die Schultern hochgezogen, aber zugleich genickt: Sie würde da sein. Nun wartete sie auf seine Umarmung.

»Schlaf gut!«, sagte er, ging an ihr vorbei, als wollte er hinaus zum Flur und zur Treppe. Blieb er stehen. Stellte seinen Gehstock an die Wand. Drehte sich um. Sie kannte ihn noch genauso gut wie damals. Lächelte ihm schon entgegen. Öffnete die Arme, als er auf sie zukam. Erst stürmisch, dann unendlich sanft fanden sie einander endgültig wieder in langer Umarmung, in zahllosen Küssen, bis er sich losmachte und ging.

Er nahm den Fahrstuhl, das alte Klapperding mit den Gitterschiebetüren, die man zuschieben musste, nichts mit automatisch, soweit zuziehen, dass sie sich einklinkten, dann erst rumpelte das Gefährt mit einem nach oben.

***

5 Wellen

Hinter zausigen Wolkenwehen schlief der Himmel noch; auf dem Horizont lag Dunst und hielt das Morgenrot versteckt. Leise nur plauschte das Meer. Dennoch waren die Wogen weit größer, als die der Ostsee selbst bei Sturm je geworden waren, und es konnte noch so windstill sein, hier brauchte die Dünung Tage, um sich zu legen. Für Siri war nur eins daran störend: Es könnte manchmal ein bisschen weniger laut sein, um dafür die Möwenschreie besser zu hören. Nun ja, es war eben anders als früher daheim, und anders war ja nicht schlechter und nicht besser, außer, sie erklärte es zu einem davon. Sie hatte den Seegang zur schönsten Musik der Welt erklärt.

Siri lag noch im Bett und spürte der Stimmung nach, die ihre Lesung in ihr hinterlassen hatte. Damals, als sie dies alles aufgeschrieben hatte, war sie noch einmal in ihre Kindheit eingetaucht. Nun beim erneuten Lesen aber schien jenes kleine Mädchen, mit dem Johann Boote geklaut hatte und aus dem die jetzige Siri hervorgegangen war, jemand anderes zu sein, auch wenn es natürlich ihre ganz persönlichen Erinnerungen waren. Jene Siri gab es nicht mehr. Johann dagegen war Johann. Sie spürte sein borstiges, krauses rotes Haar, als würde sie darüber streichen, roch seinen säuerlichen Atem, als wäre sie in seinem Jugendzimmer. Und sie frage sich, was sie sich schon so oft gefragt hatte: Wie hätte sie ohne ihn durch ihre Kindheit kommen sollen?

Selbst in ihrer Familie hatte sie sich fremd gefühlt, und diese Fremdheit hatte sie oft innerlich frieren lassen. Es war, als ob alle von der Erde kämen, Siri aber von einem anderen Stern. Auch Johann kam von der Erde. Siri war nicht so wie er, aber bei ihm konnte sie sein, wie sie war.

Ein wenig wollte sie das noch in sich einsinken lassen. Wie schön, dass sie aufstehen konnte, wann es ihr gefiel – und wie schön, sich darüber zu freuen und zu spüren, wie die Freude größer und größer wurde. Man brauchte ihr nur die volle Aufmerksamkeit zu schenken, der Freude ebenso wie der Liebe, dann wuchsen beide wie herrliche Rosen, die man pflegt und mit denen man jeden Tag redet.

Siris Blick folgte dem Schwebeflug einer Möwe, bis sie hinter der Föhre verschwand, deren Stamm einen rötlichen Schimmer bekommen hatte. Das Licht kam zurück; gleich würde die Sonne aufgehen. Mit Schwung schob Siri die Bettdecke beiseite und stand auf. Als sie auf die Terrasse trat, erschauerte sie leicht. Es war kühler als gestern.

Doch sie genoss den Streichelwind auf der Haut, genoss die Schauer wie eine frische Dusche. Auf dem Horizont war schon die halbrunde helle Ausbuchtung zu ahnen, aus der die Sonne bald steigen würde, darüber ein Bogen von sanftem Violett. Das Meer ein wenig ausgeblichen noch, dort hinten dunkler. Siri ging langsam nach vorn zur Balustrade und atmete all das tief ein. Ihr war, als spürte sie Hakans Blick von oben. Es war wie eine Berührung, und sie genoss sie. Doch wurde es schnell zu kühl. Sie schlang die Arme um sich und eilte hinein. Ob Hakan wirklich hinter der geschlossenen Glastür stand, war nicht zu erkennen. Vielleicht hatte das Licht nicht gepasst, vielleicht schlief er auch noch. Sie hätte sich gern über ihn gebeugt und auf die Stirn geküsst.

*

Siri hatte sich ihr Frühstück am Buffet zusammengestellt und bat Sabine, es ihr hochzutragen. Die sah sie erstaunt an. »Geht es dir nicht gut?«

»Doch, alles gut, ich will nur allein sein.« Wollte sie das? War es nicht eher so, dass sie nicht über das sprechen wollte, was sie vorgelesen hatte? Dieses leise Ziehen in ihrer Kehle, dieser zart-wehmütige Schmerz brauchte sie.

Auf ihrem Balkon rückte sie sich ein Tischchen nah an die Balustrade und einen Stuhl dazu, und sie schlug die Hände vor der Brust zusammen, als Sabine mit dem Tablett kam und eine gerade aufgeblühte, tiefrote Rose darauf lag.

»Geht es dir wirklich gut?« Sabines Blick war forschend.

Siri nickte, entschloss sich, offen zu sagen, was los war und erzählte ihr kurz von dem Künstlertreff gestern Abend und dass sie diese Stimmung, in die ihre eigene Lesung sie gebracht hatte, in Ruhe ausklingen lassen wollte. Sabine nickte, und Siri sah, dass sie wirklich verstand. Sabine und ihr Mann Horst, der in der Villa eine Art Hausmeister war, hatten vor Jahren in Deutschland alle Zelte abgebrochen, waren in ein bescheidenes, aber wunderschön gelegenes Haus nicht weit von hier gezogen und hielten sich mit allem Möglichen über Wasser. Zwei Individualisten mit Feingefühl – besser hätten die Unvergleichlichen es nicht treffen können.

Siri ging mit der Rose nach drinnen und suchte eine Vase für sie aus, aber sie war nur halb bei der Sache. Wohin sie schaute, was sie tat, Johann war mit ihr. ›Siri, kleine Siri!‹, flüsterte er, und ihr standen sofort die Tränen in den Augen. Oder er erzählte ihr mit sich vor Eifer überschlagender Stimme von der Fahrt mit dem großen Fischkutter weit hinaus auf die Ostsee. Sie sah ihn mit leuchtenden Augen, und eine fast verzweifelte Wehmut kam sie an.

Ein wenig beruhigte sich ihr Gemüt, als sie sich auf dem Tischchen ihr Frühstück aufbaute und sich vorkam wie in einem Luxushotel, als sie sich setzte und nicht wusste, mit welcher von all den Köstlichkeiten sie anfangen sollte. Ein Croissant vorweg? Oder die Quarkspeise mit frischen Früchten? Ja! Aber zuerst einen Schluck von dem köstlichen Cappuccino …

Es kamen immer weitere Erinnerungsbilder. Sie sah Peter, sah seinen traurigen Blick in jenen Tagen, als er ging, um nie wiederzukommen. Dass sie Freunde bleiben könnten, war für ihn nicht denkbar. Für sie war das Gefühl, zwar kein Paar zu sein, aber doch tief zusammenzugehören, so stark gewesen, dass sie jetzt noch spürte, wie ihr der Riss zwischen ihnen damals weh getan hatte. Zurückgekonnt hätte sie trotzdem nicht. Es war, als hätte sie gewusst, wie viel noch auf sie wartete – mehr als *ein* neues Leben. Sie hatte seitdem mindestens drei gelebt. Und sie hatte schon damals geahnt: Erst, wenn man das eine verlässt, kann man das nächste beginnen.

So viel wie möglich zu leben, war das Egoismus? Oder eine heilige Pflicht? Auf jeden Fall war all das Gelebte das, was man der Welt hinzufügen und ihr hinterlassen würde. Und sie hatte viel gelebt. Während sie langsam die Quarkspeise löffelte, den Blick im Nirgendwo, poppten etliche, sehr verschiedene Szenarien in ihr hoch. Eine davon wurde deutlicher:

Als sehr junge Frau, noch deutlich vor Peter, hatte sie als Hippiemädchen auf den Kanaren mit anderen Hippies am Strand gelebt. Für die Nacht eine Felsenhöhle, zum Meer hin weit offen, tagsüber nur draußen und fernab der Zivilisation, war sie nach und nach in ein seltsamen schwebendes Sein hineingewachsen, halb wie träumend, halb wie wacher als wach. Auf die wenigen Eindrücke reduziert, war ihre Weltsicht weiter geworden. Und sie hatte plötzlich gewusst, dass das, was sie bislang für die Wirklichkeit gehalten hatte, bloß ein aus einem bestimmten Blickwinkel wahrgenommener Ausschnitt war, der aus einer anderen Sicht betrachtet völlig anders erscheinen konnte.

Jene Zeit hatte alles verändert. Die Frage, ob sie ihre Lebensreise mit gut gepackten Koffern und gültigen Fahrkarten in Bussen und Zügen erleben würde oder lieber mit leichtem Rucksack mal per Anhalter, mal zu Fuß und immer dem Abenteuer, dem Anderen und Neuen auf der Spur, hatte sich von allein beantwortet: Es war gar keine Frage mehr gewesen.

An jenem Strand mit der Felsenhöhle, fernab von allem Gewohnten, hatte die gewaltige Atlantikdünung sie mehr und mehr anzuziehen begonnen, als wollte sie sie einladen zu einem Ritt weit draußen auf den langen Riesenwogen. Eines Tages war Siri dem Ruf gefolgt, ohne die leiseste Angst vor der Unterströmung der zurückziehenden Wogen, die ihr mehr als einmal die Füße weggezogen hatte, dass sie im Brandungsschaum umhergewirbelt worden war wie ein Stück Treibholz. Die Sonne stand hoch, das Wasser leuchtete blaugrün, die Dünung war sehr hoch – da stand sie plötzlich auf von ihrem Schattenplatz am Fels, lief durch den heißen Sand, lief in die schäumend auslaufende Dünung und warf sich schließlich mit ausgebreiteten Armen hinein. Sie überwand das kabbelige Wasser des Wellenaufschlags, fand einen Durchlass in den quirlig sich überschlagenden Wogen und schwamm und schwamm. Sie schwamm sich frei von den Strömungen und Unterströmungen, schwamm und schwamm, ohne an ein Zurück zu denken, und die See machte es ihr leicht, schien sie hinauszuziehen, ohne Anstrengung weiter und weiter hinaus. Und in ihr war ein Drang, wie eine Forscherin ihn spüren mochte, die einer Entdeckung so nah war, dass sie weder Mühen noch Gefahren abhalten konnten. Die Wellen hoben sie hoch empor, und dann ging es wieder wie mit dem Fahrstuhl in die Wellentäler hinunter, und doch blieben sie trotz ihrer Größe, trotz ihrer gewaltigen Macht Siris Freunde und Gefährten. Sie fühlte sich sogar mehr denn je bei ihnen geborgen, sie durfte mitspielen in ihrem Spiel, durfte mittanzen in ihrem Tanz, ließ sich tragen und ergreifen, ließ mit sich geschehen und blieb doch die erfahrene Schwimmerin, die das Meer wie einen wilden Mustang reiten konnte, leicht und gewandt genug, dass der Mustang sie duldete. Als sie weit draußen umkehrte und nun nicht mehr nur das endlose Wellenspiel, sondern von den Höhen der Wogen aus auch den sehr fernen Strand im Blick hatte, spürte sie ein Ziehen durch ihren schwerelosen Körper gehen. Sie staunte sehr, wie intensiv sie dieses Strömen wahrnahm, es war tatsächlich, als wenn das Meer durch sie hindurch zöge, als wäre auch sie Wasser, zwischen dessen Molekülen anderes Wasser hindurchschwamm. Und es kam ihr ganz natürlich vor, bloß seltsam, dass sie sich nicht auflöste dabei. Der Verbund ihrer Zellen schien lose genug, um durchlässig zu sein, und doch so fest beisammen, dass ihre Arme Arme und ihre Beine Beine blieben, die mühelos Schwimmbewegungen machten. Ihr Mund blieb ihr

Mund, der offenstehend atmete, ihre Augen blieben Augen, die die Wellen vor sich sahen und dann wieder den Strand und die sich zusammenkniffen, wenn Wasserspritzer sie trafen. Doch jede Welle, die sie eine Weile mit sich nahm und sie dann überholte, trug sie und lief zugleich mitten durch sie hindurch, als wäre Siri nur langsameres Wasser und kein Hindernis, und sie begann, sich wie ein verspielter Seehund um sich selbst zu drehen und unter und wieder aufzutauchen in einer Vertrautheit, in einer Geborgenheit, die sie auskosten musste, bis die Kräfte sie verließen und sie sich im Brandungsrausch auf den Strand ausschütten ließ. Wie eine angeschwemmte Schiffbrüchige lag sie bäuchlings im Sand, keuchend noch, und während sie durch halb geöffnete Lider das Glitzern der Nässe auf den goldenen Härchen ihrer Unterarme betrachtete, ging das Meer immer noch durch sie hindurch, nun nicht mehr als Wasser durch Wasser, sondern ähnlich einem großen Atem, der kam und ging und sich mühelos durch sie hindurch bewegte. Und ihr war plötzlich klar, dass sie diesen Atem schon als Kind wahrgenommen, nur nicht für etwas Besonderes gehalten hatte. Vielleicht hatte sie in jenen frühen Jahren noch mehr mit den Seelenaugen geschaut als mit den menschlichen und mehr mit dem Seelengespür gefühlt als mit ihren Gefühlen. Manche ihrer frühesten Erinnerungen hatten einen seltsam überirdischen Glanz.

*

Siri musste eingeschlummert sein und schreckte hoch, als sich im Stockwerk über ihr mit kräftigem Knarzen Hakans Flügelglastür öffnete. »Wo warst du?«, rief er. »Alles in Ordnung?«

Sie wandte sich um, lächelte und rief »Ich hab hier gefrühstückt!«

Er hätte es sich eigentlich denken können, denn ihr Frühstück stand noch auf dem Tischchen vor ihr. Aber er hatte offenbar einen seiner erstarrten Momente, schaute nur, wirkte streng und fern. Sollte sie ihn in seiner Starre lassen, um ihn nicht zu bedrängen? Oder sollte sie ihn herunter bitten?

»Kann ich runter kommen?«, rief er.

»Ja!« Vor Staunen war ihr Ja viel zu leise, und sie nickte noch obendrein, stand auf und trug ihr Tablett mit den Frühstückssachen ins Zimmer. In ihrer Küchenzeile stand der blaue Tonkrug bereit. Sie spülte ihn aus, füllte ihn mit Wasser und brachte ihn zusammen mit zwei Gläsern draußen zu dem kleinen Tisch, und während sie einen zweiten Korbsessel heranholte, hörte sie schon den Fahrstuhl rumpeln, dann das metallische Scheppern der Gitterschiebetür und gleich danach klopfte Hakan und stand im nächsten Moment vor ihr. Er sah sie direkt an, aber sie wusste seinen Blick und seine Miene nicht zu deuten. Immer schon war das so gewesen. Plötzlich waren sie Arm in Arm, für einen Augenblick nur, und Siri spürte, dass er etwas wollte, irgendetwas. Als sie draußen einander gegenüber saßen, stand Hakan noch einmal auf, holte einen Fußhocker heran und legte seine Füße darauf. Siri schenkte ihnen beiden Wasser ein und legte ihre Füße übereinander gekreuzt neben seine.

»Alte Leute trinken zu wenig«, meinte Hakan und hob sein Glas.

Siri grinste ihn an. Sie fand ›alte Leute‹ wenig passend für ihn und sich und für sie alle hier, aber natürlich, sie waren es, und Siri hatte wenig Lust, darüber eine Unterhaltung anzufangen.

Hakan blieb ernst, seine Miene wurde sogar noch ernster, während er fragte: »Wie war das damals für dich, als wir uns kennengelernt haben?«

Die Frage kam Siri fremd vor, vielleicht, weil sie durch seinen Ernst Schwere bekam, vielleicht auch, weil er vor sich hin auf den Boden schaute, fast, als hielte er etwas Unaussprechliches hinter den gesagten Worten verborgen und konnte ihr deshalb nicht in die Augen sehen. Sie musste ihre Aufmerksamkeit absichtlich von ihm wegnehmen, um frei zu sein für das, was an Erinnerung zu ihr käme. Zuerst kamen die Fotos von ihm, die sie in jener Internetpartnerbörse gesehen hatte, über die sie einander zum ersten Mal begegnet waren. Sein Pseudonym dort war ›Düne‹ gewesen, das war das Allererste, was sie von ihm gesehen hatte in der Liste derer, die dort um eine Partnerschaft warben. Das hatte sie angezogen, und mit einem Klick auf dieses Wort, mit dem ersten Blick auf sein Foto, das daraufhin erschien und auf die Zeilen, die er über sich selbst geschrieben hatte, war sie von ihm fasziniert gewesen.

»Weißt du noch, dass dein Pseudonym im Onlinedating ›Düne‹ war?«

Er nickte.

»Schon deshalb musste ich dich anschreiben.« Siri lächelte in sich hinein. Die drei Schwarz-weiß-Fotos auf seinem Dating-Profil, die sie damals oft betrachtet hatte, waren sehr deutlich wieder da: ein ernstes, vom Leben durchfurchtes, sympathisches und kluges Männergesicht, die Haare bis zu den Augenbrauen unter einer Wollmütze verborgen. »Und dann war da noch dieser Satz, mit dem du beschrieben hattest, wie du dir deinen Traumurlaub vorstellst«, meinte sie versonnen.

»Und? Wie war der?«

»Sonne, warmer Sand, Meer … den Blick in den Horizont fallen lassen und sich in Ruhe erweitern können …«

»*Das* erinnerst du noch?«

»Weil es mich beeindruckt hat. Aber ich gebe zu, ich habe es kürzlich noch mal nachgelesen. ›In den Horizont fallen lassen‹, wie schön! ›Und sich erweitern können‹! Ich hab dich sofort angeschrieben, und ich war schon von den ersten Worten deiner Antwort angetan. Die weiß ich allerdings nicht mehr. Und ich war auch fasziniert von deinen Fotos. Endlich mal ein charaktervolles Gesicht.« Sie lachte leise und sah ihn an.

Er hob den Blick vom Boden und schien wieder hier zu sein, hier bei ihr. »Ich auch von deinen!«

»Und weißt du noch, wie ich zum ersten Mal zu dir kam?«, fuhr sie fort. »Ich konnte es sehen, schon von dem langen Flur aus, als du da ganz hinten in der Tür standst. Ich konnte sehen, dass es dir genauso ging wie mir. Wir sind uns in die Arme geflogen, gleich beim ersten Mal, weißt du noch?«

»Und ich bin sofort über dich hergefallen.«

Siri lachte. »Na ja, nach einer kleinen Eingewöhnungsphase.«

»Stimmt. Von – einer halben Stunde?«

»Ein bisschen mehr war es schon …«

Er hob die Augenbrauen. »Du hast mich sehr angezogen.«

»Du mich auch.«

Hakan wandte sich ab, schaute aufs Meer, sagte erst nach einer Weile und mit dem Blick immer noch dort: »Und wie ging es weiter?«

»Unsere Geschichte soll ich dir erzählen?«

»Ja. Ich will mich erinnern und ich will wissen, wie du es in Erinnerung hast.«

»Wir sahen uns selten. Du warst ja gebunden, wolltest nur eine Liebhaberin. Es war schön, wenn wir uns trafen. Und obendrein kostbar, weil es so selten war.«

»Und, weil es ein Geheimnis war!«

»Das fand ich nicht schön. Weißt du nicht mehr, wie ich dir manchmal ins Gewissen geredet hab? Das hat dich genervt.«

»Du? Du wolltest doch selbst nur 'ne Liebschaft!«

»Ich war aber allein und musste niemanden belügen oder zumindest etwas geheim halten. Ich konnte einfach nicht verstehen, warum Paare, wenn sie sich immer noch lieben, aber sich gewisse Sehnsüchte nicht mehr erfüllen, nicht *offen* miteinander sind. Warum haben sie

Angst, den anderen zu verlieren, nur weil sie auch jemand anderen lieben? Wenn die Liebe so klein wäre, sie hätte nicht eines ihrer unzählbaren Werke vollbracht! Liebe wird doch nicht weniger, wenn wir sie fließen lassen. Je mehr sie fließt, desto größer wird sie.«

»Ja, das hast du mir damals mehr als einmal erzählt, und inzwischen glaub ich es sogar. Aber es gibt nun mal so was wie Eifersucht!«

»Ja, leider. Eifersucht verkennt die Liebe! Darum tut sie auch so weh. Es gibt doch nichts Schmerzhafteres, als von der Liebe getrennt zu sein, und statt zu merken, dass man es selbst getan hat, denkt man, es war der andere oder die andere … Ich wusste, dass deine Freundin dich gelassen hätte, hättest du ihr von mir erzählt. Sie hätte sich vielleicht sogar für dich gefreut. So, wie du von ihr erzählt hattest, hab ich ihr das zugetraut. Und ebenso wusste ich, dass es schlimm wird, wenn sie erfährt, dass sie hinters Licht geführt worden ist. Dass sie dich dann vor die Alternative stellt: Sie oder ich. Es ist genauso gekommen, und zwischen uns war es vorbei.«

»So erinnerst du das? Sie konnte aber doch damit umgehen.«

»Ja, später, zuerst nicht. Es war erst mal vorbei zwischen uns.«

»Und dann? Wir sind doch wieder zusammengekommen. Und du warst noch nicht mal wirklich böse, stimmts?«

»Es gab andere Liebhaber. Sie waren gebunden oder viel unterwegs und also nicht oft bei mir. Deshalb hatte ich mehrere. Ich hab dich zwar vermisst und fand es schade, aber ich hatte ja keinen Mangel.«

»Da hast du mir aber nichts von erzählt.«

»Doch, als wir wieder zusammengekommen sind. Das hast du vielleicht vergessen. Da war ich schon drauf und dran, die Liebschaften ganz aufzugeben. Weil mir klar war, dass ich etwas Wesentliches durch sie gelernt hatte und dass es trotzdem nicht die Erfüllung war, die ich mir wünschte.«

»Gelernt?«

»Ja. Es waren drei sehr verschiedene Männer. Wenn ich Besuch von einem von ihnen bekam, war es eine eigene Geschichte. Sie begann mit der ersten Umarmung in der Haustür und endete mit der letzten. Beim nächsten Besuch fing eine neue Geschichte an. Und so habe ich etwas tatsächlich leben können, was mir immer sehr wichtig gewesen war: Verbunden sein – und nicht gefesselt. Frei sein und voller Liebe.«

Hakan nickte vor sich hin. »Und dann?«.

»Dann habe ich gespürt, wonach ich mich wirklich sehne. Und von einem Moment zum anderen hat mir diese freie Liebe mit meinen Liebhabern nichts mehr bedeutet. Die Erfahrung war gemacht, es war genug. Und genau da hast du mich angerufen und gesagt, dass du nun frei seist. Iris hätte sich gefangen und wollte sich sogar auch jemanden suchen.«

Wieder nickte Hakan.

Siri folgte seinem Blick. »Es ist ruhiger heute«, sagte sie nach einer Weile, lächelte vor sich hin und ergänzte: »Das Meer.«

Plötzlich wandte Hakan sich ihr voll zu. Seine Züge waren aufgerissen. »Sag mal ehrlich: Es scheint, als wenn du mir nichts nachträgst, aber das scheint nur so, oder?«

»Nachtragen – ich dir? Nicht die Spur.«

Hakan schien gerader und größer zu werden. Als er nach einer Weile sprach, sah er sie zum ersten Mal unverwandt an. »Versprichst du mir, dass du aufhörst mit dieser fixen Idee, dass du bald stirbst? Wir sterben alle mehr oder weniger bald, aber du bist derartig darauf fixiert – das ist gruselig!«

»Oh – das wollte ich nicht, sorry. Ich meine es überhaupt nicht düster oder so. Es macht viel mit mir, wenn ich mir meiner Endlichkeit bewusst bin, viel Schönes. Manchmal macht es mich wirklich, wirklich lebendig: Jede Sekunde hat plötzlich Geschmack, jede Minute eine Farbe, jede Stunde ein Gewicht und zu ihrem Gewicht gehört ein Klang …«

»Deiner Endlichkeit«, wiederholte Hakan. »Und gibt es für dich immer noch die Unendlichkeit des Seins, von der du damals gesprochen hast?«, fügte Hakan ein. Als sie dazu schwieg, hob er die Augenbrauen und nickte ihr auffordernd zu.

»Ja. Und gerade Begrenztheit hat mich ihr näher gebracht. Ich hab begriffen, dass Begrenzung kein Fluch ist, sondern ein Segen. Aus der Unendlichkeit des Seins, aus etwas, das keine Grenzen hat und auch keine haben kann, sonst wäre es nicht die Unendlichkeit, entstehen begrenzte Wesen wie wir und alle anderen Lebewesen, jedenfalls in gewisser Weise begrenzt.« Siri lachte leise. »Aber da wir zugleich grenzenlose Seelen sind, ist alles eher ein Spiel!«

Hakan sah enttäuscht aus. Ein hartes Lachen platzte ihm heraus.

Siri zog die Schultern hoch. »Du kannst mich natürlich für abgedreht oder verrückt halten«, sagte sie mit einem Lachen in der Stimme. »Nur diskutieren möchte ich nicht darüber. Über Dinge, die wir nicht wissen können, braucht man sich nicht zu streiten.«

Er machte eine Handbewegung, die alles Gesagte wegzuwischen schien, und in dem Ernst und dem Tonfall wie zu Beginn des Gesprächs sagte er: »Na ja, in gewisser Weise kann ich nachvollziehen, was du sagst. Als damals meine Nieren immer schlimmer wurden, als ich kurz davor war, dass ich Dialyse gebraucht hätte, ganze Tage daliegen und an Schläuchen hängen, danach total schwach und erschöpft, eine grausame Vorstellung, als es immer in der Schwebe war, heute waren die Werte gut, am nächsten Tag voll im Keller – keinen Tag mehr konnte ich davon ausgehen, dass morgen alles noch genauso läuft wie heute. Schon gar nicht, dass ich morgen überhaupt noch lebe.

Da wurde auf einmal alles sehr besonders. Angst war natürlich auch da und manchmal schlimm. Als ich wusste, dass ich notfalls von Iris eine Niere bekomme, war die Angst trotzdem nicht weg ...« Hakan schloss die Augen, atmete mit weit geblähten Nasenflügeln ein und ließ, statt seinen Satz zu vollenden, ein langes Ausatmen hören. Erst nach einer Weile sagte er leise: »Doch Siri, auch ich hab dieses Paradox erfahren ... Mit dieser Gewissheit, sterben zu müssen, mit diesem schlagartigen Wissen, dass es bald sein könnte, sehr bald, war plötzlich alles anders ... Irgendwie enthoben ... Es ähnelte den begnadeten Momenten, die ich als Schauspieler manchmal hatte, Momente absoluter Virtuosität ... Und es ist doch nicht damit zu vergleichen ... Ich habe keine Worte dafür. Ich glaube, die gibt es auch nicht.«

»Glaub ich auch nicht.«

Siri hatte so leise gesprochen, dass das Brausen des Meeres das Gesagte von ihren Lippen löschte, jedenfalls den zweiten Teil ihres Satzes: »Es braucht auch keine.«

Hakan schien wie sie zu spüren, dass auch ihr Gespräch keine Worte mehr brauchte, dass es besser war, das bislang Gesagte einsinken zu lassen. Still saßen sie da. Als Hakan mit brummendem Stöhnen aufstand und ihr seine Hand reichte, sah sie ihn erstaunt an.

»Mittagessenszeit!«, rief er, als sei sie schwerhörig.

Sie lachte und ließ sich von ihm auf die Beine helfen. Er hielt ihr galant seinen angewinkelten Arm hin, sie legte die Hand darauf, und so schritten sie wie König und Königin feierlich bis zum Fahrstuhl. Dort trennten sie sich. Siri nahm die Treppe.

＊

Es klopfte und Gregor streckte seinen Kopf zur Tür herein. »Mittagsschlaf? Zusammen?«

»Ja, gerne. Komm!«

Er schloss die Zimmertür und kam zu ihr. Siri streckte sich auf die Zehenspitzen und küsste ihn. Zugleich begann sie, die Knöpfe seines weitärmeligen Hemds zu öffnen. Er bückte sich ein wenig, bekam ihr Kleid zu fassen und zog es ihr über den Kopf. Sie half ihm aus dem Hemd, und sie mussten ein bisschen kichern, als er sich darin verheddderte und beiden klar war, dass er alleine wohl besser zurechtgekommen wäre. Siri legte sich auf die Seite des Bettes, die weiter vom Fenster weg war. Gregor rollte sich mit wohligem Stöhnen von der Fensterseite her nah an sie heran und streckte den Arm in ihre Richtung aus, damit sie ihren Kopf darauf oder auf seine Schulter betten konnte. Er drückte sich das Kopfkissen so zurecht, dass er weit genug erhöht lag, um einen guten Blick nach draußen zu haben. Siri legte ihren Oberschenkel über seine Hüfte und den Arm über seinen Brustkorb und schmiegte sich sacht an ihn. Ein tiefes Stöhnen ging durch sie hindurch – ihr war so leicht, so durch und durch behaglich und ein ganz feines Flirren schien direkt unter ihrer Haut über sie hinzurieseln. Wie schön, so dazuliegen und in den Himmel zu schauen, der unfassbar blau war mit ein paar schnell ziehenden, sehr weißen Wolken. Wie mit rasenden Pinselstrichen hingemalt sahen sie aus, an den Enden in faserigen Bögen auslaufend.

Siri erzählte ihm von ihren Gedanken vorhin über das Zusammenspiel von Unendlichkeit und Begrenztheit. Sie lauschte ihren Worten nach, und noch etliche Wogen schäumten den Strand hinauf, bis Gregor einen tiefen Atemzug nahm und antwortete.

»Du weißt ja, ich glaub auch, dass es etwas gibt, das weit über uns hinausgeht, das immer bei uns ist, das uns vielleicht sogar beschützt, wenn wir darum bitten. Manchmal denk ich allerdings, dass ich das nur glaube, um irgendwie und irgendwo Halt zu finden.« Gregors tiefer Bass machte Siri, die schon ins Halbwache zu sinken begann, wieder ganz wach. Dass der Hüne Halt brauchte, erfüllte sie mit Zärtlichkeit, und sie verstand, dass ihm ein großes Herz mitgegeben war, doch ohne jeden Panzer. Zumindest hatte sie noch nie erlebt, dass er sich verschlossen hätte oder hart geworden sei. ›Vielleicht hat seine Seele ihm deshalb einen so starken Körper gebaut«, dachte sie. ›Es finden sich immer Menschen, die solche wie ihn quälen und unterdrücken, aber an den Hünen hat sich wohl schon als Kind keiner herangetraut.‹

Die Müdigkeit war plötzlich sehr groß und drückte ihr auf die Lider. »Bis gleich, mein Lieber«, flüsterte sie, zog das Laken, das als Bettdecke genügte, über sie beide und drehte sich auf den Rücken. Sie wusste, dass er wach bleiben und in die Pinselstrichwolken schauen würde und horchen, wie der dröhnende und doch weiche Seegang dem

Strand seine endlosen Geschichten erzählte. So lag er oft bei ihr, wenn sie ihren kurzen Mittagsschlaf hielt, meist nicht länger als eine Viertelstunde. Sie spürte ein Lächeln in ihrem Gesicht, und sie wusste, es würde bleiben, bis der Schlaf sich darüber legte, und es würde wieder da sein, wenn sie die Augen aufschlug und als erstes ihn anschaute.

*

»Du hast manchmal keinen Halt in deinem Leben gefunden? Du?« Siri flüsterte, als sei dies ein großes und intimes Geheimnis.

Gregor wandte ihr den Kopf zu. »Es gab Zeiten, da bin ich mir verlorengegangen, ja. Vor allem dann, wenn ich nicht künstlerisch arbeiten konnte. Kennst du das nicht? Das ist wie nicht atmen können. Als ich jünger war, dachte ich, dass es an Mine läge. Du weißt ja, sie war meine Muse, und früher war sie weit mehr. Sie hatte viele Männerfreundschaften, die hat sie noch. Bei ihr kann Freundschaft auch Sex einschließen, wenn die entsprechende Anziehung da ist. Ich wollte natürlich, dass sie nur mit mir schläft. Sie wollte, dass ich lieben lerne. Für dieses hehre Ziel hat sie mich eine Menge durchmachen lassen.«

»Du warst eifersüchtig?«

»Ich hab getobt vor Eifersucht. Aber gleichzeitig bin ich mir so lächerlich und blöd vorgekommen.«

Siri lachte auf. »Und also hast du noch mehr getobt, oder?«

»Ja. Du scheinst das zu kennen!«

»Klar. Eigentlich ist Eifersucht doch, als wenn man sich selbst ein Messer ins Herz sticht, oder? Hast du denn gelernt, was Mine dich lehren wollte?«

»Ich glaube schon. Aber Mine hat auch was von mir gelernt. Liebe kann nur in Freiheit gedeihen, hat sie immer wieder gesagt, und ich habe ihr gesagt: Liebe braucht Verbindung, um zu gedeihen. Was ich erst begreifen musste, war, dass Verbindung nur aus Freiheit heraus Verbindung und keine Fessel ist. Wenn ich nicht aus freiem Willen hier bei dir liegen würde, wäre unser Miteinander nicht das, was es ist. Bei Mine habe ich nicht aus freiem Willen gelegen, sondern weil ich glaubte, ich sterbe, wenn ich nicht zu ihr kann. Ich war mehr als verliebt, ich war versessen auf sie.«

»Oh je, so was kenne ich auch. Es gibt so einige Zustände, die ich mal für Liebe gehalten habe.«

»Tja – da gibt es wohl noch viel mehr, was wir heute ganz anders sehen als früher. Und wozu das alles? Da lebt man und lebt man und erfährt unendlich viel und gewinnt aus den Erfahrungen Erkenntnisse ohne Ende – aber wozu? Irgendwann ist das Leben vorbei und all diese Erkenntnisse verschwinden wieder von der Welt.«

»Nichts verschwindet.«

»Woher willst du das wissen?«

»Ich weiß es.«

»Manchmal klingst du altklug, Siri.«

»Ich glaub, ich *bin* altklug. Alt und klug!« Sie lachte und als er nicht mitlachte, knuffte sie ihn, aber er konnte wohl nichts Lustiges darin erkennen. »Stört es dich?«

»Mal ja, mal nein. Manchmal bist du so unbedingt. Das ist dann n' bisschen schwierig.«

»Ah – verstehe … Das ist diese Stimme, glaub ich. Die sagt mir manchmal Dinge, die sind mir selbst neu. Irgendwann habe ich angefangen, auf sie zu hören. Ich hab mich sogar mit ihr unterhalten. Schreibend. Ich habe meine Fragen aufgeschrieben, hab die Augen geschlossen, bin ganz still geworden und hab hingeschrieben, was aus meinen Fingern kam. Und es kamen so erstaunliche Sachen, dass das nicht von mir sein konnte. Darum waren das meine ›Seelengespräche‹. Inzwischen spricht die Stimme manchmal direkt aus mir heraus, ich merk es erst gar nicht. Wenn ich mich dann selbst über das wundere, was ich da rede, dann hat sie sich mal wieder selbständig gemacht.« Bei den letzten Worten lachte Siri leise. »Das klingt wahrscheinlich manchmal ziemlich merkwürdig – überheblich, altklug. Ich merke das auch oder sehe es an den Gesichtern. Aber Worte, die man gesagt hat, kann man nicht wieder in den Mund zurück schlucken.«

Gregor machte nur ›Hmhm‹, atmete sehr tief ein und aus und streichelte etwas fahrig Siris Schulter. Es war fast wie ein Tätscheln. So kannte sie ihn nicht. Er musste davongedriftet sein. Sie schloss die Augen und kraulte die Haare auf seiner Brust, hob den Kopf und suchte mit ihren Lippen seinen Mund, und sie versanken in einem Kuss, der sie beide fortschweben ließ. Als sie sich wieder ein wenig voneinander lösten, meinte er: »Du hörst also Stimmen. Gut, dass ich das endlich weiß.« Sie mussten lachen, ein helles, herzhaftes Lachen. »Es kann alles so leicht sein! Mit dir ist es leicht, Siri, viel leichter, als es mit Mine je gewesen ist. Und es fühlt sich so richtig an mit dir. Aber Rückfälle passieren nun mal.«

»Oh ja. Bei mir gab es oft Rückfälle, das kannst du mir glauben. Sobald ich mal vergessen hab, dass Liebe nicht Habenwollen ist, hat das Leben mir eins auf die Nase gegeben, und danach saß ich selig grinsend da, weil ich wieder ein Stück mehr die war, die ich eigentlich sein wollte.«

»Wie willst du sein?«

»Großzügig. Annehmend. Freilassend. Und, und, und.«

»Ich glaube, das gehört zur Grundausstattung. Aber wir sind auch nachtragend, gehässig, unsicher, ängstlich, kleinkariert, eingebildet.«

»Und eifersüchtig!«

»Ja, aber bei mir sind es nur noch kurze Anfälle.«

»Und? Gab es kürzlich einen?«

»Allerdings. Sehr kürzlich sogar.«

»Wegen Hakan?«

Gregor nahm erst zwei tiefe Atemzüge, bevor er antwortete. »Ja. Was genau hast du mit ihm?«

»Wir hatten vor über zwanzig Jahren eine kurze Liebschaft. Wir konnten nicht wirklich miteinander, aber unsere Herzen haben einander berührt, und das ist etwas, das bleibt. Bei mir jedenfalls.« Sie drehte sich unwillkürlich ein wenig von ihm weg und bettete den Kopf von seiner Brust auf ihr Kopfkissen um.

»Schläfst du mit ihm?«

»Nein.«

»Aber das könnte sich ändern, richtig?«

»Nein. Und wie ist es mit Mine? Ich meine – wie wäre es, wenn ihr euch treffen würdet?«

»Sie lebt ihr Leben in Berlin, ich lebe meins hier. Inzwischen ist der Altersunterschied zwischen uns sehr spürbar. Sie ist quirliger denn je, jeden Abend unterwegs, hier eine Vernissage, da ein Vortrag, da ein Theaterereignis, überall kennt man sie. Mich würde das töten.«

»Und wenn sie käme – wie wäre es dann?«

»Na ja …« Er zog die Brauen hoch, als wollte er sagen: Was soll man machen, die Natur fordert ihren Tribut. Zugleich begann er zu grinsen. ›Du weißt ja, es ist alles ein bisschen anders jetzt‹, las Siri daraus und nickte. Ja, anders, so war es richtig ausgedrückt. In früheren Jahren, die ihr jetzt wie ein anderes Leben vorkamen, hatte sie geglaubt, sich der Liebe zu schenken, aber es war in der Hoffnung geschehen, dass sie dafür Glück und Lust zurückbekäme. Wie so viele andere hatte auch sie Schenken mit Habenwollen verwechselt und Liebe mit schönen Gefühlen. Wie seltsam, wie unwirklich erschien ihr das jetzt. Und wie wundersam neu war dies alles geworden. Wenn Gregor zu ihr kam, wenn sie sich umarmten und aneinander lagen, brauchte es nicht viel an Bewegung; es musste auch nichts vollzogen werden und war doch viel köstlicher als je zuvor. Je mehr ihr Körper seine Schönheit verloren hatte, desto gefühlvoller war er geworden. Haut an Haut zu sein und sich leise zu bewegen, war früher ein schönes Vorspiel gewesen. Jetzt war es zum ohnmächtig werden. Wenn sie die Regungen spürten, die durch sie liefen, Regungen, die sie auf der Haut, aber auch bis in die tiefsten Tiefen ihres Fühlens berührten und denen sie keine Namen gaben, weil sie nichts Vergleichbares kannten, wenn sie still dalagen, sich anschauten und einander mitunter nur mit den Blicken liebkosten, war ihnen, als würde es hell im Zimmer, sogar mitten in der Nacht, und dieser Glanz blieb ihnen auch dann, wenn sie wieder auseinandergingen, blieb und umgab sie beide, und es war nicht Gregor, der ihr dies schenkte, und sie schenkte es nicht ihm. Es war einfach da – sie brauchten es nur zu wecken.

✻

Hakan verzog das Gesicht, als er Miró mit dem Rollstuhl über die Schwelle der Terrassentür schob. Ein Stöhnen zischte ihm durch die Zähne. »Lustig ist das nicht, alt zu sein!«, grollte er, während er Miró neben Michelle an den Tisch schob.

»Ich bin froh, dass ich alt bin!« konterte Miró sofort.

»Kannst du auch, sonst könntest du nicht hier wohnen«, meinte Michelle.

»Ist ja n' guter Platz hier. Aber wenn's morgen vorbei wär', meinetwegen!« schnaubte Miró. »Was da draußen in der Welt los ist, das muss ich mir nicht noch lange angucken. Die sind doch alle nur noch unter Droge. Das ging mit dem Fernsehen damals los. Und jetzt? Kann man nicht mehr mit ansehen! Die kriegen ne Krise, wenn sie mal eine Minute nicht so ein Ding in der Hand haben, auf dem sie rumtippen und wischen können oder am besten eins von denen, die in einem Armband integriert waren und ein Hologramm in der geöffneten Handfläche erscheinen lassen und das sie mit irgendwas berieselt, das sie für echter als das Echte halten und für wahrer als das Wahre. Wie kann man sich selbst derartig entmündigen? Wo findest du noch einen freien Geist, der selber denkt, der überhaupt denkt? Einen einzigen – wo?«

»Hier!«, rief Siri.

»Ha! Hier! Die werden uns bald rumzeigen in den Medien, wenn sie uns erst mal entdeckt haben. Headline: ›Die letzten ihrer Art‹. Passt auf, irgendwann sind die hier und stellen Fragen, die zu dämlich sind, um sie überhaupt anzuhören, und dann jagen sie Flashs um die Welt, in denen wir als zu senil dargestellt werden, überhaupt noch Antworten zu geben, und dass das reine Geldverschwendung ist, solche wie uns in so einem Luxus hier zu halten, wo doch gleichzeitig ...«

»Miró, das ...«

»Lass' ihn ausreden, Michelle!« Hakans Ton klang mehr als geladen. «Immer musst du ihm dazwischen kreischen!«

»Immer? Das ist doch pure Unterstellung!«

»He! Wir haben hier einen anderen Umgang miteinander vereinbart, schon vergessen?« Gregor sprach ruhig, fasste erst Michelle, dann Hakan mit zusammengezogenen Brauen in den Blick.

»Ach ja?«, grunzte Hakan.

»Ja. Wenn es dich stört, dass Michelle ihn unterbricht, dann sag ihr *das* und nicht, dass sie *immer* unterbricht. Das stimmt nicht.«

Hakan schob nur den Unterkiefer ein paar Mal hin und her.

Miró stieß den Atem laut aus der Nase. »Na, wenigstens gibt's hier noch mal was anderes als dieses Glückseligkeitsgedusel. Ich dachte schon, ich muss mal ein Gruppenportrait von euch malen, alle mit Heiligenschein – außer mir natürlich, ich bin ja nicht mit drauf.«

Sabine kam mit einem Tablett zu ihnen nach draußen. »Vorsicht! Heiß! Zimtkringel direkt aus dem Ofen!«, rief sie und wedelte mit der freien Hand, worauf Michelle und Gregor sofort die Mitte des Tisches freiräumten.

Siri lehnte sich zurück, nippte an ihrem Riesen-Cappuccino und betrachtete die Szene um sich herum: Hakan, der ungefragt Mirós Teller nahm und einen Zimtkringel darauf legte, Fred, der die Augen schloss und schnupperte, bevor er zugriff, und Gregor, der mit einem Bissen den halben Kuchen zu fassen bekam und mit tiefem Stöhnen kaute. Michelle reichte ihr die Platte mit den Kuchen herüber. Sie waren noch warm, und als sie in ihren hineinbiss, stöhnte sie auch. Sie ließ den Blick weiter von einem zum anderen wandern, musste es schon wegen der vollen Backen und der verklärten Blicke. Was hatte Miró? Das Glückseligkeitsgedusel war doch vollkommen berechtigt. Es war ein einziges Wunder, dass sie hier leben durfte, an solch einem Ort, auf solch eine Art – und mit diesen Menschen.

✻

Ein milder Abend und schon vollständige Dunkelheit umhüllten sie, aus der das Leuchtturmlicht wie ein Geisterarm auftauchte, über langsame Wellen schwenkte, die man nur ahnen konnte, und wieder verschwand. Die Unvergleichlichen saßen im großen Kreis auf Siris Balkon, und diesmal breiteten die beiden Laternen an der Hauswand ihren sanft-gelben Schein über sie alle. Michelle hielt eine Kamera auf dem Schoß. Hakan, im Liegestuhl und in eine Decke gewickelt, wirkte mumienhaft und abwesend. Gregor hatte sich die andere Saunaliege genommen und lag darin mit geschlossenen Augen. Fred hielt seine Hände gefaltet auf dem Schoß und blickte auf sie nieder, und Miró schaute dorthin, wo der umhertastende Leuchtturmstrahl dem dunklen Meer ab und an ein Glitzern schenkte.

Siri schaltete die Tulpenlampe an und schaute fragend zu Michelle hinüber. Michelle nickte und deutete mit einer Handbewegung ringsum im Kreis. Sie hatte den anderen erzählt, dass sie fotografieren wollte, hatte gefragt, ob sie dürfe, hatte gefragt, ob sie auch aufstehen und umhergehen dürfe, natürlich dezent im Hintergrund. Alles war ihr erlaubt worden. Sie nickte Siri erneut zu. Miró zog die Brauen hoch, als wollte er sagen: Was ist denn nun, liest du endlich? Und Siri begann.

***

So viele Gedanken kommen, gehen.
Fast, als wenn das innere Haus einen Hausputz macht.
Ich bin nicht ansatzweise fertig damit,
so vieles ist noch zu glätten,
so vieles noch zu verstehen.
Als dieser Anruf kommt.
Und alles zerreißt.
Dieser Anruf von Johanna.

18. November 2003

Johanna fragt mich, wie es mir geht. Ob Peter schon ausgezogen sei, und als ich ja sage, ja, ich bin jetzt wirklich allein, macht sie eine Pause. Durchs Telefon meine ich, ihre Besorgnis zu spüren. Sie glaubt, ohne Peter bin ich verloren. Dann fragt sie so vorsichtig, als würde sie mit einer Kranken sprechen: »Weißt du das von Johann schon?«

»Was?«

»Hat es dir niemand gesagt?« *Sie klingt noch vorsichtiger.*

»Nein! Was?«

Noch während ich nachfrage, in dem Sekundenbruchteil bis zu Hannas nächstem Satz, erscheint dieses Treffen mit Johann vor meinen inneren Augen. Vier Monate ist es her, vielleicht auch fünf. Wir sind uns in einer Cafeteria begegnet, er hat eine Fortbildung dort im Haus gehabt und ich einen eintägigen Job. Zufällig hatten wir gleichzeitig Kaffeepause. Ich sehe ihn dastehen, sehe ihn mit zittrigen Fingern eine Zigarette anzünden und seine vollen Lippen darum pressen. Sie sind trocken, wie verschorft, die Haut seiner Hände, die Haut in seinem Gesicht blaurot, als wäre sie so dünn, dass das Blut durchschimmert.

»Johann! Hey!«

Er sieht auf, ohne den Kopf wirklich zu heben, lässt ihn zur Zigarette hin gebeugt, an der zu ziehen er eben im Begriff ist. Nichts tut sich in seinem Gesicht. Ich sehe das Zittern. Seine Hand, die die Zigarette hält, zittert wie von großer Kälte, auch sein Körper scheint davon ergriffen, mehr zu ahnen als zu sehen, aber unabweislich da.

»Johann! Was ist mir dir?«

»Nichts. Hallo Siri.« *Seine Stimme flimmert.*

Ich erschrecke. Ist es in den Jahren und Jahrzehnten so geworden zwischen uns, verschlossen, weit weg voneinander, habe ich es nur nicht gemerkt? Unsere stundenlangen Gespräche sind selten geworden, in letzter Zeit haben wir uns fast nur noch bei familiären Anlässen gesehen ...

Er dreht sich weg, schaut sich nach einem Aschenbecher um, findet ihn am Stehtisch hinter uns und drückt die winzige Zigarettenkippe aus. Was ist mit seinen Augen? Von der Seite sieht es aus, als würden sie aus ihren Höhlen quellen. Seit wann hat Johann solche Augen?

»Johann! Was ist mit dir?«

Endlich beginnt er zu reden. Warum spricht er in einem Ton mit mir, als sei ich irgendjemand, nicht ich. Er erzählt Alltägliches, von Stress im Job, dass das ewige Krankschreiben nicht mehr hilft, weil er nicht zur Ruhe kommt zu Hause, im Gegenteil, er hält es da nicht aus, keine ganzen Tage lang, die Abende genügen schon. Bevor ich fragen kann, kommt das, was ich an seinen zittrigen Fingern, an seiner violetten Haut, an seinem hilflos schuldbewussten Lächeln längst abgelesen habe, aber nicht glauben kann: Doch nicht er, doch nicht Johann.

»Eine Flasche Whiskey am Abend, manchmal mehr. Anders ist das nicht zu ertragen.«

»Und wie viele Zigaretten?«

»Zwei Schachteln – drei ...«

»Warum?«

»Sag ich doch. Der Job.« Sein Blick geht an mir vorbei.

»Nein. Es ist nicht der Job!« Ich weiß nicht, wie ich dazu komme, aber ich sage das so bestimmt, als stünde es in Leuchtschrift über seinem Rothaar, das grau durchwirkt und an den Schläfen sehr grau geworden ist.

Er sieht mich an und gleich wieder an mir vorbei, aber in diesem kurzen Ansehen ist etwas wie ein Suchen. Und ein Aufleuchten. Hat er mich jetzt erst wirklich erkannt? Ach Siri, DU bist es ja, sagt sein Blick. Er zündet sich eine neue Zigarette an, schüttelt dabei langsam den Kopf, und die Zigarette geht zum Mund wie die Hand eines Verdurstenden, der endlich Wasser schöpfen kann. Und schöpft und schöpft. Fast gleichzeitig mit den hastigen Zügen stößt er den Qualm wieder aus, und dieses Ausstoßen ist von einem leisen Grollen unterlegt. Es hört sich an wie Zorn, der mit jedem Qualmausstoßen herauszudrängen versucht, aber nicht raus darf. Mit dem nächsten Zug muss er zurück in Johanns Mund, wird tief inhaliert, damit er ja unten bleibt, ganz unten. Ich ahne, dass Schmerz unter dem Zorn hockt. Der Zorn bewacht ihn. Aber der Schmerz zeigt sich auf seine Weise: Er hat sich eingegraben, genau da, wo früher manchmal das Abenteuergrinsen um Johanns Mundwinkel getanzt ist.

»Nein, der Job ist es nicht allein«, sagt er leise. »Der kommt noch obendrauf.« Er sieht zu mir her. Sieht mir endlich ins Gesicht. Und vertraut es mir an. Nur wenige Sätze. Jeder dringt mir unter die Haut, wie wenn man mir eine Spritze und noch eine und noch eine gegeben hätte mit Flüssigkeit, die hart wird in meinem Gewebe.

»Aber du sagst niemandem was!«

Ich nicke. Hoffe, dass es in diesem Nicken zu sehen ist. Ist doch klar, Johann. Niemand, keine Menschenseele erfährt etwas. Nichts kann ich sagen. Nur seine Hand fasse ich und drücke sie. Einen Wimpernschlag lang lässt er es zu. Dann zieht er sie weg.

Das alles sehe ich, spüre ich, erlebe ich, während ich ins Telefon lausche und Johanna Atem holen höre, einen überlangen Atemzug. Als sie zu sprechen beginnt, ist mir, als würde ihre Stimme sich zwischen den Worten schon für das nächste Wort aufbauen, ähnlich dem Sausen einer Orgel zwischen den Tönen, das nur hörbar ist, wenn es langsame Töne sind. Deshalb wohl klingt das, was sie sagt, nüchtern wie eine Nachrichtenansage. Ich bleibe still. Vollkommen still.

Dann zieht Wut in mir hoch. Eine solche Wut, dass ich zittere. Das Telefon rutscht mir aus der Hand. Johanna redet weiter. Als das Telefon zurück am Ohr ist, als ich sie wieder verstehen kann, frage ich »Was?«, und sie sagt es noch einmal, und wieder frage ich »Was?«, und frage, ob er im Krankenhaus sei, ob unsere Eltern es wüssten, ob sie bei ihm gewesen sei, ob ...

Vielleicht habe ich das alles auch nicht gefragt, vielleicht war ich stumm vor Wut, ich war so unendlich, so unsagbar wütend – auf sie. Aber irgendjemand musste mir die Nachricht doch bringen, und wie hätte sie es sonst sagen sollen als so, wie es ist: Johann hat Lungenkrebs.

***

Siri braucht die ganze Nacht, bis sie diese drei Worte begreifen kann. Sie läuft weg mit ihren Gedanken. Sie läuft weg in eine andere Zeit. Da trifft sie auf ein seltsam unklares Gefühl. Es lässt sich nicht wirklich benennen. Es ist die Essenz einer ganzen Geschichte. Einer Art Verschwörungsgeschichte. Eine verschworene Gemeinschaft – sind sie das gewesen? Nur Johann und sie? Oder sie alle fünf? Ist das nicht jede Familie? Oder sind es einige mehr, andere weniger? Sie hat immer geglaubt, dass ihre Familie anders sei als alle anderen. Sie waren zusammen, weil sie zusammengehörten, nicht, weil sie zusammen sein wollten. Fremd fühlt sie sich in dieser Gemeinschaft. Von klein auf schon. Nicht, weil die anderen ihr fremd waren, sondern weil sie spürte, dass sie ihnen fremd war.

Nur bei Johann gab es dieses Türchen, durch das sie hinein konnte zu ihm. Ist es immer so zwischen Bruder und Schwester? Wäre es, wenn sie nicht dazugekommen wäre, zwischen Johann und Johanna so geworden? Wie kann man das wissen? Wie kann man überhaupt wissen, ob es sich im Inneren der anderen auch nur entfernt ähnlich anfühlt wie in einem selbst?

So denkt sie, denkt und denkt. Viele Sätze denkt sie, nur um diesen einen nicht denken zu müssen. Den Satz, den Johanna gesagt hat und den Siri nicht verstand, auch nicht, als Johanna ihn ihr wiederholt hatte.

Peter ist ausgezogen. Auch daran denkt sie. Und dass sie nicht weiß, wie sie den Hauskredit in Zukunft bezahlen soll. Erst recht nicht, wie das gehen soll: allein leben. Sie kann allein sein. Aber dieses Leben, das jetzt kommt, wie soll das gehen? Es muss gehen. Sie muss da sein. Für Johann.

Als sie ihn damals in der Cafeteria gefragt hat, warum er sich selbst zerstört, als sie nicht glauben wollte, dass es der Job sei, der viele Stress, hat er etwas vor sich hingesagt wie zu sich selbst:

»Ohne Liebe ist das Leben sinnlos.«

»Aber es ist doch immer Liebe da!«, hat sie gerufen. Er hat sie angesehen, die Augen groß, und sein Blick hat gesagt: Ich spüre sie nicht mehr, Siri. Ich kann die Liebe nicht mehr spüren.

Vielleicht hat sie dadurch endlich die richtigen Fragen gestellt, vielleicht hat sie dadurch auch erst auf die richtige Weise zugehört. Denn plötzlich spricht er, in dieser Umgebung, sie haben nicht mal einen Sitzplatz, stehend, die Zigarette wieder und wieder zum Mund, als ob er ersticken würde ohne den Qualm, als ob er nur durch die Glut hindurch atmen könnte, und er atmet schnell.

»Diese Angst, wenn ich nach Hause komme ... Barbara liegt nur noch im Bett. Seit Wochen. Das Schlafzimmer verdunkelt. Überall habe ich die Flaschen gefunden. Ich dachte, ich hätte ihr alles weggenommen. Aber irgendwo im Schlafzimmerschrank oder sonst wo hat sie immer noch einen Liter Whiskey, und den trinkt sie locker weg am Tag. Sie isst nicht. Steht nicht auf. Wäscht sich nicht mehr. Wenn du sie siehst, glaubst du, dass sie gar nicht mehr gehen kann, so mager ist sie. Aber irgendwie schafft sie es zum Supermarkt ...«

»Warum? Was ist passiert?«

»Als sie aufgehört hat zu arbeiten, fing es an. Sie saß nur rum, zu nichts zu bewegen. Es sieht aus bei uns – die Küche – das Bad ...«

Aufgehört zu arbeiten. Ja, Siri weiß davon und muss sich doch erst erinnern. Barbara ist zwölf Jahre älter als Johann.

»Das hört sich nach Depression an.«

Er nickt. »Einmal, sonntags beim Frühstück, liefen ihr plötzlich die Tränen runter. ›Was ist?‹, habe ich gefragt. Nichts ist von ihr gekommen. Nur Tränen. Wochen hat es gedauert, bis sie angefangen hat zu reden. Sie sah diese Bilder. Von damals. Sie sah sie immer wieder. Sie war noch klein. Allein mit ihrer Mutter. Nachts im Bunker. Der Krieg war fast zu Ende, die Stadt voller Flüchtlinge, Züge mit Verwundeten warteten auf den Geleisen, und ein nicht endender Treck kam auf der Straße von Osten her gezogen, Frauen, Kinder, Alte, alle hofften auf einen Platz auf einem der Schiffe, die so viele Flüchtlinge wie irgend möglich in den Westen brachten. Und dann kam dieser Großangriff. Barbara und ihre Mutter haben ihn im Bunker überstanden. Am Morgen danach wollte ihre Mutter nur noch weg. Egal wohin. Weg. Zu Fuß, wenn es sein musste, weiter, immer weiter nach Westen, aber sie hatte noch Hoffnung, dass sie es an den Hafen schaffen könnten, und eine junge Mutter mit ihrem kleinen Mädchen an der Hand, vielleicht schleuste sie ein Matrose auf sein Schiff oder vielleicht kamen sie wenigstens bis in die vorderen Reihen der Wartenden. Die Straße war nach dem Bombenangriff noch kaum aufgeräumt. Es hatte den Flüchtlingstreck getroffen, die Menschen hatten keinen Schutz mehr finden können, wo denn auch. Rechts und links lagen die Toten, so viele, dass man sie an manchen Stellen aufgeschichtet hatte. ›Sie hat mich an Wänden von Leichen vorbeigezerrt‹, hat Barbara gesagt. ›Ich war erst sieben Jahre alt!‹

Woanders lagen sie, wie sie von Geschossen, von Splittern, von Trümmern getroffen und hingestreckt worden waren: erstarrte, verdrehte, zerrissene Körper, Blut und Dreck, Frauen, alte Männer, Kinder. So hat sie erzählt, ich kann es auswendig, sie wurde immer deutlicher, immer mehr Details, als wenn es sie nach und nach einholte.«

»Johann! Du bist ihr Mann, nicht ihr Therapeut.«

Johanns Blick fragt: Wem sagst du das? Und während er sich die nächste Zigarette anzündet, während er die Mundwinkel öffnet, um mit dem Rauch zusätzliche Luft einziehen zu können, erzählt er den Rest: »Das versuche ich ihr seit Monaten klarzumachen. Wenn ich von Therapie spreche, sagt Barbara immer dasselbe. Ich kann ihre Worte schon auswendig: ›Die Frau lag zusammengekrümmt da wie eine Hand, die etwas bedecken will. Sie starrte uns aus toten Augen an. Und dann sahen wir, was sie mit ihrem Körper geschützt hatte. Die winzige Kinderhand streckte sich unter ihr hervor. Wir konnten hören, dass das Baby weinte. Und meine Mutter geht weiter! Reißt mich an der Hand, reißt mich mit. Das Kind hat noch gelebt, und sie ist weitergegangen!‹

Das hat sie wieder und wieder geschrien. Und dann fing das mit dem Alkohol an. Oder es hatte schon angefangen, und ich hab es bis dahin nicht gemerkt.«

Worte formen sich in Siris Kopf. Bevor sie sie herausbringt, flüstert Johann: »Ich habe alles versucht, glaub mir. Ich habe sie sogar gegen ihren Willen ins Krankenhaus einweisen lassen. Sie hat gesagt, wenn ich das wieder tue, nimmt sie sich das Leben!«

»Aber das tut sie doch auch so!«

»Ja.« Johann wendet sein Gesicht ab. Siri kennt diese Geste von ihrem Vater. Lass mich in Ruhe, heißt sie bei ihm. Hör auf, mich zu quälen. Aber Johann ist Johann. Er spricht weiter. Sehr leise und immer noch abgewandt. »Auf einmal war alles weg, was ich für sie gefühlt habe.« Er hält inne, wendet sich Siri wieder zu, sieht sie direkt an. Und in seinen Augen ist etwas, das ihr bis in den Bauch geht, sie noch tiefer erschüttert hätte, wäre sie nicht gerade im Job gewesen und in der Rolle der allzeit Funktionierenden. Sie richtet sich auf, macht sich sehr gerade. So braucht Johann sie jetzt, denkt sie: Eine starke Schwester, eine, die funktioniert.

Seine Stimme ist schroff, als er es sagt. »Nur die Angst ist noch da. Ich habe eine Wahnsinnsangst, nach der Arbeit nach Hause zu gehen. Ich habe Angst, ich finde sie tot. Alles andere ist mir auf einmal – egal!« Mit der zitternden Zigarette stopft er das letzte Wort zurück in seinen Mund, als hätte es nie ausgesprochen werden dürfen. Zieht an ihr, als wäre der Qualm das Einzige, das ihn wieder reinigen kann.

»Es ist dir nicht egal«, flüstert Siri.

»Nein«, faucht er mit dem ausgestoßenen Rauch heraus. »Aber selbst mit einer Fremden hätte ich doch wenigstens Mitleid!«

Nie käme es für ihn in Frage, einen Menschen zu verlassen, schießt es Siri durch den Sinn. Niemanden. Außer sich selbst. »Du rauchst viel zu viel!« Prompt antwortet er: »Anders halte ich es nicht aus.«

Von da an telefonieren sie fast jeden Tag. Er erzählt alles, was geschieht. Sie hört zu. Macht Vorschläge. Bis Barbara doch Hilfe akzeptiert. Sich im Krankenhaus tatsächlich erholt, Beruhigungsmittel wohl. Was auch immer.

Als sie aus der Nachsorge entlassen wird, nach sechs Wochen psychosomatischer Kur, sucht sie sich eine Therapeutin, traut sich zu, mit dieser und anderer Unterstützung wieder wie früher an Johanns Seite zu leben, ohne einen Tropfen Alkohol.

Da erst erzählt Siri ihm, dass sie sich von Peter getrennt hat. Wie Johanna ist auch er erschrocken, glaubt auch er, sie wäre ohne Peter verloren. Er ist ihr Fels in der Brandung, er ist der, der sie aufgerichtet hat, als sie tiefer als tief gesunken war. Ja, das stimmt. Aber es ist Zeit vergangen, und in dieser Zeit hat sich etwas getan. Sieht hier niemand, dass sie inzwischen fast fünfzig ist? Und dass zuletzt sie in dieser Ehe das Kraftwerk war?

Nun gehen ihr langsam die Reserven aus, aber vor allem will sie endlich ihr eigenes Leben. Anscheinend sieht man von außen einen warmherzigen, gütigen, verständnisvollen und sehr geduldigen Mann und eine Frau auf dem Selbstfindungstrip. Dass diese Frau seine Projekte nicht nur unterstützt, sondern die Ärmel bis weit über die Ellenbogen hochgekrempelt und angepackt hat, ist schnell vergessen. Dass sie aber plötzlich nach Selbstverwirklichung strebt, zu schreiben, zu malen anfängt, Meditationsretreats und gruppentherapeutische Seminare besucht, bringt selbst Johann zurück in die alten Sorgen um sie.

Doch als Barbara in der Therapie langsam Fortschritte macht, schaut er anders auf Siris therapeutisches Wissen. Sie hat ihm schon im Vorfeld Dinge gesagt, die nun auch Barbara aus den Therapiestunden mitbringt und die ihr offenbar helfen.

Dennoch scheint ihm Siris Trennung vorzukommen, als wolle sie in Zukunft auf einem Hochseil durch ihr Leben tanzen – ohne die leiseste Ahnung von Seiltanz und als sei sie obendrein noch nicht einmal schwindelfrei.

Siri merkt, wie das Denken der anderen ihr eigenes ansteckt. Wie sie ihr Taumeln schon spüren kann, noch bevor die Trennung ganz vollzogen ist. Wie sie schon über sich selbst zu denken beginnt, dass sie verrückt sei.

Ein Satz, der sie erschreckt. Und das ist gut so. Der Schreck rüttelt sie auf, holt sie zurück auf den Weg, den sie eingeschlagen hat. Sie weiß doch sehr gut, dass sie weg muss aus ihrem alten Leben, dass sie darin steckenbleibt, wenn sie sich nicht von ihm trennt, dem Leben und dem Mann, mit dem sie es teilt; wenn sie nicht in Bewegung kommt, und nicht bloß ein bisschen. Sie war kurz davor, unterzugehen, jetzt muss sie sich mit kraftvollen Schwimmbewegungen an die Oberfläche retten.

Als Johanna anrief, als sie ihr das von Johann sagte, war Siri schon ein Stück nach oben geschwommen, nahe daran, dass sie herausstieß aus dem Wasser und den Mund aufriss und endlich atmen konnte. Sie hatte die Trennung vollzogen, sie war allein. Neue Gedanken, neue Freunde – gut fing das neue Leben an, und dass es erst mal auf wackeligen Beinen stand, war natürlich und würde bald vergehen.

Dann dieser Satz: Johann hat Lungenkrebs.

***

86

20. November 2003

»Lungenendzündung, hieß es erst«, erzählt Johann. »Und es war auch wirklich eine. Darum haben sie es anfangs nicht entdeckt.« Er hustet. »Der Husten kommt nicht vom Krebs, das ist immer noch von der Lungenentzündung«, beteuert er. Das nächste Grollen steigt in seiner Brust auf. Er quetscht heraus: »Geht wieder weg.«

Dann nur noch Husten. Schließlich ein Klack. Er hat aufgelegt.

Ich sitze da. Starre auf ein Bild in meinem Inneren. Ein weißes Tuch. Ein Taschentuch. Mit roten Flecken.

23. November 2003

Johann kann nicht sprechen. Wenn ich anrufe, geht Barbara ran. Wenn es nicht besser wird, sagt sie, muss er ins Krankenhaus. Er will nicht, aber dann muss er.

24. November 2003

Ich kann Vati nicht ansehen. Aber sagen muss ich es ihm. Wer sonst? Er soll es nicht erfahren, wie ich es erfahren hab, nicht am Telefon. »Es ist nicht nur eine Lungenentzündung.« Ich sage es vorsichtig. Zu vorsichtig. Es alarmiert ihn sofort.

»Nein?« Seine Stimme ist hell wie die eines Jungen, und ich muss ihn anschauen, und ich sehe in seinem Blick, wie sehr er hofft, dass ich jetzt etwas sage wie: ›Er hat auch noch ein bisschen was mit dem Magen, aber das kriegen sie mit den neuen Tabletten schon in den Griff.‹

Ich muss andere Worte sagen. Im Auto wusste ich sie noch. Ich schaue ihn an, er ist so klein geworden, der runde, kahle Schädel schon geduckt, als befürchte er einen Schlag, und ja, er wird kommen, gleich, und ich begreife nicht mehr, wie ich glauben konnte, dass der Schlag sanfter wäre, wenn er aus meinem Mund käme. Leise sage ich ins stille Zimmer: »Johann hat Lungenkrebs.«

Er schaut vor sich hin. War ich zu leise? »Krebs?«, flüstert er dann, der Ton, die Augen voller Hoffnung, als würde ich gleich lächeln und sagen: Nein Vati, doch nicht Johann, da hast du dich verhört.

»Ja«, sage ich. »Lungenkrebs.«

Ich habe nie jemanden so den Kopf senken, nie zwei Hände so auseinanderfallen sehen. Wie zwei gebrochene Flügel liegen sie auf dem Tisch. Und wie ein Kind wünsche ich mir, dass ich zaubern könnte, dass ich von einer großen Kraft erfasst würde, nur für eine Sekunde, nur lange genug, dass ich sie dafür verwenden könnte, aus Johanns Krebs etwas Harmloses zu machen.

Vatis Augen verlieren ihren Blick. Dennoch sehen sie mich an. Wir sitzen einander gegenüber, und die Hilflosigkeit lässt unsere Hände, wo sie sind. Ein paar Mal versuchen wir zu sprechen, aber die Worte stolpern, fallen der Länge nach hin. Irgendwann schmerzt die Stille so sehr, dass ich anfange zu reden, dass ich alles erzähle, was ich von Johann weiß, die Zwischendiagnosen, die Nebenerscheinungen, von all dem Sachlichen wird meine Stimme grau, und dennoch rede ich und Vati nickt, und jedes Nicken ist, als steckte er noch einen und noch einen Schlag weg.

Erst als ich gehe, als wir voreinander stehen, nehmen wir uns in den Arm, halten uns, und plötzlich weinen wir, jeder für sich und nur tief innen. Aber ich spüre es am Zucken seines Körpers und er vielleicht an meinem. Und zugleich ist alles so unwirklich, dass ich nicht einmal mehr weiß, ob ich Siri bin und er mein Vater oder ob dies nicht bloß eine Szene ist in irgendeinem verdammten Traum.

Ganz zuletzt, als er dasteht auf der kleinen Straße zwischen den Feldern vor seinem einsamen Haus, tief gebeugt, als ich ihm die Lippen zu einem letzten Kuss hinstrecke, treffen sich noch einmal unsere Blicke, und ich sehe in seinem, wie wenig er glauben kann, was ich ihm erzählt habe, so wenig wie ich, wie sehnlich er sich wünscht, dass es sich auflöst wie ein Traumbild und wir merken, dass wir gar nicht wirklich hier sind, sondern jeder in seinem Bett liegt und im Aufwachen beide wissen: Es ist nicht wahr. Und dieser Satz, den Johanna mir am Telefon gesagt hat und den ich hierhergebracht habe, ist nur ein Satz aus einem schlimmen, hässlichen Traum. Und während Vati und ich im Blick des anderen erkennen, dass es kein Traum ist, sehen wir zugleich, dass wir es wissen, beide. Wir wissen, dass wir es dennoch bis zuletzt nicht werden glauben können.

Langsam, sehr langsam fahre ich.

Bis ich um die Kurve bin, schaue ich mehr in den Rückspiegel als nach vorn, nehme dieses Bild mit mir mit: Wie er dasteht und winkend seinen Arm in großen Bögen schwenkt, klein und allein auf der Straße, und ich spüre seine Liebe, die mir nachfließt und meine, die bei ihm bleibt.

25. November 2003
Heute Nacht hat es zum ersten Mal stark gefroren. Als ich heimkam, war der Himmel so klar, dass man jeden einzelnen Stern sah. Der Weltraum schien in unsere Erdhülle eingedrungen zu sein, und ein

Abglanz seiner Kälte legte sich über die Welt, Autos glitzerten reif-
überfroren, Pfützen knackten unter dem Fuß, die Luft selbst gefror,
wenn man zu viel atmete.

Jetzt am Morgen hat das große Blätterfallen begonnen: Der Himmel über dem See ist eisblau, am Horizont noch rosig, und ein seltsames Knistern in den Wipfeln, kaum Wind, und doch rieseln die Blätter herunter, tänzelndes, trudelndes, zügiges Fallen, legen sich auf den
Rasen, auf die Wege, und durch die Bäume hindurch schimmert immer mehr vom Weißblau des Sees. Die Sonne kam eben heraus und
macht die Stämme golden. Drüben am anderen Ufer liegen die Hügel
in freundlichem Licht. Hier bei mir fallen und fallen die Blätter.

Und ich lasse es mir nicht nehmen, so oft ich auch Johanns Husten
höre in meinem inneren Ohr: Das Schöne bleibt trotzdem schön, und
so viel ich kann, bringe ich Johann davon mit, wenn ich zu ihm gehe.

26. November 2003

Ich komme zurück in das leere Haus, mache im Kaminofen Feuer,
mehr für meinen Blick als für die Kälte in meinen Gliedern. Etwas
muss mich wegbringen von dem Bild, das sich vor mein inneres Auge
geklebt hat und durch keinen Lidschlag zu entfernen ist. Am liebsten
würde ich einfach schreiben: War bei Johann im Krankenhaus. Punkt.

Aber ich war nicht dort, ich bin es noch. Auch wenn ich ins pras-
selnde Feuer schaue, das rote Funken gegen die Ofenscheibe spuckt,
wo sie im nächsten Moment zu schwarzen Flecken werden, ausge-
franst wie kleine, dunkle Sterne. Ich sehe das, ja. Aber zugleich sehe
ich Johann. Ich sehe ihn sitzen dort auf dem Krankenhausflur. Sein
Blick ist an der Wand gegenüber festgebrannt. »Johann!«, rufe ich im
Schreck. Wie ein Geist sieht er aus. Der Geist schaut auf, drückt sich
mühsam hoch an den Lehnen des Stuhls, kommt auf mich zu. Grau
im Gesicht. Die Augen riesig. Das Haar silbern. Vor kurzem noch ist
es rot gewesen, zwar mit viel grau darin, aber rot. Jetzt sitzt es auf
seinem Kopf wie eine Silberkrone. Viel zu viel Haar, scheint es, aber
es ist der Kopf, der schmal geworden ist. Johann ist immer eher massig
gewesen. Mit einem schweren Gang. Mit breiten Händen. Ich bleibe
stehen. Kann nicht weiter auf ihn zugehen, weil ich nicht fassen kann,
dass er so zart ist. Ich straffe mich sofort. Aber Johann hat meinen
Schreck bemerkt. Schnell gehe ich die letzten Schritte auf ihn zu.
Flüchtig treffen sich unsere Körper. Sind zu eilig wieder auseinander,
um sich umarmt zu fühlen.

»Hier?«, frage ich, als Johann sich wieder auf denselben Stuhl setzt, hier auf dem Flur, wo zwar drei Stühle stehen und ein Tisch, aber Leute werden vorbeigehen, Zimmertüren sich öffnen. Johann nickt. »Ist es dir nicht zu kalt hier? Zu zugig? Sollen wir nicht lieber in dein Zimmer gehen?«

»Nein.«

Ich kann den Blick nicht von ihm nehmen, und er seinen nicht von der Wand, die höchstens zwei Meter entfernt ist. Wieder scheinen mir seine Augen von der Seite gesehen weit hervorzustehen. Ich versuche mir einzureden, dass das eine optische Täuschung ist, hervorgerufen durch die Art, wie er guckt: den Kopf leicht gesenkt und dennoch einen höher liegenden Punkt auf der Wand anpeilend.

Ein Hustenanfall schüttelt ihn. Als es nur noch grollt, drückt er das Grollen mit gequältem Gesichtsausdruck weg, atmet es weg, aber es wehrt sich, wird zum Kollern, das sich nur langsam legt. Endlich ist es still in seiner Brust. Er nimmt das Papiertuch von der grauen Papp-Nierenschale auf dem Tisch und beugt sich über sie. Grüngelber Schleim seilt sich an einem langen Faden aus seinem Mund, kleckst zäh neben die anderen Häufchen in der Schale. Johann schaut mich an, ohne Regung im Blick. Seine Blicklosigkeit sagt das Unfassbare überdeutlich.

Mit zierlicher Geste legt er das Tuch wieder auf die Schale. Ganz andere Hände. Schmal. Fast zart. Er atmet ein, hebt zu sprechen an. Wieder muss er husten. Er lässt es halb aus seiner Nase prusten, halb erstickt er es im Mund. Sieht mich nur an.

Als er endlich wieder sprechen kann, ist er woanders, berichtet in sachlichem Ton über das, was im Krankenhaus vor sich geht, was die Schwestern, die Ärzte sagen, eine Ärztin scheint ihn gern zu haben, sei sehr fürsorglich, und ich sehe, dass er es genießt. Immer schon staunt Johann, wenn er erfährt, dass er gemocht wird, wenn er nicht übersehen oder überhören kann, wie beliebt er ist. Ein kleines Glänzen ist in seinem Gesicht.

Als er weiterspricht, verschwindet es hinter den Fachbegriffen, in denen die Ärzte die Schrecken, die sich neuerdings in seinem Körper angesiedelt haben, einzusperren versuchen, und er sieht mich dabei an, als frage er sich, was das alles mit ihm zu tun haben soll. Nur eins berichtet er mit einem Ernst, dem jedes Staunen fehlt: »Gestern bin ich auf der Toilette umgekippt, danach haben sie auch mein Herz untersucht und entdeckt, dass ich einen Herzfehler habe.«

»Was?«

Er zieht nur die Schultern hoch. Wir sehen uns an. Schweigen. Dann ist sein Blick wieder an der Wand gegenüber. Ich möchte meine Hand auf seine legen und mag es nicht tun. Keine Gesten, die ihn zum Kranken machen und mich zur barmherzigen Schwester.

Er strengt sich an beim Atmen, das spüre ich. Strengt sich an, so flach zu atmen, dass er den Hustenhund bloß nicht wieder weckt. Wenn er spricht, klingt seine Stimme wie zwischen zwei Backsteinen eingeklemmt. In seinem Mundwinkel ist ein Zug, als täte diese Art zu atmen ihm weh, und der Husten, der zwei Sätze später doch losbricht, hört nicht auf, grollt in seiner Kehle weiter, während Johann aufsteht und sich eine neue Nierenschale holt. Vornübergebeugt geht er, als sei er inwendig hohl. Seine Beine in den weißen Krankenhausstrümpfen so dünn. Nie hat Johann dünne Beine gehabt. Und der Bademantel reicht nicht einmal bis zu den Knien. Wie ein Kinderkittel.

Plötzlich bin ich wütend. So wütend, dass ich die Nägel in die Handflächen kralle. Sieht Barbara das nicht? Warum kauft sie ihm keinen langen, flauschigen Morgenmantel, der ihn geborgen hält? Ich frage ihn, ob ihm kalt sei. Ob er zurück ins Bett wolle. Er schüttelt den silberweißen Kopf.

Wie kann er so plötzlich weiß geworden sein? Und seine Hände so schmal. Der Husten grollt immer noch. Johann sieht zu mir her, nickt mir zu, versucht ein Lächeln, entschuldigend. Der Ernst, der sich danach in sein Gesicht stiehlt, zerdrückt mir das Herz.

»Ich muss mich hinlegen«, presst er hervor. Sehr leise. Der Husten ist trotzdem sofort wach. Kollert ihm in der Brust, als würde Geröll einen Hang hinunter poltern. Wie vorhin drückt Johann sich mit beiden Händen von den Stuhllehnen hoch, steht langsam auf, als müssten seine Beine mit Bedacht belastet werden. Ich bin sofort bei ihm. Schiebe meine Hand in seine. Muss sie berühren, diese matte Hand. Muss sie endlich berühren. Sie ist wie immer: warm.

Da fällt es mir ein. Das Schöne gestern Morgen, als das Weltall so nah gewesen ist und die Blätter zu fallen begonnen haben. Ich habe es aufgeschrieben in meinem Tagebuch, aber eigentlich für ihn, und ich hole das gefaltete Blatt mit der Abschrift aus der Tasche und gebe es ihm. Er nickt nur, hat nicht mehr viel Kraft, aber ich weiß, er liest es und es wird ihn berühren wie mich. Und geht es nicht darum? Einander berühren? Wenn die Körper es nicht schaffen, dann schaffen die Wörter es vielleicht.

27. November 2003

Ich bin vorhin bei Thomas gewesen. »Bitte sag mir aus deiner ärztlichen Sicht ganz ehrlich, was Johann zu erwarten hat.« Wir saßen uns gegenüber in seinem Sprechzimmer, als sei ich eine Patientin. Ich bin froh gewesen, dass er mir in die Augen geschaut, mich mit seinem Blick festgehalten hat, als er sagte: »Mit dieser Diagnose? Ein halbes Jahr noch, vielleicht mehr – oder auch weniger.«

Ich war sehr still. Habe mich bedankt. Nach Hause, habe ich gedacht, nur nach Hause, dort sitzen, auf den See schauen, zuschauen, wie die Blässhühner auf den kleinen Wellen schaukeln.

Wahrscheinlich wirkte ich gefasst. Kein Drama, kein Ausbruch, keine Wut aufs Schicksal. Er hat mir ja nichts Neues erzählt, und ich muss jetzt stark sein. Stark für Johann. So wirkte ich wohl. Aber innen in mir, da sitzt der Krebs und frisst und frisst.

29. November 2003

Heute Morgen kurzes Telefonat mit Johann. Er erzählt mir alles sehr präzise. Sie werden noch ein paar Aufnahmen machen, Schicht für Schicht von seiner Lunge. Sobald es geht. Und im Moment sieht es so aus, als könnten sie es morgen versuchen. Er sagt das, so scheint mir, voller Zuversicht, sagt es, als ob es nicht bloß Aufnahmen wären, sondern Heilungsstrahlen ihn durchdringen würden und danach wäre alles gut.

Der Husten lässt ihn tatsächlich für etliche Minuten in Ruhe. Kaum hat er genau das ausgesprochen, manchmal ginge es sogar ganze Stunden ohne Husten, schüttelt es ihn. Ich höre es noch lange, obwohl es längst im Hörer Klack gemacht hat. Und ich muss mich mit aller Macht erinnern, dass es auch anderes gibt. Birgit schreibt eine herzerwärmende Mail aus Berlin. Am Ende dann: ›Die Seele deines Bruders wird ihre Entscheidung treffen.‹

Ihre Entscheidung?

Vorhin sind Tim und Maike gekommen. Nach mir sehen. Mich wärmen. Maike steckte sich als erstes eine Zigarette an. Ich war sofort in Tränen. Wie ein Kind hörte ich mich an, als ich sie bat, aufzuhören damit, ihnen erzählte, wie es inzwischen um Johann steht.

»Und er ist erst am Anfang, ganz am Anfang!«

Ich rief das laut aus, den Blick in dem von Tim. Es kam mir schon vor wie ein Theaterstück. Alles nur Theater. Aber zugleich merkte ich, dass ich zu begreifen beginne. Ich habe es sogar schon begriffen. Mit dem Kopf schon längst. Ich weiß, was Johann erwartet. Und jetzt in jäher Plötzlichkeit wie ein Stich, der durch meine Brust geht und aus meinem Rücke wieder raus.

30. November 2003

Ich wache viel zu früh auf, muss aufs Klo, und dann kann ich nicht mehr einschlafen. Höre dem Dröhnen in meinem linken Ohr zu. Täusche ich mich, oder hat es sich verändert? Ist es nicht vorher nur ein Brummen gewesen, wie eine Hummel und nicht sehr laut. Jetzt klingt es, wie wenn ein tiefer Ton aus einer dramatischen Filmmusik in meinem Ohr hängengeblieben wäre. Ich habe einen Arbeitstag vor mir, ich denke: Ich muss unbedingt wieder einschlafen! Ich darf es nicht vermasseln, nicht mit roten Augen und übernächtigtem Gesicht erscheinen, so kann ich nicht vor Leuten stehen und ihnen schlau und kompetent etwas über irgendeine Software erzählen. Es kommen eh nur noch so wenige Jobs rein. Ich weiß jetzt schon nicht mehr, wovon ich die Gasrechnung bezahlen soll, und ein Käufer für das Haus ist noch nicht einmal in Sicht.

3. Dezember 2003

Abend für Abend dasselbe: Ich komme aus dem Krankenhaus nach Hause, mache Feuer, einen heißen Tee, die Decke um die Beine. Wenn noch Energie übrig ist, schreibe ich ein paar Worte. Es ist, als hätte ich dadurch etwas unter den Füßen, worauf ich stehen kann, auch wenn es nur ein Drahtseil ist. Als könnte ich, wenn ich nicht schriebe, mich nicht weiter von Peter trennen, nicht weiter versuchen, das Haus zu verkaufen, nicht weiter zu Johann ins Krankenhaus gehen. Und dann sitzen wir da und schauen diese Krankenhauswand an. Wie fehlen mir die langen Gespräche mit ihm, in denen wir um das gekreist waren, was wir mit unserer Kindheit, mit den Eltern noch nicht im Reinen hatten. Mir fehlt unsere Innigkeit, das Johann-Siri-Gefühl.

Jetzt reden wir über Befunde und das Krankenhausessen und was es mit seiner Verdauung macht. Und schweigen schnell wieder, damit er nicht so viel husten muss. Solange die Lungenendzündung nicht ausgeheilt ist, können sie nicht mit der Therapie anfangen, sagt er. Welche Therapie? Er zuckt die Achseln. Chemo? Wieder zieht er nur die Schultern hoch. Starrt die Wand gegenüber an und ich ihn und kann wieder nicht glauben, dass das seine Augen sind, die so hervorstehen.

Ich frage ihn, wer ihn außer mir und Barbara besucht. Er wird lebendiger. Kollegen. Er sieht mich an, hat Freude im Blick. Er reiht die

Namen auf, gibt ein paar knappe Erklärungen bei denen, die ich vielleicht kenne. Aber in seiner Stimme ist ein Unterton. Macht ihm der Eifer der Besuche deutlich, wie schlimm es um ihn steht?

»Sogar Mutti ist schon zwei Mal hier angewackelt gekommen!« Seine Stimme klingt halb ungläubig und halb, wie wenn ihm eines der schönsten Geschenke seines Lebens zuteil geworden wäre. So lächelt er auch.

»Na klar kommt sie dich besuchen!«

»So klar finde ich das nicht: Die lange Strecke mit dem Bus, und dann muss sie auch noch ziemlich weit zu Fuß gehen. Zweimal hat sie das schon hingekriegt! Dass sie dann hier sitzt und kaum ein Wort sagt – na ja, so ist sie eben.«

4. Dezember 2003

Ich habe Hanna erzählt, wie erstaunt Johann über Muttis Besuch war und wie er sich gefreut hat. »Wenn ich daran denke, dass er, den sie am schlimmsten behandelt hat, ihr am treuesten ist ...«

»Schon damals war er das«, sagt Hanna. »Und wenn sie ihn geschlagen hat, hat er sich nie gewehrt.«

Johannas Worte bleiben erst in dem kleinen Streifen Luft zwischen meinem Ohr und dem Hörer stehen, dann schwärmen sie ins Zimmer aus, nisten sich unter der Decke und in allen Winkeln ein. Die Vergangenheit will in die Gegenwart, denke ich und fühle mich wie betrunken.

Johanna erzählt von damals, bevor es mich gab, als sie und Johann noch zusammen die Welt erkundeten, er fünf, sie drei. Das Erkunden nahmen sie sehr ernst. Es gab Dinge, die man ansehen musste, so wie den Auslauf vom Fuhlensee in die Ostsee, ein langer Steg aus Beton, der vom Strand ins Wasser hinausragte und in dessen Innerem in einer Betonröhre genug Wasser abfließen konnte, damit der See, der gleich hinter dem flachen Deich lag, nicht zu sehr über die Ufer trat.

Es war weit von zu Hause, sie waren den ganzen Weg am Strand entlang gegangen, lagen nun beide auf dem Bauch direkt über dem Auslauf, ließen die Hände hinunterbaumeln, ohne an die Wasseroberfläche reichen zu können. Unten im glatten Wasser spielten winzige Fische. Wenn die beiden sich bewegten, verschwanden sie blitzschnell in der Röhre unter ihnen. Wenn sie wieder hervorkamen, versuchten sie sie zu zählen, Johanna konnte bis sechs, Johann schon bis hundert. Aber gleichzeitig zählen und die Fische im Auge behalten, war nicht leicht, und also fing er immer wieder von vorne an, und Johanna streckte ihre kleinen Hände vor, spreizte die Finger der einen Hand auseinander und tippte mit dem Zeigefinger der anderen einen der gespreizten Finger nach dem anderen an und wieder von vorne.

»Achtzehn!«, rief Johann gerade, da gellte über ihnen: »Hab ich euch! Na wartet, kommt ihr mir nach Hause!« Sie zerrte die beiden hoch, unsere Mutter, zog sie schimpfend mit sich, drohte ihnen eine Tracht Prügel an, und als sie am Weidengebüsch vorbeikamen, schnitt sie mit ihrem Küchenmesser eine Gerte.

»Johann war zuerst dran«, sagte Johanna, »und weißt du, was ich gemacht habe, als ich sein Schreien hörte und das Knallen? Ich war ja schlau, ich bin einfach weggelaufen, den schwarzen Weg hoch, du weißt, wo wir zwischen den Feldern zur Schule gegangen sind. Und da kam mir irgendwann Vati auf dem Moped entgegen.«

»Du warst gerettet!«

»Na ja – ich durfte mitfahren, aber ich bin unterwegs mit dem Knöchel gegen den heißen Auspuff gekommen und hab mich schlimm verbrannt. Und weißt du, was Mutti gesagt hat, als wir nach Hause gekommen sind? Das hast du davon!« Das Echo hinter Johannas Stimme kriecht mir kühl den Nacken hinunter, und ich muss mich wehren gegen dieses Gefühl und sage schnell: »Lass uns die andere Seite nicht vergessen, die schönen Momente, die hat es auch gegeben.«

Hanna schweigt, und ich weiß, dass ich ausweiche, sie sogar allein lasse, und trotzdem rede ich weiter: »Die Weihnachtsfeste waren doch schön! Sie haben sich viel Mühe gegeben, Ostern auch.«

»Ja, das war ihnen wichtig.« Ich höre weiter dieses Echo hinter ihrer Stimme. Und mache meine Ohren zu und rede. »Weißt du noch, wie Mutti in der Küche die Vorhänge zugezogen hat, damit wir nichts sehen konnten, wenn Vati im Garten Ostereier versteckt hat.« Johanna geht mit einem lauen »Ja« darüber hin, fragt nach Johann, fragt nach Vati.

Als wir aufgelegt haben, hängt dieser eine Satz von ihr wie kalter Rauch im Zimmer. »Er hat sich ja nie gewehrt.«

***

7 Unausweichlichkeit

Siri ließ ihr Lesegerät auf den Schoß sinken und die Displaybeleuchtung erlosch. Vor ihren Augen waren zwei Kinder, die auf dem Betonauslauf lagen, die Kleine mit dem weißblonden Haar hatte die Unterschenkel hochgestellt und wippte mit den Füßen, der Junge mit der roten Krause trug kurze Lederhosen, Kniestrümpfe und derbe Halbschuhe.

»Liest du gleich weiter?«, fragte Michelle.

»Nein.«

»Echt nicht? Aber …«

»Ein andermal, wenn ihr wollt, okay?« Siri nickte ihr zu und versuchte ein Lächeln.

»Ist auch genug jetzt.« Hakan griff nach seinem Stock. »Alte Leute müssen früh ins Bett!«

»Warum das denn?« Michelle zog die Brauen hoch.

»Aus Jux und Dollerei!« Hakan machte Anstalten, aufzustehen, hielt dann aber inne und grinste Michelle mit Schwerenöterblick an, bis sie lachen musste.

»Hast du nicht noch ein Gedicht für uns?« Siri schaute zu Fred hinüber, der abwesend schien.

»Ich hab etwas«, sagte Gregor. »Wenn ihr wollt.«

Miró beugte sich vor. »Aber kein Spiel oder sowas!«

»Ein paar Worte. Von mir zu dem, was wir gerade gehört haben. Ist das okay für dich, Siri?«

Siri nickte.

»Es ist für mich – sehr besonders, dabei zu sein … Diese Tage mitzuerleben direkt aus Siris Tagebuch. Schritt für Schritt mit ihr zusammen der Unausweichlichkeit standzuhalten, auch wenn das gar nicht möglich ist. Man muss sich ihr ja beugen. Aber man muss ihr auch standhalten, irgendwie, damit das Leben weitergeht. Ein seltsamer Zustand – irgendwie dazwischen, irgendwie eine Atempause – und doch wissen, der Sturm kommt, er baut sich schon auf.«

Hakan, beide Hände auf dem gebogenen Stockgriff, schaute zu Gregor hinüber und schien ihn mit seinem Blick zu durchdringen.

Fred erhob sich. »Bin jetzt nicht in der Stimmung«, grummelte er. »Dann fällt mir auch nichts ein.«

»Okay.« Siri stand auch auf und hielt ihm die geöffneten Arme entgegen. »Stimmt, es ist genug für heute.«

»Ach, schade!« Michelle zog eine Schnute wie ein kleines Mädchen. »Das bröckelt jetzt so ab ...«

Hakan war entgegen Siris Erwartung nicht auf die Tür zum Flur zu, sondern in Richtung Balustrade gegangen. Daran gelehnt stand er im Dunkel wie eine Schattenspielfigur. Sein Handy leuchtete auf. Er tippte mit erstaunlicher Geschwindigkeit darauf herum und meinte nebenbei: »Ich würde gern ein Musikstück spielen. Ich will nichts dazu sagen. Vielleicht entscheidet ihr bei den ersten Tönen selbst, ob ihr bleibt, und es anhört oder nicht. Ist das okay für dich, Siri?«

»Ja! Das ist schön!« Siri kannte ihn gut genug, um zu wissen, dass sein Musikgeschmack nicht zu weit von ihrem entfernt war. Dennoch war sie höchst erstaunt, als die ersten Töne eines warm gestimmten Flügels sich lebendig sprudelnd über die Meeresgeräusche hinwegsetzten. Nur selten gefielen Klaviersoli ihr. Dies aber ... Sie flog auf und davon, es war wie ein Schwebeflug über Landschaften, die denen Norwegens ähnelten, Fjorde und Wasserfälle und dann wieder weite Heideflächen oben auf dem Fjell, und sie erinnerte sich an die Reise mit Peter dorthin, auf der sie auf langen Wanderungen noch einmal zurückgefunden hatten in ihr altes Gemeinsames. Damals hatte sie begriffen, dass es nicht tot sein muss, wenn man es lange nicht mehr gespürt hat.

Als die Töne verklangen und Siri die Augen öffnete, war sie allein mit Hakan und Gregor, der zu ihr kam. Sie gingen Arm in Arm bis vorn an die Balustrade, und Siri legte ihren anderen Arm um Hakans Hüften. Gemeinsam schauten sie den Sternen beim Blinken zu.

*

»Wie findet ihr die neue Yogafrau?« Michelle hatte sich ein gekochtes Ei vom Frühstücksbuffet mitgebracht und klopfte mit ihrem Messer die Schale ein.

»Sexy!«

»Fred, das hab ich doch nicht gemeint ...«

»Wieso? Die Stimme ist sexy, und dann der Busen! Gut, dass man sie unverhohlen angucken kann, wenn sie ihre Übungen vormacht ...«

»Bloß der Name ist nicht sexy!«, fiel Hakan Fred ins Wort.

»Morgana? Das ist doch zum Dahinschmelzen!«

»Ich meine Stuhlyoga. Das hört sich ja wohl echt abartig an!«

»Allerdings!«, mischte Miró sich ein. »Schon deshalb würde ich das nie mitmachen! Das ist diskriminierend für Rollstuhlfahrer.«

»Ich finde, das hat richtig gutgetan.« Michelle seufzte ihren Worten hinterher. »Auch wenn's ganz schön anstrengend war.«

»Sei froh, dass du nicht auf die Matte runter musstest, da geht es erst richtig ab«, grunzte Fred.

»Darum haben wir uns ja für Stuhlyoga entschieden, damit wir genau das nicht müssen!« Michelle verdrehte die Augen.

Fred stand auf und ging mit seinem Frühstücksteller zum Buffet. Dort stand Siri, lächelte ihm entgegen und hielt ihm mit der Zange ein längliches Brötchen hin. »Die musst du mal probieren, die sind richtig gut. Unsere neue Küchenfee macht sie selbst!«

»Eure neue Küchenfee heißt Filipa!« Sabine kam mit einer Schale Obstsalat von hinten aus der Küche. »Und das hier hat sie auch gemacht!«

»Leg das Brötchen mal wieder hin, ich nehme davon!«

»Zu spät!« Siri hatte die Brötchenzange schon losgelassen und das Brötchen fiel auf Freds Teller. »Nimm doch beides.«

»Nee, dann werd' ich zu fett.«

»Ach was, du machst doch jetzt Yoga!« Siri zwinkerte ihm zu. »Willst du den Obstsalat nicht gleich draußen auf den Tisch stellen, Sabine?«

»Ja, hatte ich vor, ich nehme noch Schälchen und Löffel mit raus.«

»Und wie fandet ihr beide das Yoga?«, fragte Fred.

»Ich fand es toll, hatte mir schon ziemlich gefehlt, sowas.«

»Mir war es ehrlich gesagt zu lahm. Da bin ich anderes gewohnt.« Sabine lächelte entschuldigend.

»Hey, hey, vor dreißig Jahren hab ich auch andere Sachen hingelegt!«, grunzte Fred.

»Ja, klar, aber du wolltest es wissen.« Sabine knuffte ihn leicht in die Seite.

»Komm, gib mir die Schälchen, ich war jahrzehntelang Jongleur!«, rief er, als sie versuchte, die Schüssel mit Obstsalat und die Schälchen mit den Teelöffeln darin gleichzeitig aufzunehmen.

Wie eine Prozession kamen sie zu dritt nach draußen.

»Und wo ist Gregor?«, rief Miró Siri entgegen. »Habt ihr noch euer privates Stuhlyoga gemacht und jetzt ist er platt?«

»Nö!«, kam von der Terrassentür. Dort stand ein strahlender Gregor sehr aufrecht, sich mit ausgestreckten Armen oben am Türrahmen festhaltend und dagegen lehnend, um seinen Rücken zu dehnen.

»Und? Wie war's?«, rief ihm Miró entgegen.

»Das ist wie mit einem Bären zu kämpfen. Weißt du Bescheid?«

»Nee. Aber du weißt auch nicht, wie sich das anfühlt, n' Rollywettlauf über fünf Kilometer gewonnen zu haben.«

»Hast du? Echt?« Gregor ließ den Türrahmen los, kam an den Tisch, nahm sich eins der Schälchen und füllte es üppig mit dem Obstsalat. Gleich im Stehen fing er an zu löffeln. »Ah, ist das gut!«

»Ja-a!«, japste Fred. »Das und dabei Morganas Brüste vor Augen!«

»Da können Morganas Brüste nicht mit«, kontere Gregor.

»Es scheint jedenfalls ziemlich belebend zu sein, euer Stuhlyoga«, grunzte Miró. »Ich muss jetzt eigentlich nur noch eins wissen, dann können wir das Thema meinetwegen als ausgeschlachtet beiseitelegen: Wäre das Yoga auch ohne Morgana so ein Hit?«

»Das sagen wir dir nicht!« Gregor klang sehr bestimmt und schaute aus seiner Höhe mit gekrauster Stirn auf Miró herunter. »Du machst einfach nächstes Mal mit, ein paar Übungen kannst du bestimmt gebrauchen, dann weißt du es selbst.«

»Hast mich überzeugt. Es gibt nur diesen kleinen Haken, weißt du, dass ich nämlich morgens meine eigenen Übungen machen muss. Ich hab euch davon berichtet, wenn du dich erinnerst. Deshalb sehe ich auch immer so übernächtigt aus: Ich muss dafür wer weiß wie früh aufstehen, sonst krieg ich nachher kein Frühstück mehr ab.«

Gregor hatte sein Schälchen leer gegessen, drehte sich um und ging zum Buffet, um sich sein Frühstück zusammenzustellen. Als er sich neben Siri niederließ, machte sie große Augen.

»Wie hast du so viel auf den kleinen Teller gekriegt?«

»Das macht Hunger, wenn man mit einem Bär kämpft. Hab ich wirklich gemacht, war kein Spruch. Mir war das viel zu harmoniesüchtig, nach jeder Übung atmen, nachspüren, am Anfang die Meditation, am Ende Morganas gesungenes Lied, und wir alle tief atmend mit geschlossenen Augen …« Er hatte die Worte immer spöttelnder betont. »Aber sie hat ne tolle Stimme. Geht unter die Haut. Bei dem Lied bin ich endlich raus gekommen aus dem inneren Spott. Tja, der Bär ist besiegt!« Er biss in das frische Brötchen, dass es gleich zur Hälfte in seinem Mund verschwand.

*

»Ich frag mich, ob ich unsere muntere Stimmung heute nicht kaputt mache, wenn ich vorlese«, fragte Siri. Gregor rückte sich gerade die eine der beiden Liegen zurecht. Er sah auf. »Das Thema ist ernst und es wird noch ernster.« Siri hatte in der Bewegung innegehalten, stand hinter dem Stuhl, den sie gerade an seinen Platz gestellt hatte, mit den Händen auf der hohen Lehne.

»Oh – das kann ganz anders sein als du denkst! Mach dir keine Gedanken. Jedem ist klar, dass du uns heute Abend nicht ins Tivoli entführen wirst.«

»Wenn sie überhaupt kommen …«

»Die kommen! Schon die Neugier zerrt sie her.«

»Du kannst wohl in allem noch einen Spaß sehen?« Siri musste lachen. »Auch eine Kunst!«

»Ja, und mühsam erworben.« Er schaute zu ihr herüber. »Kann es sein, dass du als Kind mehr mit dem Ernst gespielt hast als mit dem Spaß?«

»Ja, kann sein. Aber der Ernst ist nicht so ein schlechter Spielkamerad, wie ihm immer nachgesagt wird. Wir hatten viele schöne Momente.«

»Das glaube ich. Manchmal hätte er mir vielleicht auch ganz gut getan.«

»Und mir hätte wohl ab und etwas mehr Spaß sehr geholfen.«

»War er dir zu oberflächlich?«

»Keine Ahnung – ich glaub, ein Kind spielt so, wie seine Gemütslage ist, ohne dass es ihm klar ist. Ich war oft traurig.«

»Ihr habt viel zu tragen gehabt, nicht?«

»Das hast du gut gesagt. Inzwischen sehe ich das auch so: Ich glaube, die ganze Traurigkeit, die unsere Eltern nicht fühlen konnten, weil sie sie überwältigt hätte, die hat sich irgendwie auf uns übertragen. Auf mich jedenfalls.«

Gregor nickte. »Ist mir auch nicht fremd. So eine unterschwellige Melancholie, von der man nicht weiß, wo sie herkommt. In der Pubertät ist das vielleicht normal, aber ich hatte sie auch schon in der ganzen Kindheit. Ich bin nur anders damit umgegangen als du. Ich hab den Spaßvogel gegeben.«

»Hab ich auch. Aber das hab ich nur hingekriegt, wenn ich nicht alleine war. Und ich war viel alleine. Irgendwie hat es mich an einsame Plätze gezogen. Ich brauchte das.«

»War bei mir genau andersrum. Früher war ich wie Mine, immer mitten im Geschehen. Das hat sich total verändert.«

Siri nickte. Mitunter sah man Gregor den halben Tag nicht. Er hatte im Keller der Villa eine Werkstatt, wo er die Grobarbeiten an seinen Holzstücken machte. Vorher sah er sich lange in das jeweilige Stück hinein, versuchte, aus ihm heraus zu sehen, was es werden wollte oder auch schon war, was nur noch sichtbar gemacht werden musste, hatte er Siri mal erklärt und dann betont, dass er dabei ganz versinken können musste. Ungestört. Deshalb besucht Siri ihn nie dort unten.

Gregor holte sich von nebenan aus seinem Appartement ein Kissen und okkupierte damit die eine der Saunaliegen für sich, und kaum lag er darin, kamen Miró, Hakan, Fred und Michelle und suchten sich auch jeder einen Platz.

Siri schaute über ihre Lesebrille hinweg in die Runde. »Hat euch die Yoga-Müdigkeit auch noch eingeholt wie mich? Ich dachte, ich werde gar nicht mehr richtig wach nach dem Mittagsschlaf.«

»Nö, ich hab nichts gemerkt.« Michelle zog die Schultern hoch.

»Na ja, die Hüfte ziept jetzt ziemlich«, grummelte Hakan und klemmte seinen Gehstock zwischen Armlehne und Segeltuch des Stuhls ein.

»Wir waren ein bisschen unterwegs, Miró und ich«, erzählte Fred. »Eigentlich wollten wir schwimmen, aber als wir dann da unten im Ort waren, hatten wir keine Lust mehr und fanden es viel angenehmer, mit einem Espresso auf der Strandpromenade zu sitzen und Leute anzugucken.«

»Und jetzt wollen wir deine Geschichte hören«, ergänzte Miró. »Worum es gehen wird, ist ziemlich klar. Du brauchst dich nicht so vorsichtig zu vergewissern, ob du uns das auch zumuten kannst. Wir sind schon groß!«

Siri lächelte. »Danke, Miró!«

∗∗∗

Viele Gedanken.
Immerzu Gedanken.
Andere, neue Gedanken.
Bin ich aus meiner alten Welt herausgefallen?
Ich kann und kann es nicht begreifen.
Ich kann es nur befühlen.
Auf all meine Fragen kommt dieses Gefühl.
Es ist wie Sehnsucht.
Es ist wie Wehmut.
Nur eins weiß ich:
Etwas ist mit mir passiert,
seit das mit Johann passiert ist.

5. Dezember 2003

Peter ist hier gewesen, während ich einkaufen war. Ein Zettel liegt da: »Hab noch ein paar Sachen geholt.« Als ich nach unten gehe, sehe ich, dass er auch welche gebracht hat. Auf meinem Bett liegen Nikolaus-Geschenke: Ein Buch und Süßigkeiten. Ich bin sofort in Tränen.

Mein Geschenk für ihn hatte oben bereit gestanden mit einer Karte: Ein Adventsgesteck, das ich für ihn gemacht habe. Er hat es gesehen und mitgenommen. Ich habe mir gewünscht, dass er sich trotz allem daran freuen kann. Jetzt weiß ich, dass es ihn genauso traurig machen wird wie seine Geschenke mich.

6. Dezember 2003

Ich komme aus dem Krankenhaus, all die Zuversicht, die ich versucht habe, Johann mitzubringen, scheint noch in der Plastiktüte zu stecken, in der ich auch Obst und Zeitungen für ihn mitgebracht hatte. Als ich es merke, als ich bis tief ins Herz spüre, dass in meiner Plastiktüte absolut nichts war und nichts ist, kommt mir der erste Gedanke als der einzig rettende vor: Unter Leute. In die Stadt. Schöne Dinge ansehen.

Ich schlendere durch die vorweihnachtlich belebte Geschäftsstraße, schaue in diesen, in jenen Laden, schaue in die Gesichter, denen der Winter vergeblich Strenge einzuprägen versucht, alle scheinen von einer geheimen Fröhlichkeit oder jedenfalls von einer Art Eifer ergriffen, es ist wie eine Hintergrundmusik. Ich bin froh, dass ich mich in diesem Fluss treiben, von ihm mitnehmen lassen kann. Und plötzlich schiebt sich Johanns Gesicht, wie er die Wand anstarrt, zwischen mich und alles da draußen. Ich weiß genau, das will er nicht, er will auf keinen Fall, dass ich so denke, aber es geht trotzdem unüberhörbar durch meinen Kopf, wieder und wieder: Wie kann ich fröhlich sein, wie kann ich hier schlendern und gierige Blicke auf schöne Sachen werfen, während er so leidet? Da höre ich ihn sagen: »Weil mein Leid nicht deins ist, Siri. Und ich will auch nicht, dass es deins wird. Das würde es mir nur schwerer machen.«

Ich starre ins Fenster des teuren Schuhgeschäfts am Alten Markt, und plötzlich gehe ich durch die bimmelnde Tür und lasse mich ansprechen und bedienen und kaufe mir unglaublich weiche, unglaublich elegante, unglaublich teure Stiefeletten.

11. Dezember 2003
»*Das Untersuchungsergebnis ist da*«, *hat Johann eben am Telefon gesagt. Mehr nicht.*

Sein Schweigen begann, mir den Atem wegzudrücken. »*Und?*«
»*Alles voller Metastasen.*«

Ein Ton kommt aus mir heraus, ein Ton, als würde ein kleines Tier zertreten. Ich habe mir so vorgenommen, es nicht zu tun, aber jetzt schluchze ich wie ein Kind.

»*Warum weinst du denn?*«, *presst Johann zwischen zwei Hustenstößen heraus. Verwundert klingt das. Ehrlich verwundert.*

12. Dezember 2003
Ich habe Mutti das mit den Metastasen am Telefon erzählt. Sie ist so still geworden. Ich wollte zu ihr fahren. Nein, nein, hat sie gemurmelt. Ich habe nicht widersprochen. Weil jemand es Vati sagen muss. Johanna wollte es übernehmen. Aber ich bin sowieso mit ihm verabredet, und ich will nicht, dass er es am Telefon erfährt.

Seine Frau nimmt ab. Ich mag es nicht, wenn ich mit ihm sprechen will und sie fragen muss, ob sie ihn mir gibt. Und als hätte ich es geahnt, sagt Ellen gleich etwas, das mich trifft.

»*Es geht jetzt sehr bergab mit deinem Vater. Er hat versucht, sich seinen Pullover als Hose anzuziehen und es nicht mal gemerkt.*«

Und da soll ich ihm das mit den Metastasen sagen? Wir freuen uns aufeinander, auf ein, zwei schöne Stunden zu zweit. Ellen trinkt hoffentlich wie sonst nur Kaffee mit uns und lässt uns dann in Ruhe. Wenn Vati in seinem Häuschen auf dem Land ist, macht er immer Fencheltee und es gibt Butterkringel. Aber in letzter Zeit kann er dort nicht mehr alleine sein, hat sie mir vor kurzem gesagt. Er würde immer seltsamer.

»*Das ist gut, dass du kommst*«, *ruft sie jetzt in den Hörer,* »*Ich bin dann schon weg, ein paar Besorgungen machen.*«

Als er mich sieht, leuchtet sein Gesicht auf. »*Siri! Komm rein. Komm!*« *Er lacht, dreht sich im Gehen um und schaut mich an, als könnte er nicht glauben, dass ich es bin.*

Wir sitzen nebeneinander auf der Couch, jeder einen Becher mit Fencheltee in der Hand, er hat es sich wohl nicht nehmen lassen, selbst Wasser heiß zu machen und zwei Teebeutel in die Becher zu hängen und sie mit heißem Wasser aufzufüllen. Nur Butterkringel gibt es nicht. Ich puste in den Tee, noch mal und noch mal, wie wenn das wichtiger als alles andere wäre, aber ich kann nicht immer so weiter pusten, also versuche ich zu trinken, aber der Tee ist zu heiß. Endlich drehe ich mich zu Vati hin. Es kommt ganz von allein aus mir heraus. »Johann hat überall Metastasen.«

Vati dreht sich langsam zu mir hin. Schaut mich an. Alles in meinem Inneren zerreißt unter diesem Blick. Seine Augen werden fahl. Er wendet sich ab, murmelt: »Bringst du mich hin?«

Zu Johann meint er, ins Krankenhaus meint er, ich weiß es, und muss doch nachfragen. Damit die Stille uns nicht kriegt. Die Stille, die schon zwischen unseren wenigen Worten so schwer ist, dass ich mich immer wieder gerade mache, den Rücken lang, als stemmte ich mich gegen die Luftsäule über mir an.

13. Dezember 2003

Vati hat sich bei mir untergehakt, so wie ich es früher bei ihm getan habe. Da ist er noch federnd und kraftvoll gegangen, da war er noch einen Kopf größer als ich. Jetzt ist jeder seiner Schritte wie ein Fallen von einem Fuß auf den anderen. Jetzt kann ich auf seinen Elbsegler hinuntersehen, der ihm viel zu groß zu sein scheint, und auf seinen mageren, gebeugten Nacken, der zerfurcht ist wie ein verdorrter Acker. Die Krankenhausflure wollen nicht enden, und selbst Vatis zaghafte Altmännerschritte hallen darin, als gingen wir in einer Röhre aus Beton.

Es ist ein altes Krankenhaus. Die Wände sind kalkweiß. Backstein-Rundbögen um die Fenster. Der Boden aus Terrazzo. Flure, Flure, noch mehr Flure. Und diese Last an meinem Arm, die nicht wirklich eine Last ist. Es ist, als würde ich ihn beschützen, als könnte ich es, und als würde er auch Schutz bei mir suchen.

Da vorne sitzt Johann. Er wendet den Kopf zu uns hin. Steht auf. Weiße Krankenhausstrümpfe. Die Beine streichholzdünn. Immer noch der viel zu kurze Bademantel.

Johann kommt uns zwei Schritte entgegen. Vati und er stehen voreinander. Geben sich die Hand. So begrüßen sich Vater und Sohn? In solch einem Moment? Können sie nicht wenigstens jetzt vergessen ... Seid still, ihr Gedanken. Ich bin nur Begleitung. Mehr nicht.

Vati und Johann setzen sich beide auf dieselbe langsame Art alter Männer. Nur dass bei Johann kein Ächzen zu hören ist, dafür ist es umso deutlicher in seinem Gesicht zu sehen. Die beiden wechseln Worte. Ich schaue sie immerzu an, um mich zu vergewissern, dass es wirklich Vati, wirklich Johann ist. Sie sprechen so spärlich, so förmlich, als seien sie bloß Bettnachbarn. Und nicht ein Wort über die

Krankheit. Sie schleichen darum herum, wollen es wohl nicht berüh-
ren, weil sie dem anderen, auch wenn sie einander fremd geworden
sind, dennoch nichts antun können. Aber sie schleichen damit auch
um dieses Aas herum, das zwischen ihnen liegt und stinkt. Es ist längst
Zeit, es zu beerdigen, und ich wünsche mir so sehr, dass sie es tun.
Aber ich kann nur ganz bei ihnen sein, ohne mich einzumischen, kann
nur hoffen, dass sie die Liebe wieder fühlen können. Sie geht nicht
ein, sage ich mir wieder und wieder. Selbst wenn man ihr die Nahrung
entzieht, sie stirbt nicht, sie überdauert alles.

Nur – wie soll sie wieder aufblühen, wenn die beiden so tun, als
hätte es keine Verletzungen zwischen ihnen gegeben, keinen Rückzug,
der nicht enden will?

Ich möchte etwas tun, irgendetwas sagen – aber ich spüre, dass ich
das nicht darf. Ich würde ihnen etwas nehmen, und dieses Etwas ist
vielleicht das Wichtigste überhaupt.

Beim Abschied nehmen sie sich plötzlich in den Arm, küssen ein-
ander auf den Mund, wie sie es früher getan haben, und ich sehe für
einen Moment Johann an Vatis Hand durch die Welt gehen, als die
roten Leuchthaare noch wie eine Krone waren und er alles sah, alles
erforschte und alles begriff, und jetzt sieht Vati auf zu ihm mit feuch-
ten Augen und drückt ihm noch einmal die Hand. Dann dreht er sich
um und hängt sich bei mir ein. Wie ein Kind, das den Weg selbst
nicht kennt, tappt er neben mir durch die endlosen Flure. Und wie
zwei Verirrte treten wir in die dunkle Feuchte draußen, geblendet vom
Straßenlaternenlicht, das in der Nässe spiegelt. Durch Dunkelheit und
Nieseln im Slalom um die Pfützen versuche ich, die Richtung zum
Auto zu halten.

Auf einmal schwankt er, hakt sich fester bei mir ein, bleibt stehen.
Sagt leise, den Blick auf dem schwarznassen Asphalt: »Da ist wohl
nichts mehr zu machen?« Es klingt, als würde er bloß fragen: »Soll es
morgen regnen?«. Der Ton ist ihm abhandengekommen. Als er die
Lider hebt, mich ansieht, nur dieser fragende Blick, als ich das Flehen
darin erkenne, weiß ich, dass er für diesen einen Moment hofft, es
könnte ein Engel zu Johann kommen, könnte das alles von ihm neh-
men, nur mit einer Bewegung seiner segnenden Hand. Ich habe keine
Antwort, nur Tränen, innere Tränen.

Wir fahren schweigend zu ihm. Als ich ihm vor seinem Haus aus
dem Auto geholfen habe, als er auf die Haustür zutappt, bleibt er ste-
hen. Mit dem Blick am Boden und ohne den Kopf zu mir zu drehen,
flüstert er: »Lungenkrebs, nicht?«

»Ja«, sage ich. »Lungenkrebs.«

Und er presst es heraus, sehr leise, und doch ist es wie ein Schrei: »Dann muss er am Ende – ersticken!«

Ich begleite ihn hinein. Ellen hilft ihm aus dem Trenchcoat, streichelt ihm die Wange. Ich sage ihm »Gute Nacht«. Noch immer ist das Flehen in seinen Augen. Wir nehmen einander in die Arme. Halten uns fest. Ich wünsche mir, dass er weinen könnte oder ich oder wir beide. Und bin froh, dass wir es nicht tun.

17. Dezember 2003

Ich muss Fenster putzen, die Glasvitrine ausräumen und saubermachen, das Eckteil der Couch, in dem Peter immer mit angezogenen Beinen gelegen und ferngesehen hat, nach unten wuchten, ich weiß selbst nicht, wie ich das schaffe, aber irgendwann ist das Ding unten und die Stelle ist leer, und ich schiebe einen kleinen Tisch dorthin und lege eine Tischdecke mit hellblauen Karos darauf, und es ist ein bisschen mehr mein Zimmer jetzt. Das Licht auf dem See ist schön. Aber immer noch kann ich mich nicht hinsetzen und schauen, ich muss einkaufen, Kerzen und Tannenbaumkugeln und Strohsterne und Lichterketten, ich muss hin und her probieren, wo was stehen soll, und dann den Ofen an und dann ... Irgendwann falle ich einfach um. Bleibe auf der Couch liegen. Ziehe nur die Wolldecke über mich. Bin viel zu erschöpft zum Schlafen. Aber es war gut, das alles zu tun und diese Kraft zu spüren, diese Kraft, die trotz allem in mir ist.

18. Dezember 2003

Johann ist aus dem Krankenhaus entlassen und zu Hause. Er muss auch nicht wieder hin, sagt er. Ich begreife das nicht ganz und mag doch nicht fragen. Ich hab so Angst, dass er sagen könnte: Sie können nichts mehr für mich tun.

24. Dezember 2003

Das Weihnachtsessen für morgen ist fertig und alles vorbereitet. Johann, Barbara, Manuel und Mutti kommen. Manuel hat angerufen, schenkte mir liebevolle, tröstende Worte. Dass ich das einmal von ihm bekommen würde, die Mutter von ihrem Kind ...

Ihm geht es selbst nicht gut, das weiß ich, ohne ihn fragen zu müssen. Das höre ich an der Art, wie er spricht, an der müden, über alle Maßen aufgescheuerten Stimme. Winter, Weihnachten – das ist nicht leicht, wenn man feinfühlig ist und die Depressionen schon lauern, wenn man unter der Knute der Drogen lebt, die alles versprechen und einen hohen Preis dafür nehmen, dass sie am Ende doch nichts halten. Je mehr er sie braucht, umso weniger genügen sie noch, um die Verzweiflung, die Hoffnungslosigkeit zu ertragen.

Nachher sitze ich mit der Traurigkeit, meiner alten Vertrauten, auf der Couch, wir schauen auf den dunkler werdenden See und feiern ein stilles und trautes Fest, und als ich mich hinlege, den Blick draußen in der blinkenden Silberbahn des Mondes, nimmt sie mich in ihre Arme. Und es fühlt sich sogar gut an – weil sie die richtige ist für diesen Abend ist, der doch eigentlich ein Freudenfest sein soll. Die einzig richtige.

25. Dezember 2003

Sie sind vor zwei Stunden gefahren. Alle zusammen, so wie sie auch gekommen sind. Ich dachte, Manuel bleibe noch. Aber er hält es hier wohl nicht aus. Ich habe schon alles aufgeräumt. Die Geschirrspülmaschine angestellt. Die Reste in den Kühlschrank getan. Barbara hat angerufen, dass sie gut angekommen sind. Hat sich noch mal bedankt. Hat gesagt, Manuel hätte ihnen so gut gefallen. Er hätte so offen und ehrlich von sich erzählt. Das stimmt. Das hat er im Kreis der Familie noch nie vorher getan.

Jetzt ist Stille im Haus. Nur der Kühlschrank, nur das Geschirrklappern in der Maschine, nur ab und an das Knacken des Feuers im Ofen. Ich starre durch das schwarze Glas der Terrassentüren auf den schwarzen See. Vage Lichter blinken am anderen Ufer drüben.

Wie habe ich gestaunt, als sie kamen und Johann am Steuer saß! Aber ja, Barbara fährt ja nicht gerne und Mutti und Manuel haben keinen Führerschein. Vielleicht hat es Johann sogar gutgetan: alles wie früher, alles normal.

Und jetzt sehe ich ihn vor mir, sehe, wie erschöpft er vorhin nach dem Mittagessen plötzlich war. Ich habe ihn gebeten und schließlich überredet, sich eine Weile unten in meinem Schlafzimmer auf mein Bett zu legen. Ich sehe sein verzerrtes Gesicht, als er eine halbe Stunde später die Treppe wieder hochgekommen ist, sich dabei am Geländer festgehalten und Schritt für Schritt hochgezogen hat, als seien ihm seine Beine zu schwer. Hat er wegen der Treppe nicht nach unten gewollt, es aber nicht sagen mögen? Ich bin aufgesprungen, als ich sah, wie er sich hochquält mit mühsamem Atem, und hab ihm dann doch nicht die Hand hinhalten mögen, als würde ihn die Geste nur noch elender machen. Er hat sich bewegt, als sei er frisch operiert, hat sich vorsichtig auf die Couch sinken lassen und nur noch vor sich hinge-starrt.

Und niemand hat ihn aus diesem Starren geweckt, auch ich nicht. Ich hab mich nur neben ihn gesetzt. Seine Hand lag schlaff zwischen ihm und mir auf dem schwarzen Leder. Ich wollte meine daraufegen, wollte auch über sein Haar streichen und seine Stirn, wollte mit den Fingern über seine Augen fahren und diesen Blick von ihnen wegstrei-cheln. Aber ich war so starr wie er. Barbara dagegen redete und redete: Sie werden verreisen, in zwei Tagen schon.

»Was? Verreisen?«, hörte ich mich rufen.

»Wenn es mir besser geht«, sagte Johann leise. »Müsste es eigent-lich. Dann ist die Chemo eine Woche her.« Er sagte es, ohne dass er jemanden ansah, stattdessen schwenkte sein Blick an mir vorbei zwi-schen den kahlen Bäumen hindurch auf den See. Leise ergänzte er: »Ich will noch einmal den Oslo-Fjord sehen. Du machst dir keinen Begriff, wie schön es ist, wenn man mit dem Schiff den Fjord hoch-fährt.«

Mutti krähte: »Gibt es bald Kaffee?«

»Ja. Er ist bestimmt schon durchgelaufen.« Ich holte das Tablett mit dem Kaffeegeschirr. Wie soll das gehen, eine solche Reise, wenn er kaum noch eine kleine Treppe schafft?

»Dieser Moment, wenn man frühmorgens in den Fjord einläuft.« Wieder sprach Johann so leise, als sei es nur für mich.

30. Dezember 2003

Wenn ich alles ganz anders denke ... Würde Johanns Leben ihn noch erfüllen? Würde es seiner Seele, die sich vielleicht weiter entfalten möchte, genügen? Ich lese gerade über solche Vorstellungen, dass die Seele viele Menschenleben lebt, sie selbst ist unsterblich, und dass sie in jedem Leben bestimmte Erfahrungen machen möchte und dafür mitunter auch Schlimmes auf sich nimmt. Sie weiß ja: es geht alles vorüber, und sie kehrt wieder zurück in ihr Seelen-Zuhause, und wenn sie es geschafft hat, dass ihr Leben rund geworden ist, dann fällt in dem Moment alles Schwere von ihr ab und sie kommt heim mit un-endlich wertvollen Erfahrungen, die sie mit jedem Menschenleben im-mer reicher werden lassen, sie und alle anderen Seelen.

Ich möchte daran glauben. Einfach, weil es mir hilft. Was, wenn Johann an eine Grenze gestoßen ist, mit der seine Seele sich nicht mehr abgeben will? Was tut sie, wenn sie neue, andere Herausforderungen möchte oder braucht?

Vielleicht ist es ja wirklich so: Vielleicht gibt sie ihr altes Leben auf, um sich ein neues zu kreieren.

Gedanken. Sie scheinen zu trösten. In Wahrheit, das merke ich auf einmal, ziehen sie das Ganze nur ins Sachliche. Aber es ist wie eine kleine Pause, dahin zu flüchten und mich ein wenig zu erholen.

6. Januar 2004

Ein grausiger Ton. Genau in der Mitte zwischen dem fiesen Kreischen eines Glasschneiders und dem knisternden Quietschen von Schlittschuhen auf Eis. Er fräst sich in mein Trommelfell. Ich presse die Hand aufs Ohr. Es hilft nicht. Ich dusche kalt. Es kreischt weiter. Und das Gruseligste: Auf einmal kann ich diesen Ton SEHEN! Die, die ihn machen, sehe ich. Es sind drei. Sie stehen nebeneinander. Wie Posaunisten im Orchester haben sie ihre Blasrohre erhoben. Am Ende jedes Rohres ist ein Klumpen aus flüssigem Glas, und jeder von ihnen bläst in sein Rohr und züchtet daraus eine längliche Blase, die in allen Farben schillert, sich dehnt, immer mehr dehnt, und dabei dieses Sirren des sich ausdehnenden Materials, das so glaskühl aussieht und doch unvorstellbar heiß sein muss. Aus dem dreistimmigen Sirren und Kreischen schmilzt dieser eine Ton, und wie flüssiges Glas brennt er sich in mein Ohr. Ich werde verrückt, oder?

Johann ist seit vorgestern zurück aus Norwegen. Gestern war ich zu Hause bei ihm. »Es war schön. Einmalig schön«, hat er gesagt. Und im nächsten Satz: »Aber ich hätte es nicht tun dürfen.« Er hat dabei in die Schrankwand hinter mir gestarrt, in das Loch, das sein Blick da schon rein gegraben hat.

»Warum nicht?«, fragte ich, als er nicht weitersprach.

»Ich hätte es nicht machen dürfen …«, wiederholte er nur.

Zwei Tage noch, dann fängt die nächste Chemo an. Mit dem Gedanken bin ich heimgefahren, mit dem Gedanken bin ich eingeschlafen. Mit dem gellenden Kreischen im Ohr bin ich eben aufgewacht.

9. Januar 2004

Wir können nicht telefonieren, der Husten lässt es nicht zu. Barbara hält mich auf dem Laufenden. Er ist schwach, sagt sie, die Chemo macht ihm sehr zu schaffen. Er steht zwar auf, aber er schafft es nur bis zu seinem Sessel. Dort sitzt er dann und starrt ins Bücherregal, als wenn … Sie spricht nicht weiter, und sie braucht es nicht. Ich weiß, was sie meint.

10. *Januar 2004*
Draußen verabschiedet sich der Tag; Sturm und für die Jahreszeit sehr warm. Die großen Bäume tanzen. Mir ist, als lebte ich unter Wasser, als seien es Wasserpflanzen, die vom Wogen des Meeres bewegt werden. Ist mir davon so schwindelig? Oder von dem Besuch bei Vati? Er hat ein Glühen im Gesicht gehabt wie ein Kind, das etwas besonders Schönes erlebt hat.

»Das ist ja ein Glückstag heute!«, hat er gerufen, als ich hereingekommen bin. Die Freude hat nur so aus ihm geleuchtet. »Eben erst war Johann da, und jetzt kommst du!«

»Johann? Du meinst Johanna, nicht?«, sage ich vorsichtig.

»Nein, Johann! Gerade ist er weggefahren. Ich hab seinem Auto hinterher gehorcht. Es geht ihm richtig gut! Er hat viel erzählt, wie früher. Und du? Geht es dir auch gut?«

Ellen kommt dazu, macht mir Zeichen, ich solle nichts sagen, und dann in der Küche erzählt sie es: »Etwas ist mit ihm passiert. Er lebt nicht mehr in der Wirklichkeit.«

11. *Januar 2004*
Bin so müde, liege heute nur auf der Couch. Draußen ist es wie im November, die Bäume schwarz und tropfend, der See im Nebel nicht zu sehen.

14. *Januar 2004*
Habe die halbe Nacht brüllend laut Musik gehört. Das Dach muss sich angehoben haben. Habe getanzt. Nein, getobt.

Nun bin ich wie eine Krabbe im Meer, von den Wellen hin und her geworfen, und jederzeit kann ein großes Maul mich fressen.

16. *Januar 2004*
Seit heute Morgen tut mir das Herz weh. Ich liege da und drücke die Hand darauf, und trotzdem fühlt es sich an, als würde es zerspringen.

***

Die Stille lagerte zwischen ihnen wie ein Gast, der so schnell nicht gehen will und es auch nicht soll. Sie tat Siri gut. Sie mochte nichts sagen, weder zu ihrem eigenen Erlebten noch dazu, wie ihr jetzt damit zumute war. Sie wollte auch nichts dazu hören, sie brauchte Zeit mit sich allein, um sich selbst wieder hervorzukramen unter all den Erinnerungen, unter all den Empfindungen. Sie schloss die Augen und ließ sich fallen.

Als Michelle viele Augenblicke später von irgendwoher in den Lichtkreis der Leselampe trat, den Fotoapparat in der Hand, und sich wieder auf ihren Stuhl setzte, war Siri froh, dass selbst sie still blieb. Gerade wollte sie den anderen sagen, dass sie gern allein wäre, da räusperte Gregor sich. Er lag noch in derselben Haltung wie vorhin in der Liege, schaute hoch zum Himmel, wo ein Feuerwerk von Sternen blinkte, richtete sich nun ein wenig auf und sagte mit leicht belegter Stimme: »Was haltet ihr davon, wenn wir jetzt nicht über das, was Siri gelesen hat, sprechen? Mir wäre es lieb.«

»Feiner Vorschlag!«, meinte Hakan und nickte. »Ich geh hoch. Kümmert sich jemand darum, dass Miró in sein Zimmer kommt?«

»Ja, klar«, nickte Gregor.

»Warte noch eine Sekunde, Hakan. Es gibt eine Neuigkeit!«, rief Miró, den rechten Zeigefinger erhoben. »Ich bekomme das Zimmer unten neben dem Speisesaal, sobald es fertig ist. Wer immer demnächst zu uns stößt, wird dann in mein Zimmer oben ziehen.«

»Aber dann musst du Fahrstuhl fahren, wenn du ins Atelier willst!« Hakan sah Miró mit gerunzelter Stirn und hochgezogenen Brauen an.

»Ja, deshalb wollte ich zuerst auch oben bleiben. Nun finde ich es besser, unten zu sein. Wenn der Fahrstuhl mal ausfällt, kann ich zwar nicht ins Atelier, aber ich kann überall sonst hin. Jedenfalls, wenn Siri ihre Massimo-Runden dann ein Stockwerk tiefer abhält.«

»Es ist *unsere* Runde!« Siri erschreckte ihr ärgerlicher Tonfall. Ihre Stimme war weicher, als sie weitersprach. »Klar können wir uns auch unten treffen. Finde ich Klasse, Miró, dass du dich umentschieden hast! Mir macht es schon die ganze Zeit Sorgen, dass dieses Klapperding einfach für immer stehenbleiben könnte, bevor der neue Lift fertig ist. Außerdem hat das Zimmer unten ja noch ein kleines Schlafzimmer nebendran, vielleicht kannst du zur Not ja auch da malen.«

»Nee, da schlaf ich und zur Not kann ich im großen malen!«

Hakan stand auf, machte eine leichte Verbeugung in die Runde, kam zu Siri, küsste sie auf die dargebotenen Lippen, drehte sich noch einmal um und rief »Gute Nacht und schöne Träume!«. Die Antworten der anderen folgten ihm nach, und wenig später hörte man den Fahrstuhl rumpeln und die Gittertüren sich oben scheppernd öffnen. Dann hatte die Natur wieder das Sagen: das Rauschen der Föhre über ihnen und wie eine Vervielfältigung davon das Rauschen unten am Strand.

Siri kam es so vor, als seien die alten Gedanken, die alten Gefühle, die alten Bilder aus ihrem Text mit in die Gegenwart gekommen. Sie konnte keinen Unterschied feststellen zwischen dem, was ihre Augen gerade zu betrachten schienen, dem wiederkehrenden Schein des Leuchtturms, der weit draußen seinen langen Lichtarm ausschickte und ihn kreisförmig übers Meer schwingen ließ und Johanns Gesicht, während sein Bick an der Schrankwand steckte, als würde die sich öffnen und dahinter wie durch ein Fenster irgendetwas sichtbar werden, wenn er nur genug starrte.

Gregor erhob sich, ging zu Miró, schaute ihn fragend an, und Miró nickte und drehte seinen Rollstuhl, um an Gregors Seite hinauszurollen. Es waren meist nur wenige Stellen wie der Übergang in den Fahrstuhl, an denen fremde Hilfe ihm viel Mühe ersparen konnte. Fred, Michelle und Siri sammelten die Polster und Decken ein, legten alles in die große Kiste und standen dann noch einen Moment beisammen, umarmten einander und wünschten sich gute Nacht.

Siri war allein. Die zusammengelegten Hände vors Gesicht gehoben, so dass ihre Nasenspitze zwischen ihren Fingerspitzen verschwand, stand sie da, als könnte sie etwas nicht fassen. Und so war es. Manchmal gab es solche Momente, in denen es sie schier überwältigte, dass alles genauso gekommen war, wie sie es sich früher einmal ausgemalt hatte: das Haus, das Meer, der Süden.

Vor allem aber, dass sie sich unter lauter Eigenbrötlern so angenommen und verstanden fühlte! Sogar miteinander schweigen konnten sie. Von Anfang an hatte Siri sich hier wohlgefühlt. Und doch war sie immer noch nicht wirklich angekommen. Wollte sie das überhaupt? Nein. Keine allzu tiefen Wurzeln mehr, lieber Flügel.

✳✳✳

10 Dasein

Wohlig und nur langsam löste Siri sich aus den Armen des Schlafes, drehte sich schließlich zum Fenster und betrachtete wie so oft die Föhre mit dem kühn geneigten Wipfel und der Biegung im Stamm, wo die Krone wie eine Wetterfahne zur Seite weg wehte. Sie lauschte auf das beständige, heute eher ferne Rauschen des Meeres und schloss die Augen. Es war sehr einfach: ihr Gebet. Ihr Atem wurde tiefer. Es war heute nur ein einziges Wort: Danke.

Draußen schenkten die ersten Sonnenstrahlen dem Stamm der Föhre ein rötliches Ocker. Es sah aus, als ob er von innen her zu leuchten begonnen hätte, und oben darüber die Möwe. Siri glaubte, dass es immer dieselbe war, die dort in der Luft stand, und sie glaubte auch, dass die Möwe mit sich selbst einen Wettbewerb laufen hatte, in dem es darum ging, wie lange sie ohne einen einzigen Flügelschlag auskam, nur mit den justierenden Bewegungen der auseinandergefächerten Schwanzfedern. Siri schob die Decke von sich, stand auf, trat auf den Balkon und umarmte den neuen Tag.

*

Michelle stellte ihr Tablett neben Siri ab, drapierte die Dinge, die darauf waren, um ihren Teller herum und drückte das leere Tablett Sabine in die Hand, die gerade eine Kanne Tee auf den Tisch gestellt hatte. Alle anderen saßen schon, aber niemand hatte zu frühstücken begonnen, alle schauten Michelle zu, als vollführte sie eine Reihe von heiligen Handlungen.

»Danke, dass ich euch gestern Abend fotografieren durfte!«, rief sie hinter ihrem Stuhl stehend in die Runde. »Es war das erste Mal seit langem, dass ich überhaupt wieder durch den Sucher einer Kamera geguckt habe. Ich glaub, es sind schöne Aufnahmen geworden, ich zeig sie euch heute Nachmittag, wenn ihr wollt. Aber ich mach's nicht wieder. Es lenkt sehr ab, ich denke, auch euch.«

»Gut, dass du's selbst gemerkt hast«, brummte Hakan.

Michelle setzte sich, atmete tief ein und mit einem langen Seufzer aus. »So was hätte ich früher nie sagen können!«, stöhnte sie und schaute dabei in die Runde. »Ich hätte es vielleicht gar nicht gemerkt. Und wenn doch, dann hätte der schöne, stille Abend gestern sich eben der Kunst unterordnen müssen. Ich hätte nur eins im Sinn gehabt: Das *muss* ich fotografieren!« Sie lachte auf. »Ich *muss* arbeiten, dachte ich damals immer, sonst gehe ich ein. Wäre ich vielleicht auch …« Sie schloss die Augen. Alle schauten sie weiter an. Ihr Gesicht blieb zwar unbeweglich, schien aber aufzuweichen, fast wie kurz vorm Weinen – bis plötzlich eine zarte, schmerzliche Bewegung um ihren Mund ging. Sie zog hörbar die Luft ein.

»Ich bin krank geworden«, sagte sie leise und mit weiterhin geschlossenen Augen. »Ich konnte monatelang nichts machen, gar nichts, auch nicht fernsehen, auch nicht lesen, ich konnte nur daliegen und an die Decke gucken und ich wollte sterben. Keinen Tag mehr, keinen einzigen Tag mehr, hab ich innerlich gefleht. Vielleicht vergessen sie mich, vielleicht kommt kein Arzt mehr, keine Krankenschwester und kümmert sich, und ich kann mich ganz leise wegschleichen. Und dann ist etwas passiert. Nichts, was ich erzählen könnte. Ich weiß nicht, wie es kam und woher: Auf einmal ist diese Ruhe in mich gekommen – eine solche Ruhe …« Michelles Stimme brach, um sich dann erneut hell und zitternd wie der erste Schrei eines Neugeborenen zu erheben. »Auf einmal war ich *da*! Versteht ihr? Ich war endlich wirklich da!«

Immer noch schauten alle sie an. Gregor, der neben ihr saß, legte seine große Hand auf ihre schmale und nickte ihr zu. »Das ist manchmal schwer zu fassen, nicht? Dass das Schlimme das Schöne hervorbringen kann.«

Zwei Tränen liefen Michelle hinunter, nur diese beiden, und ihre feinen, exakt gezeichneten Züge blieben seltsam unbewegt und doch nicht starr. Es war eher, als sei eine Klarheit in sie gekommen, deren Schönheit bezauberte.

Es wurde ein besonderes Frühstück, zuerst in einem Schweigen, das eine tiefe Innigkeit um sie legte. Dann kam eine Heiterkeit auf, die sie sich gegenseitig zuspielten wie einen Luftballon, den jeder behutsam auffing und mit den Fingerspitzen wieder in die Luft tippte, um ihn zum nächsten hüpfen zu lassen.

Als niemand mehr aß, ergriff Gregor das Wort. Sein mächtiger Bass klang weich und wärmend. »Lasst uns noch ein bisschen erzählen, bevor wir wieder alle auseinanderlaufen, ja?« Er ließ seinen Blick rundum wandern, wie um die Lage einzuschätzen. »Ich wüsste gerne, was für euch das Wertvolle am Alter ist. Habt ihr Lust?«

»Das willst du echt fragen?« Fred zog die Brauen übertrieben weit hoch und zur Mitte hin zusammen. »Also – ist ja ne gute Frage, aber da wird Siri gar nicht mehr aufhören zu erzählen …«

»Lass doch mal, Fred!« Hakan zog die Stirn zusammen.

»Hat jemand keine Lust darauf?« Gregor schaute rundum.

»Es gibt ja keinen Beteiligungszwang, oder?«, fragte Miró.

»Nein, und falls du ins Atelier möchtest, bring ich dich.«

»Kann ich auch allein! Erstmal hören, was so kommt.«

Fred hob den Arm und schnipste mit Daumen und Zeigefinger wie ein Schuljunge. »Ich möchte anfangen!« Alle wandten sich ihm zu. Er legte die Fingerspitzen beider Hände aneinander und schaute darauf, bis er mit einem Seufzer begann.

»Ich kann nämlich direkt anschließen an das, was Michelle eben erzählt hat.« Er sprach langsam, schien die Worte sorgfältig auszuwählen. »Rollen waren mein ein und alles. Nicht bloß finanziell hab ich von ihnen gelebt und davon, dass ich gut war, ob als König Lear auf der Bühne oder als Fernsehkommissar.« Er hatte vor sich hingeschaut. Nun hob er den Blick und schickte ihn zum Meer, über dem ein Trupp Möwen von Südost nach Nordwest flog, weit auseinander und doch, als seien sie zu einem gemeinsamen Ziel unterwegs.

»Wir alle spielen Rollen und tragen Masken«, fuhr er mit einer Stimme und einem Ausdruck fort, als erzählte er ein Geheimnis. »Die meisten denken, das wäre ihre Person. Nur wenige sind sich klar, dass wir uns ständig tarnen, dass wir uns voreinander verstecken.« Er hielt inne und hob dann die Stimme. »Und mit jeder neuen Facette unserer Maske sind wir weniger wir selbst!« Er blickte von einem Gesicht zum nächsten. »Der Schatz des Alters ist für mich, dass ich endlich die Masken abnehmen und die Rollen sein lassen kann. Stattdessen darf ich mir die Narrenkappe aufsetzen und sagen, wonach mir ist.«

»Hä? Und das ist keine Rolle?« Miró riss die Brauen hoch.

»Wenn, dann ist es die echteste von allen.«

»Ich muss dich mal korrigieren, Alter.« Hakan sagte das mit einer Miene, als hätte er hier den Job, gewisse Dinge richtigzustellen. »Mit jeder neuen Rolle sind wir nicht weniger, sondern mehr wir selbst.«

»Wie kommst du darauf?«, staunte Siri.

Hakan zog die Schultern hoch. »Lebenserfahrung.«

»Kann ich nun weiter erzählen?« Fred klang leicht ungehalten. »Ihr wisst, dass der Narr früher alles aussprechen durfte, auch das, wofür sein König andere hätte köpfen lassen. Man war sich damals sehr klar darüber, dass das Schleimen und Speichellecken der Höflinge einem König den Blick verschleiern. Er braucht aber einen klaren Blick durch alle Nebel hindurch, er hat ein Land zu regieren und sich nebenbei selbst zu behaupten. Der Narr spricht aus, was er sieht, und öffnet damit anderen die Augen. Er sagt *seins* und er sagt es auf seine Weise.

Alter, das ist Narr sein. Frei von etlichem Unsinn. Konventionen haben mich nie sehr gefesselt, auch allgemeine Meinungen nicht, aber es hatte sich bei mir trotzdem noch genug eingefleischt, wovon man sich führen und leiten lässt, ohne es zu merken. Allein Höflichkeit. Nichts dagegen – aber mal ehrlich, die ist doch längst zur Fessel geworden! Wie erfrischend und angenehm, wenn jemand einfach mal Nein sagt, statt sich zu winden, Entschuldigungen zu finden oder sogar zu lügen.

Als ich sechzig geworden bin, hab ich mir eins geschworen: Ich sage nur noch meins und ich sage es auf meine Weise.«

Ein kleiner Moment des Schweigens, zwei, drei Atemzüge, dann donnerte Miró: »Und warum willst du uns dauernd was vorspielen?«

»Genau darum. Denk mal ein klein bisschen nach, mein Süßer!«

»Ich bin nicht dein Süßer! Bist du schwul oder was soll das?«

»Hast das noch nicht gemerkt? Aber ich bin nicht immer schwul.«
Fred grinste Siri an, dann Michelle.

»Könnt ihr mal aufhören mit dem Gestreite?« Gregor zog jedes seiner Worte sehr lang, als parodierte er sich in seiner Aufpasserrolle.

»Ich hab euch meins ja eben schon erzählt«, sagte Michelle. »Einfach nur da sein. Nichts müssen. Nichts wollen. Schon gar nicht irgendwas erfüllen müssen oder wollen. Da bin ich total mit dir einig, Fred. Das ist wie ein großes Aufatmen … Aber ich weiß nicht, ob ich nicht trotzdem immer noch im Hamsterrad laufe. Gerade Konventionen – die sind so in einem drin, das merkt man doch gar nicht.«

Sie hielt inne, den Blick abwesend ins Nirgendwo gerichtet. Im nächsten Moment lösten sich ihre Züge zu einem Lächeln. »*Eine* Rolle ist aber auf jeden Fall von mir abgefallen: Die Künstlerin. Immer wollte ich Künstlerin sein. Gott, war mir das wichtig! Ich bin nicht nur Fotografin, nein, ich bin *Künstlerin*! Dauernd war ich hinter Ausstellungen her. Und das war so anstrengend! Heute ist das natürlich anders. Wenn ich euch Bilder zeigen will, dann kann ich sie in wenigen Sekunden auf jede beliebige Wand projizieren. Eine ganze Ausstellung kann einfach verschickt werden – ach, das wisst ihr ja alles. Aber sogar das will ich nicht mehr. Jedenfalls bin ich nicht mehr drauf aus. Oder vielleicht sollte ich lieber sagen: Ich brauch es nicht mehr. Ob ich nun Künstlerin bin oder nur Fotografin, wen interessiert das? Gut, um hier in die Villa zu kommen, war es wichtig. Nun bin ich da und niemand kriegt mich hier mehr weg. Außer einem natürlich …«

»Wer weiß, vielleicht werfen sie dich raus, wenn sie erfahren, dass dir dein Künstlerimage abhandengekommen ist!«

»Miró! Du lässt wirklich keine Gelegenheit aus!«

»Nein, Siri, mein Schatz, lasse ich nicht. Das ist mein Job: euer Hofnarr. Klar, ich bin der alte Grandl, und ehrlich, ihr braucht das manchmal. Sonst werdet ihr alle zu glückselig, um noch zum Essen zu erscheinen.«

»Hä?«, machte Michelle. Lachte auf. Rief: »Ach ja, das ist übrigens keine Rolle, ich begreif Herrn Nietzsche tatsächlich manchmal nicht.«

»Er macht dem optischen Vorbild ja auch alle Ehre«, grinste Siri.

»Mach ich nicht. Dann würdet ihr euch umgucken. Rauswerfen würdet ihr mich!«

Ein mehrstimmiges Lachen schwang sich in die Höhe und fegte alles Stirnrunzeln weg. »Aber eins habe ich tatsächlich mit meinem optischen Vorbild gemeinsam, nämlich den Blick auf unsere Zeit. Wenn wir alle gestorben sind, wird man auf unsere Epoche sehen wie wir heute aufs Mittelalter. Ich tue das jetzt schon.«

Gregor hob den Zeigefinger und dröhnte von der Stirnseite des Tisches: »Da ist was, was *ich* am Alter schätze! Nietzsche bringt mich drauf: Du kannst doch zum Beispiel ohne ein gewisses Alter, ohne Lebenserfahrung nicht philosophieren. Wie willst du das machen? Indem du angelesenes Wissen um dich verstreust wie Konfetti? Das ist Clownerie, keine Philosophie.«

Miró klatschte Beifall. »Du redest ja schon wie ich!«.

»Versteht mich richtig«, setzte Gregor nach. »Ich spreche über den Wert von Erfahrungen. Natürlich kann man sich auch als Zwanzigjähriger Gedanken über die tiefsten Dinge machen, und natürlich kann das sehr fruchtbar sein. Nietzsche selbst hat auch nicht erst als älterer Mann seine großen Werke geschrieben, im Gegenteil, er ist ja gar nicht sehr alt geworden. Ich meine mit Philosophieren in diesem Fall etwas eher Persönliches: meine eigenen Erkenntnisse, meine eigenen Sichtweisen und nicht das abstrakte reine Denken. Ich meine das Gewordene und Gewachsene, das durch mein Leben entstanden ist.«

Siri nickte. Ihr Blick fiel auf Hakan, der zum Meer gewandt dasaß. Auf diese Themen müsste er doch anspringen. Früher jedenfalls hätte er sie alle in Grund und Boden geredet. Hatte er überhaupt zugehört? Oder war er schüchtern, weil er neu war? Aber Hakan und schüchtern?

»Der Glanz des Alters ist doch die Reife«, führte Gregor seine Rede fort. »Wenn man denn gereift *ist*. Und auch die Gelassenheit des Alters ist für mich ein hoher Wert. Das Leben ist so viel leichter, wenn man es mit einer gewissen Abgeklärtheit lebt – und damit lässt sich auch bestens noch ein bisschen nachreifen.«

»Abgeklärt oder teilnahmslos?«, kam plötzlich von Hakan. Seine Stimme schien aus zugepresstem Hals hervorgeschossen zu sein, den Blick hatte er immer noch irgendwo in der Ferne, als ginge ihn das Ganze eigentlich nichts weiter an.

Gregor schien aus dem Konzept gebracht und damit beschäftigt, Hakans Haltung einzuordnen.

»Abgeklärt heißt ja eigentlich, dass man in sich selbst klar geworden ist, oder?«, fragte Siri in die Runde. Miró nickte. Michelle nickte.

»Und *mit* sich selbst!«, ergänzte Gregor. »Aber ich bin gelassener und gleichzeitig unpersönlicher geworden. Früher haben wir genau das immer gewollt: dass das Ego schrumpft zugunsten des Eigentlichen.«

Fred nickte innig. »Ja, die Rolle, die man mal für sich selbst gehalten hat, verabschiedet sich immer mehr, das geht mir auch so. Was bleibt, würde ich immer noch Identität nennen, aber ich fühl mich nicht mehr identisch mit etwas Bestimmtem. Es gibt so viele Freds, die ich mal war, und wer weiß, wie viele ich noch werde.« Er zog die Brauen hoch und schaute sich in der Runde um, traf aber nur auf nachdenklich abwesende Blicke.

»Und Gelassenheit bedeutet für mich«, nahm Siri das Thema wieder auf, »dass ich das, was mich nervt, nicht unbedingt ändern muss, auch wenn ich es könnte. Ich kann viel leichter akzeptieren, und damit meine ich nicht dieses weit verbreitete ›Annehmen‹. Ich verstehe akzeptieren wörtlich, für mich heißt es: etwas zu sich nehmen. Es bekommt einen Platz in meinem inneren Haus. Das ist etwas ganz anderes, als Ja dazu zu sagen. Es fällt völlig heraus aus ja oder nein, gut oder schlecht, schwarz oder weiß.«

»Und was genau meinst du damit?« Hakan sah zu ihr herüber, die Stirn in noch mehr Falten gelegt, als eh schon da waren.

»Annehmen ist der Versuch, etwas erträglich zu finden. Das ist meist nicht sehr nachhaltig, weil es die eigenen Empfindungen leugnet oder zu verbiegen versucht. Wenn ich akzeptiere, wie ich es eben beschrieben habe, erkenne ich an, dass mein Urteil über etwas oder jemanden nicht der letzte Ratschluss ist, und ich erkenne meine Gefühle dazu an. Und sie bekommen einen Platz in meinem Herzen – wenn ich kann.«

»Hmm …«, machte Hakan.

Siri merkte, dass ihre Worte nicht wirklich zu Ende gebracht hatten, was sie hatte sagen wollen. Aber ihr war der Faden entglitten. Hakans Strenge hatte sie verunsichert oder zumindest abgelenkt. Und noch mehr Ablenkung kam gleich darauf von Michelle.

»Und was findest du so klasse am Altsein, Siri?«

»Nichts.«

»Siri, also echt, jetzt flachs hier nicht rum.«

»Ehrlich, Fred. Was ich durchs Älterwerden gewonnen habe, ist mir wirklich kostbar, aber dass ich dazu auch *alt* sein muss – hm ...« Sie lachte leise, aber niemand ließ sich davon anstecken. »Ich hätte es mit fünfundvierzig oder mit zweiundzwanzig genauso schön und genauso wertvoll gefunden!«

»Menno!« Fred grinste, holte dann tief Luft und sagte: »Glaube ich nicht. Ich kann manches jetzt erst wirklich schätzen. Dazu hat mir mit zwanzig noch einiges gefehlt. Und etliches durchschaue ich nur, weil es in der Vergangenheit liegt und ich erst jetzt den Überblick hab. Damals hat es sich vielleicht schlecht angefühlt – heute weiß ich, dass es mich letztendlich auf einen guten Weg gebracht hat.«

Siri nickte. »Ja, das ist natürlich etwas, das hat in jungen Jahren gefehlt. Aber manchmal denke ich: Es ist großartig, vieles begriffen und erkannt zu haben, und trotzdem ist es am besten, das alles in den Schubladen zu lassen und jedem Tag neu und frisch ins Gesicht zu sehen. Kann man das im Alter noch?«

»Klar. Brauchst bloß dement zu werden«, grinste Miró.

Siri gab ihm nur einen Seitenblick. Sie war noch nicht fertig. »Morgens kann ich das oft. Dann ist mir wie früher in den Sommerferien. So ein Prickeln. So eine Vorfreude ...«

»Da hast du Glück!« Michelles Blick hing an Siri.

Gregor räusperte sich. »Das Großartigste am Altsein ist doch, besser lieben zu können! Viel gelassener. Viel weniger Habenwollen. Aber hätte das nicht schon mit Zwanzig so sein können? Was hätte einem das alles erspart! Ja, ja, ich weiß, es hätte eben nicht mit Zwanzig so sein können, ich musste erst reifen und bin genau durch die Irrungen und Wirrungen gereift ...«

»Allerdings ist man doch gerade in diesen ganz jungen Jahren manchmal auch schon sehr reif? Ich hatte damals Gedanken, die mich begeistern, wenn ich mal in meinen ganz alten Tagebüchern lese. Und bei anderen hab ich das auch erlebt. Vielleicht hat nur eine gewisse Förderung gefehlt, damit diese erste Reife Fuß fassen konnte. Muss das Leben uns unbedingt durch zig Erfahrungen jagen ...«

Gregor räusperte sich. »Siri, du führst unser Gespräch allmählich in eine ganz andere Richtung.«

»Ja«, fiel Michelle ein. »Die Frage war: Was ist für dich am Altsein schön?«

»Also: Ich hab all die Lebensjahre gebraucht, um eine Menge Kostbarkeiten einzusammeln. Für mich ist das Schöne am Alter: dies alles nun auch genießen zu können. Sie erringen und dann gleich sterben, wär doch irgendwie blöd.«

»Ach, du veralberst uns!« Gregor schien beleidigt. Aber er lachte sie an und sie lächelte zurück, und ihre Blicke konnten eine Weile nicht auseinander.

»Die Frage ist doch …«, begann Hakan sehr langsam, ließ sich einen Moment Zeit zum Nachdenken und fuhr dann fort: »Gibt es überhaupt so etwas wie eine Schönheit des Alters? Versteht ihr? Wir versuchen hier gerade, irgendwas Schönes am Alter zu entdecken. So kommt mir das jedenfalls vor. Aber wenn es stattdessen um Kindheit oder Jugend gehen würde, dann wäre doch völlig klar, dass beides seine eigene Schönheit hat – oder?«

Einige nickten.

»Dem Alter, mal ehrlich, beim Alter muss man danach suchen!«

»Hakan, wir haben andere Zeiten jetzt!« Fred beugte sich vor und fasste Hakan in einen glühenden Blick. »In den Zweitausendzwanziger Jahren fing es an, sich zu verändern, würde ich jedenfalls behaupten. Vielleicht auch schon früher. Inzwischen ist die Medizin derart vorangekommen, dass es längst nicht mehr so viele Einschränkungen für Alte gibt. Wir sind fitter, und falls wir doch mit Krankheit zu tun haben, gibt es weit bessere Mittel als unsere Eltern hatten, sowohl, gegen Schmerzen und auch zum Gesundwerden. Vielleicht kommt erst unsere Generation dazu, das Alter viel unbeschwerter zu leben.«

Siri hatte zu alldem genickt. »Ich finde, Alter ist Reichtum pur«, sagte sie leise.

»Und die Schönheit des Alters darf man nur auf innere Werte beziehen. Das Äußerliche wird besser dezent verschwiegen. Wir sind nun mal alles andere als schön.« grunzte Miró.

»Kommt sehr drauf an!« Während Hakan Siris Blick suchte, hob sein rechter Mundwinkel sich. »Alte Gesichter können viel mehr Ausdruck haben als junge, und viel faszinierender sein – ich hab das schon immer gewusst, aber ich musste erst Frieden mit meinen Falten schließen, damit ich es auch als schön anerkennen konnte.«

Wieder nickten einige.

»Die innere Schönheit gehört zum Alter«, sagte Michelle wie zu sich selbst.

»Die innere Schönheit, die mit Reife zu tun hat«, gab Hakan ihr Recht. »Die all das, was ihr aufgezählt habt, ja ins Gesicht zeichnet.«

»Also gibt es eine Schönheit, die nur im Alter möglich ist.« Auch Fred schien eher zu sich selbst zu sprechen. »So wie es eine Schönheit gibt, die nur ein Kind ausstrahlen kann ...«

Diesmal kam nur hier und da ein Nicken. Alle schienen in Gedanken abzuschweifen, so kam es Siri vor – oder vielleicht eher in einen halb träumerischen Zustand, in den auch sie allmählich glitt, denn all die ausgesprochenen Gedanken hatten Bilder in ihr ausgelöst. Wie in einer Fotoausstellung war es: sehr ausdrucksstarke Bilder in Schwarzweiß von alten Menschen in verschiedenen Stimmungszuständen und alte Körper am FKK-Strand, die in diesem markanten, kontrastreichen Schwarzweiß ihrer Fantasiebilder wirklich eine gewisse Schönheit hatten. Ob sie sie früher deshalb als hässlich empfunden hatte, weil sie für Vergänglichkeit standen, weil es bitter war, dass der eigene Körper irgendwann immer weniger leisten konnte und auch in allem anderen nachließ: die Haut an ihren Unterschenkel hatte zuerst angefangen, auszutrocknen, schrundig wie ein ausgetrocknetes Flussbett sah sie heute aus und die übrige Haut machte das fleißig nach. Aber zugleich war das Empfinden ihrer Haut, ihres gesamten Körpers immer tiefer, immer intensiver geworden. Wenn sie Arm in Arm mit Gregor war – wie unsagbar schön, wie beglückend war es – eine Schönheit des Fühlens, der Sinne, die sie früher nie auch nur annähernd erreicht hatte.

›Was *ist* Schönheit eigentlich? Kann man das überhaupt allgemeingültig sagen, wenn es doch für jeden etwas anders zu sein scheint‹, fragte sie sich. Und so ging es weiter in ihr um, und sie war froh, dass kein Gespräch sie herausriss. Sie wurde müde davon, aber der Tag erwartete ja nichts weiter von ihr. Außer, dass sie heute Abend wieder vorlesen würde. Der Gedanke stimmte sie auf das ein, was in ihrer Lesung gerade Thema war, und ihr kam jenes Weihnachtsfest in den Sinn, bei dem ihr die Konventionen zum ersten Mal wichtig erschienen waren. Sie waren der Boden gewesen, auf dem sie irgendwie weitergestolpert war. Gehörte das zu solchen Situationen dazu, wenn man sie überstehen wollte? Nicht stehenbleiben, noch einen Schritt und noch einen tun?

Siri sah sich auf dem schwarzen Sofa neben Johann sitzen, dessen Blick versuchte, draußen auf dem See irgendwo hin zu gelangen, irgendwo hin. Und in dieser inneren Szene legte sie ihre Hand auf seine und drückte sie sacht.

✳

Der Abend war windstill, die Brandung behäbig. Siri saß auf ihrem Balkon und hörte dem Seegang und den Möwen zu, die unten am Wasser umhertrippelten und nach Nahrung stocherten und deren Geplänkel und Kreischen bis zu ihr hoch drang. Ihre Gedanken waren bei Hakan. Nachmittags hatte sie ihn im Strandgarten sitzen sehen mit einem blauen Buch auf den Knien, in das er schrieb. Was war mit ihm? Etwas trübte seinen Blick, wenn er abschweifte und sich in Gedanken zu verlieren schien. Und ein leises, unbehagliches Gefühl sagte ihr jedes Mal, dass es mit ihr zu tun hatte.

Sie hörte den Fahrstuhl, hörte Stimmen, und die Tür zum Flur öffnete sich. Die anderen kamen alle gleichzeitig zur Künstlerrunde. Gregor und Fred hatten je eine Weinflasche vom Abendbrottisch mitgebracht, Michelle Gläser. Hakan schob Miró. Es gab ein paar gestapelte Hocker, die sie sich als Tischchen heranstellten, und es brauchte eine Weile, bis alles zur Ruhe gekommen war. Als Siri zu lesen begann, erstaunte ihre helle, beinahe kindliche Stimme sie erneut. ›Wie schutzlos sie klingt‹, dachte sie noch, bevor ihre eigenen Worten sie mitnahmen in eine andere Zeit.

✳✳✳

Es gibt Begleiter auf dem Weg.
Meine zaubern Kugeln aus flüssigem Glas.
Töne entstehen dabei,
nur ich kann sie hören.
Töne, wie das schrille Sirren, bevor eine Eisfläche birst,
wie ein Glasschneider, der scharf gellend über Scheiben ritzt,
wie das Kreischen, wenn ein eingerostetes Tor aufgedrückt wird.
Töne in meinem Ohr.
Tag und Nacht.

11. Februar 2004
Fremdes Zimmer
Eichen
hohe Fenster
hell
mir ist übel
Die Glasbläser kreischen

12. Februar 2004
Kaum Schlaf.
Versuche, gegen die Glasbläser anzuschreiben.
Geht nicht.

13. Februar 2004
Einen Bissen vom Butterbrötchen, ins Kissen zurück
die großen Bäume, kahl, schwarz
Blau mit Wolken
Raubvogel kreist.

14. Februar 2004
Möchte einschlafen, endlich schlafen.

16. Februar 2004
Hab Johanna angerufen, niemand wusste, wo ich bin.
Ich komme dich besuchen.
Es geht nicht.
Aber klar komme ich.
Nein, Hannchen, es geht wirklich nicht.

17. Februar 2004
Liege und schaue in die Bäume, Tränen laufen.
Nur Tränen, kein Weinen.

18. Februar 2004
Hab eine Therapeutin. Einzelsitzungen. Susanna.
Du bist am zehnten Februar hier eingeliefert worden, sagt sie. Was war davor?
Hier duzt man sich.
Ich soll alles aufschreiben.
Kann nicht.

19. Februar 2004

Weiß wieder, warum ich hier bin. Mein Bett war mit mir durchs All getrudelt. Musste dringend aufs Klo. Mir war so schlecht. Musste aber aufstehen, hätte sonst ins Bett gemacht. Der Fußboden bewegte sich, die Fliesen waren flüssig, flossen sogar die Wände hoch. Vielleicht heißen sie deshalb Fliesen, schrillte es mir durchs Hirn. Lachen dröhnte. War nicht mein Lachen. Aber ich war doch ganz allein. Taumelte gegen Türen und Wände. Wie auf einem Schiff im Sturm. Sterbensübel. Ich, das Zimmer, alles trudelte. Hab irgendwie geschafft, Thomas anzurufen. Du musst ins Krankenhaus, Siri. Du musst.

20. Februar 2004

Die Ärztin hier sagt zu meinem Tinnitus: Wenn Sie Glück haben, verschwindet er. Und wann? In ein paar Wochen. Ein paar Monaten. Jahren. Hier bei uns können sie nur lernen, damit umzugehen.

Und der Schwindel? Kommt er wieder? Die Ärztin hat die Hände ausgebreitet und die Schultern hochgezogen.

21. Februar 2004

Johanna hat angerufen. »Vier Stunden, stell dir vor!«, hab ich gerufen. »Vier Stunden am Stück geschlafen! Das erste Mal, seit ich hier bin!«

Sie hat Vati gestern besucht. »Er wirkt wie zerbrochen.«

Er wirkt nicht nur so, habe ich gedacht und nichts gesagt, nur gelauscht, auf ihre Atemzüge gelauscht. Mit ganz anderer Stimme, munter, dass ich zusammengezuckt bin, hat sie gerufen: »Und du? Erzähl!«

Und ich?

»Sie machen jetzt Atemübungen mit mir. Erst ist mir schwindelig davon geworden. Ich hab mich so erschrocken, dachte, es geht wieder los mit den Anfällen. Inzwischen tut mir dieses intensive Atmen gut. Und Tanzen! Hab ganz vorsichtig angefangen, in meinem Tempo, das predigen sie einem hier. Mein Körper möchte sich so gern bewegen, auch wenn er es nur für ein, zwei Stücke schafft. Dann werd' ich ganz leicht!«

Ein Gedanke, wohltuend wie stiller Regen auf versengte Felder, flüstert mir zu: ›Hey, Siri, du kannst dich wieder fühlen!‹

22. Februar 2004

Dieses Lachen in Vatis Stimme, als ich mich am Telefon melde und er erkennt, dass ich es bin. »Siri!« Aber wie mühsam er spricht. Jedes Wort scheint er herauszuquälen.

»Dir geht es doch gut, nicht?« Es klingt wie eine Bitte. Nicht auch noch du, bitte nicht, so klingt es.

»Ja«, sage ich. »Ja, es geht mir gut!« Ob ich ehrlich sein würde, wenn er noch wie früher wäre? »Nein, mir geht es nicht gut. Ich hab keinen Halt mehr unter den Füßen, als ob alles, worauf man gehen kann, butterweich geworden wäre. Ich kann nicht mehr weiter, Vati, ich bin aus meinem eigenen Leben herausgekippt.« Noch etwas sage ich nicht, aber ich denke es so laut, dass es sogar die Glasbläser übertönt: ›Ich bin heute fünfzig geworden, Vati! Es ist mein Geburtstag! Heute vor fünfzig Jahren bin ich zu euch gekommen.‹

Ich weiß, wie arg es ihm wäre, dass er das vergessen hat.

Heute vor fünfzig Jahren habe ich Johann zum ersten Mal angelächelt. Und er hat zum ersten Mal ›Siri‹ gesagt.

24. Februar 2004

Gestern ist doch wieder Schwindel gekommen. Aber nicht plötzlich und mit aller Macht; er hat erst angeklopft. Ich konnte mich hinlegen, bevor es schlimm geworden ist.

Bin froh, dass Vati alles vergisst. Mir fällt nach und nach alles wieder ein. So sehr mir auch danach ist – ich kann nicht weinen.

26. Februar 2004

Susanna, meine Therapeutin, hat mich schon wieder gefragt, was am siebzehnten Januar war und was danach. Ich hab sie angeschrien. Sie weiß doch, was passiert ist, warum soll ich es ihr erzählen? Sie hat versucht, mich zu beruhigen. Schreib es auf, Siri, hat sie gesagt. Schreib, sobald du kannst!

Wie war es mit deiner Schwester, als ihr Kinder wart, wollte sie noch wissen. Wozu? Ich will nicht darüber reden. Aber da sind sie. Erinnerungen und immer mehr Erinnerungen.

Es gab oben nur drei Zimmer, eins hatte Johann, eins die Eltern, eins haben Johanna und ich uns geteilt. Ich hab in meiner Ecke Gliederpuppen aus Pappe gebastelt und ihnen mit Buntstiften und Schere Kleider aus Papier gemacht. Johanna, den Rücken zu mir, an ihrem Schreibtisch vorm Fenster, lernt. Sie kann schon Griechisch und Latein und Französisch. Sie ist klug, fleißig, ordentlich, sie ist gut in der Schule, sehr gut. Ich nicht.

Einmal ist es eine Bürste, die ich mit den Stahlborsten nach oben in Johannas Bett gelegt hab. Ein andermal, als sie endlich schlief, bin ich wieder aufgestanden, hab mein Bettlaken von meiner Schlafcouch gezogen, hab es über mich geworfen, hab mich groß gemacht und über sie gebeugt, die Arme erhoben, hab einen gruseligen Ton ausgestoßen. Sie fährt hoch, grunzt »Wie blöd du bist!«, dreht mir den Rücken zu und zieht die Bettdecke ganz über sich. Ich komme mir bescheuert vor und versuche, sie bescheuert zu finden.

»Und wie fühlt sich das jetzt an, wenn du dich so belämmert dastehen siehst?«, fragte Susanna. Komische Frage, dachte ich, aber meine Antwort war schon draußen: »Ich schäme mich. Es gab noch mehr sowas, ich hab Johanna auch selbstgedichtete Spottlieder über sie vorgesungen, und wenn ich mir heute vorstelle, wie das für sie gewesen ist, dann ekele ich mich vor mir selbst. Was für eine Giftnatter muss ich gewesen sein! Wie hat sie das ausgehalten?«

»Und was wolltest du eigentlich?« Ging es tatsächlich um Johanna, sollte das wohl heißen. So viel weiß ich aus meinen Spinnerseminaren und aus den Büchern, und also frage ich mich, was es zu fragen gilt: Hatte ich eine Qual in mir und versuchte, sie durch Quälen loszuwerden?

Ich weiß, Susanna will mich dazu bringen, mich anzunehmen auch mit dem, was ich nicht schön an mir finde. Aber annehmen heißt doch nicht, nachvollziehbare Gründe dafür zu finden, warum man etwas getan hat. Das ist Verstehen, und sicher ist es gut, sich selbst überhaupt zu verstehen. Annehmen – das heißt für mich, vor mir selbst zu bekennen, dass ich es getan habe und dass es nicht in Ordnung war. So wenig in Ordnung, dass ich viel dafür tun würde, wenn ich es ungeschehen machen könnte.

28. Februar 2004

»Du warst einsam als Kind, oder?«, hat Susanna heute gefragt. Ich hab Ja gesagt, weil sie es zu erwarten schien. Aber stimmt das? Johann war zwar fünf Jahre älter als ich, und er redete mit den Erwachsenen noch erwachsener als Johanna. Mit mir hat er trotzdem nie so geredet, als wenn ich zu klein wäre. Also war ich doch nicht einsam, oder? Jedenfalls nicht immer.

»Und später?« fragte Susanna. »Als ihr erwachsen wart?«

Na ja – ich hab nicht studiert wie Johanna und bin nicht zum Ministerialbeamten geworden wie Johann. Ich bin Siri geworden – auf tausend Wegen und unzähligen Irrwegen. Ich hab viele Fähigkeiten und Kenntnisse, drei Berufe und etliches mehr, aber in mir habe ich immer noch die Kleine, die nicht weiß, wie sie es schaffen kann, dass auch sie etwas wert ist.

Das ist die Erkenntnis, die ich mitgenommen habe aus der Sitzung. Was mir das nützen soll, weiß Susanna auch nicht. Ich würde das schon irgendwann merken.

Wenn ich hier auf dem Bett liege und in die Bäume schaue, fällt mir noch etwas ein, was Susanna gesagt hat: Dass ich meine Zartheit behüten soll und nicht versuchen, sie wegzumachen. Dass ich viele Begabungen hätte, aber die Zartheit ist bei allen das Salz in der Suppe.

1. März 2004
Heute beim Aufwachen musste ich an Vatis Worte denken, als ich klein war und aus einem Schuhkarton ein Haus mit Türen und Fenstern, die sich alle öffnen und schließen ließen, mit zwei Zimmern und allen Möbeln aus Pappe und Papier gemacht hatte, ich war erst acht Jahre alt. Da hat er sich über mich und mein Werk gebeugt.

»Das hast du gemacht?« Seine Stimme war hell vor Staunen. Ich hab Susanna davon erzählt.

»Aber ab und zu mal über die Schulter schauen, ist keine Aufmerksamkeit, oder?«, hab ich hinterher geschickt. »Und Staunen ist keine Anerkennung, nicht? Jedenfalls hab ich trotzdem gedacht, dass ich weniger wert bin als Johann und Johanna.«

»Dass er dich nicht so liebt wie sie, meinst du nicht eher das?«

Ich hab genickt, aber bloß, um meine Ruhe zu haben. Ich hab damals genau das geglaubt, was ich gesagt habe, ob es nun in irgendwelche psychologischen Theorien passt oder nicht.

2. März 2004
Heute Nacht hab ich von Johanna geträumt. Wir waren wieder Kinder, und wir saßen auf dem kleinen Badesteg und ließen die Beine baumeln. Sie hat mich sehr traurig ausgesehen. Ich hab gefragt, ob sie wegen mir traurig ist. Sie hat den Kopf geschüttelt.

»Lernen, lernen, lernen, klug sein, gut sein«, hat sie gesagt. »Glaubst du, das macht glücklich?«

Da habe ich etwas begriffen, und es ging mir wie ein Stich ins Herz. »Beneidest du mich?«, hab ich gefragt.

Sie sagte nicht Ja und nicht Nein. Sie wurde noch trauriger und sagte: »Ich bin ein Buch. Du bist das Leben.«

3. März 2004
Beim Aufwachen hab ich es erst gar nicht gemerkt: es kreischt nicht in meinem Ohr, es sirrt nicht, es schneidet niemand auf eine Weise

Glas, dass mir die Plomben in den Zähnen hochgehen. Stattdessen brummt es nur. So ein rauschendes Brummen, so ähnlich, wie der Wind und das Meer sich manchmal anhören, wenn man sie nur von ferne hört.

In der Therapiestunde hab ich nichts davon gesagt. Nicht daran rühren. Das wäre das Schlimmste: ›Der Tinnitus ist vorbei‹ jubeln und am nächsten Tag geht's wieder los. Susanna hat gefragt, wie es nach der Kindheit weiterging, wie meine Jugendzeit in der Familie war.

Ich bin damals immer stiller geworden, höre ich mich sagen. Hab mich mit fünfzehn, sechzehn in Parks gesetzt, statt zur Schule zu gehen, hab Bäume gezeichnet und Wolken und Rosen, vor allem Rosen. Gleichzeitig hab ich mich aus der Familie fortgeschlichen. Ich hab dort nie meinen Platz gefunden, so kommt es mir heute vor. Statt mich noch länger danach zu recken, schien es mir leichter, damit aufzuhören, meiner Eltern Kind zu sein. Und da das zu meinem Alter passte, ist es mir gründlich und vollständig gelungen. Ich bin mit siebzehn ausgezogen und hab mein eigenes Leben gelebt.

»Das klingt plötzlich sehr analytisch, nicht so echt und gefühlvoll wie deine anderen Erzählungen«, sagt Susanna.

Ich rede genauso weiter: »Aber damals hab ich zu meinem Vater gefunden und er zu mir. Die Treffen, die Ausflüge miteinander, die langen Gespräche – es war mir sehr viel wert und ist es heute noch.«

5. März 2004
Gegenüber von meinem Bett hier steht ein schöner Schrank aus Kiefernholz. Wenn seine Holzmaserung anfängt zu brodeln, wenn die Astlöcher sich wie Strudel drehen, muss ich mich flach hinlegen, die Augen zu und nichts mehr denken, nichts. Dann kommt wenigstens kein Schwindel. Aber die Glasbläser.

Ich will doch endlich nach Hause!

6. März 2004
Susanna hat mich mit in eine ihrer Gruppen genommen. »Du musst nichts sagen, du musst nichts tun, du kannst gehen, wann immer du willst«, hat sie gesagt. Überall in dem hellen, langen Raum hockten Menschen auf dem Fußboden mit großen Blättern, auf die sie Farbe kleksten und wischten oder auch sorgfältig mit dem Pinsel malten. Der Boden unter mir wurde weicher bei jedem Schritt hinter Susanna her. Sie kniete vor einem leeren Blatt auf einem Kissen nieder und lud mich ein, neben sie zu kommen. Offenbar war dieser Platz für mich

reserviert. Der Boden war wieder fest, sobald ich saß. Susanna nahm eine hellblaue Pastellkreide in die Hand und zeigte mir viele Arten, wie man damit zeichnen, malen, aber auch wischen, sie sogar zu Pulver zerreiben und mit Wasser flüssig machen kann. Als sie gegangen war, griff ich nach einem Stift in der Farbe, der ich noch nie widerstehen konnte: Türkis. Und jetzt hängt ein Bild hier in meinem Zimmer an der Wand, auf dem tanzt der giftgelbe Drehschwindel mit den drei Glasbläsern in Türkis-farbigen Fracks, und die drei Glasbirnen an den langen Blasrohren schillern in vielen Pastelltönen und dehnen sich bedrohlich lang. Niemand außer mir wird das erkennen. Egal. Mir ist nicht schwindelig und die Glasbläser sind auch nicht zu hören. Nur der Brummton. Der ist pure Erholung. Jeaaaah!!!!

9. März 2004
Ich hab Mutti angerufen. Sie war wie immer sehr wortkarg. Aber auf einmal sagte sie doch etwas. »Ich hab von Johann geträumt.« Es klang seltsam feierlich. Mehr kam nicht, ich musste erst nachfragen.
»Vielleicht war es auch gar kein Traum«, überlegte sie. Und wieder fuhr sie erst fort, als ich fragte: »Erzählst du mir davon?«
»Er hat an meinem Bett gestanden. Schön sah er aus. Ganz hell und jung. Ich soll mir keine Sorgen mehr um ihn machen. ›Mir geht es sehr gut‹, hat er gesagt, und das sah man ihm auch an.«
Wieder verstummte sie. Ich hörte ihrem schweren Atem zu, in den sich immer ein seltsam summendes Stöhnen mischt.
»Und dann?«
»Ich hab ›Johann!‹ gerufen. Da hat er gesagt: ›Ich heiße nicht mehr Johann. Ich heiße jetzt Azariel.‹ Und dann ist er weg gewesen.«
»Wie schön! Wie wunderschön«, sagte ich leise.

11. März 2004
Susanna sagt, wir machen nicht nur ein bisschen in den Ecken sauber, sondern alles, das ganze innere Haus. Sie versucht, mir Mut zu machen. Du bist schon durch Vieles gegangen und jedes Mal bist du wieder aufgestanden und hast dich neu erschaffen.
Ja, das stimmt. Und jedes Mal ist das Leben hinterher reicher, lebendiger gewesen. Diesmal dauert das Aufstehen eben länger. Aber ich hab es schon bis auf die Knie geschafft, und irgendwann stehe ich auch wieder auf den Beinen.
Nach und nach begreife ich, wie erschöpft ich längst gewesen bin, als ich mich von Peter getrennt habe.

Ob ich je wieder vor eine Gruppe fremder Menschen treten und ihnen mein Wissen über irgendeine Software vermitteln kann? Nachmittags kaum noch sprechen können, innerlich wie ausgehöhlt ins Bett fallen. Schlafen. Danach versuchen, dem Tag noch irgendetwas abzuringen, etwas, das mit mir zu tun hat. Still dasitzen, darauf warten, dass in meinem Kopf wieder meine eigenen Gedanken erscheinen, darauf warten, dass der Stift sich auf dem leeren Blatt zu bewegen beginnt, dass er Worte schreibt, Sätze.

»Also lass uns mal schauen«, fasst Susanna zusammen. »Du hast den Job gehabt, das Haus mit dem Riesengarten ...«

»Aber der Garten hat mir gutgetan.«

»Du hast Peter bei seinen Projekten geholfen und an manchen Wochenenden an Workshops teilgenommen. Worum ging es da?«

»Um Schreiben, um Meditation, um Selbsterfahrung und auch um Therapeutisches.«

»Du hast außerdem ein Fernstudium für dein Schreiben gemacht und Geschichten geschrieben. Dann die Trennung, gleichzeitig Johanns Krankheit, sein Tod. Siri – ist dir klar, wie VIEL das ist?«

Jetzt liege ich auf dem Bett und schaue in die Eichen und versuche, das in mir aufzunehmen. »... ist dir klar, wie viel das ist ...«

Zuerst hat es sich angefühlt, als würde ich ausgeschimpft. Ich weiß ja, dass es nicht so gemeint ist. Dass das kindliche Gefühle sind, die Gefühle des kleinen Mädchens, das versucht hat, Mutti zuliebe brav zu sein und Vati zuliebe klug. Das sich dabei selbst verlorenzugehen drohte und sich in seine Geschichten gerettet hat, in denen das Leben so leuchtete und glänzte wie die Sonne morgens auf dem Meer. Das ist das Schönste an den Sommerferien gewesen: aufstehen und die paar Schritte über die schmale Uferstraße gehen und an den Heckenrosen stehenbleiben und in ihrem Duft dem Meer guten Morgen sagen, und jeden Morgen sieht es anders aus und gibt eine andere Antwort. Und schnell die Steilküste runterklettern an den Strand und bis zum Wellensaum laufen und die Füße von den Wellen anlecken lassen.

Plötzlich sehe ich Johann, wie er den hellroten Schopf zu mir wendet, wie das Abenteuergrinsen in seinem Gesicht aufgeht. Wollen wir ein Boot klauen? In mir, ganz tief innen, weint es. Aber meine Augen haben alle Tränen weggesperrt.

Ich soll schreiben. »Fang an«, sagt Susanna. »Was du schreibst, ist erst mal nicht so wichtig, aber DASS du schreibst. Es geht nicht darum, ob etwas so oder so gewesen ist. Es geht darum, das Eingeschlossene zu berühren, damit es atmen kann.«

12. März 2004

»Ich würde Johann so gern noch etwas sagen«, hat Vati vorhin ins Telefon geflüstert.

»Was denn?«

»Danke für deine Liebe!«

Ich liege seitdem auf dem Bett. Schaue in den Himmel. Die Bäume kann ich nur schemenhaft sehen. Meine Augen sind voller Tränen, aber sie wollen einfach nicht fließen. Ganz leise bittet mein Herz mich, dass ich es aufschreibe. Das, was am siebzehnten Januar geschehen ist. Alles, jede Kleinigkeit.

Ja, liebes Herz, ja, aber lass mich bitte noch etwas ausruhen, eine kleine Weile noch, ich bin so furchtbar müde.

***

12 Leuchttürme

Siri hatte den letzten Satz trotz der leichten Brandung nicht sehr laut gelesen und lauschte ihm nun schon eine Weile nach. Auch die anderen schienen das zu tun. Es dauerte, bis jemand sprach.

»Die tanzenden Glasbläser sind am besten!«, grunzte Miró, als unterdrückte er ein Lachen. Hakan warf ihm einen genervten Blick zu und zog die Luft überlaut ein.

»Wieso?«, beharrte Miró. »Is doch so.«

»Hab gedacht, es geht ums Sterben.« Fred sah Siri mit einem Ausdruck an, dass sie eine laue Unzufriedenheit zu spüren meinte.

Sie schloss die Augen. ›Ich kann das gerade nicht gut vertragen‹, sagte sie sich. ›Und nun?‹ Sie nahm einen tiefen Atemzug, ließ ihn sehr langsam wieder hinausziehen und gab sich dann Mühe, ruhig und neutral zu sprechen: »Ich höre gerne auf mit dem Lesen, wenn es euch nicht gefällt, aber ich kann nicht das lesen, was ihr hören wollt.« Eigentlich war damit alles gesagt, fand sie, und ob es nun beleidigt klang oder nicht, sie hatte sich deutlich geäußert, und das tat gut. Dennoch war sie drauf und dran, aufzustehen und in ihr Zimmer zu gehen.

›Was ist mit mir? Klar, kein leichtes Thema, aber irgendwas ist doch …‹ Sie schloss die Augen, horchte in sich hinein, verstand langsam, was in ihr vorging und sprach es aus: »Wisst ihr, es ist sehr lange her, dass ich das geschrieben habe und ich hab es ewig nicht mehr gelesen. Ich bin inzwischen eine andere. Auch insofern lese ich es ganz neu. Es berührt mich an allen Ecken und Enden. Mal zwickt es, mal bringt es mich innerlich zum Lächeln, vor allem bewegt es, und das heißt, ich stehe gerade nicht auf sehr festem Boden.« Ohne jemanden direkt anzusehen, nickte sie vor sich hin.

»Genauso geht's mir auch.« Michelle klang warm und mitfühlend. »Und ich fände es gut, wenn wir noch ein bisschen weiterlesen würden.«

Siri warf Michelle einen Blick zu und schüttelte mit dem Kopf. Hakan stand auf. »Danke, Siri!« Er nickte zu ihr herunter. »Ich muss das jetzt erst mal verdauen.« Er wandte sich Miró zu und zog fragend die Brauen hoch. Miró deutet ein Nicken an, und Hakan begann, Mirós Rollstuhl in Richtung Terrassentür zu drehen.

Siri erhob sich ebenfalls. Ein paar wortlose Umarmungen später war nur noch Gregor da. Er lag wie immer in einer der beiden Saunaliegen, hatte die Augen geschlossen und schien weit weg zu sein, aber

Siri wusste, dass er nicht schlief. Ihr Innenleben fühlte sich wie kabbeliges Wasser an, doch in Gregors stiller Anwesenheit beruhigte sie sich. Sie schickte ihren Blick hinaus, wo ein schmaler Mondlichtstreifen auf dem schwarzen Meer schimmerte.

Als Siri sprach, klang sie heiser. »Meinst du, ich habe gerade überempfindlich reagiert?«

»Für mich war es nicht so, aber du weißt ja, jeder Empfänger empfängt das Gesendete anders. Ich wundere mich bloß, dass du trotz deiner Empfindsamkeit so viel von dir zeigst.«

»Das ist eine der Lehren meiner vielen Jahre: Es ist besser, die eigene Verletzlichkeit zu zeigen, besser, für überempfindlich gehalten zu werden als zu versuchen, sich zu verstecken. Das klappt nicht. Ohne es zu merken, wittern andere dann Schwäche darin. «

»Genau das hätte ich dir jetzt auch gesagt.« Gregor nickte ihr zu.

»Echt?« Siri lächelte ein erstes, vorsichtiges Lächeln. »Weißt du«, sagte sie dann zögernd, »als ich vorgeschlagen hab, bei unseren Künstlerrunden mit einer Lesung den Anfang zu machen, war da eine gewisse Absicht dahinter. Ich wollte uns alle dazu anstiften, mehr von uns selbst zu reden, auch mich. Mit dem Vorlesen ist es einfach.«

»Ehrlich? *Das* ist einfach für dich?«

»Nein, so meine ich das nicht. Es ist manchmal gar nicht leicht. Aber ich brauche keinen Anlass, ich lese euch einfach vor.«

»Aber wenn ich in der Runde einen Witz erzähle, heißt das ja auch nicht, dass nun alle anderen ebenfalls Witze zum Besten geben müssen!«

Siri nickte nur, ließ den Kopf nach hinten auf die Sessellehne sacken und schloss die Augen. Leise sagte sie: »Und ich dachte, ich hätte mir Gelassenheit zugelegt! Aber was da gerade in mir los ist, das fühlt sich mehr nach Stromschnellen an. Ich weiß nicht, warum ausgerechnet diese Erinnerungen mich so sehr berühren. Und ich hab auch mit der Kritik zu tun, die da eben angeklungen ist. Gerade kann ich nicht sehr gut damit umgehen.«

Gregor hatte seine Haltung nicht verändert. Siri wusste, dass er umso genauer zuhörte, je stiller oder gar abwesender er schien. Erst nach einer Weile richtete er sich ein wenig auf und sagte: »Gelassenheit ist ja nicht Gefühllosigkeit.«

»Stimmt …« Siri hielt weiter den Kopf im Nacken und schaute nach oben. In den Zweigen der Föhre blinkten die Sterne, als hinge der Baum voll magischer Früchte. Und plötzlich wusste sie, was mit ihr los war, und sprach es im selben Moment aus. »Weißt du, ich hab mal eines meiner Bücher in einer Umgebung vorgestellt, in die es nicht gepasst hat. Es ist dort von einigen hoch gelobt, aber vom Rest fertiggemacht worden, und das war, als wenn die Schreiberin in mir ermordet werden würde. Mir war klar, dass das nicht am Buch und nicht an den Leuten lag, sondern dass beides einfach nicht zusammenpasste, aber die Verletzung ist trotzdem nicht spurlos an mir vorübergegangen.«

»Aber ich wette, damals hat sie dir weit mehr zugesetzt als jetzt.«

»Ja!«

Mit noch tieferer Stimme als sonst und im Erzählerton ergänzte Gregor: »Vergiss nie, dass du ein Leuchtturm bist, und Leuchttürme sind dazu da, zu zeigen, wo Schiffe stranden könnten. Schreibende Leuchttürme können zwar unterhaltsam und spannend Geschichten erzählen, aber das allein ist nicht ihre Aufgabe. Ebenso wenig ist es ihre Aufgabe, ihre Leser zu finden, sondern die Leser suchen sich ihre Leuchttürme.« Ein leises Lachen kollerte aus ihm heraus. »Manchmal vergisst du das.«

Siri nickte. »Ich vergesse auch immer wieder, dass Meinungen nur Meinungen sind.«

»Kann man auch leicht vergessen. Weil Meinungen fast immer als Urteile geäußert werden. Und wenn es sich um Kunst handelt, ist das manchmal schon lächerlich: Wer nicht in Resonanz mit einem Kunstwerk geht, kann auch nichts dazu sagen. Aber viele scheinen zu glauben, die fehlende Resonanz sei ein Manko des Kunstwerks. Sie kommen gar nicht auf die Idee, dass das Werk und sie selbst einfach nicht harmonieren.« Gregor richtete sich leicht auf und suchte Siris Blick. »Wenn es einen nicht berührt, was passiert dann? Dann berührt einen der eigene Ärger darüber, dass man keinen Zugang findet, und das verwechselt man und denkt, dass Kunstwerk wäre ein Ärgernis.« Er sank wieder zurück in seine vorige Haltung im Liegestuhl, legte den angewinkelten Arm unter den Kopf und grummelt: »Aber gib jemandem die Befugnis, Urteile abzugeben, und die meisten werden es frohgemut tun. Auch ohne Befugnis wird es ja überall und immerzu gemacht. Das Internet ist voll davon, die Urteilswut zeigt inzwischen die allerschlimmsten Auswüchse.«

»Und wie machst *du* das? Kümmerst du dich gar nicht um Rezensionen und Kritiken?«

»Ich rede und schreibe nicht über meine Kunst und will auch nicht wissen, was andere darüber reden und schreiben. Ich zeige, was ich zu zeigen habe, wer es nicht sieht, sieht es auch nicht, wenn ich's erkläre.«

»Worte öffnen aber doch manchmal den Blick.«

»Öffnen sie nicht vor allem das rechte Auge? Und verschließen gleichzeitig das linke? Das rechte schaut, um zu verstehen. Das linke ist staunend, frisch, vollkommen offen. Dieser Blick ist es doch, der einen sehen lässt, was nicht sichtbar ist.«

»Das hast du schön gesagt!«

Gregor schien kurz zu überlegen und sagte dann: »Und darum geht's doch, oder? Wenn es wirklich Kunst ist, hilft sie dir, dein eigenes Sehen zu finden. Und da hast du's wieder: Würde die Kunst anfangen, sich selbst zu erklären, wäre das ihr Selbstmord. Wir hätten keine Kunst, wenn wir nicht ein tiefes Bedürfnis nach Sphären hätten, die wir nicht erklären können und mit denen wir nur in besonderen Zuständen in Verbindung kommen. Klar, man kann es auch mit Drogen versuchen, aber bekanntlich ist es ungefährlicher, sich in das Bild eines großen Meisters zu versenken.«

Siri lachte. »Wir reden wie mit fünfzig.«

»So hab ich schon mit zwanzig geredet und so rede ich auch noch mit hundert!« Gregor setzte sich auf. »Lass uns ein andermal weiter darüber nachdenken, ja? Das war viel heute Abend. Jetzt wird's mir langsam zu viel. Lass uns ins Bett gehen!« Gregor stand auf, schüttelte sich ein wenig, schaute sie fragend an, und als sie nickte, hielt er ihr die Hand hin und half ihr aus dem Stuhl. Dann ging er direkt in Siris Zimmer und verschwand im daran angrenzenden Bad.

Siri stand mit beiden Händen auf der Rückenlehne ihres Korbsessels da, den sie eben an die Wand rücken wollte. Mitten in der Bewegung hielt sie inne. Tief und heftig sprang sie dieses Weh an, das sie damals in der Klinik so sehr versucht hatte, nicht zu fühlen. Im ersten Moment schnürte es ihr die Luft ab. Sie atmete, so tief sie konnte. Anders als damals wandte sie sich jetzt dem Schmerz zu. »Ich fühl dich«, flüsterte sie. »Und ich versteh dich.«

Es schien weniger zu werden. Sie kannte das und war doch immer wieder erstaunt. ›Damals hätte es mich zerrissen‹, sagte sie sich, ›damals war es gut, taub zu werden. Aber Gefühle wegzusperren, ist nur für den Moment die rettende Lösung, nicht für die Dauer. Mich von Johanns Geschichte noch einmal so intensiv berühren zu lassen, wird vieles heilen.‹

»Jetzt bist du frei!« flüsterte sie und ging hinein zu Gregor.

✻✻✻

13 Sog

Siri klopfte vorsichtig an. Die alte, massive Zimmertür mit Rahmen und Füllung, von denen etliche in der Villa erhalten und in zwei verschiedenen Blautönen gestrichen waren, klang nur leise an.

Es war noch früh, lange vor dem Frühstück, sie hatte nicht mehr schlafen können. Es gelang ihr nie, aufwühlende Dinge, die sie mit ins Bett genommen hatte, in die Arme der Nacht zu entlassen. Sie blieben in ihr, als wollten sie von jeder, aber auch jeder Seite betrachtet werden. Und das hatte sie getan, hatte Gregors Atem dabei zugehört und sacht die Wange an seinen Oberarm geschmiegt, und ganz langsam war alles Denken verstummt, bis nur das wehe Gefühl allein da gewesen war. Es hatte verschiedene Gesichter. Das von ihrem Vater, gezeichnet von Trauer, das von ihrer Mutter, starr und undurchdringlich. Noch einmal war der Schmerz jäh aufgelodert, doch konnte er ihr nicht mehr viel anhaben. Und während sie wahrnahm, dass sie ihn fühlte und er trotzdem nicht stach und biss, kam wie ein inneres Licht die Freude wieder zu ihr zurück.

Dennoch wollte der Schlaf nicht mehr kommen. Draußen zog schon der Tag auf. Da war sie leise aufgestanden, hatte sich ihr Kleid übergezogen, hatte den Morgen wie immer auf dem Balkon begrüßt und war dann eine Treppe höher gestiegen.

Sie hatte es geahnt: Miró war schon im Atelier, sie hörte es am Klirren von Fläschchen oder Gläsern. Anscheinend hatte ihn ihr vorsichtiges Klopfen doch erschreckt. Sehr leise öffnete sie die Tür und fragte: »Kann ich reinkommen?«

Miró schaute nur kurz zu ihr herüber, nickte und machte dazu einen Brummton, der sich entfernt nach einem »Okay« anhörte.

In dem großen Zimmer gab es einen einzigen Sessel. Siri rückte ihn sich so zurecht, dass sie die Leinwand auf der Staffelei gut sehen konnte. Darauf war ein abstraktes, wolkiges, sehr dynamisches Farbkonzert – ein für Miró typischer Anfang. Siri vermutete, dass es noch weit entfernt von dem Bild war, das einmal daraus werden würde. Miró war mit der Vorbereitung seiner Farben beschäftigt.

Siri setzte sich und sah ihm zu. Das Aussehen eines manchmal egomanisch, manchmal psychopatisch wirkenden Genies von hohem Rang, dachte sie, der Name eines Künstlers, der ganz anders malte als er, das Herz versteckt hinter Zynismus, manchmal auch Bitterkeit – Miró war ihr noch immer ein Rätsel. Aber sie war nicht hier, um ihn zu enträtseln, auch wenn es ihr viel sagte, wie er sich in seinem Rollstuhl beim Malen bewegte, seine schnellen, schnaufenden Atemzüge, sein konzentrierter, pechdunkler Blick, in dem Funken tanzten.

Sie liebte es, Momente mit ihm zu teilen, mit ihm jenes Mysterium ein- und auszuatmen, das später in den Bildern atmete. Er malte nur zur Fertigstellung mit Pinseln oder Stiften. Damit ziselierte er die unzähligen Feinheiten in seine Bilder hinein, deren Gestalt er zuvor mit der Spritzpistole angelegt hatte. Bei dem aktuellen Bild schien das schon abgeschlossen zu sein. Als Maler waren Miró und auch Hakan von vorgestern. Heutige Künstler nutzten ganz andere Medien. Aber Siri liebte dies hier. Es hatte mit berühren zu tun, mit anfassen, manchmal schien es ihr sogar, als würde Miró die Leinwand mit seinen Pinseln und Stiften streicheln. Und dazu der Geruch nach Leinöl und nach Leinölfirnis, der für Siri seit je etwas Geheimnisvolles hatte.

Miró malte nicht gegenständlich, aber auch nicht abstrakt, er malte Bilder, die Siri in ihrer Klarheit und in ihrem reinen Spiel der Farben, vor allem in Blautönen und Gelb, seltener auch Rot- und Violett-Variationen, Momente schenkten, in denen sie plötzlich in ein Empfinden von tiefem Verstehen einsank. Nur wenige erkannten in Mirós Bildern jenes Hindurchschimmern verschiedenster Ebenen, und die nannten die Bilder dann transparent. Siri nannte sie transzendent. Bilder, in die sie nicht nur nach und nach immer tiefer hineinwanderte mit dem Blick, sondern in die sie hineinwuchs, so schien es ihr. Wenn sie schaute, wenn sie wirklich schaute, wurde sie Teil von ihnen, ein Teil, der mit erschuf, was zu sehen war.

Sicher, das geschah in gewisser Weise bei jedem Betrachten – doch in Mirós Bildern war es wie eine Reise: Man trat sie aus eigenem Willen an, man meinte, immerzu Neues zu entdecken, mit dem Blick in immer tiefere Schichten seiner Bilder vordringen – und landete am Ende mitten im Entdecker selbst.

Siri brauchte nur Ruhe und Hingabe und die Bereitschaft, sich ergreifen zu lassen. Und immer wieder packte sie die Frage, wie weit solche Meisterwerke mit der Person zu tun hatten, die sie erschuf. Genau darum verlangte es sie weniger, Mirós ganz Eigenes hinter seinen Masken aufspüren, als Momente wie diesen, in denen er nur dem hingegeben war, was sich durch ihn zeigen wollte, mit ihm zu teilen.

Erst als er die Pinsel ins Glas stellte und seine Palette abdeckte, kam Siri zurück aus seinem Bild. Etwas blieb jedoch in ihr wie ein Leuchten in immerwährendem Wechsel, wie ein Oszillieren in hoher Frequenz. Miró rollte zu ihr hin, und während er seinen Rollstuhl seitlich an den Sessel manövrierte, sah sie das dunkelgraue Stoppelhaar an Kinn und Unterkiefer sich bewegen, als führten seine Kiefer dieselben Vor- und Zurückbewegungen wie seine Arme aus, und auch der riesige steingraue Schnurrbart bewegte sich im selben Takt. Als Miró neben ihr war, streckte er wortlos die Arme zu ihr aus. Sie tat es ihm nach und beugte sich weit zu ihm hinüber. Wange an Wange umarmten sie einander. Er begann, ein kleines Lied ohne Worte zu summen, nah an ihrem Ohr, und sie streichelte seinen Nacken.

»Gehen wir frühstücken?«, flüsterte sie schließlich. Er nickte und hörte auf dem ganzen Weg nicht auf mit seinem Lied.

✳

Fred sagte es ganz nebenbei, während er Marmelade auf sein Brot strich: »Hab mir überlegt, dass ich sterbe, wie ich gelebt habe!«

Miró wollte gerade in sein Brötchen beißen, legte es wieder zurück auf den Teller, zog die Stirn in beachtliche Falten – und fing an zu lachen. Alle Aufmerksamkeit war sofort bei ihm, die Blicke verwundert, Gregor hatte sogar den Mund offenstehen. Fred stieß einen Laut aus, der Siri an das Zischen einer Dampflok erinnerte. Seine Finger, die sich an die Armlehnen seines Stuhls klammerten, wurden an den Knöcheln weiß. Er ließ wieder los, schien sich innerlich zu schütteln und biss in sein Brot.

Michelle, die neben ihm saß, und legte die Hand auf seinen Arm. »Wie hast du gelebt?«

»Wild und gefährlich! Und nicht nur, als ich jung war.«

»Du willst wild und gefährlich sterben?« Michelle starrte ihn mit schiefgelegtem Kopf an.

»Ja.«

»Wie soll das gehen? Wir sind eher lahm – und vor allem alt!«

»Draußen! Da auf den Wogen. Ich will rausgefahren und da reingeworfen werden, wenn ich nicht mehr kann. Ich will, dass die Großen mich nehmen und mich hoch und runter schleudern, und dann, weil ich zu schwach zum Schwimmen bin, werde ich sinken, immer tiefer, und die Sonne soll scheinen, dass ich von unten das Sonnengleißen auf der Wasseroberfläche über mir sehen kann, und der Ozean saugt mich immer mehr ein … Dann ein tiefer Atemzug, die Lunge voll Wasser – und das war's!«

Siri lächelte, suchte seinen Blick und lächelte noch mehr, als sie den Schalk darin entdeckte, der mit großem Ernst gepaart war. Seine

140

Worte trotzten dem Wind, blieben um sie und über ihnen, erzeugten Bilder und Gefühle.

Einfach untergehen, dachte Siri und sah grünliche Wasserschlieren vor sich, als würde sich Wasser über ihr schließen, und aufsteigende Blasen und seltsame Lichtflecken, die tanzen und manchmal glitzern, dass Siri ganz geblendet ist. Und die Geräusche sind alle so gedämpft, als würde sie sich die Ohren zuhalten, weit weg so etwas wie Stimmen, aber es könnte auch bloß Wassergluckern sein, und dann zwei lange, weiße Beine und schließlich eine Hand, die tastend nach ihr griff. Johannas Hand. Siri war ertrunken und Johanna hatte sie gerettet. Du warst nicht ertrunken, sonst würdest du doch nicht mehr leben, sagte Johann zig Mal. Aber Siri, drei Jahre alt und voller Sommersprossen, erzählte immer wieder: Ich bin ertrunken. Sie hatte keine Angst gehabt, nur gestaunt. Es war schön gewesen.

Als Siri aus ihren Bildern und Gedanken erwachte, sahen die anderen aus, als wären sie auch alle irgendwo versunken. Es war das erste Mal, dass beim Frühstück kein einziges weiteres Wort gesprochen wurde.

Bis Hakan seinen Stuhl zurückschob und aufstand, sich schon halb zum Gehen wandte und innehielt, als hätte ihn eine Eingebung ereilt, den Kopf hob und mit hochgeschlagenem Blick sagte: »Seid doch mal ehrlich, über den Tod reden ändert gar nichts. Und das einzig Gute am Alter ist, dass man einigermaßen sanft wird.« Er sah Miró an, richtete sich, als wüsste er, dass der schon Atem holte, um etwas zu entgegnen, voll auf und fuhr fort: »Allerdings wird man auch empfindlicher, und das ist manchmal nicht auszuhalten. Lustig finde ich Altsein nicht!«

»Hat auch keiner gesagt, dass es lustig wird«, murmelte Fred.

»Nee, weiß ich. Aber es gibt was, das lässt mich ne Menge davon wegstecken. Und das ist diese sich selbst anstaunende Sanftheit, die manchmal über mich kommt. Ist das Erschöpfung, frag ich mich jedes Mal. Nein. Sie ist da, und sie macht mich zum Lamm, das einfach friedlich in die Welt schaut. Manchmal.«

※

Es war Vormittag geworden, das Gleißen der Sonne lag wie eine goldene Bahn vor ihnen auf dem Meer, und Siri und Hakan schritten langsam darauf zu. Ein junges Paar lagerte weiter vorn, ein rot-gelb gestreifter Sonnenschirm steckte im Sand und drehte und drehte im

141

Wind. Die beiden lagen auf die Ellenbogen gestützt, dass sie hinaus zum Horizont sehen konnten, schwiegen anscheinend, berührten einander auch nicht und boten doch ein Bild tiefer Innigkeit.

Hakans feste und knochige Hand fasste auch fest zu, und es gab Siri ein Prinzessinnengefühl, einem Ritter anvertraut, nicht wegen ihres Knies, durch das sie allzu leicht umknicken könnte, sondern wegen ihres Hochwohlgeborenseins von ihm beschützt und zugleich über jede offene Annäherung erhaben – was der versteckten keinen Abbruch tat, wie sie mit einem inneren Lachen feststellte. Sie kamen am Wellensaum an, standen da und schauten zu, wie die Wellen flach und lang ausliefen und mit dem schaumigen Rand bis zu ihnen kamen, ihre Füße umspielten, ein wenig von dem Schaum darauf liegenließen und sich wieder zurückzogen.

»Diese sich selbst anstaunende Sanftheit in dir«, sagte Siri leise. »Das hast du schön gesagt heut Morgen.«

»Ist einfach, wie ich's erlebe.« Hakan zog leicht an ihrer Hand und lenkte sie in die entgegengesetzte Richtung, als die, die sie beim letzten Mal genommen hatten.

»Du hast unsere Affäre ganz anders in Erinnerung als ich«, sagte er nach vielen Schritten. »Wir sind doch nicht wegen Iris auseinandergegangen!«

»Es gab mehrere Abschiede und Neuanfänge, oder?«

»Keine Ahnung. Ich glaub, es ging dir gegen den Strich, dass du mich nicht ganz haben konntest. Liebschaft war nichts für dich.«

»Das stimmt so nicht. Sonst wäre ich gar nicht auf dich zugegangen, es war ja gleich klar, dass du gebunden warst. Außerdem warst du nicht mein einziger Liebhaber. Also hast du mich auch nicht *ganz* gehabt. Was ich nicht mochte, war dein Umgang damit.«

»Was soll das denn heißen?«

»Du hast mir mal gesagt, dass es dir einen Kick gibt, mit mir ein romantisches Geheimnis zu haben. Weißt du noch? Ich will aber nicht dein Geheimnis sein, hab ich gesagt. Das ist eine hässliche Rolle, für mich jedenfalls. Ich wollte, dass du Iris einweihst, dass du mit offenen Karten spielst und es ihr erzählst. Damit hab ich dich wohl zu sehr genervt. Da hast du mit mir gebrochen.«

»Was? Ich hab doch nicht mit dir gebrochen!«

»Es gab jedenfalls eine Pause, und die war lang.«

»Aber du hast dich wieder auf mich eingelassen, Siri.«

»Ja. Als du mich angerufen und gesagt hat: Ich bin jetzt ein freier Mann. Warst du schon immer, hast dich bloß nicht getraut, wollte ich erst sagen, aber du warst gleich im Redeschwall: Wie du Iris gesagt hast, du könntest dir gut vorstellen, dass ihr noch nebenher jeder eine Affäre hättet, ihr hattet ja schon länger keinen Sex mehr, wie befreit und froh sie gewesen sei, dass sie für sich selbst sogar schon jemand im Auge gehabt hätte und dass sie gesagt hat: Aber dann holst du dir auch eine Nixe!«

»Das war stark, nicht?«

»Ja. Klasse. Ich wollte zwar nicht deine Nixe sein, aber dich treffen wollte ich schon.«

»Und du hast mich im Strandhaus besucht, das weißt du auch noch, oder?« Hakan sah sie seltsam dringlich an. Etwas Lauerndes schien in seinem Blick zu liegen.

Siri nickte, ließ Hakans Hand los, raffte ihr Kleid hoch und bewegte sich im Weitergehen von ihm weg und ins Meer hinein, bis die auslaufenden Wellen ihr über die Knöchel reichten. Schon hier war die Unterströmung deutlich zu spüren: ein Sog, der hinauszog und den Sand unter ihren Füßen wegspülen würde, bliebe sie stehen. Es war anstrengend, so zu gehen, aber genau das tat ihr im Augenblick gut.

Der letzte Besuch bei Hakan, vor mehr als zwanzig Jahren in seinem Strandhaus – das in Wirklichkeit nur ein Wohnwagen auf einem Campingplatz war … Sie sah ihn vor sich, wie er im geräumigen Vorzelt auf und ab ging und redete und redete. Sie saß am Tisch, gleich neben sich das nachgeahmte Sprossenfenster, ein durchsichtiges, in die Zeltwand eingenähtes Plastikteil, und ihr Blick war immer wieder draußen, wo man durch die unzähligen anderen Wohnwagen und Vorzelte hindurch, alle in Reih und Glied, einen Zipfel von dem Binnenbecken der Ostsee sah, an dem der Campingplatz lag. Aber der Schauspieler, der immer noch in Hakan steckte, zog ihre Aufmerksamkeit jedes Mal schnell zu sich zurück durch sein Gehen, sein Gestikulieren und vor allem seine Stimme, die sehr eindringlich werden konnte.

Hakan kam neben sie. »Warum gehst du weg?«

Siri zog die Schultern hoch. »Nur ein bisschen Bewegungsdrang. Merkst du das auch? Das ist, als wenn man unterspült wird.«

»Ja. Genauso.« Er betonte die beiden Worte so sehr, dass sie ihn ansah. Was war mit ihm? Er starrte mit unergründlichem Gesichtsausdruck aufs Meer.

Sie griff nach seiner Hand, wollte im tieferen Wasser weitergehen, doch er zog sie zum Wellensaum, wo der Boden deutlich fester war.

»Du hast mir viel erzählt an dem Tag, über deine Arbeit mit den Jugendlichen zum Beispiel.«

»Das erinnerst du noch?«

»Ja, sehr genau. Auch, dass wir am Strand waren und in einer sehr kalten Ostsee gebadet haben, ich war stolz auf mich.«

Hakan nickte, als sei auch ihm all das wieder sehr gegenwärtig. Sie spürte, dass er mehr, immer noch mehr von ihr hören wollte.

»Du wolltest damals unbedingt mehr tun als nur Kunst machen. Du wolltest dich einbringen, Dinge tun, damit Menschen ihr Leben besser meistern können, hast dich engagiert. Ich war sehr beeindruckt von dem, was du über deine ehrenamtliche Arbeit mit den Jugendlichen erzählt hast!«

Schon während sie das sagte, kamen immer mehr Einzelheiten von damals in ihre Erinnerung zurück. Sie war sehr beeindruckt von ihm gewesen. Sie hörte ihn noch, sie wusste nicht, ob es wirklich wörtlich war, aber sie hörte den aufgeregten, etwas belehrenden Ton in seiner Stimme. »Arbeitslose Jugendliche, das werden mal Erwachsene, und die werden mehr oder weniger neben der Spur sein, frustriert, aggressiv, viele auch kriminell. Ich war selbst mal so, ich kenne das genau, und ich weiß, was mir geholfen hat. Also hab ich mir gesagt: Über die Kunst kannst du sie erreichen, über das Malen kannst du sie zum Selbstausdruck bringen, aber das geht nicht einfach so, das muss wachsen, ich kann nicht einen Picasso hinstellen und erwarten, dass wir den besprechen können, ich kann nicht Papier und Farben hinstellen und erwarten, dass die loslegen, ich muss sie erst öffnen, und das geht durch Bewegung, Mimik, Gestik, Tanz – das weiß ich von mir, der Tanzunterricht und dann die Schauspielschule damals haben mich aus meiner Verstockung erlöst.« Siri hörte das alles noch einmal, erinnerte seine Art, wie sicher und klar er gesprochen hatte, sah noch, dass er stehengeblieben war, den Blick an die Zeltdecke gerichtet, die Hände vor der Brust mit den Fingerspitzen aneinander gelegt. »Ich will junge Menschen zu dem führen, was jeder von ihnen in sich hat, sein ganz Eigenes, ich will sie verlocken, das zu entfalten, was nur sie entfalten können und nur dann, wenn sie mit zwei Beinen sicher in der Welt stehen. Frieden im Inneren schafft auch Frieden im Außen. Sicherheit im Inneren schafft sicheres Auftreten im Außen. Binsenwahrheiten – aber völlig unterschätzt.«

Er gab also Workshops in Einrichtungen für Jugendliche. Sie waren voll mit kreativen Anregungen, aber vor allem mit Bewegungselementen. Dass er in seinem ersten Leben Tänzer und dann Schauspieler gewesen war, sah man heute noch an seinem leicht tänzerischen Gang und hörte es an seiner Art, immer wieder mit anderer Stimme, anderer Sprache zu sprechen, je nachdem, was es auszudrücken galt. Seine Stimme war gewöhnlich sehr tief, als er aber dies erzählte, klang sie viel heller, er sprach fast im Staccato, auch seine Stimme stand unter der Faszination seines Engagements und seiner Leidenschaft.

»Im Tanz kann so viel gesagt werden! Wenn er frei ist und selbstbestimmt.«« Siri sah wieder diesen eindringlichen Blick, mit dem er sie festgehalten hatte, sie hatte ihn nicht nur anhören, sie hatte ihn auch anschauen sollen, immer war ihm das wichtig gewesen. Es hatte sie leicht genervt. Aber gleichzeitig war sie fasziniert von ihm gewesen. Was für ein Mann – ganz nach ihrem Herzen!

Und jetzt war er oft so still, schien unbeteiligt, sogar abgewandt …

Die beschäftigungslosen Jugendlichen, mit denen er gearbeitet hatte, stammten aus verschiedenen, teils ethnisch zusammengestellten Gruppen, die einander bestenfalls aus dem Weg gingen oder aber als Gangs gegeneinander kämpften. »Sie müssen von der Straße, das ist das Wichtigste!« Noch so ein Satz, den sie nicht vergessen hatte. Und dann: »In meinem Workshop mussten sie als erstes atmen lernen, verstehst du? ATMEN! Als ich das damals auf der Schauspielschule kennengelernt habe, richtiges atmen, nicht dieses flache Gesäusel von Luft, sondern Strömen bis in die Lungenspitzen, da bin ich ohnmächtig geworden. Ich *konnte* es gar nicht! Ich hatte nie so viel Sauerstoff in mir gehabt, ich hatte das Volumen, das eigentlich da ist, nie ausgeschöpft, ich hatte immer gepresst, gedrückt, ich kannte keinen freien Fluss, ich konnte nichts geschehen lassen. Das lässt das Gesetz der Straße nicht zu. Du musst wachsam sein. Du musst cool sein. Du musst ein ganz bestimmter Typ sein. Dass du das gar nicht bist, die Erkenntnis ist so weit von dir weg wie die übernächste Galaxie. Ich bin auf der Straße groß geworden, ich kenne die Welt von diesen Jungs und Mädchen bis ins letzte finstere Loch, und ich weiß, was mit mir passiert ist, als ich anfing zu atmen! Als ich das erste Mal das Fließen gespürt habe.«

Er hatte die Jugendlichen in seinem Workshop einen Kreis bilden lassen, junge Frauen und junge Männer, und auch wenn sie alle in Deutschland geboren und Deutsche waren, blieben die verschiedenen Nationalitäten sehr sichtbar und spürbar, teils auch die Religionen, mit denen sie aufgewachsen waren: Es waren Muslime und Christen, es gab zwei Hindus und es gab Atheisten. Hakan hatte ihnen erzählt, dass alle Religionen ihre eigenen Mantras hätten, die Gemeinschaft und Zusammenhalt stifteten und die inneren Energien aktivierten. Er erzählte ihnen, dass sie Kraft gaben, dass solch ein Gesang oft zugleich auch Kriegsruf gewesen sei, der Menschen wachsen ließ, nicht über sich hinaus, sondern in sich hinein, und es waren immer Laute oder Worte mit großen Vokalen, Rufe wie »Allah!« oder »Halleluja!« oder »Ohm!«.

Er gab es als Übung aus, um den Brustkorb zu öffnen, als Kraftübung, wer kraftvoll sein will, muss kraftvoll atmen, erzählte er ihnen. Manche kannten das vom Kampfsport. Er brachte sie dazu, genau diese alten Rufe zu brüllen, wirklich zu brüllen, alle zusammen, alle zugleich. Sie standen im Kreis, bewegten sich vor und zurück nach wilden Samba-Rhythmen, und gegen die Trommeln an brüllten sie unisono »Allaaaah!«, die Christen, die Muslime, die Atheisten, und »Halleluha!«, die Muslime, die Christen, die Hindus, und »Ohm!«, und »Manitou«...

Hakan hatte das sehr laut erzählt, hatte sich selbst nach imaginären wilden Rhythmen bewegt und das »Allaaah!« und »Hallelujaaa!« tatsächlich gebrüllt, war mitten in der Bewegung, mitten im Schrei plötzlich still geworden, hatte Siri mit tiefem Blick angeschaut und leise gesagt: »Da ist auf einmal alles wertfrei geworden.« Er hatte, die Augen geschlossen und mit leicht von sich gestreckten Armen, dagestanden wie ein Schauspieler auf der Theaterbühne. »Alle, aber auch alle haben gespürt, wie unendlich wertvoll es ist, wertfrei zu sein.«

Siri blieb stehen, schloss mit leisem Lächeln die Augen, und während die lang auslaufenden Wellen ihre Knöchel umspülten, versuchte sie, aus dieser Szene zurückzufinden, die so lebendig gewesen war, als erlebte sie sie gerade ein zweites Mal.

»Das war schön, was du mir damals über die Arbeit mit den Jugendlichen erzählt hast. Ich war sehr beeindruckt von dir!«

Sie wandte sich dem Weiten entgegen, dem kein Horizont ein Ende setzte, nicht einmal eine Linie, denn von hier aus sah man ihn wegen der hohen Wellen nicht. Hakan trat hinter sie, so nah, dass er sie leicht berührte. Der Sog der zurückziehenden Wellen spülte den Sand unter ihnen davon, dass es sich anfühlte, als würden sie langsam in ein immer tiefer werdendes Loch einsinken.

Hakan klang vorsichtig, als er in ihr Haar hinein sagte: »Das war unser letztes Mal. Du hast mich danach nicht mehr angerufen.«

»Ich habe dir aber doch eine Mail geschrieben! Du hast sie auch bekommen. Ich konnte doch nicht sprechen.« Siri wandte sich um, ließ ihr Kleid los und umarmte ihn. »Doch.« Er klang rau, klang, als könnte er nicht mehr sagen, hätte aber viel mehr in sich. So standen sie im knöchelhohen Wasser, dem es nicht gelang, sie aus dem Gleichgewicht zu bringen.

»Meine Stimme war weg«, flüsterte sie.

»Ja, weiß ich. Aber *das* war nicht der Grund, dass du mir den Laufpass gegeben hast.«

»Nein. Ich wollte keine Liebschaften mehr. Keine Grenzen. Ich wollte, dass meine Liebe sich entfalten kann, so weit und intensiv, wie es mir möglich ist. Das hab ich dir auch geschrieben, oder?«

Er brummte nur, schien aber zuzustimmen. Erst nach einer Weile, als sie schon wieder weitergingen, Hand in Hand und doch wie durch eine unsichtbare Wand getrennt, sagte er leise: »Und dafür kam ich nicht in Frage.«

»So hast du das verstanden, was ich dir damals geschrieben habe?«

»So war es doch auch gemeint, sonst hättest du es ja korrigiert.«

»Nicht ganz so ...« Sie suchte nach Worten, die geeignet wären, die Stimmung zwischen ihnen aus dem dunkel Andeutungsvollen wieder ins Offene und Neutrale zu bringen, doch wachten jetzt immer mehr Erinnerungen auf, die all die Jahre in der Stille gelegen hatten, und Siri spürte, dass es einen anderen, einen ganz anderen Moment brauchte, um mehr und tiefer über das zu reden, was sie ihm damals so liebevoll und ausführlich sie nur konnte, geschrieben hatte – und was vielleicht ganz anders angekommen war.

***

Mir ist, als hätte Johann in jener Nacht gesagt:
Komm, Siri, wir klauen ein Boot.
Und wir hätten einander an der Hand genommen,
wollten uns fortschleichen,
irgendwohin, wo uns keiner sieht,
und wir hätten uns nur abgestoßen mit den Füßen
und wären geflogen.
Auf und davon.
Denn wir hatten keine Schwere mehr.

14. März 2004

»Seit heute Morgen tut mir das Herz weh. Ich liege da und drücke die Hand darauf. Trotzdem fühlt es sich an, als würde es zerspringen.«

Das ist mein letzter Eintrag vor der großen Lücke. Geschrieben am 16. Januar. Geschrieben, als Johann im Sterben lag. Ich wusste es nicht. Ich hatte den ganzen Nachmittag auf der Couch verbracht, hatte auf den matten See und ins kahle, tropfende Gezweig geschaut, und bei jedem Atemzug hatte es in meiner Brust gestochen, je tiefer ich atmete, desto mehr.

Ich lag schon im Bett, versuchte, in den Schlaf zu finden, da rief Barbara an.

Sie sprach ohne jedes Zittern in der Stimme. Trotzdem wusste ich es sofort. Ich wusste sogar jedes ihrer Worte einen Sekundenbruchteil vorher, als wären sie nur ein Nachhall dessen, was schon wie ein eisiger Hauch durch die Luft gestrichen war.

»Plötzlich hat es einen Stich in seiner Brust gegeben«, sagt Barbara, »dann ein Höllenschmerz bis in seinen Arm hinein. Johann hat es sofort gewusst. ›Ruf den Notarzt‹, hat er gesagt, ›das ist ein Herzinfarkt‹. Der Rettungsdienst ist sehr schnell da gewesen. Sie sind hin und her gerannt und rein und raus, drei, vier Weißkittel, auf dem Flur, im Schlafzimmer alles voller Kanülen und aufgerissenen Packungen. Ich sollte im Wohnzimmer bleiben, aber von da konnte ich hören, wie Johann ihnen noch sagte, dass er Lungenkrebs hat, die zweite Chemo schon hinter sich. Der Arzt hat ihn gefragt, ob er reanimiert werden will, falls das Schlimmste eintritt. Ja, hat er sagt. ›Wir legen Sie jetzt in ein künstliches Koma‹, hat der Arzt gesagt. Als sie ihn hinausgetragen haben, ist er schon nicht mehr bei Bewusstsein gewesen. Ich bin mit gefahren. Bin jetzt erst zurück.« Barbara sprach nicht weiter. *Ich wartete. Fragen konnte ich nicht. Nicht das, was ich fragen müsste. Ich konnte es nicht denken, wie sollte ich es fragen? Ich konnte nur horchen. Nicht einmal ihr Atmen war zu hören.*

»Er ist auf der Intensivstation«, sagte sie endlich. Und wieder schwieg sie. Als sie dann diese Worte saget, sprach sie so leise, dass ich sie mehr ahnte als verstand.

»Auch wenn es sich schlimm anhört, Siri – ich wünsche ihm, dass er nicht mehr aufwacht! Es wartet doch kein Leben auf ihn!«

Etwas in mir zuckte zusammen, etwas, das sich klein anfühlte, das sich anfühlte, als hätte es sich eben blitzschnell zu einer Kugel gerollt. Wie ein Igel, den nichts mehr berühren soll. Aber die andere Siri, die Große, die Nüchterne sagte etwas, das klang so normal, als sagte ich so etwas jeden Tag: »Das wünsch ich ihm auch.« Mein Blick ging umher, sah die Dinge in meinem Zimmer an, die beiden Sessel, die Kommode, die kleine Jugendstillampe. Und ich fragte mich, ob sie echt sind oder ob es nur ein Foto war, gar nicht mein Zimmer, und ob dies alles wirklich passierte. Er nimmt die Abkürzung, dachte ich gleichzeitig und wunderte mich über den Gedanken, der doch eigentlich ganz einfach war. Zu einfach vielleicht, als dass ich ihn hätte begreifen können. Die Abkürzung ... Die Abkürzung ...

Irgendwann erlöste Barbara unser Schweigen. »Sobald ich etwas höre, ruf ich dich wieder an.«

»Ja«, sagte ich. »Danke«, sagte ich, und kaum hatte es im Hörer geklickt, machte ich das Licht aus. Mir war, als sei alle Luft aus dem Zimmer, als wäre nichts mehr da als Dunkelheit. Ich kroch ganz und gar unter die Bettdecke. Die Dunkelheit war laut. Sie toste in den Ohren. Sie drückte auf die Brust. Sie stahl und verschlang meine Atemzüge. Ich kugelte mich ganz und gar zusammen, dass mein Kopf fast meine Oberschenkel berührte.

Da war es meine Dunkelheit. Und endlich, wie durch Erdschichten und Steine und Gras, kam er heraus, dieser Schrei, der so fremd war und doch meiner, und kaum schlang ich neuen Atem in die Lungen, fraß er ihn. Er war das einzig Lebendige in meiner Dunkelheit.

Später hörte ich jemanden reden. »Lass mich nicht allein!«, hörte ich. »Bitte nicht, Johann! Ich erzähl dir was, ja? Wir spielen am Strand, du und ich. Wie hübsch du aussiehst. Deine Nasenlöcher so staunend groß, auch deine Augen, dein nackter Oberkörper so gerade ... Johann, bitte bleib bei mir!«

»Ja, ich weiß, du willst gehen, du musst vielleicht sogar gehen, ohne Liebe ist das Leben sinnlos, hast du gesagt, ich habe es sofort verstanden. Und trotzdem kann ich es nicht begreifen, verstehst du das? Ich kann nicht, ich kann nicht, ich kann nicht ...«

»Doch, Johann. Ich kann! Weil ich es will! Ich will, dass du frei bist. Du musst nicht hierbleiben, nicht für mich. Barbara hat Recht: Was wartet auf dich? Mir ist es so bitter, so schwer, dich zu verlieren. Aber mein Herz will nicht, dass du dich noch länger quälst.«

»Ich bin jetzt groß, Johann, ich kann alleine stehen. Schau mich an, ich bin groß. Du musst nicht mehr bei mir sein, auch wenn es schön war, ich bin auch nicht allein, ich hab neue Freundschaften gefunden.«

»Danke, Johann! Danke für alles! Weißt du, diese kleine Siri, die glaubt, zugrunde zu gehen ohne dich – die kann ich jetzt selbst in den Arm nehmen und halten und trösten. Du brauchst dich nicht mehr um mich zu sorgen. Auch nicht um Barbara und nicht um Mutti. Ich kümmere mich um mich selbst, und ich kümmere mich um Mutti, das verspreche ich dir. Versprich du mir, dass du die Abkürzung nimmst! Bitte! Ich kann alleine weiter, hörst du? Ich kann es! Ich sehe zart aus, aber ich bin stark, und das weißt du. Du bist immer für mich da gewesen. Aber jetzt bist du frei. Verstehst du, Johann? Du bist frei.«

»Ja, das Leben ist trotz allem schön. Ja, es ist ein Geschenk. Man muss es annehmen, und das hast du auch getan. Aber wenn es wirklich ein Geschenk ist, dann muss man es nicht unter allen Umständen behalten! Wenn es einen nur noch schmerzt, dann kann man aus ihm heraustreten – wer wäre Gott, wenn er das nicht verstehen würde? Was für ein Gott sollte das sein? Ein Gott der Liebe? Johann! Sieh doch: Er breitet längst die Arme für dich aus. Breite du deine Flügel und flieg in sie hinein!«

*

Es ist noch kein Morgengrauen, nur so viel, dass Bäume und Himmel sich langsam wieder trennen, als das Telefon schrillt. Die Dunkelheit ist eisig.

»Johann ist eben für immer eingeschlafen.« Barbara sagt es einfach. Die Dunkelheit rieselt wie Nadelstiche auf mich nieder. Ich weiß, dass ich keinen Schutz vor ihr finden werde. Und ich weiß, dass ich dennoch die Starke, die Nüchterne sein muss. Lange sage ich nichts. Dann: »Ruf Mutti bitte nicht an!« Ich klinge ruhig. »Ich will nicht, dass sie es am Telefon erfährt. Ich fahre zu ihr und danach zu Vati.«

Ich rufe Johanna an und sage ihr dasselbe. Es ist gut, mit ihr zu sprechen, es ist gut, es mit ihr zu teilen. Ich habe keine Ahnung, warum ich ihr noch dies erzähle, es kommt einfach aus mir heraus: »Weißt du, was heute für ein Tag ist?«

»Der siebzehnte Januar.«

»Ihr Hochzeitstag. Heute vor zwölf Jahren haben Johann und Barbara geheiratet.« Mir fällt ein, dass sie nicht begreifen kann, was ich meine. Und ich werde es auch nie wieder erwähnen. Nur bei mir werde ich es aufbewahren. Es ist Johanns Herz. Es hat aufgehört zu schlagen. An seinem Hochzeitstag. Nur ich weiß, was Johann mir damals in der Cafeteria anvertraut hat. Ich werde es niemandem sagen, das habe ich versprochen.

Während ich mich anziehe, langsam, als sei ich uralt, während die Glasbläser mein Ohr durch einen Riesentrichter beschallen, bete ich *immerzu: »Nicht schwindelig werden! Bitte nicht! Nicht jetzt! Jemand muss bei Mutti sein, wenn sie es erfährt. Jemand muss bei ihr sein.«*

Bei mir ist nur die Dunkelheit. Sie regnet auf mich nieder wie kalte Asche. Ich brauche lange, bis ich losfahren kann. Als wenn die Zeit mir entgleitet oder ich alles nur sehr langsam machen kann. Oder weil ich immer noch mit Johann spreche. Gut hast du das entschieden, liebster Bruder! Gut!

Und schon im nächsten Moment schlinge ich die Arme um mich selbst und drücke mich ganz fest, als würde ich sonst auseinanderbrechen. Er ist gegangen! Für immer! Oh mein Gott, wie soll ich das jemals begreifen? Wie soll ich das jemals aushalten können?

Die Landschaft ist eisig, die Autobahn leer. Ich rufe vom Handy aus an. »Kann ich dich besuchen kommen?«

»Ja«, sagt Mutti, »du kannst mit mir Suppe essen. Frische Suppe!« Das leichte Anheben ihrer Stimme heißt: Die magst du doch so! Nein, ich kann nichts essen, denke ich. Zu ihr sage ich: »Ja, gerne.«

✻

Sie steht mir in ihrem Flur gegenüber, unter dieser Funzel, die kein wirkliches Licht gibt, sie steht da und glaubt, dass alles wie immer ist: Dass ich sie umarme, dass ich die Jacke ausziehe und mit ihr ins Zimmer komme, mich an den Tisch setze und mit ihr esse. Ich fasse ihre Hände. Sehe ihr ins Gesicht. Sage: »Ich bringe dir eine schlimme Nachricht. Johann ist heute Morgen ...«

»Wie?«, schreit sie, als sei sie plötzlich schwerhörig. Starrt mich auch schwerhörig an.

Ich habe keine eigenen Worte, ich habe nur die von Barbara: »Johann ist heute Morgen für immer eingeschlafen.«

Sie starrt. Oh nein! Sie sie mich wieder nicht verstanden!

Doch. Sie reißt die Arme hoch, reißt zugleich den Mund weit auf. »NEEEEIIIIN!«

Die trübe Lampe über ihr beginnt zu schaukeln, ihre Hände fallen herunter, ihre Lippen zittern. Was sie herausstößt, klingt dumpf, klingt hohl. Mehr Stöhnen als Schluchzen, es kommt in Stößen, dunkel, rau. Ich nehme sie in den Arm. Mir ist, als umfasste ich einen Baumstamm, durch den es hindurch ruckt, als würde er aus der Tiefe erschüttert, und doch bleibt er unbewegt stehen. Meine Tränen laufen ihr in den Nacken. Ich stammele alles heraus, was ich zu sagen habe: Dass Barbara schon in der Nacht angerufen hat, was sie erzählt hat, dass sie ihm gewünscht hat, es sich leichter zu machen, sich all die Chemo, all die Qual zu ersparen. Einfach jetzt schon zu gehen.

»Ja«, sagt Mutti. »Das ist gut.« Löst sich von mir, geht in die Küche, nimmt den Deckel vom Suppentopf ab, schaut hinein, rührt, schaltet den Herd ab.

Ich ziehe meine Jacke aus, gehe ins Wohn-Ess-Schlafzimmer, sie hat nur dieses eine, aber sie hat einen Balkon, von dem aus man aufs Meer sehen kann, und ich trete an die Glastür und schaue hinaus, und plötzlich ist mir, als könnte Johann jetzt mit meinen Augen sehen, als würde ich ihm zeigen, was ich sehe, das schwarzblaue Wasser, das andere Ufer drüben, alles wie eingefroren … Weißt du noch Johann, wie wir mit der Jolle da rüber gesegelt sind …

Mutti tischt die Suppe auf.

»Mütterchen, ich kann nichts essen. Wirklich nicht.«

Wie eine Maschine, die durch nichts zu stoppen ist, deckt sie zwei Löffel neben die beiden Teller, füllt die Suppe auf, auch auf meinen, hält inne, starrt vor sich hin in irgendein Nichts oder in eine Erinnerung, brüllt auf, ein hartes, dumpfes Brüllen, setzt sich und fängt an zu essen, löffelt mit starrem Blick, so, wie sie immer isst.

Ich stehe da und sehe zu. Begreife, dass ich mich hinsetzen muss. Dass dieser Moment sonst stecken bliebe, für immer. Nur wir beide, stumm einander gegenüber, und ihr herausgebrülltes Nein immer noch von Wand zu Wand, von Stockwerk zu Stockwerk das Hochhaus hinauf und wieder hinunter in alle Ewigkeit, und sie löffelt, als sei sie dazu verpflichtet, und immer nach ein paar Löffeln brüllt sie wieder auf. Ich begreife, dass ich auch löffeln muss. Nur so kann ich die Szene weiterschieben. Nur so sind irgendwann die Teller leer. Wir löffeln. Weinen. Löffeln. Wechseln Worte. Löffeln. Und sie ist gut, die Suppe, gut wie immer. Wir räumen ab. Sind plötzlich so erschöpft, dass wir uns hinlegen müssen. Mutti aufs Bett, ich auf die Couch. Wir wechseln Worte von hier nach da, sagen schon zum wer weiß wievielten Mal, dass es besser so ist für Johann, und dass Barbara das mit der Beerdigung regeln wird, und wir schlafen ein, tatsächlich. Bald schon schrecke ich hoch. Ich muss zu Vati. Vorsichtig will ich Mutti das beibringen, aber sie versteht sofort. »Ja, fahr zu ihm, sag du es ihm, das ist gut.« Sie steht auf, geht in die Küche.

»Soll ich danach wiederkommen? Vati hat ja jemanden, aber du bist allein.«

»Nein, das brauchst du nicht. Willst du noch einen Kaffee?« Sie hat die Kaffeemaschine schon angeschaltet.

»Ja.« Ich sage das nur, weil ich es nicht fertigbringe, so plötzlich zu gehen. Ich möchte meinen Kopf auf ihre Schulter legen, aber noch viel lieber möchte ich, dass Barbara nie angerufen hat.

*

Ellen sieht ernst aus, aber gefasst, und vielleicht hat es sie auch gar nicht aus der Fassung gebracht. Sie hat immer Abstand zu unserer Familie gehalten; als Vatis zweite Ehefrau ist das wohl auch klug. Aber ich dachte, dass sie Johann sehr gern hat. Jetzt sieht sie aus, als wenn sie niemanden gern hat, als wenn sie hier nur ist, um die Tür zu öffnen und mir mitzuteilen, dass sie es Vati schon gesagt hat. Ich zucke zusammen. Ich wollte es tun, ich bin extra deshalb ... Ich hätte es ihr nicht sagen sollen, hätte nur fragen sollen, ob ich vorbeikommen kann, mehr nicht. Der Stich sitzt tief, als hätte sie mir etwas angetan oder Vati oder uns. Ich will nur noch zu ihm und die Tür hinter uns beiden schließen.

Klein wie ein Kind sitzt er am Esstisch.

»Siri!« Ihm zerbricht der Blick. Ein tiefes, tief erschöpftes Stöhnen. Kein Wort kommt mehr heraus, nicht aus ihm, nicht aus mir.

Er stemmt sich hoch, tappt auf mich zu, versucht, sich zu seiner ganzen Größe aufzurichten. Ich nehme ihn in den Arm, ziehe seinen Geruch tief ein, als könnte es das letzte Mal sein, seinen sehr leisen Geruch, ganz entfernt nach Pfeifentabak, obwohl er gar nicht mehr raucht, und ich flüstere in sein kurz geschorenes Haar, mit den Lippen nah an seinem runden Schädel: »Er ist vorher gegangen. Bevor es ganz schlimm geworden ist.«

»Ja«, sagt er und setzt sich sehr langsam wieder hin, stützt sich dabei mit beiden Fäusten auf den Tisch, als sei seinen Muskeln der Lebenssaft entzogen. Er spricht, als würden ihm die Worte beständig am trockenen Gaumen festkleben. Aber er muss sprechen. Er hatte einen Traum, er muss ihn erzählen. Er sieht mich an, als wenn er mich um etwas bittet. Als wenn er mich um Verzeihung bittet. Wofür?

»Johann lag auf einem Bett ... Seine Augen waren zu ... Er hat nach Luft geschnappt. Einmal. Noch mal. Dann ist sein Kopf zur Seite gefallen. Da hab ich gewusst, dass er tot ist. Nur geglaubt hab ich es nicht ...« Er dreht sich weg, schaut seine Bücherwand an. »Ist das wahr, was Ellen vorhin ...?«

»Ja, Vati, es ist wahr. Johann hat die Abkürzung genommen. Sein Herz ist ...« Er nickt. Verständnisvoll sieht er aus. Verstehend. Ich

sitze ihm gegenüber, meine Hand auf seiner, lasse ihn keine Sekunde aus den Augen, denke: Was reden wir hier? Und wie reden wir? Wer soll das ertragen? Zwei Roboter, die den reinsten Robotermist reden. Aber zum Glück sieht und hört uns ja keiner. Zum Glück können wir so sein, wie wir in diesem Moment nun mal sind.

Ich habe meinen Blick auf ihn geheftet, halte ihn fest damit, jedenfalls bilde ich es mir ein, oder er hält sich daran fest, damit er nicht weiter in tausend Stücke zerbricht, so wie ich es in seinen Augen sehe, seit ich ins Zimmer gekommen bin.

Wortlos stützt er sich wieder auf der Tischplatte hoch, wortlos tappt er nach hinten zur Couch; ich bin schon bei ihm, greife ihm unter den Arm und halte ihn, als er sich rücklings darauf fallen lässt. Die Hände auf der Brust übereinander gelegt, die Wangen, die Lippen eingefallen, als sei er mumifiziert, liegt er da. Seine Hand tastet nach meiner, nur ganz leicht, nur ein paar wenige Millimeter weit. Ich schiebe meine Finger unter seine, damit er sie finden kann. Federleicht sind seine. So wenig Berührung. Und dennoch so sehr beieinander. Ich höre seinem Atem zu. Er schläft nicht, er ist nur zu erschöpft, um ein Lid zu heben.

✻

Wie seltsam, dass es doch wieder einen neuen Morgen gibt. Dass die Sonne scheint. Dass sogar das Telefon klingelt. Wie seltsam, dass alles so normal ist, so, ganz normal.

Wie ein kleines Mädchen, dem keiner glauben will, ruft Mutti in mein Ohr: »Und Johann ist DOCH im Himmel!«

»Ja, natürlich ist er das!«, sage ich.

»Aber Barbara sagt, er ist nicht im Himmel, er ist bei ihr im Herz!«

»Das ist er außerdem. Und in deinem. Und in meinem.«

»Ja?«, flüstert sie.

»Ja, natürlich.« Ich sage es sehr überzeugt.

Trinke ein Glas Wasser, ziehe mir den Mantel über, steige in die Stiefel und fahre zu ihr.

Sie schaut mich an, erst ungläubig, dann öffnet sich etwas in ihren Zügen.

»Natürlich ist er im Himmel!«, wiederhole ich, was ich vorhin am Telefon schon gesagt habe, und sie beginnt zu nicken. Nickt und nickt und hört gar nicht mehr auf damit. Ich nehme ihre Hände und streichele sie. Aber ich muss die eine, die gelähmt ist vom Schlaganfall,

gleich wieder loslassen, ich kann es nicht aushalten, diese verbogene, kalte, Quallen-artige Hand zu streicheln, die eh nichts fühlt. Dafür fühle ich die ganze Zeit, wie es dieser Hand geht: so ähnlich wie einer Wange, wenn die Zahnarztbetäubung noch nicht raus ist, aber auch nicht mehr voll wirkt, und wenn man darüber streicht, ist es ein derart gruseliges Gefühl.

✱

Auf meinem Nachttisch piept das Handy. Eine SMS. »Gute Nacht, liebe Siri! Sei stark genug, ganz schwach zu sein. Das hilft. Bis ganz bald, dein Thomas.«
Mir sitzt das Weinen sofort oben im Hals. Aber meine Augen können nicht weinen.
Stark genug, ganz schwach zu sein ...
Meine Antwort schreibt sich von selbst.
»Manchmal bin ich wie im freien Fall.«
»Du weißt doch: Mit dem freien Fall beginnt das Fliegen.«
Ich muss lächeln. Wieder tippen meine Finger schneller als ich denken kann.
»Fürs Fliegen kann man eine Menge riskieren, nicht?«
»Ja!«

✱

Ich sitze noch im Bett, den Blick auf dem bewegten See, der im grauen Morgenlicht wie Tinte aussieht. Plötzlich huscht etwas Helles durchs Zimmer, ein längliches, aufrechtes Licht dreht sich rasend schnell um sich selbst und tanzt umher. Werde ich verrückt? Das Licht hält an. Es hat Johanns Gestalt. Ich bin schon verrückt. Ich bin es. Es dreht sich immer noch rasend schnell um sich selbst wie ein Sufi-Tänzer, ohne jede Schwere, ohne, dass es irgendwo anstoßen könnte.
»Johann!«
»Ich bin frei, Siri!«, schreit das Licht und ist schon vorbei gesaust. Es hat Johanns Stimme. Es kommt wieder näher, hört auf, sich zu drehen, und es ist Johann, auch wenn er es nicht ist. Johann aus Licht.
»Es ist so schön, Siri! So unglaublich schön!« Er jauchzt und fliegt und sprüht umher. Nach einer Weile kommt er wieder zu mir, und auf einmal sieht es aus, wie Johann zuletzt in seinem Leben aussah: dünn und gebeugt, ein greisenhaftes Gespenst. Aber dieses Gespenst

156

hat einen ganz anderen Gesichtsausdruck, so sicher und gewiss, so besonnen und heiter sieht er aus, und der zu kurze Bademantel, das weiß gewordene Haar, das alles macht mir keinen Stich ins Herz, keinen Zorn auf Barbara – irgendwie sieht er sogar lustig aus in diesem Aufzug, er guckt auch lustig. Ich muss beinahe lachen.

»Mach dir keine Sorgen um mich, okay?«, sagt er mit diesem lieben Ernst im Blick und in der Stimme, der mir so vertraut ist. Etwas steigt warm in mir hoch, etwas, das zu uns gehört und das alles hell macht.

»Es ist so schön, so wunderschön, frei zu sein! Und das ist noch lange nicht alles!« Er sieht mich so dringlich an, als sei ihm nichts wichtiger, als dass ich das begreife. Ich nicke vorsichtig.

»Du machst dir keinen Begriff, wie schön es ist. Und siehst du das Tor da hinten?« Johann deutet über seine Schulter.

»Ja.« Ich sehe nicht wirklich ein Tor, sondern dieses Licht, das wie durch eine rechteckige Öffnung zu strömen scheint, wie ein geschlossenes Tor, durch das Licht hindurchdringt, und dieses Licht ist unglaublich hell und trotzdem blendet es nicht, und dann merke ich: Es ist nicht bloß Licht. Es ist lebendig! Es weht mich wie ein Atem an und durch mich hindurch, und es ist so gut zu mir, so gütig, so liebevoll, dass mir die Tränen aufsteigen.

»Durch dieses Tor gehe ich jetzt«, flüstert Johann. Es ist sein Booteklauen-Flüstern, und ich freue mich. Gleich sagt er: Kommst du mit, Siri. Und ich werde nicken wie immer und ja sagen und mit ihm gehen.

»Und dahinter – da ist es noch viel schöner!« Er lächelt, und ich halte ihm meine Hand hin. Hand in Hand, so haben wir es immer gemacht. Er sieht mich erstaunt an und bewegt den Kopf hin und her. Nein, Siri, diesmal nicht, lese ich in seinem Blick.

»Johann!« Ich höre mich an wie als Kind, ich schreie wie ein Kind. Ich möchte durch das Tor gehen. Ich spüre ja, was dieses helle Strahlen ist, wie sie mich durchdringt, die Liebe, und es ist so unsagbar schön, nichts anderes will ich jemals mehr, nur diese Liebe spüren.

»Du hast noch ein Leben zu leben«, sagt Johann und ist im selben Moment verschwunden.

Ich wache auf. Nein, ich habe nicht geschlafen. Ich sitze im Bett. Ich habe auch nicht geträumt. Werde ich verrückt?

»Nein!«, höre ich Johann von weit weg. »Du wirst wach!«

Und dann ist alles wieder wie vorher. Da ist kein Tor, da ist kein Licht. Aber es ist nicht weg, nur unsichtbar. Ich kann es ganz genau spüren, und ich weiß, dass es nie weg sein wird.

»Johann!«, rufe ich.

»Siri, du wirst wach!«
Das ist das Letzte, was ich je von Johann hörte.

*

Es schneit. Langsame, große Flocken segeln herab, schaukeln und trudeln wie Blätter, die um sich selber kreiselnd von den Bäumen fallen. Ich sehe hinaus auf den grauen See, auf den sie sich niederlegen, und sicherlich macht der Schnee die Hauben der Haubentaucher zu Kronen und verlängert die weißen Blessen der Blässhühner, und ich muss ein wenig lächeln. Mein erstes Lächeln, seit Johann gegangen ist. Es ist für ihn, denke ich. Genauso wie mein Text.

Ich habe ihn fertig. Er genauso für ihn wie für mich. Ich kann es nicht ertragen, wenn nur dieser Trauerredner spricht, den Barbara bestellt hat, dieses ganze »Er hat so gerne Reisen gemacht, er war ein guter Ehemann« -Zeug.

Aber beim ersten Probelesen vorhin bin ich schon nach zwei Sätzen in Tränen erstickt. Ich muss es üben. Immer wieder, bis ich alles ohne zu weinen lesen kann.

*

Es ist ein grautrüber Januarvormittag. Reste von gefrorenem Schnee auf Wegen und Straßen. Mutti steht vor ihrem Hochhaus im kalten Graudunkel des Bürgersteigs und hinter ihr und um sie herum noch viel mehr Tristes. Aufrecht wie ein Soldat, den man ins Sperrfeuer geschickt und der sich damit abgefunden hat, so steht sie da, hält ihren Blumenstrauß hoch und mir entgegen, als wollte sie mir damit drohen.

Warum trägt sie ihn nicht mit den Blüten nach unten? Am besten hinter ihrem Rücken, diesen struppigen, kahlen Besen! Fünf magere Chrysanthemen: für jeden in unserer Familie eine? Kein Schleierkraut, nicht mal ein Zweig Farn, ganz zu schweigen von einer Schleife. Einer der Blütenköpfe sieht aus, als hätten ihre unruhigen Finger schon etliche Blütenblätter abgezupft, und obendrein ist er umgeknickt.

»DAS ist der Strauß?«

Ich hatte es ihr überlassen, einen für uns beide zu besorgen. Seit dem Schlaganfall ist sie manchmal seltsam, aber mit sowas hatte ich nicht gerechnet.

Ihr »Ja!« knallt hart und trocken heraus wie ein Schuss. Starrheit lähmt ihr zerfurchtes Gesicht. Plötzlich sehe ich ein Kind, das nicht

158

zurückfindet aus einem verzweifelten Trotz. Sie hat keine Kraft mehr dafür gehabt, sage ich mir, nicht auch noch für die Blumen. Ich hätte es ihr abnehmen sollen – aber sie wollte unbedingt selbst welche besorgen.

Auf der Fahrt lege ich ab und an die Hand auf ihre gelähmte Linke, die immer kalt ist, ich weiß nicht, ob sie mich überhaupt spürt. Wir reden kein Wort, und das ist gut; in meinem Sinn kreisen immer gleiche Gedanken und nehmen alles für sich ein. »Werde ich meinen Text vorlesen können? Ich darf nicht weinen, dann kann ich nicht weiter! Und wenn ich doch weinen muss?«

Als ich einen Parkplatz gefunden und Mutti beim Aussteigen geholfen habe, halte ich sie eingehakt am Arm. Trotzdem geht sie am Stock. Auch hier überall gefrorene Reste von Schnee, schwierig zu gehen für sie, ich spüre ihre Angst zu fallen bei jedem Schritt. Die Blüten der Chrysanthemen nicken. Ich kann meinen Blick nicht von der mit dem umgeknickten Kopf lassen. Er pendelt, als würde er jeden Moment den letzten Halt verlieren, und während ich ihn mit meinem Blick festklammere dort am Stiel, während ich zugleich das Eis, die aufgeworfenen Schneehaufen, über die wir steigen, im Auge habe, während ich mich umschaue, ob ich Johanna entdecke, jemanden, zu dem wir gehen können, steuert Mutti auf das längliche Nebengebäude der großen Trauerhalle mit den beiden hohen, grün gestrichenen Toren zu. Unerbittlich zieht sie mich da hin, wie sehr ich auch versuche, sie in die andere Richtung zu lenken.

Wie eine kalte Flüssigkeit steht die Luft zwischen uns und der Straße, zwischen uns und den anderen Trauergästen, die in Grüppchen auf dem weiß-fleckigen Platz vor der Kapelle warten, zwischen uns und dem großen Tor, hinter dem vielleicht Johann war, bevor man ihn hinein zu seiner letzten Feier gebracht hat.

»Tock!«, macht Muttis Krückstock auf der Straße, »Tong! Tong! Tong! Tong!« auf dem Kopfsteinpflaster des Vorhofs. Sie bleibt vor dem Tor stehen, dreht sich, dass es hinter ihr ist, ich mache notgedrungen alles mit. Peter kommt aus einem Häufchen Wartender hervor auf uns zu. Er hat feuchte Augen, als er uns die Hand gibt. Vielleicht kann ich nachher neben ihm sitzen, vielleicht kann ich meine Hand in seine legen. Sie ist so warm.

Ich sehe Vati schon, als er noch weit weg ist. Klein und gebeugter denn je geht er an Ellens Arm, geht so unsicher, als könnte ihn der nächste Windstoß umpusten. Sein Krückstock tastet vor ihm her, macht sich plötzlich selbstständig, zieht Vati weg von Ellen, zieht ihn auf uns, auf Mutti zu. Vati schaut ihr entgegen, als gäbe es nichts anderes mehr auf der Welt, als müsste er mit allerhöchster Dringlichkeit zu ihr gelangen über das buckelige Pflaster, über Hügel schmutzigen Schnees. Er hat Ellens Arm auf eine Weise losgelassen, die ihr wohl bedeutet hat, stehenzubleiben, jedenfalls tut sie das, er geht allein, die letzten Schritte immer weniger wackelig, immer schneller, er steht vor Mutti, sieht sie unter seinem schief sitzenden Elbsegler an, sieht von unten hoch zu ihr, er ist jetzt kleiner als sie, so krumm hat das Alter ihn gemacht, sie dagegen steht sehr gerade, sie, zu der er kein Wort mehr gesprochen hat, dreißig Jahre kein Wort, wenn es etwas zu regeln gab, ging es über Anwälte oder über Johann. Er sieht sie an, als sei sie der einzige Mensch, zu dem er gehen konnte. Wie eine Steineiche steht Mutti. Als Vati seine Arme öffnet, will ich ihr den Strauß abnehmen, aber sie reißt ihn hoch, Blütenblätter segeln wie Schneeflocken zur Erde. In einer Hand den Stock, hebt Vati beide Arme. Auch Mutti hebt die Hände, in ihrer einen Hand der Strauß, der Stock in der anderen. Vatis Blick tappt an ihr hoch. Sein Mund scheint zu lachen, aber nur halb, zugleich ist er wie weinend halb offen, und als Vatis blau geäderten Hände Mutti umfassen und sie die Umarmung erwidert, ist sein Gesicht ein gellend stummer Schrei.

Mutti sieht starr aus, ihre Lippen gerafft. Vati will sprechen, muss die Worte herausdrücken hinter etwas, das sich anhört wie Weinen, das zu tief sitzt, zu schwer ist, um herauszukönnen.

»Danke für das schöne Kind!« ruft er.

Er ruft mit dieser eingeschnürten Stimme, und ich denke sofort an diese immer wieder erzählte Geschichte von Johann, der genau diesen Satz gesagt hat, damals, als ich eben geboren war, als er an den Wäschekorb getreten ist und ich ihn angelächelt habe.

»Ich danke DIR!«

Auch Mutti ruft laut heraus. Ihre Stimme schwankt und bricht.

Die beiden halten sich weiter im Arm, die Chrysanthemen hängen über Vatis krummen Rücken, der umgeknickte Blütenkopf schlackert.

Und ich stehe daneben und möchte so sehr, dass jemand begreift, was hier geschieht, irgendjemand außer mir. Aber die in der Nähe stehen, auch Peter, gucken Barbara entgegen, die schmal und schwarz unter einem winzigen Hütchen mit Schleier gegangen kommt, Barbara ohne Gesicht, nur schwarze Spitze.

Die zweiflügelige Tür der Kapelle wird geöffnet. Hinter Barbara her setzen wir uns alle in Bewegung, so langsam, dass Vati mithalten kann. Er geht noch langsamer als Mutti.

Drinnen in der großen Trauerhalle sehe ich nur eins: schlicht aus hellem Eichenholz steht er da, kaum Blumen, Johann wollte keine, wollte lieber Spenden für die Deutsche Gesellschaft zur Rettung Schiffbrüchiger.

Das ist sein Sarg, sagt es in mir, damit ich es begreife. Sein Sarg. Ich stütze Mutti, seit wir aus dem Auto gestiegen sind. In diesem Moment schwanke ich, hänge in ihrem Arm, als sei ich gestolpert. Bin gleich wieder gerade und aufrecht, gehe weiter mit Mutti hinter Barbaras langem Mantel, hinter dem Hut mit Spitzenschleier her, und hinter uns Vati am Arm von Ellen. Barbara nimmt auf der rechten Seite vom Gang in der ersten Reihe Platz, wo schon Johanna mit ihrer Familie sitzt. Ich kann ihr nur zunicken, helfe Mutti in dieselbe Bank und setze mich dann eine Reihe dahinter zu Peter. Ellen hat sich mit Vati in die andere Bankreihe auf die linke Seite des Ganges gesetzt. Der breite Gang dazwischen – muss es wirklich so sein?

Zwischen beiden Familienteilen ist nun mal dieser Abstand, denke ich, aber bis eben da draußen war es noch ein Abgrund. Ich knülle mein Taschentuch. Ich rutsche zu Peter. Möchte meine Hand in seine schieben, als sei noch alles, wie es war, meine kalte Hand, die ich kaum mehr fühle und die die ganze Zeit die Schutzhülle mit meinem Text für Johann festhält.

Einen Moment später schlüpft Manuel neben mich in die Bankreihe. Wir schauen uns nur an. Ich verstehe. Er kann nicht reden, die Erschütterung steht ihm im Gesicht, und ich sehe auch, dass es ihm nicht nur deshalb schlecht geht. Ich lege meine Hand auf seine, nehme sie zu mir auf meinen Schoß.

Musik. Ich kann nicht hinhören, ich kann nur auf die Rücken, auf die Nacken, auf die Hinterköpfe vor mir starren und so tief atmen, wie es nur geht, damit ich hier bleibe, hier, auch wenn alles in mir weg will. Wir müssen lange warten, es kommen immer noch mehr Menschen in den großen Saal.

Die Musik wird ausgeblendet. Der Trauerredner stellt sich ans Rednerpult, erzählt, dass Johann gern gereist sei, erzählt, dass er bei seinen Kollegen anerkannt gewesen sei und beliebt, erzählt, dass er ein guter Ehemann gewesen sei. Ja, ja, ja … NEIN!!! Verdammt, Barbara, doch nicht sowas für Johann!

Vati sitzt zusammengesackt da drüben. Ich weiß, er hört nicht zu, zum Glück, ich weiß, er sieht das sommersprossige Jungengesicht mit dem orangeroten Feuerhaar. Oder sieht er den hustenden Mann im zu kurzen Bademantel, der in wenigen Wochen weiß geworden ist? Der da in diesem kleinen, schmalen Sarg liegen soll. Niemals liegt Johann da drin!

Jetzt spricht Johanns Abteilungsleiter. Zuverlässigkeit, Genauigkeit, Kompetenz, Pflichterfüllung. Mein Herz hämmert. Ich muss es tun! Ich muss meins hinzutun, damit diese offizielle Nummer nicht hier im Saal stehenbleibt, sich nicht auf den Sarg legt und Johann ein zweites Mal das Leben nimmt.

Und wie? Mein Mund ist eingetrocknet, mein Hals vom Tränensalz rau. Johanns Chef ist endlich fertig. In der Reihe vor mir wendet Barbara sich Johanna zu, flüstert »Eine schöne Rede!« Ja. Wunderschön. Wunderwunderschön! Nur hat bisher niemand von Johann gesprochen! Sie haben sich alle Mühe gegeben, ihn weit weg zu reden.

Es ist SEINE Feier!

Musik. Das Ave-Maria. Ausgerechnet! Barbara hat es sich gewünscht, weil Johann es so geliebt hat: Nicht weinen. Nicht jetzt! Der Trauerredner nickt mir zu.

»Lässt du mich bitte durch«, flüstere ich Manuel zu und stehe auf mit meinem Text in der Hand, den ich keinen Augenblick losgelassen habe. Es tut gut, dass er vor mir aus der engen Reihe tritt. Auch wenn er schmal ist, auch wenn er vielleicht wackeliger auf seinen Füßen steht als ich, es tut so gut, dass er da ist. Ich gehe nach vorn. Steige den Tritt hoch zum Rednerpult. Schaue in den großen Saal. Schaue auf all die Menschen. Sie haben einen Teil von Johanns Leben ausgemacht.

Gehen wir ein Boot klauen, Siri? Ja, Johann. Und du bist nicht in dem Sarg da, sag, dass du nicht da drin bist! Natürlich nicht. Du weißt doch, ich bin jetzt auf der anderen Seite von dem Tor, du weißt doch, wie es da ist, du weißt es ...

Ich lege mein Blatt vor mir aufs Rednerpult, in meinen Händen bebt es zu sehr. Ich schaue sie alle an, schaue für Johann, er wird jeden kennen. Die Halle ist bis zum letzten Platz voll. Alle haben sich freigenommen, sind hergekommen, auch viele aus unserem Dorf, und du konntest nie glauben, dass sie dich mochten, dass alle den freundlichen, aufgeweckten Jungen mit den Sommersprossen und den roten Haaren, den vielen Fragen und dem lieben Herz so mochten ...

Ich schließe kurz die Augen. Dann rufe ich in den weiten Raum, mit heller Kinderstimme.

»Weißt du noch, Johann? Weißt du noch, dieser eisige Abend? Es war Sturm aus Ost. Bis zu uns herauf hörte man die Brecher gegen die Küste toben.

Ich sollte längst schlafen, aber als ich im Bett lag, heulte es wie ein Wolfsrudel da draußen, pfiff in den Stromdrähten, brüllte und donnerte, als tobte die Ostsee schon die Steilküste hoch. Ich schlich zu dir ins Zimmer. Du warst noch wach, hattest ein paar Spielzeugautos vor dir auf dem kleinen Tisch, eins in deiner Hand, du betrachtetest es und stelltest es zu den anderen, als ich kam, und plötzlich hockte ich vor dir, mit dem Gesicht in deinem Schoß und fing an zu weinen.

›Was ist?‹

›Die Tiere! Sie müssen alle sterben!‹

Ich schaute dich an und sah die vereisten Felder. W wie mit der Stahlbürste fegte der Sturm alles weg. Ich sah Hasen, erstarrt, schon halb erfroren, der Sturm kullerte sie vor sich her, ließ ihre toten Ohren grotesk wackeln.

›Die Hasen! Sie müssen alle sterben! Sie haben doch kein Haus!‹

Vielleicht kannst du nicht glauben, was du da hörst, vielleicht bist du sogar kurz davor zu lachen. Aber du siehst ernst aus, und ernst fragst du: ›Weißt du, was ein Iglu ist?‹

Ich nicke.

›Weißt du, was die Hasen bei Schneesturm machen?‹

›Nein.‹

›Sie buddeln eine Mulde, legen sich rein, und der Sturm weht eine Schneewehe über sie, und da drin haben sie es warm wie in einem Iglu.‹

Ich sah einen Hasen in seiner Schneehöhle, die Ohren angelegt, die Nase stetig zuckend. Du strecktest die Hand aus und schobst deinen grauen Jaguar E auf dem Tisch ein klein wenig vorwärts. Ich habe denselben Jaguar in Rot. Eine Weile, eine kleine Weile ist Frieden. Aber draußen gellt es. Der Sturm zischt und zerrt am Fenster. Und ebenso zerrt er an allem anderen, und wehe dem, was nicht fest steht oder ein Haus hat sonst einen Schutz.

›Die Rehe, Johann!‹

Du siehst mich an, scheinst zu überlegen. ›Du spielst doch immer im Knick‹, sagst du dann. ›Da sind manchmal Höhlen drin, nicht?‹

›Ja.‹

›Da drin schlafen die Rehe.‹

›Aber sie müssen erfrieren!‹

›Dann gäbe es doch keine mehr! Wozu haben sie ihr Fell? Es sieht zwar nicht so dick aus, aber es hält sie trotzdem warm genug.‹

Oh ja, daran hab ich nicht gedacht, das kann nur so sein. Johann, wie gut, dass du alles weißt! Aber schon ist wieder ein Bild vor meinen Augen, das mir ins Herz sticht.

›Johann, die Vögel!‹ Ich sehe sie vom Sturm gepackt und fortgerissen, Federbälle, die es gegen Häuser, gegen Bäume schleudert.

›Die sind längst im Wald, da ist es geschützt. Die merken es vorher, wenn Sturm kommt. Alle Lebewesen spüren, wenn etwas ganz Schlimmes kommt. Und jedes weiß, wo es dann hingehen kann.‹

Ich blicke auf von meinem Blatt. Wie durch Nebel sehe ich die vielen Gesichter. Meine Stimme ist laut und trotzdem zart.

»Du hast es auch gewusst, Johann. Und bevor es ganz schlimm geworden ist, hast du die Abkürzung genommen.«

Mein Blick hat sich bisher ferngehalten von dem Sarg. Jetzt fällt er darauf. Ich atme tief ein, aber mein Hals ist zu. Ich will sie trotzdem sagen, meine letzten Worte, meine Abschiedsworte, laut und klar:

Danke, Johann. Danke für deine Liebe!

Aber das Schluchzen schüttelt mich schon. Schnell gehe ich zurück zu meinem Platz.

✳✳✳

15. März 2004
Ohne Liebe ist das Leben sinnlos …
Diesen Satz habe ich in mir versteckt und nie wieder angeschaut. Bis heute. Plötzlich merke ich: Das Sinnlose ist dieser Satz!

Manchmal kann ich die Liebe nicht spüren, aber auch, wenn ich meinen Atem nicht spüre – und ich spüre ihn meistens nicht – atme ich doch immerzu. Solange das Herz schlägt, wohnt die Liebe darin, und sie ist nicht weg, nur weil ich sie mal nicht wahrnehme. Mit der Liebe ist alles ganz anders als mit anderen Dingen:

Sie wird nicht weniger vom lieben, nein, je mehr ich liebe, desto größer wird sie in mir.

Und nicht das geliebte Gesicht lässt die Liebe aufleuchten, die Liebe erleuchtet das geliebte Gesicht.

Und dieser Satz, den Johann gesagt hat, auch der gehört genau andersherum: »Liebe ist der Sinn des Lebens.«

16. März 2004
Ich hab alles aufgeschrieben. Ich habe es Susanna gegeben und sie gebeten, dass wir nie mehr darüber sprechen.

17. März 2004

Immer noch zwingt mein Körper mich, viele Stunden nur dazuliegen. Ich merke endlich, wie erschöpft er längst ist. Und es ist schön, so still und geborgen im Augenblick zu sein.

Die Eichen strecken gelblich grüne Knospen heraus. Wie aufgesteckte Kerzen sehen sie aus. Frühling!

Mein Herz möchte heilen. Es ist Zeit zum Abschiednehmen. Abschied von Johann, Abschied von Peter, Abschied vom Haus am See. Und Abschied von der, die ich war.

***

15 Bruder Tod

Siri lehnte sich zurück und sah hinauf in die Sterne, die so zahlreich waren und so funkelten, dass ihre Gedanken in einem großen Staunen verschwanden. Als sie zurückkehrten, war ihr, als hätte sich die Gegenwart mit etwas angefüllt, das vorher nicht da gewesen war: Deutlich spürte sie das Lebensgefühl von damals. Es war wie unterwegs sein auf hoher See in einem kleinen Boot, das von Kreuzseen aus allen Richtungen zu einem halsbrecherischen Tanz gezwungen wird. Sie musste lächeln, als sie ihr damaliges Ich in diesem Boot sitzen sah, die Haare verweht vom Wind und im Gesicht all den Mut, den sie aufzubringen versucht hatte – bis ihr die Kraft ausgegangen war. Bloß nicht aus dem Boot fallen, dachte sie nur noch, als sich längst schon nichts mehr steuern ließ. Bloß nicht loslassen! Als klar war, dass das Boot jeden Moment umschlagen würde, als es nur noch eins gab: springen, mitten rein in all die Wasser, die so gefährlich und wild aussahen und vor denen das Boot sie hatte beschützen sollen, da endlich hatte sie es getan. Die Luft war ihr weggeblieben vor Angst. Aber zum Springen braucht man keine Luft. Man muss aufhören, sich anzuklammern. Man muss loslassen.

Mit einem Seufzeratem schloss sie die Augen. Sie sah sich in jenem Boot, das wild auf den Wogen tanzte, sah sich aufstehen, noch halb geduckt und an die Bordwand geklammert, die Haare, die Kleider nass, die Augen riesig, und plötzlich, ganz oben auf einem Wellengipfel, richtete sich voll auf, und während das Boot sich auf die Seite legte und dann überschlug, sprang sie zur anderen hinaus. ›Gut gemacht!‹, sagte sie sich und nickte vor sich hin.

Als sie schließlich nach den anderen schaute, schienen alle noch versunken zu lauschen. Im Hintergrund der schwarze Ozean, auf den jetzt der fast volle Mond seine glänzende Silberbahn legte, erzählte in leise rauschenden Tönen seine eigenen Geschichten.

Plötzlich rief Michelle: »Es quält dich, dass du das Danke an deinen Bruder nicht laut aussprechen konntest, nicht?«

»Nein. Bedauern, das ja. Aber ich möchte jetzt nicht über den Text sprechen. Ein andermal, falls es überhaupt jemand will.«

Hakan nickte und wenig später auch Fred.

Es war ein milder Abend, kaum Wind und darum recht warm, und vielleicht lag es daran, dass sie weiter beieinander saßen in einem Schweigen, das sie zu umhüllen schien wie ein Umhang aus flauschigleichter Wolle. Irgendwann räusperte Fred sich. »Möchte nicht einfach so auseinandergehen!«, sagte er halblaut.

»Ich auch nicht.« Gregor stand auf, ging zur Balustrade, setzte sich halb darauf, so dass das eine Bein angewinkelt und er den anderen immer noch zugewandt war. »Dass es dich sehr berührt hat, konnte man an deiner Stimme manchmal deutlich hören.« Er klang ernst und zugleich warm. »Du warst nicht allein damit.«

Sie lächelte ihm dankbar zu. Erst nach einer Weile sagte sie: »Ein stimmiger Abschluss wäre schön, das finde ich auch. Hast du nicht ein Gedicht, Fred?«

Fred nickte, Michelle nickte, Miró schien noch sehr weit weg.

»Ist von Hermann Hesse, ich glaube, es passt.« Fred richtete sich auf in seinem Stuhl und sprach das Gedicht mit erhobener, aber so zärtlicher Stimme, als sagte er es einem Kind zum Einschlafen vor.

Welkes Blatt

Jeder Morgen muss Abend werden,
Ewiges ist nicht auf Erden,
Als der Wandel, als die Flucht.

Auch der schönste Sommer will
Einmal Herbst und Welke spüren.
Halte, Blatt, geduldig still,
Wenn der Wind dich will entführen.

Spiel dein Spiel und wehr dich nicht,
Lass es still geschehen.
Lass vom Winde, der dich bricht,
Dich nach Hause wehen.

Auch diesmal folgte Schweigen, aber es füllte sich mehr und mehr mit Unruhe, bis Hakan plötzlich ausrief: »Müssen wir erst brechen, zerbrechen, damit der Tod uns holen kann? Kriegen wir deshalb solche Krankheiten wie Krebs?«

»Ich glaube, der Tod kommt nicht als Feind, zu niemandem. Und ich glaube, das sagt auch das Gedicht.« Siri schloss die Augen, und ein kleines Lächeln erschien auf ihren Lippen.

»Ach nein? Einen aus dem Leben holen, das finde ich schon feindlich genug, aber mit Gewalt, mit Schmerzen und Angst ...« Hakan brach ab, warf mit geblähten Nasenflügeln den Kopf nach hinten und tat einen laut schnaufenden Atemzug.

»Ja, so habe ich das früher auch empfunden. Höchstens wenn der Tod Erlösung bedeutet hat, konnte ich ihn einigermaßen annehmen. Aber dass Johann …« Siri schluckte. Als sie weitersprach, war ihre Stimme zart und klein. »Ich habe lange um ihn getrauert. Sehr lange. Die Wunde blieb frisch wie am Anfang. Sprach mich jemand auf ihn an, liefen mir sofort die Tränen, nach Jahren noch. Das Leben hat mir erst noch etwas über den Tod zeigen müssen – da hab ich ihn dann anders gesehen.« Siri war so leise geworden, dass nur Michelle, die direkt neben ihr saß, sie ganz bis zuletzt gehört und verstanden hatte. Sie streckte die Hand aus und wie um Siri, die in sich selbst versunken dasaß, zu wecken, berührte sie Siris Arm, drückte ihn etwas und sagte mit eigenartiger Dringlichkeit in der Stimme: »Wie denn? Das möchte ich dich schon die ganze Zeit fragen: Wie siehst du den Tod?«

Siri spürte Worte in sich aufsteigen. Sie begann zu sprechen, ohne zu wissen, was sie sagen würde, sie hörte sich selbst zu, und was sie hörte, erstaunte sie und war doch längst klar. »Wenn du dein Kind abends vom Spielen heimholen willst«, begann sie leise und hob die Stimme nun, »und es will nicht, gerade ist es so schön und das Spiel ist doch noch nicht zu Ende, dann schreit es und sträubt sich, und wenn du es trotzdem an der Hand nimmst und wegziehst, wird es weinen und sich wehren. Vielleicht gibt es irgendwann auf. Aber womöglich musst du es zerren und zwingen bis zuletzt. Du magst dir gemein vorkommen, aber du tust es trotzdem.

Der Tod kommt sich wohl nicht gemein vor, denn er weiß, was er tut. Und wenn das Geschöpf an seiner Hand noch so reißt und wütet und sich selbst wehtut und so unbedingt wie nie vorher zurückkehren will in sein Spiel, das ihm plötzlich viel schöner und wertvoller erscheint als in dem Augenblick, als es noch spielte, der Tod ist unerbittlich. Er weiß ja: Im Moment, wenn er es heimbringt, das zeternde, weinende Kind, wird es sein Spiel vergessen, wird mit Riesenaugen staunen, wird still werden vor lauter Freude, vor lauter Glück. Und es wird plötzlich nicht mehr woanders sein wollen als dort: zu Haus.«

Ein Lächeln huschte über Michelles Züge. Ihr Blick war fragend, doch sie nickte nur vor sich hin. Gregor ebenso.

Hakan murmelte: »Feiner Traum. Deiner eben.« Seine Stimme war belegt. »Wollt ihr wissen, wie ich es mir vorstelle?« Er hatte zum Meer hin gesprochen, wie aus Gedanken heraus wandte er nun den Blick in die Mitte ihres Kreises und fuhr fort: »Mein Sterben.«

»Ja, möchte ich.» Fred, der neben ihm saß, sah ihn aufmerksam an. Gregor nickte. Auch Miró wandte sich Hakan zu, sein Blick aus tiefliegenden Augen und gefalteter Stirn schien kritisch, sogar skeptisch, aber wer ihn kannte, ließ solche Deutungen sein.

»Ich will an den Strand, wenn ich das Ende kommen spüre. Ich will dahin, wo die Wellen auf den Sand spülen. Da will ich mich hinlegen. Und falls ich nicht mehr gehen kann, möchte ich dort hingetragen und hingelegt werden. Am liebsten möchte ich nackt sein. Die flachen Wellen umspülen mich wie streichelnde Hände. Ich möchte noch ein paar schöne Bilder aus meinem Leben anschauen, die Augen schon geschlossen, und mich dann sacht auflösen im Ozean. Ich wünsch mir, dass es sich wie schwimmen anfühlt, wie wegschwimmen, und es wird kein Nachhausekommen geben, ich werde auseinanderfließen und mich auflösen im Meer.«

Erst nach geraumer Zeit tiefer Stille meinte Michelle: »Wie schön!«

Er sah sie an. »Und du?«

»Ich?« Sie brauchte eine Weile, dann lächelte sie und sagte ungewohnt leise: »Ich will nachts im Schlaf sterben. Ich fliege einfach davon.«

✳✳✳

16 Unmöglichkeit

Wie frisch geduscht von ihrem kurzen Morgengang in die kühle, leicht neblige Luft, lag Siri wieder unter der Decke. Der Himmel hatte sich gerade erst vom Dunkel der Nacht getrennt; über den Bergen hinterm Haus hatte sie noch einzelne Sterne leuchten sehen. Blass und verhangen erinnerte er an jenen norddeutschen Winterhimmel von damals, als Siri ihre Mutter abgeholt hatte, erinnerte an den Schneematsch an den Straßenrändern und auf dem weiten Platz vor der Trauerhalle, und ihr war, als würde die Essenz jener Augenblicke sich in ihr angesammelt haben und nun in ihr liegen wie ein unterirdischer See. Nun stand sie an seinem Ufer und schaute still über ihn hin. Und so war es gut.

Irgendwann nickte sie wieder ein. Es war ein seltsamer Schlaf, denn sie wusste währenddessen, dass sie schlief, hörte sogar ihr leises Schnarchen. Als sie die Augen öffnete ohne jedes Gefühl von Zeit, meinte sie, dass es geklopft hätte. Und ja, die Tür ging auf und Gregor schaute herein. Sie lächelte ihm entgegen, und er kam und setzte sich zu ihr aufs Bett.

»Ich konnte nicht schlafen«, meinte er. »Da bin ich lieber zu mir rüber gegangen und hab gelesen.«

»Hat dich der Abend gestern so aufgewühlt?«

»Ich weiß nicht ... Nein. Es war eher – halt mich jetzt bitte nicht für grob – es war eher Freude. Ich lag hier neben dir und war auf einmal so voller Freude, dass mir das Herz schlug, und ich konnte sie mir nicht erklären ...«

»Wie schön!«, flüsterte Siri und lachte leise auf.

Gregors noch stoppelbärtiges Gesicht entspannte sich. Er legte sich neben sie auf den Rücken, schob den einen Arm unter den Kopf, den anderen so zu ihr hin, dass sie näher kommen und sich darauflegen konnte. Sie tat es, streichelte über seinen Brustkorb und ließ die Hand dort liegen. Er schaute hinaus in den immer noch ein wenig blassen Himmel, als sei er mit etwas beschäftigt.

»Das, was du da gestern Abend über den Tod gesagt hast, das hab ich erst nicht so ernst genommen. Aber als ich dann hier neben dir lag in der Nacht und nicht einschlafen konnte ...« Er wandte den Kopf zu ihr hin und schaute sie an. »Da konnte ich auf einmal deinen Blick auf all das mit dir teilen. Du weißt ja, sonst hab ich das zu vermenschlicht gefunden – der Tod ist nun mal keine Person. Heute Nacht war es anders. Ich hab nicht wie du geschaut, ich hab mit meinen eigenen Augen was anderes gesehen als sonst. Was, wenn das Leben immer weiter ginge? Wenn es keinen Anfang und kein Ende gäbe? Du würdest sagen, das gibt es beides auch nicht.«

Siri tickte mit dem Finger auf Gregors Brust. »Darf ich dich kurz unterbrechen?«

»Nee! Merk es dir, ich verlier sonst den Faden. Also: Wenn es keinen Anfang und kein Ende gäbe, dann gäbe es auch kein Menschsein, dann wären wir übernatürliche Wesen. Natur bildet sich ständig neu. Was sich erledigt hat, stirbt ab. Anderes nimmt seinen Platz ein und entwickelt das Bestehende weiter. Das zu akzeptieren, den Tod als Voraussetzung für Leben zu erkennen – das hat mich in diese Freude katapultiert. Verstehst du? Auf einmal ist es *in Ordnung*, dass wir sterben! Ich wusste gar nicht, dass ich das vorher nicht so gesehen habe. Aber so war's. Und jetzt ist es, als ob ich die ganze Zeit irgendwo so einen blöden Dorn gehabt hätte, keine Ahnung wo, vielleicht unterm Fuß, und jetzt ist er weg.«

Siri nickte. Erst nach einer Weile fügte sie an: »Ich brauch gar nichts mehr dazu zu sagen.«

Gregor drehte den Kopf zu ihr hin. Sie schaute ihm in die Augen, um die herum die faltige Haut feucht war. Und Siri war, als würde sie eingesogen von diesen Augen, als würde sie irgendwo dahinter verschwinden und schwebend in der Weite eines Nirgendwo treiben. Als dieser kostbare Moment nach ein paar Atemzügen vorüber ging, war ihr, als ob er dennoch bliebe.

*

Siri nahm den Marmeladenlöffel aus dem Glas, leckte ihn ab und legte ihn auf ihren Teller. »War das köstlich!«, stöhnte sie. Gregor nickte. Sein Blick war draußen auf See, wo der Nebeldunst langsam, langsam immer dünner geworden war, und fast scheu nahmen die Wellen nun ihr Spiel wieder auf. Fangen spielten sie, jede lief hinter der anderen her, aber mit würdevoller Gelassenheit. So würden Kinder nicht spielen, so spielten Alte.

»Ich möchte arbeiten«, sagte Gregor. »Am liebsten hier.«

»Klar! Gerne!« Er hatte ihnen beiden das Frühstück hier auf den Balkon gebracht, nun würde Siri es mit dem Servierwagen im Fahrstuhl wieder nach unten ruckeln. Während er ging, um seine Sachen zu holen, räumte sie das Geschirr und die Reste auf den Servierwagen zurück, ging drinnen noch einmal aufs Klo, und als sie den Wagen gerade auf den Flur in Richtung Fahrstuhl rollte, öffnete Gregor mit der Schulter seine Zimmertür, einen großen Karton im Arm. Sie lächelten einander an, beugten sich beide vor zu einem Kuss und gingen dann in verschiedenen Richtungen ihrer Wege.

✲

»Unser zukünftiger Mitbewohner ist gar kein Bewohner!«, verkündete Miró, noch während er mit dem Rollstuhl durch die große Balkontür auf die Terrasse gerollt kam. Michelle sah auf von dem Display, auf dem sie gerade die Portraits der anderen betrachtete.

»Wie bitte?«

»Es ist eine Bewohnerin!« Er kam nah heran und machte einen langen Hals, um auch auf das Display sehen zu können, auf dem eine Großaufnahme von Gregor mit geschlossenen Augen, fast wie schlafend, angezeigt wurde.

»Und wer? Jemand, den man kennt?«

»Quatsch. Hier kommen die her, die *nicht* bekannt sind, sonst bräuchten wir doch diesen Almosen hier nicht!«

»Almosen nennst du das?«

»Naja, vom Wortsinn her. Ein Almosen ist nicht in der Höhe begrenzt. Dichterin ist sie. Sabine hat mir erzählt, dass sie Ende des Monats wohl schon kommt.«

»Hat sie auch einen Namen?«

»Kann sein.«

»Du weißt also nicht, wie sie heißt?«

»Na-hein.«

»Mensch, Miró, wenn es dich nervt, mir was zu erzählen, dann erzähl es mir gar nicht erst!«

»Zu spät, ich hab's erzählt.«

»Du nervst!«

»Ich?«

Michelle sprang auf, knickte mit dem Fuß weg und fiel beinahe auf Miró. Sie konnte sich nicht anders fangen, als sich mit beiden Händen auf seinem Brustkorb abzustützen. Ihre Blicke verklammerten sich ineinander. Miró fing an zu grinsen. Michelle sah wütend aus. Aber während sie sich hochrappelte, fing auch sie an zu grinsen.

Siri hatte die Szene von drinnen mitbekommen, hatte, um nicht zu stören, einen Moment innegehalten und trat erst jetzt hinaus.

Schnellen Schritts ging sie an den beiden vorbei über die Terrasse und tauchte in den Strandgarten ein, ohne dass Miró oder Michelle sie zu bemerken schienen. Sie wollte eigentlich nur durch den Garten nach hinten zum Rosengarten schlendern und dort nach den Pflanzen sehen. Zu Füßen der beiden Yukkapalmen, die sich einander zuneigten wie ein tanzendes Paar, blühten tief pink-rote Mittagsblumen in großer Zahl, und sie blieb stehen, widerstand dem Drang, sich zu bücken und zwei verblühte Blüten abzuzupfen – sie wollte keine geschniegelten Beete. Als sie aufblickte, sah sie Fred, der auf der weiß gestrichenen Bank im Schatten der gewaltigen Föhre saß und ihr jetzt zunickte. Sie hob fragend die Augenbrauen, und er klopfte mit der rechten Hand auf den freien Platz neben sich. Sie lächelte ihm entgegen, schlenderte zu ihm hin und blieb vor ihm stehen.

»Komm doch lieber mit am Strand spazieren, magst du? Oder hinten raus in die Berge?«

Er grinste verzagt. »Mögen? Ja! Sehr! Aber ...« Er tippte mit beiden Zeigefingern viele Male auf je ein Knie und sah Siri dabei zerknirscht an.

Siri mochte den Strandgarten sehr, und doch war es ihr unvorstellbar, durch eine Mauer vom Ozean getrennt zu sein, auch wenn es nur eine niedrige war, das weiße Leuchten auf den Wogen nicht sehen zu können, nicht die segelnden Seevögel und die schäumenden Wellenzungen auf dem Sand.

»Können wir nicht auf der anderen Seite der Mauer sitzen?«, fragte sie.

»In der Sonne?«

»Vielleicht finden wir ja Schatten, da ist doch Gebüsch. Wir tragen einfach die Bank hin. Fasst du mit an? Sie ist leicht.«

»Du hast vergessen, mich zu fragen, ob ich das überhaupt will!«

»Willst du?«

»Na gut.« Er grinste und stand auf. Sie stupste ihn leicht.

»Ja, ja, du durchschaust mich, ich weiß«, grummelte er, »aber nicht wirklich, das sei dir gesagt.«

Sie trugen die Bank durch das Tor aus dem Garten. Dort gab es eine schmale ebene Stelle, bevor die felsige Küste zum Strand hin abfiel. Sie brauchten nur bis zu dem hohen Schilfgebüsch zu gehen, das wie ein Hain war mit einer Lichtung darin. In diese kleine Öffnung stellten sie die Bank. Tanzende Schattensprenkel und das leichte Wispern der Schilfhalme umgaben sie, und Fred legte seinen Arm auf die Lehne der Bank und zugleich um Siri herum, wandte sich ihr zu und sah mit seinen schwarzen Augen direkt in ihre, kräuselte die Lippen ein wenig, dass sein Moustache, der inzwischen wieder grau war, stachelig abstand und sagte in getragenem Ton: »Es muss jetzt endlich gesagt werden, es wartet so lange schon … Siri! Ich mag dich!«

Erst stand ein großes Staunen in Siris Gesicht, dann begann sie zu lächeln, lächelte immer mehr und ließ ihn ein, seinen Blick. »Manchmal allerdings – wenn du so klugredest oder derartig bestimmt …«

Sie legte den Kopf auf die Seite mit neckisch fragendem Blick. »Manchmal allerdings?«

»Manchmal gehst du mir auf den Zeiger, ehrlich!«

Siri nickte und schaute hinunter zum Meer. Nah am Brandungssaum tippelten ein paar Möwen im Feuchten. Sie waren sicherlich auf der Suche nach Nahrung, aber es sah aus, als gingen sie hoch erhobenen Hauptes spazieren. Siri schmunzelte in sich hinein.

»Manchmal höre ich mich reden und staune selbst, was da aus mir rauskommt«, sagte sie schließlich. »Ich kann nur hoffen, dass du dich in solchen Momenten nicht bevormundet fühlst.«

»Ist ab und zu nahe dran …«

»Stört das die Liebe?«

»Nein, aber mich.«

»Ich würde es gerne ändern können, aber auf dein Empfinden habe ich ja keinen Einfluss.« Siri lächelte ihn an.

»Sollst auch gar nichts dran ändern!« Fred nahm ihre Hand, legte sie in seine Linke und bedeckte sie mit seiner Rechten. »Du bist Siri, und die bleib bitte auch. Könntest mir höchstens sagen, was du über mich denkst!«

»Was ich über dich denke?« Sie sah ihn an, legte dabei den Kopf auf die Seite und zog die Brauen hoch.

»Lachst du innerlich über mich, wenn ich meine Auftritte inszeniere? Findest du, dass ich *mich* inszeniere?«

»Nein, ich sehe einen Menschen, der das tut, was seins ist und was er behalten möchte, auch wenn es jetzt nicht mehr sein Beruf ist.«

Fred schaute sie an. Lange. Siri schien es, als prüfte er ihre Worte von allen Seiten und forschte zugleich in ihren Augen. Schließlich drehte er sich zum Meer hin, beugte sich vor und betrachtete seine Füße, die sich in dem Sand, der sich dort abgelagert hatte, scharrend vor und zurück bewegten.

»Weißt du, die Gefahr von Egoblähungen ist im Schauspielerberuf groß. Wollte sie mir nie leisten. Ich wollte das Gegenteil, den begnadeten Moment, wenn sich das Ego in den Rollen verliert. Es steuert zwar seine Fähigkeiten bei, aber Fred Hamann gibt es nicht mehr, wenn ich König Lear spiele. Dann gibt es nur König Lear. Und du hast Recht, darum spiele ich immer noch.« Er hielt einen Moment inne. »Weil es so herrlich, so göttlich ist – niemand zu sein!«

»Niemand zu sein«, wiederholte Siri so leise, dass sie kaum zu verstehen war. »Ja, das sind heilige Momente.«

»Woher kennst du sie?«

»Vom Orgasmus.«

»Und sonst?«

»Wenn ich in Stille versinke. Oder im Schaffen.«

Fred nickte innig. »Bin nicht süchtig nach diesen Augenblicken, aber ich erschaffe sie mir, so oft mir danach ist.«

»Und du treibst einen hohen Aufwand dafür.«

»Na ja, wenn ich für euch meine Nummern gebe, das ist zwar Aufwand, aber ansonsten einfach Spaß. Das sind keine Rollen, oder doch, es ist immer die gleiche Rolle, ein alt gewordener Cabaret-Künstler, halb Zauberer, halb Entertainer. Und du? Wie bekommst du deine besonderen Momente? Schläfst du mit Gregor?« Er schaute sie an. Ihr Blick, der sich zusammenzog, schien ihn noch einen Schritt voranzutreiben: »Kann er noch?«

Siri stand auf. »Ich geh jetzt ans Wasser.«

»Bist du sauer?«

Sie war schon zwei Schritte auf den Pfad hinunter zum Strand zugegangen, blieb stehen und drehte sich zu ihm um. »Fred, es geht dich nichts an!«

Er hob die Handflächen, als wollte er sagen »Ist schon gut, ist schon gut!«, und fing im nächsten Moment an zu grinsen.

*

Siri stand am Wellensaum, ließ ihren Blick von den blinkenden Wassern aufsteigen, höher und höher, bis ihr Kopf weit im Nacken lag. Ein leichter Schwindel überkam sie, aber sie musste einen Moment so dastehen und schauen: Ein Himmel, in den man hineinschweben und sich darin verlieren konnte und erst wieder zurückkommen, wenn sich das verletzte Gefühl direkt unterhalb der Kehle dort oben im Blau aufgelöst hatte.

›Vielleicht ist Fred einsam‹, ging es ihr durch den Sinn. Andere Gedanken kamen. Sie scheuchte sie alle weg. Nur der erste zählte. Und das Gefühlsgemisch, mit dem sie eben durch den Sand geschritten war, zornig und zugleich mit Bedauern, verletzt und zugleich irgendwie belustigt, schien sich dort oben im Himmel auszubreiten wie eine Wolke, die langsam in all der Weite vergeht. Ein tiefer Atemzug, und Siri war wieder frei.

Es war so schade um diese zarte Innigkeit, die gerade zwischen ihnen aufgekommen war. Sie hätte einfach über Freds Anzüglichkeit hinwegsehen sollen – nein, hätte sie nicht. Innigkeit ohne Ehrlichkeit, wie sollte das gehen ...

Nach einer Weile wandte sie sich um. Er saß immer noch dort oben auf der Bank. Langsam ging sie durch den weichen Sand zum Fuß der Klippe zurück, hätte gern einen Stock oder am besten sogar zwei zur Unterstützung gehabt, fasste dann mit einer Hand den Saum ihres langen Kleides und hielt ihn, während sie sich mit der anderen am Geländer emporzog. Der Anstieg war steil, aber nicht so steil, dass er ein ernstes Problem für sie wäre, und sie betete, dass es so bleiben möge. Nicht mehr an den Strand zu können wie Fred, nicht mehr selbstbestimmt tun können, was sie wollte, auch wenn Tun ihr nicht mehr so wichtig war – das wäre schlimm.

Fred hatte inzwischen die Sandalen ausgezogen und die Hose ein wenig hochgekrempelt, schob die Füße in den Sand, zog sie wieder heraus, schob sie erneut hinein und sah ihnen dabei zu. Siri setzte sich neben ihn und fragte: »Wie hast du früher gelebt? Du hattest doch eine Frau, nicht?«

»Ja. Aber du weißt ja wohl inzwischen, dass ich schwul bin.« Fred sah sie mit irritierender Miene an. »Manchmal jedenfalls.«

»Also tatsächlich? Das ging für mich immer ein bisschen hin und her.«

»Ja, bin's tatsächlich. Aber nicht nur.«

»Du warst verheiratet, oder? Das hab ich irgendwann mal aufgeschnappt. Mit einem Mann?«

»Nein, mit einer Frau.«

»Wusstest du da noch nicht, dass du schwul bist?«

»Bin ja nicht *nur* schwul. Hatte Liebesaffären mit Männern und Liebesbeziehungen mit Frauen.«

»Und Affären und Beziehungen sind verschieden für dich?«

»Ja, sonst würde ich nicht zwei unterschiedliche Begriffe verwenden.« Fred hob den Kopf und schien sich in Gedanken zu verlieren. Erst nach einer Weile bat Siri: »Erklärst du mir diesen Unterschied?«

Fred strich mit der Seite seines rechten Zeigefingers an seinem Moustache entlang. »Vielleicht ist der entscheidende Unterschied, dass die Geschichten mit Männern für mich von vornherein nie auf Dauer ausgerichtet waren. Bin hinein getaumelt und irgendwann wieder raus. Das war mit meiner Frau ganz anders.«

»Wie habt ihr euch kennengelernt?«

»Marlen und ich …« Fred neigte den Kopf, schien einen Punkt schräg vor sich auf dem felsigen Boden zu fixieren oder vielleicht auch Bilder dorthin zu projizieren, und Siri folgte seinem Blick und sah, als malte Freds Vorstellung sie da hin, eine junge Frau, nur vage, doch deutlich war, dass sie in der Mode einer anderen Zeit gekleidet und zurechtgemacht war, die Haare in einem sehr tiefen Pony bis über die Augenbrauen reichend, darunter die Wimpern stark geschminkt, und trotzdem strahlte das junge Gesicht Natürlichkeit aus.

»Sie war auch an der Schauspielschule damals, aber in einer anderen Klasse. Irgendwie hab ich sie dort nie wahrgenommen. Und ohne meine Vergesslichkeit wäre es auch dabei geblieben. Hatte nämlich meinen Abschluss schon in der Tasche, brauchte aber noch mein Zertifikat für einen Extrakurs im Stepptanz, den ich mitgemacht hatte, ich hatte immer vergessen, das aus dem Sekretariat abzuholen. Vom Bürgersteig musste man vier Stufen hochgehen zu der stattlichen Eichentür, oben mit Ornament-verglastem Rundbogen. Als ich raufstieg, sah ich automatisch am Gebäude hoch, mein Blick fiel auf diesen Rundbogen, den ich vorher nie so zur Kenntnis genommen hatte, es war ja das letzte Mal, dass ich durch diese Tür und in dieses Gebäude gehen würde, da schaut man anders … Na, jedenfalls sah ich durch das schöne Jugendstil-Ornamentglas ein wenig vom Treppenhaus dahinter, und ich sah eine Hand, die am Geländer herunterfuhr, ziemlich schnell, und ich sah einen Teil des Arms, der dazugehörte, und als ich zwei Stufen weiter war und die große Eichentür aufzog, da rannte mir ein sehr süßes, sehr aufgeregtes Mädchen direkt in die Arme. Das war Marlen. ›Ich bin aufgenommen!‹, flüsterte sie, als könnte sie es selbst gar nicht fassen. Hab ihr einfach einen Kuss auf die Wange gedrückt und sie hat gelacht und ist weiter gerannt.«

Er schwieg, und als nach langen Minuten immer noch nichts kam, sagte Siri: »Und dann habt ihr geheiratet und lebtet glücklich in eure Tage hinein …«

Fred griente. »Genau. Außer, dass Marlen mich nie geheiratet hätte, wenn sie nicht schwanger geworden wäre. Und das war sehr viel später. Erst mal musste sie mir überhaupt wiederbegegnen, erst mal war sie nämlich weg. Ich war zu verdattert, um hinterher zu laufen oder etwas zu rufen oder was auch immer. Wusste ja nicht mal, dass ich das gern getan hätte. Aber irgendwie bin ich plötzlich viermal so oft in die Kneipe gegangen, in der die Leute aus der Schauspielschule sich trafen, und als ich ihr wieder begegnet bin, war zwar auch gleich wieder was zwischen uns, bloß haben wir das nicht wirklich ernst genommen. Es ging damals in unseren Kreisen ziemlich rund, vielleicht mussten wir Freiheit in alle Richtungen ausprobieren, jedenfalls waren weder sie noch ich treu, wir hatten nicht mal ne richtige Beziehung. Aber als sie schwanger war, da hatten wir plötzlich eine.«

»Hat sie dich auserwählt, weil du als Vater noch am besten gepasst hast?«

»Nee, gar nicht, ich war bloß der, der mit ihr nach Holland zum Abtreiben gefahren ist. Auf der Fahrt ist aus dem ›bloß der‹ dann was anderes geworden. Wir haben nämlich endlich mal richtig geredet, und ich hab begriffen, dass da ein Mensch neben mir sitzt, also, ich meine, ich hab begriffen, was das ist, ein Mensch, nämlich ein Wunder, das sich gar nicht fassen lässt: ganz anders als ich, aber genau wie ich hat dieser Mensch das Leben zu meistern und es schien mir für sie deutlich schwerer, schon weil sie eine Frau war und es gab auch noch ein paar andere Gründe. Und dann habe ich gemerkt, dass sie ihr Kind liebte, obwohl es noch nicht viel mehr als ein Häufchen Zellen war — und das hat mich ergriffen. Das hat mich so ergriffen und sie dann auch, dass wir nach dreihundert Kilometern umgekehrt sind. Uns war klar, dass wir dieses Kind wollten. Sie hat nie gesagt, dass es mein Kind sei. Das war auch nie besonders wichtig. Ich wollte sein Vater sein und ich wollte bei dieser Frau sein, die mir plötzlich so nahe war wie noch nie ein Mensch zuvor. Als Michi dann da war, hat man es gesehen. Na klar war seine Nase noch klein und ungeformt wie bei allen Säuglingen, aber sie sah aus wie auf meinen Säuglingsbildern, seine Augen waren dunkel, fast schwarz und sein Haarflaum auch.«

»Klingt schön.«

»War es auch. Als ich später die Geschichten von den anderen mitkriegte, mit Unterhalts- und Sorgerechtsklagen und Besuchsrecht und all dem Mist, war ich verdammt froh, dass Marlen und ich glücklich verheiratet waren und diese Ehe auch nie ernstlich gewackelt hat. Und ich war froh, dass sie bei Michi bleiben konnte und nicht im Laufschritt zwischen Proben, Vorstellungen, Kindergarten und Einkaufen hin und her flitzen musste. Hab dafür allerdings ...« Fred wandte sich erneut seinen Füßen zu, steckte sie in den Sand und zog sie heraus, bewegte die Zehen, bis alle Sandkörner herunter gebröselt war, und schob sie wieder in den grauweißen Sand hinein, bis er irgendwann tief einatmete und weitersprach. »Hab dafür auf meine Karriere verzichtet. Das hört sich beschissen an, ist mir klar, so, als hätte ich wer weiß was für Aussichten vor mir gehabt. Oder man kann natürlich auch denken, dass ich damit meine Mittelmäßigkeit kaschieren will, weil ich sowieso nie andere als mittlere Rollen gekriegt hätte. Jedenfalls – ich hab lange in einer Art Cabaret gearbeitet. War damals der, den ich heute hier manchmal vorführe, wenn ich in dem schwarzen Cape erscheine.«

»Aber dadurch hattest du ein sicheres und regelmäßiges Einkommen?«

»Nicht ›aber‹. Hab den Job gern gemacht! Das regelmäßige Einkommen kam obendrauf. Wäre es anders gewesen, hätte es meiner Ehe geschadet.«

»Und Marlen? Was ist aus ihr geworden?«

»Eine verdammt gute Schauspielerin. Als Michi alt genug war, hat sie losgelegt und ist richtig groß rausgekommen. Aber an unserer kleinen Familien-Keimzelle hat sie immer gehangen.«

»Und Michi?«

»Der ist Ingenieur geworden, Schiffbauingenieur. Und irgendwann saß er in Schweden bei einer Riesenfirma, wohnte in einem roten Schwedenhaus und hatte blonde schwedische Kinder mit goldener Haut. Das war wie im Astrid-Lindgren-Märchen, die hatten tatsächlich auch noch ein Ferienhaus aus Holz auf einer Schäre, schwedischer ging es gar nicht. Und seine blonde schwedische Frau sah so knackig und gesund und sexy aus, dass ich manchmal ganz schön neidisch war. Aber es gibt nicht nur herrliche Sommer in Schweden, es gibt auch Winter, und die sind schneereich und dunkel. Beides hat nicht nur das Land, auch die Menschen geprägt, und Michi ist das Kind von zwei oberflächlichen Schaustellern.«

»Hey! So siehst du dich nicht wirklich, oder?«

»Ich nicht, nein. Er aber und seine Frau wahrscheinlich auch. Er hat das immer irgendwie als Makel aufgefasst, den Job von seinem Vater jedenfalls, den Moustache, das Cape – ich war ihm, glaub ich, peinlich, und dass Marlen sehr anerkannt war, nützte ihm nicht viel, weil sie gestorben ist, als er noch nicht mal mit dem Studium fertig war.«

»Oh – das tut mir leid!«

Fred wandte sich Siri zu, streifte sie kurz mit dem Blick und schaute dann an ihr vorbei. »Sie war zart. Viel zu zart für so einen Job, aber als sie erst mal richtig drin war, konnte sie ihn nicht lassen. Sie hat

Leukämie gekriegt. Sie hätte nicht unbedingt dran sterben müssen. Aber sie hat's getan.«

»Hat Michi dir das übelgenommen?«

Wie im Schreck sprang Freds Blick zu Siri herüber. Seine Brauen gingen hoch. »Wie kommst du auf so eine Frage?«, keuchte er.

»Ich weiß nicht, sie war einfach da.«

»Du musst das aus dem Äther gegriffen haben. Das machst du ja öfter mal.« Fred schaute sie immer noch an, jetzt, als sei ihm bisher vielleicht etwas an ihr entgangen. Dann schloss er die Augen, wie um sich zu sammeln, und erzählte weiter. »Ja, so absurd das ist: Er hat es mir übel genommen. Nicht, dass er es gesagt hätte, ich glaub, er weiß es selbst nicht. Aber *ich* weiß es. Ich hätte sie davon abhalten müssen, so viel zu arbeiten. Ich hätte ihr mehr *geben* müssen. So etwas ist irgendwo in ihm, auch wenn er es verborgen hält.

Ja, wir hatten unsere Keimzelle zu dritt in unserer kleinen Familie, aber ich hatte auch noch ein anderes Leben, und das war wild und manchmal mehr als wild.«

»Das, was Michi nach deiner Meinung über dich denkt, das denkst *du* von dir, oder?«

»Nein, nur wenn ich in seinen Augen gelesen habe, hab ich solche Gedanken gedacht. Aus meiner Sicht war es wichtig, dass Marlen ihren Weg gegangen ist. Und aus meiner Sicht ist nicht die Länge eines Lebens entscheidend, sondern die Qualität. Das hab ich durch sie kapiert. Und ich habe nichts getan, was die Qualität unseres gemeinsamen Lebens gestört hätte. Im Gegenteil. Kurz bevor sie gestorben ist, hab ich vor Mitleid mit ihr und vor Traurigkeit zu heulen angefangen. Ich saß an ihrem Bett, und sie hat die Hand auf meine gelegt und ganz ruhig gesagt: ›Ist doch alles okay, Fred, ich hab doch nichts zu bedauern, gar nichts! Ich bin oft glücklich gewesen und manchmal traurig, aber nie so öde geknickt und dauerhaft unzufrieden, wie viele andere. Ich hab so viel ausgekostet und so viel verschenkt. Ich fühl mich reich, Fred, ich hab das Leben kennengelernt, ich gehör nicht zu den zu kurz gekommenen, und ich wünsch dir, dass du irgendwann auch so satt von dieser Welt gehen kannst.‹«

»Schön!« Siri nickte vor sich hin, während seine Worte in sie hinein sickerten. »Hast du Michi das erzählt?«

»Ja.«

»Und?«

»Er hat bloß vor sich hin gestarrt.«

»Und du denkst, in seinem Inneren ist eine andere Wahrheit?«

Auf Freds Stirn bildete sich eine tiefe Steilfalte. »Er kannte mich als der mit Moustache und Cape, nicht so sehr als der, dem man auch ganz andere und ziemlich besondere Rollen anvertraut hat. Ich habe mehrere Einpersonenstücke gehabt. Zum Beispiel in dem Monologstück ›Judas‹ von Lot Vekemans, einer holländischen Autorin. Sie ist auch bei uns sehr verehrt. Du kannst ja mal recherchieren, dieses Stück haben nur die Besten gespielt.«

Siri stupste Fred in die Seite. »Hey, was du sagst, das glaube ich, das muss ich nicht überprüfen!«

»Das waren oft heilige Momente, so vor dem Publikum zu sitzen und langsam, jedes Wort einzeln betonend, in den Raum zu geben, dass Judas aus Liebe gehandelt haben könnte, dass er etwas ganz anderes beabsichtigt haben könnte als das, was passiert ist. Versteh mich richtig – die Momente waren nicht heilig, weil das Thema es war ...«

Er brach ab, und Siri ergänzte: »Ich glaube, ich kann es ein wenig mitempfinden, auch wenn ich keine solchen Schauspielerfahrungen habe. Es kann manchmal sehr intim werden zwischen der Person, die vorträgt, und dem Publikum, das habe ich auf Lesungen ab und zu erlebt, und aus dieser Verbundenheit schwingt sich die Stimmung manchmal weit hinauf.«

»Ja, weiter und weiter, wie auf einer Schaukel«, sagte Fred leise.

Sie schauten beide vor sich hin, Siri auf Freds Füße, die immer wieder aus dem Sand auftauchten und die winzigen Körner herunterrieseln ließen; Fred nach draußen zu den langen Linien, die sich eine hinter der anderen vom Horizont aufs Ufer zu bewegten.

»Aber den Typ mit Moustache und Cape liebst du immer noch, oder?«, fragte Siri unvermittelt.

»Ja. Hab mir aber erst hier den Bart wieder wachsen lassen. Auf einmal war mir danach, diese alte Zeit aus der Versenkung zu holen.«

Fred hielt inne, als sei ihm plötzlich das Wort abgeschnitten. Erst nach einer Weile und viel leiser meinte er: »Da hatte ich sie nämlich hin verbannt, weißt du.« Er sah zu Siri hinüber. »Klar weißt du. Hast uns ja gerade vorgelesen, wie du bestimmte Erinnerungen versenkt hast. Aber Hochholen ist nicht einfach. Da hilft Humor manchmal, auch wenn er ungewollt passiert. Oder vielleicht auch gerade deshalb.« Seine Züge blieben bei diesen Worten sehr ernst.

Siri nickte. »Und zum Glück hast du die Fähigkeit, aus solchen Momenten Slapstick zu machen.«

»Wer Schauspieler ist und diese Fähigkeit nicht hat, tut mir leid! Für jeden ist sie hilfreich, aber wir Schauspieler *brauchen* sie.«

»Ich frage mich, ob ich das so gekonnt hätte wie du, vor allem, nachdem du dich geschminkt und kostümiert hattest.« Siri sah ihn vor sich, wie er in seinem Zimmer vorm Spiegel stand und sein Kostüm und seine Maske immer wieder begutachtete, und plötzlich ging ihr auf, dass das womöglich das Eigentliche war, gar nicht unbedingt der Auftritt. Im Moment, als sie ihn danach fragen wollte, stand Fred auf, hob die Arme, breitete sie weit aus und rief mit salbungsvoller und erhobener Entertainerstimme: »Du ahnst nicht, was mir gerade für eine Idee gekommen ist! Stell dir vor, wir würden alle zusammen Theater spielen! Als Event für die abendliche Künstlerrunde! Wenn deine Lesungen vorbei sind, wäre es doch gut, was ganz anderes parat zu haben. Ich spreche von experimentellem Theater. Keine vorgegebenen Rollen, kein auswendig gelernter Text. Es gibt nur einen ersten Impuls: Jemand denkt sich Typen aus, die verkörpert werden sollen, alles andere entsteht aus der schöpferischen Kraft des Augenblicks, aus dem Genius des Zufalls.«

Er gestikulierte zu den letzten Worten nach alter Schauspielmanier, abstrus, und doch lud gerade das Siri in seine Welt ein und holte obendrein ihre eigenen Erlebnisse solcher Theaterversuche in die Erinnerung. Das freie Theaterspiel hatte ihr einmal in jungen Jahren die Augen geöffnet: Was sie alles in Rollen darstellen konnte, hatte sie maßlos fasziniert und die Frage provoziert, wer sie denn eigentlich wirklich war. Auf jeden Fall war das nicht festgelegt, ging ihr damals auf: Sie war nicht einfach, was und wer sie war, sondern sie konnte weit mehr darauf einwirken, als sie sich je hatte träumen lassen.

»Super Idee!«, rief sie.

Fred fing an zu lachen. Reine Freude blitzte aus seinen Augen, auch noch, als er meinte: »Aber eins ist klar: Es öffnet die Türen, und dahinter kann so mancher Konflikt vorbrechen! Miró hat schon Recht, wir übertünchen aus lauter Harmoniebedürfnis so einiges. Eigentlich hatten wir uns mal Ehrlichkeit auf die Fahnen geschrieben, oder?«

Siri nickte. »Braucht das Ganze viel Vorbereitung?«

»Nein. Das ist im Handumdrehen auf die Beine gestellt.«

»Dann lass es uns nachher beim Mittagessen vorschlagen, vielleicht können wir es heute Abend machen!«

»Da wirst du auf Michelles Widerstand stoßen! Mindestens auf ihren. Sie will deine Geschichte bestimmt erst zu Ende hören, und andere wohl auch. Sogar ich fände es besser.«

»Meine Geschichte ist noch nicht zu Ende. Aber sie ist an einem Punkt angekommen, wo es gut tut, erst mal Atem zu holen und alles sacken zu lassen – zumal es danach einen Sprung vom ersten in den zweiten Teil und damit in eine andere Zeit gibt. Ich hab schon sowieso schon überlegt, ob ich überhaupt weiter vorlese.«

»Kannst doch nicht einfach aufhören. Mittendrin!«

»Nein, das würde ich auch nicht machen, aber ich könnte doch allen das E-Book zusenden. Dann kann jeder selbst weiterlesen oder auch nicht, ganz nach Belieben.«

»Da würde was fehlen!«

»Aber dann entscheidet jeder selbst, ob er sofort weiterliest, ob er überhaupt weiterliest. Wir müssen das mit den anderen besprechen!«

»Genau. Und wenn sich eine Mehrheit dafür findet, könnten wir es tatsächlich gleich heute Abend machen.«

»Du würdest das lieber machen, als weiter der Lesung zuhören, stimmts?«

»Ich würde lieber selbst lesen, stimmt. Tagsüber, wenn ich sowieso viel Zeit hab. Wenn wir zusammen sind, kann man was anderes machen. Am besten Theater!« Fred rief die letzten Worte und hob dabei den Zeigefinger. »Das ist die beste Medizin!«

»Gegen was?«

»Gar nicht gegen was. Für was!«

Sie mussten beide lachen, und Siri spürte, dass es sie erleichterte, nicht weiter die Vorleserin zu sein. Damit war es für sie entschieden.

Fred war schon woanders. »Wir spielen im Saal auf der Bühne. Dann kann jeder ins Spiel einsteigen – im wahrsten Sinn, indem er hochkommt auf die Bühne – und auch wieder rausgehen. Er steigt wieder runter und ist Zuschauer.«

»Und Miró?«

»Den müssen wir irgendwie da hoch befördern, das dürfte nicht so schwer sein, ist ja bloß eine Stufe. Und dann rollt er mit seinem Rolli an die Seite, an eine bestimmte Stelle, damit wir wissen, dass er im Moment nur Zuschauer ist. Glaubst du, er macht überhaupt mit?«

»Keine Ahnung.«

»Ist eigentlich auch nicht so wichtig. Jeder kann ja Publikum sein oder auch gehen.«

»Und wenn sich keiner traut und du allein da oben stehst?«

»Dann spiel ich euch allein was vor, kein Problem. Außerdem zähle ich auf dich, du traust dich doch auf jeden Fall.«

»Ja, klar. Ich hab das früher schon mal gemacht, da war ich noch sehr jung und sehr verklemmt und scheu. Es hat Spaß gemacht und war aufregend, aber es tat auch weh, nicht aus mir rauszukommen.

Allein um zu sehen, wie es jetzt ist, mach ich schon mit. Und Michelle macht bestimmt auch mit.«

»Na also. Außerdem ist auch jeder, der zuschaut, mit im Spiel. Zuschauer ist genauso eine Rolle wie alle anderen.«

»Das hört sich gut an, Fred, sehr gut.«

»Und wenn doch keiner Lust hat außer mir und dir, dann mache ich eben eine klassische Publikumsbeschimpfung.«

»Das fänd ich blöd.«

»Was fändest du denn gut als Einpersonenstück?«

»Wenn diese eine Person von sich erzählt. Wenn du uns mitnimmst in deine Welt.«

»Meine Welt besteht aus gespielten Stücken, aus Textlernen und Backstage-Geschichten. Und meiner Familie, aber die bleibt privat.«

Siri kicherte. »Dein Backstage-Leben interessiert mich brennend.«

»Siri – ich bekomme richtig Lust drauf!«

»Ich auch!«

»Kommst du mit hoch in meine Requisitenkiste gucken und Sachen aussuchen? Vielleicht sollten wir ein bisschen was mit runter nehmen. Das gibt ganz viel mehr Gestaltungsmöglichkeit. Jemand setzt sich zum Beispiel einen Hut auf oder bindet sich ein Kopftuch um. Wenn man nur mit so wenig arbeitet, dann wirkt jedes enorm.«

Fred hielt Siri die Hand hin. Sie nahm sie und ließ sich von ihm von der Bank hochziehen. Hand in Hand gingen sie durch den Strandgarten hoch zum Haus, und er erläuterte ihr, wie er das Ganze anleiten wollte und dass sie noch einen, wenn auch knappen Rahmen abstecken müssten. Dazu gehörte ein Bühnenbild und am besten auch festgelegte Rollen. Aber mehr nicht. Die Szene könnte an einem Marktstand spielen, schlug Siri vor. Oder im Raumschiff, meinte Fred, und so lachten und plapperten sie wie Kinder und nahmen nur am Rande wahr, dass sie an Hakan vorbeigingen, der sich im Strandgarten einen Stuhl in den Schatten der Föhre geholt hatte und schrieb. Er schien ohnehin so vertieft und bewegte seine schreibende Hand so schnell, als flössen die Worte wie heiße Lava aus ihm heraus.

*

Miró war der Einzige, der sofort und unumwunden »Ja« zum Theaterspielen sagte, als Fred gegen Ende des Mittagessens davon erzählte. Es war allerdings seine Art von Ja: »Und ich bin *kein* Zuschauer! Das schminkt euch gleich ab, dass ihr mich da irgendwo unten hinsetzen könnt, und ich darf höchstens mal klatschen!«

Michelle wollte Siris Geschichte weiter hören. »Wir sind doch grad mittendrin! Wir können ja meinetwegen mal einen Abend Pause machen, aber doch jetzt nicht gleich Theater!«

Gregor nickte beipflichtend. Hakan schaute nur auf seine auf dem Tisch liegenden, gefalteten Hände. Eingesunken wirkte er, fast erstarrt. ›Was hat er, was geht in ihm vor‹, fragte Siri sich erneut. Erinnerte ihn das an seinen ersten Beruf, den er nicht mehr hatte machen können? Ist es womöglich schmerzhaft für ihn, wenn wir hier schauspielern? Als Hakan den Kopf hob, ohne jedoch jemanden anzublicken, und sagte: »Okay, ich bin dabei«, wusch das Siris Fragen nicht weg, sondern ließ sie noch eindringlicher werden. Aber sie spürte, dass sie ihn nicht darauf ansprechen durfte, jedenfalls nicht jetzt, sondern ihn lassen musste, genau da, wo er war.

»Nur nicht heute!«, fügte er plötzlich dazu.

»Finde ich gut, einen Abend Pause«, sagte Gregor, und sein klingender Bass gab Tragkraft zu geben. Auch Michelle begann zu nicken und sagte: »Ja, unbedingt.«

»Wir haben ja auch nie gesagt, dass die Künstlerrunde jeden Abend stattfinden muss«, ergänzte Fred. »Es ist doch eh erstaunlich, dass es läuft, wie es läuft!« Siri sah ihn an, zuerst ein wenig im Zweifel, wie er das meinen mochte, dann meinte sie in seinen ernsten Zügen zu lesen, dass er seine Anfangsbegeisterung gerade herunterzügelte, vielleicht, weil er selbst merkte, dass es so dicht auf das andere nicht passte. Doch lockerlassen würde er nicht, das war ihr klar, und wieder kamen schlaglichtartige Erinnerungen an ihre früheren Erlebnisse mit freiem Theater und schürten ihre Aufregung.

Drinnen aus dem Saal hörte man plötzlich leise Klaviermusik, was fast nie vorkam. Auch das hatten sie sich schon am Anfang ausbedungen: Dass sie hier nirgends mit Dauermusik besäuselt wurden. Testete jemand die Anlage? Aber wer sollte das sein, sie waren doch alle hier.

Sabine schaute aus der weit offenstehenden Terrassentür. »Ich räum das Buffet schon mal ab – oder ist jemand noch nicht fertig?«, rief sie mit gedämpfter Stimme. Als niemand antwortete, setzte sie noch hintendran: »Wenn euch die Musik nicht gefällt, mach ich sie natürlich wieder aus!«

Es schien, dass sie alle ein wenig wegglitten auf den Flügeln der Klänge, jeder in seine Gedanken. Ab und zu hob jemand sein Glas an die Lippen, ab und zu gab es weit weg ein paar Möwenschreie. Hakan schaute weiter auf seine Hände, Michelle hatte den Kopf schiefgelegt und schien zu sinnieren, Gregor saß weit nach hinten gelehnt, den

Kopf im Nacken, als würde er in die blaue Unendlichkeit schauen, doch die sah man hier unter dem großen Schirm nicht.

Fred puhlte hinter vorgehaltener Hand mit einem Zahnstocher an seinen Zähnen und Miró tupfte sich schon zum fünften Mal die Lippen mit seiner Stoffserviette ab und begann sie dann, sehr bedächtig und sorgfältig immer kleiner zusammenzulegen. Als er sie entschieden neben seinen Teller legte, drehte er sich im selben Moment zu Siri und sagte ungewöhnlich leise, beinahe sanft: »Hätte nicht gedacht, dass du so Schweres erlebt hast, Siri. Du kamst mir immer so – schicksalslos vor ...«

Siri hatte gerade die Flasche mit dem Bordeaux von der Tischmitte herangeangelt und hielt sie mit einer fragenden Geste in seine Richtung. Er nickte, und sie schenkte ihm erst nach, bevor sie antwortete.

»Ach, weißt du«, meinte sie zu ihm hin geneigt, als sei dies nur für ihn bestimmt, »ich hab mit der Zeit einen anderen Blick auf das Schwere und das Leichte im Leben bekommen. Wie oft hab ich erlebt, dass mich das Schwere ins Schöne geführt hat!«

Miró nickte. »Ja? Mir ist das noch nicht passiert. Außer, dass ich gerade ziemlich froh bin, weil ich niemanden mehr hab, den ich noch verlieren könnte.« Er kämmte, wie es manchmal seine Art war, mit der unteren Zahnreihe seinen großen Schnurrbart. »Aber als Johann und du Kinder wart, da wär ich ein oder zwei Mal beinah neidisch auf euch geworden. Na ja, war ja klar, dass das alles idealisiert war.«

Siri zog die Brauen hoch. »Idealisiert? Jedenfalls nicht absichtlich.«

Hakan beugte sich über den Tisch zu Siri hin. »Da war schon einiges an Goldstaub, das mit den alten Eltern und so.«

»Das nennst du Goldstaub?« Fred verdrehte die Augen. »Ein dreißig Jahre lang verfeindetes Ehepaar liegt sich am Sarg ihres Sohnes in den Armen und dankt einander für ihr Kind! Das nennt man Liebe!« Fred starrte Hakan so intensiv an, als wollte er ihn mit seinem schwarzen Blick hypnotisieren. Hakan zog nur die Stirn in Falten.

»Glaubst du wirklich, dass Johann an Liebesmangel gestorben ist?« Michelle hatte vor sich hingesprochen und drehte nun langsam den Kopf in Siris Richtung. »Du hast ja sogar geschrieben, dass seine Seele deshalb keinen Sinn mehr in diesem Leben gesehen hat. So hab ich das jedenfalls verstanden. Jeder Arzt würde sich an den Kopf tippen – bei der Diagnose! Aber das hast du auch nicht gemeint, oder? Glaubst du, Johann hat sich aufgegeben?«

»Ja, damals hab ich das geglaubt. Heute bin ich nicht mehr so schnell bei der Hand mit irgendwelchen Ursachen oder Erklärungen.

Ich glaube, dass Ursachen Wirkungen erzeugen, ja, aber etwas erzeugt auch die Ursachen, oder? Also sind sie genauso auch Wirkungen. Alles ist derart umfangreich und miteinander verflochten, dass man zwar gern einfache Erklärungen hätte, aber die gibt es nicht, die kann es nicht geben. Das hab auch ich inzwischen kapiert.« Siri lachte ein kollerndes Lachen

»Und du, Siri? Würdest du dich *nicht* verabschieden, wenn die Liebe weg ist?« Hakan klang nun etwas freundlicher.

Siri schüttelte den Kopf. »Ich glaube, die Liebe ist nie weg. Wir glauben bloß manchmal, dass sie einzig und allein bei einer bestimmten Person zu finden ist.« Sie lachte auf, weil ihr etwas Seltsames in den Sinn gekommen war, und lachend sagte sie: »Eigentlich braucht Liebe gar keine Person, aber alle Personen brauchen Liebe.«

»Das ist ja ne irre Ansicht …« Michelle hob die Hände wie um etwas von sich zu weisen.

»Also bräuchte keiner zu leiden, der seinen geliebten Menschen verliert?« Hakans Ton war herausfordernd nahe am Spott.

»Nein, das hab ich nicht gesagt! Verlust, Abschied, Trauer, das gehört doch dazu. Nur zu glauben, die *Liebe* sei nicht mehr da, weil mich jemand nicht mehr zu lieben scheint oder ich meine wichtigste Bezugsperson nicht mehr liebe – das ist doch Unsinn. Was hindert mich, jemand anderes zu lieben? Es wird eine andere Art von Liebe sein, sie wird eine andere Erfüllung finden. Aber wenn mich etwas daran hindert, zu lieben, dann hat mir bestimmt nicht die Liebe den Rücken gekehrt – dann hab ich doch *ihr* den Rücken gekehrt!«

»Genau!«, murmelte Gregor und nickte in sich hinein.

»Kann man das wirklich? Liebe empfinden, ohne dabei an jemanden oder an etwas zu denken?« Fred sah Siri ungläubig an, doch zeigte seine Miene, wie sehr ihn der Gedanke bewegte. Seine großen Brauen zogen hohe Bögen über seinen wachen Augen.

»Ja, klar. Manchmal denke ich nur das Wort Liebe, und sie ist da.«

»Hm …« Miró zog die Brauen hoch. »Dann liebst du eben nicht jemand anderes. Dann liebst du die Liebe!«

»Geht das?« sinnierte Fred. »Ich probier's«

Hakan stand auf, nickte kurz in die Runde und ging. Alle Blicke folgten ihm. Michelles Stirn legte sich in tiefe Falten, Gregor zog die Brauen hoch, Fred zuckte kaum merklich mit den Schultern und Miró wiegte den Kopf hin und her, als hätte er sehr widersprüchliche Gedanken zu Hakans stummem Aufbruch.

»Wenn du manchmal so redest …«, begann nach einer Weile Michelle und fasste Siri in einen intensiven, beinahe strengen Blick, »dann klingt das so – bestimmt. Fast schon bestimmend. Und irgendwie unpersönlich.« Bei den letzten Worten verwandelte sich ihre Miene von ernst zu ungehalten.

»Das hat man mir schon öfter gesagt«, meinte Siri und überlegte dabei schon, wie sie erklären sollte, dass es sich nicht erklären ließ. »Meine Sicht ist für viele wohl sehr gewöhnungsbedürftig«, sagte sie schließlich und zog dabei Brauen und Schultern hoch.

»Irgendwie reizt sie mich …« Michelle schwieg geraume Zeit, während der sie Siri abwesend anstarrte. »Manchmal macht sie mich gereizt, manchmal reizt sie zum Nachdenken, manchmal zum Widerspruch.« Sie schien zu überlegen, ganz so, als sei dies noch nicht das, was sie wirklich sagen wollte. »Aber weißt du – du redest oft so abgehoben, irgendwo von da oben auf Wolke sieben oder vielleicht sogar Wolke siebenundachtzig.« Sie lächelte, doch es wirkte mühsam.

›Wenn es überhaupt mit Wolken zu tun hat‹, dachte Siri, ›dann eher damit, dass manchmal keine Wolken mehr da sind. Dann ist alles ganz hell und klar, und dann rede nicht ich, dann nimmt sich diese Klarheit einfach meine Stimme.‹ Sie sprach es nicht aus, sie wollte nicht noch mehr Zündstoff liefern. »Weißt du, manchmal wundere ich mich selbst über das, was ich sage. Es kommt einfach so raus, ganz von selbst – irgendwo von innen.«

»Vielleicht hast du zu viele von diesen Spinnerseminaren mitgemacht?«, feixte Miró.

Siri lächelte ihn dankbar an. »Nee, die haben mich eher zum Schlaumeiern gebracht!« Sie hatte damals tatsächlich anderen erzählen wollen, was richtig für sie war – nur weil sie selbst glaubte, das Richtige für sich gefunden zu haben und völlig begeistert davon war. Bis sie merkte, dass es sich beim nächsten Seminar wieder verändern konnte. Heute schämte sie sich dafür und wollte ganz bestimmt niemanden mehr belehren, und doch klang es offenbar manchmal so. Vielleicht ließ sich das, was Michelle so anpiekste, wenigstens ein bisschen verständlich machen. Leise sagte sie: »Mir ist zweimal im Leben etwas passiert, etwas sehr Schlimmes, so schien es zuerst, aber im Nachhinein hat es sich als Geschenk herausgestellt.« Ihre Stimme war noch leiser geworden, ihr Blick suchte draußen im Strandgarten bei den eigenartig verrenkten Armen der großen Agaven Halt. Sollte sie das jetzt wirklich weitererzählen? Sie war schon besonders genug, sie musste sich nicht selbst noch besonderer machen … Sie holte tief Luft

– und wusste im selben Moment, dass es genau richtig war, davon zu erzählen.

»Ich bin zweimal fast gestorben. Das eine Mal habe ich in meiner Geschichte geschildert, als die kleine Siri so krank war und Johann an ihrem Bett saß und sie nicht gehen lassen wollte. Damals stand zwar mein Leben auf dem Spiel – aber mir ist etwas Wunderbares widerfahren. Heute weiß ich, dass ich wohl für eine Weile meinen Körper verlassen durfte. Diese Worte sagen nichts über das, was war, aber sie können vielleicht ein bisschen deutlich machen, dass es andere Ebenen gibt, von denen aus wir auch erleben können.« Sie hielt inne, breitete die Hände aus, um die Unmöglichkeit einer Erklärung zu signalisieren, und sagte dann: »Diese Krankheit damals, als ich bei den Engeln bleiben wollte – ich war danach kein Kind mehr.«

Michelles Augen wurden weit. Sie nickte vor sich hin, als sei sie zwar noch dabei, das eben Gehörte zu verdauen, doch schien sie zugleich schon ganz anderes zu verstehen.

»Hört sich nach Nahtoderlebnis an«, warf Fred ein.

»Ach, weißt du, ich möchte es in keine Schublade tun. Ich wollte euch und mir selbst zu erklären versuchen, dass ich vielleicht deshalb manchmal in anderen Sphären zu schweben scheine. Dass ich vielleicht deshalb manchmal seltsame Antworten gebe, die von irgendwoher kommen. Für mich allerdings ist das gar nicht so besonders, und ich erlebe es bei euch mitunter auch. Manchmal spricht unser eigentliches Wesen direkt aus uns heraus.«

»Die Seele?« Michelles Stirn legte sich in unzählige Falten.

»Wie immer du es nennen willst. Manche sagen lieber Innere Stimme, das klingt irgendwie diesseitiger.« Ein Lächeln huschte um Siris Mundwinkel. »So wie Intuition oder Instinkt. Das ist nicht übernatürlich.«

»Was ist das eigentlich, eine Seele?« Michelle sah niemanden an, schien vielleicht auch nur zu sich selbst zu sprechen. Sie hob den Blick. »Im Ernst, weiß jemand eine Erklärung, die wirklich konkret sagen kann, was das ist?« Als niemand antwortete, fuhr sie fort: »Wir verwenden das Wort so selbstverständlich und jeder weiß gleich, was gemeint ist – oder glaubt es zu wissen. Das ist doch völlig verrückt!«

»Ja, ist es.« Gregor sah genauso nachdenklich aus wie Michelle. »Was Geist ist, kann dir auch keiner wirklich sagen. Nicht so, wie man ein Pferd beschreiben kann oder ein Klavier. Obwohl sich Menschen seit den allerersten Philosophen damit und mit dem Begriff Seele befassen. Sie haben natürlich auch Erklärungen gefunden, und zwar sehr unterschiedliche, je nachdem, aus welchem Zusammenhang heraus. Es ist damit oft die Gesamtheit unserer Gefühls- und unserer geistigen Regungen gemeint, die Psyche also. Aber ich glaube, wenn wir hier darüber sprechen, meinen wir mehr. Und auch das ist ja ein verbreitetes Verständnis: dass Seele etwas nicht Materielles und der Psyche Übergeordnetes ist, dass sie unsterblich ist und unsere Lebendigkeit ausmacht. Wenn wir sterben, verlässt die Seele den Körper, sagt man. Die Frage ist, ob die Seele die Person ausmacht, die wir sind, oder ob die Person sich aus einigen Grundvorgaben der Seele selbständig entwickelt.«

»Und Geist?«, fragte Fred. »Kannst du den auch so schön beschreiben?«

»Ist ein genauso uneinheitlich verwendeter Begriff, ja. Er wird einerseits im Sinne von Wahrnehmen, Erkennen, Lernen und insbesondere Denken verwendet, zum anderen aber gibt es auch hier die übergeordnete Bedeutung, das Prinzip Geist oder das unsterbliche, allgegenwärtige Geistige.«

Siri hatte, während Gregor sprach, immer wieder genickt und fügte jetzt an: »Die Seele ist unsterblich so wie der Geist, beides wird nicht immer haargenau auseinandergehalten. Aus meiner Sicht sind sie nicht zwei, sie sind eins. Und wenn die Geistseele sich einen menschlichen Körper erschafft und mit ihm ein Leben lebt, dann ist auch der Körper in dieses Eins eingeschlossen.«

Michelle nickte bedeutungsvoll.

»Könnten wir jetzt bitte wieder normal reden?« rief Miró. »Einfach nur normal? Könnte vielleicht jemand einen Witz erzählen oder sowas?« Miró sah aus und hörte sich an, als sei er dem Verzweifeln nahe.

Als Gregor tief Luft holte, fuhr Miró zu ihm herum und rief: »Bitte jetzt nicht irgendwelche Spiele! Und schon gar nichts übers Sterben!«

Gregor lächelte. »Nein, ganz sicher nicht, das reicht erst mal, finde ich auch. Ich brauch Zeit zum Verdauen.«

Er stand auf, füllte sich sein Schälchen ein weiteres Mal mit Obstsalat, von dem noch einiges in der großen Schüssel war, und nahm es mit. In der Terrassentür drehte er sich um, wartete auf Siri, die ihm folgte, und legte ihr den Arm um die Schulter. So gingen sie weiter, um sich an der Treppe gleich wieder zu trennen. Gregor nahm den Fahrstuhl.

Im Bett nebeneinander sitzend, teilten sie sich Bissen für Bissen und redeten einige wenige Sätze über die Theateridee. Als sie dann in die Waagerechte gerutscht waren, Siri leicht an ihn gekuschelt, meinte

Gregor mit leisem Spott in der Stimme: »Irgendwie ja gut, dass jemand von uns schon mal tot war ...«

Siri schloss die Augen und drückte die Lider fest zu. Es war wie hinunterschlucken. Sie kannte das. Über das Thema konnte man nicht mal eben reden, mit vielen Menschen am besten gar nicht. Das Leben hatte sie gelehrt, über dies und ein paar andere Dinge eisern zu schweigen. Sie gehörten aber zu ihr und hatten die Siri aus ihr gemacht, die sie heute war. Und wenn sie sich in Gregor, in Michelle, in Fred hineinversetzte, dann war sie sicherlich nicht immer leicht zu verstehen und wohl auch nicht leicht zu nehmen.

Manchmal tat es weh, anders zu sein. Aber deshalb würde sie keine andere sein wollen. Und die fünf Menschen hier um sie kannten das Gefühl mit Sicherheit auch. Sie waren teilweise ja sogar stolz auf ihr Anderssein. Also!

Sie kniff Gregor ganz leicht in den Oberarm und sagte: »Ich glaub auch, dass das gut ist.«

***

17 Spiegelung

Schwer war alles, die Glieder, das Hirn, die Augenlider; eine zähe Schwere, aber ohne Gewicht. Mühevoll rang Siri darum, wach zu werden, doch glitt sie immer wieder in die Müdigkeit zurück.

Ihr Mittagsschlaf musste länger als die normalen fünfzehn Minuten gedauert haben, dachte sie, als sie wieder halbwegs denken konnte. Nur dann hielt der Schlaf sie derart fest. Oder war es einer dieser seltsamen Erschöpfungszustände, die sie schon seit einigen Jahren kannte und die kamen und gingen, als hätten sie keinen Grund? Es fühlte sich ähnlich an wie jetzt, aus allen Glieder schien sämtliche Kraft gezogen worden zu sein, doch als sie die Lider mit Gewalt offen behielt und den Kopf leicht hin und her bewegte, gelangte sie nach und nach ins Wachsein, ohne dass Schwäche zurückblieb.

Als sie auf den Balkon hinaustrat, saß Gregor dort im Schatten der Hauswand, mit Lupenbrille und auf dem Tisch eine Lampe, deren extrem heller Lichtstrahl selbst hier im Tageslicht zu erkennen war. Vor ihm lagen etliche Schnitzmesser und ein Auflagebrett, auf dem ein Stück Strandgutholz, ausgebleicht von Sonne und Salz und geschliffen vom Sand, unter seinem Schnitzmesser zu einer Figur wurde, zwei Liebende, so schien es, ineinandergeschlungen, dass es auf den ersten Blick wie ein einziger Körper anmutete.

Siri blieb neben ihm stehen, schaute zu und küsste ihn auf den Hinterkopf. Sie wollte ihn nicht stören, wollte schon weitergehen, aber er sagte, ohne aufzublicken und ohne das Messer ruhen zu lassen: »Ich bin mal wieder völlig baff, dass ausgerechnet diese Figur aus diesem Stück Holz werden wollte. Ich schwöre dir, ich hab mir das Stück lange angesehen, bevor ich angefangen habe. Zig Sachen hab ich darin gesehen, ein Seepferdchen, einen Arm, einen Gebirgszug mit einer Kirche – hier, dieser kleine Huckel, sieht der nicht wie eine Kirche aus?« Er drehte das Holzstück, das ungefähr die Länge seines Unterarms hatte, und hielt es Siri entgegen. »Möglichkeiten, Möglichkeiten... Wenn ich nicht diese Schwäche für menschliche Körper hätte, würde ich vor lauter Qual der Wahl nie etwas anfangen!« Er lachte fidel.

»So gesehen ist es ja keine Schwäche.« Siri spürte wenig Neigung, mehr zu sagen, sie war noch zu lahm und fügte dann doch hinzu: »Man erkennt schon jetzt ganz klar, dass es von dir ist.«

Gregor lachte leise auf. »Weißt du, dass ich bei keiner meiner Sachen das Empfinden habe, dass *ich* es gemacht habe?« Er hob den

Kopf und schloss die Augen, als bräuchte er für seine weiteren Worte eine besondere Inspiration. Leise sagte er: »Ich sehe das Material zwar vorher lange an – aber, dass ich ein Seepferdchen oder eine Landschaft darin entdecke, das ist nur der erste Moment. Je mehr ich schaue und mich ins Schauen fallen lasse, desto weniger erkenne ich und desto leichter kann das Stück in meiner Hand zu mir sprechen. Es ist, als wenn ich aufhöre, da zu sein – und umso mehr bin ich da, verstehst du? Wenn ich dann loslege, entsteht von selbst das, was aus genau diesem Etwas werden will. Ich bin bloß der, der es ausführt.«

Siri nickte, ging zu ihren Korbstuhl und setzte sich. Die Steifheit ihrer Glieder rang ihr ein unterdrücktes Stöhnen ab, und während sie sich sagte, dass das bloß eine weitere Folge des zu langen Schlafs war, legte sie die Hände auf die Armlehnen und griff so kraftvoll darum, wie sie konnte, richtete sich dabei sehr gerade auf und atmete tief ein und aus. Schon besser. Erst jetzt antwortete sie mit leicht erhobener Stimme, um den hochfahrenden Wind in der Föhre zu übertönen. »Ich glaube, es gibt zwei Arten, künstlerisch zu arbeiten: lauschend oder bestimmend. Weißt du, was ich meine?«

Gregor schaute kurz über seine Lesebrille hinweg zu ihr herüber. »Was?«, fragte er und wandte sich wieder seiner Arbeit zu.

»Du kannst dein Werkstück fragen, du kannst lange und intensiv schauen und aus ihm herauslauschen, was es werden könnte oder was es werden will. Du gibst dich dem Stück Holz in die Hände – auch wenn es von außen so aussieht, als hättest du es in Händen.« Gregor schaute auf, kniff die Augen wie überlegend zusammen und starrte zuerst auf sie, dann in die Ferne. Als sie schwieg, kehrte sein Blick wieder zu ihr zurück, und Gregor nickte ihr zu, dass sie weitersprechen sollte. »Es geschieht einfach«, sagte sie und hob die Brauen. »Und trotzdem ist es deine Entscheidung, es geschehen zu lassen. Du lauschst dem Moment, dem Stück Holz und auch dir selbst und deiner aktuellen Stimmung die Inspiration ab und drückst weder dem Holz etwas auf noch dem Moment und auch nicht dir selbst. Eher ist es doch so, dass du das alles harmonisch zusammenbringst.«

Gregors Blick war aufgeflogen und segelte nun mit einer der Wolken, die sich aus langen, hakenförmigen Pinselstrichen in runde Gebilde verwandelt hatten. »Ja, so arbeite ich«, meinte er.

»Die meisten anderen, glaube ich, arbeiten bestimmend«, fuhr Siri fort. »Sie wissen vorher, was sie machen wollen und wählen das Material dafür so passend wie möglich aus.« Siri hielt inne und überlegte. »Ich arbeite auch am liebsten lauschend«, sagte sie dann. »Das geht sogar, wenn ich aus meinem eigenen Leben erzähle. Ich lausche meinen Erinnerungen ab, welche davon erzählt werden wollen, aus welcher Sicht, mit welcher Erzählerstimme …« Ihr Blick legte sich lang auf den Horizont und dehnte sich immer mehr in die Breite. Als sie wieder zurückkehrte von dort, wusste sie nicht, wie viel Zeit vergangen war. Gregor jedenfalls schien längst wieder im Schnitzen versunken.

Sie mochte es sehr, mit ihm in diesem Schweigen zusammenzusitzen, das bis zum Rand mit allem Möglichen angefüllt zu sein schien. ›Alles Mögliche‹ – was für ein ungeheuerlicher Ausdruck, den man einfach so dahinsagte! Allein das Wort ›alles‹ – was das wirklich bedeutete, war für einen Menschen doch gar nicht vorstellbar und trotzdem Teil des menschlichen Wortschatzes, so wenig zu begreifen wie ›Ewigkeit‹, und dennoch ging man mit diesen Worten um wie mit ›Ball‹ oder ›Feuer‹ oder ›Auto‹. Können wir Feuer begreifen? Selbst ein Ball … Wie kann es sein, dass die Moleküle, aus denen er gebildet ist, überhaupt existieren? Man kann ins Nächstkleinere gehen, zu den Atomen, und auch sie wieder bestehen aus noch Kleinerem – aber nirgends sagt uns irgendein Teil aufgrund seiner Beschaffenheit, wie es kommt, dass es *ist*.

Mit solchen Fragen hatte sie Johann früher oft gebeutelt.

»Warum sind Menschen da und Tiere und Pflanzen?«

»Weil Gott das alles gemacht hat.«

»Aber warum hat er das gemacht?«

»Er war alleine.«

»Meinst du, er brauchte was zum Spielen?«

»Ja, klar. Erst hat er sowas gemacht wie eine Eisenbahnplatte mit Häusern und Tieren und grünem Gras und Bäumen und Schienen und einem Zug.«

»Und dann ist das alles von selbst lebendig geworden?«

»Jedenfalls hat er es sich zuerst ausgedacht. Zum Beispiel ein Pferd. Er hat es sich genau vorgestellt und irgendwann fing es an, sich zu bewegen.«

»Aber die Erde ist doch gar keine Eisenbahnplatte. Sie ist eine Kugel.«

»Ja, das hat er dann auch gemerkt: Wenn sie eine Platte gewesen wäre, könnte viel zu leicht irgendwas runterfallen. Du zum Beispiel! Bei einer Kugel, wenn die auch noch Anziehungskraft hat, geht das nicht. Du kannst laufen und laufen und kommst nie an irgendein Ende.«

»War ihm das wichtig, dass es kein Ende gibt?«

»Ja, ganz wichtig.«

Später, als sie erwachsen waren, wollte Johann nichts mehr von solchen Gedanken wissen. Vielleicht war das gut, vielleicht sorgte er so dafür, dass sie nicht zu sehr abhob – obwohl sie selbst fand, dass man gar nicht genug abheben konnte in einer Welt, in der Menschen vor allen Dingen zu funktionieren hatten und viele es offenbar auch wollten. Auch sie war lange von diesem Virus befallen gewesen. Manchmal wachte sie jetzt noch mit der Frage auf, was alles sie heute abzuarbeiten hätte. Darum genoss sie jeden Morgen voller Dankbarkeit, dass sie liegenblieben und in die Kiefer schauen und sich einfach daran freuen konnte.

Als sie noch in ihrem alten Zuhause lebte und schon längst nicht mehr arbeitete, war dieser Virus zeitweise sehr stark in ihr gewesen. Immer irgendetwas tun. Immer. Doch dann brach sie sich den Fuß und landete im Krankenhaus. Da lag sie plötzlich in einem weißen, frischen Bett und konnte nichts tun, nur daliegen und aus dem Fenster schauen. Zum Klo zu kommen, war ein Riesenakt und äußerst schmerzhaft. Der Fuß war dreifach gebrochen, musste operiert werden, was aber wegen der Schwellung nicht sofort möglich war.

Da lag sie. Zum Nichtstun verurteilt. Und dann war es plötzlich ein Geschenk: Sie sie musste und sie brauchte nichts zu tun. Nur daliegen und sich ins Stillsein ergeben. Und kaum, dass sie beschlossen hatte, sich nicht bloß zu ergeben, sondern es zu genießen, war es der Himmel.

Sie kam sich vor wie in einem Wellness-Hotel, und während sie sich mehr und mehr entspannte – und nach einem starken Schmerzmittel tat das auch ihr Fuß – begriff sie ganz nebenbei, dass die Gebrechlichkeit des Alters einen Segen in sich trug, den sie nie geahnt hätte. Aber sie wollte nicht gebrechlich werden, um endlich wirklich loszulassen und sich in Beschaulichkeit zu ergehen. Die Zeit für ihre Vision vom Alter war gekommen. Jetzt.

Das spürte sie jeden Tag deutlicher, während sie in jenen Monaten, in denen sie an zwei Krücken humpelte, die meiste Zeit auf ihrer Couch verbrachte und immer häufiger einfach nur den Blick in den Bäumen und im Himmel schweifen ließ. Manchmal schienen sogar die Gedanken zu verstummen. Und sie gefiel ihr besser und besser, diese schöne Seite der Gebrechlichkeit.

Sie holte sich Bilder vor ihre inneren Augen, wie es aussehen würde an dem Platz ihrer Träume, und das Internet half ihr bei der Suche nach einer realen Entsprechung ihres Traums. Es gab nicht viele

Plätze, die für sie in Frage kamen – eigentlich nur einen. Sie konnte es kaum erwarten, endlich wieder richtig laufen und vor allem Auto-fahren zu können.

Eine Bewegung ließ Siri aus ihren Erinnerungen aufschrecken. Gregor war aufgestanden und setzte sich gerade schräg vor ihr auf die Balustrade. Er schaute sie an, als wollte er sich vergewissern, ob sie wach und ansprechbar war. Etwas schien ihn sehr zu drängen, es aus-zusprechen, das war ihr sofort klar, als völlig unvermittelt kam: »Du hast doch einen Sohn, nicht?« Es klang harsch, beinahe vorwurfsvoll.

Halb fragend, halb erschrocken sah sie ihn an, direkt in seine grün-braunen Augen. Wie kam er jetzt *darauf?*

»Du schreibst in deinem Text nur wenig von ihm, und erzählt hast du noch nie was.« Wieder schien er ihr das vorzuhalten, doch seine hochgezogenen Brauen und die in Längsfalten gezogene Stirn sahen eher fragend aus. Er rutschte von der Balustrade, holte sich einen Stuhl heran, setzte sich neben sie und legte die Hand auf ihren Unterarm, und ihr war, als wollte er seine Dringlichkeit von eben damit ein wenig zurücknehmen. Aber sie war da, und Siri verstand sie gut.

»Weißt du – mein Erwachsenenleben hat mit einem Fehlstart an-gefangen.« sagte sie langsam und schaute zu ihm hinüber, sah an sei-nen leicht gehobenen Brauen, dass er ganz bei ihr war, und fügte sich ins Erzählen dessen, was sie bisher nur einmal einem anderen Men-schen anvertraut hatte.

»Als ich noch sehr jung war, ist mir ein Mann begegnet, der hat mich sehr fasziniert. Und noch mehr herausgefordert.« Sie atmete durch, musste ein klein wenig lächeln, begriff nicht, warum und hörte sich dann nur noch selbst zu. »Es war Hippiezeit. Wir wollten Be-wusstseinserweiterung. Wir wollten Freiheit. Wir wollten Liebe. Theo erzählte mir, dass er die harten Drogen hinter sich hätte. Er war stolz darauf, es sei nicht leicht gewesen. Er hatte der ersten harten Drogenszene der Stadt angehört und war in der ersten Drogenklinik des Bundeslandes gewesen und als erster und einziger von dort als ge-heilt entlassen worden. Sagte er. Ich wusste noch nichts von der Macht einer Sucht und erst recht nicht von der Überheblichkeit einer ersten Abstinenz.

Er erzählte mir viel von sich. Die abenteuerliche und besondere Geschichte von einem, der sich nicht anpassen ließ. Er erzählte mir auch, dass er nicht mehr lange zu leben hätte. Die Ärzte sagten, viel-leicht noch fünf Jahre. Seine Leber sei kaputt, seine Nieren auch. Da war schon etwas mit mir passiert. Verliebtheit war es nicht, aber mit

Liebe hatte es zu tun. Denn seine Botschaft, dass er dem Tod so nahe war, ging mir mitten ins Herz.

Ich fand ihn nicht attraktiv. Ich war wie verzaubert von ihm. Sein Witz, seine ganz eigene Weltsicht, die mir gefiel, seine Unvorhersehbarkeit – und sein Blick, der mit meinen Augen irgendetwas machte. Zwei, die redeten und redeten und dabei einander in die Augen sahen, als hätten sie sich gegenseitig hypnotisiert.

Manuel kam zur Welt und Theo wurde mein Mann. Die Jahre, die kamen, habe ich so gut wie vergessen. Nicht verdrängt. Ich habe vieles aufgeschrieben und später in manch einer Therapiesitzung alles angeschaut: Theos Rückfälle, seine Alkoholexzesse. Ich hatte noch lange Hoffnung. Die wusste er auch zu nähren, es tat ihm hinterher jedes Mal leid, er wollte jedes Mal ein anderer Mensch werden, hatte auch tausend Ideen, wie das gehen sollte. Am nächsten Morgen brüllte er mich dann schon wieder an, ich sollte ihm Bier aus dem Laden an der Ecke holen. Ich taumelte zwischen Verzweiflung und Hoffnung hin und her. Heute weiß ich, dass ich ein sehr empathischer Mensch bin und darum gar nicht anders konnte. Ich hatte nach und nach seine Schwäche begriffen, seine innere Haltlosigkeit, und spürte in den guten Momenten, wie wichtig seine kleine Familie für ihn war. Ihn zu verlassen hieß, ihn in den Abgrund fallen zu lassen, und das hätte ich nicht gekonnt. Er hatte es ja schon einmal geschafft, aus einer Sucht rauszukommen, er konnte es wieder schaffen. So redete ich ihm und mir zu. Für diesen Irrglauben habe ich schwer bezahlt. Aber Manuel noch schwerer.

Als ich mich endlich trennen wollte, als ich es Theo so ruhig und ohne Vorwurf sagte, wie ich konnte, geriet er völlig außer sich. ›Wenn du gehst, bleibt Manuel hier! Und lass dir nicht einfallen, ihn nachzuholen. Ich habe zehn Zeugen.‹ Das war sein letztes Wort. Und er meinte es ernst. Sehr ernst. Auch wenn ich das nicht glauben konnte.«

»Zeugen? Wofür?«

»Die beeiden würden, dass ich Manuel schlage und vernachlässige und dass ich Drogen nehme. ›Du kriegst ihn nicht!‹ hat er immer wieder geschrien, mit einem Blick, der einen allein mich schon in Panik versetzte.

›Aber ich nehme keine Drogen. Wer sollte das also bezeugen?‹, wagte ich zuerst noch zu widersprechen.

Die Antwort kam sofort und landete direkt in meinem Gesicht. Mit blutenden Lippen, schwindelig und gelähmt vor Angst begriff ich, dass ich hier nicht die edle Retterin, sondern das Opfer war, wenn ich mich und Manuel nicht schleunigst in Sicherheit brachte. Ich brannte es in mich hinein: Wenn er noch einmal gewalttätig gegen mich wird, dann *muss* es das letzte Mal sein. Dann *muss* ich sofort gehen.

Zwar nahm ich mir jeden Tag vor, mit Manuel zu verschwinden – aber die Angst, dass Theo mich erwischen und dass er sich dann völlig vergessen würde, wurde mit jedem Mal, das er mich zusammenschrie und mir drohte, größer. Und daran merkte ich endlich, dass ich schon lange zu schrumpfen begonnen hatte. Theo hatte mich klein gemacht. In dieser letzten Zeit mit ihm verlor ich bis auf einen kläglichen Rest all mein Selbstwertgefühl und all meinen Schneid.

Aber das Schicksal half mir. Als Theo das nächste Mal ausrastete und mich in ein Fenster stieß, das zersplitterte, war gerade ein befreundetes Paar zu Besuch. Manuel schrie wie am Spieß, als er mein Blut sah. Die Frau wollte mit mir zum Arzt, und weil Manuel sich an mich klammerte, konnte er mit. Der Mann redete indes ernst und eindringlich mit Theo und bekam ihn tatsächlich in den Griff. Er verwandelte sich wieder in den einsichtigen Theo, der zugibt, Unterstützung zu brauchen, Hilfe, Therapie. Aber ich ging nicht wieder zurück. Diesmal nicht. Manuel und ich kamen für die Nacht bei den beiden unter. Ich schlief nicht eine Sekunde, schreckte ständig hoch, weil ich Theo im Treppenhaus zu hören meinte, im Begriff, die Tür einzutreten. Es passierte gar nichts, aber genau das machte mir noch mehr Angst.«

Siri konnte nicht weitersprechen. So kurz und sachlich sie zu schildern versuchte – es war trotzdem, als würde das alles noch einmal geschehen. Sie atmete dieselben flachen Angstatemzüge wie damals, sie spürte das unterirdische Zittern, das sie in jenen Monaten und Jahren nie verlassen hatte.

»Wie hast du das ausgehalten?« Gregor klang geschockt.

Siri schloss die Augen. Wie kann man so etwas mitmachen, wie jämmerlich musste eine sein, der so etwas passierte. Ihre Gedanken von früher. Genau auf dieses Weise hatte sie sich selbst klein gemacht. Ihre alte Schuld, da stand sie wieder vor ihr: Warum bist du nicht gleich weggegangen, es war absehbar, wie das endet, wenn einer so stark trinkt. Und es ging auf Manuels Kosten. Ihn hättest du retten müssen! Ihn!

»Wirklich schlimm war es ja erst, nachdem ich von Trennung gesprochen hatte.« Sie sprach mit geschlossenen Augen. Es klang lahm, genauso lahm, wie sie damals gewesen war. »Manchmal hab ich an Selbstmord gedacht – und wäre Manuel nicht gewesen ... Ich versteh immer noch nicht wirklich, wie man so apathisch werden kann.«

»Und wo bist du dann hingegangen? Ins Frauenhaus? Gab es sowas zu der Zeit schon?«

»Ja, ganz neu. Ich hätte dorthin gehen sollen. Das weiß ich jetzt – und das tut weh. Weil dann vielleicht manches nicht passiert wäre, mit ziemlicher Sicherheit sogar. Aber ich hatte Angst, eine Riesenangst, man könnte Theo doch glauben und mir Manuel wirklich wegnehmen. Ich wäre am liebsten mit ihm ans Ende der Welt geflohen. Und das hätte ich tun sollen. Aber Theo blieb seltsamerweise auch weiter ruhig. Schon bald zog ich mit Manuel in eine neue Wohnung. Die Freunde holten meine Sachen. Ich redete mir ein, dass sie Theo zur Vernunft gebracht hatten, vielleicht war es sogar so – für eine Weile. Ich glaubte, dass Manuel und ich nun in Frieden leben könnten. Manuel brauchte nichts dringender. Ihm war anzumerken, dass er Schlimmstes hinter sich hatte. Er ertrug es nicht, wenn ich nicht in seiner Nähe war. Erst nach langer Eingewöhnung konnte ich ihn im Kindergarten lassen, um arbeiten zu gehen. Er war erst drei Jahre alt!«

Siri schloss die Augen und atmete lang aus. Sie schüttelte den Kopf und fuhr fort: »Ich ahnte nicht, dass Theo mich überall verleumdete. Viel zu spät hab ich seinen Komplott mit Manuels neuem Kindergarten und dem Jugendamt mitgekriegt. Dort waren Theos Verleumdungen auf fruchtbaren Boden gefallen. Auch deshalb, weil ich keineswegs das Bild einer Frau bot, die jahrelang mit einem abhängigen Mann gelebt hatte, ohne selbst abhängig zu sein. Es war so, ich habe weder mit ihm getrunken noch Drogen genommen, aber zu der Zeit war ich nur noch mein eigener Schatten.«

Sie hielt inne, sah sich selbst, wie sie damals auf einem Foto ausgesehen hatte, das ihr Vater gemacht hatte: ängstlich und verhuscht. Wenigstens war *er* da gewesen. Er hatte ihr nicht wirklich helfen können, aber da gewesen war er …

Hastig und im Staccato fuhr sie fort. Sie musste jetzt weiterreden, es musste heraus, alles.

»Eines Nachmittags kam ich nach der Arbeit in den Kindergarten, um Manuel abzuholen, da eröffnete mir die Leiterin, dass er nun bei seinem Vater lebte und dass das ja wohl auch besser so sei. Und sie guckte mich an mit so einem ›Sie wissen sehr gut, warum‹-Blick. Es traf mich so furchtbar, dass ich überhaupt nicht auf die Idee kam, mich zu rechtfertigen, nachzufragen, mehr Aufklärung zu verlangen. Vor allem, weil sie mir auch noch sagte, Theo sei mit Manuel jetzt bei seiner neuen Freundin, und ich würde nicht erfahren, wo das sei. Ich dürfe Manuel vorerst nicht sehen.

Ich fiel in mich zusammen. Das Einzige, was mir blieb, war die kindliche Hoffnung, dass das alles nur ein Missverständnis sei. Manuel bei Theo? Bei einem gewalttätigen Alkoholiker? Das war ein Irrtum, und das würde das Jugendamt sofort einsehen, wenn ich gleich morgen dorthin ging und sagte, was los war. Ein Dreijähriger gehörte zu seiner Mutter, da war die allgemeine Meinung auf meiner Seite. Und Manuel musste es zerreißen, von mir getrennt zu sein. Mich zerriss es auch.

Ich erfuhr, dass Theos neue Partnerin Sozialarbeiterin mit zahllosen Kontakten zum Jugendamt war und obendrein war ihre beste Freundin die Leiterin von Manuels Kindergarten. Da begriff ich, wie es sein konnte, dass mein Kind einfach aus dem Kindergarten entführt worden war und dass das auch noch ›rechtens‹ sein sollte. Ich bekam neue Kraft, ich würde mich wehren, so offensichtliche Seilschaften mussten auffliegen.

Aber in der gleichen Nacht passierte, was Manuels und mein Schicksal endgültig besiegelte: ein Brandanschlag auf mich und meine Wohnung. Was für ein Glück, dass Manuel nicht da war! Und auch ich hatte unfassbares Glück und blieb unverletzt – körperlich.

Mein Wohnzimmer brannte völlig aus. Der Täter kam nie heraus, aber es kursierten Gerüchte, dass es ein Dealer gewesen sei, bei dem ich Schulden hätte. Mir war klar, dass Theo dahintersteckte. Ich konnte es nicht beweisen. Ihm gab es nachträglich Recht: Dass Manuel bei mir nicht sicher sei, hatte er ja schon vorher gesagt. Man hätte das aber prüfen müssen, man hätte mir Manuel wiedergeben müssen. Jetzt nicht mehr. Das Jugendamt durfte ihn mir gar nicht wiedergeben.

Das erfuhr ich, als ich am nächsten Morgen dort war und der zuständige Beamte seltsamerweise schon von dem Brand in der Nacht wusste.

Ich erinnere mich noch sehr genau, wie es war, als ich von dort nach Hause ging, das kein Zuhause mehr war: Ich trat nach draußen auf die Straße wie ein Zombie, wie von innen hohl. Dann plötzlich kam der Schmerz. Manuel! Er war ganz allein, sein Vater war ihm fremd geworden, die neue Freundin kannte er gar nicht und ich durfte nicht zu ihm! Was musste das anrichten bei ihm! Er war erst drei, er war ein zarter kleiner Junge, der schon viel zu viel Schlimmes erlebt hatte …

Ich musste stehenbleiben, musste mir beide Hände auf die Brust drücken. Es tat so weh, so entsetzlich weh … Ein Gedanke kam in meinen Kopf, drei Worte nur: Das ist zu viel. Ich kann das nicht ertragen, nicht solch einen Schmerz!

Ich bin weitergegangen und drehte die Frage nach dem Wie schon im Kopf. Schlaftabletten. Das war sofort klar.

Und dann passierte etwas. Vielleicht war es die Sonne, die den dunstigen Himmel doch durchdrang, vielleicht die ersten violettblauen Krokusse auf einer kümmerlichen Rasenfläche, die so unschuldig, so sehr nach Frühling, nach Leben aussahen, und ich begriff, was mir vor wenigen Stunden geschehen war: Ich hatte mitten in der Nacht Geräusche vom Flur her gehört, war an die Wohnzimmertür getreten, es roch fremd, durch die geschlossene Tür, es roch nach Gefahr und etwas plätscherte. Ich wusste nicht, dass es Benzin war, das jemand durch den Briefschlitz meiner Wohnungstür goss, ich wusste nicht, dass jener Jemand ein Stück Zeitung nahm, es anzündete und hinterher warf – aber dieses Gefühl, dringend, dumpf, drohend, befahl mir, die Tür zum Flur, an der ich stand, nicht zu öffnen, sondern von ihr weg zu treten, zur Seite und damit in den Schutz der Wand. Genau in dem Sekundenbruchteil eine Detonation, die Tür kam ins Zimmer geflogen, hinterher eine Feuerwalze. Ich müsste jetzt im Krankenhaus liegen mit schweren Verbrennungen, aber ich war völlig unversehrt.

Plötzlich war mir, als schmeckte die Luft anders und neu, als sei der Wind auf meiner Haut liebkosendes Locken Ich muss gelächelt haben. Ich bin nicht gegangen, ich schwebte. Ich hatte nicht nur Glück gehabt – ich war voll mit Glück. Jeder Atemzug war ein Geschenk, war eine Riesenfreude, die ersten Blätter an den Bäumen: was für ein Geschenk, was für eine Freude, sie sehen zu dürfen. Und es blieb so, auch als ich mich erinnerte, was noch geschehen war, auch als ich sofort wieder so voller Trauer war, dass selbst die Tränen davor zurückscheuten und der Schmerz wie eingemauert in meiner Brust saß.

Auf diesem Weg durch die Stadt vom Jugendamt zurück nach Hause mit nichts als dem Wissen, dass ich Manual mindestens sechs Wochen nicht sehen durfte, er sollte in der neuen Umgebung zur Ruhe kommen, Ruhe nannten sie das, was für ihn nur grausam sein musste, und jedem kleinen Jungen, der auch nur entfernt Manuel hätte sein können, sah ich hinterher, und jedes Mal traf es mich in die frische Wunde – auf diesem seltsamen Weg wurde mir das Leben neu geschenkt, erfuhr ich zum ersten Mal, was Glück ist.

Du kannst es dir nicht vorstellen, ich seh es dir an, aber es war so: Krank vor Kummer, schwebend vor Glück.« Siri zog die Schultern weit hoch und ihr war, als würden ihr zahllose winzige, eiskalte Füße über die Haut rennen. Sie schlang die Arme um sich, blieb in dieser Haltung, den Blick ins sanfte Terrakotta der Bodenfliesen gebettet.

Leise hub sie erneut an. »Tage und Wochen streifte ich durch die Straßen in der Hoffnung, Manuel zu treffen, ihn wenigstens zu sehen, viele Stunden am Tag, und immerzu diese Sehnsucht, dieser Schmerz – und zugleich diese Dankbarkeit, am Leben zu sein. Nie hatte ich gewusst, dass die Luft schmeckt und wie wunderbar sie schmeckt. Es war der Frühling, der mir immerzu zeigte, was Leben ist und wie es sein könnte. und ich schwor und versprach Manuel, nie mehr, nie wieder an Selbstmord zu denken. Ich schwor ihm, für ihn da zu sein. Was auch geschah, ich würde alles nehmen und tragen und nicht untergehen. Manuel brauchte mich, egal, ob ich bei ihm sein konnte oder nur aus der Ferne da war. Und nicht einfach nur da. Meine ganze Liebe war bei ihm.

Als ich ihn dann nach langen, schlimmen Wochen endlich wiedersehen durfte ...« Siri blieb die Sprache stehen. Sie schaute Gregor an, schloss die Augen und war zurück in jenen Augenblicken damals auf der Straße vor dem Haus, in dem Manuel jetzt mit Theo lebte und wo man ihr nun und in Zukunft sagte, wie lange sie ihr Kind sehen durfte und wann sie es zurückzubringen hätte. Endlich waren sie draußen, standen vor der Haustür, endlich nur sie zwei – und dann ...

»Er – er sah mich nur einmal kurz an ... dieser Blick ... Sein zartes Gesicht so spitz, so blass –er guckte mich an und sofort weg ... Fremd guckte er. Misstrauisch. Ich bin mit einem fremden Kind in unseren ersten gemeinsamen Nachmittag gegangen. Er sprach kaum mit mir. Er sah unendlich traurig, unsagbar verloren aus. Ich hab mit ihm auf irgendeinem Spielplatz gespielt, ich war mit ihm im Spielzeugladen, aber ich konnte ihm nicht näher kommen. Er hatte sich verschlossen. Und das blieb lange, sehr lange so.«

Siri schloss die Augen, sog die Luft in sich ein, als würde sie ihr helfen, schaute wieder auf das blonde Köpfchen hinunter, auf den kleinen Menschen neben ihr, der sich nicht mehr von ihr an die Hand nehmen lassen wollte, spürte wieder, wie sich ihr Herz verkrampfte, wie sie trotzdem mit ihm zu sprechen versuchte, vorsichtig, sehr vorsichtig, wo er gern hingehen würde in den zwei Stunden: zum Aquarium? Auf einen Spielplatz?

»Ich hab erst viel später erfahren, was gleich am Anfang, als sie Manuel von mir weggerissen haben, passiert ist: Er hat gedacht, sein Vater bringt ihn abends zu mir zurück, er hat gesagt, dass er nach Hause will, er wollte nicht dort schlafen bei einer fremden Frau, in einer fremden Wohnung, bei einem Vater, vor dem er sich fürchtete, er fing an zu weinen, zu schreien. Da hat Theo ihn angeschrien: ›Deine

Mutter kommt nicht, da kannst du noch so nach ihr schreien. Die will dich nicht mehr!«»

Siri ging der Atem aus, als wäre sie ein Treppenhaus hochgestürmt.

Als sie wieder sprechen konnte, wenn auch nur sehr leise, sagte sie: »Das sind die bittersten Worte, die ich in mir trage. Ich hatte sie lange vergessen. Zum Glück. Nie, nie hätte ich geglaubt, dass ein Mensch so grausam sein kann!« Wieder hielt sie inne. Ihr Atem war immer noch flach. Aber sie musste weiter erzählen. Die Erinnerung trieb sie an, als ginge es um Leben und Tod.

»Ich habe gekämpft. Vergebens. Meine Einwände wurden nicht beachtet, meine Hinweise auf Theos Alkoholismus abgetan. Theo lebte jetzt mit seiner Freundin und deren Kind, die Sozialpädagogin war in irgendeiner leitenden Funktion und bezeugte, er würde überhaupt nicht trinken, das sei reine Verleumdung. Er war dauerhaft krankgeschrieben, hatte also Zeit für seinen Sohn, während ich in Vollzeit arbeitete. Schon deshalb sei es ja für Manuel viel besser bei ihm als bei mir, säuselte mir die Jugendamtsfrau vor. Ich konnte es nicht fassen: Theo bekam tatsächlich das Sorgerecht. So hieß das damals. Für Theo hieß es, dass er über Manuel bestimmte. Und damit auch über mich.

Nicht allzu lange, da zog er mit Manuel irgendwo aufs Land. Es hieß, seine Freundin hätte dort ein Haus gekauft, aber es kam nie dazu, dass sie auch mit dort einzog.

Früh schon, sehr früh fiel Manuel auf. Wer sehen wollte, konnte es sehen. Aber die zuständigen Leute bei den Ämtern hätten mehr als einen Irrtum einzugestehen gehabt. Es war ja kein Irrtum gewesen, sondern war ein Komplott. Manuel klaute, lief häufig weg, weit weg, auch mitten in der Nacht – bis man ihn in ein Heim steckte.

Natürlich war ich da, die ganze Zeit hatte ich bereitgestanden. Es wäre selbstverständlich gewesen, dass er zu mir zurückkommt – aber man verwies auf den Vater, der nun durchschaut war – auch von der neuen Freundin, die ihn verließ. Bei mir sei Manuel nicht sicher, hieß es wieder. Diesmal war zu befürchten, dass Theo sich an mir rächen würde, es würde womöglich immer wieder zu schlimmen Szenen kommen, das Kind aber brauchte Sicherheit und Ruhe. Manuel kam in ein anderes Heim, ein so kleines, dass es familiäre Züge hatte und auch wie eine Familie angelegt sei, zudem von Heilpädagogen geführt, versprach man mir. Erst als Manuel erwachsen war, erzählte er mir, was dort wirklich vor sich gegangen war. Aber *das* Grauen auch noch zu erzählen, ertrag ich heute nicht …

In den kommenden Jahren sorgte ich dafür, dass ich meist arbeitslos war. Nur so konnten Manuel und ich in allen Ferien zusammen sein. Wenigstens das. Erst viel später durfte er ganz bei mir leben. Er blieb nicht lange. Seine Antwort auf all das waren Drogen. Ein Leben, das von klein auf voll Schmerz gewesen ist, tut weh. Wie ein Krebskranker nach Schmerzmitteln verlangt, so brauchte auch Manuel Betäubung. Aber die Drogen haben ihm nicht wirkliche geholfen, sondern mit jedem Tag ist neues Schlimmes dazugekommen.«

Abrupt hielt Siri inne. Ein langer Atemstoß. Sie wandte sich halb zu Gregor und hob die Hände zu einer Geste hilflosen Bedauerns.

»Das war die Kurzform«, sagte sie leise. »Lass es bitte so stehen.«

»Oh Mann ...« Gregor suchte nach Worten, das sah Siri ihm an. »Ich hatte es schon geahnt«, sagte er schließlich. »Manuel war bei der Trauerfeier auf Entzug, nicht?«

»Ja. Es ging ihm damals sehr schlecht. Trotzdem ist er gekommen.«

Gregor hob beide Beine an und schüttelte sie aus, als könnte er so etwas von dem loswerden, was noch in der Luft zu sein schien, umfasste dann einfach Siris Hand mit seiner und legte seine andere darauf. Ihr Blick wusste nirgends hin als in seine Augen.

»Nur eins noch: Was ist heute mit Manuel? Ist er noch am Leben?«

»Ja-a!« Siri nickte und lächelte. »Er ist jetzt siebenundsechzig. Ich kann das gar nicht fassen.«

»Wie geht es ihm?«

»Gut. Das hoffe ich jedenfalls.«

»Wie lange weißt du schon nichts mehr von ihm, Siri?« Streng klang das, streng und hart.

Siri erschrak, war drauf und dran, sich zu erklären – aber während sie tief durchatmete, erkannte sie ihr altes Muster: sich schuldig zu fühlen, in die Defensive zu gehen – warum? Es gab gar keinen Grund! Hatte Gregor so gesprochen, um sie nicht zu bedauern? Dafür war sie dankbar. Dennoch entzog sie ihm ihre Hand und hob sie gegen ihn gerichtet hoch, wie um ihn abzuwehren. Gregor nickte, stand auf und machte sich wieder an seine Skulptur.

Siri schaute hinaus aufs Meer, ohne es zu sehen. Noch einmal ging sie durch die harten Straßen von damals, den kleinen Manuel an der Hand. Sie beide – wieder und wieder auseinandergerissen und doch untrennbar verbunden. Fast an der Grenze zum Schmerz, so brannte die Liebe in ihr.

✶✶✶

204

18 Gnade

Eben erst hatte Siri das schwergängige Tor aufgedrückt, durch das sie vom Schlaf ins Wachsein gelangt war, und sofort war ihr wieder gegenwärtig, wie beklommen sie sich gestern Abend gefühlt hatte, als sie mit den anderen an der Abendtafel gesessen hatte und das alltägliche Geplänkel um sie herum ablief, während sie nicht wirklich zurückfand ins Jetzt. Die junge Siri ließ sie nicht los. Immer noch irrte sie in der Stadt von damals umher, krank vor Sehnsucht nach Manuel. Krank auch vor Schmerz darüber, dass es so viel Schlechtes, so viel Ungerechtes, so viel Böses in der Welt gab.

Sie setzte sich im Bett auf, zog die Bettdecke bis über die Schultern und um ihre Arme. Sie musste wach werden, richtig wach, dann kriegten solche Gedanken und Gefühle sie nicht mehr. Von hier konnte sie das Meer sehen, doch sie schloss unwillkürlich die Augen. Und im Dunkel der dumpfen Trauer, der vergeblichen Versuche, das Unbegreifliche zu verstehen – machte gerade das das Schlimme so schlimm? – erschienen Szenen, Gesichter, ergriffen sie Entsetzen, Trauer, Ekel, Abscheu. Was ist der Mensch für ein furchtbares Geschöpf? Es gibt Menschen, die zum Spaß morden! Tiere, sogar andere Menschen – unfassbar! Wie viel Böses, wie viel Schlimmes hat der Mensch dem Menschen angetan und tut es jede Sekunde …

Das waren Worte, die Hakan einmal zu ihr gesagt hatte, als sie ihm auseinandergesetzt hatte, dass sie seine ewigen negativen Neuigkeiten nicht hören wollte, mit denen er stets aufwartete, als sei es seine heilige Pflicht, als würde er sie nur informieren wollen. Sie hörte sogar noch seine Stimme, seine Betonung. ›Und du‹, hatte er sie angeschrien, ›du gehst mit einem Heiligenschein durch die Welt und willst immer nur das Gute sehen! Die Welt ist nicht gut! Der Mensch schon gar nicht!‹

Er hatte nicht viel von ihr gewusst damals, von ihrer und Manuels Geschichte nichts. Sie war im ersten Moment wütend geworden. Aber sie hatte schnell gemerkt, dass sie nur gekränkt war, sich missachtet fühlte und dass es ihr im Grunde doch längst gleichgültig war, was andere über sie dachten. Sie hatte Hakans Redeschwall nicht weiter zugehört und ihm, als er fertig war, geantwortet: »Ich will das Gute sehen, das stimmt. Und das mache ich ganz bewusst. Das Schlimme bekommt viel zu viel Beachtung, es ist immerzu Thema irgendwelcher Filme, irgendwelcher Bücher. Du weißt es selbst: Aufmerksamkeit macht etwas! Gedanken machen etwas! Ich setze meinen Fokus mit aller Kraft auf das, was ich fördern möchte! Auf das, was ich *will*! Und nicht auf das, was ich nicht will – auch wenn das Böse noch so fasziniert. Ich richte mich auf das aus, was ich in die Welt bringen möchte! Das kann jeder tun. Und die Kraft dafür ist Freude.«

»Ach ja, und wo willst du die herholen in so einer Welt?«

»Indem ich mich freue!« Sie hatte eine Hand hochgehoben. »Weil ich eine Hand habe zum Beispiel!« Sie hob auch noch die andere. »Zwei habe ich sogar. Es ist gut, eine zu haben, aber fantastisch, wenn es zwei sind. Was kann ich alles Wunderbares damit tun! Und wenn ich sie nur anschaue. Wenn ich mich nur freue, dass sie genauso sind, wie sie sind: einfach genial!«

Siri seufzte laut auf. Sie hatte die Augen längst geöffnet, dankbar für den tröstenden Anblick da draußen, für das Schöne, das Heile, das Gute, das sie ihr hier in der Villa so üppig umgab – sie hatte längst zu lächeln begonnen. ›Wir haben die Wahl‹, sagte sie im Stillen wie damals zu Hakan. ›Das ist nicht einfach, das kostet sogar manchmal sehr viel Kraft – aber wir können uns der Liebe verschreiben.‹

Noch einmal sah sie die junge Siri vor sich. Was für eine Zeit – was für eine harte Lehre. Aber sie war vorbei. Und aus alldem war Liebe geworden.

*

Erst am Frühstückstisch fiel Siri ein, dass sie heute Abend ja Theater spielen wollten. Wollte sie das überhaupt? Im Moment lockte es nicht besonders. Ihr war mehr nach Stille. Aber das war jetzt. Heute Abend, da würde sie bestimmt wieder Lust auf Gemeinsames, auf Spiel, auf Experimente haben. Und wenn nicht, blieb sie eben oben.

Sie biss in das duftende, warme Croissants, das sie sich vom Buffet mitgebracht hatte. Inzwischen fiel es ihr schon wieder leicht, sich zu freuen.

Hakan war der erste, der sich eine Weile später zu ihr an die Tafel gesellte. Er sagte zwar guten Morgen, schien seine Miene aber gleich wieder zuzuschließen, setzte stumm sein Tablett hin und hielt den Blick darauf. Sie wollte ihm nichts aufnötigen und blieb auch still. Und seltsam, einer nach dem anderen erschien, sagte Guten Morgen und setzte sich, und niemand sprach sonderlich viel. Gregor wirkte unruhig, was Siri nicht von ihm kannte, war aber auch sehr still. Ihr wurden all die verschiedenen Arten von Schweigsamkeit zu viel. Sie drängten nach Aufklärung, denn locker war die Stimmung nicht. Sie stand auf, nahm ihre große Cappuccino-Tasse mit, schlenderte durch den Strandgarten bis vorn zu Mauer und setzte sich auf der anderen Seite auf die Bank, die sie mit Fred dort in den kleinen Schilfhain gestellt hatte. Wieder hauchte die Erinnerung sie an, jetzt schon sehr fern und ohne Eruptionen, statt Empörung, statt Schmerz nun vor allem Verstehen für die Siri, die sie einmal gewesen war.

Gedanken abstellen, einfach den Ton abdrehen, das konnte sie nicht, das konnte kaum jemand aus der Familie der Hochsensiblen. Man hatte entdeckt, dass das auf körperliche Merkmale des Gehirns zurückzuführen war. Aber sie hatte gelernt, die Herrin in ihrem inneren Haus zu sein – auch wenn sie heute noch manchmal darum ringen musste.

Damals in der Klinik hatte Susanna ihr gesagt, sie hätte vermutlich schon lange am Rand des Zusammenbruchs gelebt, dass es erst relativ spät passiert sei, wäre ein Wunder. Sie hätte enorme Widerstandskraft bewiesen. Aber sie hätte ihre Zartheit missachtet, hätte versucht, eine zu sein, die sie nicht war. Und Susanna hatte ihr eingeschärft, dass zart sein und stark sein ganz und gar kein Widerspruch ist.

Jetzt erst, mit ihrer wiedergewonnenen Gelassenheit, sah Siri, dass sie das längst gewusst hatte, auch wenn es ihr nicht bewusst gewesen war. In den Jahren, als Manuel nicht bei ihr leben durfte, nur in den Ferien und an manchen Wochenenden, und sie in jeder Sekunde wusste, dass er genau das gebraucht hätte, ein richtiges Zuhause und seine Mutter, dass er genauso litt wie sie, entstand eine Art Verschwörung zwischen ihnen, eine besondere Vertrautheit zwischen Mutter und Sohn, die es anders nicht hätte geben können. Denn sie wurde von keiner Alltagsreiberei und keiner Anforderung an Erziehung oder Ähnlichem behindert. Immer nur war das eine wichtig: Sie waren zusammen. Und zusammen fanden sie ihre eigenen Wege, ihre eigene Normalität. So konnten sie manchmal sehr albern werden, kicherten und lachten und erfanden immer neue Albernheiten. Natürlich war es nur ein Ersatz für Freude gewesen. Aber keiner, der wie eine Droge war, keine Suche in die falsche Richtung, die zur Sucht werden musste. Denn manches Lachen, das sie sich auf diese Weise errangen, wurde tiefer, wurde frei.

Eigentlich waren sie wie Freunde, die zusammen Dinge taten, die keine Mutter hätte durchgehen lassen. ›Freunde – allerbeste Freunde‹, flüsterte Siri. Erst war es nur ein Ausweg gewesen, das unverfälschte Muttersein war nicht mehr möglich. Es wurde ein großes Geschenk. Denn das Schicksal wiederholte sich: Manuel und sie hatten sich auch im späteren Leben immer wieder aus den Augen verloren. Aber verloren hatten sie sich nie.

✻

Ein Geräusch schreckte Siri aus den Gedanken. Sie sah Gregor aus der Pforte auf das schmale Plateau hinaustreten. Er blieb in einer kleinen Entfernung stehen und fragte, ob sie mit ihm zum Leuchtturm laufen würde.

»Am Strand lang? Das geht heute nicht. Ich fühl mich zwar schon längst nicht mehr so erschöpft wie gestern, aber ich will auch nichts riskieren. Dazu ist mir unser Theaterabend zu kostbar.« Sie lachte dabei, fing aber Gregors besorgten Blick auf.

Sie wollte ihm nichts beteuern, sondern lieber zeigen, dass es ihr wieder gut ging und fragte aus echtem Interesse und auch, um sich endgültig anderen Themen zuzuwenden: »Eigentlich würde ich gern noch mehr von deinen früheren Jahren erfahren. Hast du nicht Lust, ein bisschen was zu erzählen?«

»Weiß nicht.« Er sah sie an, als wollte er prüfen, was wohl hinter ihren Worten sein mochte und ob sie wirklich so unbeschwert war, wie sie klang. Dann räusperte er sich und meinte: »Du darfst zwei Fragen stellen.« Siri sah ihn verblüfft an.

»Und wenn das nicht reicht, wird eventuell noch eine dritte genehmigt.« Gregor lachte mit leisem Glucksen und nahm nun doch neben ihr auf der Bank Platz, und sie rief sich ins Gedächtnis, was er ihr kurz nach seinem Einzug in die Villa von sich erzählt hatte. Sie waren nach dem Nachmittagskaffee an dem großen Tisch unten auf der Terrasse sitzen geblieben, nur sie beide, sie hatten einander gegenüber gesessen und er hatte sie in seinen Blick gefasst und ihr in einer schnellen Skizze erzählt, wer er war oder besser, wer er gewesen war: Sehr jung verheiratet, sie war seine Jungendliebe und es hatte noch kaum andere Frauen für ihn gegeben. Sie bekamen erst einen Jungen, Gunnar, und dann kam Freya. Sie versuchten, ihnen ein schönes Elternhaus zu geben, das auch finanziell auf sicheren Beinen stand. An der Stelle hatte Siri ihn unterbrochen. »Als Künstler? Dann kannst du doch kein erfolgloser Künstler gewesen sein.«

»Bin ich auch nicht!« Er war aufgesprungen, in sein Zimmer gegangen, das auf dem Flur ihrem gegenüber lag, hatte zwei seiner Skulpturen geholt, von denen jede sich in der Schale seiner Hand tragen ließ, und vor sie hingehalten. »Findest du das erfolglos?«

Siri sah nicht zum ersten Mal Werke von ihm, doch diese beiden berührten sie auf besondere Weise. Dieses Bild, die großen Hände, die diese zierlichen Gebilde geschaffen hatten, dazu seine mächtige Wikingergestalt, die die Figuren mit einer Sanftheit trug und dann auf den Tisch stellte, als seien es zwei Säuglinge – und sie hatten auch beide etwas Schutzloses: Die eine zeigte zwei Menschen, die in einer Umarmung ineinander verschmolzen waren, als suchte einer beim anderen Geborgenheit, die andere eine Art Echse, zusammengekringelt und noch wie im Embryozustand.

Gregor hatte ihr erzählt, dass er letztendlich nicht Kunst studiert, wie er es vorgehabt und bereits begonnen hatte, sondern Pädagogik und Psychologie. Ziemlich früh, bevor das Studium ganz beendet gewesen war und in einer Zeit, als es so etwas noch kaum gab, hatte er mit zwei Freunden eine Art therapeutisches Wohnheim gegründet, wo schwer benachteiligte Kinder, teilweise zusammen mit ihren Müttern, einen sicheren Platz und viel Unterstützung finden konnten. An dieser Stelle seiner Erzählung waren sie von den anderen, die sich dazugesellt hatten, unterbrochen worden, und Siri hatte nicht mehr daran gedacht, nachzufragen. Wirklich nicht daran gedacht? Nein. Sie hatte nicht wieder daran gerührt, weil ihr schon bei seinen ersten Andeutungen der Gedanke, dass genau so etwas für Manuel, für sie beide die Rettung gewesen wäre, einen tiefen Stich ins Herz gegeben hatte.

»Wie viele Kinder hattet ihr ungefähr in eurem Wohnheim?« Siri klang unerwartet scheu, und als Gregor sie prüfend ansah, meinte sie ein Erkennen in seinem Blick wahrzunehmen. Er wusste, wie ihr zumute war, das sah sie an seinem leichten Nicken, das hörte sie an seiner Stimme, die warm und sanft war.

»Nicht viele. Nie mehr als zehn. Ich hab therapeutisch mit ihnen gearbeitet, aber noch viel wichtiger war mir unsere Arbeit im Freizeitbereich. Ich hab die Kinder mit Büchern in Kontakt gebracht, mit Lesen und Vorlesen und gemeinsamen Gesprächen über das, was wir gelesen hatten. Ich hab natürlich Literatur ausgesucht, die Licht ins Leben bringt und auch so mancherlei Erkenntnisse. Kinder verstehen weit mehr, als man glaubt!«

»Und anders als wir. Intuitiv.« Siris Gedanken waren bei Manuel. Wie gut hätte ihm so etwas getan! Wie genau richtig wäre es gewesen.

Gregor nickte. »Wir hatten sehr tiefe Gespräche über Märchen. Man brauchte ihnen gar nicht zu sagen, dass sie einen hohen Symbolgehalt haben, sie hatten es von allein verstanden. Wir haben auch über bildende Kunst gesprochen. Ich hab ihnen Werke aus der modernen Malerei gezeigt, Dali, Picasso, Paul Klee. Es erstaunt mich noch immer, wie die Kinder nach einer gewissen Zeit der Einübung *sehen* konnten! Und wie mühelos sie ausdrücken konnten, was die einzelnen Werke für sie bedeuteten.« Gregor faltete seine Hände ineinander und legte sie auf sein Bein, das er über das andere geschlagen hatte. Er schaute hinunter zum Strand, als suchte er zwischen Muscheln und Steinen die Erinnerungen zusammen. Der sachte Wind, der in den Schilfhalmen flüsterte, kam heute von Land und trug einen blütensatten Duft mit sich.

»Aber das Wichtigste war Malen und Bildhauerei. Zuerst hab ich sie davon runtergeholt, dass sie oder ihre Werke gut sein zu müssten — überhaupt irgendetwas sein müssten außer das, was sie waren. Ich hab jedes Beurteilen von Anfang an verbannt. Das war allerdings nicht ganz einfach. Manchmal hab ich sie gebeten, mit der linken Hand zu malen, oder ich hab wilde Musik aufgelegt und wir haben dazu gemalt, und wenn jemand etwas zu einem Werk sagte, dann, was es mit ihm macht, und nicht, wie er es findet. Und so haben wir über die Kunst ganz von allein Übung darin bekommen, über uns selbst zu sprechen. Oft war das nicht leicht. Aber manchmal unvergesslich innig und schön. Und natürlich heilsam.

Diesen Kindern war schon manches zugestoßen, und sie hatten sich Schutzpanzer gebaut, jeder auf seine Weise. Da musst du irgendwie durch, wenn du was erreichen willst. Das ist eine Arbeit, die kannst du nur ganz oder gar nicht machen, und das war auch gut so, dadurch war es sehr wertvoll für mich. Ich hab es gern gemacht.«

Siri nickte in sich hinein, versuchte, das, was Manuel über seine so ganz anderen Heimerfahrungen erzählt hatte, gar nicht erst hochsteigen zu lassen und fragte fast hastig: »Aber wieso bist du hier aufgenommen worden, wenn du so lange einen Beruf hattest? Da bekommt man doch eine gute Rente, oder?«

»Ich war selbstständig. Ich habe *gar keine* Rente. Und ich hab nie so viel verdient, dass ich mir ein Mietshaus oder so was fürs Alter leisten konnte.«

»Und deine Kunst?«

»Es war immer ein Spagat: Beruf, Familie und ganz hinten kam die Kunst. Ich hab mich danach gesehnt, dass sie irgendwann mal ganz vorne stehen könnte. Na ja — hat gedauert … Der Rest ist schnell erzählt: Als die Kinder aus dem Haus waren, gab es eine friedliche Scheidung, wir hatten uns längst auseinandergelebt. Das Wohnheim wurde inzwischen in Form eines Vereins geführt, es war gewachsen, es gab etliche Angestellte. Wir Gründerväter waren nicht mehr entscheidend wichtig dafür, dass es weitergeführt werden konnte. Da bin ich nach Berlin gegangen und hab nur noch Kunst gemacht.«

»Und da hast du Mine kennengelernt, nicht?«

Gregor schaute sie prüfend an, grinste seltsam verhalten und erzählte nun auch das: »Ich hab sie fast sofort kennengelernt. Man traf sie einfach, egal, auf welche Ausstellung oder in welche Szenekneipe man ging. Sie war die Muse vieler Künstler, und als Galeristin war sie obendrein maßgeblich am Wohl und Wehe etlicher Künstler beteiligt. Es war ihr eine heilige Aufgabe, sich um die, die nach ihrer Meinung eine echte Chance hatten, zu kümmern.

Für mich war sie allerdings in ganz anderer Hinsicht wichtig: Sie hat mir gezeigt, was Liebe ist. DAS hat mich in meine Kunst gebracht, nicht andersherum.« Gregor lachte auf und ließ mit hochgeschlagenem Blick die Zunge über seine Oberlippe fahren. »Oder vielmehr hat es mich erst mal aus meiner Kunst rausgerissen! Bis dahin hatte ich nämlich gemalt, meist Landschaften in großen Formaten und in einer Mischung aus Naturalismus mit surrealen Elementen. Manchmal hab ich noch Verlangen nach dem Geruch der Farben, ihrem Leuchten, ihrer Kraft, danach, Pinselstriche in großen, schnellen Bewegungen auf die Leinwand zu bringen, bis die Hand, der Arm, der Körper einen eigenen Rhythmus finden, bis es wie ein Tanz wird. Es ist ein besonderer Zustand, vielleicht kennst du das vom Schreiben. Wie ein Rausch, du kannst nicht aufhören, du kannst auch nicht langsamer machen, solange es läuft, läuft es und das aus voller Kraft. Es ist herrlich und wunderbar – aber wenn *nichts* läuft, wenn der Zustand einfach nicht eintritt, dann ist es entsetzlich. Wie Entzug. So ging es mir anfangs in Berlin. Ich hatte endlich alle Möglichkeiten – jedenfalls dachte ich das – und der Künstler in mir streckte die Waffen.

Und dann ist von selbst etwas geboren worden. Kein einziger Gedanke hat das gemacht. Vielleicht war es Berlin. Vor allem aber meine Hände. Aus irgendeinem Grund haben die nämlich im Atelier meines Bildhauerfreundes Max nach einem Stück Holz und einem Schnitzmesser gegriffen– und plötzlich war ich weg, versunken, nicht mehr ansprechbar. Max hat mich gelassen, hat selbst an seinem Werk weitergearbeitet und hat doch sofort gemerkt, dass etwas passiert war, als ich irgendwann dasaß und mit stummen Tränen meine erste Statue betrachtete. Was ich sah, konnte niemand sehen außer mir, hab ich geglaubt. Ich war schon mit Mine liiert – dachte ich jedenfalls. Aber sie hatte ihre eigenen Vorstellungen davon, wer mit ihr liiert war und wie das dann läuft. Ich hab dir ja davon erzählt. Es war schwer für mich. Damals jedenfalls. Meine Trauer wegen Mine, mein Verlangen, sie ganz für mich zu gewinnen, meine Sehnsucht, meine Anbetung – das hatte ich geschnitzt, und ich erkannte es wieder in diesem Stück Holz. Auch etwas Erhabenes war darin. Da hab ich verstanden. Die Sehnsucht, das Verlangen, die Trauer und die Angst waren hinein geflossen, hatten sich ergossen und verschenkt und waren dabei rein gewaschen worden. Was ich in meinen Händen hielt und hin und her drehte und betrachtete, diese wundersame, zarte, unfassbar schöne Frauengestalt, das hatte nicht ich gemacht. Es war die Liebe, die sich ihrem eigenen Bildnis geschenkt hatte. Und mir.«

Siri hob die Augen und sah ihn an. Es gab nichts zu sagen, jedes Wort wäre zu viel gewesen. Nach einer Weile legte sie die Hand auf seine, nach noch einer Weile den Kopf gegen seine Schulter. Sie ahnte, dass ihm jene Zeit damals vor Augen stand oder dass zumindest eine Stimmung davon herüberwehte, der er vielleicht nachhing und Bilder, Orte, Menschen im Land der Erinnerungen wiederfand. In ihr war es still geworden. Diese Innigkeit mit Manuel war da, ohne Gedanken, ohne Stimmungen, einfach da.

So schauten sie gemeinsam in die Weite, rochen den Blütenrausch im Wind und lauschten dem Fächern des Strandgrases, in dem sie saßen wie in einem Nest.

*

Eine Handvoll Möwen führte über der Villa Flugkunststücke auf. Vielleicht waren dort Aufwinde, die sie besser trugen als die normale Luft, vielleicht verlockte sie das zu diesen tänzerischen Kapriolen. Und dazu schrien sie ihre wilden Freiheitsschreie, die Siri schon als Kind berührt hatten.

Sie lag auf der Saunaliege, war zuletzt kurz eingenickt und fröstelte nun ganz leicht. Sie stand auf, um sich von drinnen ihre bestickte Leinenjacke zu holen. Als sie wieder auf den Balkon trat, atmete sie geradezu inbrünstig ein. Ihr war, als sei sie nach einer Krankheit wieder wohlauf, und sie war dankbar dafür. Sie ging bis vorn zur Balustrade, ließ ihren Blick auf dem bewegten Horizont tanzen und genoss dieses gehobene Gefühl, das immer dann über sie kam, wenn etwas in ihr seinen Frieden gefunden hatte.

Als sie hörte, dass Hakan oben seine Glastür aufmachte, zögerte sie ein wenig, bevor sie sich umwandte und zu ihm hoch sah. Sie hatte schon geahnt, was kommen würde, und so war es: In gespielter Kavaliersmanier verbeugte er sich leicht und fragte, ob er sie zum Abendessen begleiten dürfe.

Sie lächelte und schüttelte den Kopf. »Ich komme heute später«.

Auf seiner faltigen Stirn vertieften sich die beiden Steilfalten beträchtlich. Er hob fragend die Brauen. ›Kommst du überhaupt?‹ las Siri daraus und nickte lebhaft. »Ich komme auf jeden Fall!«

Er nickte zurück und schloss die Tür. Doch blieb er dahinter stehen und schaute sie an.

Gleich darauf trat Michelle zu ihr heraus und erzählte, dass sie jetzt gleich das Theaterspielen vorbereiten wollten und ob Siri dabei sein wolle. Nein, und sie hatte absolut nichts dagegen, wenn die anderen alles nach ihren Wünschen entschieden. Michelle hatte runde Flecken auf den Wangen, Siri konnte nicht ergründen, ob sie aufgemalt waren oder von der Aufregung kamen. Denn aufgeregt war sie, sprudelte noch eine ganze Weile vom Bühnenbild und von der Rampe, die Horst am Nachmittag gebaut hatte, damit Miró auf die Bühne kommen konnte, und davon, dass sie gemeinsam die verschiedenen Figuren, die es in dem Stück geben sollte, festlegen wollten. Siri sagte nur, dass sie ganz bestimmt käme, aber erst später.

Das Meer war unruhig geworden und hüllte den Leuchtturm auf der Landzunge immer wieder in aufspringende Gischt. Der Himmel wurde von dahinstürmenden Wolken zerwühlt, die Wogen verfolgten einander in wildem Lauf. Und seltsam, je mehr Unruhe und Dynamik dort draußen war, desto friedlicher fühlte Siri sich werden, während sie das Gesicht in den Wind hielt und die Augen zu Schlitzen zusammenzog.

Am späten Licht merkte sie schließlich, dass es Zeit war, hinunterzugehen. Zum Abendessen schaffte sie es wohl nicht mehr, zum Theaterspiel auf jeden Fall. Sie war ein wenig müde, aber ihr Schritt war wieder so leicht, dass sie die Treppe nach unten nahm. Von dort aus sah sie schon, dass die anderen bereits im Saal zusammenkamen. Und eine gehobene und zugleich in vielen Färbungen durchmischte Stimmung wehte ihr entgegen, die sie sofort ansteckte.

***

19 Theater

Vor der Bühne war eine Reihe von Stühlen aufgestellt, mehr als sie brauchten, einfach, damit es wirklich nach Theater aussah. Michelle, Gregor, Siri und auch Hakan saßen schon dort, und zur Bühne, die nur um eine Treppenstufe höher war als der restliche Fußboden, führte jetzt eine Rampe hinauf und Miró stand mit seinem Rollstuhl dort oben ganz an der linken Seite. Alle schauten Fred entgegen, der in so schnellen Schritten durch den Saal kam, dass sein Cape ihm nachwehte, und der die Rampe zur Bühne mit einer Eleganz hoch-schritt, die sicher in früheren Jahren mehr Dynamik gehabt hatte, aber alle beeindruckte. Mit drei langen Schritten ging er in den großen, runden Scheinwerferspot hinein und drehte sich dort mit Schwung einmal um sich selbst und dann zum Publikum, wobei er die Arme weit ausbreitete und mit ihnen sein Cape. Da stand er mit seinem schwarzen Moustache und dem schwarzen Haar, in schwarzer, locke-rer Leinenkleidung, darüber sein glänzendes Cape, und erläuterte mit leicht heiserer Stimme und ausladenden Gesten das Bühnenbild neben ihm, das ebenfalls durch einen Lichtkegel hervorgehoben war und an dem es eigentlich nicht viel zu erläutern gab.

»Wie ihr seht, haben wir hier oben eine Szene gestaltet!« Fred zog die Brauen hoch, hob den rechten Zeigefinger und wechselte in einen geheimnisvollen Erzählerton. »Minimale Mittel: zwei Stühle an einem Tisch, darauf eine Schale mit einem Apfel und einer Banane, daneben ein leeres Wasserglas und eine Kanne aus Ton, in der man Wasser oder auch Wein vermutet. Das ist der Ort des Geschehens ...« Fred machte eine weite kreisförmige Handbewegung. Er drehte sich dabei wieder um sich selbst, und als seine gestreckte Hand zum Publikum hinzeigte, rief er: »Aber es ist auch schon eine Szene! Unbelebt, ja, und dennoch spürt ihr es: Hier ist der Geist von dem anwesend, was sich ereignen wird.« Er machte die Augen groß, schaute in leicht geduckter Haltung seinen Zuschauern einem nach dem anderen ins Gesicht und rief in dramatischem Ton: »Denn nichts ist wirklich unbelebt!«

Er ließ die Worte wirken, während er sich langsam aufrichtete, die Augen geschlossen, das Gesicht immer mehr zur Decke hebend, als würde er von oben eine Eingebung empfangen. »Ist es nicht so?« Er sprach nun sehr leise und schaute die anderen wieder an. »Jeder erfährt etwas beim Blick auf dieses Stillleben. Jeder empfängt eine Stimmung, eine Schwingung, eine Veränderung. Und damit hat das Spiel schon begonnen!« Fred ließ die Erzählermine aus seinen Zügen verschwinden, sah stattdessen plötzlich aus wie jemand, der einen gewissen Rang besaß und auf den man hörte, und sprach jetzt laut und getragen wie ein Herold: »Wir werden in dieses Bühnenbild eintreten, jeder so, wie es ihn innerlich drängt. Ihr werdet es merken. Es ruft euch. Wer neu auftritt, sagt laut ‹Auftritt!›. Wer abtritt, sagt das ebenfalls an und geht von der Bühne. Miró, du rollst in die Szene, wenn du auftreten willst, und in die Ecke, wo du jetzt stehst, wenn du abtreten willst. Wer wieder ins Spiel zurück will, macht es wie eben beschrieben. Und jetzt zum Wichtigsten: zu unserem Stück …« Er schaute wieder von einem zum anderen, dann ging sein Blick über alle Köpfe hinweg in unbestimmte Ferne, er schloss die Augen, atmete tief ein und sagte mit großem Ernst: »Es gibt keins!«

»Aha!«, machte Hakan.

Fred beugte sich vor, wobei sich sein Moustache in den Mundwinkeln nach oben zog, als lächelte er, aber es war kein Lächeln, es schien auch kein Heischen nach Zustimmung zu sein, sondern eine ausdrückliche Aufforderung zur Zustimmung. »Das Stück wird sich selbst erschaffen! Es gibt keine Texte. Sie werden von allein aus uns herauskommen. Alles entsteht beim Spiel. Das ist ganz leicht, wenn wir uns nur an eins halten: Lasst uns sein wie Kinder, lasst uns einfach spielen! Das können wir!«

Er schwieg, schaute erneut über ihre Köpfe hinweg ins Nirgendwo, als könnte er dort die Wirkung seiner Worte ablesen, drehte sich dann weit ausgreifend um sich selbst, und wieder schwang sein Cape um ihn herum, ging ein paar Schritte und stellte sich hinter die aufgebauten Requisiten. Von da aus rief er: »Also: kein Stück, kein Text – und demnach auch keine festgelegten Charaktere. Aber: Es gibt einen Namen für das Stück und es gibt Namen beziehungsweise Berufe für die Akteure. Jeder wählt selbst, welche Figur er spielen will. Das Stück heißt: ›Der Alte‹. Es treten auf: ›Der Alte‹ …«

»Das bin ich!«, rief Miró aus seiner Ecke und hob die Hand.

Einen Wimpernschlag lang war Erstaunen in Freds Gesicht, dann machte er weiter, als hätte er nichts anderes erwartet. »Hat jemand etwas dagegen?« Niemand rührte sich. »Wollte noch jemand diese Rolle?« Aus dem Publikum kam keine Reaktion.

»Okay. Weiter treten auf: ›Simsalabim‹, ein Verrückter,
›Ute‹ und ›Heinz‹, das Ehepaar von nebenan,
›Mona‹, die verstorbene Frau des Alten,
›Giesecke‹, ein Schornsteinfegermeister.

Weiß jemand spontan schon, wen er spielen will?«

Niemand rührte sich, und Siri flog die Angst an, dass es auch dabei bleiben könnte.

»Okay. Dann fangt nicht an, euch eine Rolle auszusuchen – sie sucht sich *euch* aus. Es kann gut sein, dass ihr euch plötzlich gerufen fühlt, und das ist die beste Art, ins Spiel zu kommen. Wenn wir alle bereit sind, geht der Vorhang auf. Ich weiß, ich weiß, wir haben keinen, wir stellen uns einfach vor, dass er aus Samt ist und schwarz und wie er sich rafft und schön langsam nach oben unter die Decke schaukelt. Was wir dann sehen, ist das Bühnenbild mit Miró. Wo du wie sitzt, Miró, ist deine Sache, und was du tust, auch. Und das gilt für alle! Wenn ich ›Vorhang auf‹ rufe, geht es los und jeder sagt und tut, was er in unserem Schauspiel sagen und tun will. Aber erst auf der Bühne! Wer unten ist, ist Zuschauer, und das darf er bleiben, solange er will, auch das ganze Stück über.« Fred verbeugte sich knapp, ging von der Bühne und setzte sich auf einen der freien Stühle.

Hakan schüttelte den Kopf und drehte sich halb um, als wollte er aufstehen und gehen, aber er rückte gleich wieder in die vorherige Haltung.

»Vorhang auf!«, rief Fred.

Michelle lachte befangen. »Ich bin Ute.«

Gregor dröhnte so laut, dass alle zusammenfuhren: »Auftritt! Ich bin Heinz!« und ging schnellen Schritts die Rampe hoch auf die Bühne, wo Miró, der Alte, schon am Tisch saß, dem Publikum die Seite zugekehrt. Seine rechte Hand lag um das Wasserglas, mit dem Daumen strich er außen am Glas auf und ab.

»Was ist passiert?«, rief Gregor alias Heinz.

Der Alte sah nicht einmal auf, zog nur die Schultern hoch.

»Da war ein Knall, als wenn ein Schrank umgefallen wäre! Und der kam hier aus deiner Wohnung!«, fuhr Heinz fort.

»Hier war kein Knall.« Der Alte guckte auf seine Hand am Glas. Doch sein Daumen hatte aufgehört, auf und abzustreichen. »Deine Tricks, ungefragt hier einzudringen, werden auch nicht besser!«

»Wenn du es einem so schwer machst, was bleibt mir übrig?«

»Draußen bleiben!«

»Wenn das eine Alternative wäre, täte ich es ja gerne.«

»Wäre? Das *ist* die Alternative!«

»Nee. Ohne mich als Vorhut kommt Ute nicht rüber, sie hat Angst, dass du sie beißt.«

»So? Hab ich schon mal jemanden gebissen?«

»Tust du ständig. Mit Worten.«

»Mach, dass du rauskommst!«

»Auftritt! Ich bin Mona.« Siri kam nicht ganz so schnell wie Gregor die Rampe hoch, stellte sich dann hinter den Alten im Rollstuhl, legte ihm beide Hände auf die Schultern, beugte sich ein wenig vor und sagte nah an seinem Ohr: »Du hast mir versprochen, nicht alle zu vergraulen! Schon gar nicht die Nachbarn. Die haben mir zugesagt, nach dir zu sehen, und das tun sie.«

»Auftritt!« Schriller hätte Michelles Ruf nicht sein können, und wenig später stand sie als Frau von Nachbar Heinz mit einem imaginären Tablett in den Händen auf der Bühne. »Macht mal Platz auf dem Tisch! Und einen Stuhl brauchen wir auch noch, Heinz.«

Der Alte räumte die Obstschale, den Krug und das Glas an den Rand des Tisches, und Michelle alias Ute begann, imaginäre Dinge vom Tablett auf den Tisch zu stellen. »Wenigstens den Apfel hättest du essen können«, grummelte sie dabei. Siri alias Mona strich über die Schultern des Alten und murmelte: »Nimm es als Fürsorge, nicht als Bevormundung.«

Miró wandte den Kopf halb nach hinten und blickte zu ihr auf. »Findest du, dass das in eine solche Szene gehört? Also – ich bin jetzt mal eben kurz raus aus der Rolle, aber mal ehrlich: Das passt nicht in das Stück!«

Siri zog die Schultern hoch. »Ich bin nun mal ein Geist. Und wer hat gesagt, dass wir eine Volksbühne sind?«

»Aber wir spielen hier auch keinen Faust!«, grunzte Miró.

»Das wird sich finden.«

»Siri, ich finde es Scheiße, dass du dir diese Rolle genommen hast! Na klar, musstest du das. Da kannst du so schön hoch über den Dingen schweben!« Miró starrte vor sich hin, es war wohl zu anstrengend für ihn, sich länger nach oben zu drehen.

Ute und Heinz alias Michelle und Gregor standen da, als wäre ihr Teil der Szene eingefroren. Jetzt aber richtete Michelle sich aus ihrer leicht über den Tisch gebeugten Haltung auf, während Gregor einen Schritt zurücktrat. Beide öffneten gleichzeitig den Mund, nur war Michelle einen Sekundenbruchteil schneller.

»Jeder spielt hier seine Rolle, so wie er es will!«, rief sie. »Du machst das ganze Stück kaputt!«

»Welches Stück? Wir haben keins!«

»Vorschlag!«, dröhnte Gregors tiefe Stimme dazwischen. »Solche Sachen können das Spiel wirklich kaputtmachen. Wie wäre es, so was mit in die Szene reinzunehmen? Wie wäre es also, wenn der Alte das zu seiner verstorbenen Mona sagt, statt dass plötzlich Miró zu Siri spricht? Dass dahinter echter Groll ist, kriegt trotzdem jeder mit, aber es könnte weitergehen!«

Miró wischte mit der Hand durch die Luft. »Das war Ehrlichkeit, sonst nichts! Einer deiner sechs Sätze heißt: Wir sagen es offen, wenn uns etwas stört!«

»Achtung, hier spricht die Spielleitung!« Fred, der von seinem Zuschauerstuhl aufgestanden und an den Rand der Bühne getreten war, hatte beide Hände zu einem Trichter an den Mund gelegt. »Wer ist dagegen, dass wir Gregors Vorschlag annehmen?« Er wartete einen Moment, und als sich niemand äußerte, trat er zurück, nahm von der Lehne seines Stuhls sein Cape, schwang es sich über die Schultern, stieg auf die Bühne und öffnete mit einem tiefen Atemzug den Mund. Inzwischen war Siri von ihrem Platz hinter Miró neben Gregor getreten.

»Du hast Recht«, sagte sie. »Wir sind alle lieb und nett zueinander – aber offenbar geht uns so einiges auf die Nerven. Du sprichst aus, was dich nervt. Da steht es, wird gesehen – raucht noch ein bisschen und kann vergehen. Und das kann es auch, wenn wir es in die Rollen einbetten, wie Gregor es vorschlägt. Dann ist es vielleicht sogar einfacher.« Sie hob den Blick von Miró zu den anderen und merkte erst jetzt, dass die sich das Lachen verbissen.

»Simsalabim nennt man mich!«, kreischte Fred hinter ihr. »Spott ist dieser Name. Spott für einen Zauberer, der in verpatzten Auftritten seinen Ruhm gefunden hat. Was bleibt ihm anderes, als sich selbst zu entleiben, will er nicht in Würdelosigkeit sein Selbst verlieren? Was bleibt ihm, als für immer zu verstummen?«

»Kläre er mich auf, mein Freund, was treibt ihn zu solch mutlosen Worten?« Der Alte war in Simsalabims Tonfall eingestiegen.

»Dieses Weib!«, rief der und trat näher. »Jedes Mal, wenn ich dich besuchen komme, alter Freund. Obgleich sie doch längst gestorben sein soll. Aber da ist sie und fällt mir wie eh und je ins Wort, als hätte sie sich geschworen, mich die Demut bis ins Letzte zu lehren!«

»Oh ja, du sagst es! Bei mir versucht sie das auch, aber vergebens, das schwör ich mir jeden Morgen, wenn ich die Augen aufmache!«

»Ach komm, alter Zausel«, dröhnte Heinz, »Hör auf zu jammern, lass uns essen jetzt. Setz dich zu uns, Simsalabim.«

»Ja, setz dich, ich hol dir einen Teller, es ist genug da«, rief Ute.

»Welch uuunsagbare Freundlichkeit!« Simsalabim verneigte sich.

»Es kommt von Herzen.« flötete Ute.

»Seid ihr sicher?«, grunzte der Alte.

»Ganz sicher!« Ute machte eine weit ausladende Handbewegung, drehte sich zum Publikum, das nur noch aus Hakan bestand, und rief im Flüsterton: »Wir brauchen mehr Stühle.«

Hakan zog die Schultern hoch. »Dann holt sie euch.«

»Komm, Heinz, wir müssen noch Stühle von uns holen!« Ute zog Heinz mit sich aus der Szene.

Simsalabim setzte sich an den Tisch und beugte sich vor. »Was sagst du dazu, Alter? Sind die so gut, wie sie zu sein sich gefallen? Wenn du mich fragst: Den Menschen fehlt die Ehrlichkeit! Wären sie ehrlich, bräuchten sie dann einen wie mich zu verspotten?«

»Nein! Sie hätten genug mit sich selbst zu tun.«

»Genau!« Simsalabim lachte. »Und deine Mona spricht immer noch mit dir?«

»Leider! Sie findet keine Ruhe. Dabei heißt es doch, dass der Tod die ewige Ruhe sei, oder?«

»Wieso fragst du mich das? Wieso nicht sie?«

»Darauf bin ich noch gar nicht gekommen! Mona, warum hältst du mir immer noch Vorträge? Bist du gar nicht wirklich tot?«

»Da kannst du sehen, wie des Menschen Vorstellung seine Welt kreiert«, säuselte Mona mit zur Decke geschlagenen Augen.

»Nein, nur sein *Bild* von der Welt«, verbesserte Simsalabim.

»Glaubst du, das ist ein Unterschied?« Mona legte die Hände wie betend aneinander, den Blick immer noch hochgeschlagen.

Simsalabim beugte sich weit über den Tisch, fasste den Alten mit aller Aufmerksamkeit ins Auge und flüsterte: »Wenn du endlich aufhören würdest, an sie zu denken, dann wäre das da nicht!« Er zeigte mit einer Kopfbewegung in Richtung Mona.

»Versuch mal, etwas *nicht* zu denken!«, schnaubte der Alte. »Versuch das mal! Ich hab zwar Übung ...« Er zog die Stirn in Falten und murmelte: »Aber mir reicht schon jetzt total, woran ich alles nicht denken darf ... «

Ute und Heinz kamen wieder in die Szene, jeder von ihnen brachte einen der Stühle mit, die ganz links an der Seite der Bühne standen.

»So, nun wird es aber Zeit, dass wir anfangen! Wird doch alles kalt!«, krähte Ute. Im nächsten Moment saßen alle am Tisch, nur Mona stand leicht abseits und grinste selig.

Der Alte beugte sich über den Tisch und flüsterte Simsalabim zu: »Manchmal kann ich ihn sogar sehen, meinen Quälgeist! Hinter dir, da in der Ecke.« Er nickte zu Mona hin. »Da steht sie wie die Statue einer Heiligen.«

Simsalabim wandte sich um und auch die andern beiden schauten zu Siri hin.

»Also, ich sehe da nichts!« Ute krauste die Stirn und schüttelte mit dem Kopf.

»Ich auch nicht«, grunzte Heinz.

»Aber ICH!«, rief Simsalabim. »Wahnsinn, da steht sie tatsächlich! Alter, *jetzt* kann ich dich wirklich verstehen!«

In dem Moment kam ein deutliches Räuspern aus dem Zuschauerraum und ein Knarzen. Alle schauten dorthin. Hakan war aufgestanden und hatte sich in Bewegung gesetzt, als wollte er gehen. Bei der Rampe lenkte er seinen Krückstock jedoch dort hinauf und ließ ihn dann ordentlich auf den Holzplanken der Bühne dröhnen, während er auf den Tisch zukam.

»Auftritt!«, sagte er wie nebenher. »Schornsteinfegermeister Giesecke! Mir wurde gesagt, ich müsste hier dringend nach dem Rechten sehen, da reicht ein einfacher Geselle nicht.« Er streckte den Oberkörper und den Hals weit vor und seine eben noch eher leise Stimme dröhnte plötzlich. »Hier soll jemand an der Gasheizung manipuliert haben!« Sein Gesicht war ein einziges Zornesgewitter.

»Nein, ehrlich?«, quiekte Ute.

»Nachweislich!«, donnerte Giesecke. »Aber erst mal will ich wissen, wieso hier jemand in der Ecke steht! Habt ihr nicht genug Stühle? Oder lasst ihr immer Leute zugucken, wenn ihr gerade esst?«

Mona presste die Lippen zusammen. Ihren hochgeschlagenen Blick hatte sie nicht länger durchgehalten, sie musste einfach sehen, was passierte. Die Gesichter der anderen waren jedes ein Schauspiel für sich.

Giesecke sah streng von einem zum anderen. Klopfte mit dem Stock auf den Boden, als wollte er sagen: Na, wird's bald? Als nichts kam, polterte er: »Aha, keine Antwort. Das sagt mehr als tausend Worte!«

»Sie ist doch bloß …«, hub der Alte an und fing an zu grinsen.

»Was ist sie bloß?« Giesecke wirkte kein bisschen weniger ungehalten.

Und Mona musste lächeln. Hakan als Schauspieler war ein Ereignis. Vor allem freute sie sich über seine Haltung. Er hatte wohl keine Lust gehabt zu diesem Slapstick-Zeug, das hatte sie vorhin, als er noch Zuschauer war, deutlich in seinem Gesicht gelesen. Und jetzt stand er hier auf der Bühne und setzte sich für sie ein.

»Sieh sie dir doch an, dann weißt du's!«, krähte der Alte. »Durch-geknallt. Nicht von dieser Welt.«

»Aha«, machte Giesecke. »Das wärst du beinahe auch nicht mehr mit deinem Gefummel an der Gasheizung. Ihr Neunmalklugen denkt, ihr könnt was sparen. Jetzt wird's richtig teuer, Alter!«

Simsalabim stand auf. »Ich hole Ihnen einen Stuhl, Herr Giesecke. Vielleicht wollen Sie ja auch etwas essen.«

»Ach, ich bekomme einen – und sie nicht?« Der Schornsteinfeger-meister deutete mit dem Kopf zu Mona hinüber.

»Wie soll sie denn auf einem Stuhl sitzen, sie ist doch bloß ein Geist!«

»Okay, ich versiegele jetzt ihr Gerät und klebe die Stilllegungspla-kette drauf. Entweder, ihr lasst es grundüberholen oder ihr kauft gleich ein neues. Mir egal. Ich hab schon gegessen, ich brauch keinen Stuhl. Auf Wiedersehen!« Giesecke drehte sich brüsk um, setzte den Stock deutlich zu laut auf und entfernte sich. Nach drei Schritten drehte er sich um und rief, den Blick starr auf den Alten geheftet: »Lass die Finger vom Gasgerät, Alter!« Er hob drohend die Brauen.

»Abtritt!«, rief er dann und ging über die Rampe von der Bühne zurück zu seinem Platz.

Alle anderen saßen da, als wäre die Szene erneut eingefroren.

Simsalabim sprang auf, schrie: »Abtritt!« und im nächsten Mo-ment: Vorhang!«, zog sich sein Cape von den Schultern und stieg auch von der Bühne.

Heinz schüttelte sich und stand auf. Ute schaute zu ihm hoch und erhob sich ebenfalls.

»Was meint ihr?«, sagte Fred von unten her. »Sollen wir es damit fürs erste genug sein lassen?«

»Wieso, ihr habt doch erst angefangen!« Hakan schlug den Blick an die Decke. »Und seid schon allesamt aus der Rolle gefallen!«

»Eben drum«, näselte Fred.

»Ich dachte, es geht hier ums Spiel«, erwiderte Hakan.

»Nein, das Spiel spielt hier keine Rolle«, grinste Fred. »Die Rolle spielt das Spiel!«

»Dich müsste man unter Artenschutz stellen, Fred!«, rief Miró von der Bühne herunter.

»Atemschutz?«, fragte Michelle. »Wieso das denn?«

»Wegen Corona, Herzchen«, sagte Miró mit samtiger Teufels-stimme. »Bei manchen hängt das immer noch in den Kleidern. Von damals, weißt du, Pandemie und so?« Er prustete los.

Michelle schaute zur Seite, als gäbe es dort etwas, das ihr beim Verstehen helfen könnte.

Hakan rief: »Das geht hier langsam sowas von daneben, dass das Publikum gleich geschlossen den Saal verlässt!«

»Fand ich auch nicht gut, Miró«, sagte Gregor.

»Ach ja? Das ist meine Rolle, verstehst du? Aber ich lass euch jetzt in Ruhe. Wenn mir einer der Herren hier runterhelfen könnte, wär ich sehr erfreut.« Er manövrierte seinen Rollstuhl rückwärts ein Stück vom Tisch weg und drehte ihn.

Plötzlich stand Fred vor ihm. Niemand hatte mitbekommen, wie er so schnell wieder auf die Bühne gekommen war. Die Hände auf die Hüften gestemmt, stand er da und starrte auf Miró herunter.

»Willst du dich mit mir anlegen? Ja?« Mirós Augen wurden zu Schlitzen.

Fred reagierte nicht.

»Klar, ist ja nicht schwer. Mich kann man leicht fertigmachen. Oder als Mitleidblitzableiter benutzen. Aber ich sitz nicht erst seit ein paar Jahren in dem bescheuerten Ding. Paar Tricks hab ich drauf, da seid euch sicher. So leicht kann mir keiner was. Nicht mal das Schicksal. Deswegen ist es trotzdem zum Kotzen hier drin. Und da kommt ihr und pikiert euch, dass ich manchmal gallig bin?« Miró holte tief Luft. Als er fortfuhr, schrie er beinahe. »Wisst ihr, was ich machen muss, wenn ich aus dem Ding hier rauskippe? Habt ihr mal einen Käfer gesehen, der auf dem Rücken liegt und nicht wieder auf die Beine kommt? Meine Arme sind stark, jedenfalls meistens, aber sie können nicht immer alles regeln. Ja, ich krieg einiges alleine hin. Aber sehen dürft ihr mich nicht dabei. Das hat mit Würde nichts mehr zu tun. Und verdammte Scheiße noch mal, ja, ich bin ein Ekel, aber für eins ist das gut, nämlich dass ihr eure Scheinheiligkeit unter die Nase gerieben kriegt, und dieses ganze ›wir haben uns alle ja so lieb!‹, dass das endlich mal aufliegt!«

Fred hatte sich merkwürdig zu bewegen begonnen, als wollte er eine eigenartige, sehr langsame Tanzfigur ausprobieren, die ihn Mühe kostete, doch als Miró zu Ende gesprochen hatte, saß Fred direkt vor ihm auf dem Boden und schaute unverwandt zu ihm auf, ohne dass sein Gesicht etwas anderes verriet als tiefen Ernst.

Michelle trat neben Fred, legte ihm die Hand auf die Schulter und etwas ging durch sie hindurch, Siri konnte es regelrecht sehen, vielleicht bloß ein Gedanke, und während sie sich weiter auf Fred stützte, mühte auch sie sich hinunter, bis sie neben ihm auf dem Boden saß.

Beide schauten zu Miró auf. Die unwirsche Miene blätterte ihm von den Zügen. Darunter kam etwas Glattes, fast Kindliches hervor.

Gregor trat hinter Fred, auch er legte ihm eine Hand auf die Schulter, um eine Stütze zu haben. Es war so still, dass sein kraftvolles Atmen wohl im ganzen Saal zu hören war, selbst das Stöhnen, das er nicht weiter als bis in den Hals kommen ließ, während er in die Knie ging und sich dann neben Fred auf den Boden setzte.

Nur Siri stand noch immer an derselben Stelle, als hätte man sie dort vergessen. Was hier vor sich ging, das war zu erhaben, dabei würde sie nur stören, sie hatte doch all den Zwist verursacht.

Was für ein blöder Gedanke! Saublöd!

Sehr leise ging sie um den Tisch herum, trat von hinten zu den auf dem Boden Sitzenden und hielt sich an Gregors Schulter fest, während auch sie erst auf die Knie ging und sich dann setzte.

Miró schob den Unterkiefer vor und kämmte seinen Schnauzbart mit den unteren Zähnen. Fragte er sich, ob er das Ganze als Provokation nehmen und beleidigt davonrollen sollte? Er schaffte es sicher auch alleine die Rampe runter, steil war sie ja nicht. Vielleicht wollte er sie alle hier sitzen lassen, und das wäre ja auch zu verstehen. Aber er schaute weiter unverwandt in Freds Gesicht wie der in seins. Verhielt man sich so, wenn man sich provoziert fühlte?

Da zischte es aus Miró heraus. »Eins hab ich gelernt, notgedrungen. Etwas *nicht* denken. Oder etwas anderes als das, was eh nur stört. Etwas anderes als das, was eh nur sauer macht. Ich hab gelernt, meine Gedanken zu beherrschen, sonst wäre ich längst untergegangen. ›Einmal wieder Fahrrad fahren … einmal übers Feld rennen … noch einmal auf den alten Apfelbaum klettern, einmal Sex haben wie alle anderen, einmal ganz normal sein, sich verlassen können, dass die Beine funktionieren, einfach funktionieren, wenigstens mal zehn Schritte, nur zehn …‹ Solche Gedanken erschöpfen einen bloß, und Erschöpfung macht depressiv. Stattdessen daran denken, wie viel trotz allem doch möglich ist, an der Staffelei und auch sonst, daran denken, dass andere nicht mal die Arme bewegen können, und ich komme sogar allein auf dem Klo zurecht, sonst wäre ich gar nicht hier, sonst wäre ich ein Pflegefall … Was für ein grausames Wort! Ja, ich kann viel alleine, jedenfalls in den guten Zeiten, und selbst in den schlechten, wenn die Beine nur noch wie aus Weichgummi sind, hab ich bisher jeden Pinselstrich genauso setzen können, wie ich es wollte, und das Malen war immer das Größte und Wichtigste … Ist doch fantastisch. Aber kein Ersatz für Elsbeth. An sie denken, sie vor sich sehen, in

Gedanken mit ihr reden – das ist schön – aber auch wie ein Messer in der Brust ...«

Die Stille, die folgte, war zerbrechlich wie hauchdünnes Glas. Das spürte Siri, und darum schwieg sie, obwohl wahrscheinlich niemand außer ihr wusste, dass Elsbeth seine Muse gewesen war, seine Königin, seine Frau, viel zu früh gestorben – aber vielleicht dachten die anderen es sich, es lag ja nahe.

Miró saß da und schaute. Als er von Freds Augen losließ und in die von Michelle tauchte, die weiß umwimpert und von Falten umflochten und trotzdem Mädchenaugen waren, und zugleich auch in den Blicken aller anderen zu schweben schien, kam ein sehr leiser Laut aus ihm heraus, nicht einmal ein wirklicher Ton. »Wir sind wie Kinder.« Sein Flüstern klang wie Stöhnen. »Wir spielen die ganze Zeit, all die Jahre schon. Das Leben und der Ernst des Lebens, das sind Worte, die dazugehören zum Spiel, aber eigentlich ist überhaupt nichts ernst, jedenfalls nicht wirklich ernst, nicht mal sterben. Das hab ich ja gesehen, als Elsbeth für immer gegangen ist. Ernst war es nur für mich und die anderen. Sie war einfach weg, verschwunden, als würden sie Versteck spielen und ich konnte sie nicht finden und sie zeigte sich nicht, aber irgendwo *ist* sie!

Jeder spielt, was er zu sein glaubt. Irgendwie schräg, irgendwie verrückt. Aber wenn man das auf einmal merkt so wie jetzt, dann ist plötzlich alles so unschuldig! Alle Launen, alle Beschimpfungen, alle Wut, alle Wortgewalt, und ihr könnt mir glauben, seit Elsbeth gegangen ist, hab ich viel gewütet ...

Und jetzt diese Unschuld. Klar, wenn eigentlich alles Spiel ist, dann ist niemand schuldig, nicht mal die Schuld selbst. Sie spielt ja bloß mit in dem großen Spiel – in aller Unschuld.«

Mirós Blick wanderte von Michelle zu Siri.

»Deine Augen ... Ich hab gedacht, dass das Spott ist, diese Heiterkeit ... Mich hat das ziemlich geärgert, weißt du, als ob du über alles und jeden grinst, aber wenn man das nicht denkt, dann steckt es an. Jedenfalls werd ich grad auch irgendwie heiter ...«

Er schickte den Blick weiter zu Gregor, und seine Gedanken schienen einfach aus ihm heraus zu fließen. »Ein Brustkorb, dass kein Hemd dir wirklich passt. Zimmermannshände. Und die formen diese zarten Wesen. Andere sagen dazu Paare oder kleine Gruppen. Aber es ist immer *ein* Wesen, nie zwei oder mehr. Du weißt es auch, Bruder, oder? Das ist nicht ernst hier, nicht wirklich ernst, dieses Leben. Am Ende, wenn das Spiel vorbei ist, dann stehen wir auf, klopfen uns den

Staub von den Händen und den Dreck von den Klamotten, und das war's. Vielleicht schlüpfen wir dann später mal in eine andere Rolle, vielleicht auch nicht. Allerdings – ein Schauspieler mit nur einer Rolle wär ja ein bisschen traurig, oder …«

Miró schien im Schauen zu versinken, mit Gregor Aug in Auge. Und es schien, als wenn er erst jetzt begriff, dass zu seinen Füßen fünf alte Menschen auf den Bühnenbrettern saßen und zu ihm aufschauten. Sein Blick veränderte sich, wurde groß und zugleich weicher. Und auch seine Stimme war weicher, und dennoch wie immer näselnd und leicht quäkend, obwohl er flüsterte.

»Ich hab mich nie getraut, das auszusprechen, tut ja doch bloß weh, aber jetzt mach ich es: Was hätte ich dafür getan, gehen zu können, laufen, hüpfen, springen, Fahrrad fahren. Ich weiß nicht, was schlimmer ist: Wenn man es nie konnte oder wenn man es gekonnt hat und nicht mehr kann.« Sehr leise hatte er diese Worte gesagt, und er ergänzte noch leiser: »Das ist schon ewig im Ungesagten gewesen. Ich hab es lieber da gelassen, nicht bloß wegen der Traurigkeit. Wegen der anderen. Wenn die so was hören, dann sagen sie auch was dazu. Und das will *ich* nicht hören! Wisst ihr, wie das ist, wenn darüber weggeredet wird? Wenn schnell abgelenkt wird von dem Thema? Wenn am besten vom neuesten Elektrorollstuhl erzählt wird? Kann sich einer vorstellen, wie das ist? Wie bestraft werden ist das, mit der schlimmsten Strafe überhaut. Aber wofür?«

Er schloss die Augen. Man hörte seinen Atem laut durch seinen Schnurrbart streichen, und auch seine letzten Worte eben, so schien es Siri, waren noch zu hören. Sie schwebten über den Köpfen; es war ein schöner Klang und ein Missklang in einem.

Dann war nur noch atmen. Alle im gleichen Rhythmus und sehr tief. Alle zusammen, durch die Nase ein, durch den Mund aus.

Stunden schienen Siri vergangen, als Gregor sich zu regen begann. »Es fängt an, über meine Schmerzgrenze zu gehen.« Mit großer Vorsicht stemmte er sich hoch, bis er auf die Knie kam.

Auch Siris Beine waren steif geworden und ihre rechte Hüfte ziepte fies. Sie schaute sich um. Hinter Fred saß Hakan, der also auch hier hoch gekommen war und ebenfalls mit ihnen auf den Brettern der Bühne und zu Mirós Füßen saß, und dann zu Miró. Es war der junge Nietzsche, den sie sah, der noch keinen gewaltigen Schnurrbart trug, so dass man nicht nur seine tiefen dunklen Augen sehen konnte, sondern auch seinen schönen, überaus empfindsamen Mund.

Hakan begann sich zu bewegen, er rutschte er auf dem Hintern das kleine Stück bis zum Bühnenrand, stellte die Füße nach unten auf den Saalfußboden und drückte sich mit den Händen hoch. Mit einem gemurmelten »Gute Nacht« schien er steifbeinig aus dem Saal gehen zu wollen, doch dann setzte er sich auf einen der Zuschauerstühle und rieb erst sein eines, dann das andere Bein.

Fred war inzwischen auch auf den Füßen und reichte Michelle und Siri je eine Hand, aber es war unmöglich, beide auf diese Weise hochzuziehen.

»Lass mal, ich mach das lieber allein!« Siri ließ Freds Hand los, drehte sich, bis sie auf alle Viere kam und schaffte den Rest mit Gregors Hilfe, der sich schon irgendwie hochgerappelt hatte.

Er zog sein Handy aus der Brusttasche, suchte darauf herum und plötzlich füllte Musik den Saal.

»Wenn's jemanden nervt, muss er es sagen!«

Es war griechische Musik, voller Sehnsucht und zugleich voller Fröhlichkeit, und Gregor rief: »Ich brauch jetzt einen Schmerz-Freude-Tanz«, während er gleichzeitig die Musik immer lauter stellte. Er schritt gemessen in die Mitte der Bühne, hob langsam beide Arme und streckte sie zu den Seiten aus, als sei er ein Vogel, der gleich davonfliegen wollte. Und mit geschlossenen Augen begann er wie in Zeitlupe zu tanzen. Wie ein Kranich tanzte er, leicht und zugleich gemessen. Langsame Schritte, jeder einzelne schien genauso gewollt, wie er gesetzt wurde, jeder einzelne erschien voller Bedeutung. Ein Tanz, der Gewicht hatte und ganz nah am Abheben war.

Fred trat neben ihn, legte die linke Hand auf seine Schulter und hob den rechten Arm, dass auch er seine Flügel zu breiten schien, und sie setzten ihre Füße gemeinsam vor und zurück und zur Seite, als sei der Tanzschritt ihnen schon immer bekannt, betonten den schicksalsschweren Rhythmus durch leichtes Beugen der Knie und dadurch, dass sie dem schneller werdenden Takt nicht eins zu eins folgten, sondern um die Hälfte verlangsamt. So tanzten sie auf Miró zu, ließen einander los und legten ihm jeder eine Hand auf die Schulter, nun zwei Kraniche, die den einen Flügel tiefer hielten und den anderen höher, und sie bewegten sich ein wenig rückwärts, drehten dann so behutsam über die Seite, dass der Rollstuhl die Bewegung mitmachen konnte, und Miró hob die Hände und schnipste mit den Fingern im Takt.

»Oh, Siri, wenn ich jetzt meine Kamera hätte!«, flüstere Michelle.

Siri drückte ihre Hand. »Wir nehmen die innere Kamera.«

»Ja.«

Das Stück war lang und die drei tanzten es bis zu Ende, und etwas schien dabei mit ihnen allen zu passieren, etwas, das vorher nicht dagewesen war und das sich warm anfühlte und irgendwie – richtig.

Als der Tanz zu Ende war, lagen Gregor und Fred sich in den Armen, zwischen sich Miró, der es sich mit geschlossenen Augen und immer noch gehobenen Händen gefallen ließ.

*

Es waren viele Brandungswellen eher verhalten an den Strand gerollt, bis sich die Szene nach draußen auf die Terrasse verlagert hatte. Michelle zündete die Windlichter in den beiden Glaslaternen auf der Tafel an, Siri hatte Gläser aus dem Schrank über dem Buffet mitgenommen und Fred zwei offene Flaschen Wein. Miró schien zu überlegen, ob er dabei sein wollte, rollte dann aber doch an den Tisch heran. Siri schenkte den Rotwein ein, Gregor reichte jedem ein Glas. Stumm prosteten sie sich zu. Es kam Siri vor, als würden sie einen Bund schließen und mit dem Schluck Wein besiegeln. Sie taten es in vollkommenem Schweigen. Lange saßen sie nur da.

Irgendwann sagte Gregor: »Jetzt noch mal in den Ozean springen und ne Runde schwimmen, das wär was!«

»Häh?«, machte Miró.

»Alle zusammen, du auch! Da hätte ich jetzt richtig Lust drauf.«

»Trink lieber deinen Wein, das ist gesünder.« Mirós Schnurrbart hob sich an beiden Seiten, und Siri meinte, dass sie zum ersten Mal kein Grinsen, sondern ein richtiges Lächeln an ihm sah.

»Kann es sein, dass keiner mehr Lust hat, über unser Bühnenabenteuer zu reden?« Fred sah von einem zum anderen und blinkerte dabei übertrieben mit den Augendeckeln.

»Ich jedenfalls hab keine«, antwortete Gregor.

»Ich auch nicht.« Michelle zog die Brauen hoch, als sei das doch auch völlig klar.

»Ich schon gar nicht«, lachte Siri.

»Ich aber.« Miró stand mit seinem Rollstuhl am Stirnende des Tischs und starrte in den nächtlichen Strandgarten. Als keiner etwas sagte, schickte er ein »Okay?« hinterher.

Alle nickten. »Klar«, sagte Gregor, denn Mirós Blick war immer noch in dem dunklen Pflanzendickicht an der Seite des Gartens.

»Ja ... Ich hab noch was, das will ich sagen. Mal was anderes. Also – ehrlich, ich dachte, ich hau hier wieder ab. Ist mir zu viel, bin ich nicht gewohnt … Bin nie viel unter Menschen gewesen, da waren bloß die Helfer, beim Aufstehen helfen, beim Schlafengehen helfen, mal Familie, mal von außen. Na ja, und die paar Mal bei meinen Ausstellungen hab ich natürlich Menschen getroffen. Aber da bin ich irgendwann nicht mehr erschienen. Kann das Schicksalsgelaber nicht ab. Die benutzen einen bloß, um sich selbst in Szene zu setzen – die Nummer mit dem armen, gelähmten Künstler, den man natürlich edel unterstützt – und in Wahrheit lauern die drauf, dass die Bilder des Krüppelkünstlers irgendwann zehnmal so teuer wieder zu verkaufen sind. Na, immerhin, da war wenigstens Geld für Material da. Ohne Malen? Leute, nee! Da würdet ihr mich nicht mehr ertragen müssen, das könnt ihr glauben. Darum kann ich hier auch nicht weg. Wo sonst kann man einfach bestellen, was man braucht? Na ja, jetzt mal ehrlich: Ist schon n' geiler Platz hier, und auch noch schön! Ist eigentlich kein Wort, das ich so oft benutze … Aber hier kann man nichts anderes sagen. Und über euch kann man auch nichts anderes sagen als … Also ihr … ich … ihr …«

Mirós Züge wirkten verschwommen. Er nickte Gregor zu und hob fragend die Brauen. Der stand auf und begleitete Miró in sein neues Zimmer neben dem Saal.

Sie saßen weiter schweigend beisammen. Fred war anzusehen, dass ihn viele und nicht nur angenehme Gedanken bewegten. Michelle dagegen sah beseelt aus, manchmal kräuselte ein feines Lächeln um ihren Mund und ihre Augenwinkel.

Irgendwann erhob und verabschiedete Siri sich. Als sie drinnen war und dort auf dem Flur kurz stehenblieb und sich fragte, ob sie die Treppe oder doch mal den Fahrstuhl nehmen sollte, kam Gregor aus Mirós Zimmer, legte den Arm um sie und zog sie einfach mit zum Fahrstuhl. Oben in Siris Zimmer standen sie voreinander und sahen sich an. »Ich weiß nicht, ob ich zum Theater noch mal Lust hab!«

»Komm, nicht kneifen, Süße.«

»Ist das so, Gregor? Können wir alle nicht aus unserer Haut, auch dann nicht, wenn wir ganz absichtlich eine Rolle spielen wollen?«

»Ich glaub, das müssen wir probieren. Es war alles zu Hopplahopp. Beim nächsten Mal kann es ganz anders sein.«

»Wenn überhaupt noch jemand mag.«

»Hey, bleib mal auf dem Teppich. Du hast dich erwischt gefühlt, oder?«

»Ich hab das alles bloß gespielt, ich hab es extra überrieben, damit das klar ist! Aber letztendlich hab ich doch mich gespielt.«

Gregor lachte. »Genau darum finde ich euren Vorschlag nach wie vor klasse! Wir sollten noch viel mehr spielen, aber mit mehr Vorbereitung, mit einem Thema, an das wir uns halten können – Freiheit braucht erst mal Grenzen, damit sie sich aus ihnen erheben kann!«

»Das hast du schön gesagt ...« Siri nickte vor sich hin.

Gregor sprach jetzt leise, aber umso eindringlicher. »Theaterspielen wird eins bewirken, da bin ich sicher: dass wir *echt* werden. Das ist für mich die große Erkenntnis aus dem heutigen Abend.« Er legte den Arm um sie. Siri schmiegte sich leicht an ihn.

»Bleibst du heut Nacht bei mir?«

»Klar.« Er ging einen Schritt rückwärts und zog sein Hemd über den Kopf, und Siri betrachtete seinen immer noch mächtigen Brustkorb, den das Alter oberhalb des Bauches eingekerbt hatte, und an den Armen schien das Fleisch nicht mehr fest zu sitzen. Er drehte sich weg und ging ins Bad, und auch sein Rücken hatte zwei lange, schräg von unten nach oben verlaufende Furchen.

Und? Tat das der Liebe etwas? Sie zog ihr Kleid über den Kopf, schaute sich im Spiegel ins Gesicht und sagte laut: »Ja! Es macht sie tiefer!«

***

TEIL II

Amo.
Dieser Name steht nicht in seiner Geburtsurkunde.
Als ich ihn zum ersten Mal anschaute, wusste ich:
Er ist es.
Amo.
Der, auf den ich gewartet hatte.
Als mein Blick
seinen Augen begegnete
und darin verschwand.

Ein anderer Landstrich – eine andere Siri. Eine neue Liebschaft hat sie weggeführt, weg von ihrem Zuhause, weg von allem, was an Johanns Tod und an die viele Trauer erinnert. Liegt es am Gesang der Bäume, der Kiefern vor allem, der so sehr dem Rauschen der Ostseebrandung gleicht, dass dieser Ort ihr sofort Heimat wird? Die neue Liebschaft wird es nicht. Sie ist zärtlich und schön, doch muss sie zu viele Gegensätze überwinden, um bestehen zu können. Es geht nicht ohne Leid ab, aber am Ende können die beiden nicht mehr leugnen, dass ihre Wege zwar eine Weile nebeneinanderher geführt haben, dass sie es nun aber nicht mehr tun. Und wenn ein Ritter erst einmal davongeritten ist, dann wäre es schon ein Wunder, käme bald ein neuer. Im Internet klappt es jedenfalls nicht, und Siri, müde vom Suchen und nahe daran, an ihrer Sehnsucht zu verzweifeln, sagt sich schließlich, dass doch nur ein Wunder das schenken kann, was sie sich ersehnt. Sie schreibt genau auf, was sie sich wünscht: Einen Mann, der nahebei lebt, der sich wie sie ganz der Liebe verschreiben will und der wie sie daran glaubt, dass Menschen mehr sind als dieses Ich, das sie zu sein meinen.

Siri weiß, dass ein Wunsch, an wen auch immer er sich richtet, an denjenigen abgegeben werden muss, fort dem eigenen Sinn. Sie nimmt darum das Blatt Papier und lässt es draußen im Feuer in Rauch aufgehen.

Von da an lebt sie sehr still im verschneiten Wald. Nur manchmal fährt sie noch zu Susanna, die außerhalb der Klinik eine Praxis betreibt. Längst ist Siri sich gewiss, dass sie nur durch Selbsterforschung die Menschen, die Welt und das Leben verstehen wird. Und erst dann, glaubt sie, wird sie auch das verstehen, was nicht sichtbar, nicht fassbar und doch immer gegenwärtig ist. Denn dort im Wald, wo jeder Baumstamm von Stetigkeit kündigt, wo die Jahreszeiten machtvoller sind als Geld, zeigt sich jeden Tag wieder, dass das Leben etwas ist, das geschieht. Mit uns, aber auch durch uns geschieht es, und dennoch können wir es nicht machen.

***

2008

Biodanza: Tanz des Lebens. Dazu hatten wir uns getroffen. In dem großen Saal war allerdings kaum Leben: nur drei Frauen außer mir, eine davon Christine, die Anleiterin. Es war zwei Tage nach Weihnachten, vielleicht lag es daran. Christine hatte einen Kreis von bestimmt zehn Sitzkissen auf dem Boden ausgelegt, hatte mit Blumen und Tüchern eine schöne Mitte gestaltet, und gerade sagte die Frau neben mir: »Wenn nicht noch jemand kommt, dann geh ich wieder. Mit so wenig Leuten ein Tanzabend, das macht doch keinen Spaß«, *da ging die Saaltür auf und ein Mann streckte sein Gesicht herein, ein Lachen darin, als er uns sah, und er trat ein. Kurzer Bart, blondes, leicht gelocktes Haar, blaue Augen, lockere Kleidung, alles in Rot und Orange. Er war nicht sehr groß, ziemlich rundlich, sein Hinterkopf begann kahl zu werden. Er fummelte einen Geldschein tief aus seiner Hosentasche, ließ ihn in Christines Schale fallen, alles, während er auf uns zu gegangen kam.*

»Schön, dass du noch kommst, Amo!«, *begrüßte ihn die Frau, die eben schon gehen wollte, und er lachte und setze sich wortlos auf eins der Kissen genau mir gegenüber.*

Mein Blick ging hinüber zu ihm – und weg war ich. Eingetaucht in sein Unendlichkeitsblau und wie von etwas getroffen. Kein Pfeil von Amor, keine feurige Liebesenergie, kein Eros. Was immer es war, es hinterließ mich wie im Schock. Mit diesem Mann hatte ich etwas zu tun, etwas Wesentliches. Nur das wusste ich. Und ich musste dem nachgehen. Das war wie ein innerer Befehl.

Ob mit Amo Ähnliches passiert war, fragte ich mich. Es schien überhaupt nicht so. Wir waren uns völlig fremd, aber ich fühlte mich ihm verbunden wie einem allerbesten Freund. Was für eine schräge Situation!

Ich war befangen, obwohl es ein lebendiger, fröhlicher Tanzabend war, freies Tanzen zumeist, mal jeder für sich, mal alle mit allen. Einmal waren Amo und ich für eine Übung ein Paar: Es ging darum, sich Rücken an Rücken aneinander zu lehnen, fest genug, dass beide gestützt waren und Halt hatten, und dann zusammen im Stehen zu tanzen wie ein Baum, den der Wind bewegt. Ich habe nie zuvor eines anderen Menschen Nähe so intensiv gespürt. Als würden Strahlen durch mich gehen, die mich mit heißer Kühle durchdrangen, ein Fließen ohne Richtung, überallhin zugleich.

Was war los mit mir? Hatten meine Gedanken, ohne dass es mir bewusst gewesen war, ihn als möglichen neuen Partner eingestuft?

Aber ich hatte kein einziges Verliebtheitsgefühl. Ich fand ihn auch nicht attraktiv noch fühlte ich mich von ihm erotisch angezogen. Es war wie eine schicksalhafte Fügung. Wir gehörten zusammen, das stand irgendwo geschrieben, und daran gab es nichts zu deuten und schon gar nichts zu leugnen.

Was für ein bodenloser Blödsinn!

Als wir uns am Ende des Abends alle zum Abschied umarmten, auch Amo und ich, ließen wir uns lange nicht los. Wieder strömte etwas durch mich durch, jetzt so intensiv, dass ich tief atmen musste, um es auszuhalten. Spürte er dasselbe? Es gab kein Anzeichen, außer, dass er mich so schnell nicht wieder freigab. Aber das hatte er auch mit den anderen so gemacht.

Zu Hause war mir, als käme ich aus einer Betäubung zurück. Hatte ich aus Liebesabstinenz einen hysterischen Anfall gehabt? Keine zehn Worte hatten wir gewechselt, ich hatte nichts von ihm außer diesem roten, postkartengroßen Zettel, den er mir zuletzt noch in die Hand gedrückt hatte. Darauf standen der Ort und die Zeiten, wo und wann man mit ihm singen konnte, indische Mantras, Taizé-Lieder und anderes. Und seine Telefonnummer.

✻

Ich hielt es genau zwei Tage aus. Als ich ihn anrief, hatte ich von morgens an mit mir gekämpft und bestimmt dreimal den Hörer in der Hand gehabt. Amo nahm sofort ab.

»Hallo, hier ist Siri. Du hast mir beim Biodanza deinen Zettel mit deiner Nummer gegeben. Wolltest du, dass ich zum Singen komme, oder wolltest du, dass ich dich anrufe?«

Er lachte herzhaft. »Ja, wollte ich. Aber wir sehen hier gleich alle zusammen einen Film an. Sag mir mal deine Nummer, ich melde mich dann.«

Er meldete sich nicht. Ich versuchte dieses Gefühl, etwas Wichtiges mit ihm zu tun zu haben, wegzudrängen. Einbildung, ausgeflippte Fantasie, Torschlusspanik wegen des chronischen Männermangels in meinem Umfeld. Es ging nicht. Diese merkwürdige, nicht zu ergründende Gewissheit saß in mir fest. Aber noch einmal anrufen, nachfragen – das ging auch nicht.

Es vergingen sieben Tage. Am achten vormittags rief er an. Wir waren sofort im Gespräch, lachten und scherzten und verabredeten uns für den Nachmittag zu einem Waldspaziergang, und als er zu mir kam in den verschneiten Wald, empfing ich ihn schon in Jacke und Schal und Stirnband und Stiefeln. Kaum dass wir in kleinem Abstand nebeneinanderher den Waldweg hochstiegen, unter dem dünnen Schnee knisterte das Laub und in den Wipfeln riefen Meisen, war unser Gespräch vom Morgen schon wieder im Gang, und auch nach über zwei Stunden fanden wir kein Ende. Noch etwas und noch etwas wollte geteilt sein, und es fühlte sich so verwandt an, so wundersam übereinstimmend, so anregend und trotz mancher auch schwerer Themen waren wir fröhlich und beschwingt, als würden der Schnee und der klare Tag uns betrunken machen.

Sehr bald erzählte er, dass er verheiratet sei, es aber schon lange schwierig wäre und sie sich vor kurzem getrennt hätten. Sie wohnten aber weiterhin zusammen, allerdings hatten sie ihre große Wohnung in zwei geteilt. Ich hörte sehr genau auf die Resonanz in mir. Nichts. Kein ›Oh, dann ist er ja frei oder jedenfalls bald oder auch nicht‹. Ich hatte kein Auge auf ihn geworfen, nicht diese Art von Auge jedenfalls, sagte ich mir und bezichtigte mich im selben Moment der Selbstlüge.

Er wechselte das Thema und berichtete, dass er lange Jahre im Ashram eines indischen spirituellen Meisters gelebt hätte und dass ihm nichts wichtiger sei, als mit weit offenem Herz durchs Leben zu gehen. Das fiele ihm manchmal schwer, aber es gäbe immer einen Weg, sich wieder zu öffnen und das Leben und seine Herausforderungen anzunehmen.

Das war es! Hatte ich es gespürt oder in seinen Augen gelesen? Was er da sagte, das war auch mir das Höchste, und ich sehnte mich lange schon, es mit jemandem zu teilen. Aber ich hatte mir einen Mann zum Lieben vorgestellt, nicht einen, mit dem ich gut befreundet sein könnte.

Wir stapften mit heißen Wangen aus dem Tal hoch zu meinem Haus, das unter großen Tannen klein und niedrig im Schnee lag. Ich lud Amo auf einen Tee ein. Er nickte mit leuchtendem Blick.

›Eigentlich tun wir nur so, als versuchten wir, einander kennenzulernen‹, dachte ich in der kurzen Atempause, als er auf dem Klo war und ich Teewasser aufsetzte und im Ofen Holz nachlegte. Zwar spürte ich noch immer diese Scheu, aber die lag nur obenauf. Wir mussten einander nicht nahekommen. Wir waren es.

Und vielleicht war es gut, dass ich auf nichts zielte, selbst meine Sehnsucht schwieg still.

Wir verbrachten den Abend bis tief in die Nacht auf meiner kleinen Couch neben dem Ofenfeuer, und anders als beim Spaziergang erzählten wir einander nun von dem, was und woran wir glaubten. Auch er war christlich aufgewachsen, aber katholisch. Er war sogar in einer Klosterschule gewesen und hatte vorgehabt, Priester zu werden.

»Und warum bist du es nicht geworden?«

»Wegen der Mädchen.« Er lachte wie ein Junge. »Ich bin abends über die Mauer gestiegen und runter ins Dorf. Als sie mich das dritte Mal erwischt haben, bin ich geflogen. War auch gut so. Zölibat hätte ich nicht hingekriegt. Und du?«

Ich suchte Erinnerungen hervor, die unter vielen anderen lagen, fast schon unauffindbar. Als ich zu erzählen begann, staunte ich selbst – aber ja, so war es gewesen: In meiner frühen Kindheit hatte ich eine tiefe Verbindung zu Jesus Christus und zu Gott gehabt, und schon damals war Gott für mich die Liebe. Bei allen hörte die Liebe irgendwo auf, das wusste ich schon als Kind. Bei ihm nie. Und in Jesus war er zum Mensch geworden, um uns zu zeigen, dass auch die Liebe eines Menschen nie aufhört.

Amo ließ einen zustimmenden Ton hören. Ich redete weiter und hörte mir selbst dabei zu. »Jesus hat Sanftmut gelebt und gepredigt, hat mit seinem ›Wenn dich einer auf die rechte Wange schlägt, dann halte auch die linke hin‹ einfach und klar gesagt, dass und wie es möglich ist, dem Bösen, dem Falschen, der Gewalt zu begegnen, ohne sich davon anstecken zu lassen, ohne selbst böse, falsch und gewalttätig zu werden. Ich hab ihn dafür bewundert, in meiner ganzen Kindheit war er mein Idol – tief im Inneren hab ich gewusst, dass er Recht hat. Es gibt eine Instanz in uns, Amo, das glaube ich fest, die weiß genau, was uns und allen anderen guttut, was uns weiterbringt ins Helle, ins Schöne und was nicht.«

»Auf jeden Fall!«

»Aber wir haben die Freiheit der Entscheidung. Wir hätten keine Freiheit, gäbe es nur das Helle, nur das Gute. Und wir sind nicht immer klar. Wir lassen uns ablenken, wir lassen uns von anderen anstecken. Zu Jesus' Zeit folgten ihm viele, aber viele meinten, wenn er Gottes Sohn wäre, dann müsste Gott das dadurch beweisen, dass sie ihn nicht umbringen könnten. Sie haben ihn auf grausamste Weise zu Tode gequält, und sie wollten nicht begreifen, was das hieß: Dass nicht dieses Sterben Beweis dafür war, dass er ein Scharlatan sei, sondern dass er auch da immer noch gewaltlos und liebevoll geblieben ist, ein Beweis dafür, dass er lebte, was er gepredigt hatte!«

Ich stand in Flammen – und erschrak darüber. Ich war längst fertig mit dem Christentum, ich hatte mich längst wie Amo fernöstlichen

Weisheiten zugewandt, und ich wusste sehr gut, warum. Doch dieses Warum bekam schon Risse, bevor ich es überhaupt ganz aus der Erinnerungskiste ausgepackt hatte.

Prompt fragte Amo mit heiserer Fremdheit in der Stimme: »Du bist Christin?«

Ich konnte sein Gesicht nicht sehen, weil wir beide in Längsrichtung auf der Couch saßen, ich zwischen seinen angewinkelten Beinen mit dem Rücken an ihn gelehnt, um ins Ofenfeuer sehen zu können, In meinen Ohren klang es wie: Dann kann es nichts werden mit uns.

»Nein, nicht mehr!«, sagte ich sofort. Im nächsten Moment schämte ich mich. Was war los mit mir? Was wollte ich? Eigentlich wollte ich nichts wollen, oder?

Leise sagte ich: »Das Christentum und die Schuld, damit kann ich nicht umgehen. Dieses ewige Gerede von der Sünde, davon, dass wir alle schlecht und sündig seien – es passt überhaupt nicht zu dem Gott, den ich als Kind in mir gespürt habe. Und schon gar nicht zu Jesus. Er hat von Umkehr gesprochen, davon, dass wir immer wieder zurückkehren können zu Gott, der uns mit offenen Armen empfängt – aber doch nicht bestraft!«

»Redest du jetzt vom Christentum oder von der Kirche?«

»Keine Ahnung, ich weiß zu wenig, um das genau auseinanderhalten zu können. Ich hab vor vielen Jahren aufgehört, mich damit zu beschäftigen. Im Konfirmandenunterricht habe ich meinen Glauben verloren.«

Er lachte erstaunt. »Wie das?«

»Es war diese Geschichte mit der Erbsünde – warte mal, wie war das noch? Die Menschen hatten die Nähe zu Gott verloren und dadurch immer weniger Chance, auf der Erde so zu leben wie im Paradies. Man kann auch sagen: Sie hatten die unschuldige Liebe, die in jedem Kind wohnt, nicht mit in ihr Erwachsenenleben genommen, warum auch immer. Das war ihre ganze ›Sünde‹. Sie waren in die Irre gerannt und begriffen es nicht, und nun kam Jesus und zeigte ihnen, wo sie standen und wie sie da raus kommen konnten. Er machte den Bund neu, er zeigte, wie weit Liebe gehen kann und dass sie immer annimmt und verzeiht. So hatte ich es verstanden.

Ich kam in den Konfirmandenunterricht, ich war sehr gespannt auf alles dort – und dann erzählte der neue, junge Pastor ganz anders über die Sünde und die Schuld. Dass sie sich vererben würde, von Generation zu Generation. Ich war empört. ›So ist Gott nicht!‹, hab ich gerufen. ›Niemals würde er einem neugeborenen Wesen, das gar nichts dafür kann, was seine Vorfahren getan haben, irgendwelche Schuld aufladen!«

Der Pastor bekam sehr schmale Lippen. Er argumentiert den Rest der Stunde mit mir, und am Ende habe ich immer noch gesagt: ›Das glaube ich nicht! Gott vergibt!‹ Aber so stoisch ich äußerlich blieb – in mir ist etwas zersprungen. Es fühlt sich heute noch taub an. Damals habe ich meinen Glauben verloren.«

»Aber wieso?«, rief Amo. »Dein Glaube war doch fest!«

»Amo, ich war dreizehn, und ich war wie ein zu schwach angewachsenes Blatt, das mit dem ersten Sturm vom Baum geweht wird. Genau das ist passiert: Ich habe mich ganz abgewandt von allem Christlichen. Es schien mir plötzlich Heuchelei zu sein, auch wie meine Eltern ihr Christsein lebten. Es wurde nicht wirklich Ernst gemacht. Und in der Kirche wurden Bibel-Auslegungen diskutiert. Ich hatte früh etwas begriffen, aber ich hätte es damals noch nicht in Worte fassen können. Heute kann ich es: Jesus hat uns den Weg gezeigt, und nicht, damit wir darüber diskutieren, sondern damit wir ihn gehen.«

In dem Moment schlang Amo die Arme um mich, zog mich an sich, meinen Rücken an seine Brust und küsste mich ins Haar. Lange blieben wir so.

Irgendwann meinte er: »Bei dir war es die Erbsünde, bei mir das Zölibat.« Er lachte hell auf. »Gott hat die schönen Mädchen gemacht mit ihrem Duft, mit ihrem Lachen – und dann sollte er wollen, dass ausgerechnet seine Diener sich ihnen versagen? In der Klosterschule wurden Sachen als sündig, als schlecht, als schmutzig bezeichnet, von denen ich keine Ahnung hatte. Aber außerhalb der Mauern hab ich begriffen, dass sie das Schönste, das Allerschönste waren. Das kann nicht richtig sein, dachte ich, und das ist es auch nicht. Ich bin froh, dass sie mich gefeuert haben.«

»Und dann?«

»Lange war spirituell gar nichts. Aber da war ein Vakuum in mir, das danach lechzte, gefüllt zu werden. Als ich von Osho gehört hab, dem indischen Weisen, bin ich sofort hingefahren.«

Meine Erinnerung sprang an. Osho und seine zahlreichen Jünger, so gut wie alle aus westlichen Ländern, viele aus der Hippiebewegung. »Sie waren früher oft Gesprächsstoff bei uns gewesen, diese Sanyasins, die nur in Orange und Rot gekleidet waren und eine Mala um den Hals trugen mit Oshos Bild in einem Amulett. Warst du auch so einer?«

»Ja, klar!«

Mir war es peinlich, aber ich gestand ihm, dass Peter und ich uns manchmal über sie lustig gemacht hatten, bis plötzlich einer unserer Freunde so daherkam. Peter tat, als sei nichts. Ich habe nachgefragt, wollte wissen, warum er orange trug und diese Mala, habe schnell begriffen, dass das, was ich gerüchteweise darüber wusste, herausgepickte Einzelheiten waren, die ein verzerrtes Bild ergaben. Ich las Bücher, mochte vieles, was jener Osho zu sagen hatte. In meinen Spinnerseminaren, die ich damals zu besuchen anfing, waren manche Lehrer Osho-Schüler gewesen. Sie machten ihre Jobs sehr gut.

»Warst du auch in diesem Ashram in Poona?«

»Ja, klar. Da hab ich gelebt und gearbeitet. Damals war ich mehr in Indien als in Deutschland. Bin nur hergekommen, um Geld zu verdienen. Wir haben sehr viel aufgebaut und noch mehr Erfahrungen gesammelt.«

»Hast du deinen Namen von Osho bekommen?«

»Nein, als ich dazu stieß, gab Osho seinen Sanyasins keine Namen mehr. Er hat uns ermutigt, uns selbst neue Namen auszusuchen – einfach, um damit einen Neubeginn in unserem Leben einzuleiten.«

»Und Amo? Ist das das lateinische ›Ich liebe‹?«

»Ja.« Amo musste sich vorgebeugt haben, ich spürte dieses Ja in meinem Haar. »Und du?«, fragte er.

»Und ich?«

»Wo hast du dich hingewendet. Gott war doch out, oder?«

»Ja.« Ich nickte und erzählte von den Büchern. Das erste der Reihe hatte ich auf einem der Seminare in die Hände bekommen. Als ich den ersten Satz gelesen hatte, war es um mich geschehen gewesen: »Wir sind hier, um lieben zu lernen.«

So eng die Couch war, ich drehte mich ganz herum, damit ich Amo in die Augen sehen konnte. Ich musste unbedingt wissen, wie er diesen Satz nahm, ich musste in seinen Augen sehen, was er ihm bedeutete, denn mir bedeutete er alles. Amo nickte. Lächelte. Vielleicht dachte er in jenem Moment, ich wollte ihn endlich küssen, jedenfalls dauerte es, bis er antwortete, und ich tat nichts und wartet.

»Dass wir unbedingt auf dieser Erde etwas lernen müssen, das glaube ich zwar nicht«, sagte er dann. »Aber dass es hier um Liebe geht, das ist klar.«

Ich wagte mich noch weiter vor. Ich sagte diesen Satz, der mir nach Johanns Tod so wichtig geworden war.

»Ich glaube, Liebe ist der Sinn unseres Lebens«

»Der Sinn? Nein. Der Grund!«, lachte Amo mir in die Augen.

»Sinn ist doch etwas, was wir selbst geben oder finden.«

»Ah ja … « Ich kniete immer noch vor ihm auf der Couch. Mein Blick konnte nicht aus seinem.

Amo holte tief Luft. »Ich komme aus dem Licht und eines Tages gehe ich wieder dorthin zurück, und in der Zwischenzeit bringe ich von diesem Licht so viel ich kann hier auf die Erde.«

In seinem Gesicht ging das Echo meines Lächelns auf. Ich beugte mich vor und küsste ihn.

✻

Amo blieb die Nacht über und er blieb, bis er nach Indien fahren musste. Wir hatten uns weiter viel zu erzählen auf langen Spaziergängen und an Abenden am Ofenfeuer. Und wir schenkten einander viel Zärtlichkeit. Ich hatte nie zuvor jemanden gekannt, der so ausgehungert nach Nähe, nach Wärme, nach Liebe war.

Nur wenige Male fuhr er nach Hause. Seine Frau stellte ihn zur Rede. So getrennt, wie er zuerst erzählt hatte, waren sie wohl doch noch nicht. Sie jedenfalls schien auf Versöhnung gehofft zu haben.

»Sie weiß jetzt von dir«, sagte er, als er wiederkam, und klang erleichtert. Sie hatte eine Riesenszene gemacht und angefangen, ihre Sachen zu packen. Sie wollte weg, ganz weg aus Deutschland und zurück in ihre Heimat England. Er fand es völlig übertrieben, konnte sie aber nicht davon abhalten. »Jedenfalls kommt sie vorher noch mit nach Indien. Ist ja auch alles schon gebucht.«

Ich sagte nichts dazu. Was auch?

Wenig später fing auch Amo an zu packen. Eine Stimmung, für die ich keine Worte hatte, nahm mich gefangen. Natürlich war es Wehmut, manchmal auch Traurigkeit, aber da war noch mehr. Es war fast, als würde ich auch in Kürze verreisen, dieses leise Fiebern, diese Anspannung – als erwarte mich Fremdes, Unvorhersehbares – aufregend und beängstigend in einem.

✻✻✻

21 Schätze

Ein langgezogener Möwenschrei klang wie ein klagendes Kätzchen und zugleich wild und frei. Siri lag mit offenen Augen und ließ ihren Blick im Gezweig der Kiefer umherklettern, deren Rinde sich langsam rot-orange zu färben begann. Also reckten sich gerade die ersten Sonnenstrahlen über den Horizont.

»Ich finde, wir sind alle verändert seit dem Theaterspiel«, sagte Gregor, während er die Badezimmertür hinter sich schloss und sich wieder neben Siri legte. »Am Tag danach war es noch nicht so zu spüren, aber inzwischen merkt man, dass wir auch anders miteinander umgehen.«

»Ja«, meinte Siri nur.

»Du hast diesen Abend noch nicht so ganz verkraftet, oder?«.

»Wie kommst du darauf?«

»Na ja – so einsilbig bist du selten.«

»Hey, es ist noch vor sechs Uhr! Da darf man wohl ein bisschen wortkarg sein, oder? Ich fand es schön. Vor allem euren Schmerz-Freude-Tanz. Was für ein Abschluss!«

Gregor lächelte. »Ja.« Er wandte sich ihr zu, schaute aber wie sinnend an ihr vorbei. »Ich fühl ihn immer noch.«

Siri sah ihn an, nickte und lächelte. »Weißt du, dass ich mich nach dem Theaterabend ein bisschen zurückgezogen hab, hatte einen anderen Grund. Ich konnte ja nicht schlafen in der Nacht danach, und als du zu dir rüber gegangen warst, hab ich noch lange gelesen. Es war der Text über Amo und mich, den ich euch dann freigeschaltet habe. Er hat mich noch mehr aufgewühlt, als ich eh schon war. Es war wie Schatzkisten zu öffnen. Aber es hat Zeit zum Nachklingen gebraucht, Zeit mit mir.«

Ein Lächeln zog über Gregors Gesicht. »Das kenne ich. Wenn man wirklich Schätze in der Vergangenheit findet, ist es schön, sie herauszunehmen und zu berühren. Und deine anzuschauen, ist bisher auch schön gewesen.«

»Hast du es schon gelesen?«

Gregor nickte. »Den Anfang. Ich wollte nicht zu sehr vorgreifen, falls du doch wieder weiter vorliest.« Er war mit seinem Blick inzwischen draußen bei der Kiefer, hinter und über der der hellgraue Himmel langsam zu blauen begann. »Und es ist gut, dass du den ganzen Text freigegeben hast. Ich hab auch noch mal in das geschaut, was du uns schon vorgelesen hattest. Da war so eine Stelle, die hatte ein Fragezeichen bei mir hinterlassen. Weißt du, dieser Satz nach Johanns Tod von dir: ›Ich wünsche mir für mich ein anderes Sterben. Es soll nicht einfach mit mir geschehen, ich möchte mich darauf einstellen können.‹ Das ist mir nachgegangen und inzwischen wünsch ich mir das auch. Selbst, wenn es ein Unfall wäre und ganz schnell gehen würde, möchte ich diese verlängerte Sekunde noch haben, die dann ja angeblich kommen soll. Ich finde das wichtig, wenigstens ›Auf Wiedersehen, Leben!‹ und ›Hallo, Jenseits!‹ sagen zu können. Aber lieber würde ich am Ende noch einmal in Ruhe durch mein Leben streifen. Natürlich ohne Schmerzen. Die Zeit will ich haben. Mir anschauen, was wichtig war, was Eindruck in mir hinterlassen hat. Ich möchte mich von vielem verabschieden. Darum wünsche ich mir Menschen an meinem Bett. Euch und meinen Sohn. Ich möchte jedem noch einmal in die Augen sehen.

Mit meinem Sohn möchte ich dann allein bleiben. Ich möchte ihn bitten, mir zu verzeihen für das, was mir als Vater misslungen ist. Ich hoffe, dass er es kann. Ich wünsche mir, dass er bei mir sitzt, meine Hand nimmt und dass wir uns ansehen. Und wenn es nur zwei Sekunden sind. Das wünsche ich mir. Und dann soll auch er gehen, und ich möchte in den Himmel sehen, bis sich meine Augen schließen. Ich möchte das Meer atmen hören, bis mein Atem stehenbleibt.«

»So ähnlich stelle ich mir mein Sterben auch vor. Aber was ist mit deiner Tochter?«

»Tja – was ist mit ihr? Wir haben uns vor vielen Jahren entzweit, und das ist einfach nicht wieder heil geworden. Nicht richtig.«

»Wie ist das passiert?«

»Damals in der Corona-Pandemie hat Freya zu denen gehört, die allen Maßnahmen der Regierenden misstraut und das Virus als ebenso harmlos wie Grippe abgetan haben. Eine echte Grippe ist aber absolut nicht harmlos, und das Virus war zehnmal tödlicher. Es war ja noch niemand geimpft, es gab keine Medikamente. Ich bin damals jedenfalls ziemlich auf die Palme gegangen, ich konnte es einfach nicht ertragen. Freya rannte hinter selbsternannten Fachleuten her, die vorgaben, klüger als alle Wissenschaftler zusammen zu sein, aber nie ernst zu nehmende Belege für das brachten, was sie erzählten. Trotzdem verkündeten Freya und andere deren Meinung als *die* Wahrheit, und gerade sie verbreitete deren Gerede und Behauptungen so flammend, dass mir schlecht wurde. Nichts hatte sie hinterfragt, war aber genauso wie diese Vorkauer schnell dabei, Schuldzuweisungen zu verteilen.

Alle, die Macht oder Geld hatten, waren korrupt und hatten das Virus erfunden, um die Menschheit in den Griff oder vielmehr in ihre vollständige Gewalt zu bekommen. Sie war jung, gerade Anfang dreißig, ich hätte es ihr zugestehen müssen. In dem Alter war ich auch auf Gegenkurs zum Mainstream und genauso verbohrt, nur ging es hier um eine tödliche Krankheit. Ich habe es ihr nicht nachsehen können, ich konnte einfach nicht. Weißt du, damals gab es diesen Satz ›Ihr tanzt auf zwanzigtausend Gräbern‹. Den hab ich zitiert. Und das war's. Sie ist abgegangen, ich auch. Vielleicht hätten wir uns noch wieder eingekriegt, aber dann bin ich krank geworden. Es war Covid 19. Und es sah verdammt danach aus, dass ich es von ihr hatte. Sie hat sich ja überhaupt nicht vorgesehen und gemeint, ich bräuchte das auch nicht. Ich hab aber Diabetes, wie du weißt. Dass ich noch lebe, ist ein Wunder. Und danach fand ich, dass es ihre Sache war, das Ganze wieder in Ordnung zu bringen. Ich war einfach bedient.«

»Habt ihr denn gar keinen Kontakt mehr?«

»Nein. Na gut, Weihnachts- und Geburtstagswünsche, einmal im halben Jahr telefonieren und nach zehn Minuten nicht mehr wissen, was man sagen soll – das ist für mich kein Kontakt. Mit Gunnar ist das zum Glück ganz anders.« Gregor hielt inne und schaute eine Weile nur hinaus. »Es ist gut, dass wir uns mit dem Tod und dem Sterben befassen», nahm er dann den Faden wieder auf. »Es ist gut, sich den eigenen letzten Abschied vorzustellen. Er wird anders sein als alles, was vorher war. Und alle aufgebauten Grenzen werden ihre Gültigkeit verlieren. Man braucht sie nicht mehr, wenn einer geht.«

»Und du hättest sie gern jetzt schon weg, die Grenze zwischen dir und deiner Tochter, oder?«

»Wenn sowas erst mal da ist, kann man es nicht einfach wegwischen.«

»Ja, Zusammenfinden braucht seine Zeit, und es ist wichtig, auf den richtigen Moment zu warten. Vielleicht können wir inzwischen ein bisschen was dafür tun: Wir könnten uns von unseren Kindern erzählen.«

Gregor wandte ihr das Gesicht zu und schaute sie an, als versuchte er, ihre Worte nachzuvollziehen. »Aber nicht heute«, sagte er dann, richtete sich auf die Ellenbogen auf und fuhr mit viel lebendigerer Stimme fort: »Kann ich dich zu einem Ausflug überreden? Ich hab Lust, mal wieder in den Ort zu fahren, ein bisschen auf den Stegen schlendern und Schiffe gucken, überhaupt schlendern, das ist sowas Schönes, andere Menschen sehen, im Hafencafé sitzen – du auch?«

»Nur wir beide?« Siri grinste ihn an.

»Nur du und ich!« Gregor setzte sich auf die Bettkante und drückte sich hoch. »Ich reserviere gleich mal dein Lieblingsauto.«

»Das gelbe?« Es war das Schönste von den dreien, die die Villa besaß, fand Siri: Ein offener, maisgelber Elektrojeep; die vier Sitze hatten Polster mit breiten gelben und weißen Streifen und auch der Sonnenschutz, der auf die Überschlagbügel gespannt war, hatte diese fröhlichen Sommerstreifen, die Siri immer an längst vergangene Zeiten erinnerten, an Sommerferien und frischen Sommerwind und flatternde Sonnenschirme und flanierende Menschen daheim auf der Strandpromenade, wie es nur an den Sonntagen und nur mitten im Hochsommer geschah, wenn es so warm wurde, dass man es auch wirklich Sommer nennen konnte.

»Wie schön! Jetzt gleich?«, rief sie.

»Lass uns erst frühstücken. So ein gutes Frühstück wie hier kriegen wir nirgends. Aber lieber auf deinem Balkon, nicht mit den anderen, okay?« Sein letzter Satz war mehr ein Grummeln, seine Stirn kam Siri umwölkt vor, und als wollte er das nicht zeigen, drehte er den Kopf zur offenstehenden Terrassentür, hinter der der Stamm der Kiefer jetzt rotorange leuchtete, und setzte sich in Bewegung. »Was willst du zum Frühstück?«, fragte er von dort her. »Ich hol es. Aber erst will ich duschen. Dauert also n' bisschen.«

»Ach, komm, wie ich dich kenne, dauert es laaange! Ein Croissant, ein kleines Müsli und einen großen Cappuccino«

Gregor zog die Stirn kraus und guckte fragend.

»Hey, nimm dir die Zeit, die du brauchst. Ich warte gerne.«

»Ich bitte darum!« Gregor zwinkerte Siri zu und ging.

Siri stand auch auf, nahm sich ein großes Tuch, das an einem der Haken im Bad hing, schlang es sich um und trat hinaus auf den Balkon. Die Sonne war nun aufgegangen und stand ohne jedes Farbenspiel in nüchterner Blässe an einem milchigen Himmel. Es war ein sehr besonderer, ein weißer Morgen, das war Siris Name für diese seltsame, so stille und doch beredte Stimmung – als wenn alles verlangsamt wäre, noch nicht wach, auch die Zeit noch nicht, gläsern hing der Moment über den langsamen Wellen, auf denen Möwen schaukelten.

Seltsam, es war stets derselbe Flecken Welt, den sie betrachtete, aber es war noch an keinem Morgen so gewesen wie an dem davor.

Sie hatte sich umgedreht, um wieder nach drinnen zu gehen, da öffnete Hakan oben seine Glastüren und lehnte sich über das Eisengitter.

»Empfängt die Prinzessin heute Morgen?«, sagte er gerade laut genug, um das feinfedrige Schwirren der schiefen Kiefer zu übertönen.

Siri nickte auf eine Art, wie sie sich das gnädige Nicken einer Prinzessin vorstellte. »Wenn es nur kurz ist!«

»Okay.«

Es brauchte, bis er unten bei ihr war. Indes hatte sie ihr weißes Strandkleid übergezogen, sich gekämmt und war wieder auf die Terrasse getreten.

»Guten Morgen!«, rief er schon an der Tür zum Flur, kam auf sie zu und küsste sie kräftig auf den Mund. »Wo warst du? Seit dem Theaterabend hab ich dich kaum gesehen. Hat er dich so mitgenommen, dass du gleich zur Eremitin geworden bist?«

»Nein!«

»Hast du den Sonnenaufgang gesehen?« Hakan sah sie forschend an, und Siri war sich ziemlich sicher, dass er eigentlich etwas anderes bereden, nur nicht gleich mit der Tür ins Haus fallen wollte.

»Er war sehr zart heute, lieblich wie das Lächeln einer jungen Nonne.«

Er blieb weiter still. Schaute sie nur an.

»Manchmal frage ich mich«, sagte sie und blickte an ihm vorbei ins Unbestimmte, »ob Gott wohl von Anfang an klar war, was er da erschaffen hat mit diesem kleinen Planeten Erde in all der Unendlichkeit da draußen. Und dann leihe ich ihm meine Augen, damit er sich daran freuen kann. Ich spür seine Freude regelrecht.«

»Meinst du nicht, dass Gott auch allein gucken kann? Er ist schließlich der Erfinder des Sehens – hab ich jedenfalls gehört.«

»Klar, aber meine Augen sehen, wie ich sehe, und ich glaub, es gefällt ihm sehr, immer mal mit ihnen zu schauen. « Siri zwinkerte.

Hakan hob wie leicht belustigt eine Braue, nahm Siri bei der Hand, zog sie mit sich an den kleinen, runden Tisch, der dicht an der Hauswand stand, und bedeutete ihr, sich zu setzen. Er setzte sich ihr gegenüber, griff wieder ihre Hände und schaute sie mit intensivem Blick an. »Ich hab deinen Text gelesen. Ganz!«

»Oh – das ging schnell!«

»War das mit uns davor oder danach?«

»Danach.«

Hakan sah sie weiter so dringlich an, als hätte sie etwas, vielleicht ein Wissen, das er unbedingt benötigte. Er begann zu nicken, erst leicht und langsam, dann schneller und deutlicher. Schließlich entließ er sie aus seinem Blick und drehte sich zur Seite.

Siris Blick fuhr hoch, weil ein Trupp Seeschwalben kreischend übers Haus geflogen kam und über sie weg zum Strand hinunter schoss. Die senkrechte Linie, die sie dabei bildeten, teilte ihr Gesichtsfeld, und diese Trennlinie schien die Teilung eines Vorhangs zu sein, der sich aufzog und längst verwehte Bilder aus ihrer gemeinsamen Zeit damals freigab. Sie erschienen so plötzlich vor ihrem inneren Blick wie sie wieder verloschen.

»Eigentlich wollte ich dich abholen.« Mit diesen Worten stand Hakan auf und bot ihr seinen Arm an. »Sonst kommst du gar nicht mehr aus deiner Eremitage. Komm, es ist Zeit fürs Frühstück.« Sein Gesicht war nach wie vor sehr ernst, und sie konnte nicht ausmachen, ob er den Ernst spielte oder ob ihn etwas beschäftigte.

»Wirklich? Nur deshalb?«, fragte sie.

»Nein, eigentlich wollte ich dich was zu deinem Text fragen. Aber das passt jetzt nicht. Komm!« Er hielt ihr den angewinkelten Arm noch deutlicher entgegen.

»Das ist lieb von dir, aber ich bleib auch heute Morgen hier. Gregor kommt nachher mit unserem Frühstück hoch.«

»Hättest du das nicht gleich sagen können? Ich geb' mir hier alle Mühe, aber du lässt mich einfach abblitzen!«

Siri glaubte, das sei witzig gemeint oder wenigstens ein Versuch, seine Enttäuschung auf lustige Weise rüberzubringen, und fing schon an zu grinsen. Aber als sie sah, wie sein Gesicht sich verschloss, erschrak sie.

Hakan ging mit schnellen Schritten zur Flurtür. Dort hatte er seinen Gehstock an die Wand gestellt. Während er sich den griff, drehte er sich zu ihr um, kam wieder zurück und setzte sich erneut ihr gegenüber, fasste sie in einen Blick, der kein Entkommen zuließ und mit einer Stimme, die wie in einen Tontopf gesprochen klang, sagte er: »Siri, für dich ist der Tod ein Freund. Aber wenn da *keine* freundliche Ursuppe ist oder ein Licht, das voller Güte und Liebe ist, wie die Nahtodleute immer erzählen, wenn da einfach nichts ist, nichts – was dann? Und Sterben kann auch eine entsetzliche Qual sein, das wissen wir alle. Wir stehen hier alle dicht davor, und wir reden immer so hoffnungsvoll von einem schönen Tod, aber ehrlich gesagt, dass ist einer der Gründe, warum ich überlege, ob ich bleibe. Es steht zwar so in der Beschreibung der Villa, aber ich sehe nicht, dass hier Möglichkeiten für einen gnädigen und schmerzfreien Tod verfügbar sind.«

Ah, das war es. Siri verstand ihn sofort, verstand ihn gut. Wie hatte er sich damals gefürchtet, als seine Nieren immer schlechter geworden waren. »Es ist auch kein extra Zimmer zum Sterben da«, ging sie auf seine Frage ein. »Aber es gibt zwei Pflegebetten im Keller. Wenn du eins brauchst, wird es in kürzester Zeit in deinem Zimmer aufgestellt sein.«

»Und das Bett ist vollautomatisch und kann mich auch pflegen?«

»Das machen die Frauen, die in der Küche helfen, dann.«

»Ausgebildete Pflegekräfte?«

»Nein. Angelernt. Immerhin ist Miró zufrieden mit den beiden, es kommt ja jeden Tag eine von ihnen zu ihm für die Sachen, die er nicht alleine kann.«

»Na gut, solange das genügt …«

»Wenn es nicht genügt, gibt es ja immer noch das Krankenhaus. In anderen Altersheimen wirst du sofort dahin gebracht, sobald du deine Grundversorgung nicht mehr allein hinkriegst. Oder ins Pflegeheim.«

»Weiß ich.«

»Der Arzt unten im Ort kennt sich mit Palliativmedizin aus, er kommt hierher, wenn er gebraucht wird. Ich finde, wir sind ziemlich gut versorgt.«

Hakan nickte und stand auf. Sein Gesicht verriet nicht viel, aber als er an der Tür war, drehte er sich um und nickte erneut. Er schien beruhigt. »Einen schönen Tag euch!« rief er über die Schulter. Die Tür fiel scheppernd hinter ihm zu.

Sie schaute hinaus in all die Helligkeit, ohne viel sehen zu können. ›Ich muss mit Hakan reden. Richtig reden‹, dachte sie und war sich im selben Moment klar darüber, dass hier kein Wollen und schon gar kein Müssen etwas ausrichten würde. Es kam ihr vor, als würde etwas in ihm festsitzen wie ein Pfropfen, und je mehr sie ihn beobachtete, desto deutlicher wurde ihr, dass er vor allem gegen sich selbst wütete. Jedenfalls, wenn sie mit ihren erwachsenen Augen schaute. Die Kleine, die sie einmal gewesen und die nach wie vor in ihr wohnte, bezog es auf sich und glaubte, ihm etwas getan zu haben. So jedenfalls deutete sie diesen Anflug von Schuldgefühl, den sie spürte. Kaum, dass es ihr bewusst wurde, begann es zu verfliegen.

*

Siri hatte sich eingecremt und ganz leicht geschminkt, den Tisch an die Balustrade geschoben, die beiden Korbstühle dazu gestellt, saß nun dort und hörte schon den Fahrstuhl hoch scheppern und das typische »Flappflapp«, mit dem dessen Türen aufklappten. Gregor kam mit einem klimpernden Servierwagen den Flur entlang und durch die Tür, die sie für ihn verkeilt hatte. Er schob ihn vorsichtig über die Schwelle auf die Terrasse hinaus, kickte mit dem Fuß den kleinen Holzkeil, der die Tür hielt, beiseite und schloss sie.

Er hatte obendrein zwei weichgekochte Eier und zwei Scheiben Mischbrot mitgebracht, was es beides nicht jeden Tag gab, und Siri klatschte in die Hände und musste über sich selbst schmunzeln: Das Kind in ihr konnte so schnell wieder fröhlich sein.

Als sie den Tisch gedeckt hatten und Gregor auf dem anderen Sessel saß, kamen unten auf den langen Rollen der Wellen einige Surfer näher, die mit ausgestreckten Armen und gebeugten Knien die größten der Großen entlang und dann hinunter rasten, dass man meinte, ihre entrückten Jubelschreie bis hier heraufzuhören.

»Das hätte ich auch gern gekonnt!«, sagte Gregor andächtig und mit dem Blick bei den Wellenkünstlern.

»Ich auch! Und Kitesurfen und Windsurfen und so viel anderes! Ist doch irre, nicht: Wir haben nun wirklich viel gelebt und viel gemacht und trotzdem ist das meiste an uns vorübergegangen. Das Leben bietet eine solche Fülle, da kann einem schwindelig werden – und nur einen Bruchteil davon kann man überhaupt ausleben.«

»Und trotzdem muss man manchmal Stille und Einsamkeit tanken, stimmt's?« Er biss in ein Croissant, schloss die Augen und atmete genießerisch ein, während er sehr langsam kaute. Nach einer Weile fuhr er fort: »Ich wollte dir noch sagen, dass ich das, was Miró am Theaterabend zu dir gesagt, nicht teile.«

Siri schaute von ihrem Müsli auf und sah ihn erstaunt an. Sie musste sich erst erinnern, was er meinte, und schüttelte dann den Kopf. »Das hast du schon einmal. Danke. Aber er hatte ja Recht.«

»Aus seiner Sicht vielleicht. Ich sehe das anders.«

Siri antwortete nur mit einem Blick, in dem Freude war, aber auch Gleichmut.

»Guck mal!« Gregor zeigte hinaus, wo ein Surfer gerade abhob und einen weiten Sprung hinlegte und heil, sogar elegant landete.

»Wie fliegen«, lachte Siri.

Erst nach geraumer Zeit nahm Gregor den Gesprächsfaden wieder auf. »Ich muss jetzt dauernd an Freya denken.«

»Und? Willst du was unternehmen?«

»Nicht wirklich. Klar, ich könnte ihr ne Mail schicken – aber irgendwie …«

»… weißt du nicht, was du schreiben sollst?«

248

»Doch. Die Mail ist eigentlich fertig. Die Worte waren sofort da. Unter der Dusche. Halb nass noch hab ich sie aufgeschrieben. Sie sind okay. Aber sie eilen mir voraus. Verstehst du das?«

»Mal sehen: Du hast, wie es deine Art ist, großzügig, freundlich, nett geschrieben, hast einfach alles vergessen und verziehen, was zwischen euch nicht okay gewesen ist – und jetzt merkst du, dass du da noch gar nicht bist und dass es darum auch nicht stimmt, so etwa?«

»Exakt getroffen.«

›Es braucht Zeit und es muss der richtige Moment sein‹, dachte Siri und hielt lieber den Mund. Ein bisschen was hatte sie gelernt aus Mirós Ausbruch. Sie legte den Kopf schief, überlegte und sagte dann leise: »Wäre es nicht gut, wenn man das, was man zu zweit schief gemacht hat, auch zusammen wieder gerade kriegt?«

Gregor nickte nur. Er saß plötzlich steif und sehr aufrecht da und folgte mit dem Blick den Seeschwalben, die immer wieder übers Dach der Villa zum Strand hinunter schossen, dort ihren rasenden Flug gekonnt abfingen und dicht überm Wasser weiter schwirrten. Sie waren noch nicht lange hier. Vielleicht hatten sie gerade erst in den Bergen hinterm Haus ihre Nistlöcher bezogen.

»Es zusammen wieder gerade kriegen ... Wie kann das gehen? *Wo* kann es gehen? Soll ich sie bitten, hierher zu kommen? Das ist eine ziemliche Reise. Und wo würden wir uns dann treffen? Hier in der Villa hätten wir keine Privatsphäre.«

»Nein, wir alle immer irgendwie dabei – das wäre für mich auch keine entspannte Situation.«

Gregor nickte gedankenverloren.

»Wenn sie herkäme, würdest du sie ja bestimmt in der Stadt am Busbahnhof abholen«, fuhr Siri fort. »Mit dem gelbgestreiften Strandauto am besten, das bringt eine Stimmung mit, die eure Stirnen gleich erst mal ein bisschen glattzieht. Du stehst auf, gehst auf sie zu und nimmst sie einfach in die Arme. So sehe ich das gerade vor mir.«

»Pfhhh – das sagst du so.«

»Gregor, wenn das einer hinkriegt, dann du!«

»Das hab ich auch gedacht. Aber ganz ehrlich, ich hab schon bei dem Gedanken weiche Knie. Ja, ich weiß, sie ist meine Tochter, sie war mein kleines Mädchen, ich hab sie auf dem Arm getragen!«

»Vielleicht genau darum?« Siri spürte plötzlich ihr Herz klopfen. Klar, das war eine von den naseweisen, abgehobenen Antworten, die Miró gemeint hatte. Aber das Herzklopfen wurde eher mehr, und sie hörte Gregors Frage auch in sich selbst: Wieso bloß? Sie hatte damals genauso gerungen wie er jetzt. Viel zu lange. Manuel hatte eine Frau gefunden – hatte er sich deshalb abgewandt? Waren er und Siri sich zu nah, als dass er frei für eine Beziehung hätte sein können?

Es trommelte in ihrer Brust, dass sie glaubte, der Kaffee sei zu stark für sie, und sie versuchte, sich vom gleichmäßigen Wellentanz, dem Tanz der Surfer und vom Lied des Ozeans beruhigen zu lassen. Aber da stand Manuel vor ihr, schaute zu ihr hin und schaute sie doch nicht an. Gezielt sah er vorbei, so empfand sie es. Niemals vorher war er so zu ihr gewesen. Und dann: nichts mehr. Keine Antwort auf Briefe, auf Anrufe. Nichts. Wieso, dachte sie. Wieso? Sie hatte es sich damals im Guten zu erklären versucht, hatte stimmige und liebevolle Erklärungen gefunden, hatte zwischendrin doch gehadert, hatte manchmal bitter geweint, sie hatte mit Sicherheit alle Gefühle und Gedanken dazu durchgelebt, die in ihr gewesen waren. Oder hatte sie doch etwas vergessen? Vielleicht sich selbst? Empathie gehörte zu ihr wie Augen, Nase, Ohren – und sie wusste auch damals schon, dass Mitgefühl mit sich selbst an erster Stelle stand – aber das konnte man wissen und hatte es trotzdem nicht parat, wenn es so dringend gebraucht wurde. Und die Jahre drückten. Die verlorene Liebe, die gelebt hätte werden können und nicht gelebt worden war außer in ihrem Allerinnersten. Sie hatte Manuel in jener Zeit verdrängt. Klar, auch dann liebt man den anderen. Aber sie hätte einen Schritt weitergehen können. Statt die Liebe zu konservieren, all die Jahre …

»Hey Süße, wo bist du denn?« Gregors große Hand kam auf sie zu und legte sich warm auf ihre Wange.

»Warum ist das bloß alles so, Gregor? Warum können wir der Liebe so wenig vertrauen? Sie würde das alles für uns regeln – wenn wir sie lassen könnten. Es tut doch nur weh, wenn wir glauben, dass sie nicht mehr da ist. Unser Herz ist in unserer Brust, solange wir leben! Wie können wir je denken, dass es nicht mehr schlägt? Immer schlägt es – bis wir wieder von hier weggehen.«

Gregor nickte leicht. Es rauschten viele Wellen an den Strand, bis er antwortete. Er schien sich zu schütteln, kaum merklich, und seine Stimme war rau, als er sagte: »Wenn dieses erste Treffen mit Freya schiefgeht, Siri, dann war es das. Und zwar für immer. Das jedenfalls hab ich in mir sitzen wie eine Drohung. Darum warte ich wohl schon so lange, dass etwas passiert. Etwas, das die Macht hat, es von allein wieder heil werden zu lassen so wie der Tod deines Bruders damals.«

Siri nickte. »Es muss nicht schwer sein, Gregor. Es kann auch ganz leicht sein.«

»Vielleicht ist es einfach noch nicht so weit«, murmelte Gregor. Er griff nach seiner Serviette und tupfte sich den Mund ab. Plötzlich zog er die Brauen hoch und schaute Siri an. »Ich brauch ihr doch bloß drei Worte zu schreiben! Sowas wie ›Die Tür ist offen‹. Wenn sie antwortet, ist damit alles gesagt. Wenn nicht, auch.« Gregor schloss die Augen und atmete tief ein. »Das isses!«

»Das isses.«

»Wie *einfach*!«

»Ja. Das sind die wirklich guten Sachen meistens, oder?«

Gregor stand abrupt auf. »Ich hol noch von den Croissants. Die sind zu gut! Willst du auch noch eins?«

Siri nickte vehement.

✻

Schon zum zweiten Mal an diesem Morgen fühlte Siri sich wie eine Prinzessin, während Gregor sie die bergige Küstenstraße hinunter zum Ort kutschierte und die Volants des Sonnendachs wie Fähnchen im Wind flatterten, Fähnchen wie die, die sie früher als Kinder auf Strandburgen gesteckt hatten oder die an Leinen über Johanns Geburtstagskaffeetafel im Garten hingen. Als einziger von ihnen hatte er im Sommer, im Juli Geburtstag gehabt, und Siri war plötzlich, als wäre sie wieder daheim. Sie sah die Kindergesichter, aufgeregte, lachende, staunende Gesichter, vielleicht hatten sie sich durch die vielen Fotos von solchen Momenten so eingeprägt. Sie kannte jeden der kleinen Gäste noch mit Namen, Dietlinde, die süße Kleine mit den nach oben gebogenen Zöpfen, Fritzi, der dünne Junge mit dem Schalk im Blick, Renate, seine Schwester – auch das war etwas sehr Besonders am Alter, dass das Allerfernste wieder so nah war.

Gregor schmunzelte immerzu vor sich hin. Siri musste jedes Mal in sich hineinlachen, wenn er mit dem Kinn nach rechts zum Meer hin deutete, das stets aus einer neuen Perspektive aufleuchtete, damit sie schaute und die schönen Anblicke mit ihm teilte.

Plötzlich Dunkelheit. Kühle. Siri schrie leise auf. Der Tunnel erschreckte sie wie immer, man rechnete nicht mit ihm, und auf einmal war man schon mittendrin.

»Ka-ha-halt!«, schnatterte sie und langte hinten auf dem Rücksitz nach ihrer Jacke, obwohl weit vorn der helle Schein schon das Ende des Tunnels ankündigte.

Von da an säumten Oleanderbüsche die hohen Felsen, die an der linken Seite fast direkt neben der Straße aufstiegen. Sie blühten üppig in Weiß und verschiedenen Rottönen.

»Dass die das schaffen bei dem wenigen Regen!«, stöhnte Siri auf. Die Straße kurbelte sich bergab, nun plötzlich von Kiefernwald umgeben, und als sie aus dem Wald wieder auftauchten, erschien auf der Meerseite hinter weißer Mauer mit ultramarinblauem langgestreckten Tor das erste Haus, ein weißer Flachdachbau mit ebenso tiefblauen Dächlein auf den vier Ecktürmen der Dachterrasse, von der der Blick über Berge und Meer grandios sein musste. Hier wohnten Sabine und Horst.

Wenn Gregor und Siri an dieser Stelle entlang fuhren, sagten sie jedes Mal, dass es wie an der Cote d'Azur sei. Diesmal waren beide in ihren Gedanken. Es ging nun mäßige Serpentinen hinunter, hinter jeder Kurve noch weitere Hanghäuser, umsäumt von Kiefern, Palmen, Oleanderbüschen und hochgewachsenen, üppig blühenden Rosen, und dann auch schon in den Ort, den man wegen der gebuchteten Küstenlinie von der Villa aus nicht sah.

Katzen spielten oder räkelten sich auf der Straße, und Gregor musste sie zwei Mal mit dezenter Hupe auffordern, Platz zu machen. Er ließ den Jeep im Schritttempo die ockerfarbig verputzte Kirche mit den runden Kuppeltürmen unrunden, lenkte ihn auf den Hafenvorplatz und dort gleich auf einen Parkplatz. Sie schauten sich an, lächelten fragend, nickten einander zu und stiegen aus.

Der Hafen bestand eigentlich nur aus einer einzigen großen Pontonbrücke aus Beton, an der mehrere größere Fischereischiffe festgemacht waren und leicht in der Dünung dümpelten, während Ketten quietschten und die Gummifender, die die Schiffsrümpfe schützten, an der Brücke auf- und abscheuerten. Links, von Felsen und einem Wellenbrecher aus Beton zum Meer hin geschützt, ein Hafenbecken mit einem fast ganz umlaufenden Pontonsteg, der wegen des Tidenhubs wie alle anderen Stege und Brücken schwimmend an langen Pfählen auf und ab klettern konnte. Kleinere und ganz kleine Fischerboote ankerten darin oder hatten Buganker ausgebracht und waren mit dem Heck an dem umlaufenden Steg festgemacht. Auf der anderen, der rechten Seite der großen Pontonbrücke, so weit weg, dass es schon außerhalb des Ortes lag, gab es ein natürliches Becken. Einige vorgelagerte, kleinere Felsen ließen eine riesige Badewanne mit Meerwasser entstehen, wo man gut und vor allem sicher schwimmen und planschen konnte, ohne dass die meist starke Brandung einen packte und gleich wieder auf den Strand spuckte. Dorthin fuhren sie manchmal alle zusammen mit den drei Strandautos zum Baden. Planschbecken, sagte Miró dazu, aber er ging gern hinein. Es gab eine Stelle, da konnte er sich aus dem Rollstuhl einfach hinein gleiten lassen und, wenn seine Beine gut drauf waren, in seinem ganz eigenen merkwürdigen Schwimmstil darin planschen.

Siri und Gregor schlenderten Hand in Hand auf den großen Ponton hinaus. Ein Schiffsgenerator tuckerte dezent und Möwen stießen ab und an lange Schreie aus. Sie saßen auf den Pollern, eine auch auf dem sehr langsam drehenden Radar eines der Fischereifahrzeuge. Und überall Katzen, selbst hier auf der Brücke auf Kisten und zusammengehäuften Netzen, und zwei kleine schwarze spielten so wild, dass eine ihnen vor die Füße kullerte mit hoch erhobenen Krallen.

Draußen an den vorgelagerten Felsen stiegen die größten der stetig grollenden Wogen in breiten Fächern von Gischt empor. Die beiden gingen bis zum Ende der Brücke, wo sie den feinen Meerwassersprühregen abbekamen, während der Wind ihre Kleidung wie killende Segel flattern ließ.

Siri wollte gern zurück in Geschützte, sie mochte die beinahe träge Stimmung, in der man ohne Ziel sein konnte, wollte auch den Ort selbst so dösend erleben und fragte darum: »Wollen wir zum Marktplatz gehen.«

»Lass uns noch ein Stück fahren, ja? Ich möchte weiter die Küste runter. Ich möchte mal wieder richtig Stadtluft atmen.«

Siri sah ihn groß an, nickte dann und hatte plötzlich das wohlige Empfinden, sich einfach nur treiben lassen zu können. Sie fuhren weiter die Küstenstraße entlang und Siri genoss es, nichts anderes zu müssen als zu schauen und sich zu freuen. Das Bergige des Geländes nahm ab, dafür gab es jetzt viele Ausbuchtungen, und die beiden schauten nach jeder Biegung wieder zum Meer hinunter, mit dem die Straße nun fast auf einer Höhe war, und einmal hielten sie an einer Bucht und stiegen aus und setzten sich für eine kleine Weile auf ein paar niedrige Felsen, die nackten Füße umspült von den auslaufenden Wellen. Es war, wie wieder Kind zu sein.

Gregor wandte sich ihr zu. Seine Augen schienen heller als sonst und jadegrün. Er lachte, und mit seinem Stirnband und dem Wind im vollen Haar sah er mehr denn je wie ein Wikinger aus. »Ich hab überhaupt keine Angst mehr davor, Freya wiederzusehen, ich freu mich drauf!«, rief er in den leichten Wind. »Ich freu mich wie irre! Und ich weiß, dass sie kommt, ich weiß es!« Er stand auf. »Komm, wir fahren

weiter, irgendwo muss ich hin mit meiner Freude.« Doch statt zum
Auto zu gehen, hob er die Arme, streckte sie auf Schulterhöhe zur
Seite und machte ein paar Tanzschritte im Sand, schloss die Augen
und versenkte sich für Momente in eine Musik, die nur er hörte,
drehte den Kopf zur Seite zu einem Tanzpartner hin, den nur er sah,
und tanzte dann im Stehen einen Tanz, den nur er wahrnahm. Er behielt die Arme erhoben, legte Siri eine Hand auf die Schulter, und
während er zwischendrin Tanzschritte einlegte, gingen sie zurück zum
gelb-weiß gestreiften Jeep.

*

Eigentlich genügte die schöne Fahrt schon, dachte Siri, es war Abwechslung und Erlebnis, es war ein anderes Schauen und anders vom
Wind durchgeweht werden. Doch die Stadt gab noch einiges hinzu:
Schlendern in durchwärmten, lebhaften, aber nicht wühligen Straßen,
in denen sie stets auf der Schattenseite gingen und oft stehenblieben.
Keramik war aufgebaut, volkstümlich bunt und dennoch vom Stil her
wie für Könige. Die schönsten handgefertigten Lederwaren, Taschen
und handgearbeitete Schuhe, manche gefärbt in dunklem Blau, dezen-
tem Rot oder Grün. Wunderschöne, gewebte Stoffe und Decken und
Teppiche über Mauern gehängt und manchmal auch an Leinen, die
über die Gasse gespannt waren, in allen Farben angemaltes Gestühl
vor den Restaurants, aber bei aller Farbigkeit gab es nie Misstöne, alles
schien auf äußerst kunstvolle Weise aufeinander abgestimmt, die bunt
gestreiften Stuhlkissen mit den roten, geschwungenen Eisenbänken,
der eigenartige Brunnen, der nur in Grün- und Blautönen gehalten war,
mit Keramiksplittern und hier und da eingesetztem Glas ein Kunstwerk, das im fließenden Wasser glitzerte.

Sie stiegen in Hinterhöfe und traten auf Vorsprünge hinaus, um
von oben die Aussicht auf die Stadt, den großen Hafen und das Meer
zu genießen, und Gregor trat hinter Siri und legte die Arme um sie.
Als er dann ihre Hand nahm und sie mit sich zog, wusste sie, dass es
ihm genug geworden war, ihr ging es nicht anders, und bevor es zu
viel werden konnte, saßen sie schon in dem gestreiften Auto und fuhren wieder der Küstenstraße entgegen. Doch bog Gregor, kurz bevor
die breite Überlandstraße begann, nach links auf die schmale, holprige
Straße ab, die am Strand entlang führte, wo die Vorortvillen in blühenden Gärten lagen und wo auf der Meeresseite ab und an ein
Strandrestaurant eine mit Zeltbahnen überdachte Terrasse anbot. Bei

der mit den Türkis gestrichenen Stühlen hielt Gregor an. Ein Lächeln breitete sich in seinem Gesicht aus, als er fragte: »Darf ich dich zu einer Fischsuppe einladen? Oder zu Tintenfisch? Oder zu was immer du willst?«

»Oh ja!«

Sie stiegen die zwei Stufen zur Plattform hinauf, nahmen hinter der hüfthohen Schutzmauer Platz, auf der feingliedrige Strandblumen mit hellblauen Glocken im Wind zitterten. Als sie saßen und eine Flasche Wasser vor ihnen stand und Gläser und ein Korb mit frischem Brot, sah Siri von der Speisekarte auf, atmete tief ein und stöhnte: »Ich fühl mich so jung!«

»Bist du ja auch.« Gregor hatte seine kleine Ledertasche auf den Tisch gelegt, holte sein Diabetikerbesteck heraus und versorgte sich mit der im Moment nötigen Menge Insulin. Dann begann er, sich eine Zigarette zu drehen, was er nur in besonderen Momenten tat. Plötzlich rief er: »Bloß eins stört mich an diesem Leben, ansonsten ist es herrlich und kann immer so bleiben: Dass man sterben muss!« Er sah sie an, dann, sehr viel leiser: »Aber das wird jetzt bitte nicht unser Thema!«

»Nee, keine Angst. Ich hab ein viel wichtigeres Problem: Gleich kommt ein köstliches Essen, ich werde es in vollen Zügen genießen, und danach werde ich wie immer seeehr müde werden. Gregor, hast du irgendeine Idee, wo wir einen Mittagsschlaf machen könnten?«

»Klar! Wir holen die Sitzpolster aus dem Auto und legen uns in den Sand. Da hinten bei den Büschen ist sogar Schatten.«

»So weit war ich auch schon. Und wie kommen wir wieder hoch?«

»Erst auf die Knie, dann auf alle Viere und dann ...«

»Auch so weit war ich schon. Aber im Sand?«

»Im Sand geht's sogar besser als auf glattem Untergrund.«

»Na, wenn du es sagst ... Ich hab mich immer noch nicht daran gewöhnt, dass mein Körper alt geworden ist.«

»Dann gewöhn dich auch gar nicht erst dran! Mach das Alter nicht runter – du hast doch selbst gesagt, dass es das Hoch des Lebens ist!«

»Stimmt! Manchmal vergisst man seine eigenen Weisheiten.« Siri lachte leise. »Außerdem: Als wir ein Jahr alt waren, konnten wir gar nicht auf die Füße kommen, und danach war das Gehen eigentlich ein Dauerhinfallen. Und da waren wir jung, sehr jung! Also: Hallo Alter!« Siri nahm einen ersten Schluck von dem goldgelben Wein, den die junge Kellnerin eben gebracht hatte. »Glaubst du, dass er uns verändert hat, unser neuer Anfang hier, trotz des Alters?« fragte sie dann.

»Auf jeden Fall. Und ein großer Teil des Zaubers von meinem Anfang hier bist du.« Er legte seine Hand auf ihre, schaute sie mit einem verträumten und zugleich berührten Lächeln an.

Siri flüsterte: »Es scheint, wir lieben uns.« Und sie nahm seine Hand hoch und streichelte sie mit ihrer Wange.

»Es scheint nicht nur so, meine Herzensfreundin.«

Sie nickte. »Ich bin so froh.«

»Ich auch.«

»Eins hab ich noch im hohen Alter gelernt ...« Siri blickte vor sich hin, suchte nach Worten und fing an zu schmunzeln, während sie sie aussprach: »Der Abend des Lebens bringt seine eigenen Sterne mit!«

Gregor nickte betont. »Nur rausgehen und sie anschauen muss man schon selbst!

»Brauchen wir noch irgendwas dazu, Gregor? Sind wir nicht mehr als reich?«

»Es kann aber was dazukommen. Damit muss man immer rechnen!« Er lachte sein tief grollendes Lachen. »Bescheidenheit ist eine menschliche Erfindung. Die Natur kennt keine Bescheidenheit. Sie kennt höchstens Genügsamkeit: Aber ein Reh ist nur deshalb genügsam, weil Schnee auf den Wiesen liegt oder weil sie vertrocknet sind. Und es frisst wie verrückt, wenn das Gras wie verrückt grünt. Also: lass uns wie verrückt lieben!«

»Das hast du schön gesagt. Eigentlich ist doch alles ein einziges Wunder, nicht?«

»Hab ich dir schon gesagt, dass du süß bist? Und dass ich das liebe an dir, diese seltsamen Gedanken, mit denen du manchmal von irgendwo kommst? Man weiß nicht, wo du gewesen bist, aber fast nie ist es ein finsterer Ort, aus dem du zurückkehrst.«

»Und ich liebe deine Art. Einfach deine Art.«

Sie sahen einander an und mussten nichts weiter sagen, um sich zu verstehen. Nur ununterbrochen lächeln mussten sie. Als sie heimkamen in die Villa, stand dieses Lächeln noch immer in ihren Augen, und sie geizten nicht damit, es zu verschenken.

**

Gesendet: 30. Januar 2009
Liebster Amo,
danke für das ehrliche Telefonat. Ich musste danach erst mal durch-
atmen. Du hast gesagt, eure Ehe sei vorbei, auch wenn ihr euch da im
Ashram nun wieder friedlich begegnet. Du hast auch gesagt, ich sei
nicht der Grund eurer Trennung. Das ist gut. Ich möchte dir nicht
dabei helfen, etwas Altes zu Ende zu bringen, ich möchte mit dir etwas
Neues beginnen.

Dann hast du plötzlich gesagt, du weißt noch nicht, ob du wirklich
eine neue Beziehung willst oder ob du nicht nach den Jahren der Ehe
endlich frei sein und dich einlassen möchtest, mit wem es sich gerade
ergibt. Du findest es schwer, auf einmal ohne Nähe und Zärtlichkeit
auszukommen. Du sehnst dich danach und fragst dich, ob du nicht
lieber viele Beziehungen zu vielen Frauen möchtest.

Es war nicht leicht, das zu hören, aber ich bin froh über deine Offenheit. Ich werde dir natürlich keine Szenen oder sonst was machen.
Jemanden an sich zu fesseln, macht keinen Sinn.

Aber ich will auch mich selbst nicht fesseln. Darum schreibe ich dir
jetzt frei, wie es mir geht: Gerade erst ist meine Liebe zu dir geboren.
Sie ist wie eine kleine Pflanze: das erste helle Grün kommt aus der
Erde, vollkommen ungeschützt, sehr zart und sehr verletzlich. Ich
möchte der zarten Pflanze helfen, in dieser heiklen Zeit zu bestehen
und Vertrauen aufzubauen. Da wäre es sehr danebben, mit Ängsten und
Eifersucht konfrontiert zu sein.

Ja, ich weiß: Liebe ist frei und je mehr wir lieben, desto größer wird
sie, und das heißt auch, je mehr Menschen wir lieben.

Ich bin ja hier genauso allein und ohne Zärtlichkeit wie du dort.
Würde ich eine Liebschaft beginnen, wäre meine Aufmerksamkeit bei
diesem anderen Menschen. Sie will aber bei dir sein. Bei uns. In mir
ist ein tiefes Wissen, dass wir zusammengehören. Auch wenn ich noch
nicht wissen kann, was aus unserer Liebe werden wird, gerade darum
stehe ich voll zu ihr. Sie soll wachsen können, sie soll sich entfalten
können. Solange du und ich nicht merken: Wir sind nichts füreinander, nicht als Liebespaar jedenfalls, solange bleibe ich konzentriert auf
uns.

Und würde ich versuchen, ein Ungleichgewicht zwischen dir und
mir hinzunehmen, du hast Liebschaften, ich nicht, dann wäre das für
mich nur Scheintoleranz. Ich würde mich selbst verraten. Ich brauche

jetzt am Anfang Vertrauen und Sicherheit. Ich möchte mich einlassen, ich möchte mich hingeben und mich nicht stattdessen noch mehr mit meiner Unsicherheit auseinandersetzen, das tue ich eh schon. Ich muss viel Mut aufbringen für diese Liebe, denn ich habe viele alte Verletzungen und schmerzhafte Erfahrungen, die mir oft Angst machen.

Du weißt es auch, wir haben darüber gesprochen: Frei kann eine Beziehung nur sein, wenn beide im Zweisein zufrieden und glücklich sind. Freisein heißt doch, etwas zu leben, weil man es will – und nicht, etwas zu tun, um sich trotz Unfreiheit frei fühlen zu können.

Wenn wir uns lieben wollen, dürfen wir einander niemals unfrei machen – aber auch uns selbst nicht. Du weißt das und ich weiß das. Das Andere haben wir lange genug gelebt. Jetzt gerade fühlt sich mein Freisein allerdings wie Kamikazefliegen an. Vielleicht stürze ich ab und verbrenne. Trotzdem entscheide ich mich dafür. Denn ich weiß, dass mein Herz Recht hat. Es lässt dir dies sagen:

Ich liebe dich und ich will sehr gerne mit dir noch viel weiter in die Liebe hineinwachsen. Aber einen lauwarmen Dauerkompromiss kann und werde ich nicht leben.

Von Herzen, Siri

Gesendet: 30. Januar 2009
Liebste Siri,
danke für deine Offenheit. Ich schätze das sehr. Gleich ist Satsang. Ich antworte dir später. Ich liebe dich. Amo

Gesendet: 31. Januar 2009
Liebe Siri,
jetzt habe ich darüber geschlafen und nicht so viel geschlafen. Ich finde es toll, dass du dich so stark für unsere Liebe einsetzt. Ich denke, das ist der richtige Weg und der einzige Weg, tiefer zu gehen. Ich bin bereit dazu.

Natürlich flattert es und irgendwas sagt: bewahr dir deine Freiheit, auch andere Frauen zu treffen. Da sträubt es sich noch, aber ich möchte die Chance nicht vertun. Du bist so ein großes Geschenk für mich, das ich auch als Geschenk wahrnehme, dass ich es nicht abschlagen kann (Ich kann Geschenke oft nicht so annehmen). Ich fühle mich auch ganz dumm auf diesem Gebiet und ich weiß nicht, wie es geht, habe Angst, dass ich vielleicht viele Fehler machen könnte. Aber ja, ich bin bereit, mich auf die Liebe zu dir einzulassen.

Mein Herz tut mir weh, und ich merke, wie es noch mehr Platz braucht. Gestern im Satsang ist es weit aufgegangen bei einem Lied. Ich habe geweint und vor Freude gelacht. Ich gebe es in deine Hände. Geh bitte ganz vorsichtig damit um.
Amo

Gesendet: 31. Januar 2009
Mein Liebster,
ich bin überwältigt. Tiefe Dankbarkeit. Und eine solche Freude! DANKE!
Jetzt ist in meinem Herzen ziemlicher Sturm, wahrscheinlich werde ich auch eine bewegte Nacht haben. Aber so ein Sturm, wie ich ihn liebe: Man hört die Bäume rauschen, schäumende Wolken jagen am Himmel, und mitten in diesem Sturm ist es sehr ruhig und vollkommen klar, da ist kein Zweifel, keine Ängstlichkeit, gar nichts. Ich bin nicht immer in dieser Mitte, aber ich weiß, es gibt sie und ich finde immer wieder zu ihr hin.
Auf unseren Weg nehme ich all meinen Mut mit, weil wir gut eine Löwin an unserer Seite gebrauchen können mit ihrem freiheitsliebenden Löwenherz. Und ich nehme meine Empfindsamkeit mit, weil ich behutsam mit uns und dem Zarten in unseren Herzen sein will. Und unsere Freiheit lassen wir vor uns her laufen, und wir freuen uns daran, wie lebendig die beiden sind und wie sie alles erkunden. Und immer, wenn es Weggabelungen gibt, fragen wir die beiden: wohin?
In Liebe, Siri

Gesendet: 1. Februar 2009
Meine liebe Prinzessin,
die Welt ist wieder in Ordnung für mich jetzt. Ich hoffe, dass wir es immer so frisch und neu halten können. Ist wie ein zartes Pflänzchen, ja, das sich aus der dunklen schweren Erde herausquält, das nur zum Licht will und leben. Es fühlt sich fast an, als wenn ich mich so noch nie eingelassen, aber immer darauf gewartet habe. Bin vielleicht zu viel über meine zarten Gefühle hinweggegangen. Komme mir echt wie ein rauer Klotz vor, der jetzt zu seiner wahren Form geformt werden will, die schon lange auf Erfüllung wartet und sich so, wie sie ist, zeigen will.
Wünsche dir einen wunderschönen Tag, Amo

***

2009

Mit einem Lächeln steht er vor ihrer Tür, erst seit ein paar Stunden ist er aus Indien zurück. Sie segelt in seine Arme. Und ihre Geschichte, die so innig begonnen hat, geht nahtlos weiter.

Sie teilen wieder ihre Zärtlichkeit und Lust miteinander und ihre tiefen Gespräche. Und immer die großen Fragen: Wer bin ich? Woher komme ich? Warum bin ich hier auf dieser Erde? Wohin gehe ich? Was ist Liebe? Nein, das fragen sie nicht, denn sie wissen, dass es zum Wesen der Liebe gehört, unerklärlich zu sein. Aber sie fragen sich: Wie kann ich in Liebe leben?

Sie fühlen sich nah und verbunden und wollen dennoch in ihren eigenen Wohnräumen bleiben, Siri in ihrem Haus im Wald, Amo in seiner Wohnung in einem ehemaligen Schloss, das er zusammen mit Freunden gekauft hat und in dem sich nach und nach eine Gemeinschaft zusammenfindet.

Als es Frühling geworden ist, brechen die beiden zu ihrer ersten Reise auf, treffen in Italien Amos spirituelle Lehrerin, bei der er auch in Indien gewesen war. Siri ist berührt von ihr und ihren wärmenden Worten und ebenso berührt davon, einige Tage in den Kreis jener eingebettet zu sein, die dort zusammengekommen sind, um miteinander zu singen, zu meditieren und diesen Worten zu lauschen.

Amos Lehrerin sagt: »Wirkliche Meister sind Diener. Sie erinnern dich, dass du Liebe bist. Sie erinnern dich, dass du Mut hast, Mut genug, deinen Geist für die Weisheit zu öffnen und dein Herz für die Liebe.«

Siri lauscht mit weit offenen Ohren, drückt sich dann aus dem Feldsteinhaus und lässt sich von der toskanischen Landschaft aufsaugen, geht den Weg zwischen rauen Feldern, den Blick weit voraus, dort, wo hinter Bergen das Meer liegt und die Insel Elba. Und die Worte, die sie mitgenommen hat, sinken tief in sie ein.

Amos Lehrerein sagt: »Wir sind geistliche Wesen, die eine menschliche Erfahrung machen. Das Göttliche aber lebt weiter in uns. Es klopft immer an unsere Tür. Ob wir sie öffnen, liegt allein bei uns.«

Siri nimmt auch diese Worte, bettet sie in ihrer Brust und geht mit ihnen lange Wege. Diese Frau spricht aus, was auch in ihr ist, lange schon, immer vielleicht, nur gab es keine Worte dafür.

Vor allem aber sagt Amos Lehrerin immer wieder den einen Satz: »Liebe dich selbst.«

Es wäre Siri lieber, sie ließe ihn so stehen. Aber die Zuhörer, zwischen denen sie auf einem Kissen auf dem Steinboden sitzt, werden unruhig. Arme recken sich hoch. Irgendjemand fragt etwas. Siri schließt die Augen. Sie hört das Wort ›egoistisch‹ heraus.

Amos Lehrerin antwortet: »Selbstliebe ist das genaue Gegenteil von Egoismus. Denn wer sich selbst liebt, muss nicht selbstsüchtig sein, muss nicht eigennützig handeln – er braucht das nicht. Wer angefüllt ist mit Liebe, der ist im Glück. Und glücklich sein heißt, dass alles gut ist, wie es ist, wunderschön sogar, dass man nichts haben will. Viel lieber möchte man sein Glück mit beiden Händen verschenken.«

Neu ist Siri nichts davon, doch hört sie es neu. Sie mag dieses Zusammensitzen mit der Meisterin, diese Satsangs, die sie dort zum ersten Mal erlebt. Sie mag das Mantrasingen am Anfang und am Ende, das manchmal in Ausbrüche von Freude abhebt, sie genießt die liebevolle Atmosphäre mit den anderen, die für Amo offenbar alle gute Freunde sind.

Doch sieht Siri auch, dass darin etwas Begrenztes liegt. Für sie, die sich bisher allein auf ihrem Weg empfand und dadurch offen für so vieles, wäre es widersinnig, zu *einem* Lehrer zu gehen, wenn es doch unendlich viele gibt. Der Wald ist ihr Lehrer, das Meer, das Miteinander, die Stille, Musik, Freundschaft, Kunst – und so viel mehr. Sie hört zu, wenn Amos Lehrerin zu ihnen spricht, doch sie will nicht lernen, sondern Einsichten finden, und das geht nur, glaubt sie, indem sie sich vom Leben berühren, vom Leben mitreißen, vom Leben taufen lässt. Amo dagegen ist hingerissen von alldem.

Abends liegen sie in Amos Van, in dem sie übernachten, und besprechen all das. Sich selbst lieben, wie macht man das? Kann man das machen? Sie kommen sich vor wie Jugendliche. Sie sind es.

Als die Tage mit Amos Lehrerin vorbei sind, zeigt er ihr die Toskana. Verwundert entdeckt sie seine ungewöhnliche Affinität zu Kirchen und allem Sakralen, er schaut solche Orte nicht nur an, sondern setzt sich hinein und bleibt dort eine Weile in tiefer Stille, und jedes Mal kommt ein feiner und zugleich ferner Glanz in sein Gesicht.

Sie entdecken ihre gemeinsame Welt wie Kinder, sie haben gemeinsam Erkenntnisse, die ihre Gespräche zu Höhenflügen werden lassen, sie haben sehr glückliche Momente und sie tun einiges, damit sie die anderen so gut wie möglich meistern. Denn manchmal, das zeigt sich schon auf dieser ersten Reise, kann es auch zäh und schmerzhaft werden, und solche Augenblicke bekommen sie nur mühsam beendet.

Ist es Amos Sturheit? Sein Wutkopf, wie er ihn in einsichtsvollen Momenten nennt? Er kann sehr stur sein und sehr wütend. Und er kann lange darin feststecken. Siri schiebt das seinem Sternzeichen

›Stier‹ zu. Es macht ihr trotzdem schwer zu schaffen. Schon immer leidet sie sehr, wenn von einem Moment zum anderen Distanz zwischen ihr und einem nahen Menschen ist. Und noch mehr, wenn Zorn sie trifft wie tausend Speerspitzen, und es ist unaushaltbar, wenn ihr dieser Zorn ungerecht scheint.

Aber auch Siri ist nicht einfach. Sie kann so tief verletzt sein, dass sie sich für Tage zurückziehen muss in ihr Haus im Wald. Amo stößt das in ein Loch aus Einsamkeit und Schmerz, und er versteht nicht, wie sie ihm das antun kann.

So stehen sie da – noch längst nicht auf festem Boden – als es geschieht.

***

23 Spielen

»Die Neue kommt nun doch nicht«, krakeelte Miró, während er seinen Rollstuhl schwungvoll aus dem Saal nach draußen auf die Terrasse rollen ließ. Michelle saß dort am langen Tisch, über dem die beiden großen, weißen Sonnenschirme bewegungslos standen. Es war fast kein Wind an diesem Vormittag. Sie hatte hier draußen etliche Fotos ausgelegt und betrachtete sie. Es waren die Portraits, die sie an Siris Lese-Abend aufgenommen und die sie halb aus Nostalgie, halb, um Geschenke daraus zu machen, als Papierbilder in altertümlich mattem, bräunlich getöntem Schwarzweiß ausgedruckt hatte. Miró kam mit lang gestrecktem Hals näher.

»Die Dichterin?«, fragte Michelle, ohne aufzusehen. »Warum nicht?«

»Sie ist gestorben.«

»Oh ...«

»Schöne Fotos! Das da von Fred: sehr schön!«

»Ja, finde ich auch. Menschen, die zuhören, die ergriffen sind – dass das ein derartig ergiebiges Sujet ist, hatte ich gehofft.«

»Ist es schon immer gewesen, meine Liebe. Und genau das Richtige für die Fotografie.«

Michelle schaute auf, blinzelte, man sah ihr an, dass sie sich geschulmeistert fühlte und dass sie das im nächsten Moment albern fand. Da musste Miró schon etwas anderes auffahren, um sie noch mal in einen Clinch mit ihm zu verwickeln.

»Seit dem Theaterabend«, sagte Miró im selben Moment und hielt inne.

Michelle hatte erst an ihm vorbeigesehen, jetzt sah sie ihn an und bekam einen verwunderten Gesichtsausdruck – vielleicht, weil sie heute geduldig abwarten konnte, was als nächstes kommen würde, und sie schien sogar völlig entspannt dabei zu sein.

»Seitdem sind wir anders, nicht?«, fragte sie schließlich nach.

»Du und ich oder wir alle?«

Siri trat zu ihnen hinaus auf die Terrasse und schaute auch gleich nach den Fotos. Hinter ihr stand Hakan mit einem Glas Wasser, an dem er nippte.

»Du und ich auf jeden Fall«, meinte Michelle. »Wir alle – keine Ahnung. Wie siehst du das, Siri?«

»Nicht bloß anders«, ergänzte Miró. »Irgendwie familiär.«

»Ja, finde ich auch.« Siri kam ein paar Schritte näher.

Hakan blieb in der offenen Terrassentür stehen und sagte von dort: »Ich fand von Anfang an, dass ihr familiär seid.«

»Das sah für dich als Neuen vielleicht so aus«, meinte Miró.

Michelle nickte und ergänzte: »Wir mussten uns auch jeder erst in die neue Umgebung einleben. Und jeder musste mit sich selbst in diesem Neuen zurechtkommen. Du bist noch dabei, da ist der Blick auf die anderen anders und man weiß nicht mal so richtig, ob man wirklich dazugehören will.«

»Es kommt mir vor wie ein Gewebe«, sagte Siri. »Wir alle zusammen sind dieses Gewebe und wir weben es gleichzeitig ständig weiter. Es ist enorm vielfältig, und immer wieder ändert es sich – und es sind ja nicht nur unser Miteinander und die Umgebung, jeder selbst ist mit hineingewirkt und wirkt mit ein.«

Miró nickte vor sich hin. »Das hast du gut gesagt. Genauso ist es.« Er sah Hakan an. »Und? Bleibst du?«

Es war kein Geheimnis, dass Hakan seine winzige Wohnung zu Hause in Lübeck noch besaß. Außer Siri, die als erste hergekommen war, hatten sich alle erst nach geraumer Zeit voll für die Villa entschieden. Hakan zog die Schultern hoch.

»Fühlst du dich unwohl hier?«, fragte Siri sofort.

»Nee.« Hakan trat an den Tisch heran und versenkte sich in die Betrachtung der Fotos. »Wieso machen wir eigentlich nicht unten im Ort ne Ausstellung?«

Miró lachte auf. »In sonem Touri-Dorf?«

»So touristisch ist es gar nicht.« Hakan blieb in die Fotos versenkt. »Ist doch schade. Sind total gute Bilder!«

»Danke.« Michelle lächelte ein hauchfeines Lächeln. »Aber für mich kommt das nicht in Frage. Ich bin froh, dass ich meine Ausstellungssucht hinter mir hab.«

»Ich hab erst recht keine Lust dazu«, grunzte Miró.

»Und ich hab nichts auszustellen«, lachte Siri.

»Aber wir könnten es hier machen!« Hakan hatte angefangen, am Tisch entlangzugehen und betrachtete die Bilder eins nach dem anderen sehr genau. »Wir haben den großen Raum, wir haben einige Flure, alles schöne, hohe Räume ...«

»Und über dem Buffet hängen dann unsere Portraitfotos? Nee danke!« Miró rollte ein Stück vom Tisch weg, als hätten Hakans Worte ihm das Betrachten verleidet.

»Hey, davon hat Hakan nichts gesagt!«, mischte Siri sich ein.

Michelle legte ihre Hand auf Hakans Arm. »Ich finde deinen Vorschlag jetzt doch gut! Wir haben alle einige von unseren Werken mit hierhergebracht, glaub ich jedenfalls, und kein Mensch sieht sie an. Und ein Künstlerhaus ohne Kunst – das ist doch voll daneben.«

»Und wie willst du deine Fotos hängen? Einfach an die Wand pinnen? Oder hast du Rahmen? Ich jedenfalls hab keine und ich kann mir auch keine leisten!« Miró sah bei diesen Worten nicht Michelle, sondern Hakan an.

»Muss es denn perfekt sein?«, fragte der zurück.

»Ja!«, mischte Siri sich ein. »Das müssen wir uns wert sein. Ich rede mit der Stiftungsverwaltung, wenn ihr wollt. Ich kann ja ganz gut mit denen. Und wir haben schon so viel durchgekriegt, das schaffen wir diesmal auch.«

»Nee, lasst mal!« Miró schüttelte heftig den Kopf. »Das wäre nichts als ein Trostpflaster. Ich jedenfalls mach da nicht mit. Wir gehören nun mal zu den ungesehenen Künstlern, und darauf bin ich ehrlich gesagt stolz. Ich hab den Tanz um den Mammon nicht mitgemacht, ich hab mich nirgends für ein bisschen Anerkennung eingeschleimt, ich hab besseres zu tun gehabt, nämlich malen! Die paar Ausstellungen, die ich hatte, die haben mir außer Geld für Farbe und Leinwände und Keilrahmen nicht viel gegeben, und ich muss da nichts nachholen.« Miró griff nach den Rädern seines Rollstuhls und rollte ein Stück zurück. »Wir sind nun mal alle nicht gesehen worden, und das ist kein Mangel! Auf keinen Fall! Ich sag euch, wenn der Mainstream der Kunstszene nichts mit einem anfangen kann, dann ist das heutzutage eine Auszeichnung!« Er begann sich wegzudrehen.

»He, Moment!« Michelle hatte plötzlich ihre zu laute und schrille Stimme. »Das heißt?«

»Das heißt, dass es immer Leute braucht, die einen Künstler hochjubeln. Von allein wirst du nicht bekannt. Entdeckt, also direkt vom Publikum gefunden wird heute keiner mehr. Literaturverlage oder Galerien gehen kein Risiko ein, die nehmen nur Künstler, die eh schon etabliert sind und am besten schon einen großen Namen haben.«

»Das ist nicht nur heute so, das ist schon sehr lange so.« Hakan hatte, während Miró sprach, immer mehr zu grinsen angefangen. »Ich stimme dir also voll zu, Alter, und trotzdem hab ich das Verlangen, eure Werke hier ansehen zu können, und zwar würdig präsentiert.«

Michelle und Siri nickten. »Und deine Werke!«, ergänzte Siri.

Miró streckte die Handflächen von sich. »Euch ist nicht zu helfen«, grunzte er.

Michelle begann, die Bilder einzusammeln. Aus der Küche war schon das Klappern von Geschirr zu hören, das wohl auf einen der Servierwagen geladen wurde, mit dem Sabine oder eine der anderen Frauen gleich herauskommen würde.

Miró rollte wieder dicht an den Tisch heran. »Na gut«, meinte er. »Falls es wirklich Material zum Hängen gibt, können wir noch mal drüber reden.«

*

Als Siri an die Balustrade trat und hinunterschaute, sah sie Gregor mit langem Schritt dort unten gehen, wo der Sand feucht und es darum leichter zu laufen war. Sie konnte nicht anders, sie blieb stehen und schaute ihm zu. Er ging weit, ging bis zum Leuchtturm, setzte sich an dessen Fuß auf einen der Findlinge und wurde mit ihm zusammen von der Gischt umsprüht. Siri wusste, dass er das öfter so machte. Es war seine Leuchtturm-Meditation, wie er es nannte.

Siri sah ihn vor sich, die Augen zu Schlitzen zusammengezogen gegen den Wind und das Sprühen. Früher hatte er so in der Natur und am liebsten im Wind meditiert, wenn er in sich das Gefühl gespürt hatte, vom Leben heftig angepackt worden zu sein. Wenn er glaubte, dem trotzen zu müssen. Er hatte ihr erzählt, dass er sich viele Jahre so verhalten und es mit Stärke verwechselt hatte. Aber Stärke war nicht Härte. Das hatte er längst begriffen. Einmal hatte er zu ihr gesagt, dass man nie stärker sein konnte als wenn man alle seine Charakterpanzer abstreifte. Und gestern, unterwegs mit Siri, schien es ihm leicht gefallen zu sein, sich schutzlos zu machen und anzuvertrauen.

Inzwischen musste ihm das wieder abhandengekommen sein. Vorhin hatte sie ihm regelrecht angesehen, dass er sich wie ein Trottel gefühlt hatte, wegen nichts, wie es ihr schien, und obendrein uneins mit sich selbst. Sie glaubte, dass das etwas mit Freya zu tun hatte. Gerade noch war das Thema ihm so wichtig gewesen, und dann hatte er kein Wort mehr dazu gesagt.

Vielleicht war er bei diesem Strandgang allem Denken davon gelaufen, so jedenfalls kannte sie ihn, barfuß im Sand, und die Kühle der auslaufenden Wellen an seinen Füßen, das hatte ihm bestimmt genauso geholfen wie das gleichmäßige Schäumen und Rollen, wie der ewige Wind im Gesicht und das ewige Auf und Ab der Wellenberge.

Als er sich schließlich dort am Leuchtturm erhob und den Rückweg antrat, war sein Schritt anders, nicht mehr getrieben, sondern langsam. Wenn sie das von hier aus richtig sah, schien er sogar leicht schleppend zu sein. Ihr war klar, dass er sich übernommen hatte, aber der weite Marsch würde ihm dennoch guttun.

Siri hatte sich inzwischen auf einen der beiden Korbstühle dort vorne gesetzt, damit sie nicht zu sehr wie eine Wächterin dastand und schon von weitem zu sehen war.

Hoffentlich – nein, bestimmt war nun alles klarer in seinem Inneren und er fühlte sich wieder leichter. Doch je näher er kam, desto deutlicher erkannte sie, wie schwer seine Beine ihm inzwischen geworden sein mussten. Aber vielleicht war das alles nötig gewesen, damit er es nachher endlich schaffte, an Freya zu schreiben und von nun an nur noch aus der Gegenwart zu schöpfen. Seine alten Befindlichkeiten, seinen Groll, seinen Schmerz hatte er hoffentlich da draußen beim Leuchtturm zurückgelassen.

*

Sie saßen alle schon beim Mittagessen, als Gregor außer Atem vom Anstieg der Klippentreppe in den Strandgarten kam und deutlich humpelnd zu ihnen an den Tisch trat. Als wollte er sich stützen, legte er seine Hand auf Siris rechte Schulter und ließ sich neben ihr auf dem freien Stuhl nieder. ›Was guckt ihr?‹, hätte er am liebsten gegrunzt, als er die fragenden und neugierigen Blicke mehr spürte als sah. Das wusste Siri. Sie beugte sich zu ihm, zog seinen Kopf sanft zu sich heran und ließ ihre Hand in seinem Haar, als wollte sie ihren Kuss hinter ihrem Arm vor den Blicken der anderen schützen. Sie blieben noch einen Moment so, sahen einander an, er atmete noch immer schwer, und Siri ahnte, wie ihm zumute war und warum.

»Das sieht ja gut aus«, murmelte er, als sein Blick auf die große Platte mit Meereskrustentieren in der Mitte der Tafel fiel. Michelle schob sie zu ihm hinüber. Fred reichte hinten von der Stirnseite des Tischs den Korb mit geschnittenem Baguette zu ihm weiter, von Siri bekam er die Ajoli-Creme in erreichbare Nähe gestellt und Wein eingeschenkt. Er grinste einmal rundum und begann, so einiges von der Platte auf seinen Teller zu füllen.

Sie aßen ungewöhnlich schweigsam. Sie hatten im wahrsten Sinn alle Hände voll mit dem Puhlen der Krustentiere zu tun. Eine friedliche und zugleich quirlige Stimmung durchwebte die Luft. Erst als alles abgeräumt war und vor jedem ein Schälchen mit Fruchtsalat, gekrönt von einer großen Kugel Eis, stand, erzählte Michelle an Gregor gewandt: »Hakan hat vorgeschlagen, dass wir hier im Haus unsere Werke ausstellen.« Sie klang wie ein kleines Mädchen, das ihrem Lehrer etwas zu beichten hatte und es lieber gleich sagte, als dass es sie noch lange drückte.

Entsprechend entgeistert sah Gregor sie an. »Und *das* hat euch bis jetzt die Sprache verschlagen?« Hakans und Mirós Prusten erschreckten ihn und Michelle gleichermaßen. Und auch Siri war verdattert. Ja, Gregor hatte das eben offenbar witzig gemeint, aber ein solcher Brüller war es nun auch wieder nicht. Irgendetwas ging hier vor, etwas, das vielleicht keinem bewusst war, aber das sollte besser nicht so bleiben. Allerdings würde es kaum hilfreich sein, es anzusprechen, solange dieses ›Es‹ keinen Namen und keine Gestalt besaß …

Gregor nickte. »Gute Idee«, sagte er nur, und als Hakan, Miró und Fred ihn ansahen, als könnten sie das nicht glauben, setzte er hinzu: »Ich hab das auch schon öfter gedacht. Das hier ist ein Haus der Kunst, und das sollte man auch sehen.«

Einige nickten. Keiner schien das Wann und Wie jetzt besprechen zu wollen. Oder alle wollten den fantastischen Nachtisch lieber schweigend genießen.

»Leute, ich muss noch mal was anderes loswerden«, fing Gregor nach einer Weile an. »Ich hab Siris Text ein Stück weiter gelesen. Er hat mich sehr bewegt. Und ich möchte mal etwas Grundsätzliches sagen. Ich fand von Anfang an, dass es fast schon ein Wunder ist, wie persönlich wir hier miteinander sind und wie schnell das gegangen ist. Ich bin nie in einem Altersheim gewesen, aber in einer Künstlerkolonie schon, ich bin mal Stipendiat in einer Einrichtung im Tessin gewesen, wo wir zu der Zeit nur vier Künstler waren. Aber nicht die Spur von einem solchen Miteinander wie hier – dabei wäre es möglich gewesen, vielleicht nicht einfach, aber möglich.« Er hielt inne, schien zu überlegen, ob er das wirklich sagen sollte und tat es dann.

»Es liegt an Siris Geschichte. Die ist wie eine Initialzündung, glaube ich. Wäre es einfach eine Geschichte gewesen, auch wenn es genau dieselbe gewesen wäre, dann wär das, was hier passiert ist, nicht passiert. Aber es ist *ihre* Geschichte. Das ist das Geheimnis. Das habe ich immer wieder und überall beobachtet. Das macht etwas mit Gruppen wie unserer.«

»Ah! Dann gibt's jetzt ein neues Spiel, und ich weiß auch schon, was für eins!«, rief Miró.

»Lass Gregor doch erst mal ausreden!«, polterte Hakan.

»Muss ich das noch? Liegt doch auf der Hand, was ich will.«

»Auf meiner liegt's nicht«, grunzte Fred. »Musst schon erzählen, was du willst.«

»Ich fände es schön, wenn wir den Kreis für mehr Persönliches öffnen. Dass wir uns erzählen, wie wir sterben wollen, ist ein Anfang – und das ist viel. Wenn euch das genügt, ist das für mich okay. Ich glaub aber, noch schöner wäre, wenn wir mehr miteinander teilen würden. Außer Siri hat hier niemand von seinem Leben erzählt, oder nur sehr wenig, und sie hat es vorgelesen und den Rest als E-Book zur Verfügung gestellt. Trotzdem hat es hier etwas verändert. Mir fehlt mehr davon. Mir fehlt deine Geschichte, Fred, mir fehlt deine, Miró, mir fehlt deine, Hakan, und was ich von dir weiß, Michelle, ist zwar schon ein bisschen was, aber auch nur Oberfläche.«

Einige nickten.

»Und jetzt?«, fragte Hakan zu Gregor gewandt. »Hast du am Strand einen Biografie-Abend erfunden?«

»So ähnlich, ja. Ich kann natürlich jedem Einzelnen Fragen stellen, wenn ich mehr erfahren will, und das mach ich auch, aber ich glaube, wir haben weit mehr davon, wenn wir bei sowas zusammensitzen, uns erzählen und miteinander zuhören.«

Miró hatte zwei tiefe Falten auf der Stirn. »Ist mir zu gewollt. So was geht nicht auf Befehl!«

»Das geht *nur* auf Befehl!«, rief Hakan. »Ich finde ja auch, dass es schöner wäre, wenn es von selbst passiert. Aber es passiert nicht. Und ja, ich kann natürlich meine Zeit anders verbringen. Nur ist mir seit dem Theaterabend eins klar: Es ist etwas sehr Besonderes, dass wir hier so zusammen sein können. Wir alle wären in jedem Altersheim absolute Außenseiter. Wir machen ja schon so einiges miteinander, und das ist klasse. Trotzdem vergeuden wir ein Geschenk. Unser Zusammensein kann noch viel mehr sein.«

»Ach ja?« Miró zog ein Gesicht, einerseits bekümmert, andererseits spöttisch. Siri jedoch erschien es eher verunsichert.

»Genau darum habt ihr doch die Künstlertreffs eingeführt, oder?«, entgegnete Hakan.

»Du kennst Gregor«, soufflierte Siri an Miró gewandt. »Wir spielen einfach ein Spiel.«

»Es ist aber kein einfaches Spiel.« Gregor grinste. Dann wirkte er plötzlich schüchtern. Er nahm seine Stimme zurück, als er weitersprach. »So was muss eigentlich von selbst kommen, das ist mir auch klar, aber ich hab keine Lust mehr, zu warten, dass das in der großen Runde passiert. Wer weiß, wie viel Zeit jeder von uns überhaupt noch hat. Lasst uns doch mal aufhören so zu tun, als würden wir noch ewig hier herumfrotzeln und für die Sachen, die uns wirklich berühren, wäre noch wer weiß wie viel Zeit. Wir müssen es ja auch nicht zu einer Art Programm werden lassen. Ich mein das eher als Anregung, kein Spiel, kein ›heute erzählt jeder was aus seinem Leben‹. Einfach ein Anstoß. Ich glaube, man muss das ein bisschen anschieben, und man darf das auch. Deshalb braucht es trotzdem nicht künstlich zu sein.«

Siri wunderte sich, dass er so weitschweifig über etwas sprach, dass man anregen, aber ansonsten nur *machen* konnte. Aber sie kannte das auch von sich: Manchmal brauchte man viele Worte und richtete sie an andere, versuchte aber eigentlich, selbst klarer zu werden.

»Wie das Theater?«, warf Miró mit hochgezogenen Brauen ein.

Unbeirrt meinte Gregor: »Da war das Künstliche ja gewollt.«

Hakan schob sein Wasserglas weit von sich weg zur Tischmitte hin, behielt die Hände darum, und mit den noch ausgestreckten Armen, den Blick geradeaus, meinte er: »Das Natürliche und das Künstliche sind nur zwei Seiten einer Münze, nämlich der, die ins Spiel geworfen worden ist.« Er heftete den Blick auf das Glas, hob es mit beiden Händen an und ließ es einige Zentimeter über dem Tisch schweben, während er fortfuhr: »Von mir gibt es zu deinem Vorschlag allerdings eins einzuwenden, Gregor. Nämlich, dass wir das Klischee, alte Leute würden nur in der Vergangenheit leben, hier nun nicht unbedingt erfüllen müssen. Die Gegenwart ist mir kostbar.«

Einige nickten, jedenfalls schien Siri, dass sie es aus den Augenwinkeln so wahrnahm, während sie schon Atem holte und rief: »Zusammensitzen und sich etwas erzählen, auch wenn es Vergangenes ist, ist doch Gegenwart! Sehr lebendige Gegenwart sogar.«

Alle nickten, auch Hakan. »Stimmt! Danke, Siri. Es ist eigentlich auch ganz einfach«, fuhr er fort. »Um wirklich ins Gespräch zu kommen, muss man einander Fragen stellen. Erzählanlässe kreieren. Und dann natürlich zuhören! Wenn ich dich jetzt frage, Miró: Wie bist du aufgewachsen, ist es dann wichtig, ob ich das hier am Tisch frage, wo andere dabei sind, oder würdest du es mir nur erzählen, wenn wir allein wären?«

»Keine Ahnung«, brummte Miró.

»Eins kommt noch dazu!«, stieß Gregor atemlos heraus, als hätte er schon gewartet, dass er weiterreden konnte, »Wir erinnern uns meist am stärksten an Dinge, die unangenehm oder schmerzhaft waren. Das ist eine Tatsache, psychologisch erforscht und begründet. Jedenfalls hab ich das gelesen. Und was ist mit den Momenten, in denen wir glücklich waren oder uns gefreut haben? Ich hab gerade beschlossen, dass ich mich an die erinnern will.«

»Ist ja irre!« Fred sah ihn mit hochgezogenen Brauen an. »Ich habe vor, meine besonderen und meine schönen Erinnerungen aufzuschreiben, einen anderen Nachlass hab ich nicht für meinen Sohn. Vor kurzem hab ich Siri ein bisschen was von mir erzählt, und irgendwie hat es sich hinterher so warm angefühlt, als wenn man n' Schnaps runtergekippt hat und es so angenehm in der Kehle brennt.« Er grinste sehr breit, wobei sein Moustache in die Länge zu wachsen schien. »Da ist mir die Idee gekommen.«

»Ah, Schnaps, gute Idee«, brummte Miró.

»Also, ich mach da nicht mit!« Michelle sprach laut und ihr Kopf fuhrwerkte beim Sprechen hin und her. »Ich kann nicht auf Befehl irgendwas von mir erzählen, womöglich auch noch was Intimes!« Sie nickte ihren Worten hinterher, als seien sie damit unumstößlich.

»Unsere Künstlertreffs sind doch frei!«, erinnerte Siri. »Und hast du nicht mal gesagt, dass du von dir erzählen willst?«

»Ja-a. Aber nicht so!«

»Nicht wie?«

»Ach, ist schon gut, ihr könnt das ja machen.«

Fred sah sie kurz an und wanderte dann mit seinem Blick zu Siris hinüber. »Unser Theaterstück und auch Amos und Siris Geschichte haben bei mir ne Menge wachgerüttelt.« Er hielt inne und sein Moustache führte diese seltsame Raupenbewegung vor, als hätte er ein Eigenleben. »Hab ehrlich gesagt schon überlegt, mit wem ich vielleicht mal darüber sprechen kann. Also: lasst es uns im Sinn behalten, wird schon werden!«

»Gibt's heute Abend einen Künstlertreff?«, fragte Hakan. Als niemand etwas sagte, setzte er nach: »Überlegt jemand noch?« Es kamen nur verneinende Kopfbewegungen. »Das ist gut, ich brauch auch mal n' ruhigen Abend.«

»Kinners, ich bin total schlapp, ich leg mich mal für ne Stunde ab.« Gregor drückte sich von seinem Stuhl hoch. Siri war bei seinen Worten ganz automatisch auch aufgestanden und ging mit ihm. Auf dem Flur sagte sie aus tiefen Gedanken heraus: »Es ist gut, wenn man jemandem etwas von sich erzählen kann, dann weiß man besser, wer man ist. Wir brauchen Spiegel, um uns zu sehen und zu erkennen. Wir brauchen einander.«

»Warum hast du das nicht eben gesagt? Hältst du dich jetzt zurück?«

Sie zog die Achseln hoch. »Weil es kommt, wann es kommt.«

Gregor nickte und ging zum Fahrstuhl, während Siri die Treppe nahm. Sie kamen so gut wie gleichzeitig oben an.

»Schau, die Möwe«, sagte Siri, als sie auf ihren Balkon traten. Es war eine große Silbermöwe, die auf dem oberen Balustradenrand stand und ihnen mit leicht zur Seite geneigtem Kopf entgegensah. »Manchmal denke ich, sie kommt her, um nach uns zu sehen.«

Die Möwe breitete in aller Ruhe ihre Flügel aus, machte so etwas wie einen Knicks und flog ab. Gregor lag schon auf der Saunaliege und hob nur ein Lid, um ihr zuzusehen, wie sie dort oben in der azurnen Bläue im Aufwind segelte. Dann fielen ihm die Augen zu.

Sein lockiges, etwas wirres Haar lag als dicker Wulst auf der einen Seite seines Kopfes, seine hohe Stirn schien grüblerisch und seine rechte Hand, die auf seiner linken Brustseite lag, zuckte leicht. Siri wollte ihn nicht wecken, darum küsste sie ihn nur mit ihrem Blick.

***

Es war genauso ein schneeträchtiger Januarhimmel und genau ein Jahr her, dass Siri und Amo einander nah gekommen waren.

Ich bin traurig und mein Herz ist schwer. Ich müsste auf Amo zugehen, wir müssten miteinander sprechen, wir haben das doch sonst so gut gekonnt. Aber gerade will ich nur weit weg von ihm.

Beginnend mit diesen Sätzen hatte Siri lange und viel in ihr Tagebuch geschrieben, doch es half nicht wie sonst. Der Streit vom Tag zuvor und Amos heftige Worte dabei saßen immer noch in ihr. Die Wunde brannte wie hochkonzentrierte Säure. Siri konnte nicht fassen, wie heftig und wie verletzend Amo geworden war. Nie hatte sie ihn so erlebt. Erst gegen Abend drangen Gedanken an den anderen Amo durch, und sie sah ihn vor sich, wie er ihr einmal eine geschälte Orange, ein andermal eine flauschige Decke brachte, als sie bei ihm war und auf seiner Couch oder auf seinem Balkon saß und schrieb. Und wie liebevoll er sie da angelächelt hatte.

Was war bloß passiert?

Oder war sie es? War sie wieder mal in ihre Empfindlichkeits-Falle gestürzt? Bei niemandem reagierte sie derart empfindlich wie bei ihm. Nur er konnte sie so tief treffen. Natürlich. Sie liebte ihn ja. Sie war absolut offen und ungeschützt. Was sagte die Liebe dazu?

Nichts. Sie schwieg aber auch nicht. Sie ließ Siri deutlich spüren, dass sie da war. Und Siri wusste: Sie verstand Amo zwar gerade nicht, aber auch ihm musste etwas wehgetan haben, etwas Tiefes, sonst hätte er nicht so reagiert. Endlich konnte sie ihm verzeihen. Sie brauchte noch ein paar tiefe Atemzüge, und während sie zum Telefon griff und Amos Nummer wählte, traten ihr die Tränen in die Augen.

*

Im Februar schrieb sie:

Er möchte alles mit mir teilen, immerzu mit mir zusammen zu sein, und er glaubt ganz selbstverständlich, dass es mir genauso geht. Aber ich fühle mich eingeengt, wenn er sich zu sehr an mich hängt. Wenn ich nie für mich sein kann, fange ich irgendwann an, wie in alle Winde zerstreut umherzulaufen, als ob es plötzlich ganz viele Siris gibt, aber keine ist die richtige.

Sie hatte sich zwei Tage lang in ihr Haus zurückgezogen. Seit sie klein war, brauchte sie unbedingt Stunden nur mit sich. So beruhigte sie sich, fand ihre Mitte und war danach wieder ausgeglichen und guter Laune.

Das hatte sie schon früh als Notlösung entdeckt. Als Kind war sie weggelaufen, wenn sie verletzt worden war, und hatte sich in einem ihrer Verstecke verkrochen. Sie musste nicht wirklich allein sein, nur weg von den anderen. Aber sie hatte immer jemanden bei sich: die Traurigkeit.

Doch für Amo war solch ein Rückzug wie verlassen zu werden.

Ich muss lernen, mich zu erklären, damit er mich versteht und ich ihm nicht wehtue.

Sie verstand ihn, und natürlich wollte sie, dass er glücklich war. Sie würde viel dafür tun, beinahe alles. Nur eins nicht: sich selbst dafür unglücklich machen. Sie wollte ja auch Nähe, sie wünschte sie sich – nur keine, die zum Muss geworden war.

✳

Am ersten März schrieb sie:

Es ist halb sieben, der Ofen singt sein Lied und über dem Wald wird der Himmel hell. Ich war zwei Tage in Hamburg arbeiten und nun bin ich zu Hause und freu ich mich sehr, dass Amo nachher kommt. In letzter Zeit haben wir es wunderschön miteinander. Aber ich mach mir Sorgen um ihn. Er sieht so gelb um die Augen herum aus und fühlt sich manchmal schwach. Der Durchfall, der ihn eine Weile gequält hatte, ist zwar endlich vorbei, aber ich habe kein gutes Gefühl, was seine Gesundheit angeht. Er hat so schnell so viel abgenommen. Ich frage ihn oft aus – aber er mag das nicht. »Mach dir keine Sorgen«, sagt er, und dann lacht er, nimmt mich in den Arm und meint, wir sollten lieber ein bisschen zusammen singen, und greift sich die Gitarre und zieht uns mit ein paar Klängen in eines unserer Lieder.

✳

Am neunundzwanzigsten März schrieb sie:

Eine unserer gemeinsamen Erkenntnissen ist: Woran wir glauben, das bekommt Kraft. Viel Kraft.

Sie hatten zusammen viele Herausforderungen gemeistert, und nach jeder waren sie sich noch ein Stück näher gewesen. Siri konnte auf ihr Wissen aus den Spinnerseminaren zurückgreifen, und auch

Amo erkannte, dass sie sich bei fast jedem Streit ungewollt an Stellen berührt hatten, die schon seit ihrer Kindheit schmerzten. Kein Wunder, dass sie dann hochgingen wegen einer Kleinigkeit. Sie hatten so einiges durch gute Gespräche ausloten und ins Gleichgewicht bringen können. Und wenn die Liebe wieder floss – was für ein Glücksgefühl!

Aber Siri schrieb auch:

Es gibt jetzt immer häufiger Momente, in denen ich Amo nicht mehr erkenne. Dann kommt etwas so Aggressives oder sogar Gehässiges von ihm, dass es mich bis ins Mark trifft. Das sind dann die Krisen, die wir nicht in den Griff bekommen. Wenn ich versuche, darüber zu reden, dann weist er mir nach, dass ich das selbst ausgelöst hätte, er hätte nur angemessen reagiert.

Siri floh in ihre Arbeit, nahm mehr Aufträge an, als sie müsste, fuhr oft weit weg, um Vorträgen zu halten oder Schulungen zu geben.

Ich weiß nicht, wie ich das aushalten soll, mal mit der Güte selbst zu leben, mit Amos großem, wunderbaren Herz – und dann ein falsches Wort, ein falscher Blick, und eine völlig andere Person steht mir gegenüber und brüllt mich an.

Irgendwann konnte sie nicht mehr anders und erzählte ihrer besten Freundin davon. Es war nicht ihre Art, die Intimitäten ihrer Beziehung irgendwo anders zu besprechen, sie empfand es sogar als Verrat, aber sie brauchte ein Gespräch, sie drehte sonst durch, und bei Sylvia war alles sicher, das wusste sie.

Still hatte Sylvia zugehört, nicht einmal hatte sie Siri unterbrochen, hatte dann tief eingeatmet, fast geseufzt, hatte Siri sehr ernst angesehen und in vorsichtigem Ton gesagt: »Ich glaube, Amo ist sehr krank. Und eine Vergiftung des Körpers greift immer den *ganzen* Menschen an. Du darfst dich im Moment nicht über seine Verhaltensweisen und Launen wundern.«

Ich habe mir gegen den Kopf geschlagen. Ja, natürlich! Er ist jetzt überall gelb, vor allem das Weiße seiner Augen. Und seine gesamte Haut juckt. Ich bitte ihn wieder und wieder, zum Arzt zu gehen, aber er meint, sein Heilpraktiker kriege das schon hin. Er muss zum Arzt, hat Sylvia gesagt. Schon längst. Und in ihren Augen stand zu lesen: Wenn es bloß nicht schon zu spät ist.

✻

Inzwischen ist alles anders: Amo war beim Internisten, und der hat ihn sofort ins Krankenhaus überwiesen. Und Amo hat mir gestanden, dass sein Hausarzt das schon längst gewollt hatte, er aber »noch nicht so weit war«, wie er das ausdrückte.

Siri war entsetzt. Entgeistert. Und trotz aller Anteilnahme, trotz der Sorge um ihn war sie sauer. Aber das ging vorüber. Was blieb, war, dass sie ihn und sich nun viel besser verstand.

Der Internist hatte festgestellt, dass Amos Galle die Gallenflüssigkeit nicht richtig abführen konnte. Das könnte man durch ein kleines Plastikröhrchen regeln, dann würde er innerhalb von zwei Tagen nicht mehr so gelb aussehen, das Jucken würde aufhören und er würde sich viel besser fühlen. Im Krankenhaus stellten sie dann fest, warum die Galle nicht richtig arbeitete: Amo hatte ein Geschwür an der Bauchspeicheldrüse: Krebs.

Ach, Scheiße! Verdammte Scheiße! Ich bin so durcheinander! Und so böse! So wütend! Ich weiß nicht, auf wen, nicht auf ihn, auf gar keinen Fall auf ihn. Mir rennen die Tränen.

Sie sagte zwei gute Job-Aufträge ab. Einen konnte sie verschieben. Was für ein Glück, dass sie selbstständig war, dachte sie, als sie zu Amo fuhr. Er brauchte sie jetzt.

*

Am 2. April, Karfreitag, schrieb sie:
Ich hab Amo mittags aus dem Krankenhaus abgeholt. Jetzt ist er hier bei mir – und wir sind so froh, zusammen zu sein. Sie haben ihm dieses Röhrchen eingesetzt, dazu musste er eine Nacht bleiben. Und sie haben eine Gewebeprobe genommen.

Ich weiß jetzt, dass mein Zorn einfach die totale Angst war, alles noch einmal erleben zu müssen, was ich mit Johann erlebt habe.

*

Am 6. April schrieb sie:
Wir haben Ostern gut verlebt, nur gestern Abend spürte ich, dass ich an meine Grenzen komme. Aber ich konnte es sagen, konnte ihn bitten, mich einen Moment im Arm zu halten, und meine Kraft kam wieder zurück. Er war manchmal sehr unruhig und unwohl durch das Hautjucken, das immer noch nicht nachgelassen hat. Aber er ist jetzt liebevoll und friedlich.

Amo wollte keine Schulmedizin, außer, um Beschwerden zu lindern, wie es dieses Röhrchen tat, allerdings mehr schlecht als recht. Er sah sich fast ständig im Internet nach alternativen Heilmethoden um, fand Leute, die so etwas weg beten wollten, fand Berichte von anderen Krebspatienten, die es mit alternativen Medikamenten geschafft hatten.

Siri sah mit einem Knoten im Herzen dabei zu. Sie wusste, dass es ernst war, zu ernst für solch einen Weg, aber sie wusste auch, dass der allgemein anerkannte vielleicht ein wenig mehr Lebenszeit schenken konnte, mehr nicht. Und dafür wahrscheinlich große Qualen.

»Du siehst traurig aus«, sagte Amo vorhin am Frühstückstisch. Da erst merkte ich es. Ja, ich war traurig, sehr traurig. Ich hatte es in diesen Tagen weggedrängt, war ganz bei ihm gewesen und mit ihm und hab mich selbst nicht mehr gefühlt.

»Was macht dich so traurig?", fragte er.

»Dass ich dich vielleicht auf deiner letzten Reise begleiten muss.«

»Und dass du dann allein bist, nicht?« Er sprach sehr sanft.

»Nein, das ist nicht so sehr im Vordergrund. Der Schmerz, jemanden leiden zu sehen, nicht viel helfen zu können und sich zum Schluss verabschieden zu müssen: das vor mir zu haben, ist schlimm.«

»Ach, weißt du, ich werde zwar alles tun, was ich kann, aber auf meine Weise«, sagte er da. »Ich mach keine Chemo, das hilft sowieso nicht. Ich gehe zum Heiler und vielleicht auch zum Schamanen, aber wenn es trotzdem doch so bald sein soll, dann ist das auch okay. Ich habe schon vor langer Zeit mit dem Tod Frieden geschlossen. Es ist eine schöne Vorstellung, ins Licht zu gehen – und wenn ich dabei auch noch in deinen Armen sein darf, dann ist das wunderschön.«

*

Ende April schrieb sie:
Ich hab Thomas angerufen, hab ihm erzählt, was mit Amo ist. Und plötzlich war ich in Tränen, hab geschluchzt: »Ich kann das nicht! Nicht schon wieder!«

»Du kannst es!«

»Und wenn er Pflege braucht? Rund um die Uhr? Und ich versage? Ihn im Stich zu lassen, im schwersten Moment?«

»Du brauchst ihn nicht zu pflegen. Dafür gibt es Hilfe, du brauchst nur da zu sein.«

»Auch zu Hause? Er geht nicht ins Krankenhaus, sagt er.«

»Auch zu Hause. Du musst nur da sein. Und das kannst du, Siri. Das hast du schon bei deinem Bruder gekonnt.«

»Das war etwas anderes. Amo ist nicht mein Bruder.«

»Siri? Wovor hast du Angst?«

Ich schweige. Ich schweige lange und höre Thomas am anderen Ende der Leitung ein paar Töne auf seinem Flügel klimpern. Immer wieder die gleichen mit leichten Variationen. Vielleicht komponiert er. Mir tut es gut. Ich weiß, er wartet. Ich habe Zeit.

Er wollte mich beruhigen, klar. So was wie er hatte ich mir auch selbst schon gesagt, aber es ist diesmal völlig anders, weil Amo nicht mein Bruder, sondern mein Liebster ist. Und weil unsere Höhenflüge immer wieder von Bauchlandungen abgelöst werden.

In mir ist ein Gefühl, wie wenn Glas zerbricht. Erst fällt es in Scherben, dann zerbröselt es, bis es nur noch Staub ist. Als ich rede, ist meine Stimme durchlöchert, und durch die Löcher tropft ein Weinen ohne Tränen. »Ich hab solche Angst, dass ich es nicht schaffe. Und dann lass ich ihn im Stich!«

»Hast du jemals jemanden in Stich gelassen?«

»Ich weiß nicht ...«

Thomas klimpert wieder. Eine Melodie wie eine kleine Fontaine. Nochmal. Nochmal. Ich überlege. Lange. Wie komme ich darauf? Wie komme ich dazu, so was von mir zu denken?

»Thomas?«

»Ja?«

»Ich glaub, ich hab noch nie jemand im Stich gelassen.«

»Und das wirst du auch jetzt nicht. Lass diese Sorge also mal getrost aus dem Spiel.« Er spricht so ruhig, so angenehm ruhig.

»Aber wenn die Schmerzen kommen ... Ich weiß nicht, wie ich das aushalten soll. Nichts machen zu können.«

»Niemand muss heute mehr Schmerzen haben.«

»Aber ich dachte, die Ärzte geben nicht so viel, wie die Leute wirklich bräuchten. Weil sie süchtig werden könnten.«

»Das macht man heute nicht mehr. Er braucht keine Schmerzen zu haben. Achte darauf. Er muss sich nicht zusammennehmen. Wenn ihr da bei euch nicht den richtigen Arzt findet, kommt ihr zu mir.«

Ich atme tief ein. Es ist noch kein wirkliches Aufatmen, aber es hört sich immerhin so an.

»Glaubst du wirklich, ich kann das?«

»Siri, das hatten wir doch eben schon ...«

»Das mit Johann war ganz anders. Amo liegt jede Nacht neben mir. Wenn er nicht mehr schlafen kann vor Schmerzen, wenn er anfängt ins Bett zu machen ...«

»Du kannst jederzeit den Abstand nehmen, den du brauchst.«

Abstand. Das genügt nicht. Ich kenne mich. Wenn ich in der Falle bin, will ich nur noch weg. Ich kann es nicht ertragen, wenn ich muss. Ich muss zu ihm stehen. Ich muss bei ihm bleiben. Ich kann es ihm nicht schenken. Ich habe keine Wahl. Mein Ja kann kein Ja sein, weil es ein Muss ist.

»Wie soll ich das hinkriegen mit jemandem, der stirbt!«, sage ich lahm.

»Siri – hast du auch mal daran gedacht, dass es seinen Grund haben könnte, wenn seine Seele sich ausgerechnet dir anvertraut?«

Ich horche auf. Er redet nie von spirituellen Dingen, er ist Pragmatiker. Glaubst du jetzt auch an diese Sachen, will ich fragen – und sage etwas ganz anderes: »Wieso passiert mir das? Wieso schon wieder?«

Und er, der in den Seminaren, in denen ich ihn kennengelernt hatte, nie das Wort Seele in den Mund genommen und sich schon gar nicht von irgendetwas Esoterischem hat kriegen lassen, sagt etwas, das ich wohl nie vergessen werde.

»Wenn eine Seele zu dir kommt, um in deiner Begleitung zu sterben, dann ist das kein Fluch, Siri, dann ist das eine große Auszeichnung.«

✼

30. April

Wir reden viel über den Tod, auch darüber, wie Amo sich seine Beerdigung vorstellt, wie es mit dem Erben aussieht und vieles mehr. Er ist klar und sachlich damit. Ich muss oft weinen.

Wenn er mir in anderen Momenten allerdings sagt, sein Tumor wäre schon am Verschwinden sei, weil er ja mit geistiger Arbeit daran gehe, kann ich mich einfach nicht darauf einlassen. Ich schäme mich dafür. Wir haben uns so viel über die Kraft der Gedanken, über die Macht unseres Geistes auseinandergesetzt, wir haben tolle Sachen dazu gelesen, und ich glaube wirklich, dass Gedanken Wirkung haben und dass geistige Kraft heilen kann. Trotzdem kann ich seinen Glauben nicht teilen. Und das müsste ich, um ihn zu stärken. So schwäche ich ihn. Aber da ist etwas in mir, das weiß, er wird sterben und sehr bald. Ich kann dieses Wissen nicht wegmachen. Es ist wie eine Wahrheit, gegen die ich mich nicht auflehnen kann. Ich weiß es einfach.

✼

In den ersten Maitagen ging es Amo deutlich besser. Sie hatten wieder Energien für anderes als das ganz Elementare, anderes als Heilmethoden und sein Körperbefinden. Sie machten sich auf eine Reise, um an deren Ende Amos spirituelle Lehrerin zu treffen. Es war sommerlich, sie saßen im Garten des Hotels, das sie sich für die erste Nacht leisteten. Wenn man durch Schweres geht, muss man sich beschenken, hatte Siri zu Amo gesagt. Wie die Kinder freuten sie sich an dem schönen Zimmer und der lieblichen Umgebung am Waldrand und am Rande von Lochem in Holland. Sie waren albern und fröhlich und manchmal lächelte Amo sie plötzlich an wie ein Junge und einmal sagte er: Ich bin glücklich!

Sie wollten noch bis an die holländische Nordseeküste weiterfahren, aber gemütlich und immer wieder mit Unterbrechungen.

Am nächsten Abend schrieb Siri:

Es war so ein glücklicher erster Tag gestern in dem Hotel in Lochem. Heute das Desaster. Wir sind in Richtung Küste weitergefahren, die meiste Zeit war ich am Steuer – und ab irgendeinem Punkt fing es an. Ich hätte mir die Stadt Zutphen gern angesehen.

»Nein, ich will direkt durchfahren«, kam von Amo. Er hat mir mal gesagt, dass er bei solchen Aussagen immer noch verhandlungsbereit sei. Ich hab also nachgefragt.

Er: »Ich fahre da nicht hin. Ich mache keine Stopps.«

Als ich vorschlug, kurz vor Amsterdam zu Mittag zu essen, dort gab es ein paar Dörfer am Wasser, und ich stellte es mir schön vor.

»Ich fahre nicht nach Amsterdam.«

»Ich will ja auch nicht nach Amsterdam, nur in einen Ort am Wasser, nicht weit von der Autobahn, damit wir an einem schönen Platz Mittag essen können.«

»Ich fahre da nicht hin.«

Etwas später beschwerte er sich, dass ich zu lahm fahren würde – und das in einem Ton und auf eine Weise, dass ich mit den Tränen gekämpft habe. Es gab überall Geschwindigkeitsbegrenzung, ich habe mich daran gehalten.

Ich habe mich nicht gewehrt und ihn nicht gestoppt, ich wusste ja, dass er in den anderen Amo verwandelt war. Aber ich hätte es tun sollen. Um meiner selbst willen.

Wir kamen hier in unseren Zielort, hatten inzwischen großen Hunger, und er sagte: »Oh, da ist ja auch schon ein Restaurant.«

Ich: »Sollen wir da hin?«

Er: »Nee, das ist ja leer.«

Ich war aber schon am Abbiegen und fuhr also auf den Parkplatz, und mittlerweile war eine Spannung im Auto, dass ich den Stopp auch dringend brauchte. Außerdem mussten wir jemanden fragen, wie wir zu unserer Pension finden, und das tat ich dann auch. Später warf er mir vor, dass ich stundenlang mit der Bedienung dort auf der Terrasse gestanden hätte, und er sei total sauer, dass ich überhaupt angehalten hatte. »Ich hab ausdrücklich gesagt, dass ich das nicht will! Ich gehe in kein Restaurant, in dem keiner sitzt.«

In einem Film hätte ich das Ganze für äußerst übertrieben gehalten. Vielleicht konnte ich es deshalb einfach nicht glauben. Natürlich sehe ich ihm vieles nach. Aber das – ich hab einfach nicht geglaubt, dass das wirklich passiert ...

Erst als wir in der Pension waren, als ich das Zimmer sah, das er uns vorbestellt hatte – wäre es nur schlicht gewesen, na gut, aber Metallbetten auf hohen Beinen, die aus einem Krankenhaus aus Kaiserzeiten stammten, und der Rest noch schlimmer – erst da war mir klar: Ich kann weder da schlafen, noch Amo auch nur eine Stunde länger ertragen. Denn als ich sagte: Ich bleibe hier nicht, das ist nicht bloß eine Zumutung, das grenzt schon an Körperverletzung, hat Amo nur gesagt: »Ich such jetzt nichts anderes.« Und ich: »Kannst du mich zum Bahnhof bringen? Ich fahre mit dem nächsten Zug nach Hause.«

*

Und jetzt sitze ich im Sessel und schaue aufs Meer aus meinem eigenen Strandhäuschen! Das hab ich vorhin kurzerhand gemietet. Und Amo, von dem ich mich vor zwei Stunden noch trennen wollte, liegt auf der Couch, lächelt das schönste Amo-Lächeln, das ich je gesehen habe und findet alles ›sooo wunderbar‹. Die Sonne scheint, der Himmel hat ein frisch-metallisches Blau, Kite-Surfer rasen auf schäumenden Wogen und vom Meer trennt uns nur der breite Strand, der völlig leer ist. Kurz: Es ist unglaublich schön hier und ich freu mich wie irre. Ich glaub, er auch.

Als ich ihm vor einer gefühlten Ewigkeit gesagt habe, dass unser Urlaub hier und jetzt für mich zu Ende ist, ist er endlich zu sich gekommen und hat mich gebeten, zu reden. Am besten bei einem Strandspaziergang. Ich kann nicht reden, ich kann immer nur weinen, dachte ich, aber den Spaziergang brauchte ich, und ohne Gespräch wegfahren wollte ich nicht wirklich.

Ohne ein einziges Wort fuhren wir da hin, stiegen aus und spazierten los – ein richtig breiter Strand und kein Mensch und das Meer weit und grandios und unser Desaster dagegen so klein und trotzdem wie ein riesiger Dämon, dass mir schon deshalb die Tränen in die Augen kamen. Wir stapften drauflos, als ginge es um Fitnesstraining. Einen halben Kilometer hatten wir bestimmt schon hinter uns gebracht, als endlich die ersten Worte fielen. »Du musst das alles doch nicht so persönlich nehmen«, meinte Amo, »ich hab mich nicht wohlgefühlt.« Ich rief: »Ich kann mich nicht zuknöpfen, wenn du so zu mir bist. Das geht nicht. Sei dir endlich klar darüber: Es trifft mich mitten ins Herz. Und das tut so schlimm weh, dass du es nicht aushalten würdest. Ich möchte dann einfach nur noch flüchten vor dir!«

Mir liefen die Tränen, ein kleines Mädchen, das einen Papa gebraucht hätte, der es tröstet und beruhigt. Stattdessen hatte ich einen trotzigen Jungen bei mir, der sagte: »Das ist aber in dir, ich kann dir solche Gefühle nicht machen!«

Da hab ich nur »Arschloch!« gesagt, mich umgedreht und bin losgerannt, im Joggingtempo bis zu dem Strandrestaurant zurück, wo wir geparkt hatten und neben dem die zehn oder zwölf Strandhütten stehen, nach denen ich schon beim Losgehen geschielt hatte. Sie sind verschlossen und noch eingewintert, es ist zu kalt, zu früh im Jahr. Mir fiel ein, dass ich gar nicht an meine Sachen konnte, Amo hatte den Autoschlüssel. Er folgte mir zwar, war aber noch weit weg. Natürlich hab ich geguckt, wo er ist und ob er okay ist. Das Laufen hatte gutgetan, mein Aufruhr legte sich endlich. Er will mir nichts Böses, das ist mir sehr klar, aber seine Krankheit darf nicht auch mich krank machen, das ist mir auch klar. Bevor das passieren kann, muss ich Abstand nehmen. Jetzt weiß ich, was Thomas gemeint hat.

Als ich das dachte, kam ich gerade an den Strandhäuschen vorbei. Der Schmerz im Herzen war sofort weg. Meine Mundwinkel wanderten von ganz unten Richtung Himmel. Ich bin geradezu in das Restaurant gestürmt, bin schnurstracks auf die Frau am Tresen zu, hab sie gefragt, ob die Strandhäuschen ihnen gehörten und als sie nickte, als ich weiterfragte, ob sie auch jetzt zu vermieten wären, außerhalb der Saison, und sie wieder nickte und sagte: Ja, sie sind heizbar, da rief ich: »Wenn der Preis stimmt, miete ich eins – jetzt sofort.«

Als Amo beim Restaurant ankam, hatte ich den Schlüssel für mein Haus schon in der Tasche und brauchte bloß noch meine Sachen aus seinem Auto. Ich war mir sicher, dass er in der gruseligen Pension bleiben würde, die er gebucht hatte, weil sie so schön billig war.

Sein Blick wurde riesig, als ich ihm sagte, dass ich erst später mit dem Zug zurückfahre, erst in zwei oder drei Tagen. »*Wenn ich nun schon mal hier an der Nordsee bin, dann will ich meine Augen darin baden, und wenn ich rausgehe, dann an den Strand oder allerhöchstens ins Strandrestaurant.*« *Ich lachte, ging zu den Häuschen rüber, suchte die Nummer fünf, Amo folgte mir und stand dicht hinter mir, als ich die Tür aufschloss. Er war wohl doch neugierig.*

Wow! Alles aus Holz, alles nordisch schlicht und so behaglich! Als ich die Fensterläden der großen Doppelterrassentür offen hatte, mich in den Sessel fallen ließ, in dem ich jetzt auch sitze, kam die Sonne heraus und mir liefen schon wieder die Tränen, diesmal vor Freude und auch, weil alles, was sich in mir angestaut hatte, raus musste, raus und weg.

Sehr vorsichtig fragte Amo, ob er bei mir bleiben dürfte. Ich weiß nicht, ob es die Worte waren, so ungewohnt anders, oder sein Blick, den kann ich gar nicht beschreiben, es war sehr viel darin, ich war berührt, ich war voller Vergebung und noch voller mit Liebe. Da konnte ich wieder ihn sehen, den wirklichen Amo. Wir haben uns in die Arme genommen. Das war noch kein Ja, aber als er leise sagte: »*Es tut mir leid, Siri*«*, da war es eins.*

Wir haben ein Fenster nach dem anderen von den Fensterläden befreit, die Heizung angestellt, haben die beiden kleinen Schlafzimmer bewundert, in das Doppelbett kann man nur krabbeln, es ist genauso groß wie das Zimmer und behaglich wie eine Schiffskoje, rundum alles aus weißem Holz, es sind Kerzen da, ein Ofen sogar, um abends ins Feuer zu schauen, die kleine Küchenzeile im Wohn-Esszimmer hat alles, was wir brauchen und über uns das Spitzdach mit Dachgebälk und Holzverkleidung.

»*Das hast du gut gemacht, Siri!*«*, hat Amo inzwischen bestimmt fünfmal gesagt. Ja, hab ich! Manchmal ist Wut gar nicht schlecht. Am wütendsten war ich auf sein Knausern gewesen. Ich sag sowas nicht zu Amo, aber mein Gott, der Tod kommt, wenn er kommt, und er fragt nicht, ob wir noch was nachholen müssen, weil wir dann erst merken, dass das ganze Knausern Blödsinn war. Ich hab auch nicht viel Geld, gerade jetzt nicht, wo ich seinetwegen viele Jobs abgesagt habe. Aber diese Hütte hier, die leiste ich mir. Und ich bin froh, dass er sich darauf einlassen kann.*

Es ist schnell warm hier drinnen geworden, und gerade ist von einem Moment zum anderen eine Nebelwand aufgezogen. Die Nordsee ist voller Überraschungen.

*Amo ist einkaufen und zu dem Gruselzimmer in der Pension ge-
fahren, hat es abbestellt und seine Sachen abgeholt – und jetzt liegt er
auf der Couch, schaut hinaus, ist hin und weg und glücklich, dass er
hier ist und mit mir, er sagt es grad schon wieder und grinst zu mir
herüber. »Du hast Recht, es ist wichtig, dass man es schön hat, das
macht ganz viel aus, jetzt versteh ich das.«*

*Er hat auf seinen Reisen fast immer im Auto geschlafen wie wir
damals in der Toskana. Schon da hab ich für die Nächte die aller-
schönsten Plätze gefunden, im Wald oder an einem Berghang mit fan-
tastischer Aussicht – das hat ihn dann auch gefreut, obwohl er vorher
ungeduldig war und am nächstbesten Platz geblieben wäre, hätte ich
nicht aufbegehrt. Damals hat er noch nachgeben können, hat es
schließlich stets mir überlassen, einen guten Ort für uns zu finden,
fand es ganz toll, was für besondere und idyllische Stellen wir entdeckt
haben. Nur einmal hab ich mich von ihm zu einem Campingplatz
überreden lassen, da brauchten wir unbedingt mal eine Dusche.*

*Ich bin wieder fröhlich und trotzdem nicht ganz raus aus der Er-
schütterung von vorhin. Manchmal kommen noch Schluchzer hoch
wie Nachwehen. Ich erwische mich zwischendrin auch dabei, dass ich
Gedanken denke, die unglücklich machen. Aber ich habe mir geschworen, mich nicht mehr von ihnen kriegen zu lassen. Von Amos
Launen auch nicht.*

Ich will nur eins: lieben.

*

4. Mai
*Amos Lehrerin ist jetzt hier im Ort und auch viele seiner Freunde.
Einige kenne ich aus Italien. Amo will unbedingt bei den Satsangs
dabei sein, wenn er sich gut genug fühlt. Aber falls nicht, wollte er sie
vorher allein sprechen. Wir haben sie in dem Haus, in dem hier für
diese Zeit wohnt, getroffen.*

*Als wir auf sie zugingen, als sie zu ihm aufsah, während sie gleich-
zeitig fragte, wie es ihm ginge, habe ich es gesehen: Sie forschte mit
mütterlicher Wärme in seinem Gesicht – und plötzlich erstarrte sie.
Ihr Blick verlor jeden Ausdruck. Ein winziger Moment nur, sie hatte
sich gleich wieder im Griff. Aber sie sah danach ernst aus, sehr ernst.*

*Ich hab daneben gestanden und gewusst, dass sie gesehen hat, was
ich auch sehe: Sie hat gesehen, dass Amo sterben wird und bald. Seltsam: Ich bin erleichtert seitdem! Ich bin nicht mehr allein damit, noch*

284

jemand weiß, was ich weiß. Ich hab mich so schuldig gefühlt, weil ich nicht an seine Wunderheilung glauben konnte. Nun ist es einfach eine Tatsache, mit der umzugehen allerdings alles andere als einfach ist.

*

Wie sehr sich meine Liebe verändert hat, habe ich eben beim Aufwachen mehr gespürt als gedacht, als ich den Kopf zur Seite gedreht und Amo beim Schlafen zugesehen habe. Hat es damit zu tun, dass ich sie freigelassen habe? Immer habe ich gemeint, ganz auf die Liebe zu jemanden einsteigen, bedeutet, dass ich mich auch ganz binden muss. Aber das ist keine Freiheit! Das hat mir unsere Situation überdeutlich gezeigt. Bindungslosigkeit ist auch keine Freiheit, natürlich nicht. Was hier falsch ist, ist das Wort »muss«. Ich brauche mein Leben nicht mit den Menschen zu teilen, die ich liebe. Ich brauche nicht einmal in deren Wohnung zu kommen, wenn ich mich dort unwohl fühle.

Die Liebe ist jenseits von alldem. Sie ist einfach da, ich weiß sogar, wo: Sie sitzt in meiner Brust, direkt unter der Kehle, und sie ist bestimmt gerade sehr groß, denn dort brennt es lichterloh.

***

Gregor wandte den Kopf zu Siri hin, schaute sie an, drückte ihre Hand, die unter seiner ruhte, und schaute dann gleich wieder zu der krummen Kiefer hinaus, die man nur hier vom Bett aus so gut und vollständig sehen konnte. Ihr Stamm hatte zu glühen begonnen.

»Einfach hier liegen. Nichts müssen«, murmelte er.

Siri drehte den Kopf ein wenig, so dass die Seite ihrer Stirn an seiner Schulter ruhte. »Ich hab mal vom Leben gezeigt bekommen, wie wichtig es ist, zur Ruhe zu kommen, und wie das geht. Das waren die ersten Schritte für das hier jetzt. Ich war in der Bergeinsamkeit Griechenlands mit betörender Weitsicht auf das Meer und dem Glockenbimmeln der Schafe um mich her. Ich hab meinen letzten Roman dort ein letztes Mal überarbeitet. Und ich war sicher, dass das nächste Buch dann ganz von selbst geboren werden würde. So war es immer gewesen. Aber es kam nichts. Als ich mit meinem Korrekturlesen am Ende angekommen war, hatte die Panik schon einen ziemlichen Pegel erreicht. Nichts mehr zu tun! Zu Hause gab es immer genug, den Garten, das Haus. Im Notfall fahre ich eben, sagte ich mir, aber ich konnte zwei Monate umsonst an diesem himmlischen Ort sein, das wollte ich so leicht nicht verschenken.

Also hab ich mich drauf eingelassen: Liegestuhl. Schauen. Genießen. Das klappte auch gut – für etwa eine halbe Stunde. Dann kam die Unruhe. Also lesen. Zwischendurch weite Spaziergänge. Das half. Zwei Tage lang. Es war ein wirklich tolles Buch.

Als ich es weglegte, noch eine Weile hinterher sann, als ich mich wieder auf Liegestuhl, schauen, genießen verlegen wollte, hab ich es kapiert. Und ich hab aufgehört, mich zu beschäftigen. Es war wie Entzug. Einfach nur schlimm. Ich wurde so zappelig, dass ich mich selbst nicht mehr ertragen hab.

Ich hab bestimmt eine Woche gebraucht. Dann war ich angekommen. Wo, kann ich dir gar nicht so genau sagen. Wenn ich es jetzt Ruhe nenne, dann kann dieses kleine Wort nicht im Mindesten in sich vereinen, was ich erfahren habe. Es wurde alles immer stiller in mir, das ist wahr, aber dass die Stille einen ganzen Kosmos birgt und dass mir der zu heilig war, um daraus Worte zu machen und mein Erleben aufzuschreiben, spricht ja für sich. Damals hab ich zum ersten Mal eine wirklich freie Zeit gehabt – ohne den Suchtdruck, ständig mit oder durch etwas beschäftigt zu sein. Und weißt du was? Von da an war ich diese Sucht los, ohne jede Entzugserscheinung. Der andere Zustand war so viel schöner, da gab es nichts zu vermissen.«

»Ich glaub, ich weiß, was du meinst.« Gregor blieb mit dem Blick draußen. »Ich konnte früher zwar auch mal untätig sein, aber dann ging es darum, mich zu erholen. Als ich mit dem Schnitzen angefangen habe, da ist dieses Kribbeln in meine Finger gekommen. Sie wollen immer unbedingt etwas gestalten, und weil mir das Freude macht, lasse ich sie. Aber ich kann sie inzwischen auch zusammenfalten und mich dann nicht mehr von ihnen stören lassen. Weißt ja, ich guck manchmal nur in den Himmel, und das reicht mir.«

»Ja. Das ist schön. Einfach nur gucken hab ich eigentlich schon im Krankenhaus damals gelernt. Da hab ich begriffen, wie schön das sein kann. Gerade, weil die Glasbläser im Ohr mir gezeigt haben, was für ein Getöse dauernd in mir ist. Aber ich brauchte danach doch noch mal diese griechische Schule.«

Draußen im Baum war ein Flügelflattern und das Geräusch zog auch Siris Blick dorthin. Ein größerer Vogel wollte sich niederlassen, er versuchte es auf verschiedenen Zweigen, aber keiner schien ihm recht zu sein, und er flog wieder fort.

»Als ich mal krank war, ganz früher«, hub Gregor an, »es war ziemlich ernst, bin ich vor Schwäche immer wieder weg gesegelt. Daran hat mich die Erzählung von deiner Krankenhausepisode neulich erinnert. Da ist Freya öfter heimlich zu mir gekommen. Die Kinder sollten mir unbedingt meine Ruhe lassen, aber die Kleine, ich glaub, sie war vier, höchstens fünf, hat sich zu mir rein geschlichen. Ich seh noch das Bild, wie sie die Tür von innen zudrückt und sich reckt, um an die Klinke zu kommen und sie ganz leise zu schließen. Sie hatte mir ein Geschenk mitgebracht, sie trug es in ihrer kleinen Umhängetasche. Sie fummelte es heraus und hielt es mir hin. Es war ein Stein, der wie eine Kröte aussah. Sie sagte kein Wort, vielleicht, weil meine Frau den Kindern gesagt hatte, sie sollten immer ganz leise sein. Ich hab die Hand hochgehoben und sie hat die Kröte reingesetzt und sich wieder genauso leise raus geschlichen. Ich hab den Stein etliche Stunden in der Hand behalten. Er hat sich so … Ach, verdammt, ich kann das nicht beschreiben und ich lass es auch lieber.«

»Hast du ihr inzwischen geschrieben?«

»Nein, aber das mach ich nachher gleich.«

*

Siri trat auf ihren Balkon hinaus. Sie wollte noch ihren Morgengruß hinausschicken. Es klopfte an die Glastür, die vom Flur aus auf den Balkon führte. Hakan stand dahinter und öffnete sie, als Siri ihm zunickte.

»Fred geht es nicht gut. Er kommt nicht zum Frühstück und möchte auch nichts essen.«

»Was ist mit ihm?« Siri kam näher.

»Keine Ahnung. Kreislauf? Herzprobleme? Er hat nichts gesagt. Ein verdorbener Magen ist es jedenfalls nicht.«

»Warst du bei ihm?«

»Nein. Die junge Frau, wie heißt sie noch, die Neue kam aus seinem Zimmer und hat es mir gesagt.«

»Dann geh ich am besten mal zu ihm.«

»Ist vielleicht nicht verkehrt.«

»Und du? Geht es dir gut?« Siri war jetzt bei ihm, reckte sich auf die Zehenspitzen und küsste ihn auf die Wange.

»Ja, ganz gut. Soll ich mitkommen?«

»Wenn du willst.«

Für das eine Stockwerk verzichtete auch Hakan auf den Fahrstuhl und hangelte sich hinter Siri her die Treppe hoch. Er hatte seinen Gehstock nicht dabei und musste das Geländer zu Hilfe nehmen.

Siri klopfte an Freds Tür, hörte nichts, klopfte noch einmal und legte das Ohr ans Türblatt. Jetzt meinte sie von innen Antwort zu bekommen, öffnete und trat einen Schritt ins Zimmer. Fred lag auf dem Rücken im Bett, die Augen geschlossen. Er sah fahl und abgespannt aus.

»Dürfen wir reinkommen?«, flüsterte Siri.

Fred hob ein Augenlid, schien aber nichts zu sehen, denn er fragte: »Wer ist denn da außer dir?«

»Nur noch Hakan.«

»Okay.« Fred hatte die Augen geschlossen.

Siri nahm sich einen der Stühle und setzte sich zu ihm ans Bett. Hakan blieb hinter ihr stehen.

»Was ist mit dir?«, fragte sie.

»Schwindelig.«

»Dann möchtest du nicht viel reden, richtig?«

»Stimmt.«

»Brauchst du irgendwas?«

»Ja. Ruhe. Kreislaufmittel hab ich schon intus.«

»Oh, gut! Soll ich später noch mal kommen?«

»Erst mal nicht.«

»Okay.« Siri war schon wieder auf den Beinen.

Hakan war gleich zur Tür gegangen, hatte sie schon geöffnet und die Klinke in der Hand. »Mach's gut, Alter!«

»Du auch.«

»Kannst ja zur Not klingeln, denk dran.« fügte er noch hinzu.

»Ja.«

*

Michelle und Miró wussten schon, dass Fred nicht kommen würde. Filipa, die neue junge Mitarbeiterin aus dem Dorf, hatte ihre unübertrefflichen Brötchen diesmal draußen auf den Tisch gestellt und es ihnen erzählt. Beide schauten Siri fragend entgegen, als sie auf die Terrasse hinaustrat. Sie schienen zu ahnen, dass sie von Fred kam.

»Es sind wohl Kreislaufprobleme, aber ich bin kein Arzt.« Siri zog die Schultern hoch. »Er will auch keinen, sagt Sabine. Ihm ist bloß schwindelig, meint er. Ich kenne das ja gut, das kann in einer halben Stunde wieder vorbei sein.«

»Es kann aber auch ein Schlaganfall sein!« Michelle klang vorwurfsvoll. »Ich finde es unverantwortlich, keinen Arzt zu holen.«

»Das bestimmt ganz alleine er.« Siris Stimme hob sich kaum merklich. »Solange er bestimmen kann.«

»Das will ich wohl meinen!«, rief Miró.

Hakan, der sich etwas länger drinnen am Frühstückbuffet aufgehalten hatte, kam nun mit seinem bescheiden beladenen Teller nach draußen und stellte ihn auf dem Tisch ab. Offenbar wollte er etwas sagen, aber von drinnen kam schnellen Schritts Sabine mit dem Kaffee und rief: »Ihr könnt euch schon mal aufs Mittagessen freuen! Filipa macht heute Fischsuppe à la Bouillabaisse nach einem ganz spezielles Rezept aus ihrem Dorf, höchst geheim. Aber eins weiß ich: Es wird gut!«

»Als ob wir zu den Alten gehören würden, deren einziges Highlight das nächste Essen ist!«, grummelte Miró vor sich hin.

»Hast du was gegen Highlights?«, konterte Michelle sofort.

»Mensch, nimm doch nicht alles so ernst, was ich sag!« Miro zog etwas vom Inneren seines Brötchens heraus, rollte es mit zwei Fingern zu einer Kugel und ließ es hinter seinem Schnauzbart verschwinden.

Michelle drehte die Augen hoch. »Mach ich doch gar nicht! Ich tu doch nur so! Theater eben.«

Gregor kam, blieb in der Terrassentür stehen und schnupperte. »Ach, *da* sind die Brötchen!«, rief er, kam an den Tisch und legte sich eins oben auf seinen beladenen Teller. Er setzte sich auf den Platz, bei dem er stand, begann gleich, sein Brötchen aufzuschneiden und fragte dabei wie nebenher: »Ist irgendwas los?«

»Nee, wieso?« Miró streckte sich lang aus, um an den Korb mit den Brötchen zu kommen, und angelte sich eins. »Fred ist krank, aber vielleicht kommt er auch gleich noch verkleidet zum Frühstück.«

Gregor sah Miró nur mit gekrauster Stirn an, biss statt einer Antwort noch einmal in sein Brötchen, und damit war es auch schon vollständig verschwunden. Er griff gleich nach dem nächsten.

»Krankheiten und Essen!«, grollte Miró. »Tolle Themen – aber doch wohl eher für n' Theaterabend! Das Stück heißt Altersheim.«

»Aber nicht ohne Fred!«, rief Michelle sofort.

»Da solltest du dich vielleicht dran gewöhnen, dass hier ab und an einer fehlt.« Miró fasste sie in seinen weit aufgerissenen Blick.

Michelle bekam schmale Augen. »Das Stück heiß nicht Altersheim, sondern ›Das Ekel‹!«, fauchte sie.

Miró zog die Schultern hoch und grummelte: »Eigentlich ist auch so schon genug Theater hier.«

»Ich glaube, wir sollten es spielen.« Hakan krauste die Stirn. »Dann würdet ihr vielleicht merken, dass ihr alle so schräg drauf seid, weil hier einer krank ist und weil das jeden an seine eigene Hinfälligkeit erinnert und die ganzen Reizworte klirren einem durchs Hirn: Schlaganfall, Herzinfarkt, Krebs ... Is doch so, oder?«

»Hör auf, Hakan!« Michelle hob beide Hände.

»Warum soll er aufhören?«, fragte Gregor. »Natürlich weckt das Ängste. Auch bei mir, geb' ich zu. Wenn man sie anguckt, sind die aber auch schnell wieder weg.«

»Genau!«, grunzte Miró. »Dann braucht keiner Fred einen Arzt aufzuzwingen, bloß, weil er seine eigene Angst los sein will!«

Michelle sah ihn mit aufgerissenen Augen an. Man sah förmlich, wie es in ihr arbeitete. Bevor sie etwas sagen konnte, meinte Siri: »Er hat seine Tropfen genommen, davon wird ihm meist schnell wieder besser, sagt er. Sabine hat ihm die Klingel so hingelegt, dass er ganz leicht dran kommt – er braucht jetzt einfach Ruhe. Ich werde nachher noch mal zu ihm gehen.«

Hakan nickte ihr von der gegenüberliegenden Tischseite her zu.

✳

Als Siri sich auf Freds Bettkante setzte, legte er die Hand auf ihren Arm. »Keine Sorge, ich bin übern Berg. Wahrscheinlich könnte ich auch langsam wieder aufstehen. Ist bloß so angenehm, hier zu liegen und zu horchen, wie das Herz wieder ruhiger wird. Die Gedanken kommen geschlendert wie auf'm Sonntagsspaziergang.«

Siri lächelte und nickte.

»Und weil es grad so gut passte, hab ich mich mal wieder mit Sterben beschäftigt.« Er hatte ein Lachen in seiner Stimme, das sich allerdings nicht in seinen Augen widerspiegelte. »Ich hab mir so eine heroische Vision von meinem Sterben gemacht, na klar war das nicht ernst gemeint, dass mich jemand ins Wasser kippen soll, wer sollte das tun? Und wie schön ist es denn wirklich zu ertrinken? Im ersten Moment vielleicht, aber auch nur, wenn man es noch nicht kapiert hat. Aber wenn die Angst kommt ... Na ja, ihr habt bestimmt verstanden, was ich mir eigentlich wünsche: Dass ich tatsächlich Ja sagen kann, wenn ich merke, nun ist es so weit. Aber seit es mir heute Morgen so mies ging, ist mir natürlich sehr klar, dass man zu keinen heroischen Leistungen mehr fähig ist, wenn's einem dreckig geht. Und dann? Mit selbstbestimmtem Sterben jedenfalls ist dann nix mehr.«

»Ist selbstbestimmt und sterben nicht sowieso unvereinbar? Sterben heißt, etwas aufgeben. Das ist jedenfalls der erste Schritt. Und was für einer. Sich selbst loslassen, das heißt sterben doch, oder? Die eigene Person, das eigene ich – alles, was man ist!«

»Das sagst *du*? Hast du nicht auch mal gesagt, dass es kein Ende gibt?«

»Ja. Für mich ist das so, nicht für jeden. Ich glaube, dass die eigene Person nur eine bestimmte Rolle der Seele ist und dass wir in Wahrheit die Seele sind. Das macht es einfacher. Leicht ist es trotzdem nicht unbedingt. Es kommt wohl sehr auf die jeweilige Situation an.«

»Du hast noch einen Menschen außer Johann beim Sterben begleitet, nicht? Dieser Amo, der ist doch auch gestorben, oder?«

»Ja. Und er ist ...«

»Sag jetzt nichts dazu. Ich will unvoreingenommen weiterlesen.«

»Okay.«

»Ich möchte mich noch ein bisschen von der Ruhe umgarnen lassen, Siri.«

»Das ist gut. Dann lass ich dich wieder allein. Oder kann ich noch was für dich tun?«

»Du hast das doch auch manchmal mit dem Kreislauf, oder?«

»Ja.«

»Woher kommt das? Ich hab dann viel zu viel Unruhe in mir. Mal glaub ich, mein Herz schlägt zu schnell. Tut es aber nicht. Das Gefühl kommt, weil ich so komisch atme. So kurz und schnell. Keine Ahnung, ob davon dann der Kreislauf spinnt oder ob es genau andersherum ist. Kennst du das?«

Siri nickte. »Bei mir kommt es meist, wenn ich mir zu viel zugemutet habe, auf welcher Ebene auch immer. Muss nicht körperlich sein.«

»Hm«, machte Fred bloß. »Bin da noch nicht ganz hinter gekommen.«

Siri erhob sich.

»Lesen wär jetzt gut.« fuhr Fred fort. »Irgendwas, wo man voll einsteigt. Aber wenn ich jetzt lese, fangen nach fünf Minuten die Buchstaben an zu tanzen. Das braucht noch, bis ich wieder okay bin. Kannst du mir nicht was vorlesen? Aus deinem Buch? Mein Lesegerät liegt auf'm Nachttisch. Da siehst du auch gleich, wie weit ich bin.«

Siri griff nach dem Gerät. »Es passt auf jeden Fall zum Thema«, meinte sie, während sie sich wieder auf die Bettkante setzte. »Kann losgehen?«

Fred schob etwas mehr vom Kissen unter seinen Kopf, kuschelte sich zurecht, nickte und sah sie erwartungsvoll an.

***

Amo hat heute Geburtstag. Ich bin jetzt bei ihm. Und wie so häufig war es nicht schön, hier anzukommen. Er hat mich wegen irgendwas angeschnauzt. Ich bin hiergeblieben, weil wir Gäste eingeladen haben. Nachdem sie vorhin alle gegangen waren, bin ich auf der Couch zusammengeklappt. Und Amo? Er ist gegangen! Ich hab geweint wie ein kleines Mädchen, so verlassen hab ich mich gefühlt. Als er wiederkam, meinte er, er hätte mir einfach ein bisschen Ruhe lassen wollen. Vielleicht hättest du mal fragen sollen, sagte ich ziemlich heftig. Ja, tut mir leid, sagte er, legte sich einfach zu mir und nahm mich in den Arm. Wie schön!

Jetzt liegen wir nebeneinander, trinken Rotwein und essen Chips, und ich staune, was ich hier bei ihm alles geschafft habe. Und plötzlich begreife ich. Gestern kam ich und fror, so wenig emotionale Wärme war in Amos Räumen, so viel Vernachlässigung hatte sich breit gemacht – bis hin zu einem Haufen von Sachen auf dem Fußboden, keineswegs Müll, die er einfach da hin geschmissen hatte, weil er nicht wusste, wohin damit.

Als die Gäste heute Nachmittag alle auf einmal kamen, was lustig war, sie sangen gleich an der Tür ein Lied für ihn, da war es warm hier. Der Ofen war geheizt und es war eine völlig veränderte Atmosphäre: sauber und geordnet und freundlich. Und ich verstand, warum Amo mich so schroff empfangen hatte: Die zwei Tage, die ich zum Arbeiten weggefahren war, sind schon zu viel für ihn gewesen. Er lebt zwar mit seinen Freunden auf einem Gelände, er kann sie auch jederzeit um etwas bitten, aber er braucht jetzt mehr als das. Ich werde weniger arbeiten, nur noch das Nötigste.

Dass es in seiner Wohnung immer Verletzungen und Streit gibt, bei mir aber so gut wie nie, könnte das daran liegen, dass er bei mir viel Fürsorge bekommt? Dass er eine schöne, behagliche Umgebung mit vielen Möglichkeiten hat, wo er es sich bequem machen kann? Er fühlt sich wohl, er ist ein ganz anderer und tut Dinge, die mir das Herz aufspringen lassen: Er nimmt die Gitarre und singt mir vor. Er deckt den Tisch, während ich das Frühstück mache, und legt kleine Blumen von der Wiese um meinen Teller. Manchmal stellt er auch ein Sträußchen auf den Tisch.

Ich schaue ihn an, er ist neben mir auf der Couch eingeschlafen, und die Liebe strömt nur so aus mir heraus. Er öffnet die Augen und sieht mich traumverloren an. »Ich bin glücklich mir dir«, flüstere ich.

Donnerstag, 13. Mai 2010

Wir haben schon morgens im Bett intensiv darüber geredet, dass mich manches, was er sagt oder tut, so tief trifft und mir so wehtut, dass ich sprachlos werde und nur noch weg will.

»Bin ich wirklich so ein Elefant im Porzellanladen?«, fragte er und sah mich mit seinen tiefblauen Augen verzweifelt an. »Weißt du, ich nehme mich in letzter Zeit selbst nicht so gut wahr.« Er legte seine Stirn auf meine Schulter. Und auf einmal sah alles ganz anders aus. Verletzt er mich durch das, was er sagt? Oder werde ich nicht viel eher durch das, was ich höre, verletzt?

Andere, die nicht so leicht verletzbar sind wie ich, sind ja nicht stumpf oder gefühllos. Kann es nicht sein, dass vieles mich dadurch trifft, wie ich darüber denke? Ich höre die Gedanken von gestern jetzt noch: Wie geht er mit mir um? Ich tu so viel für ihn, und er schreit mich an! Wir haben uns Liebe geschworen. Er tritt die Liebe mit Füßen!

Plötzlich war ich sehr traurig. »Ich glaub, ich hab dich oft abgeurteilt, Amo. Ich hab mir selbst das Leben schwer gemacht.«

»Nein, Siri, du musst gerade versuchen zu verstehen, was schwer zu verstehen ist und noch schwerer anzunehmen. Das kann ich total nachvollziehen. Du tust dein Allerbestes: Du bist da.«

Donnerstag, 27. Mai 2010

Ich sitze im Garten eines Arztes in Timmendorfer Strand an der Ostsee und warte, bis Amo seine Behandlung mit einer alternativen Heilmethode bekommen hat. Er ist heute Morgen sehr in sich gekehrt, wirkt verloren und ist für mich kaum zu erreichen. Dennoch spüre ich ihn und verstehe sehr gut, dass er belegter Stimmung ist. Auch ihm kommen Zweifel, vermute ich, auch er ist sich nicht immer sicher, ob er all seine alternativen Heilungswege nur aus Angst geht oder wirklich daran glaubt.

Wir hatten gestern einen wunderschönen Tag, die Fahrt bis zu unserem Hotel in Dassow war von unzähligen Highlights gekrönt, angefangen mit einem Spaziergang an der Elbe. Was für ein herrlicher Strom! Und das Wetter war mit uns, es war kühl, aber überwiegend sonnig, der ätzende Wind vom Vortag hatte sich gelegt. In Zarrentin am Schalsee war unser nächster Stopp, wir haben die Klosterkirche besichtigt, Amo hat eine Weile still und mit geschlossenen Augen in der ersten Reihe gesessen, ich habe vom Altar aus ihn und den großen

Raum betrachtet, und so klein er darin war, so groß erschien er mir in dem Moment. Vielleicht ist groß auch nicht richtig und stark ist auch nicht das richtige Wort – ich glaube, ich habe Respekt empfunden. Das wird mir jetzt beim Schreiben erst klar. Respekt davor, wie er beharrlich das tut und das glaubt, was sich für ihn richtig anfühlt.

Danach sind wir am See spazieren gegangen. In Ratzeburg haben wir zu Mittag gegessen, und während Amo den Dom anschaute, habe ich ein Schläfchen im Auto gemacht. Und dann zum Kaffeetrinken im sonnenlichtdurchfluteten Speisesaal des Seminarhauses, wo ich so viele meiner Spinnerseminare gemacht habe. Und später fand ich die Stelle mit der wild zerklüfteten Steilküste an der Ostsee wieder, wo ich damals gewesen bin, und wir beide gingen ein kleines Stück erst unten am steinigen Strand und oben auf der Steilküste zurück. Amo war süß und lieb und fand immerzu alles ›wunderschön‹. Von da war es nicht mehr weit zu unserem Hotel, das zwar nahe der B 105, aber mitten im Wald liegt. Wir fuhren durch blühende Rapsfelder, eingesäumt von Kastanienalleen mit unzähligen aufgesteckten Blütenkerzen, und über allem leuchtete tiefblau der Himmel wie ein Versprechen.

Vorhin beim frühen Waldspaziergang hat Amo mir erzählt, was er heute Nacht geträumt hat: Er hätte sich zwischen vier Möglichkeiten, er wusste nicht mehr, welchen, entscheiden müssen. Alle vier waren gleich gut. Aber immer, wenn er sich für eine entschied, hatte er große Angst, dadurch eine bessere zu verpassen.

Der Traum kam ihm wichtig vor, aber er fühlte sich so dumpf, er konnte nichts Besonderes darin erkennen. »Kannst du was damit anfangen?«, fragte er und sah mich mit hochgezogenen Brauen an.

Seine Träume sind mir selten ein Rätsel. Bei diesem wusste ich sofort, dass es um all die alternativen Heilmöglichkeiten ging, zwischen denen er sich allzu leicht verirren kann. Dass er das Falsche wählen und damit alles verspielen könnte, schürt sicherlich die Angst. So ähnlich sehe ich jedenfalls seine Situation, und das muss schwer für ihn sein. Ich hatte gleich das Gefühl, dass dieser Arzt, von dem er gerade behandelt wird, für Amo einen Ausweg aus dem Entscheidungsdilemma bedeutet. Er ist Arzt und verwendet dennoch alternative Methoden.

Sein Traum hat ihm ausdrücklich gesagt, dass keine der vier Möglichkeiten schlechter als eine der anderen ist, fand ich.

Er konnte sich mit dieser Deutung nicht anfreunden, das sah ich ihm an. Ein kleines Lächeln kam trotzdem. »Meinst du?«

»Ja. Wir haben es doch immer wieder gesagt: Die Haltung ist ent-
scheidend! Woran glaubst du? Und glaubst du wirklich daran oder
sagst du es bloß?«
Er nickte. Wirklich beruhigt schien er noch nicht zu sein.
»Kann es sein, dass du versuchst, keine Zweifel zu haben?«, hab ich
gefragt. Ich war selbst erstaunt über die Frage, sie kam einfach aus mir
heraus.
»Ja, natürlich!«, sagte er sofort.
»Du brauchst auch keine zu haben. Das sagt dir dein Traum.«
»Meinst du, Träume kommen von der Seele?«
»Manche bestimmt. Auf jeden Fall dieser.«

Auch mich hat der Traum beruhigt, merke ich jetzt, auch mir hat er
etwas Wichtiges gesagt. Vorgestern Abend hab ich mit Johanna tele-
foniert und ihr erzählt, ich müsste immerzu daran denken, dass Amo
bald gehen wird. er ist so dünn geworden, so zart, und jetzt klagt er
immer häufiger über Schmerzen. So sehr ich es auch möchte, ich teile
seinen Glauben an die alternativen Heilversprechen nicht. »Aber da-
mit lass ich ihn im Stich!« Ich hörte selbst, wie gequält ich klang.
»Das hat alles seine Berechtigung«, hat Johanna gesagt, »Diese Ge-
danken sind doch kein Frevel! Ich finde, damit bist du viel mehr an
seiner Seite, als wenn du dir etwas vormachen würdest. Du begleitest
ihn wirklich: Du lässt ihm seine Wahl. Das ist eine Kunst.«
Das hat so gutgetan! Überhaupt ihre Stimme zu hören, war schön,
ihre Art zu sprechen, all das Vertraute darin.
Noch mal sage ich mir: Ich will alles so nehmen, wie es kommt und
wie es ist! Und wir haben so viel Schönes miteinander, ich genieße es
sehr. Nachher wollen wir nach Lübeck und mit dem Schiff durch die
Stadt fahren. Ich freue mich darauf. Freue mich, dass er überhaupt die
Kraft für diese Reise hat.

Sonntag, 13. Juni 2010
Wie selten ich mein Tagebuch nur noch zur Hand nehme! Nicht, weil
es wenig zu berichten gäbe, im Gegenteil. Ich bin so beschäftigt, dass
ich nicht dazu komme. Aber eins muss ich unbedingt aufschreiben.
Für später: Ich bin oft glücklich!
Wenn mir Negatives in den Sinn kommt, wähle ich immer das an-
dere und denke an etwas, das mir wohltut und was allen anderen auch
wohltut, wenn das möglich ist. Manchmal denke ich einfach an die

Liebe. Wie groß sie ist und dass sie auch da ist, wenn ich sie nicht spüre. Das klappt nicht immer, aber immer besser. Und dann spüre ich sie sofort. Auch wenn ich Amo ansehe, ist sie da. Sie ist wie ein großer Scheinwerfer, der alles durchflutet mit seinem Licht.

Amo ist nach einem Fiebertag eben aufgewacht und trinkt seinen Gesundheitsdrink neben mir, wir reden ein bisschen und ich schreibe zwischendurch. Wir sind bei mir in meinem winzigen Schlafzimmer mit dem Bett direkt am Fenster. Jetzt hat er es weit aufgemacht. Draußen ist es ziemlich kühl, aber die Vögel singen, der Wind geht durch die Bäume und wir liegen behaglich unter der Decke.

Amo liest den Prospekt »Gartenträume« über offene Gärten im Umkreis hier, und wir überlegen, welchen wir uns ansehen wollen. Ich weiß, es wird schön, schon deshalb, weil wir beide so glücklich und dankbar sein werden, wenn wir es auch wirklich machen können.

Montag, 28. Juni 2010
Ich sitze auf Amos Balkon mit herrlichem Holunderduft in der Nase. Der Busch umschließt den ganzen großen Balkon. Amo bastelt an einer leckenden Gießkanne, um sie wieder dicht zu bekommen. Es scheint ein ziemlicher Fummelkram zu sein. Wie geduldig und hingegeben er das macht! Ich sehe an seinem linken Arm eine Stelle, an der kleine schwarzblaue Flecken immer mehr zum Vorschein kommen, seit Tagen schon. Er klagt öfter, dass dieser Arm ihm wehtut. Heute Morgen hab ich an seinem Hoden so etwas Ähnliches, nur viel blauer und ausgeprägter entdeckt. Ich hab nichts davon gesagt. Ja, ich denke an Metastasen, vergesse es gleich wieder und freue mich lieber, wie gut wir es miteinander haben.

Wir kriegen es nicht immer hin, manchmal wird es ernst, manchmal auch sehr traurig und schwer. Wenn es zu schwer wird und wir irgend können, machen wir schöne Dinge. Am Samstag hat Amo mich zum Mittagessen an der Elbe eingeladen, allein die Fahrt dorthin war toll. Wir sind die Strecke ja schon öfter gefahren, und nichts war anders, nur ich habe wohl anders geschaut. Für diesen neuen Blick bin ich sehr dankbar!

Danach spazierten wir auf dem Deich, haben eine Weile ganz vorn auf einer der Buhnen, die man in den Fluss gebaut hat, gesessen und dem schnellen Fließen des Wassers zugeschaut, das Glucksen angehört, am anderen Ufer unter großen Eichen weideten Pferde auf den Elbwiesen, und kein Mensch weit und breit. Alles unsers, meinte Amo.

An anderen Tagen ist so etwas nicht denkbar, dann macht ihm allein schon das Atmen Mühe. Aber ich konzentriere mich nur noch auf das Schöne. Nie hätte ich anders schauen sollen!

Samstag, 31. Juli 2010
Amo ist sanft und still und sehr lieb. Tut es ihm gut, bei mir zu sein? Oder muss ich mir Sorgen um ihn machen? Er hat an verschiedenen Stellen Schmerzen, immer öfter auch in den Beinen. Der linke Arm tut ihm eh immer weh, der Rücken nun auch. Manchmal muss ich lange reden, bis er noch eine zweite oder dritte Schmerztablette nimmt. »Meinst du wirklich?«, fragt er dann und sieht mich unsicher an.

Aber oft hat er jetzt einen anderen Blick: offen, voller Vertrauen und voller Zuneigung.

Ich glaube, es ist dieser Blick. Er bringt das Beste in mir hervor. Ich fühle mich stark. Ich bin ganz selbstverständlich bei ihm und werde keinen Millimeter weichen. Ich stelle nichts in Frage, ich bin einfach da. Niemand zwingt mich dazu, auch nicht die Krankheit. Jede Minute mit ihm ist mir wertvoll.

Sonntag, 1. August 2010
Heute ist er einmal sehr gegen mich aufgebraust. Ich konnte es recht gelassen nehmen. Ich hatte ihn mehrfach nicht gehört oder seine Worte falsch gedeutet, was auf dasselbe hinauskommt, bis er aus der Haut gefahren ist. Und es hat kein bisschen wehgetan! Ich war danach für einen Moment reserviert, aber nur kurz.

Das war immer mein wunder Punkt: Plötzlich angeschrien oder beschuldigt zu werden, ohne zu wissen, was ich getan habe. Jetzt hab ich mir gesagt: Ich war einfach unaufmerksam. Das kann ich mir locker verzeihen. Und ich schaue Amo an und denke: Wie geht es ihm wohl gerade? Und schon kann ich ihn verstehen, nicke und sage: Es tut mir leid.

Ich schaue ihn oft einfach nur an. Manchmal ist dann so viel Liebe, dass ich weinen könnte. Aber ich möchte nicht weinen. Ich hab von Amo gelernt, dass man auch lachen kann, herzlich laut lachen vor Liebe.

Freitag, 6. August 2010

Amo klagt über Schmerzen. Ich bin sicher, dass es Metastasen sind, ich sage es aber nicht. Sein Husten macht mir Sorge. Gestern ist mir leider rausgerutscht, dass es sich anhört, als hätte er Wasser in der Lunge. Er hat mich vollkommen entsetzt angesehen und gefragt: »Und wie kommt das da rein?«

In dem Moment schlug alles über mir zusammen. »Keine Ahnung«, hab ich gemurmelt und mich aufs Klo verdrückt. Und meine Gedanken spielten verrückt. Ich kann nicht mehr, ich krieg das nicht mehr hin, ihm nicht zu viel zu sagen, einfach nur mitzugehen und ihm die Wahl zu lassen, wie er sich und seine Lage sieht. Jetzt ist der Punkt überschritten, jetzt kann ich nur noch versagen ...

So in der Art. Bis ich gemerkt habe, was ich da mit mir mache und woher das kommt: Ich hab mich selbst ganz nach hinten in die Reihe gestellt. Erst kommt Amo, dann noch mal er und wieder er, dann kommt meine Arbeit, die ja immer auch mit langen Autofahrten zu tun hat und sowieso anstrengend ist, und hinter all dem irgendwo am Horizont, da komme ich. Das geht so nicht, und das weiß ich doch auch längst. Ich bin genauso in Not wie er. Weil es mir wehtut, wenn ihm etwas wehtut. Weil es bei allem Schönen schwer ist, mit dem Tod im Blick zu leben – den er nicht sehen will. Ich fühle mich mit meiner Trauer und meinem Schmerz allein gelassen – und zwar von MIR!

Als ich das vorhin dachte und mir ein dicker Kloß im Hals saß, viel lieber hätte ich einfach geweint, als ich anfing, staubzusaugen, um mich zu beruhigen, klingelte das Telefon und eine Männerstimme sagte: »Trost.« Ich dachte, ich höre nicht richtig. »Firma Lerche«, kam hinterher, und ich begriff, dass der Mann so heißt. Süßer Einfall vom Schicksal! Ja, Trost kann ich gebrauchen, und von Amo kann ich den kaum erwarten, natürlich nicht.

Samstag, 7. August 2010

Ich habe Amo gesagt, dass ich manchmal Angst habe und versuche, sie nicht spüren. Dass ich manchmal traurig bin und mir nicht erlaube zu weinen.

Er sah mich erschrocken an. »Du kannst immer mit mir darüber sprechen! Wenn du traurig bist, dann weinen wir eben zusammen. Wenn du Angst um mich hast, kannst du es mir auch sagen. Du musst nicht stark sein. Das brauche ich gar nicht von dir. Wenn ich etwas brauche, dann sage ich es dir, da mach dir keine Gedanken.«

Samstag, 21. August 2010
Amo war zwei Tage im Krankenhaus und ist noch sehr schwach. Sie haben einen neuen Stent eingesetzt, beim alten hatte sich etwas entzündet. Er wirkt sehr zart und dem Tod wieder ein Stück näher.

Aber als er etwas später meinte, wir könnten vielleicht eine kleine Reise machen oder wenigstens einen Ausflug und ich ihn wohl komisch ansah, sagte er: »So schnell bin ich ja noch nicht tot, morgen jedenfalls bin ich noch da.« Und er lächelte so rührend, so entwaffnend, dass mein Herz weit aufsprang und ich ihn am liebsten an mich gedrückt hätte. Er kann das aber nicht mehr ertragen, nur noch sehr vorsichtige Berührungen.

Freitag, 3. September 2010
Ich hab Amo heute Mittag zum ersten Mal seit drei Tagen wiedergesehen, ich musste arbeiten. Seine Freunde fragen mich, warum ich immer so weit wegfahren muss. Dass ich selbständig bin, wissen sie schon, nur noch nicht, dass die Aufträge in meiner alten Heimat nie aufhörten, als ich hierher gezogen war, sondern munter weiter sprudelten, und so etwas baut man sich nicht so schnell neu auf. Ich sagte ihnen also, dass ich zwar zwei bis drei Stunden Fahrt zu meinen jeweiligen Jobs habe, aber gut bezahlt werde, und darum arbeite ich nicht jeden Tag wie andere, sondern mal drei Tage, mal eine Woche gar nicht, mal vier Tage – was eben gerade anliegt. Vielleicht hab ich viel zu viel erklärt, als müsste ich mich rechtfertigen. Weil ich wirklich ein schlechtes Gefühl dabei habe: Ich mag nicht mehr weg von Amo. Aber inzwischen ist mein Konto bedrohlich leer. Alle Rücklagen weg.

Er hat sich in den drei Tagen verändert, als wären es Jahre gewesen. Gebrechlicher ist er, beginnt, die Haare zu verlieren. Die Hoffnung auch. Seine Augen sprechen davon, wie sehr er Ruhe braucht und Frieden. Es hilft ihm nicht wirklich, sich immer wieder an neue Helfer und Heiler zu wenden, sich immer neue Ratschläge anzuhören. Aber es ist sein Weg, ich rede ihm nicht rein.

Es erleichtert mich sehr, dass er gut aufgehoben ist, wenn ich mal nicht für ihn da sein kann. Die Freunde, mit denen er lebt, kochen für ihn, jeden Tag war er bei jemand anderem eingeladen. Er lacht ein merkwürdiges Lachen, als er erzählt, dass einmal sogar zwei für ihn gekocht hätten, weil sie sich vertan hatten. »Wie schön!«, hab ich gesagt. Da sprang doch noch das echte Amo-Lachen in seinem Gesicht auf. »Ja!« Und nach einer kleinen Weile: »Aber schöner ist es mit dir.«

Und auf einmal das neue Lachen, ich habe es schon öfter gesehen, und ich weiß jetzt, dass ich mich nicht getäuscht habe. Es ist, als würde die Unschuld selbst aus seinen Augen lachen. Sie sind seltsam abwesend und zugleich vollkommen offen. Ein alter, weiser Kinderblick.

Wir sind zu mir gefahren – das erste Mal, dass er nicht mit dem eigenen Auto kommt. Hier ist die Luft reiner, das Licht heller und die Zuversicht kommt morgens einfach durchs Fenster herein.

Im Bett abends, mit der Stirn an meiner Schulter, mehr Nähe erträgt er nicht mehr, fragte er plötzlich: »Wie siehst du das mit meiner Krankheit eigentlich?«

Ich zuckte zusammen. Eine Frage, so schwer wie ein Felsen, unter dem wir zerquetscht würden, wenn ich jetzt das Falsche sagte oder tat. Aber wie lange habe ich auf sie gewartet! Wie lange war es schlimm, das alles ganz anders zu sehen als er.

Leise hab ich es gesagt, sehr leise.

»Ich glaube, wir haben nicht mehr viel Zeit miteinander, wir schaffen es wohl nicht einmal, unser zweites Jahr zu vollenden.«

»So kurz nur noch ...« Es klang vollkommen ruhig. Auch nicht enttäuscht. Und einen Moment später rief er mit heller Freude in der Stimme, ja, wirklich Freude! »Dann brauch' ich ja gar keine Wunderheilung mehr hinzulegen!«

»Nein. Für wen wolltest du das denn?«

Er sah mich erstaunt an und sagte: »Ich glaube, für meine Mutter.«

»Nein, das brauchst du nicht.«

»Das ist gut.«

Er atmete tief aus. Ich drehte mich hin zu ihm. Wir lagen nur da und schauten einander in die Augen, und während es draußen dunkelte, wurde es drinnen immer heller.

Dienstag, 7. September 2010
Ich sitze auf dem Balkon unseres Hotelzimmers in Alt Schwerin und schaue über den kleinen Dreiersee, der Wind rauscht in den Pappeln, und die Autobahn jenseits des Waldes rauscht leider ein wenig mit. Amo liegt im Bett, aus dem heraus er über den See sehen kann. Er hat unbedingt eine kleine Reise machen wollen. Ich musste an Johann denken und seine Reise nach Norwegen, sah ihn vor mir, wie er sagte: Ich möchte noch einmal den Oslofjord sehen ...

Als wir nach dem Mittagessen hier ins Zimmer kamen, hat Amo sich gleich hingelegt und schläft seitdem mehr oder weniger durchgehend. *Er sieht bleich und spitz aus und hat nur wenig Kraft. Als wir ankamen, hat er sich über den Preis unseres Hotelzimmers, das ich gebucht hatte, mokiert. Viel zu teuer. Und er war ernsthaft sauer und grummelte während des Mittagessens die ganze Zeit. Ein Ausrutscher in den anderen Amo, dachte ich bloß und zog innerlich die Schultern hoch. Hier in dem tollen Zimmer hat er seinen Missmut abgelegt, findet es ›so wunderschön‹ und fragte vorhin schon, ob wir nicht gleich Bescheid sagen sollten, dass wir das Zimmer drei und nicht nur zwei Nächte haben wollen.*

Ach, ich schwafele herum. Ehrliches Schreiben geht so: Es ist schwer, ihn an meiner Seite so drastisch verschwinden zu sehen! Seine Lippen sind immer kalt und so dünn geworden, sein Zahnfleisch scheint zurückgegangen zu sein. Seine Augen werden größer. Wie gut, dass er die Schmerzmittel hat! Anders könnten wir dies nicht machen.

Aber das ist nur die eine Seite. Sie ist groß, ja, sie ist mächtig, und sie ist Zerstörung pur – wenn man nur mit dem einen Auge darauf schaut. Ich habe zwei Augen, und mein anderes Auge sieht einen Amo, den ich wenig gekannt, aber immer geahnt und gespürt habe. Der lange und still schaut. Der dankbar ist für jede schöne Sekunde, für jede noch so kleine Liebesgeste und der mir etwas unsagbar Großes schenkt: Ich darf so sehr und so tief lieben wie nie zuvor, ich darf mich in seinem Blick auflösen vor Liebe und werde dabei neu, werde die liebende Siri, die ich immer werden wollte, ganz von allein. Und ich sehe und spüre, wie dasselbe auch ihm geschieht: Wenn die Angst ihn nicht greift, ist er rein und pur – und das macht ihn schön.

Donnerstag, 9. September 2010
Ich muss mir mal kurz was von der Seele schreiben, damit ich es los bin: Wir sind von der Reise zurück, wir sind bei mir und ich höre Johanns Worte damals nach Oslo: Es war schön, aber ich hätte es nicht machen dürfen.

Beim Frühstück kam ein Anflug von Gespräch auf. Unsere tiefen Morgengespräche im Bett gibt es nicht mehr. Amo hat Schmerzen im Bein, trotz der Opiate. »Meinst du, ich soll mir was gegen Venenentzündung aus der Apotheke holen?«

»Nein«, sagte ich, »du hast keine Venenentzündung. Du brauchst eine höhere Dosis Schmerzmittel.« Oh, das war für ihn schwer anzunehmen. Ich glaube, mit all den Salben, die er auf Arme und Beine streicht und die ihm leider den Schmerz nicht nehmen, versucht er,

nicht hinsehen zu müssen, es nicht wahr werden zu lassen. Dabei dachte ich, er hat es jetzt angenommen. Aber das geht wohl nicht so leicht und nicht so glatt.

Bei der nächsten Gelegenheit pflaumte er mich an. Er suchte meine Gartenliege, und während ich noch am Anziehen war und mich einmal um mich und nicht um ihn kümmerte und nur sagte »Draußen um die Ecke«, kam in ziemlich giftiger Tonart von ihm, dass meine Larifari-Auskünfte ihm nichts nützten, er wolle endlich wissen, wo die Liege sei.

Er hat sich zum Glück schnell wieder eingekriegt. Jetzt liegt er mir gegenüber in ebendieser Liege, will eigentlich lesen und schläft immer wieder ein. Ich höre es an den seltsamen Kicksern, die er im Schlaf macht, seit der Krebs in der Lunge ist. Er scheint heute noch schwächer zu sein, wohl, weil wir gestern beim Biodanza waren und sogar getanzt haben. Beides wollte er unbedingt. Und das Bad in der Musik und im frohen Miteinander all der Menschen tat ihm gut. Er sah glücklich aus. Hätten wir es dennoch nicht machen sollen? Warum? Ist es ein Gewinn, drei oder vier Tage länger zu leben, weil man auf irgendetwas verzichtet hat?

Heute Nachmittag, er hatte lange im Liegestuhl draußen geschlafen, das trübe Morgenwetter hat sich immerhin zu 20° und diffusem Sonnenschein überwunden, tat sein linkes Bein so weh, als er aufstand und es belastete, dass die Aushaltegrenze erreicht war. Wieder wollte er unbedingt zu einer Apotheke und irgendwas zum Einreiben kaufen. Für die Venen. Wieder riet ich ihm, noch mehr von den Schmerztropfen zu nehmen. Er war wie in Aufruhr, und es fehlte nicht viel, dass er mich angegriffen hätte. Er rief Sylvia an, ob sie eine Venensalbe hätte. Wenn ich richtig gehört habe, ermutigte sie ihn auch, noch mehr Schmerzmittel zu nehmen. Er hat es dann tatsächlich getan.

Ich habe mich zu ihm gesetzt, draußen, er im Liegestuhl, halb unter dem Sonnendach, das er mir letztes Jahr gekauft hat, das wir zusammen aufgebaut und unter dem wir so oft gesessen haben. Viele Frühstücke, oft mit Blümchen um meinen Teller.

Wir redeten, und irgendwann wurde es echt. »Es kommt mir so komisch vor, gegen die Schmerzen im Bein Opiate zu nehmen.«

»Aber das tust du doch die ganze Zeit«, sagte ich. »Es ist nur wieder ein Stück schlimmer geworden. Das ist schwer, nicht?«

Er nickte. »Tut mir leid, dass ich manchmal so stur bin.«

Als er vorhin so aggressiv wurde, habe ich gedacht: Ein Glück, dass ich Montag für zwei Tage wegfahre zum Arbeiten. Das gibt mir eine

Verschnaufpause von alldem. Jetzt denke ich: Schade, dass ich weg muss! Aber ich habe schon zu viele Aufträge abgesagt, ich muss wieder arbeiten, sonst holen die Auftraggeber sich jemand anderes und ich bin raus. Und mein tiefrotes Konto braucht dringend Futter.

Dennoch – mir ist es so schade um jede Stunde, die ich nicht mit ihm sein kann. Und die Momente, in denen er merkwürdig wird, kann ich nun mühelos ertragen. Für mich heißt das jedes Mal: Aha, jetzt sind wir nicht mehr beieinander, aber ich muss das nicht mitmachen. Ich stelle mir dann einfach vor, dass meine Seele trotzdem bei seiner ist. Und dann mag gerade los sein, was will: unsere Seelen lächeln einander an. Das habe ich durch ihn gelernt und nicht nur das. Manches ist schwer mit ihm, aber es wiegt nichts im Vergleich zu den Gaben, die ich von ihm oder durch ihn bekomme.

Samstag, 11. September 2010
Ein Engel geht zwischen uns, was wir auch tun, wohin wir auch gehen. Er hält Amo an seiner einen und mich an seiner anderen Hand, doch für uns fühlt es sich an, als würden wir uns an den Händen halten. Wir können nichts mehr unternehmen. Wir brauchen es auch nicht. Wenn ich morgens mit dem Frühstück raus in meinen Waldgarten komme, wenn er aufschaut und dieses Lächeln in seine Züge springt, dieses überwältigende, aus tiefstem Herzen hervorleuchtende Lächeln, während er noch die letzte kleine Blume hinlegt, damit der Blumenkranz um meinen Teller vollständig ist, dann ist das schöner und wunderbarer als am Meer zu sein oder aus dem Bett auf einen silbernen See schauen zu können.

Wir reden meist nur noch praktische Dinge wie »Möchtest du noch ein halbes Brötchen? Soll ich es dir bestreichen?« Dafür schauen wir uns viel an. Ich sehe in seine Augen, er sieht in meine, und wir sind bezaubert davon, was ein Mensch dem anderen sein kann, ohne dass es Worte dafür braucht. Wir wachen morgens in meinem Bett auf, schauen zusammen hinaus in den Himmel, und dann drehe ich mich zu ihm und unsere Augen tauchen ineinander. Diese Berührung ist die schönste, die tiefste, die ich kenne.

Mittwoch, 15. September 2010
Morgen will Amo sein Testament aufsetzen und hat mich gebeten, ihm dabei zu helfen. Er möchte alles geregelt und geordnet haben.

»Sonst hab ich eigentlich abgeschlossen. Ich bin mit allem im Reinen«, sagte er vorhin, als wir noch eine Weile unterm Sternenhimmel saßen. Ihm war drinnen zu heiß. Sein Empfinden für warm und kalt scheint sich völlig verändert zu haben.

Ich hatte es ihm schon angesehen, dass wichtiges ihn ihm vorging. Sein Gesicht hatte sich verändert seit heute Nachmittag. Es trägt ein großes, dankbares Lächeln, und das scheint von irgendwo her zu kommen, wo er manchmal schon ein wenig ist und wohin ich ihm nicht folgen kann.

Als er heute Nachmittag im Liegestuhl fragte, ob er Hinrich, seinen Arzt, bitten solle, seiner Mutter zu sagen, was mit ihm ist, kamen mir sofort die Tränen. Montag kommt Amos Mama. Ich fürchte, sie sieht ihren Sohn zum letzten Mal. Ich fühle sehr mit ihr, Mutterschmerz ist schlimm.

»Nein«, sagte er dann, »ich sage es ihr selbst.«

Gesendet: Mittwoch, 22. September 2010 22:02,
Betreff: Danke, dass du in mein Leben gekommen bist!
Mein Liebster,
ich muss dir einfach schreiben, auch wenn ich dich anrufen könnte. Aber das ist nicht dasselbe. Das Geschriebene bleibt. Ich muss dir schreiben, wie glücklich ich über so vieles bin, was ich mit dir teilen darf und was du mir eröffnet hast. Deine Musik, dein Singen, die Reisen, ach, Liebster, ich bin todmüde, es war ein harter Arbeitstag heute und morgen muss ich noch mehr arbeiten, aber ich möchte dir so viel sagen, mein Herz möchte sich am liebsten ausschütten bei dir und mit dir zusammen. Ich weiß, dass ich dir auch viel schenke, und ich bin froh darüber.

Deine Geschenke hab ich mir auf der langen Autofahrt hierher angeschaut. Sie haben mein Leben verändert. Die Bewegung, die du hineingebracht hast, wird mir nicht mehr verlorengehen, das weiß ich. Und jetzt schenkst du mir noch etwas Großes: Seit wir offen mit dem Tod umgehen und ihn einfach in Ruhe erwarten, sind wir ganz von allein zu unseren Anfängen zurückgekehrt. Zu unserer Ehrlichkeit. Zu unserer Offenheit. Wir weinen nun zwar viel öfter, aber wir sind uns dabei so nah. Es ist eine sehr besondere, sehr kostbare Zeit mit dir.

Wir sprechen miteinander, als könnten es unsere letzten Worte sein, wir schauen einander an, als würden wir uns vielleicht schon morgen nicht mehr in die Augen sehen können. Und wir sind voller Glück!

Wir müssen deshalb nicht über den Aufruhr in deinem Körper schweigen, im Gegenteil, es ist sogar leichter, darüber zu sprechen. Was für ein Wunder das alles ist!

Wie dankbar bin ich dir, dass du in mein Leben getreten bist und es vollkommen verändert hast! Es war ein Wagnis und manchmal schwer, aber du hast dich eingelassen und bist dran geblieben. Danke für dein Vertrauen. Danke für dein offenes Herz und deine Bereitschaft, es immer wieder zu öffnen. Und danke, dass du mir beigebracht hast, mein eigenes Licht vor mir her leuchten zu lassen!
Ich liebe dich, Siri

Samstag, 25. September 2010
Ich habe nur einen Tag frei, aber ich wäre sogar noch weiter gefahren, um bei ihm sein zu können. Wir hatten jeden Abend telefoniert, es war schön, aber ich musste ihn sehen. Er liegt im Bett, eigentlich den ganzen Tag schon, schläft oder döst und ist sehr still. Manchmal fühlt es sich so an, als wäre er gar nicht mehr da. Ich setze oder lege mich immer wieder neben ihn. Er kann es nicht ertragen, in den Arm genommen und gehalten zu werden. Nicht, dass ihm alles wehtäte, Gott sei Dank nicht! Aber die Luftknappheit gibt ihm wohl ein Gefühl von Enge. Sobald ich neben ihm bin, greift er nach meiner Hand oder legt seine Hand auf meinen Körper, genießt es auch, wenn ich über ihn hinwegklettere, um zum Klo zu gehen, fasst mich an, streichelt mich, lächelt. Sein Lächeln ist so rein, so schön, wie ich es noch nie bei einem Menschen gesehen habe.

Heute Morgen bin ich aus einem seltsamen Traum aufgewacht. Ich war auf einer Autofähre über einen Fluss, aber kein einziges Auto, sondern nur viele, viele Menschen waren darauf, standen eng beisammen. Eine Schaffnerin mit einer Schaffnergeldtasche vor dem Bauch stand in der Mitte, und jeder drängte sich durch die Menge nach und nach zu ihr hin und bezahlte die Überfahrt. Ich stand eine Weile in ihrer Nähe und war erstaunt: Von jedem nahm sie einen anderen Preis! Und jedes Mal rief ich geradezu begeistert aus: »Das ist ja wenig!« Es ging um Beträge wie fünfzig Cent, auch ich musste nur sehr wenig bezahlen. Sie lächelte mich lieb an, als sie mir das Geld abnahm, und ich war auf eine beschwingte Weise vergnügt.

Ich erzählte es Amo, und während ich mich dabei immer besser erinnerte, war mir plötzlich die Bedeutung des Traums klar: Diese Fähre fuhr über den Fluss zwischen Diesseits und Jenseits. Und jeder überquert diesen Fluss auf seine Art – man sagt ja, wie man gelebt hat, so stirbt man auch. Dass ich so erfreut, fast schon begeistert war, wie wenig es kostet, ist für mich die Botschaft, dass es ganz leicht sein kann. Ja, sagte Amo, so, wie ich bin, so gehe ich, und was soll ich fürchten, wenn ich mir nichts Schlimmes aufgeladen habe? Ich weiß doch, dass ich ins Licht gehe.

Dienstag, 28. September 2010
Müde bin ich, sehr müde, und gleichzeitig sehr wach. Ich bin dreihundert Kilometer weit weg von ihm, hab den ganzen Tag gearbeitet, bin danach gleich ins Hotelzimmer und musste mich hinlegen, so kaputt war ich. Aber jetzt könnte ich direkt ins Auto steigen und zu ihm fahren. Wir haben eben telefoniert, und er sagt, nein, bleib da, du kommst doch sowieso morgen Nachmittag, den einen Tag nimm noch mit, du brauchst das Geld.

Er wird gut umsorgt von seinen Freunden, vor allem von Samana, die ihm am nächsten steht. Sie ist viel bei ihm, sie haben sehr tiefe Gespräche, sagt er. »Wenn wir überhaupt reden«, fügt er mit einem kleinen Lachen in der Stimme an. Und gleich darauf: »Ich bin müde, wir sprechen morgen wieder, ja?« Er sagt es so sanft, so liebevoll, dass mir die Tränen kommen, und ich lasse sie einfach laufen, als ich ihm antworte: »Schlaf schön, mein Herzelieb. Hab wunderschöne Träume!«

Jetzt kann ich nicht aufhören, an ihn zu denken und kann vor Sehnsucht nicht schlafen.

Freitag, 1. Oktober 2010
Als er gestern anrief, als ich seine ersten Worte hörte, berührte mich etwas, das – das kann ich nicht schreiben, das kann man nur fühlen. Es war wie ein Schwelbrand, aber als er sagte »Ich bin okay. Mach dir keine Sorgen. Mach deinen Job da oben im Norden zu Ende. Keine Sorge, sie kümmern sich sehr gut um mich. Besonders Samana. Bin jetzt müde«, da züngelten die ersten Flammen.

Samana übernahm, sagte nur Hallo, dann nichts, ging wohl mit dem Telefon erst ins andere Zimmer. Sie sprach nüchtern. Leise. Manches verstand ich nicht ganz. Das machte nichts. Das Wesentliche war mir klar. War mir schon klar gewesen, bevor sie ein Wort gesagt hatte. Sie sorgte nur dafür, dass die züngelnden Flammen jetzt richtig *hochschlugen. Noch während wir redeten, begann ich meine Sachen zu packen. Sagte dann per AB den letzten Arbeitstag ab, sprang ins Auto. Fuhr. Fuhr und fuhr in die beginnende Dunkelheit hinein.*

Zwei Tage schon! Warum hatte er nichts gesagt, wir hatten jeden Abend telefoniert. Zwei Tage schon kam er nur noch mit Mühe aus dem Bett. Seine Freunde hatten ihm einen Klorollstuhl besorgt. Samana war jetzt wohl fast ständig bei ihm.

Die Flammen in mir brannten auch vor Scham. Warum hatte ich diesen Auftrag angenommen? Ja, Amo hatte mich ermutigt, aber ich hatte es doch schon geahnt. Oder zumindest bestand die Möglichkeit, dass es ihm plötzlich schlechter gehen könnte. Warum hatte er denn nichts gesagt? Immer nur war alles gut gewesen. Nichts von dem Klorollstuhl und nichts von dem Sauerstoff. »Wie, Sauerstoff?«, hatte ich gerufen, als Samana auch das berichtete, das konnte ich mir nicht anhören, das konnte ich nicht reinlassen in meinen Kopf, nur bis ins Ohr. »Mit Maske und so? Wird er richtig beatmet?«

»Nein, nur so kleine Schläuche, die man in die Nasenlöcher steckt. Ist nur zusätzlich. Einfach eine Zugabe, damit er genug Sauerstoff hat. Aber er atmet ja. Essen allerdings tut er kaum noch.«

Als ich ankam, war Samana bei ihm in seiner Wohnung, sie schloss gerade die Badezimmertür hinter sich. Hatte eine von diesen altmodischen weißen Emailleschüsseln in der Hand. »Wir haben ihm sein Schlafzimmer fertiggemacht«, sagte sie und legte kurz den freien Arm um mich als angedeutete Umarmung.

Amo saß mit tief gebeugtem Kopf auf der Bettkante und atmete schwer. Einen Meter von ihm weg stand dieses fahrbare Klo. Selbst der Weg war schon zu weit …

Ich war sofort bei ihm. Ging vor ihm auf die Knie, damit ich ihm ins Gesicht sehen konnte. Er nahm mich wahr, aber mehr auch nicht. »Amo!«

Er sah mich an mit seinen tiefblauen Augen. Angst war darin. »Noch so eine Nacht ertrage ich nicht«, flüsterte er.

»Was ist passiert?«

Amo schien nicht weiter reden zu können. Er atmete und atmete, den Kopf noch mehr gesenkt.

Samana hantierte im Hintergrund.

»Habt ihr seinen Arzt nicht geholt?«, rief ich entgeistert.

»Der ist nicht da, und einen anderen will Amo nicht. Aber er muss den Sauerstoffschlauch nur wieder umlegen, dann hat er auch genug Luft.«

Amo war schon dabei, sich hinzulegen, was nicht ganz einfach war, denn sein Doppelbett hatte jetzt auf einer Seite eine Pflegebettauflage, so dass es viel höher war. Er fummelte zwei Abzweiger von dem Schlauch, der auf seinem Kopfkissen lag, in seine Nasenlöcher.

Ich stand da und kam mir wie ein Möbelstück vor. Alle waren schon auf etwas eingestimmt, wovon ich bis vor kurzem nichts gewusst hatte. Ich war in eine völlig veränderte Welt zurückgekommen, eine Welt der leisen Stimmen, der Hilfsmittel, die ein Sterbezimmer aus Amos Schlafzimmer gemacht hatten, der Stundenpläne, wer wann bei ihm ist. Samana würde gleich von einer anderen Hausbewohnerin abgelöst werden, sagte sie, und ich kam mir noch mehr vor, als wäre ich gar nicht da.

Als Amo dann dalag, mich endlich wirklich ansah, erklärte er mit leiser, aber bestimmter Stimme, dass er niemand anderen als Samana oder mich mehr bei sich haben wollte. Wir machten ab, dass nachts eine von uns an seinem Bett blieb und die jeweils andere nebenan auf dem Sofa schlafen würde, so dass sie notfalls ganz schnell da wäre.

Erst, als Samana gegangen war und ich kurz geduscht und die Sachen, die ich nur im Job trage, gegen andere ausgetauscht hatte, erst da konnte ich langsam wieder in unser Gemeinsames finden.

Ich zündete viele Kerzen an, denn es wollte schon Abend werden. Amo saß halb, halb lag er im Bett und schaute unverwandt den Buddha an, der dem Bett gegenüber auf der kleinen Kommode sitzt und den er vor kurzem noch mit bunten Perlenketten geschmückt hat. Ich setzte mich zu ihm auf die Bettkante, legte meine Hand auf seine, schaute ihn an, schaute und schaute, denn es war, als müsste ich ihn erst kennenlernen, den Amo, der er jetzt war. Fremd und vertraut in einem. So wenige Tage ich weg gewesen war, so entscheidend waren sie anscheinend gewesen. Langsam kam ich zur Ruhe. Da erst fanden unsere Blicke sich und umarmten einander.

Und die Liebe trat zu uns und breitete weit ihre Flügel über uns aus, und ich konnte nur lächeln und lächeln, in seine Augen lächeln, während mir die Tränen liefen, und obwohl er nur ganz groß schaute, wusste ich, dass auch er in dieser Liebe schwamm.

Sonntag, 3. Oktober 2010
Ich hatte Angst vor der Nacht gehabt, und sie war nicht leicht. Er schlief schnell ein, aber bald wachte er wieder auf, stöhnte und flüsterte: »Ich krieg keine Luft!«

»Du atmest doch, Amo, du atmest ganz tief!«

»Ja, Aber es kommt nicht in meine Lunge!« Seine Augen wurden weit vor Angst. Da fing ich an zu reden. Wie ein Bach redete ich. Ununterbrochen. Flüssig. Ruhig. »Stell dir vor, wir stehen zusammen am Strand, weißt du noch im Frühsommer, als wir in meiner alten Heimat waren, weißt du noch, dieser stille Ort an der Flensburger Förde, wo wir fast allein auf dem wilden Parkplatz standen? Es gab ein wenig weiter Toiletten, und schon hatten wir genug, um dort ein paar Tage im Auto zu wohnen. Und du weißt, wie schön es war, und dieses freie Gefühl, der Wind, der immer durchs Gebüsch ging, dass es wie fließendes Wasser klang, und gleich der Strand, schmal nur, aber dafür war auch das Glucksen der auslaufenden Wellen zu hören, weißt du noch, das Meer war still und so weit, so groß und es duftete nach Salz und Tang, auch ein wenig nach Gras, nach Bäumen und nach dem Rapsfeld, das sich weit ausdehnte gleich nebenan. Stell dir vor, da stehst du, schaust hinaus, und der leise Wind trägt die köstliche Luft direkt in deine Lungen, du brauchst nur ein wenig den Mund zu öffnen, und sie füllen sich, und dein Brustkorb wird weit und dein Herz wird wieder ruhig und froh, du atmest ohne Mühe, du atmest all die Weite in dich hinein ...«

So redete ich und redete, und Amo schloss die Augen, und wir standen beisammen am Strand und atmeten gemeinsam in großen, freien Zügen und nach einer Weile schlief er wieder ein. Das ging ein paar Mal, und ich war froh, sehr, sehr froh, dass es mir immer gelang, ihn aus der Angst herauszuführen. Aber am anderen Morgen fürchtete er sich trotzdem vor der nächsten Nacht. Und ich fürchtete mich vor den nächsten Tagen. Es war die alte Angst, es könnte schlimm werden, ich müsste hilflos zusehen, wie er sich quälte, ich würde womöglich sogar versagen. Ich konnte nicht mehr schlafen, weder, wenn ich neben seinem Bett auf einer Liege lag, noch nebenan im anderen Zimmer auf der Schlafcouch. Ich schlief einfach nicht ein, es war höchstens mal ein Dämmern. Ich hörte alles, was geschah, wenn Samana bei ihm wachte, und ich war sofort da, wenn er in Atemnot kam.

Tagsüber saß ich bei ihm, so viel ich konnte. Dann hatte er keine Angst, dann redete er mitunter ganz munter oder wir schauten uns ununterbrochen an. Stunden, so scheint mir, schauten wir einander nur an, und es war so viel Liebe in seinem Blick, dass mir die Tränen liefen.

»Du musst doch nicht traurig sein. Sei nicht traurig, bitte.«

»Ach, Amo, es ist so – schade!«, schoss es aus mir heraus.

Ich konnte nicht weitersprechen, musste mich erst beruhigen mit vielen tiefen Atemzügen. Dann sagte ich leise: »Wir haben so darum gerungen, in die Liebe zu finden. Wir haben so viel erreicht, und jetzt, wo wir die Früchte ernten könnten, jetzt musst du gehen!« Ich konnte das Schluchzen nicht länger zurückhalten. Wie ein Kind weinte ich, haltlos und untröstlich. Er streichelte über meine Hand. Ein kleines Lachen war in seiner Stimme, als er sagte: »Das nimmst du doch alles mit in deine nächste Liebe!«

Dienstag, 5. Oktober 2010
Vielleicht wird alles wirklicher, wenn ich es aufschreibe. Vielleicht kann ich es auch nicht, vielleicht geht es mir wie mit Johann damals, dass ich es nicht anrühren kann, vielleicht muss es noch eine Weile in der Schwebe zwischen wirklich und unwirklich bleiben.

Ich versuche es.

Gestern Abend, als die Angst vor der Nacht Amos Augen mehr und mehr verdunkelte, erreichte Samanas Mann endlich Amos Arzt und Freund Heinrich, und er kam sofort. Er bat uns, ihn mit Amo allein zu lassen, blieb lange bei ihm, und als er sich danach zu uns setzte, erzählte er uns, was Amo ihm gesagt hätte: »Ich möchte jetzt gerne sterben, aber ich weiß nicht, wie ich das machen soll.«

»Es geht ganz von allein«, hatte Heinrich ihm versichert. »Und bis dahin kannst du es einfach haben. Du bekommst ein Beruhigungsmittel, dann schnürt dir die Angst nicht mehr die Atemwege zu, denn atmen kannst du eigentlich gut genug, es ist nur die Verkrampfung durch die Angst, die dir die Kehle zu macht. Du wirst ganz entspannt einschlafen, und so wird es auch die nächsten Nächte sein.«

»Ja?«, hat Amo gefragt, und ich sah vor mir, wie er dabei geguckt hatte, diesen Blick voller Vertrauen und Staunen.

Ich war so erleichtert, so glücklich, das zu hören. Und erst recht, als Heinrich mich bat, mit ihm zu kommen in seine Praxis und dieses Beruhigungsmittel zu holen, dann könnte Amo es sofort nehmen. Als ich mit dem Mittel und ein paar wichtigen Anweisungen zurückkam, war mir, als dürfte ich Amos Engel sein, der ihm den Weg durch eine gute Nacht frei von allen Qualen bereiten kann.

Es war erst später Nachmittag. Samana war bei ihm, wir ließen ihn keine Sekunde mehr allein. Ich hielt das Röhrchen mit dem Beruhigungsmittel wie eine Siegestrophäe hoch und rief: »Nie wieder Atemnot!«, und wir drei kamen in eine so frohe Stimmung, dass wir nur noch Quatsch machten und albern waren. Irgendwann beendeten wir diesen Nachmittag voll zarter Gemeinsamkeit mit einem stillen Gebet.

Samana ging, ich blieb. Ich wollte nicht mehr weg von Amo, wollte auch nicht, dass sie mich ablöst in der Nacht, ich konnte eh nicht schlafen.

»Ich bin nebenan auf der Couch, wenn du mich brauchst, weckst du mich«, sagte sie zu mir, berührte Amos Hand und schloss die Tür.

Amo mochte schon gestern nichts essen, und als ich ihm anbot, einen kleinen Brei oder so etwas zu machen, der hätte ihm doch letztens so gut geschmeckt, sah er mich so entgeistert an, als würde ich von etwas sprechen, von dem er zwar wüsste und das ihm tatsächlich einst geschmeckt hatte, aber das nicht zu seiner Welt gehörte und auch nicht hinein passte. Er winkte mich zu sich heran, und ich dachte, dass er gern das Wundermittel, die Beruhigungstablette, wollte, weil er müde zu werden begann.

Aber er zog mich an der Hand, dass ich mich zu ihm setze, und er schaute mir warm und voller Liebe in die Augen. Ich wollte nicht weinen, wollte es ihm nicht schwer machen, aber ich machte es mir schwer und kam doch nicht dagegen an. Die Tränen liefen mir wie Bäche. Er drückte leicht meine Finger, und ich wusste, dass er mir etwas sagen wollte. Er lächelte so sanft und es war so viel Liebe in mir und um uns, dass ich schon deshalb weinte. Amo hub trotzdem an und fragte mich mit großem Ernst: »Wir bleiben verbunden, ja?«

»Ja«, sagte ich und nickte, und ich mochte nicht davon lassen, in seinen Augen in die Liebe zu einzutauchen.

Amo hob ein wenig die Brauen. Etwas Klares kam in seinen Blick. »Die Liebe ist stark wie der Tod.« Er sprach auch sehr klar.

»Ja«, konnte ich bloß sagen.

»Das sagt das Hohelied in der Bibel«, erklärte er, und ich merkte, wie sehr das Sprechen ihn anstrengte. »Aber sie ist stärker als der Tod.«

Ich nickte. »Ja«, flüsterte ich. Es klang schön und zuversichtlich, und dennoch liefen mir die Tränen immer weiter, liefen jetzt so sehr, dass ich ein Tuch nehmen und mein Gesicht damit bedecken musste. Als ich dahinter wieder hervor schaute, war ein Ausdruck in Amos Augen, den ich nie vergessen werde. Als sei er weit erhoben, schaute er, fern schon und tief im Frieden. Zugleich sah er sehr müde aus.

»Möchtest du jetzt das Mittel zum Schlafen nehmen?«

»Ja.« Er schob sich ein wenig hoch in den Kissen, auf denen er eh mehr saß als lag.

Als hätte sie es gehört, kam Samana in diesem Moment mit einem Glas Wasser ins Zimmer. Ich gab Amo zwei von den Tabletten und er nahm sie ein und trank das gereichte Wasser hinterher und meinte, dass nun ja wohl alles gut werden würde und lachte, und wir mussten auch lachen, und er drohte uns mit dem Finger und sagte: »Und dass ihr nicht weggeht, wenn ich eingeschlafen bin!« Es war spaßig gesagt, und doch erkannte ich in seinem Blick, wie wichtig es für ihn war.

»Nein«, beteuerte ich sofort.

»Dann ist ja gut!«

Ich atmete auf. Er war so plötzlich wieder lebhaft und fröhlich, als wären es nicht Beruhigungstabletten, sondern das Gegenteil.

»Soll ich dir ein bisschen die Füße massieren?«, fiel mir ein, ihn zu fragen. Wir hatten das früher oft gegenseitig getan.

»Ihr beide,« griente er. »Jede einen.«

Samana und ich setzten uns also beide an sein Fußende, holten jede einen seiner Füße unter der Bettdecke hervor und begannen sie sanft zu streicheln und zu kneten.

»Wir sind deine beiden Geishas«, spöttelte ich, und er lachte tief von unten heraus, ungebremste reine Freude.

Eine Weile noch massierten wir und machten kleine Späße, wurden stiller, und irgendwann sagte er: »Ist gut jetzt. Danke!« Er schob sich etwas mehr in die Waagerechte, legte die rechte Hand mit abgewinkeltem Arm unter den Kopf, lächelte uns zu, murmelte noch einmal »Danke« und schloss die Augen. Wir blieben still bei ihm stehen, jeder an einer Seite seines Betts, und es dauerte nicht lange, da wurde sein Atem sehr tief.

Ich sagte Samana gute Nacht, legte mich auf den Liegestuhl neben Amos Bett, in dem ich schon die Nacht davor verbracht hatte und sah ihm im Licht der beiden Kerzen, die rechts und links von seinem Buddha standen, beim Schlafen zu. Ich selbst würde wach bleiben, schon weil er so laut atmete, aber ich würde mich die ganze Nacht darüber freuen, dass er so gut, so leicht, so tief atmen konnte und so ruhig schlafen. Ich selbst war mehr als wach, mehr als aufmerksam.

Irgendwann schreckte ich hoch. Ich musste doch eingenickt gewesen sein. Es war still. Sehr still. Kein Atmen. Bevor ich noch den Blick zu Amo wandte, wusste ich es: In diesem vielleicht nur winzigen Moment, in dem ich geschlafen hatte, war er gegangen. Er musste mich noch einmal angeschaut haben. Seine Augen waren offen und auf mich gerichtet, sein Arm immer noch angewinkelt unter seinem Kopf, und er sah schön aus, still und friedlich und sehr schön.

Nein, ich hatte mich getäuscht, er atmete! Es klang wie ein Schnappen nach Luft, es ging durch seinen ganzen Körper. Oh, Herr im Himmel, er hatte Atemnot!

Ich war schon auf den Beinen, war schon neben ihm, wollte auf seine Brust drücken – und erkannte mitten in alldem, dass aus seinen offenen Augen niemand mehr schaute. Kein Lidschlag. Kein Blick. Ich nahm das Tuch vom Nachttisch, tunkte es in die Schale mit Wasser dort, befeuchtete seine Lippen, seine Stirn, wie ich es so oft getan hatte. Das Schnappen kam noch einmal und nach einer Weile ein drittes Mal, ohne dass Amo einen einzigen Lidschlag getan hätte. Er war gegangen, es war mir klar, aber ich stand da und schaute auf ihn hinunter, ich sah es, ich wusste es – und konnte es nicht begreifen.

»Amo?« flüsterte ich, oder vielleicht hab ich es auch nur gedacht.

Irgendwann setzte mich zu ihm aufs Bett, berührte seine Hand und zog meine sofort zurück. Man fühlt, wenn unter der Haut kein Leben mehr ist. Ich schloss die Lider, konzentrierte mich auf mich und meinen rasenden Atem. Als ich so weit war, dass ich es tun konnte, legte ich meine Hand sehr vorsichtig auf seine Augen und schloss sie ihm so sanft, so zart ich konnte.

»Danke, mein Amo, danke für alles«, flüsterte ich und küsste ihn auf die Stirn.

Er sah aus wie ein König, der auf einen hohen Berg gestiegen ist und sein Reich betrachtet, das in der Herrlichkeit des Sonnenaufgangs zu seinen Füßen liegt, und der, wie um dieses Bild dankbar zu genießen, für einen Moment die Augen geschlossen hat.

Und dieses Gesicht, dass so friedlich, so königlich und erhaben war, sprach zu mir. Du brauchst keine Angst zu haben, sagte es. Nicht einmal vorm Sterben. Die Liebe ist viel stärker als der Tod.

***

Liebe Freunde,

hier stehe ich an Amos Sarg, um mich mit euch zusammen von ihm zu verabschieden. Dass er in Frieden und würdevoll gegangen ist, das seht ihr an seinem Gesicht. Und so passt dieses schöne Zelt sehr gut, das einige von euch heute Nachmittag aufgebaut und mit diesen kostbaren Tüchern geschmückt haben und in das seine besten Freunde dann seinen Sarg mit seinem Körper getragen haben. Auch passt es sehr, finde ich, dass sein Chor um ihn herum aufgestellt steht und für ihn gesungen hat und noch mehr singen wird. Das ist ein Fest, wie Amo es sich gewünscht hätte.

Er hatte sich auch gewünscht, dass ich euch von uns erzähle. Die letzten eineinhalb Jahre gingen so rasant schnell vorüber und wir waren so beschäftigt, dass nur wenige von euch up to date sein dürften.

Amo und ich hatten uns gegenseitig eingeladen, miteinander so tief in die Liebe zu gehen, wie es uns nur möglich wäre. Das war nicht immer leicht. Wir fingen an, miteinander zu ringen und holten uns etliche Verletzungen dabei. Doch zum Glück sind wir irgendwann aufgewacht. Von da an haben wir gemeinsam gerungen. Denn es gab zahllose Schatten und Schrecken, die sich uns in den Weg stellen wollten. Aber hinter jedem Schrecken haben wir eine alte Angst entdeckt und viele davon durch Verstehen und Vertrauen heilen können. Und hinter jedem Schatten lag ein alter Schmerz und wollte nicht mehr weggestoßen, sondern endlich gefühlt werden. Wir haben einander dabei geholfen.

Wir wollten die Liebe. Wir wollten sie ganz. Darunter war es für uns nicht zu machen. Die Berge von Schutt, die sich zwischen ihr und uns auftürmten, schaufelten wir jeden Tag wieder weg. Manchmal konnte man zusehen, wie sie wuchsen. Ein falsches Wort, eine schräge Gemütslage, und die Arbeit ging wieder von vorn los.

Auch unsere letzten gemeinsamen Monate waren nicht konfliktfrei, und wir hatten beide Angst vor dem, was auf uns zukam. Wir haben es uns eingestanden, uns an die Hand genommen und sind mit immer kleineren Schritten weitergegangen. Aber ob es Tanzen war oder Reisen oder Singen, wir haben mit Liegestuhl und Schmerzmitteln im Gepäck noch fast bis zuletzt viel Schönes erlebt. Am Ende konnten wir sogar einverstanden sein mit dem, was geschehen würde. Da war es leicht, in der Liebe zu bleiben, da war es sogar leicht, Seite an Seite mit dem Tod zu leben, auch wenn er mich oft zum Weinen brachte.

Könnt ihr euch vorstellen, wie dankbar ich bin? Dieser Mann, der mir am Anfang manchmal etwas naiv erschien, hat mir das kostbarste aller Geschenke gemacht: mir mein Herz zu öffnen. Und ich danke euch allen, die ihr mir in der Zeit, als ihr dann nach und nach von seiner Krankheit wusstet, geschrieben, mich angerufen und mich in eure Fürsorge und euer Mitgefühl warm gebettet habt.

Amo fehlt mir manchmal so sehr, dass es wie mit Messern in mir sticht. Aber in anderen Momenten spüre ich seine stille Gegenwart. Wir sind unserer gegenseitigen Einladung, soweit wir nur irgend konnten, gefolgt. Wir folgen ihr noch immer. Und jetzt, da einer von uns befreit ist von der menschlichen Beschränktheit, ist die Liebe so leicht!

Danke, dass ihr alle zu seinem letzten Fest gekommen seid.

Danke, Amo. Danke für alles.

***

Fred lag vollkommen still und mit geschlossenen Augen in seinem Kissen. Siri legte die Hand auf seine, was sie zwischendrin auch schon mehrmals getan hatte, um zu schauen, ob er nicht vielleicht eingeschlafen war. Aber auch jetzt öffnete er die Augen und schaute sie an, als sei er weit fort gewesen und noch nicht ganz zurück. Er schien sich zu sammeln, wanderte mit dem Blick zum Fenster und dort hinaus und räusperte sich.

»Wie alt ist Amo geworden?«

»Zweiundsechzig.«

»Nicht sehr alt.« Freds Blick kam zu Siri zurück, und sie meinte, ihm anzusehen, dass er eben nicht nur Amos Sterben mit ihr zusammen nacherlebt hatte, ihm mussten auch eigene Erinnerungen gekommen sein und standen ihm wohl noch vor Augen. »Glaubst du, es war wirklich leicht war für Amo – er hatte Angst zu ersticken!«

»Am Ende nicht mehr. Das sah man. Er war im Tod nicht nur schön – er sah irgendwie – erhoben aus.«

Fred nickte nur und wirkte immer noch, als sei er woanders.

»Denkst du gerade an Marlen?«

»Ja.«

»Ist sie in Frieden gestorben?«

Er zog die Schultern hoch. Sein Moustache machte eine Wellenbewegung von den Rändern zu Mitte hin, während seine Oberlippe sich kräuselte. »Das wüsste ich gerne. Sie war im Krankenhaus und es ist nachts und recht schnell passiert. Ich habe sie nicht mehr gesehen. Ich hätte es natürlich gekonnt, als sie tot war, aber ich wollte mich nicht im Leichenkeller von ihr verabschieden. Sie war im Frieden, das weiß ich, und wir waren es auch.«

Siri nickte. Freds Blick schweifte wieder aus dem Fenster. »Ein schönes Beispiel, wie Sterben auch sein kann, deine Geschichte. Schön und tröstlich.«, murmelte er. Dann fasste er Siri sehr intensiv ins Auge. »Und du? Einmal kurz sprichst du in dem Brief an eure Freunde von deiner Trauer. Aber insgesamt wirkst du so gefasst. Als Marlen gegangen ist, war ich verzweifelt.«

»Amo war so sicher gewesen, ins Licht zu gehen. Die ganzen letzten Wochen und Tage haben wir dieses Licht schon um uns gespürt. Wo sonst hätte ich ihn so gut hingehen lassen können? Zuerst war ich froh, dass er es geschafft hatte – und gut geschafft. Aber dann …

Zuerst hab ich wie in einem Rausch unzählige von Amos Dingen geregelt und viele Menschen gesprochen und noch mehr Papiere geordnet und Behörden zufriedengestellt. Als es endlich ruhiger wurde in meinem Leben, wurde es plötzlich unumstößlich zur Wirklichkeit: Ich hatte mir Amos geliebtes Gesicht so sehr eingeprägt, jeden Fleck, jede Unebenheit, jeden Ausdruck, den es annehmen konnte, den leichten Druck seiner Hand, wenn er neben mir im Bett lag, nie mehr könnte ich den spüren, nie mehr seine Stimme hören, ihn nie wieder anschauen und dabei das kleine Muttermal auf seinem Nasenflügel betrachten, als wäre es ein ganz besonderes Schönheitsmal.

Stattdessen die Urne mit seiner Asche. Er hatte sich gewünscht, dass ich davon an gewissen Stellen etwas verstreute. Dort, wo er glücklich gewesen war, wo er hingehört hatte. Zuerst bei mir und bei ihm im Garten. Vielleicht hätte ich sie nicht mit den Fingern berühren sollen. Als ich spürte, dass diese Asche kein Staub war, sondern feinkörnig, schoss der Gedanke in mich hinein, dass diese Körnung von Knochen herrühren musste, seinen Knochen, und wenn ich auch noch so fest daran glaubte, dass Amo weiter existierte, nur in einer anderen Form – *dies* zu erfahren, dieses letzte Wissen über seine Körperlichkeit, die für immer vergangen war, löste ein Feuer in mir aus, einen eisigen Brand. Ich schleppte mich durch meine Tage, und die Trauerschmerzen wurden schlimmer und schlimmer. Es schmerzte in meinem ganzen Körper, in meinem ganzen Sein.«

Fred schloss die Augen wieder, presste sie regelrecht zu und drückte zugleich die Hand auf seine Brust. Pfeifend zog er den Atem ein.

»Du kennst das auch, nicht?«, flüsterte Siri.

Fred schwieg lange. Siri wartete.

»Sie ist gut gestorben, meine Frau«, sagte er dann. »Ich hab es dir ja erzählt, sie war ohne Groll und Trauer. Sie hat ihren Tod angenommen wie Amo. Trotzdem war es nicht leicht, auch sie hat eine Weile im Sterben gelegen und trotz aller Hilfsmittel gelitten. Genau wie du hab ich mein eigenes Leiden dabei gar nicht mehr mitbekommen, hatte mich selbst ausgeblendet, wollte nur für sie da sein.« Jetzt erst öffnete Fred die Augen wieder. Sein Blick, der Siris Augen suchte, war dringlich. »Ich konnte sie gehen lassen, weil es nicht anders ging. Ich konnte auch mit ihr zusammen weinen, als sie noch da war. So wie ihr beide. Aber ich konnte nicht trauern. Ich hab das gar nicht gemerkt. Ich dachte, wenn man jemanden gehen lassen kann, hat man natürlich auch keine Trauer, das würde ja nicht zusammenpassen. Du hast Amo auch gehen lassen können, aber du hast auch getrauert. Eben, als du davon erzählt hast, hab ich mit dir getrauert. Um Amo, den ich doch gar nicht gekannt habe, und um eure Liebe, die nicht mehr weiter leben konnte – jedenfalls nicht auf natürliche Art ...« Er hielt inne, schaute wie in sich hinein.

»Ja, das wird es wohl sein, was ich meine ... Ich glaube, meine Trauer, die – die sitzt irgendwo fest. Da ist so ein Klotz, wenn ich an Marlen denke, irgendwas wie ein verschnürtes Paket. Ich denke fast nie an sie.«

Siri nickte. »Ich glaub, ich kenne das, Fred. Es gibt noch eine Nachgeschichte zu meiner mit Amo. Da hab ich genau darüber geschrieben.«

»Kannst du die nicht auch noch vorlesen? Oder ist sie zu lang?«

»Sehr lang ist sie nicht.«

»Machst du's?«

»Ja, klar.«

***

Amo war gegangen, aber ich habe weiter mit ihm gesprochen. Sehr oft. Wir teilten das Leben nach wie vor, eigentlich sogar intensiver als vorher: Ich fuhr im Auto zu einem Job und redete und redete mit ihm und hörte seine Antworten, und als ich ankam, war ich so erfüllt von Liebe, war so freundlich zu den Leuten und so gut in meinem Fach, dass ich sie alle bezauberte.

Kam ich aber zurück in mein kleines Haus, leer und still, kein Amo im Sessel oder auf der Couch, kein frohes Lachen in seinem Gesicht, auch kein Amo, den ich anrufen könnte – wenn ich dann versuchte, in meinem Inneren weiter mit ihm zu sprechen, kam ein rasender Schmerz und verschloss es.

Und so, wie es an den einzelnen Tagen einen Höhenflug und dann ein eisigkaltes Tal gab, so war es insgesamt mit der Verbindung zu ihm, und schließlich wurden unsere Gespräche seltener.

War Amo nur, weil ich dauernd mit ihm oder auch über ihn sprach, noch »da«? Weil ich an ihn dachte, an die Person, die er war? Aber Erinnerungen verblassen ...

Die Verbindung schwächte sich immer mehr ab, und das tat sehr weh. Ich verlor Amo zum zweiten Mal. Wie enttäuscht war ich von mir! Ich konnte nicht halten, was wir einander versprochen hatten: Wir bleiben verbunden.

In meiner Not ging ich schließlich zu Lia, einer Frau, die man als Medium bezeichnete. Sie hatte angeblich die Fähigkeit, als Kanal eine Verbindung zu der sogenannten Quelle, einer nicht weltlichen, sehr weisen Wesenheit und auch zu Seelen, die im Augenblick nicht inkarniert sind, aufzunehmen und Botschaften von ihnen weiterzugeben. Durch solche Durchsagen sollten auch die Bücher über die Seele entstanden sein, aus denen ich in der Anfangszeit mit Amo so viel geschöpft hatte und deren Erstes, das ich in die Hände bekommen hatte, mit den Worten »Wir sind hier, um lieben zu lernen« begann. Ich sah dies alles inzwischen als interessante Denkmöglichkeiten, meine bedingungslose Gläubigkeit gab es nicht mehr.

Als ich Lia von Amo erzählte und davon, dass ich die Verbindung mit ihm verliere, musste ich sofort sehr weinen. Sie schlug vor, direkt mit Amos Seele Kontakt aufzunehmen. Dazu wollte sie ein paar Eckdaten über uns und über ihn wissen. Wenn sie sich wirklich mit ihm verbinden kann, dachte ich, dann braucht sie keine Informationen von mir. Also sagte ich ihr zwar einiges, aber ich blieb vorsichtig und sparsam damit.

Lia sagte: »Erwarten Sie nicht, Ihren Freund sprechen zu hören, so wie Sie es kannten. Wenn wir das Glück haben, dass er zu Ihnen spricht, dann aus einer weit übergeordneten Seinsform heraus.«

Meine Skepsis meldete sich erneut: Sie will mich vorbereiten, denn natürlich werde ich nicht Amo hören, sondern sie.

»Was möchten Sie ihn gerne fragen?« Lia sprach sanft und schien voller Mitgefühl zu sein, zugleich aber auch sehr gelassen. »Sagen Sie es so, als ob Sie ihn direkt ansprechen. Dann kann ich es weitergeben.«

Wieder drängten Tränen hoch; mein Hals wurde eng und in der Brust saß eine Pfeilspitze. »Amo, Liebster«, flüsterte ich.

»Bitte etwas lauter.« Lias ruhige, freundliche und völlig sachliche Art zu sprechen brachte mich wieder so weit ins Gleichgewicht, dass ich das Nötigste herausbrachte.

»Amo, du weißt es bestimmt auch: die Verbindung zwischen uns wird immer schwächer.« Es war merkwürdig, so vor einer anderen Person mit ihm zu sprechen. Ich konnte nur noch flüstern: »Ich spüre dich seit einiger Zeit kaum noch. Kannst du nicht etwas tun?«

Lia schloss die Augen und schien sich zu versenken. Nach einer Weile sagte sie. »Ja, er ist da.« Sie nahm einen sehr langen Atemzug und begann dann auf ungewöhnlich langsame Art, mit viel hellerer Stimme als vorher und mit einer irgendwie feierlichen Satzmelodie zu sprechen.

Noch immer weinst du? Ich bin doch so oft an deiner Seite! Ich bin gegangen und geblieben. Nicht um die Trauer zu verlängern, sondern um dir Trost zu spenden. Lebe weiter. Erlebe. Und teile mit mir das Erlebte. Lass dich begleiten. Du schreitest voran, ich folge dir leise. Schon immer schreiten wir gemeinsam durch die Leben. Es gibt eine Verbundenheit, eine Nähe, die uns nährt. Die Trennung ist nur vorübergehend. In Wirklichkeit ist es keine Trennung. Ich mag dir fehlen, weil ich meinen Körper verlassen habe, doch mehr als je zuvor spürst du meine Präsenz. Und wenn du fürchtest, dass sich meine Energie langsam von dir entfernen würde, ist dies ein Missverständnis. In Wirklichkeit ist es so, dass sich der gesunde Teil deines Menschseins mit neuen Ideen und Gedanken füllt, die mich sehr glücklich machen. Du beobachtest das Nachlassen des akuten Schmerzes. So ist es gut. Je freier du dich fühlst, umso größer ist die Möglichkeit für dich, meine Energie für uns beide gewinnvoll aufzufangen und umzusetzen.

Wenig Zeit stand uns zur Verfügung, um die tiefe und über alle Leben wachsende Liebe füreinander zu erkennen. Gräme dich nicht, Sisu, wir haben Zeit, wir haben die Ewigkeit.

Mir liefen die Tränen. Lia hielt inne, öffnete halb die Augen und sagte sehr leise: »Gibt es noch etwas, das Sie ihn fragen möchten?«

Ich war zu ergriffen, zu geschockt für irgendetwas. Sisu. Einmal, ein einziges Mal hatte Amo mich so genannt, es war ein Versprecher gewesen, wir hatten darüber gelacht und Witze gemacht. Diesen Namen konnte Lia nicht kennen, niemand kannte ihn.

»Ja?«, fragte sie nach.

»Hat er wirklich Sisu gesagt?«, stammelte ich.

»Sisu, ja. Das war ganz klar.«

Durch den Sturzbach von Tränen hindurch schluchzte ich, dass er mir bitte noch etwas zu dieser über alle Leben gewachsene Liebe sagen möge. Lia versenkte sich wieder. Nach einer Weile kam:

Meine menschliche Gestalt war die Hülle, die dir und mir ermöglichte, uns wiederzuerkennen. Du weißt es, es war dein erster Blick in meine Augen, du hast mich gleich erkannt. Du wirst mich auch erkennen, wenn du dein Leben beendest.

Genieße die Zeit, die du noch auf der Welt verbringen darfst, genieße sie in vollen Zügen! Liebe! Lasse dich lieben! Genieße die Möglichkeiten der Freude, der Berührung, der körperlichen Ekstase, die dein Fleischsein dir ermöglicht. Du darfst! Du sollst! Du kannst!

Durch dich umhüllt mich der Duft der Erinnerungen. Wie wertvoll war mein Leben, wie schön und satt, trotz aller Hindernisse. So wünsche ich auch dir bei deinem letzten Atemzug diese Bilanz ziehen zu können. Pack das Leben an, nimm dir, was du brauchst, was dich erfreut, was du fühlst. Sicherheit, Wohlstand sind wichtig, stehen aber nicht am Anfang deines Lebensbuches.

Ich ziehe mich nun zurück, ohne je Abschied von dir zu nehmen. Für alle Zeiten bleibt die Glückseligkeit, die ich an deiner Seite erfahren durfte.

Lia behielt noch eine Weile die Augen geschlossenen. Ich wischte mir die Tränen ab. Sie liefen weiter. Ich musste hier weg, ich musste allein sein. Was ich gerade erlebt hatte, das warf mich um, wenn ich mich nicht irgendwo festhielt, und ich hatte es noch nicht mal ganz an mich herangelassen. Aber genau das wollte ich. An mich heran und in mich hinein. Diese Worte waren mein größter Schatz, ich hatte sie mit dem Handy aufgenommen, ich wollte sie hören, immer wieder hören.

»Ist ihr verstorbener Freund ein stark spiritueller Mensch gewesen? Vielleicht sogar Priester?« Lia sah mich mit leicht geneigtem Kopf an.

»Nein.« Ich packte meine Sachen zusammen. Und erinnerte mich: Amo war an dieser Schule für werdende Priester gewesen. Seine Besuche in Kirchen. Wie er dort gesessen hatte, sehr still und mit weit offenen Augen, weniger versunken als vielmehr sehr wach.

»Er hat ungewöhnlich gesprochen, für mich wirkte es sehr priesterlich«, ergänzte sie.

Ich nickte. Nach Hause. Allein sein. Mit mir passierte etwas. Es war groß. Es war machtvoll. Und es sollte sich nicht einfach über mich stülpen, ich wollte es wach wahrnehmen, ich wollte wissen, was es war und was passierte.

Ich bedankte mich zu oberflächlich, verabschiedete mich zu schnell, erklärte nichts, hoffte, Lia würde es verstehen. So, wie sie nickte, ernst und doch warm, tat sie das wohl.

Zuhause zog es mich in den Garten. Ich fand mich an einer Stelle wieder, wo ich vollkommen von Gebüsch umgeben war, geschützt wie in einem Nest. Ich stand da und atmete und atmete so intensiv und tief ich konnte. Etwas war mit mir, etwas geschah, mein Herz galoppierte, als könnte ich im nächsten Moment ohnmächtig hingestreckt werden. Und? Hier war das Gras so hoch, dass es mich auffangen würde, oder auch die Büsche, in denen Insekten summten. Hier war ich geborgen. Ich wollte nur eins: zulassen, was da mit mir geschah, nichts mehr entgegensetzen. Ich wollte mich weit öffnen. Und mit jedem Atemzug begriff ich ein wenig mehr. Oder nein: Ich wusste. Ich wusste plötzlich von der Seele.

Ich wusste, wieviel mehr eine Seele war, wie viel mehr als ein Ich. Und doch ist sie beides.

Es war vollkommen selbstverständlich und doch jenseits aller Worte und mein Beschreiben reicht nicht an das heran, was mir da geschah. Manchmal versucht mein Humor, mir zu helfen, dann flüstert er mir zu: »Es war, als wenn du betankt worden wärst.«

Im Gras liegend fand ich mich wieder. Alles war anders. Die Siri, die nun aus meinen Augen schaute, lag nicht bloß im Gras. Sie *war* das Gras. Keiner der Halme, die sie kitzelten, war verschieden von ihr. Und was sie atmete, das mochte Luft sein, doch war sie selbst genauso Luft. Was sie sah, was sie berührte, schmeckte, roch, sogar das, was sie mit dem Verstand begriff, alles *war* sie auch. Doch zugleich war sie anders als das Gras, anders als die Büsche, die Insekten, die Gerüche – nur war sie nicht mehr verschieden, und dass sie anders war, änderte daran nichts.

Es war wie damals im Meer, als das Wasser in mir war und ich in ihm, als wir uns durchdrangen und doch jeder für sich waren …

Mehr kann ich nicht erzählen, weil es nicht erzählbar ist. Es war *viel* mehr. Ich, die ich sonst in den Worten und Gedanken großartige Helfer habe, fürchte mich jetzt vor ihnen. Sie machen alles klein, wenn ich sie lasse, weil sie selbst zu klein sind.

Niemals könnten sie genügen für das, was ich bei jenem kurzen und nie mehr zu löschenden Einblick auf Amos Seele erhaschte, und ich habe seine Seele nicht nur gesehen, das war das Wenigste, sie hat mich nicht nur berührt – es war mehr, viel mehr, aber es ist zu groß und zu frei, es kann nicht in Begriffen eingegrenzt werden. Vielleicht war es ein wenig so, wie ich den Stein mit den Mooshaaren neben meiner Hand, ohne ihn zu berühren, ohne ihn anzusehen, deutlich wahrnahm, als könnte er mich auch auf andere Weise berühren, als könnte er sich auch auf andere Weise zeigen.

Da lag ich, war in einem seidenfeinen Zustand und auf eine überirdische Weise glücklich, mehr als glücklich, vielleicht ist das Glückseligkeit, dachte ich noch – und spürte plötzlich, wie erschöpft ich war. Ich musste ins Haus, legte mich sofort ins Bett. Und weinte vor Liebe. Amo, flüsterte ich immer wieder.

Und ich wusste es klar und krass: Seit seinem Tod hatte ich nicht ein einziges Mal mit *ihm* gesprochen. Nur mit Amo, den ich als Mensch gekannt hatte, nur mit einer Erinnerung.

Ich begann sofort, die inneren Bilder von ihm wegzulegen, und so erschöpft ich war, ich nahm auch alle wirklichen Bilder von ihm ab und räumte sie mit allen Erinnerungsstücken in eine Schublade. Ich hörte auf damit, dir den Klang seiner Stimme in Erinnerung rufen zu wollen und erst recht die Worte und Sätze, die für ihn so typisch waren, ich hörte auf, mir die kleinen Flecken auf seiner Haut, die ich so oft mit meinem Blick gestreichelt hatte, wach zu rufen. Den Amo, den ich gekannt hatte, gab es so nicht mehr.

Doch seine Seele gab es und sie wartete auf mich. Erst da begann ich, Amos Stimme zu hören. Sie nährt mich heute noch.

Ich weiß natürlich sehr genau, dass ich dies *glaube*, und auch wenn dieser mein Glaube ein starkes inneres Wissen ist, hat es mit jenem Wissen, das erlernbar und vergleichbar ist, nichts gemeinsam. Den

meisten Menschen bedeutet dies erlernbare Wissen alles und das andere nichts. Mir bedeutet das andere alles. Denn für das eine braucht
es nur die richtigen Quellen der Information. Das andere bedarf der
Gnade.

***

Teil III

»Das hast du für mich geschrieben.« Fred schaute Siri an, schien sie aber gar nicht zu sehen.

Siri nickte. »Ja, vielleicht.«

»Danke!«

»Gerne.«

Erst als Fred seine Augen länger schloss, nahm Siri seine Hand von ihrem Arm und legte sie auf die Bettdecke, erhob sich dann, bog ihren strapazierten Rücken durch und ging hinaus.

»Mir geht es gut. Sehr gut«, gab Fred ihr mit. »Muss mich nur etwas erholen. Sag das bitte den anderen.«

                                     *

Seit gestern Nachmittag schon schlief der Wind und die Wogen waren nach und nach zu Wellen geworden. Es war das zweite, höchstens das dritte Mal, seit Siri hier lebte, dass sie morgens auf ihrem Balkon von unten die Stimmen der Frauen in der Küche hören konnte und das Klappern von Geschirr. Und noch etwas hörte sie ab und an: das Krähen eines Hahns, fern und leise, aber eindeutig. Das nächste Haus in Richtung Leuchtturm und Ort war das von Sabine und Horst. Die beiden hatten Hühner und brachten manchmal frische Eier mit.

Beim Frühstück vorhin hatte Miró gefehlt, und Sabine hatte ihnen mitgeteilt, dass er sich nicht wohlfühle und keinen Besuch wolle. Sein neues Zimmer ging zwar zur großen Terrasse und zum Strandgarten, aber seine Fenster lagen abgetrennt von einer Mauer seitlich von dem Platz, an dem der Esstisch mit den Schirmen stand, so dass er dort seine Privatsphäre hatte, und die würde auch niemand stören. Sie alle wussten, dass er mitunter stärker als sonst beeinträchtigt war und dass er dann sehr missgelaunt wurde. Die Lähmung seiner Beine war nach einer aufwendigen Zahnbehandlung passiert, und als keine andere Diagnose bestätigt werden konnte, kam man darauf, dass es sich wohl um eine Art Vergiftung durch die Zahnfüllung gehandelt haben musste. Es stellte sich heraus, dass es Ablagerungen in seinem Gehirn gab, die die Lähmungen hervorriefen, und daher kam es, dass sein Zustand sich veränderte. Siri betete, dass es ihm bald wieder besser gehen würde.

Fred war gestern Abend doch zum Abendessen nach draußen gekommen, blass noch und bei jedem Schritt so vorsichtig, als würde der Boden ihn womöglich nicht tragen. Aber das hatte sich bald wieder gelegt. Beim Frühstück vorhin hatte Siri ihm angesehen, dass er am liebsten sofort zu Miró gegangen wäre, auch wenn er Mirós Wunsch, allein zu sein, sehr gut verstand. Miró und er waren eigentlich verabredet gewesen, nachher in den Ort zu fahren und im Planschbecken zu baden. »Das tut ihm immer so gut!«, hatte Fred mit einer Betonung und einer Miene gesagt, als könnte es Miró sofort und direkt heilen.

Nun genoss Siri die Stille hier auf ihrem Balkon, die auch sie still werden ließ. Unten bewegte sich das Meer nur ganz leicht, doch schienen es Bewegungen aus der Tiefe zu sein, die sich auf der Oberfläche nur als sachter Schwell bemerkbar machten. Das Türkis vornean blendete beinahe. Weiter draußen wurde es olivgrün, bevor es in tiefes Blau überging.

Es klopfte und die Tür zum Flur wurde geöffnet. Siri wandte sich erst nach einer kleinen Verzögerung und nur langsam um. Michelle stand dort und schaute sie fragend an, und Siri bedeutete ihr mit einem Nicken zu dem zweiten Korbsessel am Tisch, sich zu ihr zu setzen. Kaum saß Michelle, kam sie mit ihrem Anliegen heraus.

»Ich hab deinen Text fertig gelesen. Bin noch ganz da drin und frag mich, wie es mit deiner Trauer weitergegangen ist. Die war nicht weg nach diesem Erlebnis mit der Wahrsagerin, eher schlimmer, oder?«

»Sie war anders, aber nicht weg.«

»Warst du ganz allein damit?«

»Ich bin noch eine Weile in Amos Wohnung geblieben. Da war ich umgeben von seinen Freunden und auch von meinen. Trotzdem war ich damit ganz allein, ja.« Siri sah Michelle nicken und fügte hinzu: »Du weißt, was ich meine, du kennst es, nicht?«

»Ja.« Michelle hielt inne, senkte die Lider und schien in sich hineinzuhorchen. Nach einer Weile war es, als zuckte sie unmerklich zusammen, wie wenn sie zu sich gekommen wäre. »Und dann?« Ihr Blick war nicht nur fragend, mit darin war etwas wie Wagemut und gleichzeitig schien er verletzt.

Auch Siri brauchte einen Moment der Sammlung. Endlich lachte sie leise und sagte: »Dann hab ich was ganz Verrücktes gemacht! Ich kann es grad selbst kaum glauben.«

»Erzähl!«

In dem Augenblick klopfte es zum zweiten Mal und die Terrassentür zum Flur öffnete sich erneut. Hakan stand dort, seine Miene war leutselig und zugleich ein wenig unsicher.

»Kann ich dazukommen?«

»Ja, klar.« Siri deutete zu den Klappstühlen hinüber, die gestapelt an der Hauswand standen. Er nahm sich einen und stellte ihn an die freie Längsseite des Tisches, so dass er zwischen ihnen saß. »Danke«, murmelte er.

»Ich hab also was ganz Verrücktes gemacht«, setzte Siri mit einem Nicken zu Hakan hin ihre Erzählung fort. »Ich bin nach Indien gefahren. Amo hatte sich gewünscht, dass ein Teil seiner Asche in den Ganges gesetzt würde. Ich hatte nie dorthin gewollt, das Land war mir unheimlich. Außerdem hatte ich furchtbare Flugangst, und der Flug dauert ja sehr lange. Aber als Samana und ihr Mann dorthin flogen, hab ich die Gelegenheit wahrgenommen und mich angeschlossen – und das war gut. Sie haben mich unter die Arme genommen, bis ich allein gehen konnte. Nie war mir ein Land so fremd gewesen. Aber die beiden haben mich in allem instruiert, waren für mich da, und in dem kleinen Ort am Fuße des Himalaja, wo direkt am Ganges der Ashram von Amos und ihrer aller Lehrerin lag, waren noch andere von ihren gemeinsamen Freunden, die ich kannte. Und so konnte ich auch den indischen Teil von Amos Leben, der viel Raum eingenommen hatte, kennenlernen.

Als ich mich schon deutlich sicherer fühlte und wir Amos Asche in einem kleinen Boot aus Blättern, geschmückt mit schönen Blüten und einem Teelicht, den Ganges hinunter segeln lassen hatten, meine Trauer aber nicht mit ihm gesegelt, sondern erst recht aufgelodert war, tappte ich in ein Abenteuer, das bestens dafür geeignet war, mich alles andere vergessen zu lassen.«

Siri hielt inne und lächelte ihre Zuhörer an, die aber beide zum Meer schauten, Hakan mit den Ellenbogen auf dem Tisch, den Kopf in den Händen. »Was für'n Abenteuer?«, murmelte er.

»Ich bin mit einem sehr attraktiven, aber ständig bekifften Inder auf einem klapprigen Motorrad durch den Himalaja getourt. Fragt mich nicht, wie es dazu gekommen ist, das wäre noch mal eine ganz andere Geschichte, und die tut hier nichts zur Sache.«

Siri machte ein verschmitztes Gesicht, holte tief Luft und begann zu erzählen.

»Ein Sikh mit Bart und Turban und schwarzen, ernsten Augen lud mich zum Chai in eine Bude aus Plastikplanen ein, und als wir einander gegenüber am schmierigen Tisch saßen, sagte er: ›Life is a noble game. And I can see, that you are a noble player!‹

›I try to be it‹, sagte ich.

›Don't try it. Be it!‹

Sehr vehement hatte er das gesagt und dabei nach meiner Hand gegriffen. Er drehte die Innenfläche nach oben, beugte sich darüber und schaute lange darauf. Dann sagte er mir ein abenteuerliches und langes Leben voraus und dass ich siebenundachtzig werden würde. Sehr ernst genommen hab ich das nicht, wahrscheinlich sagte er jedem etwas in der Art. Es war sein Job, das war schnell klar, er erzählte wohl jedem Touristen, den er anlocken konnte, allerlei kluge Dinge, auch, dass er viele Leute zu ernähren hätte und darum mehr Rupien von mir wollte, als ich ihm gegeben hatte. Dennoch hatten seine Worte etwas mit ihr gemacht. Das sollte sich allerdings erst viel später zeigen.

Das mit den siebenundachtzig Jahren war mir mehr als egal. Ich wäre einverstanden gewesen, wäre ich im nächsten Moment abberufen worden von dieser Erde, damals in Indien war das so. Fast, als wollte ich es herausfordern, das Leben. Willst du mich? Dann nimm mich. Oder lass mich gehen! Ich hatte eine Art Lebensmüdigkeit. Bis dahin war mir immer klar gewesen, dass Amo stirbt und ich hierbleibe und weiterlebe. Es war richtig so, ich wollte es – aber als ich da war in seiner Wahlheimat, als seine Asche in einem Blätterschiffchen davongeschaukelt war, als mir die Trauer noch einmal und noch deutlicher zeigte, dass ich sie allein tragen musste, so schwer, so bitter sie auch gerade ist, da wurde mir klar, dass es mir *zu* schwer werden würde, wenn sich nicht irgendetwas deutlich änderte.

Da bin ich dann also mit dem bekifften Hindu auf dem Sozius eines klapprigen Mopeds durch den Himalaja geknattert. Er hatte mich angesprochen, hatte sich mir angedient als mein Guide, wollte mir das Tal der Blumen zeigen, es heißt zwar Tal, liegt aber zwischen drei- und sechstausend Meter hoch. Davon schwärmte er, als sei es das Himmelreich, und danach wollte er mit mir nach Badrinath – und davon schwärmte er noch mehr – eine heilige Stadt mit dem Badrinath-Tempel, die ein Hindu wenigstens einmal im Leben besuchen muss. Dass auch dieser Ort auf dreitausend Meter Höhe liegt und die Straßen dahin alles andere als befestigt sind, hatte er allerdings vorher nicht erzählt. Wahrscheinlich wäre ich trotzdem mitgefahren und wohl sogar auch dann, wenn ich alles andere auch vorher gewusst hätte. Ich war mir dessen nicht bewusst, aber ich hatte dem Leben ein Ultimatum gestellt: Nimm mich oder lass es! Also konnte es gar nicht gefährlich und abenteuerlich genug sein.

Es war Regenzeit, die ungeteerten Straßen an manchen Stellen reißende Bäche oder unter halbflüssigen Schlammlawinen verschüttet, es gab nirgends Leitplanken, wir fuhren meist nur zwanzig Zentimeter vom Abgrund entfernt – und ich wusste: Wenn ich Angst bekomme, wenn ich mich von ihr in den Griff kriegen lasse, dann wird das hier gefährlich, denn Angst steckt an, Verkrampfung steckt an. Und Vijay, mein Begleiter, musste unter allen Umständen angstfrei und entspannt bleiben, wenn dies hier gut gehen sollte.

Also stellte ich mir vor, dass wir von einem blauen Licht umhüllt und darin vor allen Gefahren geschützt wären. Ich stellte mir dieses Licht sehr intensiv vor, so stark und kraftvoll, dass wir wie in einem Kokon geborgen sicher durch die Berge fahren würden. Und damit war ich so beschäftigt, dass die Angst nirgends ein Schlupfloch fand, um in mich einzudringen. Vijay hätte sich wohl auch ohne das Licht nicht anstecken lassen, wir hatten nicht eine einzige Situation, in der das Motorrad auch nur leicht ins Schlingern gekommen wäre. Aber wer weiß! Vielleicht lag das ja genau an meinem blauen Licht.« Siri lachte auf.

»Mit jedem Tag, den wir fuhren und mit jeder Schlammlawine, vor der sich Autoschlangen gebildet hatten, die wir überholten, mit jeder brenzligen Begegnung mit dem Gegenverkehr schwand meine Angst weiter dahin. Manchmal hielt ich mich nicht mal mehr richtig fest. Wenn das Leben mich will, sagte ich mir wieder, dann werde ich leben. Wenn nicht, dann will ich lieber allein in den Abgrund stürzen statt festgeklammert an Mann und Motorrad.

So war ich in diesen Wochen. Rigoros. Verzweifelt. Und trotzig. Und auf diese Weise hab ich mich an die Vorstellung herangewagt, dass es auch mit mir jeden Moment vorbei sein könnte. Tage und Wochen hab ich damit gelebt. Und Serpentine für Serpentine habe ich besser und mehr begriffen, was das heißt. Schließlich hab ich ganz leicht und locker hinten auf dem Sozius gesessen, immer öfter auch seitlich, wie die indischen Frauen es taten, weil mir der Hintern schon so wehtat. Es war wahrlich kein komfortables Motorrad!« Wieder lachte Siri, ließ den Kopf nach hinten fallen und tauchte weiter in ihre Erinnerungen ein.

»Ich war Serpentine für Serpentine höher und wieder herab geholpert, und ja, das Leben war ein edles Spiel – aber zur edlen Spielerin wurde ich erst in dem Moment, als uns in der einhundertdreiundsiebzigsten Kurve ein viel zu schneller Bus entgegenkam, als mein Gefährte hervorragend reagierte und es mit lautem Hupen, Quietschen und einem halsbrecherischen Schlingern, dem ersten und einzigen der ganzen Reise, irgendwie gerade noch gut ging.

Da brauchte ich kein blaues Licht mehr. Und ganz gewiss nicht, weil ich glaubte, dass ich doch sowieso siebenundachtzig werden würde und also gegen alle Gefahren gefeit war. Was in jenem Moment mit mir passierte, lag jenseits aller Gedanken und ich glaube, auch jenseits von allem Fühlen. Es war wie ein Pakt, wie ein neuer Bund mit meinem und mit allem Leben – so kann ich versuchen, es ein wenig verständlich zu machen, ein Bund, der keine Abmachung oder sonstiges enthielt, sondern einzig aus Vertrauen bestand. Ich hatte aufgehört mit dieser merkwürdigen menschlichen Art, vom Tod zu wissen, aber doch immer heimlich zu glauben, er hole nur die anderen, man selbst würde verschont. Ein indischer Busfahrer hatte den Schleier fortgezogen und mich gezwungen, ihm und damit nicht dem Tod, sondern *meinem* Tod ins Gesicht zu sehen.

So fing mein wirkliches Leben an. Nicht, dass alles davor nicht mehr zählte. Einzig die Qualität ist seitdem eine andere – so, als sei ich vorher voran gestürmt, immer auf dem Weg zu irgendwelchen Zielen. Seitdem durchschreite ich mein Leben, und es ist so viel zu entdecken und so viel zu bestaunen, und alles möchte angeschaut, berochen, geschmeckt, befühlt werden.« Siri hatte die letzten Worte mit einem Lachen in der Stimme gesagt, und Michelle hatte heftig genickt. Hakan schaute halb zu ihr hin und doch irgendwo nach unten.

»Und dann?«, fragte er schließlich.

»Hier ist meine Geschichte zu Ende. Ich kann euch nur noch sagen, dass dieser Zustand mir geblieben ist. Als ich Wochen später allein ins Flugzeug gestiegen bin, die anderen waren längst zurück geflogen, hatte ich nicht die Spur von Flugangst mehr, im Gegenteil, ich habe den ganzen Flug über im siebenten Himmel geschwebt, denn dort oben über den Wolken, das wisst ihr vielleicht, ist es unglaublich schön. Ich konnte nur schauen und schauen.« Siri lachte erneut, ein leises, eher nach innen gerichtetes Lachen, nahm ein paar Schlucke aus dem Glas Wasser, das vor ihr stand und schloss die Augen. ›Kein Wunder, dass viele mich abgedreht finden‹, dachte sie. ›Das ist ja auch alles ziemlich verrückt.«

»Und der attraktive Inder?«, fragte Hakan.

»Ist in Indien geblieben. Leicht war das nicht für mich, wir waren uns nahegekommen.«

»Und deine Trauer wegen Amo? War sie vorbei?«, fragte Michelle und sah Siri zweifelnd und ein bisschen von oben herab an.

»Ja. Und das war sehr gut so. Es war notwendig, damit ich weiterleben konnte.«

»So ganz verrückt, wie es sich anhört, war es dann also doch nicht«, murmelte Hakan, ohne aufzusehen.

Siri legte die Hand auf seine, die auf dem Tisch ruhte, und streichelte sanft darüber hin. Sie suchte seinen Blick, als er sich ihr zuwandte, aber seiner sprang über ihre Schulter hinweg und rannte die schildförmig gebogene Küste entlang.

›Als ob er etwas sucht, immer wieder sucht‹, dachte Siri. ›Aber es scheint, dass er es gar nicht finden will.‹

*

Die Stille des Meeres, die noch gar keine war, es war ja nur sehr viel leiser geworden, schien sie alle schweigsam gemacht zu haben. Beim Mittagessen war es schon so gewesen, und nun beim Kaffeetrinken waren bislang nur wenige Worte umgegangen. Sie saßen noch am Tisch, jetzt im Halbkreis, so dass jeder direkt aufs Meer sehen konnte, und staunten es an, wie es so seidig schimmernd dalag. Hakan hatte es noch nie so ruhig gesehen und alle anderen schon lange nicht mehr.

Genau der richtige Moment, dachte Siri, als sie Gregors Räuspern und dann seine ersten Worte hörte und sofort ahnte, dass er dieses Gefühl, dass Fred beschrieben hatte, erleben wollte, diese Wärme, als hätte man nicht nur etwas von sich selbst erzählt, sondern zuvor einen starken Schnaps die Kehle runtergekippt, und innen wurde alles mollig und außen alles leicht.

Er richtete sich im Stuhl auf, atmete tief ein, machte sich noch ein Stück gerader und zog einen großen Vorrat an Luft ein. »Dieses Wetter heute«, sagte er dann, »dieser ganz andere Ozean erinnert mich an einen Tag mit meinen Kindern an der Nordsee. Wenn ihr wollt, würd' ich euch gern davon erzählen.«

»Unbedingt!«, sagte Hakan sofort.

Gregor sah fast erschrocken zu ihm hinüber. Aber Hakans Gesichtsausdruck war zugewandt und seine Miene sehr aufmerksam.

»Sehr gerne«, flötete Michelle.

Die anderen nickten, Siri blickte ihn mit hochgezogenen Brauen an.

»Also: Damals war das Meer auch so bleiern, so schwergängig wie jetzt hier. Allerdings erst am Abend. Nachmittags noch nicht.« Gregor hielt inne, schaute niemanden an, schaute nur hinaus, dorthin, wo der Blick sich in der Weite verliert, ohne verloren gehen zu können. Er schien dort draußen den Gleichmut finden zu wollen, den er wohl brauchte, um weiterreden zu können.

»Ich bin in Gedanken gerade viel bei meinen Kindern», hub er wieder an. »Ich hatte zu meiner Tochter schon lange keinen richtigen Kontakt mehr, aber gestern hab ich ihr eine Mail geschrieben und sie wissen lassen, dass ich das ändern möchte, und ihr könnt euch denken, dass es nicht ganz einfach ist, zu warten, ob eine Antwort kommt und wenn ja, was für eine. Und gerade ist eine Erinnerung zu mir gekommen und das so wach und eindringlich, dass ich sie euch unbedingt erzählen möchte.« Er hielt inne, und anscheinend nicht, weil er es wollte. Es schien, als hätte ihn nun doch der Mut verlassen. Oder vielleicht hatten ihn auch ungute Gedanken eingeholt.

Fred, der am anderen Ende des Halbkreises saß, beugte sich vor und wandte sich ihm zu. »Wie heißen deine Kinder, Gregor?«

Gregor schaute Fred an, als wäre er ihm für diesen Satz unendlich dankbar. Und die Geschichte ging wieder weiter.

»Freya und Gunnar. Damals war Gunnar acht oder neun Jahre alt, und Freya entsprechend sechs oder sieben. Sie sahen aus wie frisch gebackene Brötchen: Ihre Haare weißblond wie das Innere vom Brötchen, ihre Haut goldbraun wie das Äußere. Sie waren lebendig und fröhlich, rannten ins Wasser, dass es nur so spritzte, bauten dann wieder an ihrer riesigen Hafenanlage im feuchten Sand, und ich saß in der Nähe und versuchte, mich von ihnen anstecken zu lassen, aber das war schwer. Und ihr wisst wahrscheinlich: So tun, als ob, das geht bei Kindern nicht, die merken alles. Und was sie merken, das steckt sie auch an. Ich hatte darüber gelesen und auch geübt, meine Gedanken nicht einfach rumtanzen zu lassen, sondern aufzupassen, was und woran ich denke, und mich, wenn nötig, zu konzentrieren auf gute, warme, frohe Gedanken. Also hatte ich seit mittags nicht mehr an das gedacht, was morgens gewesen war, an diese schlitzschmalen Augen meiner Frau, die sie bekommen hatte, als ich es ihr gesagt hatte, daran, wie die Steilfalte auf ihrer Stirn sich sofort vertiefte und ihr Mund in einem Moment all seine Lieblichkeit verloren hatte. Wir hatten im Job beschlossen, dass wir mit unseren Kindern und Jugendlichen in Zukunft längere Aufenthalte in einer Hütte in Finnland machen würden, ein ziemlich gewagtes Unterfangen, fast schon Survival-Training, und das mindestens vier Wochen lang. Nur so bringt es auch was. Das war schon einmal im Gespräch gewesen und meine Frau hatte Nein dazu gesagt, das mache sie nicht mit.

Nun war nichts mehr daran zu ändern. Was ich ihr nicht erzählte, war, dass ich selbst nicht nur dafür gewesen war, sondern es sogar angeschoben hatte. Ja, ich würde dann meine eigenen Kinder länger

nicht sehen, und das war schade, aber der Gewinn, den die vernach-
lässigten Kinder und Jugendlichen haben würden, die noch nie wirklich Natur erlebt hatten, die noch nicht wussten, dass wir alle India-
nerblut in uns haben oder eben Wikingerblut, der ist so wertvoll, dass
ich nicht anders konnte. Vier solche Wochen könnten die Entscheidung darüber bringen, ob jemand sein Leben in den Griff bekam oder
im Suff oder sonst wo endete. Und wenn es nur einer von den sechs
wären, die wir mitnehmen wollten …

Ich hatte seit mittags nicht mehr daran gedacht, was ich meiner
Frau gesagt und wie sie reagiert hatte. Ich war froh gewesen, es endlich
rauszuhaben. Gleichzeitig hatte ich mich einen Jammerlappen geschimpft, weil ich doch wieder nicht wirklich ehrlich gewesen war,
weil ich ihr weisgemacht hatte, die Entscheidung sei von den anderen
gekommen. *Das* und nicht, was ich erzählt hatte, hat den Streit wohl
erst heftig gemacht, denn Beate hat die Wahrheit natürlich geahnt
oder gespürt, ich weiß nicht, wie Frauen das immer machen, jedenfalls
war das der Grund, warum ich allein hier am Strand mit unseren Kindern war und auch nicht wusste, wie es weitergehen würde. Sie hatte
ganz ruhig gemeint, dass sie auch mal Ferien verdient hätte von ihrem
immer gleichen, ganz normalen Alltag, den sie genauso hier im däni-
schen Ferienhaus hätte, außer dass es andere Betten seien, die sie bezog
und eine andere Küche, in der sie kochte. Sie hatte sich eine Tasche
gepackt, den Kindern erzählt, sie würde eine Freundin besuchen und
wüsste noch nicht genau, wann sie wieder da wäre, und weg war sie.
Ihr Zorn stand wie dicker Rauch im Raum, Fenster aufmachen nützte
nichts, also bin ich mit den Kindern über die Dünen geklettert und
meilenweit über den Riesenstrand bis zum Wasser gegangen. Ich hielt
das alles schön weg von mir, die Kinder hatten auch nicht nachgefragt,
umso besser, und als in der Nähe ein paar junge Männer ein Netz
aufbauten und anfingen, Volleyball zu spielen und mich einer von
ihnen fragte, ob ich mitmachen würde, ihnen fehle noch jemand, war
mir das sehr willkommen. Es waren sonst kaum Leute dort, der Strand
ist so riesig, dass es sich verteilt. Die Kinder hatten nichts dagegen, ich
spielte also mit, stieg offenbar mit jeder Runde in der Achtung meiner
Mitspieler – ich kann das einfach gut und hatte damals viel Übung –
und dann kam, was kommen musste …« Gregor hielt inne.

»Was kommen musste?« Michelle zog die Stirn krauser als kraus.

»Lass ihn doch mal Luft holen«, sagte Hakan ungewohnt sanft.

»Na ja«, hub Gregor an, »jetzt kommt das, was nicht so einfach zu
erzählen ist. Ich hab es nur aus dem Augenwinkel gesehen. Das reichte.

Ich wusste, bevor Gunnar überhaupt anfing zu schreien, dass das da draußen mein kleines Mädchen war, das bäuchlings im Wasser hing, ja, irgendwie sah es wie Hängen aus, die Arme leicht zur Seite, die Hände nach unten und der Kopf ebenso, nur die Haare spielten auf der Wasseroberfläche um ihn herum wie ein Lichtkranz. Es können nur Sekunden gewesen sein, da war ich bei ihr, es war noch nicht so tief, dass ich nicht mehr hätte stehen können, hatte sie gleich fest im Arm, bin mit ihr an den Strand zurück gespurtet und hab sie dabei an mich gedrückt und ihren Namen gerufen, immerzu »Freya, mein kleines Mädchen, wach auf, Freya, Freya.« Erst dort im Sand konnte ich mich vergewissern, was mit ihr war, rief dabei schon in mir wach, was ich bei der DLRG gelernt hatte, alles Wasser raus aus der Lunge, drücken, drücken und dann …

Ich legte sie hin, sah in ihr Gesichtchen, sie schlug die Augen auf und lächelte mich an wie ein Engel. Nichtsdestotrotz drückte ich ihr auf den Brustkorb, dass sie sofort hustete. Es kam aber kein Wasser, sondern ihre Augen wurden groß und sie versuchte, etwas zu sagen, und als ich einen Moment innehielt, kam: ›Wir haben doch bloß Tauchen geübt, Papi.‹«

Gregors Mund schloss sich, dann auch seine Augen, er atmete tief ein, und als er sie wieder öffnete, standen sie voll Wasser.

»Wir, hatte Freya gesagt«, rief Gregor, als sei es das folgenschwerste Wort, das er je gehört hatte. »Meine Blicke flogen sofort ringsum. ›Gunnar?‹ Keine Antwort. Ich sah ihn auch nirgends. Ich sprang auf, rannte wieder zum Wellensaum, aber wohin? Da war niemand im Wasser. Nirgends in der Nähe jedenfalls. Die Volleyballjungs standen inzwischen auch dort. Und dann sah ich ihn. Draußen mit einem der langen Wellenhügel kam er hoch und verschwand wieder hinter der nächsten Welle: Gunnars weißblonder Kopf. Ich hatte beiden eingeschärft, auf keinen Fall da rauszuschwimmen, auch wenn sie beide gute Schwimmer waren. Und ich wusste sofort, was passiert war: die Ebbe hatte eingesetzt, und es gab da draußen Stellen, wo der Sog beträchtlich war, der Sog, der einen weg zog vom Ufer. Nicht so sehr, dass man nicht dagegen angekommen wäre. Aber was ein Mann schafft und was ein Kind, kann sehr verschieden sein. Und mir fiel ein, dass *er* geschrien hatte, nicht Freya.

Ich stürzte mich ins Wasser. Ich merkte nicht, dass die Jungs dasselbe taten. Ich schwamm. Ich hatte damals noch viel Kraft, aber sie reichte mir bei weitem nicht. Den Blick auf Gunnar geheftet, gab ich alles, was ich hatte. Und sah meinen Jungen untergehen. Noch einmal tauchte er auf, schien aber aufgegeben zu haben. Und ich noch weit entfernt. Dann verschwand er. Vor meinen Augen ertrank mein Kind, und ich, der Rettungsschwimmer, viel zu weit weg. Wenn jemand untergeht, muss er nicht gleich tot sein, ja, aber ihn wiederfinden, das ist das Schwierige, das ist es, was ein Leben rettet oder auch nicht …

Und dann sah ich, dass einer von den Volleyball-Jungs an der Stelle war, an die ich die ganze Zeit meinen Blick festgeheftet hatte, auch wenn ich wusste, dass das draußen auf See Unsinn ist, es gibt nichts Festes zum Heften. Aber Gunnar war nicht wieder hochgekommen. Der Mann da vorne tauchte. Zwei andere von ihnen kamen dazu. Auch sie tauchten. Dann war ich auch da. Sie hatten ihn. Sie fassten ihn an, wie man es machen muss und trugen ihn schwimmend zurück in Richtung Strand. Seine Augen waren geschlossen. Ich konnte nur mitschwimmen, und ich verbot mir, auch nur einen Gedanken dahin zu richten, was passiert sein könnte. Ich sagte mir nur immerzu: Ein Glück, du bist Rettungsschwimmer, ein Glück, du weißt, wie man einen, der schon Wasser eingeatmet hat, wieder zurückholt, ein Glück, dass ihm nichts passieren kann, nichts passieren wird, dass er in den allerbesten Händen ist …

Sie legten ihn in den Sand. Er war schon blau, aber bei Bewusstsein. Er hatte auch noch nicht zu viel Wasser in der Lunge. Aber die Prozedur, ihn wieder voll zum Atmen zu bringen, hat Spuren bei ihm hinterlassen. Und nicht nur blaue Flecken auf seinem Oberkörper.«

Gregors Redefluss stand plötzlich still. Er konnte offenbar niemanden ansehen, und als er weitersprach, klang seine Stimme bröselig und vertrocknet.

»Gunnar, Freya und ich haben den Abend auf der aufgeklappten Couch verbracht – mit allen Kissen und Decken, die wir hatten, mit Chips und Salzstangen und Cola und Brause im Wohnzimmer unseres Ferienhauses. Man konnte aufs Meer sehen, und dort legte die Sonne im Untergehen ein grandioses Schauspiel hin. Wir sprachen miteinander wie drei Erwachsene, und vielleicht waren die beiden es in dem Moment mehr als ich. Als ich ihnen sagte, dass ich Angst um sie gehabt hatte, sah Gunnar mich zerknirscht und besorgt an und sagte: ›Entschuldigung, Papa.‹ Ich wollte schon anfangen, ihn zu beschwichtigen, da sagte auch Freya ›Entschuldigung‹, auch sie mit einem Blick, als machte sie sich Sorgen um mich. Da hab ich sie nur beide in den Arm genommen und an mich gedrückt und geflüstert, dass alles gut ist und dass ich so froh bin, dass sie bei mir sind. Aneinander gekuschelt sind wir eingeschlafen.

Später dann hab ich mitgekriegt, dass sie dachten, ihre Mutter sei ihretwegen nicht da. Unsere Erklärungen waren wohl zu fadenscheinig gewesen, Kinder haben ein gutes Gespür. Nicht ganz die Wahrheit ist auch die Wahrheit – so ein Denken geht bei ihnen nicht durch. Ihre Mutter ist in der Nacht noch wiedergekommen. Sie hat sich einfach zu uns gelegt. Das rechne ich ihr heute noch hoch an.« Gregor streckte seien Arme auf dem Tisch lang aus, als würde er etwas von sich wegschieben. Er sah auf seine Hände.

Es blieb lange still in der Runde, und das Schweigen verwob sich mit dem leisen Geräuschteppich der See, als wollte die Stille hörbar und darum umso gegenwärtiger sein.

Fred schien aus tiefer Versunkenheit aufzuwachen. Er atmete lange ein, sein Gesicht wurde lebendiger und er sagte mit erhobener Stimme: »Danke, Gregor! Du bist mir viel näher jetzt. Und ich bin neugierig geworden. Ich möchte mehr hören, viel mehr!« Er nickte zu Gregor hinüber, der jetzt aufschaute und die Lippen breit zog, kein Lächeln und doch eine zustimmende und anerkennende Miene.

Fred wandte sich Siri zu. »Dir möchte ich auch noch was sagen, Siri. Deine Texte sind ein Geschenk für mich. Danke! Du hattest Recht: Ich verstehe deine Einstellung zum Tod jetzt ganz anders, als du es durch noch so viele beschreibende Worte hättest rüberbringen können. Ich teil' sie zwar nicht, aber dafür hat meine sich verändert. Und ich fühl' mich besser damit, wie sie jetzt ist.«

Miró, der zum Kaffeetrinken doch wieder dazugekommen war, schaute mit erhobenem Kopf und vorgerecktem Kinn in die Ferne und murmelte wie nebenher: »Eigentlich wollte ich hier fast nur im Atelier sein. Und jetzt sitz ich dauernd mit euch zusammen. Schon, weil man nie wissen kann, ob man was verpasst.«

Siri lachte leise. Michelle sah Miró entgeistert an. Hakan grinste breit und sagte, wobei er die Mundwinkel nach unten zog: »Stimmt, manchmal könnte man hier echt was verpassen.« Zu Fred gewandt, fuhr er fort: »Zum Beispiel deine Spontanauftritte, die finde ich sehr besonders. Vor allem, wenn du dann hinterher in voller Aufmachung am Tisch sitzt und die Schminke langsam verläuft.«

»Ja, das finde ich auch fast noch am besten.« Fred klang neutral, sogar trocken, aber man sah ihm an, dass er es ironisch meinte und Hakans Spruch kein bisschen lustig fand. Hakan erhob sich, verbeugte sich leicht zur Tischrunde hin und ging.

Kann er nicht ertragen, was hier gerade passiert, fragte Siri sich. Gregor sah sie an. Sie ahnte, dass es ihm auf der Zunge lag, hinter

Hakan her zu rufen: ›Hey, Alter, kannst du uns mal erklären, was los ist mit dir?‹, und sie war froh, dass er es nicht tat.

Aber Fred rief: »Hakan, hast du noch eine Minute?«

Hakan blieb in der Tür stehen, das Gesicht gesenkt. Fred hob den Kopf, schaute zum Himmel, den die Sonne schon zu verlassen begann und auf dem hinten überm Leuchtturm der Mond hochkletterte, blass und beinahe durchsichtig. Es schien, als suchte er nach Worten. Auch Hakan hob den Blick. Als immer noch nichts von Fred kam, drehte sich zum Gehen.

»Was ist los mit dir, Alter?«, rief Miró. »Mal bist du die Hilfsbereitschaft und Freundlichkeit in Person, und dann bist du so abweisend, dass man sich schon Sorgen um dich macht.« Hakan machte nur eine wegwischende Handbewegung und ging weiter.

***

Ich brauche das Meer, dachte Siri. Ich brauche es zum Atmen. Und zum Gedankenfischen. Sie musste lachen, lachte hinaus zur Sonne, der sie wieder einmal beim Aufgehen zusah. Es war der zweite Tag ohne Wind und endlich war wirklich Stille. Das spiegelglatte Silberblau zeigte in Küstennähe tiefblaue Schlieren, wie wenn es dem Ozean zu langweilig wäre, einfach nur wie ein Spiegel auszusehen. Wie wunderbar das alles war: jeder Tag wie ein Kunstwerk – mit allem, was dazugehörte, dem glänzend Glatten und den Schatten.

Siri stand mit umgeschlagenem Tuch an der Balustrade, hielt mit jeder Hand einen Zipfel des Tuchs fest und breitete die Arme weit aus, so dass ihr nackter Körper atmen konnte. Bevor sie sich umdrehte, um zurück nach drinnen zu gehen, schlang sie die Arme um sich, dass sie ganz eingehüllt war in das große Tuch. Ihr Blick ging nach oben zu Hakans Tür, und ihr war, als würde sie dort eine leise Bewegung wahrnehmen. Aber ebenso konnte sie sich auch getäuscht haben. Wenn er sie gesehen hatte, würde er sicher demnächst fragen, ob sie sich vor ihm verhüllte – und in seiner augenblicklich so wechselhaften Gemütslage könnte es für ihn womöglich eine Bedeutung haben, die es gar nicht hatte. Für sie war es immer wie Baden gewesen, in aller Frühe nackt auf den Balkon zu gehen und sich vom Wind taufen zu lassen, doch wurde sie, wenn sie es etwas übertrieb, danach nur schwer wieder warm. Darum das Tuch – so konnte sie auch länger stehenbleiben, wenn ihr danach war.

Als sie später geduscht und in hellblauen, weiten Hosen und hellblau und hellgrün gestreifter Bluse mit einem großen Glas Wasser wieder an der Balustrade saß – es war noch ein wenig zu früh fürs Frühstück – hörte sie den Fahrstuhl rumpeln und die Fahrstuhltür sich scheppernd öffnen. Gleich darauf klopfte es, und die Tür zum Flur ging auf. Es überraschte sie, erschreckte sie fast, dass Hakan dort stand. Doch sie lächelte ihm entgegen, und er ging die paar Schritte zu ihr hin mit gesenktem Kopf, als müsste er sehr darauf achten, wo er hintrat. Diesmal holte er sich keinen Stuhl, sondern setzte sich mit angewinkeltem Bein in einem kleinen Abstand zu ihr halb auf die Balustrade, wie Gregor es oft tat. Den Gehstock behielt er in der Hand.

»Tut mir leid, das von gestern Abend«, murmelte er.

Es war deutlich sichtbar, wie peinlich ihm sein Auftritt war, und Siri war drauf und dran, etwas wie ›Braucht es nicht, ich wäre nur froh, wenn du mir den wahren Grund erzählst‹, zu sagen, da kam von ihm ein wenig zu laut und mit einem eindringlichen Blick in ihre Augen, den er im nächsten Moment aufs Meer hinaus schickte: »Möchtest du, dass ich gehe, Siri? Ich meine – von hier weg?«

»Nein! Ich bin froh, dass du hier bist!«

»Sag nicht sowas, das klingt falsch.«

»In deinen Ohren klingt das so? Kann es sein, dass du dich in etwas reingeschafft hast? Es ist ...«

»Siri, versuch es gar nicht erst. Du *kannst* mich gar nicht hierhaben wollen, auch wenn du dir verzweifelt Mühe gibst. Das ist ja auch lieb von dir.« Er drehte den Kopf wieder zu ihr hin. »Das meine ich ehrlich.« schob er noch hinterher, stand auf, beugte sich über sie, küsste sie flüchtig und war im nächsten Moment schon im Gehen.

»Hakan!«, rief sie.

Er setzte seinen Gehstock so energisch auf, dass Siris Ruf übertönt wurde, und ohne sich umzudrehen, schloss er hinter sich die Tür.

›Du kannst mich gar nicht hierhaben wollen ...‹ Was meinte er? Zwischen ihnen war nichts gewesen, was Grund sein könnte, ihn nicht hierhaben zu wollen. Und sie hatte ihn gewollt, sehr gewollt und tat es noch. Es war Zeit, dass sie ihn um ein Gespräch bat, seine Stimmungsschwankungen schienen mit ihr zu tun zu haben. Eifersucht? Nein, die würde sich anders äußern. Sie musste ihn fragen, ganz einfach – und ganz schwierig. Er kam ihr so überaus empfindlich vor, und er schien immer empfindlicher zu werden. Und zugleich schienen seine und Siris Weltsicht sich weit mehr voneinander entfernt zu haben. Aber vielleicht hatte es nur ein Missverständnis gegeben, vielleicht war es ganz leicht aufzuklären. Warum saß sie noch hier?

Im Aufstehen fiel ihr Blick auf die Muster der dunklen Schlieren, die den Spiegel der See verzierten. Sie hielten ihn fest für einen Moment – und ebenso ihre Gedanken. Und endlich hörte sie, was ihre innere Stimme ihr schon die ganze Zeit zu sagen versuchte: ›Lass *ihn* kommen, es kann nicht mehr lange dauern. Warte, bis er so weit ist. Du darfst ihm nichts aufzwingen!‹

Die Erleichterung war wie eine frische Brise. Ihre Gedanken ratterten zwar weiter, erzählten ihr aber nun von einem Gewitter, das es geben würde.

»Ja, ja«, murmelte sie. »Gewitter. Regen. Das wäre doch gut.«

✻

Michelle und Fred saßen schon am Tisch, offenbar intensiv ins Gespräch vertieft. Siri überlegte, ob sie mit dem Frühstück zu sich nach oben gehen sollte, um sie nicht zu stören. Oder war es nicht eher so, dass sie nicht gestört sein wollte? In letzter Zeit war viel geschehen und sehr unterschiedliche Dinge, und es war nicht irgendwas, es ging ihr alles sehr nah. Sie musste ein wenig auf sich achtgeben.

Sie ließ sich Zeit mit dem Auswählen der Dinge. Ein Brötchen auf jeden Fall, am meisten mochte sie die einfachen, und natürlich ein Croissant, die waren unwiderstehlich, und Frischkäse, Butter, etwas von der köstlichen Aprikosenmarmelade und heute mal nichts, was auch nur an Müsli erinnerte. Einen Apfel. Und eins von den Obstmessern, sie mochte Äpfel nur geschält und in Spalten geschnitten.

Als sie mit ihrem Tablett doch zu den beiden hinausging, hatten sie sich schon ihrem Frühstück zugewandt. Michelle murmelte noch mit vollem Mund: »Auf jeden Fall Danke, Fred!«, und Fred nickte und deutete ein Lächeln an, während er den Teebecher an die Lippen hob.

»Guten Morgen!« Siri stellte ihr Tablett bei dem Stuhl rechts neben Michelle und gegenüber von Fred auf den Tisch und setzte sich, und Michelle wandte sich ihr sofort zu und erzählte, dass Fred und sie heute Abend beide einen Künstlertreff hatten machen wollen und Fred sei so lieb gewesen, ihr den Vortritt zu geben.

»Das ist schön zu hören! Dann bist du wieder richtig fit, Fred?«

Fred zwinkerte ihr zu. »So schrecklich krank war ich ja gar nicht. War aber schön, n' bisschen verwöhnt zu werden.«

»Und was hast du vor, Michelle? Zeigst du uns die Fotos von neulich Abend?«, rief Siri.

Michelle schaute irritiert. »Nein. Ich wollte einen Text vorlesen, und ehrlich gesagt einen, der nicht so einfach ist.«

Siri empfand leichtes Unbehagen. Noch mehr Schwieriges? Sie beschloss, Michelle damit in Ruhe zu lassen und darauf zu vertrauen, dass alles seinen guten Gang nehmen würde, auch wenn es manchmal vorübergehend ganz anders aussah. Es war allerdings gerade nicht leicht, gleichmütig zu bleiben. In ihr brannte es, wenn sie an Hakan dachte, und sie wusste, dass es in ihm genauso aussah. Und die Sorge, dass es ihn ausbrennen oder dass er etwas Unbedachtes tun könnte, kam immer wieder hoch. Sie versuchte, sich zu beruhigen. Vielleicht musste alles so sein. Manchmal musste es erst richtig schwierig werden, damit eine Situation sich zum Guten wenden konnte. Und je mehr Kraft sie ins Vertrauen gab, desto weniger blieb der Angst.

Miró erschien, gefolgt von Hakan, der Mirós Frühstückstablett trug und dann noch einmal zurück zum Buffet ging, um sein eigenes Frühstück zu holen. Miró hatte gesagt, nun, da er unten wohnte, brauchte man ihn nicht mehr abzuholen, er käme ganz gut allein zurecht. Er konnte sich auch ein Tablett vorn auf den Rollstuhl setzen, es gab eine Halterung, aber das galt nur für die Zeiten, in denen er einigermaßen gut drauf war, und es war trotzdem eine kipplige Angelegenheit, wenn er damit über die Schwelle der Glastür musste, trotz der Miniaturrampe davor und dahinter.

»Hey, schön, dass du da bist!«, rief Gregor, der den Kiesweg im Strandgarten hochkam, und die anderen fielen ins Begrüßen mit ein. Gestern Abend war es Miró doch wieder schlechter gegangen, er hatte Hilfe gebraucht und Gregor hatte ihn in sein Zimmer begleitet und war ihm zur Hand gegangen. Morgens kam ohnehin immer eine von den Frauen zu ihm und danach Horst, der Miró bei seinen Körperübungen half.

»Ja, es geht wieder einigermaßen, und was gestern war, vergessen wir. Gibt eben auch solche Tage.«

»Kannst mir mal die Kaffeekanne rüberschieben, Gregor?«, bat Fred, und während er sich einschenkte, kam schon seine nächste Frage: »Ihr habt euch getrennt, deine Frau und du, oder?«

»Ja.«

»Aber nicht gleich nach dieser Sache, die du uns erzählst hast?«

»Nein. Unsere Ehe hat noch gehalten, bis die Kinder groß waren, bis auch Freya im Studium war.«

»Was hat sie studiert?«

»Kunstgeschichte.«

»Hat sie sich nicht getraut, selber auch Kunst zu machen? War das Beispiel des Vaters zu mächtig?«

»Ich glaub nicht. Ich glaube, sie wollte es wirklich.«

»Und? Was macht sie heute für einen Job? Liebt sie ihn?«

Gregor zog die Schultern hoch. Inzwischen war wohl jedem am Tisch deutlich, dass er ungewöhnlich einsilbig war. Er machte eine seltsame Bewegung mit dem Kopf und dann mit dem Oberkörper, die aussah, als würde er versuchen, sich aus etwas herauszuwinden. Er sah zu Siri herüber. Ohne zu überlegen, nickte sie. Wozu sie nickte, hätte sie nicht sagen können, auch nicht, warum. Sie wusste nur, dass es nicht falsch war, ganz bestimmt nicht falsch.

Gregor schaute auf seine Hände, sein sonst so warmer Bass zitterte leicht. »Wir haben uns seit Corona-Zeiten nicht mehr gesehen.«

»Oh – das ist lange …«, flüsterte Michelle.

Gregor hob den Kopf und sah eine Michelle, die bislang noch niemand in dieser Runde gesehen hatte. Ihre Züge waren geschmolzen und es lag eine Milde darin, dass Gregor heiser war, als er weiterredete. »Ja, das ist sehr lange.«

»Und auch nicht miteinander gesprochen?«, fragte Michelle nach.

»Doch, schon, aber sehr wenig.« Gregor hatte den Blick wieder auf seinen Händen. »Wir haben ab und zu telefoniert, das ja, ich weiß, dass sie an der Pinakothek in München arbeitet.«

Michelle schaute Gregor mit einem »Muss-das-so-sein«-Blick an. »Habt ihr denn nicht versucht, wieder zusammen zu finden?«

»Ja, schon …« Gregors Stimme versiegte auf eine Art, dass niemand ihn mehr weiter darauf ansprechen mochte.

Es wurde nicht mehr viel gesprochen. Fast andächtig aßen sie ihr Frühstück, ohne Worte reichten sie sich die Dinge an, die in der Tischmitte zum allgemeinen Gebrauch standen – es ging wie von selbst, und als Siri, den Kopf über ihren Teller gesenkt, mit dem Blick von unten hoch einen nach dem anderen anschaute, musste sie lächeln.

Auch Michelle begann zu lächeln. Als alle fertig gegessen zu haben schienen, stand sie auf, blieb an ihrem Platz stehen und räusperte sich. Ungewöhnlich schüchtern sagte sie, dass sie den heutigen Abend gern als Künstlertreff gestalten würde, und nicht wegen ihrer Fotos, die sie von ihnen in der Künstlerrunde gemacht hatte, die könnte sie später mal zeigen. Sie schwieg, währenddessen alle mit ihrer Aufmerksamkeit ganz bei ihr zu bleiben schienen.

»Ich möchte etwas vorlesen, genau wie Siri und am liebsten hätte ich es auch bei dir auf dem Balkon gemacht, das hat inzwischen schon so was Heimeliges. Aber vielleicht mach ich's auch lieber hier oder im Saal. Ich bin noch nicht sicher.« Sie schaute fragend zu Siri herüber.

»Du kannst es bei mir machen oder auch nicht, wie du willst. Wie immer um acht?«

»Ja.« Michelle wandte sich Miró zu. »Bist du auch dabei?«

Er hob die Brauen, schien zu überlegen und brummte: »Fühl mich zwar wie nach einem Marathonlauf auf den Händen, aber ich komm!«

»Schön! Kommt jemand nicht?«, fragte Michelle, und als keine Antwort kam, schob sie ihren Stuhl zurück und nahm ihr Tablett hoch. Sie hielt in der Bewegung inne, als wollte sie noch etwas sagen, doch dann drehte sie sich um und ging.

Siri schaute zu Hakan hinüber. Sein Unterkiefer bewegte sich fast unmerklich vor und zurück, als würde er etwas zermahlen oder die

Zähne aneinander reiben. Vielleicht wäre ein Strandspaziergang gut, nur sie beide?

›Warte!‹, sagte die leise Stimme in ihr. ›Lass ihn. Er wird kommen, von allein.‹

*

Wer nach dem Frühstück zu ihr kam, war Gregor. »Wollen wir schwimmen gehen? Na klar nicht sofort, erst ein kleiner Spaziergang am Strand …«

»Ja! Sehr gerne, das ist eine gute Idee. Ich zieh mich eben um und pack meine Sachen ein.«

»Aber hier unten bei uns am Strand, nicht im Planschbecken, es ist jetzt ruhig genug.«

»Ach so. Bist du sicher? Die Unterströmung ist heftig!«

»Bei Seegang ja, aber jetzt, bei dem bisschen Dünung können wir uns das trauen. Okay? Ich muss heute vielleicht n' paar Mal da rein. Schon morgens so schwül, das wird bestimmt noch krachen.«

»Schwül? Ich finde es bloß warm.«

»Warte mal ab, dann merkst du es auch.«

Als sie kurze Zeit später Hand in Hand durch den heißen Sand aufs Meer zugingen, lief auch Siri der Schweiß. Eben noch war ihr einiges durch den Sinn gestrichen, was sie Gregor fragen und vielleicht auch mit ihm besprechen wollte, aber nicht jetzt. Dieser Moment war einzig und allein dafür da, die Sonne zu spüren und gleich auch das Meer. Aber vor allem, dass es schön war, mit Gregor hier zu gehen und unsagbar schön, dass es in ihrem Leben wieder einen Menschen gab, dem sie sich mitunter so nah fühlte wie kaum jemandem zuvor.

Am Wellensaum stellte Siri ihre Tasche ab und zog ihr Kleid über den Kopf. Darunter war sie schon im Badeanzug. Gregor zog sein T-Shirt aus, und sie gingen zügigen Schritts hinein. Das Meer war hier überall mit einem fantastischen Sandboden ohne Steine gesegnet. Es hatte allerdings nicht dieselbe Temperatur wie die Luft, und auch wenn es nur eine angenehme Abkühlung war, schien es Siri unmöglich, sich genauso schnell in die Fluten zu werfen wie Gregor. Sie brauchte ihre Eingewöhnungszeit. Immer schon. Langsam nur ging sie weiter und weiter, bis das Wasser ihr bis über den Bauch reichte, wobei sie Gregor zuschaute, der zügig hinaus schwamm. Sie blieb stehen, spürte die langen Wogen, die kaum zu sehen waren, durch sich hindurchge-hen – so schien es ihr zumindest – und zugleich spürte sie an den

Füßen, dass der Sand darunter weggezogen wurde. Es war also doch noch Strömung da, aber wohl nur eine sehr leichte. Sie tauchte endlich ganz unter, begann zu schwimmen und folgte Gregor, sah von hinten sein langes Haar um seine Schultern spielen und bewunderte, wie weit er bei jedem Schwimmzug aus dem Wasser kam. Das kannte sie nur von sehr guten Schwimmern. Und sie musste an die Erinnerung denken, die er mit ihnen geteilt hatte – und plötzlich fiel ihr ein, dass die Strömung hier auch ohne den hohen Seegang stark sein konnte. Tidenhub gab es ja trotzdem.

Man merkte nicht, ob man vorankam, man merkte es erst, wenn man lange schwamm und immer noch nicht zurück am Strand, immer noch weit draußen war. Sie drehte um. Begann, sportlicher zu schwimmen, legte sich ins Zeug und versuchte, nicht zu denken, dass sie vielleicht trotzdem keinen Meter vorwärts kam, dass sie mit ihren Anstrengungen vielleicht nur verhinderte, nicht hinauszutreiben.

Irgendwann – ihr war, als wären Ewigkeiten vergangen – war Gregor in einer kleinen Entfernung neben ihr.

»Ich schaff es nicht zurück!«, rief sie ihm zu.

»Ich nehm' dich mit!« Er sagte das ruhig und trotzdem atemlos. Seine Augen waren weit.

Siri sah ihm an, dass er sich auch schon angestrengt hatte, um vorwärtszukommen. Er kam zu ihr, sie hielt sich mit beiden Händen an seinen Schultern und versuchte, mit eigenen Schwimmbewegungen kräftig mitzuhelfen – nur gab es nicht mehr sehr viele Kräfte, sie hatte schon alles gegeben. Sie hörte sein Keuchen und versuchte, flacher zu atmen, nur durch die Nase und bis tief nach unten in den Bauch, das schien ihr effektiver, aber es gelang nur für zwei, drei Atemzüge. Sie konnte nicht anders, sie musste auch keuchen, und trotzdem fühlte es sich an, als bekäme sie nicht genug Luft. Einen Moment ausruhen, einen Moment ›Toter Mann‹ machen, auf dem Rücken im Wasser liegen – nein, auf keinen Fall, alles, was sie jetzt gewonnen hatten, würde wieder verloren gehen.

Kamen sie denn überhaupt voran? War es nicht immer genau derselbe Abstand zum Strand? War es wirklich so schlau, was sie machten?

»Gregor, du schaffst das nur allein!«

Hatte er sie überhaupt gehört? Sie wiederholte ihren Ruf, schrie jetzt. Er drehte den Kopf leicht nach hinten.

»Du bleibst dran!«

Es klang wie ein Befehl. Es war einer.

Sie begriff augenblicklich, dass sie nicht mehr allzu lange so weitermachen konnten. Auch seine Kräfte zehrten sich auf. Ließ sie ihn los, hatte wenigstens er eine Chance. Sie musste ihn nur dazu bringen, weiter zu schwimmen, sich nicht um sie zu kümmern.

Als könnte Gregor ihre Gedanken lesen, brüllte er: »Ist nicht mehr weit!«

Siri schloss die Augen. Sie brannten sehr. Immer wieder war ihr Salzwasser ins Gesicht gespritzt, die Lider waren nicht immer schnell genug gewesen, um es von den Augen fernzuhalten.

Gregor soll nicht wegen mir ... Sie ließ den Gedanken sofort wieder los. Er würde es nicht zulassen, wenn sie sich jetzt einfach losließ. Und sie selbst? Konnte sie das überhaupt? Sie würde sich dem Tod in die Arme werfen. Er war ja ihr Freund, es wäre ja alles gut – oder?

In die Arme werfen? Nein! Er sollte sie schon holen kommen. Und zwar, wenn es so weit war, nicht einfach irgendwann. Was für ein merkwürdiger Gedanke! Aber er fühlte sich gut an.

Ihr fiel das blaue Licht ein, das sie sich damals im Himalaja vorgestellt hatte. Ultramarinblau, ein leuchtend blauer Nebel, der sie umgab, und sie konzentrierte sich so sehr darauf, dass kein Platz mehr für Angst war. Kein Platz auch für den Tod.

Endlich, endlich kamen sie ins seichtere Wasser und irgendwann war es so flach, dass sie stehen konnten. Hand in Hand taumelten sie weiter ins Flache, und Siri blieb dort stehen, beugte den Oberkörper hinunter, stützte sich dabei mit den Händen auf die Knie und atmete schwer. Ihre Knie zitterten, ihre Hände auch, ihr ganzer Körper bebte und schien wie aufgeweicht.

Als sie schließlich an den Strand stieg, hielt Gregor schon ihr Badelaken für sie hin, hüllte sie hinein und umarmte sie fest.

»Danke!«, murmelte sie.

»Das hätte ich nicht gedacht, dass es so stark ist! Tut mir leid!«, stieß er schwer atmend heraus und versuchte, es mit einem kollernden Lachen zu unterlegen.

Siri nickte nur. Sie kämmte sich die nassen Haare mit den Fingern aus dem Gesicht und ging einfach in die Knie, da wo sie stand, und lag im nächsten Moment lang ausgestreckt um Sand. Gregor ließ sich neben ihr nieder, ohne Handtuch, ohne irgendetwas.

Siri war, als wären Stunden vergangen, in denen sie weit weg gewesen war. Ohnmächtig vielleicht? Sie wandte langsam den Kopf dahin, wo Gregor zuletzt gelegen hatte. Er schaute zu ihr herüber. Sah zerknirscht aus. Erhob sich dann und tauschte seine nasse Badehose gegen eine Shorts, zog sein T-Shirt an, kam zu ihr und streckte ihr seine beiden Hände hin. Aufstehen, ja – aber wie? Andere Sachen anziehen, nie den nassen Badeanzug anbehalten, das hatte sie schon seit Gregor aufgestanden war, im Ohr, das war ihnen als Kinder stets und ständig gepredigt worden, als würde man sterben, wenn man kalte Nieren bekam. Tat man nicht, das wusste sie inzwischen, aber man bekam Nieren wie Hakan, die eigentlich nicht mehr zu gebrauchen waren.

Sie ließ sich von Gregor hochziehen, ließ sich aus dem Badeanzug helfen, hüllte sich dann in ihr Tuch, und sie setzten sich dorthin, wo der Strand anstieg und das Feuchte ins Trockene überging. Als sie wieder ruhiger atmete und das Zittern in ihrem Körper nachließ, merkte sie, wie dankbar sie war. Und dann, wie sehr das, was sie eben erlebt hatten, an Gregors Geschichte von seinen Kindern erinnerte.

»Wieso müssen sich Dinge wiederholen?«, flüsterte sie vor sich hin, und ein Schauer der Schwäche überlief sie.

»Ich war wohl noch nicht ganz durch mit dem Rettungsschwimmer-Thema«, murmelte Gregor neben ihr. »Ich brauchte noch mal ne' Gelegenheit, darüber weg zu kommen …«

Siri konnte erst nach vielen Atemzügen antworten. »Wie auch immer, es war auf jeden Fall ein klarer Hinweis: Wir haben immer noch nicht begriffen, dass wir alt sind. Ich jedenfalls. Und ich nehme den Hinweis an. Ich geh hier nicht mehr rein. Dann muss eben das Planschbecken unten im Ort herhalten.«

Sie hangelte nach ihrer Tasche, zog eine Flasche Wasser heraus, trank in langen Zügen und reichte sie an Gregor weiter. Auch er trank viel. Dann, nach einem bedeutungsvollen Atemzug, sagte er mit schüchterner Stimme: »Ich muss dich was fragen. Ich hab extra damit auf einen guten Moment gewartet. Oder jedenfalls wollte ich, dass es ein guter Moment ist.«

Er schaute von ihr weg und vorn auf den Wellensaum, der sich immer weiter zurückzog. Leise fuhr er fort, wobei seine Worte eher stolperten: »Ich hab Freya geschrieben, ich glaub, das hab ich erzählt. Ich hatte die Geschichte von dem Tag am Strand aufgeschrieben, genauso, wie ich sie euch erzählt habe. Darunter hab ich geschrieben ›Ich lebe jetzt auch am Meer‹ – und dazu dann meine Adresse von hier – und dass meine Tür für sie offen ist.« Mit jedem Wort war die Tönung seiner Stimme heiserer geworden, sein Blick hatte sich nach und nach in sich selbst zurückgezogen. »Und seitdem warte ich. Gott, ist das schwer! Die ganze Zeit denke ich: Das war's dann wohl. Es kommt einfach keine Antwort.«

Siri sah ihn nur an. Sie brauchte einen Moment, um das, was er erzählte, wirklich aufzunehmen. Nicht nur ihr Körper war erschöpft, ihr Verstand offenbar auch. Dann nickte sie.

Gregor hob den Kopf und rief nach oben in den Himmel: »Warum hab ich so lange gewartet?«

»Mach dir keine Sorgen. Vertrau einfach. Gib ihr ein bisschen Zeit. Und bestimmt ist sie auch sehr beschäftigt. Umso mehr Zeit solltest du ihr geben. Sie muss doch erst mal Fühlung mit dir aufnehmen.«

»War es bei dir und Manuel auch so?«, fragte er, ohne sie anzusehen. »Oder hat er gleich geantwortet.«

»Es hat ziemlich gedauert. Er hat meine Mail damals nur zufällig aus seinem Spam-Ordner geangelt.«

»Und dann?«

»Dann war es ganz leicht. Es war, als hätte es nie dieses lange Schweigen zwischen uns gegeben. So ist das, wenn die Liebe tief ist.«

Gregor nickte vor sich hin.

»Du wirst sie uns schon noch allen vorstellen – mit stolz geschwellter Brust, weil sie bestimmt ne tolle Frau geworden ist.«

»Meinst du?«, fragte er auf Amos Art, und ohne es zu wissen, hatte er sogar genau dessen Tonfall getroffen.

Siri musste lachen, und nach einem Moment des Stutzens fiel Gregor mit ein. Sie steigerten sich hinein in ein Glucksen und Giggeln, dass sie sich irgendwann völlig verrückt vorkam – aber sie konnten gar nicht genug davon bekommen. Am Ende saßen sie aneinander gelehnt, seufzten die letzten Gluckser weg, halfen sich gegenseitig auf die Füße und machten sich lahmen Schritts auf den Heimweg.

*

Es war still an diesem Abend, stiller noch als den Tag über schon. Der Mondschein hatte sich als gelber Schleier auf den Spiegel des Meeres gelegt und man konnte die Schiffsdiesel der Fischereifahrzeuge brummen und eins der kleinen Fischerboote tuckern hören und vom Leuchtturm her, wo die Möwen auf den Steinen saßen, ab und an einen Möwenschrei.

Auch an der Abendtafel hing Schweigen wie ein unsichtbarer Nebel über und um die Köpfe und zwischen denen, die direkt nebeneinander saßen und sich manchmal zueinander drehten, wie um ein paar Worte zu sprechen, und es dann doch nicht taten. Einmal schien es Siri, dass Michelle ihr etwas sagen wollte, aber sie schaute dann nur zu ihr hin und gleich wieder weg, einmal wandte sie selbst sich Miró zu, der auf ihrer anderen Seite saß, und hatte im selben Moment schon vergessen, was sie sagen oder ob sie überhaupt etwas sagen wollte. Sie wunderte sich, dass sie hier saß und nicht immer noch unten am Strand. Sie wunderte sich, dass sie tatsächlich irgendwann hatte aufstehen und das mühsame Stück durch den weichen Sand bis zur Steilküste gehen können, Hand in Hand mit Gregor, und dann auch noch, wenngleich mit etlichen Pausen, den Anstieg bis zum Strandgarten hoch geschafft hatte.

Den ganzen restlichen Tag hatte sie dieser Moment im Meer beschäftigt. Hätte sie es gekonnt, einfach Gregors Schultern loszulassen? Sie hatte es geglaubt – aber hätte sie es wirklich gekonnt? Vielleicht ja, doch war es keine echte Option gewesen. Gregor hätte sie nicht gelassen, und sie hätte ihn nur noch mehr in Gefahr gebracht. Und wenn sie allein gewesen wäre? Hätte sie gekämpft bis zuletzt? Als gute Schwimmerin hätte sie wohl nicht anders gekonnt, es wäre einfach das gewesen, was zu tun war – oder? Hätte sie irgendwann losgelassen? Sie hätte loslassen müssen …

Sie schaute zu Gregor hinüber. Wie meistens saßen sie nicht nebeneinander an der Tafel. Er bemerkte ihren Blick. Seine Mundwinkel gingen nach oben, und sie meinte ihm anzusehen, dass er gerade mit seinen Gedanken bei demselben Thema wie sie gewesen war.

Michelle räusperte sich, erhob sich halb und sagte: »Siri und ich gehen schon mal hoch und machen auf dem Balkon alles fertig und warten dann auf euch.« Sie klang jetzt vollkommen sicher, die Stille schien sie nicht zu bremsen, sondern ihr eher willkommen zu sein. Auch Siri erhob sich, nahm drinnen vom Buffet noch eine Flasche Mineralwasser mit und folgte Michelle zum Fahrstuhl.

Trotz des Mondes, der schon halbhoch stand, wollte Michelle unbedingt, dass die Laternen an der Hauswand eingeschaltet waren und natürlich die kleine Tulpenschirmlampe, die Siri immer benutzt hatte. Als die anderen kamen, brauchte es wie immer eine Weile, bis sich alles geklärt hatte und alle saßen. Siri lag halb sitzend in einem der beiden Liegestühle und hatte Michelle ihren Korbsessel überlassen. Nahe der Hauswand und im Schutz der seitlichen Mauer war es angenehm warm; ein dünnes Tuch genügte, um die Haut vor eventuellem Erschauern zu schützen, wenn doch mal ein Luftzug käme. Doch noch immer saß ein leichtes Zittern als Überbleibsel von ihrer Seenot in ihr, und nach dem Mittagsschlaf hatte ihr ein kräftiger Muskelkater das Aufstehen schwer gemacht. Aber das war auch alles.

»Ich möchte heute Abend etwas vorlesen, das wisst ihr ja«, hub Michelle an. »Es ist mir zufällig in die Hände gefallen, als ich hier meine Sachen ausgepackt habe. Etwas, das ich schon vor längerem geschrieben habe. Ich hatte es ganz vergessen. Und es war schön, es wieder zu entdecken.« Michelle setzte ihre Lesebrille auf, schaute über deren Rand noch einmal rundum, überlegte kurz und sagte dann: »Ich wollte hinterher noch von mir erzählen, aber ich glaub, ein bisschen was erzähl ich besser vorweg. Ich hatte mal eine Phase, da hat mich der Tibetische Buddhismus fasziniert. Ich war sogar tatsächlich gläubig, hab richtig praktiziert mit Ritualen und Niederwerfungen und alldem.«

»Du?«, schoss es aus Fred heraus.

Michelle nickte. »Ich hab das gebraucht. War da voll drin. Und hinterher, als die Phase längst vorbei war, ist mir dieser Inder begegnet, hinter dem sie ne Zeitlang alle hergelaufen sind. Als wir jung waren, hieß er Bhagwan.«

»Später hieß er Osho«, ergänzte Siri. Einige nickten.

»Genau. Meine gläubige Zeit war längst vorbei, da ist mir ein Buch von Osho in die Hände gekommen. Es heißt ›Der Weg der weißen Wolke‹ und ich hab mir damals ein Stück Text rausgeschrieben.« Michelle bückte sich leicht zur Seite hin und nahm zwei Blätter von dem kleinen Tisch neben sich. »Es gibt viele Bücher von Osho, aber er hat selbst keine geschrieben, soviel ich weiß, sondern alles gesprochen, das meiste frei aus dem Moment heraus und auf Englisch. Er hatte eine überragende Bildung und ein unglaublich starkes Gedächtnis. Seine Vorträge sind aufgenommen und dann in Buchform gebracht worden.

Ich werde seinen Text so genau wie möglich zitieren. Ich habe ihn mir damals mit der Hand abgeschrieben – und ich weiß nicht mehr, wie sorgfältig und ob ich was weggelassen habe oder so. Ich war völlig perplex, als ich das plötzlich bei irgendwelchem Rumgesuche wieder in den Händen hatte – und das war heute Nacht. Ich hatte Siris Buch zu Ende gelesen und konnte nicht schlafen. Nachdem ich dies hier gelesen hatte, erst recht nicht. Der Text passt dermaßen gut dazu.« Michelle schob ihre Lesebrille zurecht und las sehr moduliert vor.

Der große Psychologe Freud sagte, dass Glücklichsein unmöglich ist. Er behauptet, dass die gesamte Struktur des menschlichen Bewusstseins so angelegt ist, dass Glücklichsein unmöglich ist. Er sagte, dass man im besten Fall auf erträgliche Weise unglücklich sein kann. Freud hat sich selbst davon überzeugt und mit allen möglichen Argumenten gewappnet.

Wenn man eine solche Haltung einnimmt, wenn man dieses Konzept, diese Vorstellung, diese Idee hat, dass Glücklichsein unmöglich ist – ist man verschlossen. Dann wird Glücklichsein tatsächlich unmöglich gemacht. Und wenn es nicht möglich ist, wird das ursprüngliche Konzept wieder neu bestärkt. Dann wird die Möglichkeit des Glücklichseins geringer. Dadurch wird der frühere Standpunkt wiederum bestätigt und die Möglichkeiten werden noch geringer. Und schließlich kommt ein Moment, wo man tatsächlich sagen kann, dass Glücklichsein unmöglich ist.

Michelle sah auf, sah, dass Siri vor sich hin lächelte und zu Hakan hinüberschielte und heftete ihren Blick auf Miró: »Es geht aber auch genau andersherum. Das hab ich von Siri.« Sie nahm das zweite der beiden Blätter, die sie in den Händen hielt, nach vorn, schaute darauf, sagte nichts und rührte sich nicht und las erst weiter, als die anderen schon glaubten, mit ihr sei etwas nicht in Ordnung.

Erfahrung ist das einzige Argument eines Menschen, der vertraut. Was es auch sein mag – er versucht, es zu schmecken. Er probiert es. Ohne die Erfahrung gemacht zu haben, sagt er nichts dazu und fasst keine Beschlüsse. Schritt für Schritt, dann noch ein Schritt, dann noch einer, führt das Vertrauen zu Hingabe. Vertrauensvoll erfährt man mehr und weiß mehr, je mehr man probiert. Das Leben wird intensiv. Mit jedem Schritt sagt es: Geh weiter, geh darüber hinaus, da liegt noch vieles verborgen. Darüber hinauszugehen ist das Ziel – alles zu transzendieren und noch weiterzugehen.

Das Leben wird zum Abenteuer! Und das, was jenseits davon liegt, das Ziel – eine unaufhörliche Entdeckung des Unbekannten. Und dadurch entsteht wieder mehr Vertrauen. Wenn dir jeder Schritt ins Unbekannte einen Funken Seligkeit gibt und jeder Schritt in den Wahnsinn eine höhere Form der Ekstase ist – wenn jeder Schritt, den du ins Ungewisse tust, dich erkennen lässt, dass das Leben eine organische Einheit ist, dass dein ganzes Wesen gefordert und aufgerufen wird, dann wird dein Inneres allmählich überzeugt.

Michelle hielt inne. »Hier hab ich wohl ein Stück ausgelassen, da sind drei Punkte. Das Eigentlich kommt jetzt.«

Für mich ist das nicht Verrücktheit, für mich ist diese Art von Wahnsinn die einzige mutige Lebensweise. Für mich ist dieser Wahnsinn der abgrundtiefste Sprung. In diesem Wahnsinn liegt alles, was ein Mensch zu sein bestimmt ist.

*Aber für einen Logiker wird mein Vertrauen wie Wahnsinn ausse-
hen.*

»Ja!«, schoss es wie ein Peitschenknall aus Miró heraus. »DAS ist
es!« Er trommelte mit den Zeigefingern beider Hände auf dem Tisch
Beifall. Fred tat es ihm augenblicklich nach, nickte dabei heftig, und
sein ernstes Gesicht begann zu lachen.

Auch Siri lachte und nickte. Gregor hatte den Kopf auf die Seite
gelegt und schaute wie in Staunen versunken nach oben, als lauschte
er dem Gehörte noch nach und betrachte es eher kritisch. Nur Hakan
saß da wie erstarrt, die Hände übereinandergelegt vor sich auf dem
Tisch.

Michelle sah aus, als ob sie aufgewacht wäre. Ein Schmunzeln krin-
gelte um ihren Mund, ihre hellen Augen leuchteten und ihr Gesicht
sah trotz all der Falten jung und frisch aus.

»Passt das zu unserem Alter?«, fragte Gregor in die Runde.

Fred schnaubte unter seinem Moustache hervor, dass es sich wie
eine ferne Dampflock anhörte. »Es ist genau der Aufruf, den wir brauchen! Darum haben Michelle und ich auch getauscht. Ich wollte mit
euch eigentlich wieder einen Theaterabend machen. Und dann kam
sie mit diesem Text – diesen einfachen Worten ... Sind wir zu alt für
Vertrauen? Ich nicht. Ich möchte endlich wirklich vertrauen.«

Miró sah ihn von der Seite her an und bewegte verwundert den
Kopf.

Michelle sagte sehr leise: »Ich fang jetzt gleich mit dem Vertrauen
an. Ich möchte euch nämlich etwas ganz Persönliches erzählen – mit
Bildern von früher. Eine kleine Einleitung gibt's natürlich auch dazu.
Einverstanden?«

»Ja, klar!« sagte Hakan sofort, und Siri merkte, dass alle stutzten
und staunten.

Michelle schien es zu ermutigen. Lauter und fester als eben fügte
sie an: »Als dieser Vorschlag kam, mehr von uns zu erzählen, hatte ich
was dagegen. Wisst ihr ja. Ich dachte, dass mein Leben unbedeutend
ist, ich kann auch nicht gut erzählen, es wird bloß soone Sonntagnach-
mittagkaffeerunde-Gähngeschichte.« Die anderen lachten. Michelle
schaute mit halb erschrockenen, halb erstaunten Kinderaugen um sich.
Ernst fuhr sie fort: »Aber dann hab ich kapiert, dass es gar nichts so
Besonderes sein muss. Es kommt auf ganz was anderes an. Und jetzt
hab ich Lust, es auszuprobieren. Ihr müsst euch aber ein bisschen anders hinsetzen.« Sie schaltete ihren Bildwerfer an, den sie schon vorher

auf dem kleinen Tisch nahe der Balustrade aufgestellt und ausgerichtet hatte. Ein helles Lichtviereck erschien auf der weiß getünchten Wand der Villa, genau so groß, dass es zwischen die beiden Lampen dort passte. Alle standen auf und rückten oder trugen ihre Stühle und Liegen in Richtung Balustrade, und als sie prüften, ob sie nun gut sehen könnten, war an der Wand schon das Schwarzweißfoto eines kleinen Mädchens auf einer weiten Rasenfläche zu sehen, dem nicht sehr weit entfernt ein Kranich gegenüberstand und es mit seitlich gedrehten Kopf aus einem Auge eingehend zu betrachten schien. Die Kleine hatte die Arme steif nach vorn gestreckt und alle zehn Finger ihrer Hände abgespreizt, stand ganz gerade, schien erstarrt im Schreck. Ihr Mund war offen, ihre Augen riesig und das weißblonde, glatte Haar ließ sie und ihre Gestalt noch zarter, noch feiner erscheinen.

»Hast dich ja kaum verändert!« rief Miró.

Michelle schien zu stutzen. »Ja. So sah ich aus. Genauso.« Sie hielt inne und schloss die Augen. »Aber ich bin das gar nicht. Das ist Susette. Meine Zwillingsschwester. Wir waren eineiige Zwillinge. Wenn ich euch gleich das nächste Bild zeige, auf dem ich bin, hättet ihr nichts gemerkt. Ehrlich gesagt weiß ich gar nicht, wie das da in diese Auswahl gekommen ist.« Sie klang plötzlich so sachlich und neutral, wie sie in der ersten Zeit nur gesprochen hatte. Das und ihr winziges Zögern ließen Siri aufhorchen.

Michelle blendete das nächste Bild ein. »Das hier bin ich.«

Es war dasselbe Mädchen – hätte man gedacht. Es war vielleicht drei oder vier und vollkommen nackt, stand unter einer Hängeweide bis fast zu den Knien im Wasser eines sehr stillen und nur kleinen Sees, hielt mit beiden Händen die hängenden Zweige auseinander und schaute direkt in die Kamera.

»Ah, endlich mal Nacktfotos! Super!«, grunzte Miró.

»Wirklich, man kann euch nicht auseinanderhalten«, meinte Fred.

Gregor machte nur »Mhmhm«, und durch das sich hebende »hm« am Ende hört es sich zustimmend an, aber auch ein bisschen so, als warte er noch auf das Eigentliche.

Michelle ließ das nächste Foto erscheinen: Die Zwillinge Arm in Arm, ein wenig älter jetzt, aber höchstens sechs. Jemand hatte sie offenbar posieren lassen. Sie standen vor einer alten Backsteinmauer, eine Stadtmauer vielleicht, wirkten aufgestellt und steif wie Puppen. Sie trugen identische Kleidung, weiße Sommerkleider, unterhalb der Brust kräuselte sich schon der Rock, und identische Frisuren: glattes, schulterlanges Haar mit Pony, exakt gerade geschnitten.

»Wie das wohl ist, wenn es einen zweimal gibt …« Hakan sprach, ohne den Blick von dem Foto an der Wand zu nehmen.

Siri spürte regelrecht, wie Michelle, die nicht weit von ihr stand, zusammenzuckte. Das Bild an der Hauswand verschwand. Das nächste zeigte Michelle mit etwa fünfzehn, vielleicht auch schon sechszehn: ein Portrait, das Kinn auf die übereinandergelegten Hände gestützt, ernster Blick sehr direkt, fast herausfordernd in die Kamera, die Augen stark geschminkt, das fein gezeichnete Gesicht wie mit hartem Stift gezeichnet. Offenbar war das Foto bearbeitet worden. Während man Portraits oft mit Weichzeichner moderater gestaltet, schien aus diesem Bild so viel Schärfe wie möglich herausgeholt worden zu sein. Es wirkte überzeichnet und dadurch unwirklich und puppenhaft.

»Da bin ich sechzehn.« Erst als Michelle weiterschaltete, dabei aber innehielt, so dass die Überblendung einen Moment alles in Dunkelheit versinken ließ, sagte sie: »Da gibt es mich nicht mehr doppelt.«

Es klang merkwürdig gezwungen. Michelles mädchenhafte Frische von vorhin, mit der sie ihnen die Bilder aus ihrem Leben hatte anvertrauen wollen, war verschwunden.

Auf der Hauswand erschien ein neues Foto, das eine ganze Epoche wiedergab: junge Leute, die um einen Tisch saßen, offenbar angeregt diskutierten, dabei fast alle rauchten, die jungen Männer bärtig und mit mehr oder weniger langem Haar, die jungen Frauen mit stark geschminkten Augen, aber blassen Lippen, eine von ihnen Michelle, den Blick auf ihre Hand gerichtet, die auf seltsam elegante Weise eine überlange Zigarette hielt.

»Studentenunruhen. Berlin«, erläuterte Michelle. »Wir mittendrin. Ganz rechts außen, das ist Wolle. Wolfgang. Meine große Liebe. Wir haben ziemlich bald nach diesem Foto geheiratet. Das war sehr besonders, damals hat kein Mensch geheiratet, aber wir wollten es unbedingt. Unsere Szene hatte ganz andere Sachen um die Ohren: politische Aktionen, Plakate, Flugblätter, Unistreiks …« Sie hielt inne, holte Luft. »Und freie Liebe. In dem Punkt waren Wolle und ich anders, das war kein Ausprobieren, das war für immer, und das haben wir kurzentschlossen besiegelt.«

»Und deine Schwester?« Hakans Stimme war bei weitem nicht so hart, wie sie manchmal sein konnte und zerschnitt dennoch die eigenartig schwebende Atmosphäre.

»Ist da schon tot.« Mehr sagte Michelle nicht.

Auch niemand sonst sprach. Das Schweigen blieb stehen, heftete sich an die Atemzüge, so dass auch sie unhörbar wurden.

Michelle ging zu dem Korbsessel, in dem sie vorhin beim Vorlesen gesessen hatte. Sie holte ihn an die Stelle, an der sie eben stehend ihre Bilder vorgeführt hatte, und setzte sich. Das Bild mit den jungen Leuten verschwand. Das erste Bild erschien wieder, von dem niemand gemerkt hätte, dass es gar nicht Michelle war, hätte sie es nicht gesagt. Michelle starrte es an, als suchte sie etwas darin.

Das Schweigen floss mit der milden Abendluft und der Dunkelheit ineinander. Erst, als es schwer zu werden begann, sagte Michelle langsam: »Das Bild von Susette hat sich da einfach reingemogelt ... Ich soll wohl endlich aufhören, sie ... zu vergessen.«

Weiter blieb das Schweigen. Mirós Hände legten sich auf die Schwungräder seines Rollstuhls – so, als wollte er sich anschieben, und es sah aus, als würde er mitten im Aufbruch verharren und doch noch warten. Seltsamerweise ließ ihn das weit ruhiger als vorher wirken. Alle anderen studierten das Gesicht auf der Leinwand.

Auch Michelle sah auf das überlebensgroße Foto, schien wie erstarrt, saß sehr aufrecht und wirkte, als könnte ihr Blick nicht weg.

Vorsichtig sagte Gregor: »Wolltest du davon erzählen? Von dir und deiner Schwester? Habt ihr euch gut verstanden?«

Michelle nickte. Starrte weiter. Dann holte sie tief Luft und lachte dieses gehemmte Lachen, mit dem sie in ihrer Anfangszeit oft ihre Sätze begleitet hatte.

»Eigentlich wollte ich von mir erzählen, eine Geschichte aus der Kindheit. Aber als Hakan das eben gesagt hat – wie es ist, doppelt zu sein – da war plötzlich klar, dass ich nicht von mir erzählen kann, ohne dass ich von ihr zu erzähle. Auch dann nicht, wenn ich die Geschichte anscheinend allein erlebt habe. Es gab mich aber gar nicht wirklich als Einzelperson. Auch in Frankreich war ich damals nicht allein. Da war ich schon sechzehn. Schüleraustausch. Meine Gastfamilie lebte in der Bretagne, sie hatte so ein typisches bretonisches Haus aus Feldsteinen mit zwei Schornsteinen, die beide ganz außen an den Giebelseiten sitzen. Das war alles so anders als zu Hause. Die Abende am Kamin. Und die Familie war sehr nett zu mir. Trotzdem hab ich mich total fremd gefühlt. Ich konnte gut Französisch, daran lag es nicht.

Es war mein erstes Mal ohne Susette. Wir hatten uns alle nichts dabei gedacht, ich am wenigsten, ich war sogar ganz gern allein gefahren, es war einfach was Neues. Ein Abenteuer. Aber an diesen Abenden am Kamin mit dem allerbesten Essen, da war ich so schweigsam und ernst, dass meine französische Gastmutter sich Sorgen um mich machte. Ich konnte nicht sagen, was ich hatte, ich wusste es selbst nicht ...« Michelle schloss die Augen. Es dauerte, bis sie weitersprach, und alle warteten still. Schließlich räusperte sie sich.

»Als du das eben gesagt hast, Hakan – wie das wohl ist, wenn es einen zweimal gibt – da hab ich das erst gar nicht richtig gehört. Dann hab ich das Bild von mir mit sechzehn eingeblendet. Und aus irgendeinem Grund hab ich gesagt, dass es mich da schon nicht mehr doppelt gab. Das ist einfach so raus gekommen. Und im nächsten Moment kam ein ganz komisches Gefühl. Wenn – wenn ich ganz ehrlich bin, dann – dann ist es – Erleichterung. Jedenfalls ein Gefühl, das sich erleichtert anfühlt.« Michelle saß immer noch in derselben, sehr geraden Haltung. Als sie wieder zu sprechen begann, sank sie langsam in sich zusammen. »Da in der Bretagne bei Kaminfeuer und Kerzenlicht und auf dem Tisch die Käseplatte fürs Dessert und eine Schale mit Obst und auf meinem Teller ein Stück sahniger Weichkäse und ein aufgeschnittener Pfirsich, halb aufgegessen – komisch, das ist alles so deutlich, so echt, als ob ich jetzt da wäre ... Draußen auf dem Flur schepperte das Telefon und mein Gastvater tupfte sich den Mund, legte die Serviette neben seinen Teller, stand auf und ging raus, und man hörte ihn draußen rufen: »Ah, Monsieur Schuls!« und dann nur noch »Qui, qui, mais qui« und schließlich rief er mich. Und als ich zugehört hab, was mein Vater mir gesagt hat – in dem Moment muss ich wohl diese Puppe geworden sein, die ich auf dem einen Foto bin, bleich und starr und riesengroß geschminkte Augen.«

Michelle schien die Luft anzuhalten und ihre eigene Erinnerung ungläubig anzustaunen. Nach einer Weile wurde es kurz dunkel, dann erschien wieder das Foto mit den jungen Leuten am Tisch.

»Hat dein Vater dir ...«, fing Siri an.

Michelle drehte sich zu ihr hin, sah sie aber nicht an, starrte an ihr vorbei und dann wieder hoch auf das Bild an der Hauswand. Siri sah, dass sie mit etwas rang, wollte ihre Hand auf die von Michelle legen, aber ihre innere Stimme sagte, dass das jetzt daneben wäre.

»Susette war gestorben.« kam schließlich von Michelle. »Aneurysma. Ein Blutgefäß im Gehirn hat sich aufgeweitet und ist geplatzt. Mitten in der Nacht muss das passiert sein. Meine Eltern haben sie morgens tot gefunden.

Was ich schlimm fand, war, dass sie es mir nicht sofort gesagt haben. Erst am Abend. Das war mein erstes Gefühl. Sowas wie Protest. Wut. Irgendwas ganz Komisches. Ich war weg und sie fingen schon an, mich zu behandeln, als ob ich nicht mehr dazugehöre. Das war alles vollkommen schräg. Heute denk ich natürlich, dass meine Eltern vielleicht die Zeit bis zum Abend gebraucht haben ...«

Sie blendete ein weiteres Foto ein: Michelle mit bunter Strickmütze und ebenso buntem Schal und gelber, dicker Jacke, die Hände in gestrickten Fausthandschuhen erhoben, das Gesicht von einem anrührenden, auch befreitem Lächeln verzaubert, sie schien zwischen Mitte dreißig und Mitte vierzig zu sein.

»Was ist denn jetzt los? Die sind ja alle durcheinander!« Sie blendete das vorangegangene Foto und dann die sechzehnjährige Michelle wieder ein, ließ es stehen, schaute Siri an und sagte: »Ich war aber auch traurig! Unendlich traurig. Die Erwachsenen haben sich Sorgen um mich gemacht, und man sieht es ja auf dem Bild: Ich war versteinert. Aber da war die ganze Zeit auch was ganz Eigenartiges. Ich hab's nicht wirklich wahrgenommen. Aber jetzt weiß ich es: Das war Befreiung.«

»Du warst nicht mehr doppelt.« Hakans Stimme kam aus dem Hintergrund, und wieder klang es, als hätte ein Gedanke sich selbstständig gemacht und wäre einfach über seine Lippen gesprungen.

Michelles Augen vergrößerten sich, um im nächsten Augenblick zu Schlitzen zu werden. Jetzt legte Siri doch ihre Hand auf die von Michelle und flüsterte: »Erleichterung gehört genauso dazu wie Trauer. Auch Wut oder Ärger oder was auch immer.«

Michelle hatte den Blick beim Zuhören gesenkt, als wollte sie nicht, dass Siri ihre Augen sah, und nickte vor sich hin. Dann machte sie sich plötzlich sehr gerade, hob wie bedauernd die Hände und sagte: »Tut mir leid! Wir haben uns jetzt so viele traurige, schwere Geschichten erzählt, und ich nun auch noch.« Ihr Blick wanderte zwischen den andern umher und schien um Entschuldigung zu bitten. Wieder zu Siri gewandt, rief sie: »Können wir uns nicht auch anders nahekommen? Immer nur mit Schwerem?«

»Doch. Können wir. Es ist auch gar nicht das Schwere, das uns zusammenbringt. Das ist nur der Untergrund. Darauf kann das, was das Herz berührt, besonders hell aufscheinen.«

Niemand regte sich. Alle schienen in der jeweiligen Bewegung oder Ruhestellung zu verharren.

Miró räusperte sich schließlich, bewegte den Mund, ein Teil seines Riesenschnurrbart verschwand, als würde er darauf kauen, dann murmelte er: »Wenn ich euch so erzählen höre ... Also – es scheint ja wohl Vieles an mir vorbeigegangen zu sein. Ihr wollt bestimmt nicht mit mir tauschen, aber ich auch nicht mit euch. Obwohl – auch ich musste geliebte Menschen begraben, gab zwar nicht viele, meine Eltern natürlich, die waren bis zuletzt für mich da – und …« Er hielt inne, kämmte seinen Schnauzbart mit den unteren Zähnen, starrte vor sich auf den Tisch.

»Und was?«, fragte Michelle schließlich.

»Und wen«, korrigierte Miró, ohne aufzuschauen.

Michelle ließ nicht locker. »Ja, wen?«

»Elsbeth. Die Frau, die immer zu mir gehalten hat. Wäre ich nicht im Rollstuhl gewesen, hätte ich sie geheiratet.« Mit den letzten Worten drehte er schon vom Tisch weg und rollte in Richtung Flur.

»Warte, Alter, ich komm mit!« Hakan stand auf und beugte sich auf seine steife Art zu den anderen hin, während er nach seinem Stock tastete. »Danke, Michelle«, murmelte er, dann holte er Miró ein, hielt ihm die Tür auf und verschwand mit ihm.

»Ja, danke dir, Michelle!« Fred stand auch auf, stöhnte, als er halb hoch war, und bog langsam und mit geschlossenen Augen seinen Rücken durch. »Schön, was du da eben gesagt hast, Siri.« Er nickte vor sich hin und schickte sich an, ebenfalls zu gehen, blieb aber noch einmal stehen. »Ist alles okay, Michelle. Mir war da nichts zu schwer oder so. Mach dir keine Gedanken über uns. Sei lieber lieb zu dir selbst.«

Er stand inzwischen seitlich neben Michelles Stuhl, ließ kurz seine Hand ihren Oberarm hinunter streicheln und wartete auf ihre Antwort. Sie hob den Kopf, sah ihn an, schien zwar gehört zu haben, dass er etwas gesagt hatte, aber es war wohl nicht wirklich bei ihr angekommen.

Auch Gregor erhob sich, und nicht nur Siri merkte, dass er Mühe damit hatte. Er war sicher froh, sich hinlegen zu können. Sie beide wussten, dass er in solch einem Zustand meist schnarchte. Deshalb wohl steuerte er den Flur und nicht Siris Räume an, trat auf dem Weg an ihren Liegestuhl heran, streichelte ihre Wange und sagte »Gute Nacht! Schlaft gut, ihr alle!«.

»Schlaf auch gut, mein Herz.«

»Gut' Nacht«, murmelte Michelle. Gregor hörte es nicht mehr, die Tür zum Flur fiel schon hinter ihm ins Schloss.

Siri verharrte neben Michelle, doch erhob sie sich kurz und drehte ihren Stuhl um, so dass sie Richtung Meer saß. Michelle tat es ihr nach. ›Zwei alt gewordene Frauen‹, dachte Siri, ›aber den Mädchen, die wir mal waren, näher als je zuvor.‹ Ihr Blick folgte dem Leuchtturmstrahl und blieb an seinem Schwenken hängen wie hypnotisiert. Kaum Brandung, fast nur das abendliche Geplänkel der Möwen.

»Ich kann an nichts anderes mehr denken als daran, dass ich erleichtert war«, flüsterte Michelle.

Auch Siri beschäftigen Michelles Worte von vorhin noch sehr. Und jetzt wusste sie auch, woran sie sie erinnerten. »Weißt du«, fing sie an und besann sich, denn beinahe wäre sie gleich auf den Punkt gekommen, und das hätte sich angehört, als würde sie Michelles Gewissensnöte fortwischen wollen. Besser, sie holte etwas weiter aus. Sie räusperte sich und fing erneut an: »Weißt du, ich hab mit meinem Sohn immer ein sehr inniges Verhältnis gehabt, trotz aller Höhen und Tiefen.« Sie sprach nun sehr langsam, wägte sorgfältig ab, was sie erzählte und was nicht. »Und dann gab es einen Bruch zwischen uns. Ich weiß bis heute nicht, warum. Es brach ein vollkommenes Schweigen aus. Von Freunden und Bekannten wurde ich damals immer wieder gefragt, wie es ihm geht, und jedes Mal musste ich sagen, dass ich es nicht weiß, dass er nicht auf meine Briefe und nicht auf meine Telefonanrufe antwortete, und irgendwann kam der Moment, da hörte ich mich sagen: ›Und wenn mir das auch wehtut und ich es sehr gern anders hätte – gleichzeitig erleichtert es mich. Endlich hab ich mein eigenes Leben zurück.‹ Und so war es. Ich musste nicht mehr an dem ständigen Auf und Ab eines Drogenabhängigen teilnehmen, ich fühlte mich nicht mehr verantwortlich, nicht mehr in der Pflicht, ich musste keine Schuldgefühle mehr abarbeiten – ich hatte endlich mein Leben nur für mich.«

Michelle hatte sich beim Zuhören wohl vom Leuchtturmstrahl hypnotisieren lassen, jedenfalls blieb sie ohne Reaktion, starrte nur weiter hinaus. So konnte Siri dem, was sie eben gesagt hatte, noch einmal hinterherspüren. Ja, auch das war eine Wahrheit. Denn obwohl Manuel nie wie andere Drogenabhängige gewesen war, sie nie um Geld angebettelt, nie betrogen hatte, war Siri in dieselbe Zwangsjacke gefesselt gewesen, in der viele Angehörige von Süchtigen steckten: Immer etwas tun wollen, sich kümmern, da sein, zur Drogenhilfe, zu Selbsthilfegruppen gehen – und obendrein den schwersten Rucksack tragen, den es geben kann: Schuld.

Denn dass er überhaupt in den Drogen gelandet war, das hatte mit seiner Geschichte zu tun. Da war sie immer sicher gewesen. Manuel musste sich betäuben. Das Leben war für ihn vor allem schmerzhaft. Was er schleppte, das wog mit Sicherheit weit schwerer als ihre Schuld und es ließ sich obendrein nicht greifen. Nur als dumpfer Schmerz im Körper, in den Gedanken, im Fühlen, im Sein. Seit er süchtig war, nannte sich das Entzug – doch der Entzug war in Wahrheit schon vor der ersten Droge da gewesen, etwas hatte lange schon an ihm gerissen, und er hatte nicht gewusst, was da riss und warum. Aber seit er die Droge kannte, hatte er gewusst, was er dagegen tun konnte. Nur damit aufhören konnte er nicht mehr.

Und dann, als er sich endlich aus alldem heraus zu arbeiten begann, ein neues Leben versuchte, eine Frau, ein Zuhause, ein Job, genau das, was er brauchte, und es ging auch wirklich heraus aus dem Tal – aber ausgerechnet da kam von ihm nichts mehr als Schweigen.

Siri hatte es nicht verstehen können, trotz dieser seltsamen Erleichterung nicht. Schließlich hatte sie versucht, ihn zu vergessen, und manchmal war ihr das für eine gewisse Zeit auch gelungen. Und manchmal schien alles gut zu sein, so wie es war. Er würde seine Gründe haben, und sei es, dass er nur in diesem neuen Leben Fuß fassen konnte, wenn er das alte ganz und vollkommen hinter sich ließ. Und dann wieder holte der Schmerz sie ein und stach ihr ins Herz, und sie fühlte sich wie viel zu schwer bestraft.

»Es gibt wohl selten nur ein Gefühl für sich allein«, sagte sie leise. »Vor allem dann, wenn es um einen schweren Verlust geht. Auch als ich Amo verloren hatte, war neben allem Schmerz Erleichterung da. Natürlich! Es ist eine Erlösung, wenn das Sterben vorüber ist und das Leben endlich wieder vornean steht. Es ist auch eine Erleichterung, wenn die Schwester stirbt und du endlich ungestört du selbst werden kannst.«

»Ja«, flüsterte Michelle, und sie klang wie ein kleines Mädchen, dem man gesagt hatte, es müsse brav sein. »Weißt du, als ich die Bilder für die Diaschau zusammengestellt hab – da hab ich überhaupt nicht daran gedacht, dass auf dem ersten Bild meine Schwester ist und nicht ich. Nicht, dass ich euch Susette als Michelle verkaufen wollte, nein … Ich hab wirklich vorher nicht ein einziges Mal gedacht: Hey, das bin ich doch gar nicht! Das war nicht in meinem Kopf! Und das hat einen Grund: Ich hab früher keinen Unterschied zwischen ihr und mir gemacht. Verstehst du? Und darum hat es mich so aufgeschreckt, als Hakan irgendwas von doppelt gesagt hat …« Sie schien immer noch unter Leuchtturmhypnose zu stehen, so tonlos, wie sie sprach, und wie von ganz weit her. Plötzlich riss sie ihren Blick von dort los und schaute Siri an.

»Es hat mich zweimal gegeben … Ja.« Michelle flüsterte nur. Erst, als sie weitersprach, hob sie ein wenig die Stimme. »Ich hab mich die ganze Zeit seit Susettes Tod schuldig gefühlt. Aber warum? Ich hab das nicht wirklich gemerkt, aber da war immer sowas Dumpfes, wenn ich an sie gedacht hab. Eigentlich hab ich fast nie an sie gedacht. So wie du versucht hast, nicht an deinen Sohn zu denken. Früher, als meine Eltern noch da waren, da ging es oft um ihr Grab und um dies und um das, aber das war ja nicht Susette. Das war noch nicht mal ein Nachklang von ihr. Sonst hätte ich es wohl auch nicht ertragen, war ja eh schon schwer für mich. Und jetzt … Das ist wie ein Fingerzeig, dass sich dieses Foto von ihr in meine Vorführung geschmuggelt hat.«

»Ja«, sagte Siri. »Das kommt mir auch so vor.«

»Ich muss dir was sagen – ist nur ein Gedanke, aber er drängt so, ich kann nicht anders … Siri, du erzählst das niemandem, okay?«

»Versprochen.«

»Ich – also, wenn ich es heute anschaue, jetzt, dann glaub ich, dass es wichtig für mich war, dass Susette gegangen ist. Weißt du, damals in Frankreich bei den Gasteltern – da war ich nicht einsam. Das war was ganz anderes. Ich war allein. Zum ersten Mal. Und es hat aufgeatmet in mir, die ganze Zeit. Aber das durfte ja nicht sein, das konnte doch auch gar nicht sein, also hab ich das Aufatmen nicht wahrhaben wollen, und da war mir natürlich mehr als merkwürdig zumute. Nichts stimmte mehr. Und ich konnte nicht ehrlich mit mir sein. Das war vielleicht auch gut so. Ich wär mir sehr schlecht vorgekommen. Aber ich glaube, ich hab sofort gewusst, dass es wichtig für mich war, ohne Susette zu sein. Dass die Michelle, die ich jetzt bin, in den Wochen da in Frankreich erst wirklich geboren worden ist. Ausgerechnet in dem Land, aus dem mein Name kommt!

Wenn du Zwilling bist – na ja, das geht vielleicht nicht allen so, da darf man nicht verallgemeinern, bei uns war es wahrscheinlich extrem: die gleichen Klamotten und alles andere auch. Jeder Buntstift, jeder Zeichenblock, alles musste genau gleich sein. Die Frisur … Alles. Wir haben das hingenommen, wir waren eben die süßen Zwillinge. Aber jetzt kommt es mir vor, als hätten wir in einer Art Betäubung gelebt. Sogar mit fast sechzehn waren wir noch die braven Vorzeigezwillinge, durch und durch auf gleich gestylt – und zwar hauptsächlich von unserer Mutter. Und dann bin ich allein nach Frankreich gefahren. Heut noch kann ich das kaum glauben. Es war eigentlich ein Ding der Unmöglichkeit. War auch blanker Zufall: Wir sollten erst in eine ganz andere Familie, und natürlich zusammen. Da ist aber jemand krank geworden, und dann gab es nur noch für eine von uns einen Platz. Wir haben Streichhölzer gezogen und ich hab den Platz gekriegt.

Da hab ich dann dieses französische Leben gelebt und konnte mir nicht eingestehen, dass ich es gut fand, herrlich, wunderbar! Und am herrlichsten war, dass ich endlich mal nur ich sein konnte. Ich hab auf diesen Fleck meines Leben lange nicht mehr zurückgeguckt, und als das alles vorhin auf einmal da war, ist es in mir losgegangen, als ob eine Schneelawine von einem Viertausender runter donnert!«

Siri holte Atem, wie um zu sprechen, überlegte und sagte erst nach geraumer Zeit: »Die Qualität macht ein Leben wertvoll. Nicht die Quantität. Und vielleicht ist es wahr, dass manche Lebensthemen, die eine Seele sich zu erforschen vorgenommen hat, in recht kurzer Zeit erledigt sind. Vielleicht war es so bei Susette.«

Michelle hatte ihre zusammengelegten Hände an ihren Lippen gelassen. Nun senkte sie sie langsam, bis sie in ihrem Schoß auseinander fielen. Als sie sich zu Siri wandte, lächelte sie. »Dass ich im Alter noch mal so viel leichter werde …« Sie lachte leise auf. »Ich schweb' jetzt mal ins Bett, Siri. Irgendwie ist mir nach weinen zumute, aber ich glaub, das kann ich nur alleine.«

Siri nickte und stand mit Michelle zusammen auf. Eine innige Umarmung, und sie gingen jede zu einer der Terrassentüren, winkten sich dort noch einmal zu, und Siri trat in ihr Zimmer, in dem es intensiv nach der einen Rose roch, die sie vor den Spiegel auf die Kommode gestellt hatte.

***

Gregor war ein anderer, das hatte Siri schon gemerkt, als er zum Frühstück heruntergekommen war und auf der Treppe laut gesungen hatte, irgendetwas, das nach Oper geklungen hatte. Die Worte hörten sich italienisch an, waren aber reinste Fantasiesprache. Seine Stimmung färbte sofort auf sie ab. Sie hatte noch am Buffet gestanden und sich von den leckeren Sachen ausgesucht, sehr reife Pfirsiche, köstlichen Joghurt, ein Brötchen, ein bisschen Erdbeermarmelade – da hatte er ihr im Vorbeigehen tatsächlich auf den Hintern geklopft und mit verruchter Stimme »Na, Süße« geraunt. Sie hatte hell aufgelacht und den Kopf geschüttelt und sich dann gewundert, dass er an der gemeinsamen Tafel immer stiller und ernster geworden war. Vielleicht, weil auch niemand anderes irgendwelche Witze riss, sondern alle ernst und schweigsam waren. Michelles Künstlertreff wirkte wohl noch nach.

Als Siri schließlich aufstand, um nach oben zu gehen, stand auch Gregor auf und legte den Arm um sie, während sie in Richtung Fahrstuhl schlenderten. Sie gingen beide sehr steif, Muskelkater setzte ihnen zu. Als sie oben aus dem Rumpelgefährt stiegen, fragte Gregor: »Fährst du mit mir in den Ort? Ich will mal gucken, ob es da ein passables Zimmer für Freya gibt.«

»Sie kommt?«, rief Siri und strahlte ihn an.

»Na ja, es könnte doch sein.«

»Hat sie denn jetzt geantwortet?«

»Ach so, das weißt du ja noch gar nicht. Ich hab sie angerufen gestern Abend. Ich hab's nicht mehr ausgehalten.«

»Und?«

Sie waren inzwischen auf dem Balkon angekommen, standen dort ganz vorn und lehnten sich beide mit den Ellenbogen auf den Rand der Balustrade.

»War komisch. Ich hab wohl gestört.«

»Lass dir doch nicht alles aus der Nase ziehen! Was hat sie gesagt?«

»Es passte wohl irgendwie grad überhaupt nicht. Sie ruft mich heute Abend an.«

»Und wie klang sie? Unfreundlich?«

»Nein, sie war lieb. Wollte mich eh heute anrufen, hat sie gesagt.«

»Und daraus schließt du, dass sie kommt?«

»Daraus nicht. Ich weiß es. Keine Ahnung – es ist plötzlich ganz klar. Sie kommt und es wird gut!«

Siri sah an seiner Miene, dass er das nicht wirklich ernst meinte, dass seine Worte einfach eine Haltung beschrieben, die er gern hätte. Sie lächelte. »Und du kannst es nicht aushalten, noch nicht zu wissen, wo sie wohnen wird?«

»Manchmal bist du wie Mine!« Gregor rüttelte leicht an ihr.

»Das ist ziemlich wahrscheinlich, dass es da gewisse Ähnlichkeiten zwischen mir und deiner Angebeteten gibt, ja.«

»Wieso?«

»Sonst hätte ich dich wohl nicht von ihr ablenken können.«

»Hey, warum bist du plötzlich so frech zu mir?« Gregor runzelte die Stirn.

»Vielleicht – weil ich glücklich bin.«

»Ah! Super!« Gregors Lächeln war ein wenig ungläubig, aber je länger sie einander anschauten, desto offener und freier wurde es. »In zehn Minuten unten beim gelben Jeep?« fragte er.

»Ach, lass uns doch diesmal den blauen nehmen, ja?«, sagte Siri einfach nur aus Spaß.

»Manchmal bist du wie ein Kind!« Er sah sie strafend an, lachte dann und fuhr fort: »Und genau das mag ich ganz besonders an dir.«

»Dafür ist das Alter doch da!«, kicherte sie. »Dass wir wieder Kinder sein dürfen. Bloß kindisch sollten wir nicht unbedingt werden. Aber ehrlich gesagt, auch dagegen hab ich nichts, solange es nicht unwürdig wird.«

Gregor richtete sich auf. »Ich hole mir eben eine Jacke und Geld.«

»Ich auch.«

*

Gemächlich gondelten sie die Küstenstraße hinunter, diesmal im blauen Jeep, dessen Sonnendach in dunklem Ultramarinblau und Weiß gestreift war und ebenso die Polster, die auf dem Hintersitz sogar Kissen waren. Fred, Hakan und Miró fuhren mit dem roten Strandauto in einiger Entfernung vor ihnen her. Manchmal sahen sie sie weit vorne um eine Kurve biegen. Die drei wollten im Planschbecken baden.

»Fred macht heute Abend wohl einen Künstlertreff«, meinte Gregor ganz nebenbei. »Mehr darf ich nicht verraten.«

»Jetzt *muss* ich aber mehr wissen!«

»Nein!« Es klang halb gebieterisch, halb wie ein trotziges Kind, und gerade, weil es vollkommen ernst heraus kam, musste Siri lauthals lachen. Das steckte Gregor sofort an, und in dieser Lachlaune redeten sie aus Spaß weiter in diesem Stil, jeder in der Rolle eines Kindes, Siri das Mädchen, das immer weiter drängelte und bettelte und Gregor, der Junge, der sein Wort gegeben hatte, nichts zu verraten und zugleich kaum an sich halten konnte, sich mit seinem Wissen aufzuspielen. Und das Mädchen Siri erfuhr immerhin so viel, dass ausgerechnet Hakan mit dem Gedanken spielte, noch einen Theaterabend zu organisieren, als seinen Beitrag zu ihren Künstlertreffs und als Einpersonenstück, aber genauso frei aus dem Moment heraus, wie sie es an ihrem Theaterabend alle zusammen gemacht hatten. Aber als Dreiertrupp, Fred, Miró und er, hatten sie etwas anderes vor. Was, das war und blieb geheim, da half auch Siris Schmollen und ihr »Oooch, du bist gemein«, nichts, und Gregor erzählte, um von dem Thema abzulenken und immer noch aus der Sicht des Jungen heraus von seinem großen Geheimnis, das sich als Krötensammlung herausstellte, die er alle in einem großen Tongefäß hielt, und die kleine Siri zeigte sich nicht im mindesten interessiert, sondern machte sich lustig über Kröten und die Vorlieben von Jungen überhaupt, und sie kamen die ganze Fahrt aus dem Gackern nicht mehr heraus.

»Hach, ist das schön, einfach albern zu sein!«, rief Siri, als sie am Marktplatz hielten. »Jetzt krieg ich bestimmt auch noch Lachmuskelkater!«

Gregor brummelte irgendetwas vor sich hin und stieg aus. Er hatte offenbar schon in den ernsten Modus zurück gewechselt. Vielleicht machte er sich Gedanken darüber, ob es wirklich stimmig war, hier etwas für Freya zu buchen. Siri meinte, es ihm regelrecht ansehen zu können. Ihr würde es wohl genauso gehen. Aber erst mal schauen ...

Am Dorfplatz, um den eine altertümlich gepflasterte Straße verlief, gab es ein kleines Restaurant mit hellblauen Tischen und dunkelblauen Stühlen, die gerade Lehnen und geflochtene Sitzflächen hatten. Drei von diesen Ensembles standen auf dem Bürgersteig vor dem Restaurant, vier auf der anderen Seite der Straße auf dem Dorfplatz, den uralte Platanen beschatteten. Ihre Stämme erinnerten Siri immer an die langen Hälse von Giraffen, ähnlich ungleichmäßig gefleckt.

Über der Gaststube sollte es zwei oder drei Gästezimmer geben. Auf jeden Fall waren dort zwei Fenster mit den typisch südländischen Lamellenfensterläden im selben kräftigen Blau wie die Stühle.

Sie gingen hinein, ließen sich von einer älteren Frau mit runden Wangen und gewelltem, mit grauen Strähnen wie mit Bändern durchzogenem Haar nach oben führen und schauten sich die Zimmer an.

Es waren drei, alle hübsch und sauber, alle mit dunkel- und hellblauer Bettwäsche, und als Gregor Siri fragend ansah, meinte sie: »Einfach, aber das macht es umso stimmiger, finde ich, und romantisch.« Auf dem Flur gab es zwei Toiletten und ein Bad mit zwei Duschen hinter Vorhängen.

»Und du? Magst du es?«, fragte sie und hob die Brauen.

»Ist okay, ja.« Gregor sah sie unsicher an.

Als sie in dem letzten Zimmer, das nach hinten zum Garten heraus lag, standen, rief Siri sofort: »Oh, ist das schön! Ich würde das hier nehmen!« Hier standen die Fensterläden offen, man sah über blühende Bougainvillea und Oleander, Yuccapalmen und Orangenbäumchen hinweg sogar einen glühend blauen Streifen Meer.

»Meinst du?«

»Unbedingt! Hier wird es außerdem ruhiger sein! Vielleicht solltest du reservieren.«

»Meinst du?«

»Ja.« Siri lächelte in sich hinein. Dieses ›Meinst du?‹ wieder – wie oft hatte Amo sie so gefragt und als er schon sehr krank war, hatte er sie dabei so rührend vertrauensvoll angesehen, als sei sie ein Engel, der alles durchschaute und wusste.

»Aber ich weiß doch noch gar nicht ...« Gregor hielt inne, dann nickte er und fragte, ob das Zimmer am kommenden Wochenende und an dem danach frei sei und reservierte gleich.

»Dran glauben tut gut!«, flüsterte er Siri zu.

Als alles erledigt war, schlenderten sie ein paar Schritte um den Platz und in eine Gasse hinein, die dann aber steil den Berg empor führte. Sie waren zu lahm für den Anstieg. Siri ging ein paar Schritte zwischen die Häuser und schaute in einen Hof, und als sie wieder neben Gregor stand und der fragte, was es dort gegeben hätte, meinte sie: »Da gibt es ein paar alte Holzschuppen, grau und teilweise schon halb offen verfallen, und ein paar Hühner laufen rum und tun, was Hühner so tun: gackern und scharren und fremde Leute anstarren!« Und kaum hatte sie ausgesprochen, ging ihr Giggeln von vorhin wieder los. Sie schlenderten zurück zum Platz, setzten sich unter den ausladenden Platanen dort an einen der Tische des Restaurants, bestellten frisch gepressten Orangensaft und Gregor zupfte so lange kleine Stücke aus der blauen Papierserviette, bis er eine Nachbildung ihres Strandautos vor sich hatte. Endlich sah er Siri an und fragte, was ihn wohl schon die ganze Zeit beschäftigte: »Ob da – noch was schiefgehen kann mit Freya und mir?«

Siri sah ihn offen an. »Es geht nichts schief, mein Herz, es wird schön. Sie hat dich bestimmt genauso vermisst wie du sie.«

»Ich hab sie gar nicht so sehr vermisst. Man denkt irgendwann nicht mehr an den anderen. Selbstschutz.«

Siri zog nur die Schultern hoch. »Ja. Aber sagt das nicht erst recht, dass einem der andere eigentlich fehlt?«

»Klar.«

Siri stellte sich vor, wie er Freya in einem der Strandautos vom Bahnhof abholte und sie hinaustrat in die Sonne und ihn da stehen sah vor diesem bunten Auto in seinen Lederhosen mit weitärmeligem, weißen Biesenhemd und einem blauen Stirnband im Haar, die grauen Locken immer noch so üppig und wirr wie früher. »Sie hat bestimmt Herzklopfen, wenn sie dann vor dir steht, und du wohl auch. Aber wie ich dich kenne, wirst du ihr einfach sagen, dass du gerade aufgeregt bist wie ein Junge bei seinem ersten Date und ihr zeigen, wie deine Hände zittern, ihr werdet ein bisschen lachen, sie wird wahrscheinlich nicken und die Hand auf ihr Herz legen, damit du weißt, auch ihrs schlägt sehr, und auf deinem Gesicht wird ein bezauberndes Lächeln aufgehen wie immer, wenn du berührt bist, du wirst die Arme ausbreiten, und sie wird sich einfach hineinschmiegen und an deiner Brust ›Hallo, Papa!‹ flüstern.«

Genau das Lächeln, das Siri gemeint hatte, war bei ihren Worten immer deutlicher in Gregors Zügen erschienen. Er nickte vor sich hin, als ob er die Szene vor sich sah und noch ein wenig genoss. Erst nach einer Weile fragte er in sehr vorsichtigem Ton: »Wie war es bei dir und Manuel, als ihr wieder zueinander gefunden habt? Du hast noch nie davon erzählt. Magst du?«

Siri nickte. »Leicht war es. Sehr leicht. Eigentlich war es, als hätte es diese lange Unterbrechung nie gegeben. Ein wenig scheu haben wir uns begrüßt und auch nicht gleich in den Arm genommen, das kam erst ein paar Tage später. Und nach einer etwas unbeholfenen allerersten Phase haben wir angefangen zu reden. Ich glaube, es war unser Sicherheitsnetz, gewebt aus vielen Worten, die immer mehr aus uns heraus strömten. Wir haben von selbst das Beste getan, was wir machen konnten: Wir haben uns von uns erzählt, so viel, dass ich manchmal sehr erschöpft war. Stunden und Tage haben wir geredet. Und wir haben dabei nur aus dem Brunnen der Gegenwart geschöpft, nicht aus dem der alten Befindlichkeiten. Wir haben ganz neu geguckt, wer wir selbst jetzt sind und wer der andere inzwischen geworden ist. Und ich habe einen wunderbaren Menschen kennengelernt, den ich schon

längst kannte. Ich hab auch einiges von seinem Vater in ihm wieder-
erkannt, diese besondere Art von Witz und Humor, aber bei Manuel
war kein bisschen Sarkasmus darin. Dafür war seine Warmherzigkeit
sehr groß geworden.«

Gregor hatte beim Zuhören zu den Fenstern im Obergeschoss des
Restaurants hoch geschaut und genickt und gelächelt. Nach einer
Weile fragte er: »Sollen wir noch mal gucken, ob die drei zurecht-
kommen mit ihrer Badetour?«

»Das kriegen die schon hin. Ansonsten können sie uns ja anrufen.
Lass uns noch mal zur großen Brücke und ein bisschen am Hafen
spazieren gehen, ja?«

»Wie Euch beliebt, meine Prinzessin!«

*

Die beiden kamen zum Mittagessen gerade richtig. Als sie Hand in
Hand in der Terrassentür standen, rief Michelle: »Wo ist dein Blumenstrauß, Siri? Ihr seht aus, als ob ihr gerade geheiratet habt!«

Gregor und Siri lächelten sich an und Gregor zwinkerte ihr kaum
merklich zu. Die anderen saßen schon alle am Tisch. Sie setzten sich
dazu, aber bevor sie sich eine Antwort auf Michelles Frage einfallen
lassen konnten, kam Filipa mit einem Tablett heraus, auf dem kleine
Schälchen mit einer rötlichen Suppe standen und sechs Esslöffel lagen.
»Ein bisschen Platz bitte für die Vorspeise!«, rief sie, und während sie
jedem seine Portion servierte, kratzte Gregor seine Locken und sagte
laut und vernehmlich: »Wir haben schon mal unser Logis für die Flit-
terwochen gesucht.« Er grinste dabei, und sein Blick traf auf den von
Hakan.

Der rieb sich mit der einen Hand die Wange, während er mit der
anderen nach dem Löffel griff. Zugleich zog er die Stirn in tiefe Steilfalten und sagte mit heruntergezogenen Mundwinkeln mehr vor sich
hin als zu Gregor: »Ist euch hier wohl nicht privat genug.«

Gregor ließ es als Scherz durchgehen und widmete sich mit einem
langgedehnten Stöhnen der Suppe. Fred fiel gleich mit ein, stöhnte
noch ausladender und hauchte dann. »IST DIEE GUT!«

»Oh ja!« Michelle klang fast, als jammerte sie. »Wir müssen Filipa
unbedingt mal eine Freude machen!«

»Aber auch den anderen!« Miró wandte sich ihr zu und zog die
Brauen hoch.

»Dann ist es ja nichts Besonderes mehr, nur für sie.«

»Muss es auch nicht. Wozu?«

»Weil Filipa herausragend ist! Sowas Gutes kriegst du nicht mal im Viersternerestaurant!«

»Woher willst du das denn wissen?«

»Na hör mal …«

»Hallo?«, rief Fred dazwischen. »Wollt ihr uns nicht auch mal fragen, was wir davon halten?«

»Wie n' altes Ehepaar!« Hakan schüttelte den Kopf. Er hatte mit offenem Mund dem Disput zwischen Michelle und Miró zugeschaut. Jetzt erst begann er, seine Suppe zu löffeln. Siris Blick war die ganze Zeit nicht von ihm gewichen. Sie kannte ihn von früher so nicht, und sie konnte auch nicht glauben, dass das wirklich der Hakan war, den das Alter aus ihm gemacht hatte.

***

Der Abend hatte sich schneller über das Land gelegt, als es der goldenen Nachmittagssonne lieb sein konnte, denn es musste ihr doch Freude machen, durch die Bäume hindurch helle Sprenkel auf den steinigen Boden des Strandgartens zu legen und jedes einzelne Blatt der Yuccapalmen und Oleanderbüsche mit Goldflecken zu betupfen.

Siri und Michelle schlenderten den gewundenen Weg entlang zur Pforte in einem Schweigen, das sich vertraut und warm anfühlte, und als sie ganz vorn stehenblieben, hinunter auf den Strand schauten und Siri beide Hände auf die Pforte legte, lag auf einmal Michelles Hand auf ihrer, warm, beschützend und wie ein Angebot für eine Freundschaft. Siri streichelte Michelles Handrücken, und die beiden genossen ohne ein Wort den rötlichen Goldglanz auf dem öligen Ozean.

Auf einmal stand Gregor hinter ihnen und legte jeder von ihnen eine seiner schweren Hände auf die Schulter. »Bleibt einfach so«, flüsterte er, und Siri hörte an seiner bröckelnden Stimme, dass ihn etwas berührt hatte und es noch immer tat.

»Ich hab grad mit meiner Tochter gesprochen. Es war ...« Seine Stimme zerbröselte vollends. Siri neigte den Kopf zur Seite, so dass ihre Wange seine Hand auf ihrer Schulter berührte. Sie blieben einfach so, alle drei. Und als wollte er ein kleines Zwischenspiel geben, tauchte der Mond dort draußen hinterm Leuchtturm aus dem rötlichen Abenddunst auf und stand gleich danach hinter der Leuchtturmspitze.

»Schaut mal, der Leuchtturm hat einen Heiligenschein«, flüsterte Michelle.

Ein leises Schniefen kam von Gregor. Dann sagte er mit jetzt heiserer und wie verschnupfter Stimme: »Es war einfach nur schön. Ich konnte gar nicht viel sagen. Sie wohl auch nicht. Sie hat Papa gesagt. Zwei- oder dreimal. Zum ersten Mal seit Jahren. Und dass sie kommt. Bald.«

Michelle schluchzte einmal leise auf, und auch Siri waren die Tränen gekommen. Der Mond erhob sich ganz allmählich über den Leuchtturm hinaus und ging alleine seinen Weg weiter. Die drei standen beieinander, schienen wie eine von Gregors Statuen miteinander zu einer Gestalt verwoben und schauten hinaus.

*

Gregor hatte Miró abgeholt. Der wollte zwar jetzt kaum noch Hilfe, aber vor einigen Minuten hatte er Gregor angerufen und ihn genau darum gebeten. Siri, Hakan und Fred saßen schon vor der Bühne, wo der heutige Künstlertreff, den Fred, Hakan und Miró angekündigt hatten, stattfinden sollte.

Miró rief: »Ist wieder mal passiert! Dabei waren wir heute schwimmen, aber na klar, ausgerechnet, wenn ich was vorhabe, dann krieg ich nicht mal den Rollstuhl richtig bewegt. Klar, ich hab noch den elektrischen, den kann ich mit zwei Fingern steuern, aber ehrlich, da drin komm ich mir wie n' Vollkrüppel vor! Außerdem muss ich da auch erst mal reinkommen ...«

»Hey, Alter, alles gut!« Hakan nickte Miró mit ernster Miene zu und erhob sich mit leisem Stöhnen.

»Nix ist gut!« Miró deutete mit dem Kinn auf die Brust. »Hier drinnen, da geht die Angst um, dass es irgendwann gar nicht mehr geht, dass ich wirklich nur noch zwei Finger bewegen kann.«

»Mach dir keine Angst, mach dir lieber Freude«, sagte Gregor, der immer noch hinter ihm stand, um den Rollstuhl gleich noch woanders hinzuschieben, wenn Miró es wollte.

»Klingt zynisch.«

»Tut mir leid.«

»Braucht es nicht. Bist eben verliebt.«

»Nee! Verliebtsein hab ich diesmal übersprungen. Könnte ich gar nicht mehr ab, dieses ganze Verrücktsein. Das Echte ist viel besser.«

»Aha.« Miró wandte sich halb um und sah ihn an, als wollte er Gregors Zustand überprüfen, nickte dann und meinte: »Ich kann zwar nicht wirklich mitreden, die ungefähr siebzehn oder achtzehn Mal, die ich verliebt war, die waren nur aus der Ferne und vor allem unglücklich ... aber sie bestätigen, was du da sagst. Und das eine Mal, als es wirklich Liebe war, erst recht.«

Michelle kam dazu. Gregor erklärte ihr, dass ihr Künstlertreff sich um wenigstens einen Tag verschieben würde, weil Miró sich kaum bewegen konnte. Es ging ihr nah, das zeigte sich deutlich in ihrem Gesicht. Hakan schaute mit tiefen Sorgenfalten zu Miró hin und sah dennoch viel weicher aus als in all den Tagen zuvor.

»Dann brauchen wir hier ja nicht vor der leeren Bühne zu sitzen«, meinte Miró, sah zu Gregor hoch und nickte denn zur Glastür hin, die auf die Terrasse führte.

»Da steht sogar noch was für uns, war als Nachtmahl gedacht oder als nächtlicher Nachtisch.« Michelle ging ihnen voraus und öffnete für Gregor und Miró die Terrassentür. Die anderen folgten ihnen nach draußen, wo eine sanfte Beleuchtung zu einem Abend unterm Sternenhimmel einlud.

Unter einer Haube aus rotbraunem Steingut wartete ein Nachtisch: griechischer Joghurt mit gratinierten Quittenstücken und Apfelscheiben und oben darauf einer gekringelten Honigspur und fein gestreutem Zimt. Siri verteilte gleich die Tellerchen und Löffel, füllte sich selbst ein wenig auf, schloss die Augen und stöhnte leise, als sie den ersten Bissen nahm.

»Ach übrigens, das mit den Rahmungen kann jetzt losgehen!« Gregor schaute erst Miró und Hakan an, wandte sich dann Michelle zu und ergänzte: »Horst macht wie versprochen Einrahmungen, ihr müsst sie nur bestellen, und er zieht auch Fotos auf Karton auf, wenn du es willst. Er hat sich extra schlau gemacht, wie man das sauber und akkurat hinkriegt.«

»Toll!« rief Michelle und nickte vehement, als Gregor fragte, ob sie das in Anspruch nehmen wolle.

Trotz Honigjoghurt und Gregors Bekanntmachung bekam Siri mit, dass Fred zu Miró hinüber sah, fragend die Brauen hob, und als Miró nickte, tupfte Fred sich den Mund, legte seine Serviette beiseite, strich mit beiden Daumen von der Mitte nach außen über seinen Moustache und sagte dann sehr zurückhaltend, beinahe zu leise: »Ich habe eine Geschichte für euch, wenn ihr wollt.«

Gregor nickte sofort, auch Hakan begann abwesend zu nicken.

»Sie ist kein Lückenbüßer, das vorweg. Es ist nicht meine Geschichte, es ist die von Miró. Und er möchte gern, dass ich sie erzähle. Wenn ihr sie hören wollt ...«

»Klar!«, kam sofort von Siri.

»Gerne, Fred«, fiel Michelle ein.

Hakan neigten bejahend den Kopf. Und auch Gregor nickte Fred zu.

Fred nahm einige Schlucke Wasser. Als er begann, hatte er seine Erzählerstimme, die tiefer und voller als die gewöhnliche war und angenehm warm klang.

»Irgendwann ist hier am Tisch ja mal die Rede davon gewesen, dass es in Mirós Leben ein wunderbares Wesen namens Elsbeth gab. Ich hatte es so in Erinnerung, dass sie zu ihm gehalten hat, trotz der Sache mit diesen Ablagerungen in seinem Gehirn und den Folgen, die das hat. Was Miró mir dann später an einem Abend erzählt hat, an dem wir uns eine kleine Flasche Ouzo geteilt haben, das hat für mich einen

Vorhang geöffnet, und ich hab etwas gesehen, was nicht leicht anzuschauen war. Trotzdem möchte ich es nicht missen. Ich bin sicher,
euch wird es auch so gehen, wenn ihr die Geschichte gehört habt.

Ihr wisst wohl inzwischen alle, dass Miró mit vierzehn nach einer
Zahnbehandlung die ersten Lähmungserscheinungen bekommen hat.
Mit sechzehn war klar, dass er im Rollstuhl leben muss, wenn er einigermaßen klarkommen will. An Krücken gehen kann er manchmal,
wenn er wirklich gut drauf ist, aber es kann jederzeit passieren, dass
seine Beine vollkommen den Dienst versagen, und wenn's ganz
schlimm kommt, die Arme auch. Damals, als ihm das in aller Trag-
weite mitgeteilt worden war, hat er dagegen an gekämpft. Er hat geglaubt, mit Sport würde er das schon schaffen. Training, Training,
Training. Aber man kann so viele Muskeln haben, wie man will, sie
brauchen jemanden, der sie lenkt, und das ist eine bestimmte Stelle im
Gehirn, die Koordinationszentrale – und es kam der Tag, an dem
Miró begreifen musste, dass er noch heilfroh sein konnte, wenn seine
Arme meistens bestens funktionierten, sein Kopf auch, und dass er mit
seinen Gewaltakten, das war sein Training nämlich, nur eins riskierte:
Dass sich durch die Stürze und Unfälle, die ihm dabei passierten, die
Ablagerungen in seinem Gehirn weiter verstreuten und auch noch an
andere wichtige Stellen legten.

Er gab den Kampf auf, aber er begriff nicht, dass er damit gesiegt
hatte. Stattdessen fühlte er sich geschlagen. Er hatte seine Kunst damals noch nicht wirklich entdeckt, hatte aber im Kunstunterricht ab
und an schon großes Lob bekommen. Und so zog ihn in den Sport-
stunden, für die er freigestellt war, die Verzweiflung in den Kunstsaal
der Schule und dort zu der Staffelei, die er in den Kunststunden be-
nutzte und die wohl inzwischen kein anderer verwendet hatte, denn
sie war noch immer tiefer als alle eingestellt, so dass er an eine darauf
gestellte, aufgespannte Leinwand gut herankäme. Es stand aber ein
großer Zeichenblock mit grob strukturiertem Papier darauf, und in
der Rinne der Halterung lagen einige Stücke Zeichenkohle. Er zog die
Bremsen seines Rollstuhls an, griff sich eins und legte los. Das Blatt
war schnell voll, obwohl so viel darauf war, dass es von weitem fast
schwarz wirkte: Er zeichnete nicht, er wütete. Riss es ab, ließ es auf
den Fußboden fallen und begann wie im Wahn das nächste zu bear-
beiten, Gestalten erschienen darauf, eine Szene voll Bedrohlichem –
und schon segelte das abgerissene Blatt zu Boden und auf dem nächsten bildete sich in Sekundenschnelle ein Gesicht heraus, aus dem Verzweiflung schrie, dann ein Mensch mit verkrüppelten Händen im

Rollstuhl – uns so ging es fort, bis der Block leer war. Er hatte nicht gemerkt, dass seit einer kleinen Weile jemand hinter ihm stand und zusah.

›Wenn ich so zeichnen könnte wie du …‹, murmelte es hinter seiner Schulter, und er blickte sich um.

›Was dann?‹, grunzte er.

›Dann wäre ich der glücklichste Mensch der Welt!‹, rief das Mädchen, das er nur aus den Augenwinkeln erkennen konnte, aschblonde Locken, große, graue Augen, breite, sehr schön geformte Nase, ein beinahe üppiger, an der Oberlippe abgeflachter Mund.

Miró hätte fast gelacht. So gelacht, dass die unzähligen Blätter auf dem Fußboden hochgeflogen wären. Aber ihm war auch nach Heulen zumute, und leider so sehr, dass er plötzlich mit dem Kopf in den Händen dasaß wie ein alter Mann und schluchzte wie ein Dreijähriger. Das Mädchen kniete sich vor ihn und sah ihn an.

Als er sich ein wenig beruhigt hatte, sie aber nicht ansehen mochte, sagte sie: ›Du würdest lieber laufen können, klar.‹ Sie sagte das sanft und so selbstverständlich, dass er trotz der Tränen aufsah und direkt in ihre grauen Augen, die ihm wie zwei offene Tore vorkamen. Da war nichts Gehässiges, da war nichts Ironisches, da war Verstehen und Mitgefühl. Das war ihm zwar nicht klar, er konnte gar nichts denken, aber es hatte eine Wirkung: Es machte den allerehrlichsten Menschen aus ihm.

›Danke‹, sagte er bloß.

›Wofür?‹, fragte sie.

›Fürs Verstehen.‹

›Gerne.‹ Sie stand auf und klopfte sich die Jeans ab. ›Lass uns ein Eis essen gehen! Ich hab ein bisschen Geld, ich lad dich ein. Hier mieft es so nach Schule, hier kann man sich nicht unterhalten.‹

Und so gingen und rollten die beiden in die Eisdiele, die sich an die Schule geklebt hatte wie eine Muschel an einen Schiffsrumpf, aßen ihr Eis auf dem kleinen Vorplatz, wo nur zwei Tische standen, und erzählten einander ihr kurzes Leben bis dorthin, wo sie gerade waren. Und als es schon zur nächsten Stunde läutete, nahm sie ihm noch eben das Versprechen ab, dass er Künstler werden müsse, und zwar mit vollem Herzen und allem Einsatz, der ihm nur möglich war, und sie rollten und gingen zurück in ihre Klassenzimmer.

Als der Schultag zu Ende war, wartete sie vorn an der Eisdiele auf ihn und fragte ihn tausend Fragen, während sie neben ihm herging, bis sie bei ihm zu Hause waren. Ihr Name, da wird wohl keiner mehr

Zweifel haben, ist übrigens Elsbeth, und ein Jahr später zog sie mit ein in Mirós Elternhaus. Seine Eltern hatten ihnen eine eigene kleine Wohnung abgeteilt. Elsbeth ist auch Künstlerin geworden, aber auf einem ganz anderen Gebiet. Sie spielte Orgel. Und sie spielte sie wie eine Göttin. Miró hat keins ihrer Konzerte verpasst und ging wegen ihres Spiels sogar in christliche Gottesdienste. Jedenfalls zwei oder drei Mal, obwohl er sich – und das ist jetzt ein Kommentar von mir – gegen alles sperrte, was ihn in der Tiefe berühren könnte. Nur Elsbeths Spiel war da eine Ausnahme: Es berührte ihn sehr, aber es machte ihn nicht traurig. Im Gegenteil. Er hat es mal so gesagt: ›Wenn sie spielt, dann mach ich die Augen zu und alles wird hell!‹

Und dann, Jahre und Jahre mit sehr vielen guten, aber natürlich auch etlichen schlechten Tagen später, musste Miró in die Kirche, um sich für immer von Elsbeth zu verabschieden. Sie hatte eine Beerdigung mit Gottesdienst und Gesang gewollt. Seine Eltern hatten für ihre Begräbnisse nicht einmal einen Trauerredner haben wollen. Aber wie man den schwärzesten Tag seines Lebens verbringt, ist ja letztendlich egal, sagte er sich, und ihr zuliebe wäre er auch auf einem Eisberg durchs Polarmeer gerudert, wenn ihr das als Trauerfeier angemessen erschienen wäre.

Er ließ sich in einen dunklen Anzug helfen und zog eine schwarze Krawatte an. Dann nahm er sie wieder ab und wählte eine weiße. Elsbeth ist wie eine Taube gewesen, also wird sie auch wie eine Taube nach oben in den Himmel fliegen, sagte er sich. Mit einer schwarzen Krawatte halte ich sie fest. Mit einer weißen lass ich sie frei.

Das wollte er. Sie freilassen. Ich verstehe das gut. Genau das hab ich auch mal gewollt. Nur manchmal will man etwas, das man gar nicht wirklich kann. In Wahrheit wollte er sie ansehen können, ihre Stimme, ihr Lachen hören, ihre weiche Hand an seiner Wange spüren, wenn sie ihn manchmal spontan streichelte.

Es kamen schwarze Jahre. Und wo sie nicht pechschwarz waren, da waren sie dunkelgrau. Auch seine Bilder hatten keine Farbe mehr.

Erst als Miro klar wurde, dass sie dadurch aussahen wie mit Kohle gezeichnet, nahm er wenigstens Blau und Grün hinzu.

Ein Mann alleine, das ist nicht gut, sagte er jeden Morgen zu sich selbst, wenn er sich im Spiegel sah. Wann holst du mich endlich, Elsbeth? Wenn du mich nicht bald holst, dann komme ich!

Zuerst war es nur so ein Spruch, meinte Miró, als er mir das erzählt hat. Und dann fing er an, Schlaftabletten zu sammeln. Es wäre nicht mehr lange gutgegangen, wenn er nicht diesen Brief bekommen hätte, auf dem etwas von einer Villa am Meer stand und dass er zu denen gehören würde, die bevorzugt dort aufgenommen würden. ›Das sieht dir sowas von ähnlich, das kommt doch von dir, Elsbeth, oder?‹, hat er sofort gefragt, und er hat sie ganz deutlich antworten hören: ›Klar! Da wartet noch etwas auf dich, du wirst staunen! Hör endlich auf zu trauern. Da wartet noch ein ganz neues Leben!‹ Wie immer hat er auf sie gehört.«

Fred machte eine leichte Verbeugung und senkte den Blick. In der langen Stille, die folgte, leuchtete mal in dem einen, mal in dem anderen Gesicht ein Lächeln auf. Auch in dem von Miró.

*

»Es gibt Knabberkram, steht auf dem Buffet!«, hatte Sabine Gregor vorhin noch schnell, als Fred zu erzählen begann und sie nach Haus wollte, ins Ohr geflüstert. Siri hatte es mit gehört, und jetzt, als ihr das Schweigen lange genug gedauert zu haben schien und sie gerade daran erinnern wollte, stand Gregor auf, ging nach drinnen und kam mit dem Tablett voller kleiner Schälchen wieder. Wie Kinder reckten alle die Hälse und griffen zu, als hätten sie bis eben gehungert. Gregor schenkte sich lieber noch Wein nach.

»Aber für dich ist der Tod kein Ende, Siri, oder?« Miró sah Siri an, als könnte sie ihm bestätigen, was für ihn immer eine Wahrheit gewesen war: dass Elsbeth noch da war, nur auf andere Weise.

»Nein«, sagte sie. »Es gibt kein Ende.«

»Das meinst du aber im geistigen Sinn, oder?«, fragte Gregor. »Denn es gibt ja auch den Satz ›Alles geht mal zu Ende‹, und der hat auch seine Berechtigung.«

Siri nickte. »Im *geistlichen* Sinn meine ich es, das Wort passt für mich besser. Es ist ja nicht der Geist zum Denken gemeint, sondern das Geistliche, in dem wir alle miteinander verbunden sind.«

»Schon wieder so eine Vorstellung, der ich echt nicht folgen kann!« Hakan zog die Brauen hoch, dass seine Stirn ein Faltenmeer war. »Manchmal kommst du mir vor wie auf Wolke siebenundachtzig. Mag ja schön sein da oben ...«

»Darf ich versuchen, es runterzuholen von Wolke siebenundachtzig?« Siri sah Hakan an. Er nickte zwar, aber es kam ihr halbherzig vor. Sie öffnete schon den Mund und schloss ihn wieder. Plötzlich klopfte ihr das Herz. ›Das geht vorbei‹, redete sie sich selbst zu und atmete tief ein. Als sie sprach, war ihre Stimme sanft und vorsichtig.

»Was ich meine, lässt sich vielleicht mit dem Bild von der Welle beschreiben. Stellt euch vor, wir sind jeder wie eine Welle im Meer. Wenn man von außen schaut, gibt es unzählige Wellen. Sie ähneln einander, aber keine ist genau wie die andere. Scheinbar gehen alle den gleichen Weg, aber auch hier sind so unendlich viele Unterschiede, wie es Wellen gibt. Jede ist ganz sie selbst, ein eigenes Individuum, aber zugleich ist sie in jedem Moment auch das Meer. Und wenn sie am Strand bricht und vergeht, dann ist das, was vergeht, ihre Wellenform, nichts sonst. Die Wassermoleküle, aus denen sie bestand, bestehen weiter. Sie ist und bleibt der Ozean.

Aber damit sie dieses Wellenleben leben konnte, hat sie vor ihrer Geburt vollkommen vergessen, dass sie der Ozean ist. Sie glaubt bis zuletzt, dass sie etwas Eigenes, Individuelles ist, und das stimmt ja auch. Was nicht stimmt, ist, dass sie *nur* das ist. Sie wird sich erinnern: Sie ist Welle und Ozean in einem. Spätestens dann wird sie sich erinnern, wenn ihr Wellendasein zu Ende ist. Wenn sie zurückkehrt in den Ozean, ohne je weggewesen zu sein.«

»Dann ist es aber aus mit ihrer Individualität!«, rief Hakan. »Das Persönliche stirbt auf jeden Fall.«

»Ja, das drängt sich bei diesem Bild auf.« Siri lächelte ihm zu. »Ich glaube, in gewisser Weise ist das auch so – das Ego, die Vorstellung von sich selbst, die sich in einem Leben herausgebildet hat, vergeht vielleicht wirklich. Das Wesentliche aber nicht, und das enthält auch die Person. Ich stell mir vor, dass in jedem Wassermolekül einer Welle so etwas wie ihr Wellenbauplan gespeichert ist. Ihre wahre Identität.«

»Du meinst die Seele?«, fragte Fred.

»Ja.«

»Aber die Moleküle verteilen sich doch. Dann werden aus einem Individuum viele?«

»Halte dich nicht zu eng an mein Bild – es kann nicht alles darstellen, es dient ja nur als Brücke.« Siri überlegte kurz. Dann zog sie die Luft durch die Zähne und legte noch einmal los. »Ich stelle mir vor, dass die Moleküle sich wieder zusammenfinden zu einer neuen Welle, diesmal zu einer etwas anderen, aber sie wird gewisse Grundelemente weiterhin in sich tragen. Es gibt unendlich viele Möglichkeiten, die sich aus dem einen Bauplan entwickeln können, und die Seele würde sich in einer neuen Rolle wieder auf den Weg machen – für eine gewisse Zeitspanne, die wir Leben nennen.

Sie bleibt trotzdem diese eine Seele. Sie kehrt ewig wieder und erneuert sich ständig dabei im ewigen Spiel des Lebens: im Erneuern, im Verändern und im Bewahren, wie wir es in der Natur überall beobachten können.«

»Ist für dich die Seele etwas anderes als die Psyche?« Michelle hatte das gesagt, es klang kühl. Ging ihr das Gespräch an die Nerven?

»Für mich ist Psyche die Gefühlswelt des Menschen und zugleich eine Art Organ, um die Gefühle einzuordnen und zu verarbeiten. Um die Begriffe klar auseinanderzuhalten, sage ich dazu lieber Gemüt. Seele ist viel mehr. Sie ist das eigentliche Wesen des Menschen, das den Körper, die Person und alles, was sie ausmacht, umgibt und durchwirkt und in jedem Moment mit dem versorgt, was man Leben nennt. Und was Leben schenkt, das muss selbst unsterblich sein.«

Fred atmete mit einem langen, seufzenden Ton ein.

»Ja, ich weiß, es ist schwer, mir zu folgen, sorry!«, rief Siri sofort.

»Nein, das ist spannend. Die Welle wäre in deinem Gleichnis der Mensch, die Wellenidentität die unsterbliche Seele, die sich immer wieder neu gebären lässt …« Fred hatte vor sich hin geschaut, während er gesprochen hatte. Jetzt hob er den Blick und sah Siri an. »Gefällt mir, der Gedanke. Gefällt mir gut!«

Schweigen trat ein. Siris Blick ruhte auf Fred, der den Kopf leicht zurückgelegt und die Augen geschlossen hatte, während sich sein schmales Bärtchen wieder so seltsam auffächerte wie die Haare auf dem Rücken einer langhaarigen Raupe, wenn sie im Vorwärtskriechen einen Katzenbuckel macht.

»Das ist aber nur deine Meinung, Siri!«, sagte Hakan streng und betonte dabei die Worte »deine« und »Meinung. »Das ist dein Heilewelt-Bedürfnis. Du hast als Kind vom lieben Gott gehört und vom Himmelreich, in das wir alle kommen, und da hast du die ganze Geschichte, die ja längst nicht mehr in die Zeit passt, ein bisschen umgedichtet. Und was ist, wenn nichts ist? Hinterher, meine ich? Nichts?«

Gregor hob den Arm. »Sorry, das geht mir zu weit.«

»Mir auch!«, schrillte Michelle dazwischen. »So reden wir hier nicht miteinander, haben wir abgemacht! Wer an Gott glaubt, glaubt an Gott, und wer seine eigenen Vorstellungen entwirft, kann das tun, ohne angemacht zu werden!«

»Ich hab sie angemacht? Ich hab eine Frage gestellt!«

»Es kann ja sein, dass nichts ist«, meinte Siri ruhig. »Aus meiner Sicht kommt es darauf an, was wir glauben. Auch im Leben hat das, was wir glauben, einen starken Einfluss darauf, was geschieht. Jedenfalls ist das meine Erfahrung. Und vielleicht liegen wir gar nicht so weit auseinander mit dem, was wir glauben, Hakan. Denn was meinst du mit Nichts? Gibt es das? Kann es das geben, wenn man darüber reden kann? Dann ist es doch sofort ein Etwas, eins, das wir Nichts nennen, aber das bedeutet dann etwas anderes als nichts.«

»Aber ...«, fing Fred an,

»Wir sind, was wir denken!«, kam laut und in tiefster Basstonlage von Gregors Tischseite her. »Mit unseren Gedanken bauen wir unsere Welt! Das hat Buddha gesagt.«

Fred zog tief die Luft ein, und als hätte er nichts von dem Wortwechsel mitbekommen, fuhr er fort: »Angenommen, es ist so, wie dein Gleichnis vorhin es nahelegt, Siri, warum wissen wir nichts von unserer Ozean-Natur? Wie viele Selbstmorde aus Einsamkeit hätte es nie gegeben!«

»Dazu gibt es im Talmud eine kleine Legende: ›Wenn ein Kind zur Welt kommt, berührt ein Engel seine Stirn, damit es die Wahrheit vergisst, die es im Augenblick der Geburt noch weiß. Würde das Kind sie nicht vergessen, wäre das spätere Leben unerträglich.‹

Mit Wahrheit ist wohl noch mehr gemeint als das, worüber wir hier sprechen – aber ja: Wie könnten wir sonst die individuellen Wesen sein, die wir sind? Vielleicht *musst* du glauben, dass du da zu Ende bist, wo dein Körper zu Ende ist. Erst mal jedenfalls musst du das, damit du dich als Person überhaupt entwickeln kannst. Erst, wenn das geschehen ist, kannst du auch aus anderen Perspektiven auf dich und die Welt schauen. Erst dann kannst du begreifen, dass du mehr bist als zu meinst.«

»Wie bei einer Theaterrolle ...« Fred sah sie hellwach an.

Gregor, ganz in seinen Gedanken, schien gar nicht zu merken, dass er sie laut aussprach: »Ist ja nichts Neues: Wir sind Wellen, die nicht wissen, dass sie in Wirklichkeit der Ozean sind!« Er legte den Kopf auf die Seite. »Der alte ›Wir sind alle eins‹ -Gedanke. Der taucht ja in vielen Philosophien und Religionen und in der Esoterik auf. Dabei stellt sich allerdings eine Frage, die ich schon anderswo gefunden habe, nämlich, ob das, was wir als unser eigenes Entscheiden und Handeln erleben, wirklich unser eigen ist oder uns nur so erscheint. Die Welle zum Beispiel wird vom Wind hervorgerufen und auch geformt. Ihre Größe, ihre Geschwindigkeit der Fortbewegung, all das ist von der Gesamtbewegung der Meeresoberfläche abhängig. Gut, du hast das Bild nur benutzt, und jede Metapher reicht nur so weit sie reicht. Diese hier bringt aber eine grundsätzliche Frage ans Licht: Haben wir als Personen wirklich eine Wahl? Oder wählt unsere Seele oder ist alles vorgegeben wie beim Theaterspiel das Stück?«

Siri nickte. »Darüber habe ich mir auch viele Gedanken gemacht. Gleichzeitig hab ich mir die Welt genau angeschaut und obendrein viel gelesen und begriffen, dass das Leben aus Freiheit geboren ist und frei bleiben muss, sonst ist es kein Leben. Wenn ich mir vorstelle, dass alles Lebendige von irgendwelchen Kräften oder irgendeinem Wesen bewegt würde, dann sehe ich einen kleinen Jungen vor mir, der mit seinem Bauernhof mit Kühen und Schafen spielt und sie hin und herschiebt, oder ein kleines Mädchen, das seine Puppen an und auszieht und hier und dahin setzt – das ist für den kleinen Jungen und das Mädchen durchaus real, sie sehen im Spiel mehr geschehen als jemand, der ihnen zusieht, aber hat es nicht trotzdem nur eine Schein-Lebendigkeit? Leben heißt doch unter anderem, dass alles miteinander in Verbindung ist und einander bedingt, dass eine Änderung hier eine Änderung dort hervorruft. Es ist wie ein Gespräch. Schon deshalb kann es nur dann wirklich Leben sein, wenn es geschehen und sich entfalten kann.«

Gregor hatte die Hände hinter seinem Kopf verschränkt und den Blick nach oben gerichtet. Ohne diese Haltung zu ändern, sagte er: »Das lässt sich zwar schwer oder gar nicht beweisen, aber ich neige auch zu dieser Sicht. Wir sind gewohnt, im ›Entweder-Oder‹ zu denken. Etwas ist schwarz oder weiß. Es kann natürlich auch gelb sein, aber dann ist es eben gelb und nicht schwarz oder weiß. So jedenfalls erleben wir es. In Wahrheit aber trägt jedes Ding, das in irgendeiner Farbe erscheint, das ganze Farbspektrum in sich. Ihr wisst, die Farbe, die wir sehen, ist die Reflexion des Lichts. Sehen wir einen gelben Gegenstand in einem anderen Licht, dann kann er blau oder rot aussehen oder silbern oder schneeweiß oder wie auch immer. Und womöglich ist es ja mit dem, was wir Leben nennen, auch so.«

Miró, der eingesunken dagesessen hatte, richtete sich auf und räusperte sich. »Wenn ihr wollt, dass ich noch folge, kommt mal langsam wieder auf den Teppich!«

»Nein, das ist spannend!«, rief Fred.

»Ja, ja.« Miró versuchte, seinen Rollstuhl aus seiner Lücke am Tisch herauszumanövrieren, aber es gelang ihm nicht.

Unbeirrt fuhr Fred fort: »Hab vor kurzem gelesen, dass alles hier in unserer Welt, jedes Ding und jedes Wesen, nur in Bezug auf etwas anderes das ist, was es zu sein scheint. Darum wird auch von der relativen Welt gesprochen im Gegensatz zur absoluten. Das Absolute ist das, wo alles herkommt, man nennt es auch das Meer der Möglichkeiten. In unserem Gleichnis wäre es der Ozeans.«

Hakan hob leicht den Arm in Mirós Richtung, wie um ihn zu bitten, noch einen Moment zu bleiben. »Aber wenn alles nur durch Beziehungen definiert ist, wenn ich nur dadurch Hakan bin, dass ich anders bin als du – was nennen wir dann Realität?« Er stand auf. »Lasst uns aufhören, wir verlieren uns im Gerede. Soll ich dich rüberbringen, Miró?«

Miró grunzte: »Ich lieg also gar nicht so falsch damit, dass es hier zu schön ist, um wahr zu sein.« Er hob die Brauen, dass sich seine Stirn gewaltig runzelte und sein großer Schnurrbart vorstand. »Ja bitte, Hakan.«

Siri zuckte innerlich zusammen. ›Es ist ein gutes, ein wichtiges Thema, und es ist schön, dass alle so einsteigen‹, sage sie sich. ›Aber Hakan hat Recht, wir fangen an, es zu zerreden.‹

»Lass mich kurz noch eins ergänzen«, bat Siri zu Miró gewandt. »Wenn ihr dieses Wellengleichnis als Gedankenspiel annehmt, dann könnt ihr vielleicht verstehen, warum es für mich kein Ende gibt, nur Sterben. Und das ist kein Verschwinden und ausgelöscht werden, sondern die Welle löst bloß ihre aktuelle Form auf.«

»Das hab ich lange verstanden, dass du die Welt so siehst. Aber da müsst ihr euch noch viel Mühe geben, bis klar wird, wirklich klar, wofür das Meer in eurem Gleichnis steht. Das, was da bisher gekommen ist, ist mir zu dünn.« Miró nickte Hakan zu, und der begann, ihn nach drinnen zu schieben.

»Ja, Siri: Was genau ist der Ozean für dich?« Fred hob den Blick von seinen zusammengelegten Händen, schaute in Siris Richtung, ohne sie wirklich anzusehen, und schien seine Gedanken einzusammeln. »Darum geht es hier doch in Wirklichkeit: WAS ist der Ozean, der wir alle sind? Das Leben?«

»Und wer oder was ist das – das Leben?«, meldete Michelle sich zu Wort.

»Auf jeden Fall steht der Ozean ja für etwas Geistiges. Also können wir ihn als *den* Geist sehen«, meinte Gregor.

»Und was ist das?« Michelle sah mit gerunzelter Stirn zu ihm hinüber.

»Was also ist der Ozean für dich, Siri?«, wiederholte Fred seine Frage. »Geist? Oder Seele? Was soll das überhaupt sein? Wir nehmen hier diese Worte so selbstverständlich und bauen Gedankengebilde mit ihnen – aber was *ist* Geist? Was *ist* eine Seele?«

Siris gesamte Muskulatur spannte sich an. Sie hatte das Ganze ausgelöst, es war auch bei ihr, es einzugrenzen. Dieses Hin und Her, in dem sie schwierigste Überlegungen aufgriffen, ohne Begriffe genau definiert zu haben, ohne diese Begriffsbestimmungen auch nur einigermaßen auszuleuchten, würde zwangsläufig in die Irre führen.

»Ein sterblicher Körper und eine unsterbliche Geistseele«, nahm Siri das Wort auf. »Und dabei müssen wir es bewenden lassen, ihr Lieben. Es gibt Dinge, die wir nicht wissen und auch nicht wissen müssen. Das Auge kann sich selbst nicht sehen. Auch nicht im Spiegel – es kann dort nur eine Vorstellung von sich bekommen.«

»Ohne das Meer wären keine Wellen …«, nahm Fred den Faden noch einmal auf.

Michelle nickte vehement. »Und ohne Wellen wäre das Meer irgendwann langweilig.« Sie lächelte, ohne dass sich viel in ihrem Gesicht bewegte. »Aber lasst uns jetzt Schluss mit dem Thema machen.« Mit diesen Worten erhob sie sich.

Siri war auch schon im Aufstehen, wozu sie ein Weilchen brauchte. Ihre übereinandergeschlagenen Beine fühlten sich wie verknotet an. Sie drückte sich hoch und sah sie fragend zu Gregor hinüber.

»Ich bleib heut Nacht lieber bei mir, Süße«, sagte er. »Ich kann so schnell nicht schlafen. Vielleicht muss ich mir einen Kleinen antrinken. Ich bleib noch hier sitzen beim Wein.«

Siri nickte. »Gute Nacht, ihr Lieben!« Sie drehte sich zum Gehen.

Michelle kam und hakte sich bei ihr ein, und Siri nahm die kleine Geste sehr dankbar an. Sie fuhren zusammen mit dem Ratterkasten nach oben, sprachen dabei kein Wort, legten, als Siri im ersten Stock ausstieg, nur sacht ihre Wangen aneinander und sagten gleichzeitig: »Schlaf gut«.

***

Siri war aufgewühlt von alldem. Sie ließ die aufkommenden Gedanken reden, schrieb sie einfach nur auf ohne jede Zensur. Das Schöne war, dass die widersprüchlichsten Gesichtspunkte sich dann oft harmonisch zusammenfanden, wie die verschiedenen Teile einer Paella, Fisch, Fleisch, Gemüse, Getreide zu etwas Neuem wurden.

So saß sie noch wach im Bett, obwohl es schon spät war, als es sehr leise klopfte. Wie schön, Gregor kam doch noch!

»Ja!«

Die Tür wurde langsam aufgemacht und Hakan stand darin, die Klinke noch in der Hand, als müsste er die Tür womöglich gleich wieder schließen.

»Ich muss was wissen. Unbedingt.« Langsam, als fiele ihm das Gehen schwer ohne seinen Stock, kam er zwei Schritte herein. »Siri, bitte sag es mir: Weißt du wirklich nicht mehr, wie es zu Ende gegangen ist mit uns, weißt du das im Ernst nicht mehr?«

Er schloss die Tür. Stand nun im Zimmer. Er wirkte krumm. Die Haare fielen ihm in die Stirn. Am meisten verstörten Siri seine Hände. Er hielt sie halb geöffnet vor sich hin, wie wenn er völlig fassungslos sei. Sie waren starr, die Geste wirkte künstlich, fast, als sei er eine lebensgroße Puppe, der man versucht hatte, die Arme in eine halbwegs natürliche Geste hinzudrehen.

»Bitte beantworte mir diese eine Frage.« Diesmal war es nur ein Flüstern. Es klang, als käme es aus einer metallenen Röhre. Hakan schüttelte den Kopf, schüttelte ihn so sehr, dass seine Haare flogen. Es war nicht abzuschütteln, es saß da drinnen, im Kopf, in jedem einzelnen Haar, in jeder einzelnen Haarspitze, das konnte Siri ahnen – aber was?

Sie hatte sich ganz aufgesetzt, saß mit einem Bein angewinkelt, das andere ausgestreckt. Sie trug ein nachtblaues, weiches Kleid, die halblangen Ärmel aus schwarzer Spitze.

»Zuletzt war ich bei dir in deinem ›Strandhäuschen‹.« Sie betonte das letzte Wort und lächelte dabei. »Wir haben wunderschön miteinander geschlafen. Und dann ist etwas passiert, das alles verändert hat. Aber das weißt du doch selbst!«

»Was?«

Er starrte sie an. Ging auf sie zu, stolperte auf sie zu, stand vor ihr, immer noch diese geöffneten Hände und im Gesicht eine Tragik, dass

Siri glaubte, er spiele ihr eine Rolle vor und würde gleich lachen und wieder der gewohnte Hakan sein.

Aber er stieß im Flüsterton hervor: »Wie hast *du* es erlebt?«

Es klang fast wie ein Befehl. Etwas in Siri sträubte sich, doch sie schloss die Augen und erinnerte sich. Und je mehr sie sich hinein bewegte in jene Zeit, in jene Momente, desto mehr fühlte sie sie, es kamen kaum Bilder, und es war ein sehr intensives Fühlen.

»Es war so schön ...« Sie flüsterte, sie hauchte nur.

»Und dann?« Hakan klang heiser, war lauter geworden, wurde noch viel lauter, als sie nicht gleich antwortete. »Was war dann?« Seine Stimme schrillte hoch. »Siri! Was war dann?«

Sie öffnete die Augen. Es hatte wieder wie ein Befehl geklungen, aber sein Blick war flehend. So sehr, als hinge für ihn alles von dem ab, was sie ihm erzählen würde.

»Wir haben es so genossen ... Ich wollte nicht, dass es je wieder aufhört ... Aber irgendwann bahnte sich mein Höhepunkt an, und mit einer Macht ...«

Während sie sprach, sank Hakan langsam herunter, als knickten seine Beine ein. Er landete mit den Knien auf dem Bett, musste sich abstützen, um nicht vornüber und auf Siri zu fallen, versuchte, zur Seite zu drehen und so in eine Sitzposition zu kommen und brüllte jäh auf, anscheinend vor Schmerzen. Siri griff nach seinem Arm, versuchte ihn zu stützen.

»Hakan! Was ist?«

Er hatte auf der Bettkante in einen schrägen, halb gedrehten Sitz gefunden und rief: »Rücken! Hüfte! Knie! Geht gleich wieder. Gleich.« Er atmete ein wie jemand, der weiß, dass bald keine Luft mehr da sein wird. »Ist schon besser «, stieß er hervor und schlug mit der Hand gegen seine Brust. »Irgendwas ist da drinnen.« Wieder rang er nach Atem wie ein Ertrinkender. »Rede weiter, Siri. Rede weiter!«

»Hakan, leg dich hin. Komm!« Siri rückte ein Stück zur anderen Bettseite hinüber.

»Nein! Mach weiter. Oder hast du den Rest vergessen? Dann erzähl ich es eben.« Er sprach hastig, schien dabei aber ruhiger zu werden. »Es war schön, vielleicht war es sogar der schönste Sex meines Lebens, du warst so hingegeben, du warst meine Frau und ich war dein Mann, und dann kam es über dich, mit einer Macht, dass es mich mitgerissen hat, du hast vor Lust geschrien ...

Aber die Wände sind dünn, die Nachbarn alle draußen, ich hab ›sei leise‹ gesagt, aber du warst nicht mehr bei dir, und ich hab dir die

Hand auf den Mund gedrückt, und dann ...« Hakan bedeckte das Gesicht mit den Händen und stöhnte tief auf.

Ja, die Wände waren sehr dünn, dünner noch als bei einem Holzhaus, denn dieses »Strandhaus« war ja in Wirklichkeit ein Wohnwagen, mitten zwischen anderen, dicht bei dicht auf einem Campingplatz, wer draußen vorbeiging, hörte alles, aber auch in etwas weiterer Entfernung konnten einem Geräusche ab einem bestimmten Pegel nicht entgehen. Und es war mitten am Tag. Alle waren draußen. Immerzu kam jemand vorbei. Die ganze Zeit hatten sie nur geflüstert, Siri wusste, dass die Wände nicht dicker waren als die eines Zelts.

»Darum hast du mir den Mund zugehalten, ja, aber ich hatte dir auch mal gesagt, dass könntest du tun, wenn ich dir zu laut sei, weil ich meistens nicht anders kann, und du hast geglaubt, es törnt mich an, weil ich mich so sehr gewunden hab, du dachtest, dass mein Orgasmus sich dadurch extrem intensivierte, und du hast weiter meinen Mund zugedrückt mit der flachen Hand und mit der anderen meinen Kopf festgehalten, dass ich ihn nicht hin und her werfen konnte, um mich zu entwinden, und ich hätte ja auch durch die Nase atmen können, aber deine Hand ist zu hoch gewesen, irgendwie ist es in dem Gerangel passiert, auch meine Nasenlöcher waren zu, du hast es nicht gemerkt, du hast die Augen geschlossen, bist meinem Höhenflug gefolgt, du warst im Rausch und hast nicht gemerkt, dass mein Winden und Toben in Wahrheit ...«

Siri war still. So leicht es ihr bis hierher gefallen war, darüber zu sprechen, in dem Moment ergriff sie ein Schauer.

»... dass es in Wahrheit dein Todeskampf war!« Hakan sprach tonlos. Er war sehr blass.

Siri nickte nur.

»Und als ich es gemerkt hab, warst du schon nicht mehr da.« Hakan saß immer noch halb zu ihr hingedreht da, starrte sie an, ohne dass er sie zu sehen schien.

Siri sah Schmerz in seinen Augen und bittere Verzweiflung, sah Schuldgefühl, sah plötzlich seinen ganzen Jammer.

»Aber ich lebe, Hakan! Und ich bin ein glücklicher Mensch.«

Hakan schien wie erschrocken. Er hievte sich ein Stück weiter auf ihr Bett, drehte sich ein wenig, streckte langsam, millimeterweise die Beine. Er zog die Luft scharf ein und presste die Augen zu. Irgendetwas musste er sich verrissen haben. Rau geflüstert kam aus ihm heraus: »Hast du einen Schluck Wasser?«

Sie reichte ihm den Trinkbecher von ihrem Nachttisch.

»Danke!« Hakan trank und gab ihr den Becher zurück, ohne ihr ins Gesicht zu sehen. Er legte sich lang aufs Bett. Es dauerte, bis er sich wirklich ausgestreckt hatte. Sämtliche Glieder schienen ihm wehzutun, sein Gesicht war hart vor Schmerz.

»Hakan, weißt du wirklich nicht mehr, was mir damals passiert ist?«

»Du warst tot und bist zurückgeholt worden.«

»*Du* hast mich zurückgeholt, Hakan! Du! Hast mir zwar ne Rippe dabei gebrochen, aber ich hab wieder geatmet.«

»Das ja, aber wirklich gelebt hast du nicht. Ohne die Reanimation im Krankenhaus wärst du womöglich heute noch im Koma – oder längst tot.«

»Mag sein, keine Ahnung. Du hast ja dafür gesorgt, dass ich ins Krankenhaus gekommen bin. Es war ein Unfall, Hakan! Du hast das niemals gewollt und unter anderen Umständen wäre dir das auch nie passiert.« Siri, die immer noch halb saß, rutschte herunter, um mit Hakan auf einer Ebene zu sein.

»Die Umstände, genau, das ist es! Das werde ich mir nie verzeihen: Dass ich so beschissen eng war! Wegen dieser widerlichen Kleinbürger da auf dem Campingplatz, die nur darauf warten, über jemanden herziehen zu können, wegen dieser Arschlöcher hab ich dich umgebracht!« Er hatte den Kopf und den Oberkörper angehoben, sich zu ihr gewandt, und in seinen Zügen war Kampf, körperlicher, seelischer Schmerz, alles auf einmal, aber vor allem sein Selbsthass.

Siri drehte sich auf die Seite und zu ihm hin, legte den Arm um ihn und sagte so ruhig sie konnte: »Niemand hat mich umgebracht, Lieber. Ich lebe!«

»Aber zu welchem Preis!« Sein Gesicht war ein stummer Schrei.

Siri begriff. Sie deckte ihn zu, legte den Arm um ihn, streichelte seine Wange, seine Stirn. Versuchte, Worte zu finden für das, was nicht sagbar war. Als sie sprach, war ihre Stimme leiser und deutlich tiefer als sonst.

»Die Qual, die Not, die Todesangst – ja, das ist alles passiert, auch wenn es nicht deine Absicht war. Nur ... So seltsam das vielleicht klingt: Mein Körper hat das alles durchlebt und durchlitten, ich hab es zwar mitbekommen, und natürlich war es schlimm, furchtbar sogar, aber ... Aber daran kann ich mich kaum noch erinnern ... Da war auf einmal dieses Licht. Es hat alles überstrahlt. Ich kannte es. Ich hab mich sofort nur noch gefreut. Das Licht! Auf einmal hab ich begriffen, dass ich sterbe – und ich war froh darüber. Es war okay. Dann ist es eben so, hab ich gedacht, oder so was Ähnliches. In dem Moment muss ich meinen Körper verlassen haben. Ich bin nicht weg gewesen, aber auch nicht mehr da. ›Schlimm‹ - das war bloß noch ein Wort. Nichts war mehr schlimm, nichts konnte mir mehr passieren … Ach, das ist so schwer zu beschreiben … Weißt du, ich stecke das jetzt in Worte, die überhaupt nicht passen. Ich hab alles genau erlebt – aber ganz anders als wir es kennen. Ein anderes Sein. Ich war vollkommen frei von Angst. Ich war ein einziges Staunen … Und so tief ergriffen, so himmelhoch froh … Was ich erlebte, dafür gibt es die Worte nicht. Es war nicht unsere Welt …

Es war hell, sehr, sehr hell, und dieses Licht durchströmte mich und ich war wie durchsonnt von etwas unsagbar Schönem. Es war ein so großes Wohlgefühl, es war die pure Liebe. Sie durchströmte mich – ich hätte mich freiwillig nicht wieder da wegbringen lassen. Aber an so etwas hab ich nicht gedacht. Ich hab gar nichts gedacht. Nichts.«

Siri warf Hakan wieder einen Blick zu. Er lag noch in derselben Haltung, das Gesicht zu ihr gedreht, darin ein Ausdruck großen Staunens. Sie drehte den Kopf wieder gerade und schloss die Augen.

»Das ist jetzt der Versuch einer Beschreibung gewesen, und der reicht nicht einmal entfernt an das heran, was ich in den Momenten erlebt habe. Das kann man nur erfahren, und auch dann könnten zwei Menschen, die es beide erfahren haben, es nicht mit Worten teilen. Vielleicht gibt dir dies eine Ahnung: Wer einmal so sehr von Liebe ergriffen worden ist, dass er glaubt, dieses Große, dieses Glück nicht alles auf einmal tragen zu können, der hat einen winzigen, winzigen Zipfel von dem erlebt, was mir in dem Moment geschenkt worden ist. Ich war von Liebe durchtränkt. Ich *war* Liebe.«

Ein Schweigen legte sich über sie, und Siri hoffte, dass es bliebe, dass sie in seiner Wärme einfach einschlafen würden. Doch es hielt nicht sehr lange.

»Komm, Siri, ist gut, ist gut! Ich hab die Bücher über Nahtoderfahrung auch gelesen, da steht das genauso drin. Ich hab dich trotzdem beinahe umgebracht.«

Siri sprach einfach weiter. »Wer einmal in diesem Licht gewesen ist, der ist für immer verändert. Ich glaube, ich war schon als Kind nach dieser Krankheit eine andere. Da hab ich das Licht nur gesehen. Schon da hat es mich in Liebe gebadet. Schon da war ich geborgen.«

Es schien, als wollte Hakan etwas sagen und brachte dann doch nichts heraus. Siri zog tief die Luft ein und fiel in ein helles, fast kindlich klingendes Flüstern. »Damals mit dir, da war ich drüben, Hakan.

Ich war jenseits. Ich war frei. Und es kam ein großes Verstehen über mich, so groß, dass Worte nur Krücken wären, nicht mal das, Stolpersteine, sie würden alles verschließen, was sich da geöffnet hatte.

Stell dir vor, du könntest fliegen. Du flögest über die Erde hinweg und könntest alles sehen, aber wirklich alles: die Berge und Ebenen, die Wälder und Meere und Seen, die Städte, die Häuser, die Wohnungen der Menschen – du könntest aber auch in alles *hineinsehen*, wie sie sich fühlen, was sie denken, du siehst sogar gleichzeitig die Menschen der verschiedenen Epochen, verstehst ihr Denken, siehst, wie sie die Welt sahen, spürst ihre Nöte und fühlst ihre Freude und ihr Glück. Du bist überall und doch an keinem Ort, und da ist eine riesige Neugier in dir, du willst alles wissen, du stellst im Stillen Tausend und Millionen von Fragen, aber jede Frage zieht ihre Antwort wie einen Kometenschweif hinter sich her. Sie zu stellen, bedeutet, das Gefragte schon zu wissen. Es ist ein solches Staunen.«

Hakan schien die Aufmerksamkeit zu verlieren. Das ist ja auch kein Wunder, sagte Siri sich, und flüsterte: »Du hast mir nie etwas Böses getan, Hakan, im Gegenteil. Ich war dir dankbar und ich bin es noch.«

»Das sagst du doch nur ...«

»Hörst du jetzt bitte auf damit! Was ich geschenkt bekommen habe, das wiegt die Angst und die Qual, die ich durchgemacht habe, Millionen Mal auf. Darum ist der Tod ja mein Freund, darum freue ich mich in gewisser Weise aufs Sterben: Ich weiß, ich werde wieder in diese Seligkeit eingehen. In diese Liebe. Sie ist mehr, viel mehr als wir glauben, Hakan.« Siri lachte leise auf.

Hakan lag noch in derselben Haltung, das Gesicht zu ihr gedreht, darin ein Ausdruck von Zweifel und Verzweiflung.

Siri spürte, dass es genug war, vielleicht schon zu viel, und auch für sie war es genug. Sie hatte ganz nüchtern gesprochen, aber unter ihren geschlossenen Lidern perlten Tränen hervor. Hakan blieb regungslos. Er schaute sie immer noch unverwandt an, wie paralysiert schaute er, das Gesicht jetzt starr.

»Ich bin drüben gewesen, Hakan«, flüsterte sie. »Ich habe es nicht bloß gesehen. Ich war im Licht.«

Hakan schloss langsam die Augen, als wäre er sehr, sehr müde.

*

Siri kam es vor, als sei sie in einen leichten Schlummer gefallen und nun daraus aufgetaucht, weil Hakan laut, fast stöhnend einatmete. Er schaute sie mit zusammengezogenen Augen an, die Steilfalten auf seiner Stirn ließ ihn wie in schwerem Leid aussehen.

»Kannst du mir denn wirklich nicht glauben?« Siri sprach hell und fröhlich, obwohl Hakans Not so deutlich war. Sie wollte sie nicht weiter zementieren, sie hätte alles gegeben, könnte sie ihn daraus befreien.

Seine Züge schienen sich ein wenig zu entspannen. Seine Miene aber war immer noch schmerzhaft. Wieder schien es, als wollte er etwas sagen, schaute Siri jedoch nur an und stieß dabei einen langen, seltsamen Brummton aus

»Als sie mich damals im Krankhaus endgültig zurückgeholt haben«, fuhr sie fort, »da war ich traurig. Ich wäre so gerne geblieben. Aber ich weiß ja, eines Tages kann ich wieder zurück. Und ich hab etwas mitgenommen.« Ein Lächeln kam in ihr Gesicht. »Diese Freude, die in dem Licht ist. Eine so helle Freude: Alles leuchtet auf in ihr. Manchmal, wenn das Leben voller Schatten war, hab ich nur an sie gedacht, und sie hat alles hell gemacht.«

Mit einem leisen Lachen hatte sie dies gesagt, und als er sie plötzlich ansah, als sei er endlich frei von Zweifeln und Vorurteil, nur ein wenig ungläubig schien er noch oder vielleicht auch überwältigt, setzte sie sacht hinzu: »Dabei ist sie sehr still. Denk an Musik. Wie eindringlich kann sie werden, während sie immer leiser wird, wie zärtlich, wie rein – und so sehr berührend, dass es wie ein scharfer Messerschnitt ist, doch das Messer heißt nicht Schmerz, sondern Freude.«

Hakan schluchzte plötzlich auf.

Siri drehte sich ganz zu ihm hin, legte wieder den Arm um ihn und ein Bein, drückte ihn fest an sich und sagte in sein Ohr: »Es tut mir so leid! Ich konnte dir damals aus dem Krankenhaus ja nur schreiben, meine Stimme war doch für ein paar Tage weg, weißt du das noch? Ich hab dir vom Schwesternzimmer aus eine Mail geschrieben, es musste schnell gehen, die dürfen einen eigentlich gar nicht an ihre Computer lassen. Ich hab dir wohl nur angedeutet, was mir passiert war. Ich dachte, du verstehst. Wir hatten über Nahtoderfahrungen gesprochen, ich wusste, du hattest Bücher dazu gelesen und dich sehr dafür interessiert. Ich weiß noch, dass mein letzter Satz war: ›Das hast du mir geschenkt, Hakan. Du warst mein Engel.‹ Ich habe das nie anders gesehen, ich war dir immer dankbar dafür.«

Sie sah, dass er versuchte, etwas zu sagen. Aber dann nickte er nur und drückte ihren Arm. Sie streichelte ihn unablässig. »Eins ist doch komisch«, sagte er mit auf einmal ganz junger Stimme. »Damals war ich gebunden und wollte es auch so und heute bist du es. Und trotzdem ...« Ein Lächeln schwankte etwas mühsam um seine Lippen.

»Trotzdem lieben wir uns«, setzte Siri seinen Satz fort.

»Ja.« Er richtete sich auf, sank wieder zurück, lachte tonlos durch Tränen hindurch und schaute sie weiter unverwandt an.

»Ich freu mich so, dass du hier bist«, flüsterte sie. »Und dass jetzt hoffentlich endlich alles gut ist zwischen uns.«

Als er antwortete, war seine Stimme wieder so tief wie immer, nun jedoch heiser. »Und ich dachte, du hättest das alles verdrängt. Ich hab dich ja immer wieder nach unserem Ende damals gefragt. Ich dachte, du weißt es nicht mehr und dann sollte ich es auch auf keinen Fall wachrütteln. Ich hatte Angst, das könnte dich für den Rest deines Lebens in Ängste versetzen. Es war schwer, dich hier jeden Tag zu sehen, einerseits hat es mich gefreut, andererseits hatte ich ständig Angst, dass es dir dadurch, dass ich hier bin, von allein wieder einfällt – und *das* Desaster hätte ich nicht ertragen.«

Siri streichelte ihm über die Wange. »Deshalb wolltest du weggehen. Du wolltest mich beschützen.«

»Ich war drauf und dran, ja. Es ist ein guter Platz hier und ich mag sie alle – aber *den* Tag wollte ich nicht erleben.«

Siri nickte. »Danke!«

Er schloss die Augen und seine Züge entspannten sich noch mehr. Doch sah er erschöpft aus. Als er schließlich versuchte, aufzustehen und es nicht gelang, stieg sie an der anderen Seite aus dem Bett, stellte sich vor ihn und hielt ihm beide Hände hin. Irgendwie schafften sie es, dass er auf die Beine fand, irgendwie kam er mit ihrer Hilfe durchs Zimmer und über den Flur zum Fahrstuhl, langsam und zittrig, als hätte ihm ein Schlaganfall die Kontrolle über seine Beine genommen.

»Das braucht bloß Zeit, nach ein paar Schritten geht's wieder«, versicherte er ihr, und sie umarmten einander lange und fest.

»Den Rest krieg ich allein hin! Gute Nacht.«

Während die kleine Fahrstuhlkabine mit ihm hoch rumpelte, ging Siri langsam zurück zu ihrem Zimmer, doch mit den Ohren ganz bei ihm. Als die Gittertüren oben schepperten und sie danach hörte, wie sich Hakans Tür öffnete und wieder schloss, atmete sie auf. Und die Luft schmeckte so neu wie manchmal, wenn ein Unwetter das Land gereinigt hat und ein junger Wind sich erhebt und alles wegfegt, was nicht mehr frisch und nicht mehr lebendig ist.

***

Diesmal waren beim Yoga alle Stühle besetzt, und auch Miró war dabei. Ein paar Übungen konnte er mitmachen, aber vor allem war er da, um Morgana anzusehen, hatte er Hakan verraten, und der hatte es Siri zugeflüstert, die im Stuhlkreis neben ihm saß, und sie hatten gekichert wie Kinder. Eigentlich hatte es gar nicht so viel mit Miró zu tun, mehr damit, dass sie beide so froh waren, wie einfach, wie selbstverständlich es sich jetzt miteinander anfühlte. Und Miró gab ihnen noch mehr Anlass, die letzten Reste aus sich heraus zu giggeln: Selbst während der kleinen Meditation am Ende schaute er Morgana unverwandt an, wie sie da auf ihrem Stuhl saß, aber anders als sie alle mit hochgezogenen und zum Schneidersitz gefalteten Beinen, die geöffneten Hände entspannt auf den Knien. Und ja, sie war schön: dunkles, gewelltes Haar, edle, lange Nase, feine Augenbrauen und ein liebenswertes Grübchen im Kinn. Siri bekam das alles nur mit, weil sie sich das eine oder andere Blinzeln erlaubte. Sie war heute Morgen nicht in der richtigen Meditationsverfassung.

Sie blinzelte auch immer mal zu Hakan hinüber, und als auch er einmal blinzelte und sie sich beide dabei erwischten, zwinkerte er kaum merklich und lächelte sie an, und in diesem Lächeln verwandelte sich sein Gesicht, als würde jede Lachfalte, die entstand, ein Stück einer Maske von der Haut lösen und herunterfallen lassen, und als das Lächeln voll aufgegangen war, da saß dort der Hakan von vor zwanzig Jahren.

*

Wie immer nach dem Yoga waren sie beim Frühstück eher schweigsam – aber dafür hungriger als sonst. Siri hatte sich drei Brötchen vom Buffet mit nach draußen gebracht und einen dicken Klecks Marmelade, eine Scheibe würzigen Käse, ein kleines Scheibchen Leberwurst und nicht gerade wenig von der leicht mit Knoblauch gewürzten, südländischen Salami. Sie musste an früher denken, als sie kein Fleisch gegessen hatte oder die Zeit, als sie Kohlehydrate nur äußerst sparsam und dafür umso mehr Eiweiß zu sich genommen hatte. Vielleicht hatte das alles seine Gültigkeit gehabt – jetzt war es ihr einzig wichtig, dass es schmeckte und keine Blähungen oder dergleichen verursachte. Ihre Geschmackssinne schienen ohnehin etwas nachzulassen, da brauchte sie nicht noch fade oder langweilige Kost. Und heute aß sie mit besonderer Lust.

Michelle saß mit weit offenen Augen fast reglos da. Bei der Meditation hatte sie ein mildes, wunderschönes Lächeln bekommen. Schon deshalb hatte es sich gelohnt zu blinzeln, dachte Siri und musste schon wieder schmunzeln.

»Yoga macht zwar lebendig«, meinte Gregor und drückte sich vom Tisch hoch, »Aber erst mal muss ich mich jetzt ausruhen, dann kann ich immer noch lebendig sein.«

Siri wollte auch aufstehen, spürte aber eine Hand auf ihrer. Es war Hakan, der sich zu ihr herüberbeugte und leise fragte: »Können wir heute Nachmittag am Strand spazieren gehen? Im Gehen lässt sich gut reden, und ich will noch einiges von dir wissen.«

»Ja, gerne! Aber müsst ihr euch nicht vorbereiten? Heut Abend ist doch euer Dreier-Künstlertreff, oder?«

»Vorbereitet haben wir schon. Um halb drei im Strandgarten?«

»Ja, um halb drei ist gut.«

*

Sie fand Gregor auf ihrer Terrasse in einem der Liegestühle liegen. Er schaute ihr schon entgegen, und sie sah, dass er aufgeregt war. »Siri! Sie kommt! Sie hat angerufen! Gerade eben! Als hätte ich's geahnt!«

»Freya?«

»Ja!«

»So wie du strahlst, war euer Gespräch schön.« Siri sagte das leichthin und strahlte selbst dabei.

»Irgendwas passiert bei dir?«, fragte Gregor sofort.

»Ja, erzähl ich dir später. Du zuerst. Wie wars?«

»Einfach schön! Wir haben beide losgesprudelt, es war, als ob wir uns bloß ein paar Wochen nicht gesehen und gesprochen hätten. Ich jedenfalls hab nichts gespürt von irgendwelchen Altlasten, bei mir nicht und bei ihr nicht. Sie kommt sogar ganz bald. Hast du das etwa geahnt, als wir das Zimmer für sie reserviert haben?«

»Scheint so.« Siri lächelte unbestimmt. »Wann kommt sie?«

»Übermorgen! Spät nachmittags. Ich hol sie in der Stadt am Busbahnhof ab und dann gehen wir unten im Dorf essen und lernen uns neu kennen. Viel telefonieren wollen wir vorher nicht.«

»Ich freu mich so für dich! Und na klar freu ich mich auch, sie kennenzulernen. Ich lerne sie doch kennen, oder?«

»Natürlich! Und jetzt erzähl: Wieso strahlst du so überirdisch, was ist passiert?«

Siri erhob sich und rückte ihren Korbsessel näher an Gregors Liege heran, beugte sich vor, als wollte sie etwas sehr Intimes mit ihm teilen und erzählte ihm mit leiser Stimme, was in der Nacht zwischen ihr und Hakan geschehen war.

»Ganz versteh ich das noch nicht«, meinte Gregor, als sie endete. »Warum ist er so lange damit rumgelaufen? Warum hat er dich nicht gleich danach gefragt, als er hergekommen ist?«

»Er dachte, er retraumatisiert mich.«

»Ah ja. Versteh ich. Versteh ich gut. Spricht sehr für ihn!« Er legte sich im Liegestuhl zurück und schaute in den Himmel, der heute sehr blau und ganz wolkenlos war. Nur der Kondensstreifen eines Flugzeugs verlief weit oben in Richtung Horizont und kam Gregor wie eine Verheißung vor.

*

Sie standen im offenen Durchgang der Mauer, von wo aus sie zum Strand hinuntersteigen wollten, und schauten mit zusammengekniffenen Augen zu den heranrollenden Wogen hinaus. Ihre Kleidung flatterte im Wind, die Haare hatten sie diesmal beide mit einem Stirnband gebändigt. Das Wetter hatte sich vollkommen verändert.

»Können wir auch woanders spazieren gehen?« Siri sah zu Hakan hoch. »Das ist mir zu viel, der Wind, der Abstieg und nachher noch der Aufstieg. Heute brauche ich ein Softprogramm. Mir ist vorhin schon der Kreislauf in die Knie gegangen.«

Hakan nickte, und Siri glaubte, an der Heftigkeit seines Nickens zu erkennen, dass es ihm auch so ging.

»Lass uns doch hinterm Haus in die Hügel auf der anderen Straßenseite gehen, da sind schöne Wege zwischen den Macchiafeldern und zu den Pinienwäldern ist es auch nicht weit«, schlug Siri vor. ›Sind es überhaupt Pinien‹, fragte sie sich im nächsten Moment und grinste über sich selbst. Sie musste es endlich mal recherchieren. Ach was – wozu denn eigentlich?

»Gute Idee!« Hakan wandte sich postwendend um und bot ihr seinen Arm, und sie hakte sich bei ihm ein. Sie gingen durchs Haus und traten auf der anderen Seite wieder nach draußen, durchquerten den weitläufigen Rosengarten, in dem der Wind nur eine angenehme Brise war, und Hakan zeigte auf die weinberankte, offene Laube. »Wollen wir uns einfach da rein setzen? Ich bin heute auch nicht fit. Wenn jeder Schritt wehtut, ist Gehen kein Vergnügen.«

»Ja, da mach ich sofort mit. Muss ja nicht jeder Tag mit Hochleistungssport gekrönt werden.«

Außer dem Wein wuchsen an beiden Eingangspfosten der Laube dunkelrote Kletterrosen empor, und so traten die beiden nicht nur in den Schatten, auch in den Rosenduft ein, der eine leichte Orangennote enthielt. Sie setzten sich nebeneinander auf die halbrunde Bank. Hakan brummte etwas, das »schön« heißen konnte oder auch nur ein zufriedenes Brummen war.

»Siri?«

»Ja-a?« Sie lächelte zu ihm hinüber, ohne ihn direkt anzusehen.

»Glaubst du an Gott?«

Jetzt sah sie ihn an. Er meinte es ernst, das konnte sie sofort erkennen. »Ja.«

»Erzähl mir über ihn.«

»Ich kann dir nur von *meinem* Gott erzählen – von ihm und mir. Okay?«

»Ja, okay, genau das will ich ja hören.«

Siri sann einen Moment nach, entschied sich, von vorn zu beginnen und erzählte: »Als Kind hatte ich einen tiefen Glauben an Gott. Er und ich, wir waren uns nah. Immer und überall war er bei mir. Und dann, als ich größer wurde und in den Konfirmandenunterricht kam, hörte ich Geschichten über ihn, die ich nicht glauben konnte. Ein Gott, der richtet! Ich kannte einen Gott, der verzeiht, zu dem man noch im letzten Atemzug sagen kann: Nimm mich zu dir, auch wenn man sein Leben lang nicht mit ihm verbunden war, und er tut es.

Jetzt hörte ich Dinge wie ›Wehe, du bist nicht gut, wehe du gehorchst nicht, dann geht es dir schlecht.‹ – so jedenfalls hab ich das aufgefasst. Und ich war absolut sicher, dass Gott so nicht ist. Das Einzige, was er will, ist, dass wir mit ihm in Verbindung sind, denn dadurch geht es uns gut, so wie es uns ja auch durch die Liebe gutgeht. Das war mein Verständnis damals. Und weißt du – ich sehe das heute noch so und bin froh, dass ich damals stur geblieben bin und mir nichts erzählen lassen hab, was für mich nicht stimmte.«

»Was hast du dir nicht erzählen lassen?«

»Dass Gott ein strenger, kleingeistiger Rachegott ist. Aber er befiehlt uns nichts. Seine zehn Geboten sind Empfehlungen, wie unser Miteinander gut klappen kann. Aber plötzlich hörte es sich an wie Gesetze: Du sollst, du sollst nicht … Eigentlich hätte es besser du musst geheißen, so klang es doch eh. Und dass es für jede Übertretung eine Strafe gibt, so hörte es sich an. Ich konnte das nicht fassen. Was für ein grauenvoller Unsinn! Ein Gott der Liebe sollte so sein? Was würde die gesamte Geschichte Jesu für einen Sinn machen, wenn Gott so wäre, wie es auf einmal im Konfirmandenunterricht rüberkam. Gott will keine Gefolgschaft, die ihr Leben in Angst davor verbringt, am Ende von ihm gerichtet zu werden. Wenn Gott etwas richtet, heißt das, er macht es *wieder richtig*, falls es aus dem Tritt gekommen ist. Wer mit seinem Leben nicht mehr klarkommt, wird von ihm wieder auf die Beine gestellt, wenn er ihn darum bittet. Das ist die einzige Art von Richten, die für ihn denkbar ist. Denn er ist Liebe!«

Hakan zog die Brauen hoch. Unwillig sah das aus.

»Klar, wir leben hier in einer Welt von Ursache und Wirkung!« rief Siri. »Wir dürfen uns nicht wundern, wenn unsere Taten Wirkung zeigen und dass diese Wirkung den Taten entspricht. Ich glaub, das hab ich als Kind schon sehr gut gewusst, zwar nicht mit dem Verstand, aber mein Herz wusste es. Hätte ich Gott gefragt, er hätte mich mit Sicherheit ermutigt, er hätte gesagt: Behalte deinen Glauben und lass die Kirche sausen. Du brauchst sie nicht. Ich habe ihn aber nicht gefragt, und mit dem Pastor habe ich über meine wirklichen Fragen auch nicht mehr gesprochen. Und so habe ich mich dazu bringen lassen, nicht bloß die Kirche, auch Gott und Jesus aufzugeben!«

»Hey, Siri! Siiiri! Du bist ja ganz außer dir.«.

»Allerdings. Weißt du, man kann es so viel leichter haben, wenn man Gott an seiner Seite weiß – und das haben mir Leute kaputt gemacht, die das Gegenteil zu tun behaupteten. Perfider geht es schon nicht mehr! Und ich bin darauf reingefallen!

Später dann hab ich überall gesucht, hab in allen Ecken nachgeschaut – und überall hab ich genau das gefunden, was ich gesucht habe.« Siri hielt inne. Ihr Zorn brauchte ein wenig, um zu verfliegen. Mit einem bitteren Lächeln sagte sie: »Ich hab mich mit den Veden befasst und mit Buddhismus, mit Schamanismus und mit Hinduismus, mit Esoterik und sogar mit Atheismus. Was ich gefunden habe, hab ich Stille genannt, Freiheit, Liebe, Geist ... Ich hab gar nicht gemerkt, dass ich immer und überall Gott gefunden habe. Zuerst nicht. Denn ihn habe ich gesucht, nur wusste ich es nicht, und vielleicht war das gut. Es ist nichts Neues, dass wir finden, was wir glauben, finden zu wollen.

Weißt du, manchmal denke ich, dass ich Gott wohl erst verlieren und dann wiederfinden musste, um ihm wirklich nahezukommen.«

Hakan hatte den Kopf leicht im Nacken und schaute zum Himmel hoch. »Wenn es Gott wirklich gäbe, Siri, dann sähe die Welt anders aus!«, stieß er heraus und um seinen Mund war tiefste Bitterkeit.

»Es ist genau andersherum!«, rief Siri. »Gerade, *weil* es ihn gibt, gibt es auch sein Gegenteil: das Schlechte, das Böse. Gott ist der Gott der Liebe, das hast du sogar selbst mal gesagt. Und Liebe ist nur wirklich Liebe, wenn sie frei ist. Liebe ist geradezu ein Synonym für Freiheit. Gott erschafft in Liebe und unter dem Gesetz der Liebe, denn er *ist* Liebe. Das bedeutet, dass das, was er erschafft, sogar die Freiheit hat, das Gegenteil von ihm zu sein. Oder man kann es noch anders sagen: *gegen* ihn zu sein! Mach dir klar, was das bedeutet! Gott baut nicht auf Sicherheit – er baut auf Liebe. Zunächst ist diese Möglichkeit, das Gegenteil von ihm zu sein, bei keinem seiner Geschöpfe in Erscheinung getreten, es gab keinen Grund – bis er den Menschen erschaffen hat, der nicht nur zwei Hände hatte, die ihn schöpferisch werden ließen, sondern auch einen Verstand. Und diesem Werkzeug, dem Verstand, ist der Mensch derartig verfallen, dass er irgendwann glaubte, er sei selber Gott.

Ein Werkzeug, *das* ist der Verstand, notwendig, damit ein Wesen, dem Freiheit geschenkt wurde, diese auch leben kann. Denn nur, wenn du eine Wahl hast und auch wählen kannst, kann Freiheit sein.

Vielleicht klingt das sehr einfach, vielleicht komme ich dir einfältig vor, und ich kann dir dazu nur eins sagen: Ich bin es auch!«

Hakans Ausdruck hatte sich verändert. Sein Kiefer war gelöster, die Bitterkeit zwar noch zu sehen, aber auch so etwas wie Belustigung.

»Wenn ich dich liebe«, fuhr Siri nun leiser und besonnener fort, »dann habe ich die Wahl dazu getroffen, auch wenn Anziehung und Eros mir dabei geholfen haben, als ich dich zum ersten Mal gesehen habe. Heute ist die Situation ganz anders, und ich liebe dich viel mehr als damals. Und ich glaube, auch jede kleine Facette dieser Liebe – die sich ja genauso ständig verändert, wie wir es tun – ist meine Wahl. Wir glauben nur, es geschieht von allein. Aber es gibt kein Geschehen zwischen zwei Menschen, an dem diese Menschen nicht beteiligt wären – alle beide.«

Hakan lächelte immer breiter. »Du glaubst also daran, dass Gott uns geschaffen hat, nach seinem Bilde und so?«

»Ja.«

»Und wozu?«

»Ich glaube, dass Gott nicht nur erschafft, was er erschafft: Er *ist* es auch! Vielleicht hat es ihm nicht mehr genügt, die Welt als Fuchs, als Krokodil, als Spitzmaus oder als Schnecke zu erleben. Das ist bestimmt spannend und toll, und das macht er ja auch dauernd, aber durch uns kann er seine Welt auch durch die Augen und Sinne eines Wesens erfahren, das ihm verwandter ist als alle anderen auf Erden.«

»Aber wenn wir auch göttlich sind, wie oft gesagt wird – dann würden wir nicht krank werden, nicht arm, nicht alt …«

»Wäre das Leben? Es gibt einen Satz dazu: ›Der Tropfen muss vergessen, dass er der Ozean ist, um ein Tropfen sein zu können.‹«

»Hm …« Hakan machte mit zusammengepressten Lippen so etwas wie Kaubewegungen. »Schlaue Sätze. Und was glaubst *du*?«

Siri zog den Rosenduft tief ein und ließ sich Zeit mit ihrer Antwort. »Wenn mich ein Pferd anschaut, schaut mich Gott an, und wenn mir eine Nachtigall etwas vorsingt, singt Gott mir vor. Und ich schaue gerade die Rosenblüten an und freue mich sehr an ihnen, und ich glaube, ich sehe nicht nur für mich, auch für ihn. Und innerlich spreche ich ständig mit ihm, oft auch mit Worten. ›Schau, wie schön sie sind‹, sag ich oft, und noch öfter bedanke ich mich. Jeden Morgen, wenn ich die Kiefer und den Himmel betrachte, wenn ich Möwen segeln sehe und unten das Meer braust, bin ich sehr, sehr dankbar, dass ich es so schön habe und die Natur ganz nah ist.« Siri lehnte den Kopf an den vom Weinlaub umrankten Laubenpfeiler, schloss die Augen und ihr war, als würden die vielen Worte, die eben aus ihr herausgepurzelt waren, noch um sie herumhüpfen – um sie beide.

Lange schwiegen sie im orangenfrischen Rosenduft, im leisen Rauschen der Zypressen, die hier und da ein Ausrufungszeichen in den Garten setzten, und waren froh, im Geschützten zu sein.

»Schade, dass du solche Dinge wie mit dem Tropfen und dem Ozean und nicht damals schon zu mir gesagt hast!« Hakan drückte ihr seinen Ellbogen leicht in die Seite.

Siri sah ihn erstaunt an. Erst nach einer Weile sagte sie: »Das wäre nicht gegangen.«

»Da warst du noch nicht die, die du jetzt bist, nicht?«

»Das war es eher nicht.« Sie schmunzelte. »Da hast *du* ständig geredet, und mit allem, was dir zu Gebote stand, deiner Tanz- *und* deiner Schauspielausbildung. Ich konnte nur ab und an was einwerfen.«

»Du bist ziemlich frech.«

»Das hab ich kürzlich schon mal gesagt bekommen. Dann wird wohl was dran sein …«

Lachend folgte sie mit dem Blick einem sehr gelben Schmetterling, der sich nicht entscheiden zu können schien, welche Blüte er zuerst besuchen sollte. Er flatterte an die zartesten Blütenkinder heran, als ob er sie beäugte oder beroch, kam ganz nah und flog dann doch weiter zur nächsten, trieb dieses seltsame Spiel mit sich allein, bis ein genauso tiefgelber Schmetterling kam und die beiden Nase an Nase miteinander aufstiegen, sich verloren, sich wiederfanden und schließlich in ihrem Kuss-Schwebeflug aus ihrem Gesichtsfeld gerieten.

Siri schaute Hakan an. »Und du? Wie stehst du zu Gott?«

Hakan nickte vor sich hin, als hätte er auf die Frage schon gewartet. »An Gott glauben, heißt doch letztendlich auch an sich selbst zu glauben – an seine eigene Göttlichkeit.« Er hielt inne, sah sie bedeutungsvoll an und schien doch mit seinem Blick nicht bei ihr, sondern woanders zu sein. »Das hab ich schon früh gewusst – bevor die Esoteriker und Co darauf gekommen sind.« Er lächelte, ohne dass sich der Ernst aus seinen Zügen verlor. »Ich bin ja in Köln aufgewachsen, katholischer als katholisch. Als sie mich als Kind mal gefragt haben, ich glaub, das war bei meiner Firmung, alle Onkel und Tanten und wer weiß noch am Tisch, und die eine Schwester von meiner Mutter dann so laut, dass alle aufhorchten: ›Und was willst du mal werden, kleiner Mann‹, da hab ich mir erst mal verkniffen zu sagen: ›Ich heiß Hakan, nicht kleiner Mann‹ und dann hab ich so laut ich konnte geantwortet ›Heiliger!‹ Kannst dir das Brüllen vorstellen, was da ausgebrochen ist?«

Siri lächelte. »Apropos Kaffeetafel: Ich hab Kaffeedurst!«

»Ich brauch auch was.« Hakan stand auf. »Was möchtest du? Cappuccino?«

»Ja, sehr gerne.«

»Bleib schön hier sitzen. Ich komm gleich wieder.« Hakan stand auf, nahm seinen Stock, schaute sie so intensiv an, als wollte er sich ihr Bild einprägen und ging hinüber zum Eingang der Villa.

Siri betrachtete das viele Grün und die leuchtenden Rot- und Gelbtöne der Rosen und das Rosa der Oleanderbüsche, die weiter weg wie aufgemalte Kleckse aussahen – jedenfalls, wenn sie nicht genau hinschaute. Dann war es ein Garten wie von einem Kind gemalt, hatte etwas Höhlenhaftes, Verwunschenes, Dschungelmäßiges. Tief atmete sie das Duftgemisch ein, in dem nun auch ein Hauch von Zimt und von Meeresfrische zu ahnen war. Vielleicht funktionierte ihr Riechvermögen nicht mehr wie früher, aber ihre Fähigkeit zu genießen hatte mit jedem ihrer Lebensjahre um ein Vielfaches zugenommen. Und nun das unschlagbare Gemisch aus Lavendel – nur ganz fein – und Thymian – nur zu ahnen – und Zypresse – kräftiger, denn eine stand direkt an der Laube und ihr Duft nach Süden war berauschend – und über allem schwebte Rosenduft. Siri hatte dafür gesorgt, dass hier im hinteren Garten viele und sehr besondere Rosen wuchsen, nicht unbedingt die hochgezüchteten mit großen Blüten, von denen es zwar auch einige gab, vor allem aber Arten, die ihren wilden Vorfahren ähnelten, jedoch mit längeren Blühzeiten gesegnet waren. Sie hatten fast alle noch den Duft der Wildrosen als eine Note in ihrem Gesamtduftgemisch. Siri war immer, als würde sie ein wenig schweben, wenn diese Riechsymphonie sie berührte und verzauberte. Und auch wenn ihr das Tun nicht mehr wichtig war – im Garten zu sein, die Pflanzen zu wässern und zu pflegen, das war kein Tun, hatte sie beschlossen, das war eine Art von höherem Sein.

Während sie diesem Gedanken noch hinterher lächelte, hörte sie Reifen auf der Sandfläche der Einfahrt knirschen und dann eine Autotür. Wie gut, dass man fast nirgends mehr Motorgeräusche hörte, dachte sie. Was für ein Gewinn an Lebensqualität, dass heutzutage nur die Reifengeräusche großer Lastwagen noch nervig sein konnten, aber hier auf der kleinen Küstenstraße fuhren kaum welche.

An den Stimmen erkannte sie, dass es Sabine und Horst waren, wahrscheinlich waren sie vom Einkaufen zurück, man hörte den Handwagen, der im Sand knarzte, als hätte er Holz- und keine Gummiräder. Den beluden sie meist mit den Sachen und transportierten sie auf diese Weise bequem in die Küche und den Vorratsraum.

Als Hakan mit Cappuccino und Kräutertee wiederkam, als er beides auf dem Tablett, das er wie ein Kellner auf einer Hand trug und das doch keinen einzigen Kleckerfleck hatte, auf den Tisch gestellt und sich wieder neben sie gesetzt hatte, merkte Siri gleich, dass er noch mehr zu besprechen.

»Ich hab mich ja damals schon mit Nahtoderfahrungen befasst, hab etliche Berichte gelesen und Vorträge gehört«, hub er an, als wüsste sie es nicht. »Es gab immer gewisse Elemente bei den einzelnen Beschreibungen der Erlebnisse, die sich ähnelten. Das Licht vor allem. Fast jeder mit eine Nahtoderfahrung hat es gesehen und gefühlt. Das Licht, das einen durchtränkt mit Liebe ...« Er nahm seine Tasse hoch, nippte am Tee, hielt sie noch dicht vor seinen Lippen, als er leise fragte: »Geht das jedem so? Kann man wirklich – schön sterben?«

»Ich glaube fest daran, ja. Ich weiß, das Amo so gestorben ist, das war in seinem Gesicht zu sehen. Und ich werde auch so sterben.«

»Und ich?«

Siri fuhr herum zu Hakan, konnte nicht glauben, dass er das eben gefragt hatte. Er saß mit erhobenem Kopf, den Blick im Himmel, die

Tasse immer noch vor seinen Lippen. Dann nahm er einen langen Schluck, setzte die Tasse ab und blickte Siri an, als sei er gerade von irgendwo zurückgekehrt. »Hab ich dir erzählt, dass die im Krankenhaus mich damals nicht zu dir gelassen haben? Ich wollte dich natürlich besuchen. Die Krankenschwester kam gerade aus deinem Zimmer. Das geht nicht, hat sie mich gleich angefahren. Und dann hat sie im Ernst gemeint, dass du bei den Engeln bist oder sowas. Ich hab natürlich gedacht, du bist gestorben. Bin da halb zusammengebrochen. Wenigstens hatte sie dann einigermaßen Herz und hat mich in den Arm genommen und war sich ganz sicher, dass du wieder aufwachen wirst. Als ich noch mal gekommen bin, da warst du gar nicht mehr da. Entlassen. Das war komisch, so ganz ohne Kontakt. Wie ein Verbrecher kam ich mir vor ...

Und später hast du mir geschrieben, dass du keine Liebschaften mehr wolltest. Irgendwas wie: Durch mich hättest du die Liebe wieder entdeckt, und nun willst du aber jemanden, mit dem du voll und ganz einsteigen kannst. Also nicht mehr mich. Und mir war klar, dass du Abstand von mir wolltest. Dass du nicht mehr an diese Sache erinnert werden wolltest – ob dir das nun bewusst war oder nicht.«

»*Das* hast du verstanden? Und ich dachte, du wolltest meinen Wunsch nicht antasten. Ich fand das feinfühlig von dir.«

Hakan schüttelte den Kopf. Plötzlich barg er den Kopf in den auf den Tisch gestützten Händen.

Siri streichelte mit den Fingern sein Nackenhaar. »Ist es nicht Zeit, dass du dir vergibst?«

Hakan blieb in dieser Haltung. Langsam begann er zu nicken. Er hob den Kopf, starrte in die Ferne und versank anscheinend in Nachdenken. Irgendwann wandten sie sich beide gleichzeitig einander wieder zu, schauten sich an und begannen zu lächeln. Es war ein Lächeln von jener besonderen Art, wie es manchmal, wenn man sich selbst im Spiegel anschaut, ganz plötzlich im eigenen Gesicht erscheinen kann – vielleicht, weil man sich selbst als jemand anderes erkennt und merkt, dass man sich ohnehin nur als seinem anderen Ich begegnen kann.

*

Sie waren in ein langes, schweigendes Miteinander eingesunken, die Blicke ineinander verschränkt, staunend und tief berührt. Irgendwann hatte Hakan seine beiden Hände auf ihre gelegt und geflüstert: »Ich liebe dich.«

»Ich liebe dich auch.«

Hakan stand auf, versenkte die Hände in den Hosentaschen, sah auf sie herunter, als wollte er sich vergewissern, ob auch wirklich alles mit ihr in Ordnung sei, sagte: »Mal sehn, was sich sonst noch so tut in der Welt!«, und schlendert in Richtung Haus davon.

Siri spürte nicht den leisesten Impuls zu etwas anderem, als in der Laube sitzen zu bleiben, sich anzuschauen, was um sie war und zu fühlen, was in ihr war: diese helle Freude.

Wie kostbar war es, diese Muße zu haben! Ganz besonders dann, wenn manches an Erlebnis danach verlangte, nachklingen zu können und so allmählich, wie es passend war, in sie einzusinken.

Irgendwann stand sie doch auf, ihren Körper verlangte es nach Bewegung. Sie ging durch den Garten und schaute und roch, hatte dabei das Wort »lustwandeln« im Sinn und ihr fielen die Theorien wieder ein, die Amo und sie brennend interessiert hatten, die der Quantenphysik etwa, nach denen jedes Objekt immer einen Betrachter brauchte, um vorhanden zu sein – so hatte sie es jedenfalls in Erinnerung.

Damals hatten sie auch von der Wirkmächtigkeit der Gedanken und des Glaubens erfahren. Siri hatte allerdings gedacht, dass Gedanken zwar Kraft haben und vieles bewirken, und nicht nur dadurch, dass man sie in die Tat umsetzt, doch dass der Geist geschult sein müsse und sicher im Umgang mit diesen Möglichkeiten, bevor er sie auch zur Wirkung bringen könnte.

Sie blieb stehen und ließ den Blick aus den Begrenzungen der Mauer hinaus die umliegenden, mit dunkelgrüner Macchia und gelbgrünen Kiefern bewachsenen und von fast weißen Felsen gekrönten Berge emporklettern. Weit oben flogen zwei große Vögel, Raubvögel wohl – vielleicht Adler? Ein Gefühl von Weite, von Freiheit. Tief atmete sie es ein.

Horst kam mit seinem Pickup erneut zur Toreinfahrt herein, war zwischendurch wohl wieder weggefahren, rollte im großen Halbkreis aufs Haus zu und hielt direkt vor dem Vorbau der Eingangstür, der auf zwei runden, weißen Säulen ruhte. Dort stand Gregor, erst jetzt sah Siri ihn. Horst öffnete die Plane des Pickups, und die beiden luden irgendetwas aus, das Siri von hier aus nicht identifizieren konnte.

»Hey, Süße! Hier warst du also!«, rief Gregor ihr entgegen, als er sie kommen sah.

Horst grinste amüsiert, in seinem Gesicht stand deutlich geschrieben, dass er ›diese Alten‹ sehr speziell fand, zum Grinsen eben, wie man es mit Künstlern so machte, wenn sie nicht in den Götterhimmel erhoben waren wie Picasso und Co. Aber sobald es um die Arbeit selbst ging, um das Handwerkliche der Kunst, hatte Horst auch eine andere Seite. Gregors Statuen bewunderte er. Manchmal fragte er fast unterwürfig, ob er sich unten aus dem Gewölbekellerraum, der Gregor als Werkstatt für seine größeren Arbeiten diente, Späne holen könnte. Er nutzte sie, um selbstgefangene Fische zu räuchern, und ab und an bekamen ›die Künstler‹, wie er sie gegenüber Außenstehenden nannte, eine große, geräucherte Dorade von ihm geschenkt.

»Was habt ihr da?«, fragte Siri.

Gregor hob eines der Dinger, die sie ausluden, hoch und sie sah es sofort: Es war eine Stellage, eine runde Holzplatte von etwa sechzig Zentimeter Durchmesser als Fuß, aus deren Mitte eine Säule von etwa einem Meter Höhe aufstieg, die eine weitere runde, etwas kleinere Holzplatte von etwa vierzig Zentimeter Durchmesser trug. Das Ganze war weiß angestrichen und konnte nur zum Aufstellen von Skulpturen gedacht sein. Es gab einige und in verschiedenen Höhen.

»Die hat Horst gemacht!« Gregor hatte sie offenbar damit überraschen wollen. »Wenn die Stiftung das Material und die Arbeit bezahlt, kommt sie gut dabei weg. Für die Rahmen muss Miró ihm nur noch die Maße sagen.«

Horst, der zwei der Stellagen ins Haus getragen hatte und wieder herauskam, nickte. »Auch die Dicke und die Farbe«, ergänzte er mit dem Ernst und der Geradlinigkeit des Handwerkers, der wusste, wovon er sprach. Vielleicht wunderte es ihn, dass Siri so sehr strahlte, nur wegen ein paar Stellagen und Rahmen. Die Freude blieb zwar wie immer ganz leise, aber gerade hatte Siri das Gefühl, jedes einzelne ihrer Körperhaare würde sich aufrichten und tanzen.

Sie folgte Gregor, der Horst die Hand gegeben und sich bedankt hatte und nun eine der Stellagen durch den Flur, an dessen Seite die anderen abgestellt waren, nach hinten bis in den Saal trug und dort in die Mitte der Bühne stellte, genau dahin, wo der Scheinwerferspot auf den Boden fiel. Eine von Gregors Skulpturen wartete schon am Bühnenrand, und Gregor ging in die Knie, um sie anzuheben. Siri trat heran und hob sie soweit mit an, wie ihre Arme reichten, und Gregor trug sie ins Licht und stellte sie dort auf die weiße Stellage.

»Schön!«, rief Siri. »Wunderschön! Demnächst wollen Hakan und Fred und Miró hier doch was machen – gehört das dazu?«

»Ja-a.« Gregor tat geheimnisvoll.

Siri stand da und lächelte zu ihm hoch. Ihr war zumute wie als Kind, wenn ihr ein Geschenk versprochen schien und die Freude sich gerade deshalb überschlug, weil sie nicht wusste, was es sein würde.

***

»Es könnte spät werden«, hatte Gregor gesagt. »Wenn ich zurück komm, geh ich lieber zu mir rüber, oder?«

»Nein! Ich warte natürlich auf dich!«, hatte Siri gerufen.

Inzwischen begann sie ungeduldig zu werden, fast schon zappelig vor Spannung. Es war längst dunkel, sie lag im Bett und versuchte zu lesen. Gregor war nachmittags losgefahren, um Freya abzuholen, nachdem er vergeblich versucht hatte, einen Mittagsschlaf zu halten, nicht einmal eine Mittagsruhe war ihm wirklich geglückt, auch wenn er auf einer der Liegen auf dem Balkon gelegen hatte, auf denen er sich sonst so gut entspannen konnte. Siri hatte sich in die andere danebengelegt und den unzähligen Erinnerungen zugehört, die Gregor gekommen waren und die er in leisem Ton und eiligem Tempo erzählt hatte.

Als sich jetzt endlich die Tür öffnete und Gregor in seinem weißen Biesenhemd und der hellen Leinenhose darin erschien wie ein Mond am Abendhimmel, rief sie: »Du leuchtest ja!«

Er lachte, kam näher, zog sich das weite Hemd über den Kopf, stieg aus der Hose und legte sich zu Siri. Er wandte sich zu ihr hin, hob den linken Arm wie zu einer Umarmung und stöhnte: »Komm mal her.«

Siri drehte sich in seine Umarmung hinein, umschlang ihn auch und flüsterte in sein Haar: »Erzählst du?«

Er brummte nur, drückte sie, küsste ihre Wange, dann rückten sie nur mit den Oberkörpern ein klein wenig auseinander, damit sie sich in die Augen sehen konnten, und Gregors erste Worte kamen wie ein Stöhnen aus ihm heraus. »Es war soo schön!«

»Oh, wie mich das freut! War das Zimmer okay für sie?«

»Mehr als das. Sie war richtig gerührt. Auch darüber, dass du mitgeholfen hast, es auszusuchen. ›Dass du wieder ne Frau hast, Papa, das ist so toll!‹. Und dann haben wir beschlossen, dass sie nicht mehr Papa sagt, sie hat sogar ganz vorsichtig gefragt, ob es mir recht wäre. Na klar ist es mir recht. Aber es war dann doch etwas komisch für sie, die ersten Male, als sie mich mit Gregor angesprochen hat.«

»Kann ich dich unterbrechen?«

»Klar.«

»Erzählst du von Anfang an? Ich bin so gespannt!«

»Also: Ich stand draußen direkt vor der Flughafentür, aus der sie kommen musste – lässig an das gelbe Strandauto gelehnt, so wie du es dir mal ausgemalt hattest, genauso hab ich's gemacht. Natürlich aus Spaß – aber irgendwie war ich dann doch stolz und froh, dass ich mit dreiundachtzig noch so dastehen kann, nicht bloß sicher, ich glaube, auch immer noch stattlich, oder?«

Siri nickte vehement.

»Und das Ganze hat seine Wirkung nicht verfehlt! Sie sah mich sofort, ihre Miene leuchtete auf wie ein Scheinwerfer, sie kam, ließ ihren Koffer los und fiel mir in die ausgebreiteten Arme.

Dann hab ich sie und ihr Gepäck eingeladen, und die ganze Fahrt bis ins Dorf haben wir geredet und geredet. Sie hat viel von ihrem Job erzählt, und na klar hat mich das interessiert, von ihrem Freund, den sie noch nicht lange kennt, von der drei-Frauen-WG, in der sie lebt, von München, vom Wetter, sogar von Gunnar, mit dem sie oft telefoniert.

Als wir dann in dem Gasthof unten im Dorf ankamen und ich ihr den Koffer hochgetragen hab, haben wir beschlossen, nicht dort, sondern in der kleinen Taverne am Hafen zu essen. Na klar, sie wollte am Meer sein, und dann noch der Atlantik, hat sie ein paar Mal gesagt, ganz ehrfürchtig, und ich hab gesagt: ›Du sagst das, als wäre Ozean mehr als Meer‹, und wir mussten wie verrückt lachen, alle beide. Klar, ist nicht so witzig, reicht eigentlich bloß für n' Grinsen. Aber wir haben unsere ganze Restanspannung raus gelacht und daraus gleich den Spruch des Abends gemacht: ›mehr als Meer‹.«

Gregor schloss die Augen, atmete tief ein, schien glücklich, doch als er Siri wieder ansah, trat ein Ausdruck in sein Gesicht, der Siri erschreckte.

»Vielleicht wäre es zu schön gewesen, Siri, wenn es immer so weiter gegangen wäre. Aber nach dem Essen – Fisch natürlich – haben wir uns von einem Moment zum anderen total in die Wolle gekriegt. Ich kann das jetzt noch nicht glauben!« Er schluckte. »Ich hab mich so erschrocken, dass mir gleich wieder das Herz rast. Es ging natürlich um diese Corona-Geschichte damals. Das Gute ist: Sie hat ihre Haltung nicht in Schutz genommen, sie findet das heute genauso bescheuert wie ich es damals fand. Aber sie hat sich bitter darüber beschwert, dass sie wegen einer, wenn auch falschen, Meinung bei mir in Ungnade gefallen war. ›Mein Vater bleibt doch immer mein Vater, was auch passiert!‹, hat sie gesagt. Daran hat sie geglaubt, und als die Geschichte damals so heftig geworden ist, da hat sie sich von mir verstoßen gefühlt und das ist ihr sehr lange nachgegangen. Warum hast du es nie gesagt, hab ich natürlich gefragt. ›Es gibt Themen, die kann man nicht einfach mal so am Telefon ansprechen‹, meinte sie. ›Und ich fand, wenn du mich verstoßen hast, musst du mich auch wieder annehmen. Aber du warst in Berlin so schwer mit deiner Kunst beschäftigt, dass du deine Tochter wohl ziemlich vergessen hast.‹

Du, Siri, ich hab das immer geahnt, ich hab es auch gespürt, die waren beide sauer, Gunnar auch, dass ich nach den Berufsjahren Kunst gemacht hab und darin vollkommen aufgegangen bin. Die wollten nicht, dass ihr Papa sich so verändert, sie wollten eben ihren alten Papa haben, der ihnen vertraut war, kann ich ja auch verstehen. Aber dass Freya sich so tief verletzt gefühlt hat …

Na ja, im ersten Moment war ich auch sauer, ich hab sie nie verstoßen, ich fand, dass sie auch mal hätte nachfragen können, wie es mir geht, als ich ihre Coronaviren einkassiert hatte … Ach, ich will das jetzt nicht alles noch mal ausbreiten, das war vorhin schon heftig genug. Wir haben uns angeschrien! Allerdings nur ganz kurz. Sie hat gleich angefangen zu weinen – und da bin ich natürlich weich geworden und mir kamen auch die Tränen.

Keine Ahnung, vielleicht war das auch gut, vielleicht musste der Kessel explodieren – da saß viel Druck und viel Leid dahinter. Den Druck haben wir dann Arm in Arm rausgeheult, und das Leid mit einem doppelten Calvados weggespült.

Aber natürlich nicht einfach so. Wir haben es schon sorgfältig angeschaut, alles genau besprochen und uns vor allem ausdrücklich um Verzeihung gebeten und jeder hat dem anderen ausdrücklich verziehen. Ich glaube, am Ende des Abends waren wir wirklich im Reinen miteinander. Allerdings hatte ich ganz gut einen sitzen, wir haben natürlich auch Wein getrunken – und jetzt hat dein gelbes Lieblingsstrandauto eine Schramme ganz vorn am Kotflügel. Ist bloß der Lack und ich mach das morgen wieder weg! Oder übermorgen. Na ja, wenn Freya weg ist.«

Siri lachte hell auf, fuhr mit der Hand in sein Haar und zauste ihm den Hinterkopf und lachte noch mehr. Gregor fiel mit ein.

»Ich freu mich so für euch! Und für mich auch. Du bist wie neu, mein Herz. Um zehn Jahre verjüngt!«

»Olala! Dann solltest du vielleicht auch mal mit dieser jungen Dame zusammenkommen, wenn sie solche Zauberkräfte hat. Hast du Lust, morgen nach dem Frühstück mit mir zu ihr ins Dorf zu fahren? Sie ist schon sehr gespannt auf dich.«

»Ich auch auf sie. Klar komm ich mit. Gerne. Toll, wie ihr das gemacht habt! Statt vorsichtig zu sein, sich bloß nicht die schöne Zeit miteinander zu verderben, gleich mittenrein – das war wie n' Gewitter, und nun kann schönes Wetter kommen!«

*

Es war ein Morgen wie aus einem touristischen Werbefilm. Der Wind so milde, dass Siri sich von sanften Händen gestreichelt fühlte, als sie nach vorn an die Balustrade ging, um die Sonne zu begrüßen.

Später beim gemeinsamen Frühstück war die Stimmung genau wie das Wetter. Fred hatte sich eine kleine Einlage ausgedacht, und endlich, endlich kam ihm nichts und niemand dazwischen. Er trug seinen hellgrünen Anzug, weiße Socken, schwarze Schuhe und schwarze Handschuhe. Sein Haar war tiefschwarz und schien üppiger als sonst. Siri wusste inzwischen, dass das eine Perücke war. Sein Moustache war ebenfalls schwarz, und da seine Haut inzwischen tief gebräunt war, wirkte er sehr dandyhaft.

Er ging am Tisch entlang von einem zum anderen, zaubert aus Michelles Haaren eine kleine Rose hervor, Miró hatte plötzlich, Fred war schon an ihm vorbei, zwei noch warme Eier im Schoß liegen, sicher vom Buffet, und Gregors eben geschmiertes Marmeladenbrötchen lag ganz am Ende des Tisches auf Siris Teller. Während Fred sich knapp verneigte, brach frenetischer Beifall los und danach gab es ein heiteres Frühstücken.

*

Siri und Gregor nahmen den gelben Jeep. Siri wollte die Schramme gar nicht so genau sehen. »Die gehört jetzt eben dazu«, sagte sie, stellte den Korb mit Badesachen in den Fußraum hinterm Beifahrersitz und setzte sich neben Gregor. Während sie die geschlängelte Küstenstraße hinunter ins Dorf fuhren, lag ihre Hand auf Gregors Oberschenkel.

Als sie ins Dorf kamen und sehr langsam fuhren, um den zahllosen Katzen und Kätzchen ausweichen zu können, bekam Siri plötzlich Herzklopfen. ›Immerhin noch nicht zu alt für Aufregung‹, dachte sie.

Als sie auf den Dorfplatz bogen, waren fast alle Tische besetzt, aber sie sah nur die hübsche Frau mittleren Alters mit langer, blonder, leicht gelockter Mähne und im hellblauen Kleid dort vor dem Gasthaus sitzen, die Freya sein musste. Ja, jetzt begann sie zu winken.

Siri schossen Tränen in die Augen, und als sie zu Gregor schielte, ob er es bemerkt hätte, sah sie, dass es ihm genauso ging. Also traten sie etwas später mit leicht roten Augen zu Freya, aber das haben alte Leute ja öfter.

*

»Du hast doch auch Kinder, oder?«, fragte Freya, als Gregor sich für eine Weile entschuldigt hatte und zum Klo gegangen war. Sie hatten bestimmt schon eine Stunde lang intensiv geplaudert, vielleicht waren es auch zwei gewesen. Siri war das Zeitgefühl abhandengekommen.

»Einen Sohn, ja. Manuel. Und einen Enkel. Carlo.«

»Und mit Manuel gab es auch mal eine Zeit, in der ihr keinen Kontakt hattet, hat Papa erzählt. Auch durch Corona wie bei uns?«

»Nein, es war lange davor. Ich kann dir das nur schwer erläutern, ich müsste die ganze Geschichte erzählen, sonst stimmt es irgendwie nicht. Ich sag es mal so: Manuel ist etliche Jahre drogensüchtig gewesen. Er hat sich davon frei gekämpft, und dazu musste er sein eigenes Leben finden. Das ging wohl besser ohne mich.«

»Und wie seid ihr wieder zusammenkommen?«

»So ähnlich wie ihr: Ich hab irgendwann versucht, das Schweigen aufzulösen, hab seine Emailadresse ausfindig gemacht und ihm geschrieben.‹«

»Und dann?«

»Dann hatte ich Angst, dass ihn die Mail nicht erreicht oder dass er nicht antwortet, wie früher schon, oder dass er etwas antwortet, das mir wehtun würde, vielleicht Vorwürfe. Ich wusste nicht, ob er aus Groll so lange geschwiegen hatte, er hatte einfach geschwiegen. Und dann kam seine Mail, und die war so, als hätten wir uns vorgestern zum letzten Mal geschrieben. Ich hab geweint vor Freude und vor Erleichterung.«

»Und warum hatte er so lange geschwiegen?«

»Es war, wie ich es mir gedacht hatte: Er wollte nicht nur aus der Drogenszene raus, er wollte ein ganz normales Leben unter normalen Menschen. Das konnte ich ihm nicht bieten. Bei mir war immer alles anders, auch wenn ich nach meinem Fehlstart ins Leben wie alle anderen meine Arbeit, mein Zuhause, meine Freunde hatte. Das hat mir nie wirklich Halt gegeben, nie wirklich genügt. Ich hab mich immer gefragt, wer ich eigentlich bin und was das ist, ein Mensch und wo ich eigentlich herkomme und ob ich dorthin irgendwann zurückkehre und was das ›Dorthin‹ überhaupt ist …« Siri verstummte.

»Lass mich raten: du bist esoterisch?«

Siri lachte leise auf. »Wenn, dann bin ich es mal gewesen. Ich weiß nicht, wie ich es nennen soll, ich hab viel ausprobiert. Manuel hat mich als ›abgedreht‹ empfunden.«

»Und wie ist es mit dir und ihm weitergegangen?«

»Wir haben uns getroffen, genau wie ihr, wir haben geredet und geredet, es war schön, es war aufwühlend, es war traurig, es war schlimm, es war ganz oben und ganz unten, es war neu kennenlernen und alt vertraut sein – es waren unglaubliche Wochen. Er ist gleich für länger geblieben, es hatte sich zufällig so ergeben – und das war gut so. Irgendwann haben wir wieder richtig und ganz zueinander gefunden. Für mich war es, als ob ich wieder vollständig wäre.«

Freya lächelte, lehnte sich im Stuhl zurück und ließ den Blick an den Häuserfronten rund um den Marktplatz entlangwandern. Direkt über ihnen fiel lärmend ein Schwarm Spatzen ins Laub der Platanen ein.

»Und du?« Siri musste gegen das Zwitschern lauter reden. »Was tust du, wenn du nicht arbeitest? Wofür schlägt dein Herz?«

Freya schien zu überlegen, ließ dabei den Blick weiter umherwandern und sagte schließlich: »Mein Herz schlägt zwar für die Kunst, aber wenn man selbst keine Kunst macht, reicht das anscheinend nicht ganz. Mir jedenfalls nicht. Es ist irgendwann einfach meine Arbeit geworden. Eine schöne zwar – aber nicht genug.

Irgendwann hab ich mich auf Sinnsuche gemacht. Ne Freundin hat mich zu so einem besonderen Yoga für Frauen überredet. Ich wollte diesen ganzen Mist nicht, du weißt schon: Chakren und in welchen Farben sie leuchten und Einatmen bis in den Bauch und durchs Arschloch wieder aus … Ich hab absolut keine Lust auf so was gehabt, aber sie hat es irgendwie hingekriegt, dass ich mitgekommen bin. Und was soll ich dir sagen? Es war ganz anders als gedacht!

Wir lagen auf den Matten. Entspannten uns mit einer ersten Übung, die zum Glück nichts mit Chakren und nur ganz wenig mit Atmen zu hatte. Tief atmen sollten wir, das war alles. Na gut. Und son paar Muskelsachen, anspannen, loslassen. Und schon gleich wieder zudecken und ausruhen. Na, war ja nicht gerade anstrengend …

Und dann sagte die Leiterin diese zwei Sätze: ›Du bist eine Frau. Und du bist Liebe.‹

Siri … Du weißt bestimmt, wo ich mal war, Querdenker ist fast noch harmlos ausgedrückt … Das war zwar ne Weile her und auf dem schrägen Tripp war ich längst nicht mehr, aber ich war auch noch nirgendwo anders.

Du bist eine Frau. Banal, klar. Aber genau den Satz brauchte ich gerade. Ich brauchte ihn sehr. Mir war erst vor kurzem aufgegangen, dass das viel mehr Bedeutung für mich hatte, als ich dachte. Ich war dabei, es schön zu finden, Frau zu sein. Und was es mir bedeutet.

Und dann der andere Satz: Du bist Liebe.

Das hat mir zuerst geschmeichelt, als nächstes hab ich es für Quatsch erklärt – und dann *saß* es. Ich hatte gerade erst eine Trennung hinter mir. Und ich wusste auf einmal, dass es genau darum passiert war: Ich wollte Liebe. Nicht *von* ihm. Ich wollte sie mit ihm teilen, ich wollte sie leben. Er wollte Karriere und zu Hause eine nette Frau und natürlich auch Liebe – jedenfalls, soweit sie in seinen Terminplan passte.

Und dann dieser Satz! Ich *bin* Liebe. Ich kann gar nicht anders als lieben, ich muss lieben – und ich will lieben!

Ja, Siri, guck nicht so, ja, verdammich noch mal!« Freya lachte auf. Es war ein sehr ernsthaftes Lachen.

»Ich hab so geheult da unter meiner Kamelhaardecke auf der Matte«, fuhr sie fort. »Ja! Ich *will* lieben! Das hat nichts mit Anklammern zu tun hat und es ist erst recht keine typische Frauenromantik. Nein. Das ist groß! Und großartig. Und wundervoll.

Und seitdem bin ich dabei, eine andere zu werden. Ne, warte mal, stimmt gar nicht: Ich werde keine andere, ich werde immer mehr ich!«

Siri lachte Freya an und streichelte über ihre Hand. Was für eine wunderbare Frau! Und wie wunderbar, dass sie jetzt hier saß und ein total glücklicher Gregor sicher nicht so lange auf dem Klo blieb, sondern sich irgendwo anders herumdrückte, um ihnen beiden eine kleine Weile nur zu zweit zu schenken.

Freya nickte ihr schmunzelnd zu. »Ja! Das war so etwas wie spontane Selbstheilung!«

»Von was bist du geheilt?«

»Von zu wenig Selbstliebe? Von zu wenig Achtung vor mir selbst? Von zu wenig Freude über mich selbst, das auf jeden Fall. Von zu wenig Zärtlichkeit für mich. Und von zu wenig Lebenslust.«

»Wow! Das hat sich ja echt gelohnt!«

»Na ja, das heißt noch nicht, dass ich jetzt davon übersprudele. Aber es hat sich schon eine Menge getan. Genug jedenfalls, dass sich das Leben anders anfühlt. Irgendwie frisch, irgendwie so lebendig wie seit Ewigkeiten nicht mehr«

Siri sah sie groß an.

»Du staunst?«, fragte Freya prompt.

»Ja — es ist ja auch zum Staunen, oder? Obwohl ich das auch von mir kenne. Aber staunen muss ich immer wieder.«

»Wunder eben«, griente Freya. »Und diese Yoga-Übungen, Siri, die wären vielleicht auch was für euch. Die machen was mit einem, und sie sind ja sehr sanft und harmlos. Das kam mir zuerst sogar lächerlich vor, sowas wie zwei Finger abspreizen zum Beispiel — macht nichts her, aber ich sage dir: Es macht was mit dir!«

»Oh, das ist nichts Neues für mich, Liebe, ich mache seit Jahrzehnten Yoga, und hier in der Villa kommt zweimal in der Woche Morgana zu uns und leitet uns im Stuhlyoga an. Das ist für Leute, die nicht mehr so leicht auf die Matte runter und wieder hoch kommen.«

»Ah, super! Und wann bekomme ich die Villa mal zu Gesicht?« Sie wandte sich Gregor zu, der sich gerade wieder auf seinen Platz setzte.

»Jetzt?«, fragte er und sah erst Freya, dann Siri an.

Freya lachte auf. »Gut!«

»Ja, gut!«, sagte auch Siri. »Dann sollten wir vielleicht Sabine anrufen und noch ein Mittagessen mehr bestellen.«

*

»Oh, das halt ich nicht aus!«, stöhnte Miró. »So hübsch und jung und dann direkt neben mir!« Er griff nach Freyas Hand, zog sie ein wenig zu sich hin, beugte sich darüber und deutete einen Handkuss an.

Freya lachte. »Na ja, dafür habe ich die Ehre, neben Friedrich Nietzsche sitzen zu dürfen, oder?«

Miró zog den Kopf leicht ein und legte ihn gleichzeitig auf die Seite, als wollte er sich zumindest symbolisch etwas verkleinern.

Freya ging auf sein Spiel ein. »Es gibt ja viele wunderbare Nietzsche-Sätze, aber einen ganz besonderen hab ich mir gerade gestern auf der Reise in mein kleines Buch für große Worte geschrieben. Er heißt: ›Was aus Liebe getan wird, ist nie jenseits des Guten, aber immer jenseits des Bösen.‹ Darüber denke ich seitdem hin und wieder nach.«

»Oh, das könnte hier auch passieren, manchmal denken wir ziemlich intensiv alle zusammen bis in die Nacht über irgendwas nach.« Miró zog die Oberlippe herunter, dass sein Schnauzer fast sein halbes Kinn bedeckte.

»Was aus Liebe getan wird, ist nie jenseits des Guten, aber immer jenseits des Bösen.«, wiederholte Michelle versonnen. »Ein toller Satz! Man muss ihm nachlauschen, dann kommen er erst wirklich an.«

»Bei mir ist er sofort angekommen.« Hakan sagte das ganz in Gedanken, so schien es Siri, und in seinem Gesicht war nichts Gehässiges.

Doch Fred, der ihn wohl nicht angeschaut hatte, polterte: »Was soll das, Hakan? Bist doch n' echt guter Typ, aber manchmal ...«

»Hey, reg dich ab, das war einfach ne Feststellung! Der Satz ist in mich reingegangen wie einer dieser Pfeile, die Armor abschießt: Er hat genau getroffen. Reicht, ihn einfach stehenzulassen.«

»Ja, finde ich auch«, mischte Siri sich ein.

Freya hatte dem Hin und Her genau zugeschaut und wohl auch zugehört, einen halb staunenden, halb amüsierten Ausdruck im Gesicht. Jetzt stieg ein Lächeln darin auf. »Ich finde den Satz so befreiend«, sagte sie. »Liebe ist nun mal nicht immer Harmonie und Gutsein und tausend Herzen fliegen durch die Luft und Goldstaub hinterher. Man kann auch mal knallhart Nein sagen, und es ist trotzdem Liebe!«

Michelle nickte heftig.

»Ah, das Essen!« Gregor deutete mit dem Kinn zur Terrassentür. Sabine und Filipa kamen dort, jede von ihnen trug eine altertümliche weiße Suppenterrine, aus der jeweils der Stiel einer Kelle schaute. Gleich würden noch die Krustentiere, die für den köstlichen Sud der Suppe verantwortlich waren, herausgebracht und ein mäßig gekühlter Chardonnay stand schon bereit. Miró rollte sich noch näher an den Tisch, band sich seine große Stoffserviette um und hielt seinen Teller in Richtung Tischmitte. Michelle stand auf und begann mit Engelsmiene, ihm und dann den anderen aufzutun. Am anderen Tischende tat Gregor dasselbe.

Sabine trat wieder an den Tisch heran. »In Knoblauch und Olivenöl marinierte, gegrillte Gambas«, sagte sie mit einem Lachen in der Stimme und stellte die Platte mit den roten Gambas auf den Tisch. »Filippa bringt gleich noch ihr frisch gebackenes Baguette und Salat. Lasst es euch schmecken!« Ein vielstimmiges »Danke!« antwortete ihr. Dann versanken alle in einem Schweigen, dass allein dem Rausch der Geschmackssinne geschuldet war.

»Ihr lebt hier wie die Könige!«, stöhnte Freya am Ende des Mahls und hob ihr Weinglas hoch. »Auf euch!«

»Und auf die Villa!«, fügte Hakan hinzu und prostete Freya zu.

»Aber eins muss ich euch mal fragen.« Freya hatte jetzt eine sehr ernste, beinahe offizielle Miene. »Warum sieht man hier nirgends Kunst, nicht im Haus und nicht draußen?« Sie hob die Brauen, als wollte sie betonen, wie befremdlich sie das fand.

Sie ist also noch nicht im Saal gewesen, dachte Siri. Hat Gregor vor, sie mit seinen Statuen zu überraschen? Oder will er sie von Freya fernhalten? Sie wäre wahrscheinlich verlockt, fachliche Urteile abzugeben – und das könnte Gregor nicht vertragen …

Als niemand Freyas Frage beantwortete, nicht einmal Miró, übernahm Siri es, sie aufzuklären. »Wir haben schon darüber gesprochen und werden das auch bald ändern. Unser Hausmeister Horst macht gerade Rahmen und Stellagen, damit die Werke auch würdig ausgestellt werden.«

»Oh, toll! Ich bin natürlich total gespannt, eure Sachen zu sehen. Ich dachte schon, ihr habt hier irgendeinen Ehrenkodex, sowas wie ›jeder schafft nur für sich‹ oder so. Papa hat mir auch nichts gezeigt, aber das kommt vielleicht noch.«

»Wir hatten einfach noch keine Zeit dafür, du kennst ja bis jetzt nicht mal mein Zimmer.«

Siri hörte an Gregors gequetschter Stimme, dass er sich um einen neutralen Ton bemühte. Doch sie wusste, dass er bei diesem Thema nicht neutral sein konnte. Ihr war sehr bewusst, wie heikel dies jetzt war und wie wichtig, und sie staunte, wie leicht sie dennoch sprechen konnte. »Freya, das kannst du vielleicht nicht wissen: Wir sind nicht mit Künstlern zu vergleichen, die in der Pinakothek oder in anderen namhaften Häusern ausstellen dürfen. Und als wir jung waren, war die Zeit eines Picasso und seiner Mitstreiter, in der relativ viel Kunst von Privatleuten gekauft wurde und der Kunsthandel entsprechend blühte, längst vorbei. Wir mussten uns irgendwie hervortun oder irgendwo einschleimen oder beides. Oder eben unser Ding machen und sehen, wovon wir leben, bloß möglichst nicht von unserer Kunst.

Wir haben uns nicht vermarkten lassen und das hat einen Grund: Wir wollten und wollen nicht in Standards gezwängt, nicht von Meinungen beeinflusst, nicht von Notwendigkeiten gegängelt sein. Und vor allem nicht eingeordnet werden. Manchmal genügt es schon, dass jemand überhaupt eine Meinung zu einem Werk äußert – selbst, wenn sie wohlwollend ist. Das gibt schnell das Gefühl, einen Stempel aufgedrückt zu bekommen. Und das kann deine Kreativität killen und du reproduzierst nur noch deine eigenen Werke in abgewandelter Form.«

»Aber wenn jemand eine Meinung äußerst, ist doch das Werk gemeint, nicht der Mensch!« Freya sah Siri entgeistert an.

»Du weißt ja, ich hab einen Sohn. Wenn jemand etwas über ihn gesagt hat, was ihn in irgendein Raster gesteckt hat, dann hat mir das wehgetan. Und ich habe das auch nie anders haben wollen.«

»Du meinst, deine Kunst gehört zu deiner Familie«, nickte Freya.

»Wenn du mit Familie das meinst, was durch Liebe zusammengehört, ja.« Siri sah zu Freya hinüber.

Die antwortete mit einem kurzen Schließen der Lider.

»Manchmal darf ich dabei sein, wenn Miró malt.« Siri hielt einen Moment inne, schaute Miró an und nickte ihm zu. »Das ist immer ein heiliger Augenblick für mich und ein großes Geschenk. Es lässt sich nicht beschreiben. Nur so viel: Es ist, als würde etwas hereinkommen ins Atelier und plötzlich bei uns sein ...«

Hakan ergänzte vom Tischende her mit leicht erhobener Stimme: »Als ich noch auf der Bühne gestanden habe, da war der Moment, wenn du plötzlich in die absolute Virtuosität eintrittst, das Heiligste überhaupt. Wenn du spielst, verlässt du deinen Körper. Kennst du das auch so, Fred?«

»Gibt dafür keine Worte ...« Fred nickte vor sich hin. »Den Körper verlassen ist schon ganz gut, aber man tritt auch in etwas ein. Oder nein – etwas tritt in mich ein ...«

»Die Virtuosität eben«, gab Hakan dazu. »Die Leidenschaft!«

Fred schien ihn nicht gehört zu haben. »So eine Art Einswerden.« Er blickte zu Hakan hinüber. Der zog die Schultern hoch.

»Was ist eigentlich Virtuosität?«, warf Michelle ein. »Ich kenne es als so etwas wie Meisterschaft. Aber du meinst mehr, oder?«

Hakan nickte. »Über sich selbst hinauswachsen, die eigenen Möglichkeiten übertreffen.« Er zog die Brauen hoch und sah sie an. »Es hat mit Ichlosigkeit zu tun, es ist ein rauschhafter, aber auch sehr klarer Zustand. Das Ich löst sich auf in reinem Sein.«

»Wirkliche Kunst ist nicht allein von dieser Welt ...«

»Du sagst es, Michelle. Sie hat eine Dimension, die sich nicht sagen, allerhöchstens zeigen lässt.« Hakan sprach jetzt sehr sanft. »Und man nimmt ihr den Zauber, versucht man sie zu erklären und in fachliche Standards einzuordnen.

»Es hilft aber auch sie zu verstehen!«, warf Freya ein.

»Zwischen Verstehen und sich verzaubern lassen liegen Welten!«, rief Gregor, und alle schauten erschrocken zu ihm hin. Er war lauter als nötig, und die Worte klangen wie unter Hochdruck heraus.

»Aber ist Verstehen nicht eine Brücke?« Freya sprach eindringlich, nur sah sie seltsamerweise nicht Gregor, sondern Siri an.

»Das Eigentliche, das, was nichts mit Technik und nichts mit Können zu tun hat, sondern mit Liebe und mit Leidenschaft, das geht im Gut-Schlecht-Raster zugrunde.« Gregor klang dunkel und rau. »Und damit geht es auch den Kunstgenießern, die sich auf Meinungen anderer verlassen, verloren. Wie viel mehr könnte es sie stattdessen bereichern und berühren.«

Siri erschrak. Sie sah Freya die Augen schließen. Sie hatte Kunstgeschichte studiert, das, was sie wahrscheinlich hauptsächlich tat, war nach Siris Vorstellung genau das, was Gregor gerade bloßgestellt oder zumindest in ein zweifelhaftes Licht gerückt hatte. Sie hob die Lider nur ganz leicht und schielte zu Gregor hinüber. Er schien nicht wirklich da zu sein, starrte zum Meer hin mit undurchdringlicher Miene.

Hakan räusperte sich. »Ich bin da nicht ganz so heikel – aber es ist was dran.« Er nickte mehrmals vor sich hin. »Es ist wirklich was dran.«

Freyas weit offene Augen schienen den Strandgarten mit seinen Yuccapalmen, Kakteen und Agaven zu durchsuchen. Auf einmal wurde ihr Blick starr. Niemand am Tisch rührte sich, es blieb ungewöhnlich still, als warteten alle auf ein Statement von ihr. Falls sie es merkte, musste sie sich wie auf einer Bühne vorkommen. Sie wandte langsam den Kopf und den Blick zu Gregor hin. Er schien es zu spüren und schaute auf zu ihr.

»Ich glaub, ich begreife gerade, was damals passiert ist, Papa. Ich dachte, du bist sauer, weil ich deine Kunst nicht in den Himmel lobe. Es ging aber gar nicht um deine Kunst. Es ging um mich, deine Tochter. Ich wollte meinen Papa nicht an diese blöden Holzstücke verlieren, an denen er herumschnitzte und dabei die Welt um sich vergaß. Ich war für dich schlicht nicht mehr da.« Bitterkeit war in ihrer Stimme gewesen, doch während sie ihren Vater ansah, wurden ihre Züge weicher. »Ich hab mich nicht umsonst mit Kunst und mit vielen Künstlerbiografien befasst. Ich hab es zwar noch nie selbst erlebt, aber ich weiß, dass ein Künstler nicht Kunst macht, sondern von ihr benutzt wird, damit sie gemacht wird. Wie viele große Maler haben gesagt ›Ich *muss* malen‹, und sie haben das ›muss‹ nicht immer und nicht alle als Gabe, auch als Pflicht oder sogar als Zwang empfunden.« Bei diesen Worten sah sie Gregor unvermittelt an und ihre Augen wurden noch weicher und füllten sich mit Tränen. Auch die von Gregor. Er musste sie schließen.

Als er nach ein paar Atemzügen wieder nach seiner Tochter sah, war die schon woanders. Sie sah Siri an, berührte Siris Arm und sagte leise »Danke, dass du das Thema angeschnitten hast.«

Miró auf ihrer anderen Seite griff wieder nach ihrer Hand und deutete erneut einen Handkuss an, was Freya augenblicklich eine schönes

Lächeln ins Gesicht zauberte. »Was für eine Ehre, neben so einer großartigen Frau zu sitzen«, sagte er feierlich. Und nach einer Pause, in der er ganz offensichtlich Freyas Blick genoss, richtete er sich auf, legte die Hände auf die Antriebsräder seines Rollstuhls und verkündete: »Ich brauch jetzt ein Schläfchen. Und wenn du willst, kannst du dich so lange im Atelier umsehen, da steht und hängt so einiges.«

Freya nickte. »Danke!«

Miró drehte den Rollstuhl vom Tisch weg und Hakan stand auf und begleitete ihn in sein Zimmer. Auch Fred und Michelle gingen.

Freya erhob sich, ging zu Gregor, legte den Arm um ihn und drückte ihre Wange an seine. »Darf ich deine Sachen auch ansehen, während ihr schlaft?«

»Klar! Ich zeig dir meine Werkstatt. Komm.«

*

Der Duft des Nachmittagskaffees zog durch den Strandgarten, gefolgt vom frischen, runden Aroma eines italienischen Zitronenkuchens nach altem Rezept, natürlich von Filipa gemacht. Sie waren alle wieder am großen Tisch vereint, saßen sogar auf denselben Plätzen. Siri hatte den Kuchen in Stücke geschnittenen, wobei ihr jeder Schnitt durch die goldene, saftig glänzende Kruste wie ein Frevel erschienen war, hatte die Stücke auf Teller getan und einen nach dem anderen weitergereicht.

Als sie sich nun setzte und ihren Kuchen am liebsten nicht nur gegessen, auch eingeatmet hätte, als sie langsam mit ihrer Gabel einen ersten Bissen abteilte und sich dabei runde, italienische Mamas in schön gefliesten, italienischen Küchen vorstellte Küstendorf träumte, stellte Freya die Frage, auf die sie schon gewartet hatte.

»Warum wollt ihr eure Kostbarkeiten hier verstecken?« Freya blickte von einem Gesicht ins andere. »Eins darf ich wohl sagen, ohne abzustempeln oder was zu beurteilen: Miró, deine Bilder, und Papa, deine Statuen haben mich sehr berührt. Gut, dass ihr inzwischen dabei seid, eure Werke hier in der Villa auszustellen. Aber ich finde, sie gehören auch woanders hin. Das Wesen eines Kunstwerks ist doch, dass es ein Gespräch ist zwischen dem jeweiligen Schöpfer des Werks und dem Betrachter oder bei Büchern dem Leser oder bei Musik dem Hörer. Damit Kunst das machen kann, muss sie sichtbar sein. Oder hörbar. Eure Werke verstecken sich hier. Und ich sag jetzt mal was ziemlich Krasses: Eure Kunst gehört nicht euch, sie gehört allen!«

Siri wunderte sich, dass Miró nicht sofort darauf ansprang. Er saß nur da und schaute Freya immerzu an. Doch das Schweigen wurde jäh zerrissen, als Hakan ein Schnauben ausstieß und seine Miene blanke Verachtung zeigte. Er schloss die Augen, schien Worte zusammen zu sammeln, aber nicht zu finden – was ungewöhnlich für ihn war. Siri ahnte, wo er in Gedanken war oder in welchem Gemütszustand, und auch sie ergriff Zorn. Sie spürte ihn im Zittern ihrer Stimmbänder, das Freya vielleicht gar nicht bemerkte, als plötzlich aus ihr heraus-zischte: »Menschen schwingen sich auf, festzulegen, was Kunst ist und wie sie zu sein hat. Damit meine ich jetzt nicht dich, Freya. Ich finde, es ist eine Ungeheuerlichkeit, was da passiert und immer wieder pas-siert ist! Das Allererste, was Kunst auszeichnet ...«

»Sie ist frei!«, rief Hakan, brüllte fast.

»Das ist vorbei!« Gregors Stimme war heiser und er sprach, als sei es unumstößlich.

Siri sah, wie Freyas Blick, der eben noch irritiert, dann leicht er-schrocken gewesen war, sich verdunkelte. Sie berührte Freya an der Schulter, so dass sie sich Siri zuwandte. »Als junge Frau hab ich ir-gendwann gemerkt, dass ich nicht vor allem malen, sondern vor allem schreiben werde. Da hab ich versucht, mich irgendwie einzuordnen, sprich: Ich wollte wissen, ob das, was ich schreibe, etwas taugt oder nicht. Ich fand eine Lehrerin, profitierte sehr viel von ihr und als die irgendwann sagte, ich solle mich doch mal an Wettbewerben beteili-gen, hab ich das gemacht. Jedenfalls wollte ich es machen. Ich habe mir also von den namhaftesten deutschsprachigen Literaturwettbe-werben die letzten Gewinnertexte angeschaut. Ich dachte, so erfahre ich am ehesten, was ein wirklich guter Text ist. Und ich las den besten, den am meisten gelobten, den preisgekrönten und las ihn noch mal und fand einfach nicht, was ihn auszeichnete und hielt mich für min-derbemittelt und schlecht und dann wieder für überheblich, weil ich fand, dass manche meiner Texte diesem nicht nachstanden, ich war verwirrt und verunsichert. Irgendwas hatte ich nicht kapiert, dachte ich, und verordnete mir weitere Jahre Üben und Lernen, bevor ich an solch einen Schritt auch nur denken könnte.

Später, als ich mich so weit fühlte, hab ich erst mal einen Text beim örtlichen Literaturhaus eingereicht, wo einmal im Monat einige Texte gelesen und die besten drei ausgewählt wurden. Meiner war dabei und wurde dann in der Stichwahl auch noch Sieger.

Da traute ich mich endlich, bei einem öffentlich ausgeschriebenen Wettbewerb für junge und neue Autoren mitzumachen – und hab sehr schnell mitgekriegt, welches Spiel gespielt wird: Es konnte nur jemand etwas einreichen, der schon bei einem Verlag veröffentlicht hatte. Wohlgemerkt, es ging darum, das neue Autoren eine Chance bekamen, gesehen zu werden! Und es war ein Wettbewerb, der mit öffentlichen Mitteln gefördert war! So lief das also: Von einem Verlag, der mit Büchern Geld verdient, das ist sein Lebenszweck und nur so überlebt er, auserwählt zu sein, war das Qualitätsmerkmal und die Eintrittskarte für ein mit öffentlichen Mitteln gefördertes Kunstprojekt! Du kannst mir eins glauben, Freya: Ich hab zwar später Wege gefunden, meine Bücher sichtbar zu machen, aber der Literaturbetrieb schied ein für alle Mal aus. Mögen diese Leute sich weiter im schalen Licht anerkannter Kunstströmungen sonnen – für mich muss ein Werk nicht anerkannt, nicht hochgejubelt und schon gar nicht auf einen Sockel gestellt werden, es muss, wie du es schon gesagt hast, ein Gespräch zwischen mir und ihm entstehen, eins, das mir Einsichten schenkt und meinen literarischen Geschmackssinn streichelt. Und leider habe ich feststellen müssen, dass das, was hochgejubelt wird, für mich oft ganz und gar keine französische Küche ist, oft eher schwerverdaulich oder fad. Es gibt natürlich auch Ausnahmen, und die genieße ich umso mehr. Und inzwischen schaue ich auch nicht mehr an den Hauptstraßen, sondern in den Gassen und Nischen nach Büchern, mit denen ich mir einen schönen Lesenachmittag machen kann. Und da die nicht so oft zu finden sind, gehe ich meist lieber an den Strand oder zu meinen Rosen.« Siri schmunzelte, was Freyas erschrockenen Blick deutlich zu besänftigen schien.

Hakan hatte sich offenbar schwer getan, so lange zu schweigen. Jetzt polterte er heraus: »Früher mal hat man wahre Qualität erkannt und geachtet, und zwar frei davon, ob sie zur aktuellen Strömung passte oder nicht. Heute ist ein Werk ›in‹ oder es ist ›out‹. DAS sind heutige Wertmaßstäbe! Beide töten Kunst!«

Freya nickte lebhaft, als würde sie ihm voll zustimmen.

Vorsichtig fragte Siri: »Wo und wie würdest du die Sachen von Miró und Hakan und Gregor denn präsentieren wollen? In der Pinakothek ja wohl kaum.«

»Genau da! Als Sonderausstellung könnte ich es mir sehr gut vorstellen. Der Name der Ausstellung liegt auf der Hand …«

»Klar! Die Unvergleichlichen!« Fred stand auf, hob seine Kaffeetasse wie mit einem Sektglas prostend vor sich in die Luft.

Miró schaute auf, betrachtete ihn verwundert, schien das ganze Gespräch gar nicht oder kaum mitbekommen zu haben und sagte dann zu Siris Erstaunen: »Wenn überhaupt, junge Frau, dann auf unsere Weise! Wir lassen uns unter keine Überschrift zwängen, schon gar nicht von der Art: Seht mal die Alten, die sind zwar von Vorgestern, aber immerhin kriegen sie den Pinsel noch hoch.« Er stutzte kurz, schien die Zweideutigkeit seiner Worte erst da zu bemerken und prustete los.

Freya wurde rot und musste dann auch lachen. »Okay, wir machen nichts, was nicht eure Zustimmung findet, das verspreche ich,« sagte sie sanft und hob die Hände, wie um es zu beteuern.

Miró verfiel wieder in seine Betrachterstarre und schaute sie unverwandt an. Siri hätte giggeln mögen, aber das tat sie lieber nur innerlich und ganz für sich allein.

Eine aus etlichen Zutaten komponierte Stille entstand, deren Geschmacksanteile sich vollkommen widersprachen: Peinlichkeit und Stolz, Freude und Scheu, Schmach und Glanz – und seltsam, wie auf ein geheimes Kommando hin setzten alle, auch Fred, auch Miró in diesem sich dehnenden Moment gleichzeitig ihre Kuchengabel an das Stück Zitronenkuchen vor ihnen auf dem Teller, lösten einen Bissen ab, nahmen ihn in den Mund und schlossen die Augen, um nichts, nichts von dem Geschmack zu versäumen.

***

Es war dunkel im Saal und das einzige Geräusch kam vom Meer, dessen Atem wie der eines riesigen Tieres gegen die geschlossenen Terrassentüren schnaubte. Die einzige Beleuchtung war der Scheinwerferspot, in dessen Lichtkreis Gregors Statue und die Bühnenbretter rundum weiß-gelb erschienen. Als Siris Augen sich an die Dunkelheit gewöhnt hatten, sah sie, dass rechts, etwas weiter hinten und außerhalb des Lichtkreises ein Stuhl stand, quer zu den Zuschauern ausgerichtet, so dass man ihn von der Seite sah.

Nachmittags, zum Schluss des gemeinsamen Kaffeetrinkens hatte Hakan angekündigt, dass er heute Abend einen Künstlertreff machen würde. Es wäre fast untergegangen oder zumindest zu kurz gekommen, denn nach Freyas Gedanken über eine Ausstellung war nach einer Weile doch noch eine Diskussion gefolgt, ob die Unvergleichlichen sich dadurch zu guter Letzt nicht vom Kunstbetrieb kriegen lassen würden. Schließlich hatte Fred das Ganze mit den Worten »Ist ja bisher nichts als eine Idee!« beendet und das Augenmerk auf Hakans Wunsch gerichtet. »Was soll es heute Abend denn geben?«

»Theater! Aber keine Rollen, keine Gestalten, sondern als Grundlage diesmal ein Motto:

Was ich nicht mit in den Tod nehmen will.«

Gregor hatte die Luft scharf eingezogen, und Freya war ein leises »Wow!« entfahren. Ja, genau, hatte Siri gedacht: Wow!

»Ich werde den Anfang machen, wenn keiner was dagegen hat«, hatte Hakan noch erklärt, »und falls es ein Einmannstück bleiben sollte, ist das in Ordnung für mich. Aber es wäre natürlich super, wenn ihr auch auf die Bühne kommen würdet.«

Das ging Siri durch den Sinn und zugleich spürte sie eine Welle nach der anderen von dieser hellen Freude, die ihr schon so vertraut war und über die sie doch immer wieder in Staunen geriet: Es war so viel mehr als ein Gefühl …

Und jetzt saßen sie alle still vor der Bühne, als wären sie in tiefe Meditation gefallen. Gregors Hand lag auf ihrer, und als Siri zu ihm hinüber schaute, meinte sie ihn lächeln zu sehen und dass seine andere Hand auf der von Freya lag. Es ließ ihr das Herz hüpfen, ihn so glücklich und so zuversichtlich zu sehen.

Plötzlich ein »Tok«. Und noch einmal »Tok«. Jemand bewegte sich. Jemand, der am Ende der Stuhlreihe saß. Wieder »Tok«, gefolgt von weiterem, langsamem Klopfen, »Tok, Tok«. Erst sah man nur einen Schatten. Dann, nach vorn geneigte, eine Gestalt, die die lange, fast gerade Rampe zur Bühne hochstieg: Hakan, der seinen Stock den Takt geben und vorausgehen ließ bis hin zu dem Stuhl am Rand des Scheinwerferkegels. Er lehnte ihn dagegen, seine knochige Hand blieb auf dem Knauf liegen, die andere auf der Lehne, als er, nun zu den Zuschauern gewandt, sein rechtes Bein empor hob und den Fuß auf die Sitzfläche stellte. Er beugte sich leicht vor, stützte den Ellbogen aufs Knie und das Kinn in die Hand.

In dieser Haltung sah Hakan sie alle an, obwohl er sie wohl gar nicht sehen konnte, er stand im Licht, sie saßen im Dunkeln. Er wirkte konzentriert und wach. Intensiv schaute er. Und schaute. Siri war, als fixierte er genau sie mit seinem Blick.

»Mein Leben ist *keine* Geschichte!«

Hakan rief es in den Saal, dass sie zusammenzuckte. Er starrte. Schien zu warten. Neigte den Kopf, als ob er lauschte.

»Für mich ist Leben ein Zustand!«, fuhr er fort. »Ein Zustand, der sich immerzu ändert. Tut er das nicht mehr, bist du tot. Vielleicht kommt danach ein anderer Zustand. Keine Ahnung.«

Er hob den Kopf und richtete den Blick nach oben, als ob dort etwas zu sehen wäre, eine aufgespannte Leinwand vielleicht, auf die sein nächster Text geschrieben war, und es schien, dass er ihn vorlas, ohne Betonung und als ginge er ihn nichts an.

»Ich habe einmal beinahe einen Menschen umgebracht. Mit diesen Händen!« Er hielt beide Hände hoch, als würde er sie an den Pranger stellen. Sein Blick kam wieder herunter, richtete sich auf die Gesichter der Zuschauer, auf jedes einzelne und alle zugleich, so schien es jedenfalls, und ob er sie wirklich sah oder nicht: Jeder von denen auf den Zuschauerstühlen musste diesen Blick auf der Haut und in den Augen spüren. »Ich habe lange und schwer daran getragen. Jetzt durfte ich von Siri erfahren, dass sie es nicht nur *irgendwie* überlebt, sondern unbeschadet überlebt hat. Und nicht nur unbeschadet – sie hat einen Moment im Licht geschenkt bekommen. Keine Sorge, ich erzähle euch das mit ihrem Einverständnis. Ihr wisst ja, wie offen sie mit Persönlichem umgeht – und ich begreife allmählich, wie wertvoll das ist.«

Hakans Hände sanken sehr langsam herunter. Er setzte sich jetzt auf den Stuhl, ohne ihn anders hinzustellen, so dass die Zuschauer ihn von der Seite sahen. Er stützte die Ellbogen auf die Knie, faltete die Hände und stützte die Stirn darauf. Leise hub er erneut an. »Aber einen anderen Menschen habe ich vielleicht wirklich umgebracht.«

Er beherrschte die Kunst, sehr leise, fast flüsternd zu sprechen und dennoch gut zu hören zu sein. »Iris, meine Freundin. Ich war mit ihr zusammen, als Siri in mein Leben kam. Ihr wisst alle, dass ich schwer nierenkrank war und auch noch bin. Iris hat mir eine ihrer Nieren gespendet. Ich wollte es nicht. Sie wollte es unbedingt. Und dann kam mein Körper viel früher als geglaubt in die finale Krise. Irgendwann ist es so weit, hatten sie mir gesagt, irgendwann versagt eine Niere ganz – und dann die nächste. Wenn es schlimm kommt, versagen beide gleichzeitig. Genau das ist passiert. Nicht vollständig, aber ich stand kurz davor. Da ist Iris vehement geworden. Oder sagen wir es so: Sie hat das eigentlich bloß noch alles mit den Ärzten abgemacht, ich war nicht wirklich ansprechbar. Ich hab versucht, mich auf das Ende vorzubereiten, ich wollte nicht für immer an eine künstliche Niere angeschlossen vor mich hin vegetieren, ich hab mich mit Patientenverfügungen und Sterbehilfe beschäftigt – und *nur* damit.

Plötzlich hieß es: ›Übermorgen ist OP. Sie werden jetzt beide darauf vorbereitet‹, und wenig später schoben sie Iris im Krankenbett in mein Zimmer. Sie kam von tausend Untersuchungen und musste noch zu tausend anderen.

Ich mach es kurz: Sie bestand darauf, mir das Leben zu retten. Und natürlich fand ich es auch weit schöner, noch ein wenig leben zu dürfen, als mich schon zu entsorgen.«

Hakan hielt inne. Er schien dem Geschehen damals nachzusinnen. Die tiefen Furchen in seinem Gesicht, vom Scheinwerferlicht hervorgehoben wie aus schwarzen Schatten gemeißelt, sagten mehr als alle Worte, die er selbst hätte finden können.

Lange saßen alle so beisammen, betrachteten Hakan und Hakan betrachtete seine Hände, die er mit den Innenflächen nach oben vor sich hin hielt, die Ellenbogen auf die Knie gestützt.

»Ihr seht es: Ich lebe«, flüsterte er irgendwann mit seiner Theaterflüsterstimme, und Siri dachte, was sie schon früher manchmal über Hakan gedacht hatte: Jetzt wird es zu viel, zu theatralisch, jetzt raubt er seiner eigenen Darstellung die Wirkung. Da wendete Hakan sich ihnen allen im Zuschauerraum zu und sagte in nüchternem, völlig alltäglichem Ton: »Die Niere arbeitet noch heute gut. Ich trage also etwas von Iris in mir. Etwas Unbezahlbares.«

Er stand auf, griff nach seinem Stock, trat einen halben Schritt vor, so dass er gerade eben im Lichtkreis des Scheinwerfers stand, und beugte sich im Stehen nach vorn, wie man es tut, wenn man jemanden ins Vertrauen ziehen will. Mit warm modulierter Erzählerstimme sagte er: »Aber es gab Siri in meinem Leben. Die hatte sich zwar wieder von mir verabschiedet – vergessen konnte ich sie nicht. Und es gab schon länger Beziehungsprobleme mit Iris. Länger keinen Sex mehr. Länger dieses unbestimmte Wissen, dass wir nicht wirklich gut füreinander sind …

Iris hat das genauso begriffen. Schneller sogar als ich. Sie hat es sogar fast leicht genommen. Wir waren drauf und dran uns zu trennen. Da hat sie Blutkrebs bekommen. Sie hätte es schaffen können. Vielleicht. Wenn sie noch zwei Nieren gehabt hätte.«

Hakan drehte sich weg. Nur den Oberkörper, nur den Kopf, nur den Blick. So stand er da, war jetzt Gregors Statue in der Bühnenmitte zugewandt. »Ich will hier keine Absolution. Ich will es aussprechen. Für mich und für euch. *Das* ist mit mir los gewesen. *Das* ist seit sechs Jahren mit mir los. Das ist es, was ich nicht mitnehmen will, nicht so, wie es war: unverziehen und ungesagt.«

Hakan wandte sich ihnen wieder zu. Schaute lange nur zu ihnen hin, was für ihn ein Starren ins Dunkle sein musste, auch wenn der Scheinwerfer die Stuhlreihe vage mit beleuchtete. Als er erneut zu sprechen begann, war es zuerst wieder in diesem Theaterflüstern, das in seiner Eindringlichkeit einem Brüllen nicht nachstand.

»Ich habe einmal eine Frau geliebt und wusste es nicht.« Ein kaum wahrnehmbarer Ruck ging durch Hakan hindurch. »Diese Frau habe ich verloren, bevor ich sie gewonnen hatte.« Er schaute wie suchend umher, Worte suchend, so schien es. »Erst da wusste ich, dass ich sie liebe. Aber ich wusste nicht, *wie* man liebt.«

Er stand auf, ging sehr langsam ein paar Schritte nach vorn, fast bis zum Bühnenrand, stand dort breitbeinig und mit auf die Hüften gestützten Händen und beugte sich vor.

»Es bringt einem auch keiner bei! Und das ist der größte Frevel in unserer Gesellschaft!«, rief er. »Nein, ich will mich hier nicht als Opfer produzieren. Schlimme Kindheit und so. Nein! Ich habe erlebt, was alle erleben: Wir kommen als Winzlinge in diese Welt, können nichts als schreien und kacken und schlafen und werden geliebt. Nur deshalb überleben wir. Wir werden geliebt, so wie wir sind, so anstrengend, so furchtbar, so klein. Das sind Instinkte, sagst du? Verwechsle den Menschen nicht mit einem Säugetier! Bei uns reichen Instinkte nicht mehr, dafür gibt es leider viele Beweise. So wie sie bei Tieren, die den Menschen in die Hände gefallen sind, auch manchmal nicht mehr reichen, im Zoo oder anderswo. Wir werden ja nicht mehr nur per Instinkt zu Eltern. Wir entscheiden das, wir überlegen das –

heute jedenfalls tun junge Menschen das, und es ist normal für sie. Sie entscheiden, ob sie sich jahrelang aufopfern wollen, damit wieder so ein kleiner Hosenscheißer groß wird. Es gibt nichts, was mich dazu bringen könnte! Außer, ich bin total von Liebe erfasst.

Und das bringt einem keiner bei! Dieses Ding, dieses Phänomen, diese Kraft, die Liebe heißt. Klar, weiß ja auch keiner, was das ist. Manche denken, das wär bloß ein Gefühl.

Das Mindeste wär doch gewesen, wenn mir mal einer gesagt hätte, dass diese Liebe, die mich aus den Windeln und schließlich in den Anzug gebracht hat, nicht dieselbe ist, die mir auf der Brautschau begegnen wird. Ich habe diese erste Liebe aber in mir und werde sie auch nie vergessen. Und die ist es, die ich später glaubte zu bekommen und auch glaubte zu geben. Aber mit dem Reiz der Frau kommt die Romantik daher. Sie sind schön, sie riechen gut, sie haben die Anziehung eines Magneten von der Größe des halben Erdballs, und ich kämm' mir die Haare nach hinten mit Gel, hab plötzlich Muskeln, wo vorher nur Sehnen waren, werde zum Poet, wenn ich ihre Mailadresse hab, und zum Stotterer, wenn sie vor mir steht – und keiner, wirklich keiner hat mir gesagt, dass dieses Spiel inklusive aller Erwartungen, nämlich dass die hehren Gefühle ein ganzes Leben anhalten werden, wenn nur diese eine die Meine wird – dass das alles Blendwerk ist und mit *der* Liebe so gut wie nichts zu tun hat. Blendwerk. Romantik. Ihr kennt sie. Theaterstücke, Bücher, Filme, unsere Geschichten, die wir uns gegenseitig erzählen, alles ist voll davon. Liebesgefühle, Erregung, Gier, hohe Erwartungen und viel Verblendung, und wenn der Tag kommt, an dem der andere nicht attraktiver als ein plärrender Säugling ist, schreiben wir den ersten Minuspunkt in unser schwarzes Buch, und wenn die Zahncreme zum dritten Mal offen geblieben ist, kommt der nächste schwarze Strich – und so weiter.

Keiner sagt uns, was Liebe ist. Und keiner sagt uns, wie sie geht.

Wenn wir selber Eltern werden und Glück haben, dürfen wir uns über uns selber wundern: Wir werden gar nicht sauer auf diese schreiende, kackende Nervensäge. Wir werfen sie nicht an die Wand, sammeln keine Striche im schwarzen Buch – wir tun stattdessen was ganz anderes: verstehen. Ach, die Kleine hat wohl Bauchweh – ach, sie muss ja auch Hunger haben, die letzte Flasche ist lange her.«

Hakan verstummte, sah jetzt über die Köpfe der Zuschauer hinweg ins Nirgendwo, wobei ein Lächeln um seine Lippen kippelte, drehte sich dann um und ging am Stuhl vorbei nach hinten ins Dunkle, als wollte er die Szene verlassen. Dort wendete er sich jedoch wieder dem

Publikum zu und rief: »Und diese Nachsicht, diese Bereitschaft zu verstehen und zu verzeihen – die bekommt der Säugling nur, solange er klein ist. Dann geht's auch schon los mit Zurechtweisen und Verurteilen – und genauso gehen wir mit unseren Partnern um, sobald die Verliebtheit verflogen ist. Das verschweigt die Romantik natürlich, sie zeigt uns nur, wie toll alles ist, sie erklärt uns nicht, wie es später geht, wenn die hohen Flammen erloschen sind, wenn wir merken, dass sie oder er Seiten hat, die wir schwierig finden und sie schnell Schwächen nennen und als nächstes sind es Fehler – und irgendwann war es doch nicht die oder der Richtige, weil er oder sie nicht dem entspricht, was wir uns so schön vorgegaukelt hatten. Die Ware hat zu viele Mängel. Das ist Romantik.

Liebe versteht bis in alle Tiefen. Sie ist nicht enttäuscht, sie verzeiht.

Und ich – ich hab so lange gelebt und sie nicht gekannt!

Klar hab ich Beziehungen gehabt, aber ich hab mich nie eingelassen. Ich hab genug Scheitern gesehen, bei so vielen anderen und bei mir auch. Und dann kommt eine Frau, schon fünfundsechzig und noch so liebeswarm, und ich bring sie fast um …

Und ich – ich begreif erst hinterher, dass ich endlich bereit bin. Als es zu spät war. Sie hatte schon Nein gesagt.«

Hakan ging noch einen Schritt nach hinten ins Dunkle und blieb dort stehen.

Unten aus der Reihe der Zuschauer erhob sich jemand und kam mit leichten Schritten auf die Bühne. Fred. Er ging bis zur Statue, die noch immer still und bescheiden auf Beachtung wartete. Er stellte sich hinter sie, so dass man sie ebenso sah wie ihn. Hakan trat näher und blieb in einer kleinen Entfernung neben ihm stehen. Beide schauten die Figur an. Schienen im Schauen zu versinken. Sie war schön. Ergreifend schön.

»Was meinst du, was das ist?«, fragte Fred schließlich.

»Ein Kunstwerk«, antwortete Hakan sofort. Erst nach einer Weile fügte er an: »Ein Wunder aus Holz und Blut. Wenn du genau guckst, kannst du sie atmen sehen. Wenn du genau fühlst, spürst du, wie ihr Atem in dich dringt. Und da drinnen erzählt er dir, was sie zu erzählen hat. Sei nichts als eine Empfangsstation. Dann macht es dich reich.«

Fred hatte lebhaft dazu genickt, fast schon übertrieben. Jetzt holte er tief Luft, trat einen Schritt näher an die Figur heran, legte eine Hand auf ihren Kopf und schloss die Augen. In getragenem Ton sagte er:

»Hier steht die Liebe.«

Hakan war auch einen Schritt vorgetreten und legte Fred die Hand auf den Arm, wie um ihn zu bremsen. Und während er jetzt mit Fred zusammen die Figur anschaute, winkte er mit der anderen Hand zum Zuschauerraum hin, winkte kraftvoll und drängend, dass sie kommen sollten.

»Hilfst du mir?«, hörte man Miró fragen.

»Ja«, kam Gregors tiefe Stimme aus dem Dunkel.

Schurren und Schritte. Michelle und Siri hatten sich beieinander eingehakt. Gregor schob Miró. Freya folgte am Schluss.

»Ja, das ist schön«, flüsterte Michelle, als sie alle um die Statue standen. »Das hat sie verdient.«

Miró sah zu ihr hoch. Sein Blick wanderte weiter bis zur Decke. ›Kann er nicht einmal auch anders reagieren?‹, dachte Siri noch, da richteten sich Mirós dunkle Augen auf Michelle, und er sagt: »Wir haben es auch verdient.«

Eine Weile standen sie so. Es schien, dass sie alle die Stille genossen. Es schien auch, als würden sie es genießen, gemeinsam und lauter als sonst zu atmen, ließen es zu einem einzigen Atem werden, der immer tiefer, immer lauter wurde. Dann, als würde er aus diesem gemeinsamen Geschehen abspringen, trat Fred einen Schritt zurück und damit aus dem Licht heraus, und die ersten Worte, die er sprach, klangen wie ein langes Stöhnen.

»Ich bin unfähig zu fühlen. Lange hab ich das gedacht. Die kleinen Gefühle, die ja. Aber die wirklichen?

Marlen ist gestorben, und die Stelle in meinem Herz, an der sie gewohnt hatte, war auch tot. Und langsam wurde mein Herz krank. Kann jederzeit passieren, dass es nicht mehr so weiter machen will und stehenbleibt. Vielleicht hat es nur noch gewartet bis jetzt. Man kann sich nicht zum Fühlen zwingen. Das will ich gar nicht erst probieren. Aber ich kann euch erzählen, warum ich nicht getrauert hab. Hab das damals nicht gewusst, dabei ist es ganz einfach. Hab gedacht, ich bin taub, unfähig, größere Gefühle zuzulassen, die kleinen fielen ja schon schwer.

Hier in der Villa hab ich erst angefangen zu verstehen. Hab mir endlich vergeben. Hab zu Marlen gesagt: Ich konnte nicht anders. Verstehst du das? Klar versteh ich das, hat sie prompt geantwortet. Und jetzt …« Fred hatte die Hände vorm Gesicht, beugte den Kopf tief herunter, stand da wie eine zweite Statue, der Schatten der ersten.

»Jetzt hab ich's ausgesprochen«, sagte er schließlich. »Weiß nicht, ob das was ändert. Fühlt sich besser an, mit geöffnetem Schließfach von dieser Welt zu gehen. Und vielleicht ist ja auch was Wertvolles da drin. Muss mich bloß noch trauen, genau reinzuschauen. Beim nächsten Mal.«

Er trat wieder zurück in den Kreis und senkte den Blick auf die Statue.

Stille.

Nicht allzu lange, da sagte Michelle, ohne ihre Haltung mit gesenktem Kopf zu verändern. »Danke, Fred. Danke, dass du das eben gesagt hast. Ich bin froh, dass ich mich dir einfach anschließen kann. Mehr schaff ich jetzt nicht. Mein Herz hat auch eine tote Stelle. Da ist meine Schwester zu Hause. Und ich hab gerade gemerkt, dass ich dort hin kann, dass ich sie besuchen kann. Mehr geht jetzt nicht.« Ihre Stimme brach. »Danke!«, brachte sie noch hervor, dann schluchzte sie leise auf, verstummte aber gleich.

Und wieder Stille.

Der gemeinsame Atem hub erneut an. Wurde tiefer. Wurde intensiver. Bis sich auf einmal eine Stimme erhob. Sie war jung, sie klang sehr voll und rund und sie sang. Ihr Lied hatte keine Worte, oder manchmal, wenn doch welche kamen, formten sie sich einfach selbst, erfanden ihre eigene Sprache. Mal wurde das Lied sehr fein, klang zittrig und flatterte wie ein müder Schmetterling, dann schwoll es an, klang fast wie ein Tosen, erinnerte Siri sofort an den Ozean, an Sonne auf grünblauem Wasser, an die immerwährende Hochzeit des Himmels mit der See. Und schließlich war es einfach ein Lied, das aus dem hohen Norden stammen konnte, getragen und zugleich leicht, einsilbig und zugleich schwang ein zweiter Ton immer auf den Tönen mit wie ein Wind. Als der Gesang leiser wurde, war er Weichheit und Wärme und ewige Mutter. Freya, die nordische Göttin, leuchtend schön.

***

428

Die Sterne tanzten auf dem blaudunklen Meer, auf das der Mond einen Silberteppich gelegt hatte. Die Kühle der Nacht streichelte Siris Arme und half, ihr Gemüt zu beruhigen. Was für ein Abend, flüsterte sie wohl schon zum dritten Mal. Sie griff nach der Wolljacke, die sie mit herausgebracht hatte, und zog sie über, lehnte sich dann mit den Unterarmen auf die Brüstung ihres Balkons und ließ ihren Blick im sanft beleuchteten Strandgarten spazieren gehen. Dort schlenderten Fred und Hakan auf Michelle zu, die ganz vorn an der Mauer saß.

Siri holte sich Hakans Gesicht wieder vor Augen, wie es vorhin auf der Bühne gewesen war: die ganze Zeit sehr ernst, aber auf andere Weise als vorher. Alle Bitterkeit war vielleicht nicht daraus verflogen, doch war sie nicht mehr präsent, sondern schien nur Erinnerung an vergangene Bitternisse zu sein. Seine Augen hatten geradezu gefunkelt. Natürlich machte das auch das Scheinwerferlicht – aber es konnte kein Funkeln herzaubern, wenn gar keins da war.

Ihr Gemüt wollte sich nicht beruhigen lassen, zitterte stattdessen vor Freude, während Siri zusah, wie Fred und Hakan sich dort unten rechts und links neben Michelle setzten.

Sie ging nach drinnen, dimmte dort das Licht, damit sie gleich vom Bett aus noch ein wenig in die Sterne schauen konnte und Gregor nicht im Dunkeln tappte, wenn er kam. Er war noch unterwegs und brachte Freya ins Dorf zu ihrem Zimmer.

›Was für ein Abend!‹, flüsterte Siri noch einmal, als sie Freya vor sich sah, mit ihrem blonden Haar und ihrer kraftvollen Körperhaltung so nordländisch wie ihr Name, und dieser Glanz in ihrem Gesicht, als sie sang. Was für ein Abend!

Siri musste lächeln, sah sich im Spiegel, als sie sich im Bad für die Nacht fertig machte und warf sich selbst einen Luftkuss zu. Im Bett dann schaute sie unverwandt hinaus, wo um die dunklen Umrisse der krummen Kiefer herum und durch sie hindurch die Sterne schillerten.

Als das Telefon klingelte, überlegte sie, ob sie es nicht ausschalten sollte. Der Name auf dem Display stimmte sie sofort um: Manuel.

»Hey du! Wie schön, dass du anrufst!«, rief sie.

»Na-a? Alles gut bei dir?«

Das langgezogene, norddeutsche »Na«, das Manuel nach wie vor so selbstverständlich verwendete, stimmte sie sofort auf jene Welt ein, die sie zwar verlassen, aber nicht verloren hatte, und die Manuel nun für sie hütete und sie mit ihr verband.

»Ja, sehr gut!«, rief sie. »Ich kann dir gar nicht sagen, wie schön es gerade hier ist. Und es wird immer schöner.«

»Das freut mich! Aber um mir das zu sagen, hast du mich heut Nachmittag nicht angerufen, oder? Ich kann leider jetzt erst zurückrufen. Habt ihr mal wieder was zu meckern? Muss ich den knauserigen Stiftungsverwalter rauskehren?«

»Ich glaub nicht. Am Ende sagst du bestimmt wieder, es geht um kleine Beträge und es wird große Wirkung haben, wie bei den Bilderrahmen.« Siri erzählte von ihrem Vorhaben, in der Villa ihre Werke auszustellen und davon, dass Horst dafür noch einiges mehr zu bauen bereit wäre. »Es sieht doch gut aus mit den Finanzen, oder?«

»Klar. Es braucht sich niemand Sorgen zu machen. Ihr nicht und ich nicht.«

»Und wenn Miró mehr Pflege haben muss? Das würde doch auch gehen, nicht?«

»Das kriegen wir hin. Ich hab's ja schon zig Mal gesagt: Es war klug von dir, die Mietshäuser zu kaufen und das in einer Gegend mit richtig großer Nachfrage. Sogar deine Bücher bringen noch n' bisschen was. Kannst die Finanzen jetzt wirklich endlich mal mir überlassen. Ganz! Das wolltest du doch. Also mach es auch!«

»Ja. Was in deinen Händen liegt, das ist gut aufgehoben.«

»Hoffentlich. War ja auch mal anders.«

»Gerade darum.«

»Kann sein. Gibt allerdings wieder ein paar schwierige Sachen mit Mietern zu regeln. Davor hab ich mich heute gedrückt, aber morgen muss ich da ran.«

»Ich weiß, ich gehe dir mit diesem Satz so langsam auf die Nerven, aber ich sage ihn trotzdem noch einmal: Wer das geschafft hat, was du geschafft hat, der hat auch für die schwersten Stürme genug Kraft.«

»Na, das ist zum Glück kein Sturm, das ist mal gerade eine etwas steifere Brise. Einer hat zu wenig Miete gezahlt, wahrscheinlich bloß aus Versehen, einer will ein neues Küchenfenster, weil es angeblich zieht. Morgen guck ich mir das an.«

»Super. Ich bin so froh, dass ich einfach entspannen darf!«

»Hast auch mehr als genug gearbeitet dein Leben lang!«

»Also, das mit den Stellagen und Fotos aufziehen, das können wir alles in Auftrag geben, auch für eine größere Ausstellung, nicht?«

»Klar. Wenn das nicht drin wäre, dann würde ich mir jetzt ernsthafte Gedanken machen. Und wie ist das Wetter bei euch?«

»Das fragst du noch? Wie immer: paradiesisch!«

»Und immer noch beklagt sich keiner über den Wind?«

»Nee, der gehört längst dazu, setzt sich manchmal sogar mit an den Tisch. Und Gregors Tochter ist da! Eine tolle Frau!«

»Und? Finden sie gut wieder zusammen?«

»Sieht ganz danach aus. Nur am ersten Tag gab es Aufruhr zwischen Ihnen, kennst du ja, uns ging's ja damals auch so. Aber jetzt ist es richtig schön mit den beiden. Und du, mein Schatz, geht's dir gut? Nimmst du's mit Gelassenheit, das Älterwerden.«

»Na ja, mit siebenundsechzig ist man noch nicht alt.«

»Aber man wird es.«

»Erst mal abwarten. Und wenn, dann haben wir jetzt andere Zeiten als ihr damals.« Manuel lachte, und sie mochte dieses jungenhafte Lachen, bei dem sie immer sofort wusste, dass es ihm gutging, sehr gut.

»Nur noch ganz kurz, ich hab Besuch: Wie geht es Hakan?«

»Ich glaube, jetzt endlich richtig gut. Wir beide haben etwas aus dem Weg geräumt, von dem ich gar nicht wusste, dass es da war. Ich bin so froh, dass ich nach ihm gesucht und ihn tatsächlich gefunden habe. Er passt gut hier rein.«

»Ja, du wolltest auch nicht lockerlassen.«

»Und du, mein Herz? Was macht Carlo? Geht's ihm gut? Und seiner süßen Anneli auch? Und die Dachdeckerei?«

»Wir können uns nicht retten vor Aufträgen. Oder vielmehr Carlito. Ich bin jetzt nämlich wirklich raus aus der Firma. Ist nicht einfach, aber ich muss Carlo in Ruhe lassen. Ich glaub, er kriegt das inzwischen auch alleine gut hin. Übrigens: Du wirst Uroma!«

»Wow! Wie schön! Wann denn? Und wie geht es Anneli?«

»Keine Ahnung, wann. Ihr geht es bestens. Ich grüße die beiden von dir. Und euch weiter eine schöne Zeit. Mein Besuch wartet, darum heut nur so kurz.«

»Und ich bekomme gleich welchen. Hab es gut und bis bald. Und ganz liebe Grüße an Carlo und Anneli!«

»Grüß du auch. Tschüss!«

*

Die Abendluft war samtig und voller Düfte, die Brandung sang von Unermesslichkeit, und ein Trupp Möwen, der sich im Strandgarten zum Plausch getroffen hatte, ließ langgezogene, manchmal knarrende Töne hören. Der schläfrige Wind spielte in den fedrigen Nadeln der Kiefer, und die antworten ihm mit einem Flüsterlied.

»Ich bin glücklich.« Siri lächelte still.

»Ich auch.« Als sein Atem sich beruhigt und Gregor die richtige Liegeposition gefunden hatte, sah er sie an. »Ist das nicht toll, was grad alles passiert? Ich kann's kaum fassen!«

»Ja, es ist schön geworden, richtig schön, und es wird so weiter gehen – bis zum Ende.«

Gregor hob die Brauen. »Wie? Jetzt widersprichst du dir aber! Ich denk, es gibt kein Ende!«

»Jedes Spiel hat ein Ende – sonst wäre es ja kein Spiel.« Sie versuchte, naseweis auszusehen. »Und diese Siri, die hier neben dir liegt, die ist eine Welle, die schon recht nah beim Strand angekommen ist.« Sie lächelte, aber Gregor sah es nicht. Er hatte sich umgewandt, und sie schauten beide hinauf in das Blinken der Sterne, vor dem sich die schiefe Kiefer abhob in ihrer ganz besonderen, vollendeten Gestalt. ›Immer noch weiß ich nicht, ob es eine Kiefer, eine Pinie oder eine Was-auch-immer ist‹, dachte Siri. Aber sie hatte ja beschlossen, dass sie es auch gar nicht wissen musste. Viel wichtiger war ihr, wie sehr sie diesen Baum liebte. Und die Sonne, den Mond, das Meer, die Menschen. Und manche ganz besonders.

»Erst dachte ich, mit Hakan komm ich nicht klar. Aber das war ein Irrtum.« Gregors Stimme wurde eine Nuance tiefer. »Hab mich innerlich schon bei ihm entschuldigt.«

Seine Hand kam zu Siri herüber und legte sich auf ihre Hüfte. Siri seufzte auf wie ein Kind, das sich geborgen und wohl fühlt.

»Ich möchte jetzt mein Abendgebet sprechen. Ich hab eine Bitte an Gott, und ich weiß, er wird sie mir erfüllen. Willst du es hören, oder soll ich es im Stillen sagen?«

»Gerne möchte ich es hören, gerne!«

Siris Stimme kam Gregor neu vor: ein wenig kindlich und zugleich hatte sie eine gewisse Altersheiserkeit, war leise und sehr klar und ging wie ein Streicheln über ihn hin.

Wenn mein letzter Gedanke kommt, möchte ich ihn ruhig und bis zu Ende denken, möchte ihn in mir nachklingen hören, möchte dabei seine Schwere oder Leichtigkeit fühlen und seine Helle oder Tiefe wahrnehmen. Auch seine Farbe möchte ich entstehen und vergehen sehen, möchte seine Wärme oder Kühle auf meiner Haut erahnen und mit leisem Schauern spüren, wie ich selbst von ihm erwärmt oder gekühlt werde. Und ich möchte dabei die Wehmut des Abschieds fühlen und zugleich die Sehnsucht nach dem, was mich nun zu sich holen wird. Und wenn das letzte Wort meines letzten Gedankens in mir vergeht, fließt immer noch der Atem des Meeres durch mich hindurch, sein Branden und Brausen seltsam fern, der Stamm der Föhre golden und rot im Sonnenschein, und in der Unendlichkeit segeln Möwen.

Und wie eine Möwe, die im Aufwind höher und höher steigt, immer dem Licht entgegen, will ich zurückkehren in mein wahres Zuhause. Wenn meine Lider sich niederlegen, umfängt mich ein heller Schein, und ich erkenne es wieder, dieses Licht, das wärmt, ohne warm zu sein, das spricht, ohne Worte zu gebrauchen, das in mich eintritt, wie nur die Liebe in einen Menschen eintreten kann, und sie breitet sich aus in mir, als wollte sie mich von innen her umarmen – und so wird es sein, genauso: Mein Sterben eine Umarmung.

***

Epilog

Es gibt das eine Meer, das immer wunderschön azurblau ist und vollkommen still.

Es gibt das andere Meer, das ist blau und dunkelblau und silberblau oder steingrau oder schwarz, es trägt lila Konturen, schwelgt in frischem Türkis, malt sich violette Ränder, glüht von goldgelb bis ins tiefe Weinrot. Es mischt seine Farben zusammen mit dem Licht des Himmels, es spielt auf der Windharfe, es singt mit den Seevögeln, es tanzt mit dem Sturm und lässt sich von ihm weiße Schleier auflegen, es glüht für die Sonne und wird verzaubert vom Mond.

Das eine Meer ist in tiefem Frieden.

Wenn das andere Meer nach einem Sturm wieder ruhig wird, weiß es, was Frieden ist.

0

NACHWORT

Liebe Leserinnen und Leser,

danke, dass ihr zu diesem Buch gegriffen und euch darauf eingelassen habt! Ich hoffe, dass es Freude gemacht hat und ein Gewinn war!

Ich würde mich sehr freuen, wenn ihr noch eine Rezension hinterlasst. Zwei, drei Sätze oder auch nur einer – das kann vollauf genügen. Denn es ist für uns Indies (Independent Publisher) sehr schwierig, unsere Bücher neben all den von großen Werbebudgets unterstützten Verlagstiteln sichtbar zu machen. Durch Rezensionen oder zumindest Punktebewertungen können Interessenten besser einschätzen, ob ein Buch etwas für sie ist oder nicht. So mache ich es jedenfalls und ihr vielleicht auch. Ich mag dieses gegenseitige Geben und Nehmen im Netz sehr. Und denkt vielleicht auch daran, dass wir schnell unsere Stimme erheben, wenn uns etwas nicht gefällt oder wir sauer sind. Damit das Geben und Nehmen aber funktioniert und vor allem das Bild nicht verzerrt wird, dürfen die anderen Stimmen nicht leiser sein oder gar schweigen.

WEITERE BÜCHER DER AUTORIN

Bis meine Seele an mich schrieb, 2003

Ines, erfolgreiche EDV-Beraterin, ist von ihrer Freundin Elna zu einem Schreibseminar überredet worden. Ihr steht ein Wochenende unter Leuten bevor, die an Horoskope glauben. Doch die warmherzige Art des Seminarleiters und die gute Stimmung in der Gruppe locken sie aus der Beobachterrolle. Sie schreibt einen Text, der wie eine Nachricht von ihr selbst als Kind an ihr Erwachsenen-Ich ist. Weitere Geschichten fliegen ihr zu und lassen sie sich selbst und ihre nächsten Menschen neu sehen und verstehen. Ines beginnt zu meditieren, lernt Familienaufstellungen und körperorientierte Psychotherapie kennen und erfährt, wie liebevoll angenommener Schmerz sich in Freude und Lebendigkeit verwandelt. Mutig schaut sie auch in tiefes Dunkel. Nur das um ihre Tochter Cleo kann sie nicht anrühren.

Leserstimmen: »*Wenn man sich auf dieses Buch einlässt, dann legt man es nicht mehr aus der Hand. Obwohl manches so schön geschrieben ist, dass man es noch einmal lesen möchte. Ich werde auf jeden Fall alle Bücher von dieser Autorin lesen und bin schon ganz gespannt auf das Nächste.*«

»*...bis meine Seele an mich schrieb« ist ein berührendes Buch, das bis zur letzten Zeile spannungsgeladen ist. Denn es drängt zur Auflösung und Heilung der Seelennot von Ines. Viele Gedanken, Erfahrungen und Erlebnisse lassen etwas im Innern des Lesers mitschwingen, miterleben und eigene Gespenster entdecken und in Liebe annehmen. Danke für dieses wundervolle Buch!!!!*«

»*Tief berührend. Jede, die sich auf den Weg der Selbstfindung gemacht hat, findet sich hier wieder! Ein Buch, das unter die Haut geht und bestätigt: Ich bin nicht allein!*«

Bis meine Seele an mich schrieb, Verlag Via Nova, 2003, Neuauflage 31.1.2021 unter dem Label *fein&sinn*

Mehr Infos zu den Büchern und der Autorin unter **www.Christa-Eckert.org**

2

Federflaum, 2020

Einfühlsam zeichnet Christa Eckert einen subtilen Spannungsbogen und lässt ihn anhand der Therapieerfahrungen von Bea, der zweiten Protagonistin, tiefgründig spiegeln. Dabei wird gerade das scheinbar Unspektakuläre, das ganz alltägliche Leben zur faszinierenden Bühne, auf der ihr poetisches Erzählen Schatten wirft, die das Lichte aufscheinen lassen.

Leserstimme: *Ein wunderbares einfühlsames lebendiges Buch über eine/unsere Seelenreise. Es berührt mich sehr.*

Die Weite hinter den Worten, 2024

Carla fühlt sich oft fremd in der Welt und wird mal für überempfindlich, mal für kalt gehalten. Erst seit sie weiß, dass sie hochsensibel ist, versteht sie sich selbst: Wahrnehmungen, Gefühle und Gedanken stürmen derart intensiv auf sie ein, dass sie oft überfordert ist. Aber ihr tiefes Empfinden ist auch ein Geschenk. Ihre letzte Liebesbeziehung hat sie als ergreifend schön erlebt – und dennoch verloren. Was war falsch, fragt sie sich immer noch. Die Liebe sicher nicht. ›Sie ist doch nicht weg, nur weil ich sie nicht mehr fühle! Wenn so die Liebe wäre, dann wäre sie ein Rinnsal – aber sie ist ein Meer!‹

Du und deine Ideale, hört sie oft. Doch Carla sagt sich: ›Ideale sind dazu da, um auf dem Weg zu ihnen zu sein!‹ und fasst einen Plan: Sie will wissen, was wirklich Liebe ist und nicht nur so genannt wird. Und wie man sie leben kann, die wirkliche Liebe. Muss man dazu heilig sein? Kurz entschlossen begibt sie sich ins Onlinedating. Doch wie dort mit der Liebe und auch mit ihr umgegangen wird, ist für sie wie ein Dolchstoß mitten ins Herz.

Leserstimmen: *»Ich bin abgetaucht in diese Innenwelten auf der Suche nach Liebe, in diesen Sog von prickelnden, höchst lebendigen Empfindungen auf dem Weg in die Tiefe des Seins.«*
»Ich habe jeden Satz dieses Buches genossen! Christa Eckert zaubert Gefühle in Worte, so dass sie beim Lesen erlebbar werden. Die Atmosphäre wird so treffend wiedergegeben, dass ich den Lufthauch fast spüre, von dem die Rede ist – großartig! Ich liebe diese Kunst des Schreibens, meinen größten Respekt!«